BASTEI
LÜBBE
TASCHENBUCH

Über die Autorin:

Caroline Roth wurde 1967 geboren und lebt in der Schweiz. Sie studierte Betriebswirtschaft und arbeitet heute als Finanzchefin bei einer Gruppe von Rehabilitationskliniken. IN DEN ARMEN DES WINDES ist ihr erster Roman bei Bastei Lübbe.

Caroline Roth

IN DEN ARMEN DES WINDES

Roman

BASTEI
LÜBBE
TASCHENBUCH

BASTEI LÜBBE TASCHENBUCH
Band 17 248

Dieser Titel ist auch als E-Book erschienen

MIX
Papier aus verantwortungsvollen Quellen
FSC® C083411

Originalausgabe

Titelillustration: © shutterstock/Sundari; © shutterstock/Archiwiz;
© shutterstock/Artem Furman; © shutterstock/ilolab;
© shutterstock/Triff
Umschlaggestaltung: Jeannine Schmelzer
Satz: Urban SatzKonzept, Düsseldorf
Gesetzt aus der New Caledonian
Druck und Verarbeitung: CPI books GmbH, Leck-Germany
Printed in Germany
ISBN 978-3-404-17248-1

1 3 5 6 4 2

1

Frankreich, im Jahre 1760

Das trübe Herbstwetter passte bestens zu Fleur Laurents Stimmung. Es war ein trauriger Tag, wie ihm schon viele vorangegangen waren und wie ihm noch viele folgen würden, zumindest in ihrem Leben. Davon war sie überzeugt. Besonders, wenn sie an die Worte des Advokaten dachte: »... Ihr habt das Anwesen binnen vier Wochen zu verlassen ...«

Binnen vier Wochen. Der letzte Tag dieser Frist war heute. Nichtsdestotrotz umklammerte sie die Schere, mit der sie die verblühten, traurig aussehenden Rosen zurückschnitt. Vorsichtig darauf bedacht, die Schere genau oberhalb jenes Auges anzusetzen, aus dem im nächsten Jahr eine neue Knospe wachsen sollte. Nächstes Jahr – verbittert schob sie diesen Gedanken beiseite und versuchte, sich mit aller Kraft auf die Rosen zu konzentrieren. Sie schnitt die letzten verwelkten Blüten ab, trat einen Schritt zurück und begutachtete ihr Werk kritisch. Das langgezogene Rosenbett bildete im Sommer einen hübschen Abschluss der großen Terrasse vor dem Haus.

Hinter Fleur schob der Wind totes Laub raschelnd über die Sandsteinplatten der Terrasse und bildete kleine Haufen. Der Sturm der vergangenen Nacht, der sie um den Schlaf gebracht hatte, musste wieder neue Blätter heruntergerissen haben. Wohl bald die letzten, dachte sie, als sie zu den beinahe kahlen Ästen in den Wipfeln des alten Baumbestandes hinaufblickte. Nebel hing stattdessen in den Bäumen, und die Vögel, die den ganzen Sommer über vergnügt ihr Lied gezwitschert hatten, waren verschwunden. Wo sind sie wohl hingeflogen?, fragte sich Fleur.

Bevor sie weiter solchen trübseligen Gedanken nachhängen konnte, riss eine Stimme sie aus ihrer Versunkenheit. »Madame Laurent! Madame Laurent!«

Missmutig drehte sie sich zu der Stimme um, die von einem grauhaarigen Kopf mit einem kleinen Dutt im Nacken stammte, der sich aus einem Fenster im zweiten Stock lehnte. »Die Kutsche ist da!«

»Ja, ja, ich komme«, antwortete sie und drehte sich wieder zu ihren Rosen um. Der Kutscher konnte warten. Ein letztes Mal ließ sie wehmütig den Blick über die Rosenstöcke, den Rasen und die mächtigen, alten Bäume des weitläufigen Gartens schweifen.

Dann griff sie kurz entschlossen nach dem Korb, in dem sie die abgeschnittenen Rosen gesammelt hatte, und ging über die Terrasse um die Hausecke zu einem Holzschuppen. Die verwelkten Blüten kippte sie auf den Komposthaufen, Schere und Korb hängte sie an ihre Plätze an der Bretterwand im Schuppen. Alle Werkzeuge waren sorgfältig an ihren Platz geräumt, was Fleur aber nicht davon abhielt, da und dort eine der verschiedenen Sägen zurechtzurücken oder einen der Rechen umzustellen. Es war ihr daran gelegen, alles ordentlich zu hinterlassen.

Schließlich gab es auch für einen peniblen Geist nichts mehr zu bemängeln. Sie seufzte gedrückt, trat aus dem Zwielicht des Schuppens hinaus und schloss die Tür hinter sich. Ohne nochmals einen Blick auf ihren geliebten Garten zu werfen, ging sie schnellen Schrittes durch die Terrassentür ins Haus.

Der große Salon, den sie betrat, wirkte ebenso verlassen wie der Garten. Die zierlichen Möbelstücke – fein gearbeitete Stühle, mit schwerem Satinstoff bezogene Chaiselongues und kleine, mit Intarsien belegte Salontischchen – waren mit Tüchern abgedeckt. Niemand würde sich in nächster Zeit, in eine anregende Konversation versunken, auf sie setzen und seine Tasse Tee abstellen. Es war, als ob sich der Salon und seine Möbelstücke wie die Pflanzen im Garten für den Winter zurückgezogen hatten und erst wieder zum Leben erwachen würden, wenn sich die rauen Zeiten gebessert hätten. Selbst das Pendel der großen Standuhr hatte aufgehört, die Minuten und Stunden zu zählen. Bewegungslos hing es in seinem Holzkasten hinter dem Glas und wartete darauf, dass irgendwann jemand kommen würde, der die schweren Gewichte an den langen, dünnen Ketten nach oben schob und sie wieder zum Laufen brachte.

Das gleiche verwaiste Bild boten die anderen Räume, die Fleur auf ihrem Weg zum Haupteingang durchquerte.

»Ich bin bereit.«

»Aber Madame, wollt Ihr Euch nicht noch etwas frischmachen?« Die Haushälterin warf einen missbilligenden Blick auf Fleurs Hände. Sie verstand augenscheinlich nicht, wie eine Dame von Stand sich dazu herablassen konnte, etwas derart Geringes wie Gartenarbeit zu verrichten. Selbst wenn es sich nur um das Schneiden der Rosen handelte.

Fleur betrachtete ihre Hände, unter deren Nägel Erde aus dem Garten hängengeblieben war. »Nein«, antwortete sie mit unbeteiligter Miene. So würde ihr wenigstens noch eine Zeitlang etwas von ihrem Garten und ihrem Zuhause bleiben.

Obwohl sie die Haushälterin gemocht hatte, hielt sie den Abschied kurz. Es fiel ihr schwer, hoch erhobenen Kopfes das Anwesen zu verlassen, von dem sie gedacht hatte, es gehöre ihr und sie würde darin wohnen bis zu ihrem Lebensende. Nun war sie es, die gehen musste. Die Haushälterin, eines der Dienstmädchen und die Köchin konnten bleiben. So hatte es der neue Eigentümer angeordnet.

Als sie aus der Tür trat, wurde gerade der schwere, mit Metallbeschlägen versehene Schrankkoffer auf die Kutsche geladen. Er enthielt alles, was man Fleur gelassen hatte: ihre Kleider, einige Bücher und ein paar andere Habseligkeiten.

Wie betäubt stieg Fleur in die Kutsche, die sie in eine ungewisse Zukunft bringen würde. Sie hörte das Schnalzen des Kutschers, mit dem er die Pferde in Bewegung setzte. Rumpelnd fuhr das Gefährt an. Unter den Rädern knirschte der Kies. Fleur warf keinen Blick zurück. Es würde den Schmerz nur unnötig vergrößern. Den Schmerz und die Hoffnungslosigkeit, die sie in sich trug, seit dem Tag, an dem sie im Schreibzimmer des Advokaten ihres kürzlich verschiedenen Gatten gesessen hatte. Wo ihr die amtlichen Entscheide der Testamentsvollstreckung eröffnet worden waren. Sie hörte wieder die Stimme des Advokaten in ihrem Kopf: »... und daher werden das Haus und die dazugehörenden Ländereien den Gläubigern Eures Gatten übereignet, um damit seine Schulden zu begleichen. Euch werden Euer persönlicher Besitz sowie Anteilsscheine an der Hälfte einer Plantage auf den Antillen überlassen.«

Der Advokat hatte bereits eine Passage auf die französischen Antillen auf einem der letzten Schiffe der Saison für sie gebucht. Er hatte ihr auf seinem Globus auch zeigen wollen, wo Sainte-Lucie, die Insel mit der Plantage, lag. Aber Fleur hatte abgelehnt. Was spielte es für eine Rolle, in welchem abgelegenen Winkel der Welt sie den Rest ihres Lebens würde verbringen müssen? Die Inseln waren ihr nicht bekannt. Und es würde nichts an ihrem Schicksal ändern.

Der Advokat hatte ihr auch den Brief vorgelesen, den der Besitzer der anderen Hälfte der Plantage als Antwort an ihren verstorbenen Mann geschickt hatte. Darin erklärte er sich bereit, Fleur zu heiraten. Es würde Sinn machen, dass die Plantage wieder in einer Hand gehalten wurde, und weiße Frauen seien rar auf den Inseln, weshalb er bis dato unverheiratet geblieben sei.

Fleur hatte sich den Plänen der beiden gefügt. Eine andere Möglichkeit blieb ihr nicht. Ihr Vater war vor zwei Jahren verstorben. Und einem ihrer Brüder oder den Ehemännern ihrer Schwestern zur Last fallen, war undenkbar. Sie war sich nicht einmal sicher, ob sie sie nicht von der Tür weisen würden. Im Grunde war ihr Ehemann nach Vaters Tod ihre einzige Familie gewesen.

Bitterkeit drohte, sie zu ersticken. Warum hatte er ihr das angetan? Wie hatte er ihr das Zuhause und damit ihr Leben wegnehmen können? Gewiss, er war ein guter Gatte gewesen, auch wenn er mit seinen beinahe fünfzig Jahren doppelt so alt wie sie gewesen war. Sie hatte ihn nicht geliebt, aber über die vier Jahre, die sie verheiratet gewesen waren, hatten sich eine gewisse Zuneigung und gegenseitiger Respekt eingestellt. Seinen Tod hatte sie bedauert. Zumindest bis zu jenem Tag, an dem der Advokat ihr Leben zunichte gemacht hatte.

Aber daran wollte sie nicht mehr denken. Sie wollte an gar nichts mehr denken. Es war vorbei und alles verloren.

Einige Stunden später hielt die Kutsche am Hafen von Nantes, direkt am Quai, wo eine ganze Reihe von vertäuten Schiffen lag. Hinter ihnen erstreckte sich das bleigraue Meer in seiner Unendlichkeit. Bei dessen Anblick zog sich Fleurs Herz zusammen. Lieber hätte sie sich in einem gemütlichen, warmen Zimmer verkrochen, als sich diesem grauenhaften Nichts auszuliefern.

Der Kutscher rief einen herumlungernden Tagelöhner herbei, damit er ihm half, den schweren Koffer über die Holzplanken hinauf zu einem der Schiffe zu tragen. Es war ein Dreimaster, der aber wesentlich kleiner war als das neben ihm vertäute Schiff.

Unsicher blickte Fleur die vor ihr aufragende Bordwand hinauf. Dieses Schiff sollte wochenlang gegen die Herbststürme ankämpfen und sie über den Atlantik tragen? Zum ersten Mal seit dem Tag beim Advokaten fühlte sie etwas anderes als Taubheit und Bitterkeit. Angst kroch in ihr hoch. Würde sie dieses Schiff jemals wieder lebend verlassen?

Ein Mann in einer dunkelblauen, mit goldenen Knöpfen und Tressen verzierten Uniform kam ihr entgegen. »Madame Laurent, es ist mir eine Ehre, Euch an Bord zu begrüßen. Kapitän Larousse.« Er salutierte zackig und bot ihr seinen Arm, um ihr über die Holzplanken hinaufzuhelfen. Es war eine höfliche Geste, aber sein Gesichtsausdruck blieb streng und reserviert. »Die übrigen Passagiere und die Fracht sind bereits an Bord. Nun da auch Ihr hier seid, können wir auslaufen.«

Sein Tonfall ließ in Fleur ein schlechtes Gewissen aufkommen, als hätte er ihretwegen mit dem Auslaufen warten müssen. Dabei war sie sicher, dass sie sich am vereinbarten Tag an Bord eingefunden hatte. Und die Mittagszeit war noch nicht einmal vorbei.

»Heute schon?«, fragte Fleur entsetzt. Sie hatte nicht damit gerechnet, dass sie Frankreich so schnell verlassen würden. Das jähe Bewusstsein, dass nicht einmal mehr Zeit blieb, einige Dinge für die Überfahrt einzukaufen, geschweige denn, ein letztes Mal durch die Gassen von Nantes zu spazieren und sich von ihrer Heimat zu verabschieden, traf sie wie ein Schlag.

»Wir müssen das gute Wetter ausnutzen. Die Stürme werden uns noch lange genug zu schaffen machen.«

Fleur sah zum Himmel. Es hatte vor Kurzem aufgehört zu regnen, aber dunkelgraue Wolkenberge ließen erahnen, dass das nicht lange anhalten würde. Wenn der Kapitän dieses trübe Regenwetter als gut bezeichnete, was wäre dann für ihn schlechtes Wetter, fragte sie sich, während sie ihm unter Deck folgte, wo er sie zu ihrer Kabine brachte. Zwei Seeleute stellten den Schrankkoffer in eine Ecke, und der Kapitän zeigte ihr die Kabine.

»Die Dinge, die Ihr in der nächsten Zeit benötigt, könnt Ihr in diesen Schrank räumen. Danach wird der Koffer in den Frachtraum gebracht. In der Kabine ist dafür nicht genügend Platz«, bestimmte er. Dann ließ er sie allein.

Fleur sank auf die Kante der schmalen Koje nieder. Da saß sie nun. Auf einem Schiff, das sie weit weg von Zuhause bringen sollte. Einem Zuhause, das es nicht mehr gab.

2

Fleur sah sich in dem engen Raum um. Über der Koje, auf der sie saß, war eine weitere angebracht. Daneben gab es zwei schmale, eingebaute Schränke. Als einziges Möbelstück stand ein Stuhl in der Kabine. Es war nicht zu übersehen, dass die zweite Bewohnerin sich bereits häuslich eingerichtet hatte. Auf einem Bord an der Wand lagen eine Haarbürste, ein Lockenstab, eine Puderdose aus ziseliertem Silber und andere Schmink- und Frisierutensilien.

Fleur ordnete sorgfältig die Kleidungsstücke, die sie brauchen würde, in den zweiten, noch leeren Schrank. Den Rest ließ sie im Koffer. Auch die wertvolle Urkunde, die bestätigte, dass sie Eigentümerin an der Hälfte einer Plantage auf Sainte-Lucie war. Sie klappte den Deckel zu, drehte den Schlüssel und hörte beruhigt, wie das Schloss einschnappte. Die Urkunde würde im sicher verschlossenen Koffer im Frachtraum besser verwahrt sein als im Schrank in der Kabine. Den kleinen Schlüssel hängte sie an ihre Halskette, um ihn ja nicht zu verlieren.

Plötzlich flog die Tür auf.

»Ihr müsst Madame Laurent sein! Wie schön, dass Ihr endlich da seid!« Die fröhliche Stimme gehörte einer heftig atmenden Frau, die im Türrahmen stand. »Ich bin gleich heruntergeeilt, als ich von Eurer Ankunft gehört habe! Wir sind eben von einem Ausflug in die Stadt zurückgekehrt. Oh, entschuldigt bitte!« Sie schlug die Hand vor den Mund. »In meiner Aufregung habe ich ganz vergessen, mich vorzustellen: Lucille Baulant.«

Sie war eine mollige Frau mit rotblonden Haaren, die sie hochgesteckt hatte. Ein paar Strähnchen waren herausgezogen und zu Zapfenlöckchen gedreht. Sie sollten wohl neckisch wirken, machten aber eher einen unordentlichen Eindruck. Ihr Gesicht war zu breit, um schön zu sein, die Pausbäckchen zu sehr gerötet und mit unzähligen Sommersprossen übersät, und sie hatte etwas hervorstehende Augen. Aber diese strahlten Fleur nun derart an, dass sie gar nicht anders konnte, als die ausgestreckte Hand freundlich zu drücken, obwohl sie sich von Lucille Baulants ungestümer Art überrollt fühlte.

»Mademoiselle Baulant, es freut mich, Eure Bekanntschaft zu machen.« Das Mademoiselle war geraten. Fleur hatte keinen Ring an ihrer Hand bemerkt, und die Tatsache, dass sie anschei nend allein reiste, ließ darauf schließen, dass sie unverheiratet war. Obwohl sie eigentlich längst im heiratsfähigen Alter gewesen wäre – sie erschien Fleur gleich alt wie sie selbst oder sogar noch älter.

»Ich muss gestehen, ich habe Eure Ankunft mit Bangen erwartet!«, fuhr die junge Dame aufgeregt fort. »Der Gedanke, Ihr könntet eine in die Jahre gekommene, gottesfürchtige Jungfer sein, hat mich beunruhigt. Das wären sehr öde Wochen geworden. Umso mehr freut es mich, eine solche Reisebegleiterin wie Euch zu haben!«

Sie plapperte munter drauflos, was Fleur durchaus recht war. Sie selbst war eher zurückhaltend, und manchmal fiel es ihr schwer, von sich aus ein Gespräch zu beginnen. Dieses Problem würde sie mit Lucille Baulant sicher nie haben.

»Habt Ihr schon Bekanntschaft mit den übrigen Passagieren gemacht?«, fragte Lucille.

Fleur verneinte.

»Also, da wären Madame Juvier mit ihren beiden Töchtern, eine ältere Frau und die Dupères. Madame Juvier ist vor Kurzem Witwe geworden und zieht nun mit ihren Töchtern zu ihrem Sohn, der Verwalter auf einer großen Plantage ist. Die ältere Frau ist eine eingetrocknete Schachtel, die auf den Inseln eine Stelle als Gouvernante antreten wird – die armen Kinder!«, sie verdrehte die Augen, »und Monsieur Dupère ist Beamter in Begleitung seiner Ehefrau. Ein ziemlich zusammengewürfelter Haufen.« Eine wegwerfende Handbewegung folgte der letzten Bemerkung.

Auch wenn Fleur es nicht zeigte, musste sie innerlich über die unverblümte Ausdrucksweise ihrer Begleiterin lächeln. Das erste Mal seit Wochen empfand sie so etwas wie Hoffnung. Lucilles heiteres Wesen würde sie sicher von ihrem Kummer ablenken. Auch wenn es eigentlich nach einer so kurzen Zeit der Bekanntschaft nicht angebracht war, sich beim Vornamen zu nennen, schlug Fleur es dennoch vor. Im Gegensatz zu dem steifen Kapitän fühlte sie sich in Lucilles Gegenwart wohl. Trotzdem überkam sie, sogleich die Worte ausgesprochen waren, Bedenken über ihr voreiliges Handeln. Es entsprach nicht den Regeln der Höflichkeit.

Lucille schien sich darum allerdings wenig zu scheren. Hocherfreut nahm sie das Angebot an.

»Wir werden schließlich die nächste Zeit eng zusammen verbringen, und da wäre eine solche Formalität fehl am Platz«, rechtfertigte sich Fleur unnötigerweise.

Laute Kommandos und emsige Schritte an Deck unterbrachen die beiden.

»Lasst uns nach oben gehen. Wir legen gleich ab«, schlug Lucille vor, deren Miene bei diesen Worten ihre Heiterkeit verlor. »Ich möchte noch einen letzten Blick auf die Stadt werfen, damit ich mich in der Ferne daran erinnern kann.«

Das Deck war mit Segeltuchballen, dicken Bündeln aus Tauen und Wasserfässern verstellt, die als letztes Frachtgut möglichst frisch an Bord geliefert worden waren. Geschäftig gingen die Seeleute ihren Arbeiten nach. Bald waren die Segel angeschlagen und bereit, gesetzt zu werden, die Taue hingen säuberlich zusammengerollt an den Klampen, und die Wasserfässer waren unter Deck verschwunden.

Fleur und Lucille suchten sich einen Platz an der Reling, wo sie den Seeleuten nicht im Weg standen, und blickten hinunter auf die Hafenmole, die mit Abschied nehmenden Menschen überfüllt war. Männer, die ihre Familien umarmten, und weinende Frauen und Kinder, die ihren Lieben auf dem Schiff zuwinkten. Letzte Grüße, Trost und Liebesworte wurden einander zugerufen.

Eine Gruppe von jungen Frauen in aufwändig geschnittenen, pastellfarbenen Kleidern zog Fleurs Aufmerksamkeit auf sich. Sie scharten sich um eine blonde Frau in ihrer Mitte. Fetzen ihres klirrenden Lachens waren bis an Bord zu hören. Daneben stand eine distinguierte Frau mittleren Alters, die ein Auge auf die Gruppe hielt. Die Mädchen erinnerten Fleur an eine Schar aufgeregter Gänschen, die von ihrer stolzen Mutter zum ersten Mal einem größeren Kreis präsentiert wurden.

»Das ist Yvette Juvier und ihre kleine Schwester. Daneben steht Madame Juvier«, erklärte Lucille, die Fleurs Blicken gefolgt war.

Lucille setzte schon an weiterzureden, und Fleur war sich trotz ihrer kurzen Bekanntschaft fast sicher, dass ihr eine bissige Bemerkung auf der Zunge lag, da unterbrach sie eine männliche Stimme.

»Gestatten, dass ich mich vorstelle?« Von hinten war ein Mann in Uniform herangetreten und gesellte sich nun zu ihnen an die Reling. »Ich bin Docteur Pécherin, der Schiffsarzt.«

Fleur sah in ein freundlich lächelndes Gesicht mit offenherzigen Augen. Das braune Haar war sorgfältig zu einem

Zopf gebunden. Seine blaue Uniformjacke war mit Epauletten, goldenen Tressen und Knöpfen versehen, ähnlich wie diejenige des Kapitäns, nur waren die Verzierungen sparsamer angebracht.

»Madame Laurent«, antwortete Fleur und deutete mit dem Kopf eine Verbeugung an.

»Es freut mich, Eure Bekanntschaft zu machen und Euch an Bord zu begrüßen. Wie es scheint, kommen wir bei dieser Überfahrt wirklich in den Genuss einer bezaubernden Gesellschaft.« Dann zwinkerte er Lucille zu. »Mademoiselle Baulant.«

Diese errötete und nickte nur zur Begrüßung. Fleur wunderte sich, dass die neue Freundin plötzlich so ungewohnt still war.

Docteur Pécherin wandte sich wieder Fleur zu. »Madame Laurent, ich hoffe, wir werden in den kommenden Wochen noch einige Gelegenheiten haben, uns zu unterhalten.«

»Vielen Dank für Eure aufmerksame Begrüßung«, entgegnete Fleur höflich, ohne jedoch das Gespräch fortzuführen.

»Dann werde ich die Damen nun alleine lassen. Meine Pflichten rufen mich.«

»Ist er nicht hinreißend?«, flüsterte Lucille aufgeregt, nachdem Docteur Pécherin sich entfernt hatte.

»Doch, doch«, brummte Fleur, froh darüber, dass er sich zurückgezogen hatte. Es war ihr lieber, im Hintergrund zu bleiben und das Geschehen um sie herum wie auf einer Bühne zu verfolgen, als selbst angesprochen und mit hineingezogen zu werden. Ihrer Erfahrung nach ließen sich die meisten Probleme so vermeiden.

»Gibt es niemanden, von dem Ihr Euch verabschiedet?«, wechselte Fleur das Thema.

»Nein«, antwortete Lucille, »ich habe mich schon verabschiedet. Meine Mutter und meine Schwester haben mich hierher begleitet. Sie sind aber vor einigen Tagen wieder abgereist. Und Ihr? Von wem müsst Ihr Euch verabschieden?«

»Von niemandem«, antwortete Fleur einsilbig.

Bevor Lucille nachhaken konnte, rief der Kapitän den Rest seiner Mannschaft und die Passagiere an Bord. Sie beobachteten, wie die Seeleute und ihre Mitreisenden sich unten auf der Straße von ihren Liebsten lösten. Als der Letzte auf dem Schiff war, wurden die Holzplanken auf die Mole geschoben und die Öffnung in der Reling geschlossen. Die Taue, mit denen das Schiff vertäut war, wurden gelöst, der Anker hochgezogen und die Segel gesetzt.

Sie stachen in See.

Die Entfernung zum festen Bollwerk der Mole vergrößerte sich schneller, als Fleur lieb war. Die winkenden Menschen an Land wurden kleiner und kleiner. Lucille winkte zurück, obwohl niemand da war, den sie kannte. Erst verzagt, dann immer heftiger. Tränen begannen über ihre Wangen zu rollen. Fleur zog ein Spitzentaschentuch aus dem Ärmel und reichte es ihr. Aber das machte es nur noch schlimmer. Lucille begann nun erst recht zu weinen. Schluchzend stand sie da und klammerte sich an die Reling. Fleur legte schließlich den Arm um sie und streichelte ihre Schulter, um sie zu trösten. Lange Zeit standen die beiden da. Der Dunst ließ ihre Heimat immer mehr verschwimmen, bis nur noch ein matter Farbklecks am Horizont übrig blieb, der bald auch entschwand.

»Ich werde sie nie mehr wiedersehen«, schluchzte Lucille.

»Das weißt du doch gar nicht«, versuchte Fleur zu trösten. »Vielleicht kommen sie dich einmal besuchen oder du kehrst nach Frankreich zurück.«

»Und was ist, wenn es ganz schrecklich ist auf der Insel? Wenn ich mich dort überhaupt nicht wohlfühle und nicht mehr zurück kann?«

»Du wirst sehen, es wird alles gut.« Fleur drückte Lucille enger an sich und sah hinaus auf die bleierne See. Es waren Worte des Trostes, wie sie schon tausendmal gesprochen worden waren. Und wie oft hatten sie sich bewahrheitet? Durfte man überhaupt etwas aussprechen, an das man selbst nicht glaubte? Aber wie sollte man sonst die Zuversicht behalten, die es brauchte, um in eine unbekannte Ferne aufzubrechen?

Und so hielt Fleur Lucille fest und ließ sie die Tränen vergießen, die sie selbst tief in sich eingeschlossen hatte.

3

Wie Fleur befürchtet hatte, gerieten sie direkt nach ihrer Abreise in einen Herbststurm. Der Wind fegte durch die Takelage, Regen prasselte unaufhörlich auf das Deck, und mächtige Wellenberge drückten dem Schiff ihren Willen auf wie einem herrenlosen Stück Treibholz. Das schlechte Wetter verdammte die Passagiere dazu, Tag für Tag in ihren dunklen Kabinen auszuharren, die Langeweile zu ertragen und seekrank auf das Ende der Welt zu warten.

Fleur störte das nicht weiter. Es passte zu ihrem Gemütszustand.

»Ich kann es kaum erwarten, bis wir auf der Insel ankommen.« Lucille klappte das Buch, in dem sie gelesen hatte, mit einem verklärten Ausdruck im Gesicht zu. »Es soll wundervoll sein. Immer ist es warm und die Sonne scheint. Stell dir vor, nie mehr frieren zu müssen! Das ganze Jahr über blühen Blumen, und es gibt immer frische Früchte und Gemüse. Und in der Hauptstadt trifft sich die vornehme Gesellschaft zu allerlei Anlässen.«

Fleur sah hinüber zu Lucille, die auf der unteren Koje der Kabine lag. Ihr Blick fiel auf das Buch, das Lucille in der Hand hatte. Es war der Liebesroman, in dem sie schon seit dem ersten Tag ihrer Reise las.

»Ob mein Bräutigam wohl auch so wunderbar ist wie der Held in dieser Geschichte?« Sie drückte das Buch an die Brust. »Er hat geschrieben, dass er eine große Plantage besitzt, dass es mir bestimmt gefallen wird und er sich auf meine Ankunft freut«, schwelgte Lucille weiter.

»Du gehst auf die Insel, um zu heiraten?«, fragte Fleur. Wie die meisten anderen Passagiere hatte Lucille die ersten Tage an Bord mit der Seekrankheit zu kämpfen gehabt, daher hatten sie sich bisher noch nicht allzu viel unterhalten. Heute ging es ihr zum Glück wieder besser.

»Ja. Endlich«, seufzte Lucille.

»Und du kennst deinen Bräutigam nicht?«

»Nein. Aber er hat mir einen so netten und liebevollen Brief geschrieben, dass ich mich gleich in ihn verliebt habe.«

Fleur runzelte die Stirn.

»Willst du den Brief sehen?« Ohne eine Antwort abzuwarten, zog Lucille ein zusammengefaltetes Papier aus dem Buch und reichte es Fleur.

Der Brief war reichlich zerknittert. Lucille musste ihn unendliche Male geöffnet haben. Fleur hatte es eigentlich ablehnen wollen, ihn zu lesen, schien er doch sehr persönliche Worte an Lucille zu enthalten. Aber das hätte sie bestimmt verletzt. Also überflog Fleur die Zeilen. Der Brief war höflich und sachlich abgefasst, beschrieb die Plantage, das Haus und ab wann der Absender mit Lucilles Ankunft rechnen würde.

»Und, wie findest du ihn?«, fragte Lucille gespannt.

Fleur wusste nicht, was sie antworten sollte. Sie hatte einen anderen Eindruck von dem Geschriebenen als Lucille. Diese schien in den höflichen Worten mehr zu lesen, als der Absender beabsichtigt hatte. Sie verklärte sie zu ihrem eigenen Liebesbrief. Fleur bezweifelte, dass Lucilles Fantasien der Wirklichkeit entsprachen. Aber sollte sie ihrer Begleiterin diese Gedanken mitteilen? Sie hatte keinerlei Gewissheit, dass sie recht hatte. Es waren nur ihre Erfahrungen, die sie zu dem Schluss kommen ließen. Und was schadete es, Lucille noch eine Weile ihre Träume zu lassen? Sie würde sie wahrscheinlich früh genug verlieren.

»Er ist nett«, antwortete sie deshalb und gab Lucille den

Brief zurück. »Warum hast du nicht jemanden zuhause geheiratet?«

Lucilles Gesicht wurde betrübt. »Wen hätte ich schon bekommen können? Ich bin keine Schönheit und auch keine gute Partie. Meine Eltern haben ihr ganzes Vermögen aufgebraucht, um meine drei älteren Schwestern mit der nötigen Mitgift auszustatten. Für mich blieb nichts mehr übrig. Ich hätte ins Kloster gehen können oder mir eine Anstellung suchen.« Doch ebenso schnell, wie sie gekommen war, verschwand Lucilles Bitterkeit wieder. »Aber nun bin ich diejenige mit dem meisten Glück! Mich erwartet ein großes Abenteuer auf einer wunderbaren Insel!«

Fleur sagte nichts dazu.

»Und weshalb gehst du auf die Insel?«, fragte Lucille neugierig.

»Auch um zu heiraten.«

»Hast du deinen Verlobten in Frankreich kennengelernt?«

»Nein. Mein Mann hat die Heirat arrangiert, bevor er gestorben ist.«

Betroffen sah Lucille sie an. »Es tut mir leid, dass er gestorben ist. Das muss schrecklich gewesen sein für dich.«

Fleur zuckte mit den Schultern.

»Warum bist du nicht zu deiner Familie zurückgegangen?«

»Mein Vater lebt nicht mehr, und der Rest der Familie ...« Fleur brach ab.

Lucille blickte sie derart mitfühlend an, dass sie schließlich weitererzählte. »Mein Vater hat wieder geheiratet, nachdem meine Mutter gestorben war. Ich habe also nur noch eine Stieffamilie, und der wollte ich nicht zur Last fallen.«

»Aber da gab es doch sicher jede Menge Verehrer, die einer so hübschen Frau wie dir den Hof gemacht haben.«

»Nein, leider nicht. Mein Mann war viel älter als ich, und wir haben zurückgezogen auf dem Land gelebt. Das Gesellschaftsleben in der Stadt war ihm zu anstrengend, und so haben sich unsere Kontakte auf die Nachbarn beschränkt. Nachdem mein Mann gestorben war, hat sich herausgestellt, dass wir bis über beide Ohren verschuldet waren. Wer hätte mich, eine verarmte Witwe, noch gewollt? Ich bin keine erstrebenswerte Partie. Und hübsch bin ich auch nicht«, fügte Fleur trotzig hinzu.

»Natürlich bist du hübsch!«, rief Lucille aus. »Du hast die ideale schlanke Figur, schöne braune Naturlocken und große braune Augen. Nicht wie ich mit diesen grässlichen roten Haaren und meiner pummeligen Figur.«

»Das stimmt doch gar nicht. Du hast wenigstens nicht so langweilige Haare wie ich. Bei mir ist alles braun. Ich bin eine richtig braune Maus. Und meine Figur ist überhaupt nicht ideal. Ich bin viel zu dünn.«

»Also ich bin da anderer Meinung. Das Einzige, was mir an dir nicht gefällt, sind deine schmucklosen, dunklen Kleider. Daran merkt man, dass du wirklich vom Land kommst.«

»Ich bin schließlich noch in Trauer!«, wehrte sich Fleur.

»Docteur Pécherin ist übrigens auch meiner Meinung«, entgegnete Lucille schnippisch.

»Du hast mit Docteur Pécherin über mich geredet?«, fragte Fleur vorwurfsvoll.

»Nein, natürlich nicht«, entgegnete Lucille empört. »Aber es ist doch offensichtlich, dass er an dir Gefallen gefunden hat. So wie er dich heute beim Abendessen angesehen hat.«

»Davon habe ich nichts bemerkt.«

»Du willst ja auch nichts bemerken! Du suhlst dich lieber in deinem Elend«, regte sich Lucille auf. »Ich würde mir sein Interesse nicht entgehen lassen. So ein gut aussehender Mann! Wer weiß, vielleicht nimmst du lieber ihn, als deinen unbekannten Plantagenbesitzer.«

Fleur nahm ihr eigenes Buch – kein Liebesroman, sondern der Reisebericht eines Forschungsreisenden – zur Hand, um Lucille zu verstehen zu geben, dass sie an einer weiteren Unterhaltung über dieses Thema nicht interessiert war.

»Fleur!«, insistierte Lucille.

Fleur reagierte nicht, sondern tat so, als lese sie weiter.

Lucille schnaubte. »Es tut mir leid. Ich wollte dich nicht verletzen. Es ist nur ... nicht immer einfach für mich. Ich weiß, dass ich nicht hübsch bin. Das habe ich akzeptiert. Aber dann kommen Frauen wie du daher, die so viel schöner sind als ich, und ausgerechnet ihr beklagt euch. Ich möchte doch nur auch einen Teil vom Glück.«

Fleur senkte ihr Buch wieder. »Schon gut. Es ist nur so, dass Schönheit nicht unbedingt glücklicher macht.«

Dazu schnaubte Lucille nur.

Erst als das Schiff nach Wochen in südlichere Gefilde gelangte, besserte sich das Wetter und mit ihm die Stimmung der Passagiere. Sie strömten aus den Kabinen und genossen es, an Deck zu flanieren. Über ihnen wölbte sich der blaue Himmel. Das Meer hatte eine freundlich grüne Farbe angenommen, und seine sanften Wogen glitzerten im Sonnenlicht. Fleur und Lucille lehnten an der Reling und genossen die frische Seebrise nach der stickigen Luft in der Kabine.

Die angenehme Ruhe wurde unterbrochen, als auch die Juviers das Deck betraten.

»Was für ein herrlicher Tag!«, rief Yvette Juvier, die ältere der beiden Töchter, aus und blickte verzückt in den blauen Himmel auf. Sie breitete die Arme aus und drehte sich einmal um sich selbst. »Einfach wunderbar! Guten Tag, Kapitän Larousse! Habt Ihr dieses Wetter für uns bestellt?«

Der Kapitän warf ihr einen befremdeten Blick zu und nickte zur Begrüßung nur kurz mit dem Kopf. Dann wandte er sich wieder dem Seemann zu, den er gerade gerügt hatte, weil er das Deck nicht ordentlich geschrubbt hatte.

Yvette Juvier ließ sich von der abweisenden Reaktion des Kapitäns nicht beirren. Was auch nicht nötig war. Kaum hatte sie das Deck betreten, richteten sich alle Augen auf die perfekt gekleidete und frisierte junge Frau. Yvette war eine engelhafte Schönheit mit ihren goldenen Löckchen, die sich da und dort verspielt aus der Frisur gelöst hatten, den unschuldigen blauen Augen, dem kleinen Näschen und dem alabastergleichen Teint. Neben ihrer Mutter, die die Schönheit der Jugend hinter sich gelassen hatte, und ihrer jüngeren Schwester, die noch in der Unsicherheit der letzten Mädchentage steckte, stand Yvette eindeutig im Mittelpunkt. Der Stolz Madame Juviers auf ihre Tochter war unübersehbar, ebenso, dass es ihr gefiel, sich in der Aufmerksamkeit, die ihrer Tochter entgegengebracht wurde, zu sonnen.

Es dauerte nicht lange, bis sich der erste und der zweite Offizier, zwei fesche junge Männer, den Damen angeschlossen hatten und ihnen ihre Bewunderung zollten. Fleur konnte es ihnen nicht einmal verübeln.

Die Juviers spazierten mit ihrem Gefolge über das Deck, auf der Suche nach einem Plätzchen im Schatten, was nicht einfach war. Die Sonne des späten Morgens brannte auf das Deck. Schließlich befahl der zweite Offizier einem Seemann, die Stellung eines der unteren Segel dahingehend zu ändern, dass es genug Schatten spendete.

»So ein eitles Wesen!«, murmelte Lucille leise.

»Ach was, sie ist noch jung und braucht die Aufmerksamkeit als Bestätigung«, beschwichtigte Fleur, obwohl auch sie Unmut empfand über die aufgesetzte Art und Weise, wie Yvette Juvier sich in der Aufmerksamkeit der Männer sonnte. Aber Fleur zog es vor, diese Gedanken für sich zu behalten, da sie befürchtete, man könnte sie ihr als Eifersucht auslegen.

Lucille hatte offensichtlich keine solchen Befürchtungen. »Da wäre ich mir nicht so sicher. So unschuldig, wie sie dreinblickt, ist sie bestimmt nicht. Solchen Frauen kann man nicht trauen. Die nutzen ihr Aussehen, um alle um den Finger zu wickeln.«

»Das braucht uns doch nicht zu kümmern. In ein paar Wochen haben wir ohnehin nichts mehr mit ihr zu tun.«

Docteur Pécherin gesellte sich zu Fleur und Lucille. »Meine Damen, genießt Ihr auch das schöne Wetter?«

»Ja, und vor allem das Schauspiel da drüben«, bemerkte Lucille bissig. Yvette Juvier reichte gerade einem der Offiziere kokett die Hand, um sich eine kleine Stufe hinaufhelfen zu lassen. Inzwischen hatte Lucille ihre Schüchternheit gegenüber dem attraktiven Arzt abgelegt, was wohl vor allem daran lag, dass sie keinerlei Hoffnung mehr hegte, er könne ein romantisches Interesse an ihr entwickeln.

»Lucille!«, mahnte Fleur leise. Es war eines, wenn sie sich untereinander über die Passagiere unterhielten. Aber in Gegenwart von einem Dritten erschien dies Fleur nicht angebracht.

»Das ist noch gar nichts«, erwiderte Docteur Pécherin schmunzelnd. »Wartet erst einmal ab, was passieren wird, wenn der Kapitän bemerkt, dass sie die Segelstellung haben ändern lassen. Um den weißen Teint der Damen zu schützen!« Er warf Fleur einen amüsierten Blick zu.

Die drei unterhielten sich weiter, ohne die Juviers aus den Augen zu lassen. Der Kapitän war auf dem hinteren Teil des Decks beschäftigt, wo er die Männer anwies, die Messingabdeckung entlang der Ladeluken noch einmal zu polieren. Schließlich hatte er seine Inspektionsrunde beendet. Gemessenen Schrittes, die Hände hinter dem kerzengeraden Rücken verschränkt und mit verkniffenem Gesicht, kam er wieder nach vorn.

»Gleich geht es los«, flüsterte Docteur Pécherin.

Der Kapitän hörte das Flattern des Segels und sah nach oben. Alle Segel in der Takelage waren prall vom Wind gefüllt und standen genau richtig, um die höchstmögliche Geschwindigkeit zu gewährleisten. Nur eines nicht. Das unterste Rahsegel, unter welchem die Juviers mit den Offizieren standen, flatterte. Der Blick des Kapitäns senkte sich hinunter auf die Gruppe, die im Schatten stand, und beinahe gleichzeitig verfärbte sich sein Gesicht rot. Er kniff die Augen noch mehr zusammen und blieb einen Moment stehen. Es war ihm anzusehen, dass er nur mit Mühe seinen Ärger unterdrücken konnte. Dann ging er, ohne die Juviers zu beachten, auf seine Offiziere los.

»Meine Herren, wir haben wohl nichts Wichtigeres zu tun, als wie die Hähne herumzustehen und zu gackern! Ist Euch bewusst, dass das Segel über Euren Köpfen flattert? Vielleicht hättet Ihr die Güte, es richtig stellen zu lassen«, sagte er mit gepresster Stimme.

Der zweite Offizier, für den es die erste Überfahrt mit Kapitän Larousse war, überhörte, betört von Yvette, den Sarkasmus in der Stimme des Kapitäns. »Monsieur, die Damen brauchten etwas Schatten, und da dachten wir ...« Er kam nicht dazu, weiterzureden.

Wutentbrannt schnitt ihm der Kapitän das Wort ab. »Ihr dachtet? Die Damen brauchten Schatten? Wo denkt Ihr eigentlich, dass Ihr seid? Auf einem Vergnügungsschiff? Das ist ein Handelsschiff! Eure Aufgabe ist es, dafür zu sorgen, dass wir schnellstmöglich in die Karibik gelangen! Das Denken überlasst gefälligst mir! Und wenn die Damen Schatten brauchen: Den finden sie in ihrer Kabine!« Dann wandte er sich brüsk an den ersten Offizier: »Der zweite Offizier möchte sich gerne eine Woche lang im Frachtraum bei Brot und Wasser auf seine Pflichten besinnen. Ihr werdet dafür sorgen, dass er da unten eingesperrt wird! Und Ihr werdet während dieser Zeit die Arbeit Eures Kollegen übernehmen. Ich hoffe, dass Ihr dabei lernt, Eurer Verantwortung gerecht zu werden!«

»Zu Befehl, Monsieur le Capitaine«, konstatierte der erste Offizier beschämt.

Der Kapitän bedachte die Gruppe mit einem letzten grimmigen Blick, drehte sich auf dem Absatz um und marschierte weiter. Die Seeleute, deren Weg er kreuzte, vertieften sich hastig in ihre Arbeit. Jeder fürchtete, dass sich der Zorn des Kapitäns auch über ihm entladen könnte.

Madame Juvier hob hochmütig das Kinn und scheuchte ihre beiden Töchter mit beleidigter Miene zum Niedergang. Bevor Yvette unter Deck verschwand, drehte sie den Kopf und warf der Gruppe um Fleur einen hasserfüllten Blick zu, als wäre diese für ihre Schmach verantwortlich.

4

Das Schiff gelangte in die Nähe des Äquators. Fleur und Lucille verbrachten nun die meiste Zeit an Deck, da sich die Wärme in der Kabine zu einer schweißtreibenden Hitze staute. In ihren langen, schweren Kleidern waren sie dankbar für jeden Windhauch. Die Zeit, die verging, bis sie endlich in die Nähe der Antillen gelangten, erschien Fleur ewig anzudauern.

Eines Nachmittags schallte plötzlich die Stimme des Ausgucks über das Deck. »Schiff ahoi! Achterlich, drei Strich nach Steuerbord!«

Sofort hielten die Seeleute in ihren Arbeiten inne, und unzählige Augenpaare suchten den Horizont ab.

Nervöse Stimmen gingen durch die Mannschaft. »Wo denn?«

»Seht ihr etwas?«

»Was ist es für ein Schiff?«

»Eins von uns?«

Der Kapitän und seine Offiziere eilten nach Achtern, wohin der Ausguck zeigte. Mit Fernrohren suchten sie das Meer ab.

»Ich kann nichts erkennen«, murmelte der Kapitän.

»Ich auch nicht«, erwiderte der erste Offizier.

Aufmerksam suchten sie weiter.

»Da ist es! Ein Segel!« Aufgeregt deutete der zweite Offizier aufs Meer.

Angestrengt blickten sie weiter durch die Fernrohre. Auf den Gesichtern der Seeleute begann sich Besorgnis abzuzeichnen. Keiner ging zurück an seine Arbeit. Alle standen da und warteten auf die entscheidenden Worte: Freund oder Feind.

Sie befanden sich im Krieg mit den Engländern, und die

Flagge, unter welcher das fremde Schiff segelte, hatte einen entscheidenden Einfluss auf ihr Leben. Manch einer begann zu beten, es möge ein französisches oder ein spanisches Schiff sein. Nur um alles in der Welt kein gefürchtetes englisches Kriegsschiff!

»Er setzt über dem Segel, das wir sehen, noch zwei weitere!«, rief der erste Offizier bestürzt.

Die Miene des Kapitäns verfinsterte sich. »Dann ist es ein verdammter Kaperer, der auf der Lauer gelegen hat!«

Fleur wollte schon fragen, woher der Kapitän wusste, dass es Kaperer waren. Aber der zweite Offizier sah ebenso verwirrt wie sie aus, und so setzte der Kapitän direkt zu einer Erklärung an: »Die oberen Segel zu bergen ist ein alter Piratentrick. Damit sind sie für andere Schiffe erst spät sichtbar, während die Piraten selbst ihre Beute längst ausgemacht haben.«

Inzwischen war das andere Schiff bereits für das bloße Auge als weißer Punkt am Horizont erkennbar.

Unvermittelt drehte der Kapitän sich um. »Setzt alle Segel, die wir haben!«, brüllte er. »Auch den hintersten und letzten Fetzen! Kurs ändern um fünf Strich nach Backbord! Brassen auffieren!«

Das Kommando des Kapitäns setzte die gelähmte Mannschaft in Bewegung. Er brauchte sie nicht anzutreiben. Der weiße Punkt am Horizont war Motivation genug. Flink wie Eichhörnchen kletterten sie in die Takelage und öffneten alle Segel, die noch nicht gesetzt waren. Taue wurden gelöst, Segelstellungen geändert. Der Steuermann drehte das Schiff auf seinen schnellsten Kurs.

»Wir versuchen, zu entkommen. Auch wenn wir noch nicht erkennen können, unter welcher Flagge das Schiff segelt. Wir können nicht warten, bis es nah genug ist. Dann ist eine Flucht vielleicht nicht mehr möglich«, erklärte der Kapitän und marschierte über das Deck, um sich persönlich davon zu überzeugen, dass alles Notwendige getan worden war, um auch noch das Letzte an Geschwindigkeit aus dem Schiff zu holen.

Danach begann die zermürbende Warterei. Es konnte nichts mehr getan werden, als abzuwarten, ob sie schneller waren als ihr Verfolger. Dass sie verfolgt wurden, ließ sich nicht mehr von der Hand weisen. Das Schiff hinter ihnen hatte die Kurskorrektur nachvollzogen und hielt sich genau in ihrem Fahrwasser.

Die Gespräche an Deck waren verstummt. Die Aufmerksamkeit von jedermann war auf den weißen Punkt hinter ihnen gerichtet. Beinahe unmerklich wurde er größer. Die Nervosität der Mannschaft stieg, und Fleur sah überall um sich besorgte, sogar ängstliche Mienen. Ihr eigenes Herz schlug ihr bis zum Hals. Was mochten die kommenden Stunden bringen? War es ein französischer Kaperer, der sie ihrer Wege ziehen lassen würde, oder ein feindliches Schiff? Würde es zu einem Gefecht kommen und sie geentert werden? Als Handelsschiff waren sie nur mit einer geringen Anzahl Kanonen bestückt. Gegen einen echten Gegner hätten sie keine Chance.

Fleur klammerte sich an die Reling, Lucille hatte sich furchtsam bei ihr untergehakt. Die Segel waren jetzt deutlich zu erkennen. Vier standen übereinander. Es musste also ein größeres Schiff sein als ihr eigenes. Fleur wurde die Kehle eng. Sie hatte den Verlust ihrer Heimat und ihres bisherigen Lebens noch nicht verwunden. Beim Gedanken, dass sie möglicherweise in Kürze getötet oder verschleppt würde, zog sich alles in ihr zusammen. Sie musste sich an der Reling festhalten, um nicht zu taumeln. Würde sie Sainte-Lucie und die Plantage, ihre neue Heimat, je erreichen? Würde ihr auch das genommen werden? Warum nur verlor sie immer wieder alles? Stand es ihr einfach nicht zu? Sie hatte ihr Leben lang doch nur den Wunsch gehabt, einen Ehemann zu haben, der sie anständig behandelte. In einem Haus zu wohnen, in dem man sich wohlfühlen konnte. So viel Vermögen zu besitzen, dass sie nicht Not leiden musste, und einen Platz in der Gesellschaft zu haben. Mehr hatte sie nicht erwartet. Damit wäre sie zufrieden gewesen. Aber das Schicksal schien ihr nichts davon zuzugestehen. Fortlaufend nahm es ihr, was sie mühevoll erlangt hatte. Warum musste ihr verstorbener Ehemann Schulden machen und warum zerstörte dieser Krieg ihr Leben? Sie hatte ihn nicht gewollt, und er interessierte sie nicht. Es war nicht ihr Krieg.

Plötzlich rief der erste Offizier: »Ich sehe seine Flagge!«

An Bord wurde es so mucksmäuschenstill, dass man eine Stecknadel hätte zu Boden fallen hören.

»Engländer!«, schrie der zweite Offizier kurz darauf.

Ein Stöhnen ging durch die Mannschaft. Das letzte bisschen Hoffnung der Menschen an Deck löste sich in Luft auf. Sie waren auf den Feind getroffen.

Und der Engländer rückte rasch näher.

»Eine Fregatte«, murmelte der Kapitän resigniert.

Selbst Fleur mit ihrem eingeschränkten Wissen über Schiffe wusste, dass ihr Zusammentreffen damit zu einem Kampf zwischen David und Goliath wurde. Nur zeigte ein Blick in die Gesichter der Männer zu deutlich, dass hier keinem David eine List einfiel, um Goliath zu besiegen. Eine Fregatte war ihnen an Gefechtsstärke weit überlegen.

Nichtsdestotrotz ließ der Kapitän die Kanonen ausfahren und Waffen an die Mannschaft verteilen.

Plötzlich waren zwei Donnerschläge zu hören, und Fleur zuckte von der Reling zurück. Zu beiden Seiten des Achterdecks spritzte Wasser in einer hohen Fontäne auf.

»Der hat sogar Kanonen am Bug anbringen lassen!«, stöhnte der Kapitän auf. Sein Gesicht wirkte plötzlich alt und eingefallen.

Den beiden Kanonenschüssen folgten keine weiteren. Es war nur eine Drohung gewesen. Eine deutliche Drohung.

Fleur beobachtete starr vor Entsetzen, wie der Engländer an Höhe gewann und bald parallel zu ihnen fuhr, sodass sie die ganze Stärke ihres Gegners erkennen konnten. Die Fregatte war um einiges größer als das Handelsschiff und verfügte über ein Zwischendeck mit fünfzehn Kanonen auf einer Breitseite und über weitere zehn auf dem Hauptdeck. Die Stückpforten, aus deren Öffnungen die Kanonenrohre herausstanden, waren schwarz bemalt, was sie noch beängstigender erscheinen ließ. Auf dem hohen Deck standen mit Pistolen, Musketen und Säbeln bewaffnete Männer und stießen ein entsetzliches Gebrüll aus. Ihre mit Ruß bemalten Gesichter ließen sie wie leibhaftige Teufel aussehen.

Fleur war nicht die Einzige, die dieser Anblick entsetzte. Lucille, die sich immer noch an sie klammerte, quetschte ihr fast den Arm ab, und sie sah Männer, denen die blanke Todesangst ins Gesicht geschrieben stand. Sie hatten keinerlei Aussichten auf Erfolg gegen diese waffenmäßige Übermacht und diese Kampfgier. Eine einzige Breitseite aus den Kanonen der Fregatte würde das Deck des Handelsschiffes leerfegen und ein Blutbad hinterlassen.

Fleur keuchte unwillkürlich auf, als der englische Kapitän, ein Furcht erregender, schwer bewaffneter Mann, ebenso schwarz im Gesicht wie seine Mannschaft, sich auf das Dach eines Aufbaues auf dem Mitteldeck schwang und von dem Podest aus seinen Hut lüftete. Auch wenn er sich dabei verbeugte, war Fleur klar, dass dies nicht etwa ein Akt des Respekts war. Die herablassende Geste untermauerte nur seine unbestrittene Überlegenheit. Was für ein grässlich arroganter Mann!

»Bonjour, Monsieur le Capitaine!«, rief er in beinahe akzentfreiem Französisch herüber. »Gestatten, Kapitän Pierce Blackhurst, Freibeuter im Auftrag seiner königlichen Majestät. Mit wem habe ich die Ehre?«

Kapitän Larousse lüftete ebenfalls seinen Hut und stellte sich vor.

»Wie ich die Situation einschätze, werdet Ihr in einem Gefecht kaum eine Chance haben«, rief der englische Kapitän. »Es wäre daher für beide Seiten von Vorteil, wenn Ihr Euch widerstandslos ergebt. Wir wollen unnötiges Blutvergießen vermeiden. Ich hasse das Saubermachen danach. Oder seht Ihr das anders?«, fügte er ironisch an.

Kapitän Larousse presste die Lippen zusammen, und sein Gesicht versteinerte. Er schwieg.

»Ich gebe Euch zwei Minuten zum Überlegen. Danach werden wir das Feuer eröffnen.« Um zu unterstreichen, dass dies keine leere Drohung war, zog der englische Kapitän eine Taschenuhr aus seinem Rock. Dann gab er mit der Hand ein Zeichen, dass die Zeit zu laufen begonnen hatte.

Kapitän Larousse' Haltung wurde noch steifer, als sie es sonst schon war. Fleur beobachtete ihn mit klopfendem Herzen. Er hatte keine Wahl. Sich zur Wehr zu setzen, würde Selbstmord gleichkommen. Aber war er zu stolz, das einzusehen? Fleur glaubte es nicht, und sie betete, dass sie sich nicht täuschte.

Nach einer endlos dauernden Minute befahl der Kapitän: »Holt die Flagge ein!«

Damit war die Kapitulation besiegelt. Das Gefecht war beendet, bevor es überhaupt begonnen hatte. Fleur hielt sich die Ohren zu, als die englischen Teufel ein Freudengebrüll ausstießen, während die Franzosen angsterfüllt ihre Waffen niederlegten.

Dann ging alles sehr schnell. Die Engländer verloren keine Zeit. Mit langen Enterhaken zogen sie die Schiffe aneinander, bis sich die Bordwände krachend berührten. Dieses Geräusch weckte Fleur aus ihrer Erstarrung. Als der erste Engländer auf ihr Schiff sprang, fuhr sie herum, packte Lucille bei der Hand und flüchtete in ihre Kabine.

In angespanntem Schweigen saßen Fleur und Lucille nebeneinander auf dem Kojenrand und horchten auf jedes Geräusch. Siegesgebrüll drang zu ihnen hinunter. Die Decke über ihren Köpfen knarrte unter den darübereilenden Fußtritten. Lucilles Blicke waren nach oben geheftet und folgten hektisch dem Knarren.

Plötzlich polterten schwere Schritte die Treppe hinunter. Jemand versuchte, ihre verriegelte Kabinentür zu öffnen. Angsterfüllt griff Lucille nach Fleurs Hand.

Als sich die Tür nicht öffnen ließ, wurde dagegengehämmert. »Aufmachen!«

Die beiden Frauen erstarrten.

»Los! Aufmachen!« Wieder wurde an die Tür gehämmert.

Lucilles Hand klammerte sich fester um Fleurs.

»Brecht sie auf!«, befahl die Stimme draußen.

Fleur, deren Vater darauf bestanden hatte, dass nicht nur ihre Brüder, sondern auch sie Englischunterricht bekam, verstand die englischen Worte, die draußen in dem Korridor gerufen wurden. Sie stand auf und griff nach dem Riegel an der Tür, um ihn zurückzuziehen.

»Nein!«, flüsterte Lucille entsetzt. »Tu das nicht!«

»Sie werden sie sowieso aufbrechen«, erwiderte Fleur mit gefasster Stimme, »und dann werden wir womöglich von den Holzsplittern verletzt.« Sie schob den Riegel zurück.

Als sich die Tür öffnete, stürzten zwei bewaffnete Männer mit rußgeschwärzten Gesichtern in die Kabine. Fleur und

Lucille wichen zurück. Vor ihnen blitzten die Klingen von Entermessern auf.

Mit einem schnellen Blick prüften die Eindringlinge die Lage.

»Nur zwei Frauen«, rief der eine über die Schulter einem Dritten zu, der im Korridor stehen geblieben war.

»Schafft sie in den Salon zu den anderen!«, befahl er.

Mit den Entermessern wurden Fleur und Lucille hinaus und durch den Korridor zum Salon gescheucht, wo sie eingeschlossen wurden. Die anderen Passagiere waren bereits dort versammelt.

»Wie geht es Euch? Seid Ihr verletzt?«, fragte die Gouvernante besorgt.

»Nein, uns geht es gut«, antwortete Fleur und setzte sich an das hintere Ende der Bank, möglichst weit weg von der Tür. Lucille folgte ihr.

Madame Juvier ging mit nervösen Schritten auf und ab, soweit das in dem engen Raum überhaupt möglich war. Ihre Töchter klammerten sich auf der Bank aneinander.

»Wenigstens sind wir alle wohlauf«, seufzte Monsieur Dupère erleichtert.

»Was wird mit uns geschehen?« Die Stimme seiner Frau zitterte.

Dupère tätschelte ihre Hand, während er nach beruhigenden Worten suchte. »Wir sind zwar im Krieg mit den Engländern, aber wir sind keine Soldaten, sondern Zivilpersonen. Ich kann mir nicht vorstellen, dass sie irgendein Interesse an uns haben könnten.«

»Aber das ist kein Kriegsschiff der englischen Flotte! Es sind Piraten!«, fiel ihm Madame Juvier mit schriller Stimme ins Wort.

Madame Dupère zuckte zusammen und fing an zu weinen.

Ihr Mann legte den Arm um sie und sagte verärgert zu Madame Juvier: »Bitte beruhigt Euch! Es sind keine Piraten, sondern Freibeuter. Sie haben sich an die englischen Gesetze zu halten.«

»Die englischen Gesetze! Pah!« Mit einer vernichtenden Handbewegung wurde sein Einwand beiseitegewischt. Doch plötzlich hielt Madame Juvier inne, stürzte sich auf ihn und schüttelte ihn an den Schultern. »Ihr müsst ihnen sagen, dass Ihr der Sekretär des Stellvertreters des Gouverneurs seid! Dann werden sie nicht wagen, uns etwas anzutun!«

»Madame, bitte!« Er versuchte, ihre Hände von seinem Kragen zu lösen.

In diesem Moment wurde die Tür aufgestoßen. Laut knallte sie gegen die Wand, und diesmal zuckten alle zusammen, auch Fleur. Ihr Blick richtete sich auf die beiden Männer, die im Türrahmen standen. Sie waren besser gekleidet als diejenigen, die sie hier zusammengetrieben hatten. Aber auch sie hatten rußgeschwärzte Gesichter, waren bewaffnet und sahen Furcht erregend aus. Finster musterten sie die Passagiere.

Als die durchdringenden blauen Augen des einen sie für einen Moment fixierten, erkannte Fleur ihn: Kapitän Pierce Blackhurst. Ein kalter Schauer lief ihr über den Rücken. Sie hatte das Gefühl, in die Fänge des Leibhaftigen persönlich geraten zu sein.

Madame Juvier verlor die Nerven. Sie ließ von Dupère ab und stürzte sich auf den kleineren der beiden Männer. »Er ist von der französischen Regierung!«, kreischte sie und zeigte auf den Beamten.

Der Mann reagierte nicht auf ihr Geschrei, sondern stieß sie mit unbeteiligter Miene von sich. Dann sah er Dupère an. »So so. Ist er das.« Es war keine Frage, sondern eine gelangweilte Feststellung.

Fleur ließ Kapitän Blackhurst nicht aus den Augen. Sie meinte, so etwas wie Verachtung in seiner Miene zu sehen, aber es war fast unmöglich, in dem rußgeschwärzten Gesicht zu lesen.

»Ja, sagt es ihm!«, verlangte Madame Juvier von Dupère.

Der aber schwieg.

Fleur hätte dasselbe getan. Sie glaubte nicht, dass diese Männer eine Antwort auf eine Frage wünschten, die sie nicht gestellt hatten.

»Fangen wir mit ihr an«, entschied Pierce Blackhurst und deutete mit dem Kopf auf eine ältere Frau, die wie eine Gouvernante aussah. Er hatte genug gesehen. Seine langjährige Erfahrung erlaubte es ihm, den Wert seiner Beute schnell abschätzen zu können. Die strenge, alte Jungfer gehörte nicht zu den wertvollen Stücken. Weder hübsch anzusehen noch vermögend. Das Beamtenehepaar gehörte ebenfalls nicht dazu. Mit der französischen Regierung wollte er keinesfalls Schwierigkeiten bekommen. Bei der hysterischen Mutter und den Töchtern, an die sie sich jetzt klammerte, sah es anders aus. Ihre Kleidung ließ auf einen vermögenden Stand schließen. Und mit ihrer älteren, blond gelockten Tochter war ihnen eine Perle von einmaliger Schönheit in die Hände geraten.

Wie es um die pummelige Rothaarige stand, würde sich zeigen. Dasselbe galt für die Braunhaarige mit den Rehaugen.

Mittlerweile waren ihm die Reaktionen von erbeuteten Frauen geläufig. Die Palette reichte von Tränen und Flehen über aufgebrachtes Keifen bis zu eingeschüchtertem Zittern. Mitunter gab es sogar welche, die ihre Situation mit Kokettieren zu verbessern versuchten. Dazu schien das Goldlöckchen, die ältere Tochter der Keifenden, zu gehören. Zuerst hatte sie den Kopf verschüchtert gesenkt, um ihm danach unter ihren langen Wimpern hervor einen kurzen Blick mit blauäugiger Unschuld zuzuwerfen.

Sie alle waren leicht einzuschätzen, außer der Braunhaarigen mit den Rehaugen. Ruhig saß sie zuhinterst auf der Bank, und ihre Miene verriet ihm nichts über sie. Auch nicht, als sie den Kopf drehte und ihn mit ihren braunen Augen direkt anblickte.

Er wandte sich ab und ging in die Kapitänskabine, während sein zweiter Offizier, Henry Ferguson, die Gouvernante hinter ihm herführte. Pierce stellte sich ans Fenster und begann die Befragung. Die Frau war tatsächlich eine Gouvernante. Und damit wertlos, wie er angenommen hatte. Niemand würde für sie ein Lösegeld bezahlen. Interessant wurde es bei der Befragung von Madame Juvier, die er Ferguson überließ. Nachdem er sie zweimal hart angefahren hatte, gab sie eingeschüchtert Auskunft, dass ihr Sohn Verwalter einer bedeutenden Plantage sei. Ferguson warf ihm einen augenzwinkernden Blick zu. Wenn das keine fette Beute war!

Als Nächstes wurde die Braunhaarige von einem seiner Männer gebracht.

»Setzen!«, befahl Ferguson. Er deutete auf den Stuhl in der Mitte der Kabine.

Die junge Frau tat wie geheißen und setzte sich. Sie fühlte sich offensichtlich unwohl unter ihren taxierenden Musterungen, aber sie drückte den Rücken durch, verschränkte die Hände im Schoss und sah starr geradeaus.

Pierce stellte sich schräg hinter sie. Er würde zu gern dafür sorgen, dass diese eiskalte Fassade Risse bekam. Er fragte sich, was er wohl dahinter finden würde. Er nickte Ferguson zu, damit er mit der Befragung begann.

»Name?«

»Fleur Laurent.«

Ihr Kopf zuckte, als wollte sie sich umdrehen, aber sie fing sich, bevor sie die Bewegung beenden konnte. Pierce lächelte. Gut, seine stille Anwesenheit hinter ihr machte sie nervös.

»Familie?«

Fleur schüttelte verneinend den Kopf.

Ferguson verzog enttäuscht den Mund. Ohne Familie ließ sich kaum Lösegeld erpressen

»Was wollt Ihr auf den Antillen?«, fuhr er fort.

»Heiraten.«

Pierce betrachtete den eleganten, schlanken Hals, über dem sich ein paar feine Haare kringelten. Er unterdrückte den Drang darüberzustreichen, um herauszufinden, ob die Haut genauso zart war, wie sie aussah.

»Wen?«

»Monsieur Maurais.«

»Und womit beschäftigt sich dieser Maurais?«, fragte Ferguson.

Nun wurde es interessant. Eine offensichtlich wohlerzogene Frau wie sie würde doch sicher keinen armen Schlucker heiraten. Also wurde es vielleicht doch noch was mit dem Lösegeld.

»Er besitzt eine Plantage.«

Ferguson grinste. »Das gefällt mir schon besser.«

Eigentlich hatten sie alle Informationen, die sie brauchten, aber Pierce war neugierig. »Seid Ihr Monsieur Maurais schon einmal begegnet?«

Fleurs Haltung wurde, wenn möglich, noch etwas steifer. Sie blickte sich nicht um. »Nein«, antwortete sie leise.

Interessant! Aber er hatte erfahren, was er wissen wollte. »Lass die Nächste kommen!«, befahl Pierce.

Fleur wurde hinausgeführt, und die beiden verhörten den Rest der Passagiere.

Danach entschied Pierce: »Wir behalten die beiden Juvier-Töchter, Mademoiselle Baulant und Madame Laurent. Die sollten uns was einbringen. Den Rest setzen wir mit der Mannschaft ab.«

»Madame Juvier wollt Ihr nicht behalten?«, wunderte sich Ferguson. »Drei bringen uns mehr ein als zwei.«

»Nein. Sie wird nur Schwierigkeiten machen. Und ich ziehe es vor, sie macht diese Schwierigkeiten an Land bei ihrem Sohn, um das Lösegeld zu beschaffen, anstatt an Bord. Außerdem werden wir für die beiden Töchter gleich viel verlangen können wie für alle drei.«

Mit einem Klopfen trat der erste Offizier ein. »Sir, wir haben die ganze Fracht durchgesehen und die teuren Stücke auf unser Schiff umgeladen.«

»Gut. Dann gebt mir eine Liste davon.« Damit konnte er die Frachtpapiere des französischen Kapitäns fälschen, damit Gouverneur Henry Moore nicht merken würde, dass sie der englischen Regierung einen Teil der Fracht vorenthielten, um ihre Prise zu erhöhen. Sie waren zwar Freibeuter, aber keine Gesetzeslosen wie die Piraten, und deswegen galten für sie einige Regeln. Mit dem Kaperbrief gab ihnen die englische Regierung das Recht, Handelsschiffe feindlicher Nationen anzugreifen und auszuplündern und ihre Feinde dadurch zu schwächen. Im Gegenzug für dieses Recht mussten sie der Regierung einen Teil ihrer Beute abliefern. Aber auch als Freibeuter musste man sich ja nicht an alle Regeln halten, und es hielt die Mannschaft bei Laune, wenn Pierce ihren Sold auf diese Weise erhöhte!

»Ihr segelt das Handelsschiff nach Jamaika und bringt es Gouverneur Moore als Prise«, befahl Pierce seinem ersten Offizier. »Setzt die französische Mannschaft und die Passagiere an einem verlassenen Strand von Guadeloupe ab. Von dort können sie sich zu ihren Landsleuten durchschlagen. Wir werden mit der Fregatte noch eine Weile in diesen Gewässern kreuzen, vielleicht gerät uns ein zweites Handelsschiff in die Fänge. Danach laufen wir Puerto Rico an, verkaufen die erbeutete Fracht und die Frauen an unseren spanischen Verbindungsmann, der das Lösegeld für sie einfordern wird. Auf Jamaika treffen wir uns wieder. Mast- und Schotbruch!«

Der erste Offizier salutierte ergeben.

Pierce wandte sich an Ferguson. »Und Ihr schafft die Frauen auf unser Schiff.«

»Aye, aye, Käpt'en.« Es war ihm anzusehen, dass ihm dieser Befehl gefiel.

5

Im Salon der Passagiere war es ruhig geworden. Madame Juvier hatte kein Wort mehr gesprochen, seit sie von der Befragung zurückgebracht worden war. Madame Dupère und die Gouvernante beteten, und Lucille lehnte den Kopf an Fleurs Schulter.

Wie eine rasant wachsende Schlingpflanze hatte die Angst begonnen, um sich zu greifen. Wuchernd breitete sie sich aus. Keiner konnte sich ihr entziehen. Sie lähmte jede Bewegung, jedes eventuelle Aufbegehren. Sie kontrollierte die Gedanken der Eingesperrten, die sich in Schreckensbildern überschlugen. Zumindest empfand es Fleur so. Sie hatte das Gefühl, dass sie etwas tun musste – irgendetwas –, und die Hilflosigkeit war beinahe schlimmer als die Angst. Aber nur beinahe. Sie war nicht naiv. Sie wusste, was Frauen in Kriegszeiten geschehen konnte. Und sie hatte die Blicke des Kapitäns beinahe wie eine Berührung auf ihrer Haut gespürt.

Sie schreckte auf, als sich die Tür öffnete. Zwei Piraten kamen herein. Der erste war der, der auch die Befragung durchgeführt hatte. Er packte die erschrockenen Juvier-Schwestern und zerrte sie ohne ein Wort aus dem Salon. Der zweite, ein riesiger Mann mit schwarzer Hautfarbe, umschloss Fleurs und Lucilles Arme und zog sie hinter sich her. Er war barfuß und nur mit einer Hose bekleidet, in deren Gürtel ein Messer und eine Pistole steckten. Der Oberkörper war nackt und muskelbepackt. Sein Äußeres wirkte derart bedrohlich, dass Fleur und Lucille sich ohne Gegenwehr mitführen ließen. Er zog sie die Treppe hinauf an Deck und dort auf das erhöhte Achterdeck.

Die Fregatte und das Handelsschiff lagen längsseits dicht aneinander, mit Tauen festgezurrt. Je nach Wellengang krachten die beiden Schiffe zusammen und drifteten wieder ein Stück auseinander, soweit es die Taue zuließen.

»Du rüberspringen!«, befahl der schwarze Mann in schlechtem Französisch an Lucille gewandt und deutete auf das Deck der Fregatte.

Entsetzt sah Lucille ihn an und schüttelte den Kopf. Sie schien sich vor dem, was er von ihr verlangte, noch mehr zu fürchten als vor ihm.

»Du springen!«, befahl er nochmals.

Wieder schüttelte sie den Kopf. Ihre Augen begannen sich mit Tränen zu füllen.

Fleur versuchte einen ruhigen Kopf zu bewahren. Sie trat an die Reling und warf einen Blick in den Spalt hinunter, der sich eben wieder zwischen den beiden Schiffen auftat. Sie schauderte. Einige Meter unter ihnen brodelte die dunkle See. Die Bordwände krachten jäh wieder aneinander, und eine Gischtfontäne spritzte auf. Fleur konnte gerade noch rechtzeitig zurückweichen, um nicht nass zu werden. Sie schüttelte den Kopf. Der Sprung war zwar nicht weit, aber die Bewegungen der Schiffe waren unberechenbar. Ein falscher Schritt, und man würde zwischen die Bordwände ins Wasser fallen und unweigerlich von ihnen zermalmt werden. Sie nahm ihren Mut zusammen und wandte sich dem schwarzen Mann zu. Sie zeigte auf ihre Röcke und versuchte ihm begreiflich zu machen, dass sie unmöglich springen konnten.

Nach einer Weile schien der Mann ihre Handzeichen verstanden zu haben, denn er nickte. Nachdenklich kratzte er sich am Kopf. Dann hob er einen Enterhaken auf und zog ein lose von einer Rah herabhängendes Tau von der Fregatte auf das Achterdeck des Handelsschiffes hinüber.

Lucille beobachtete ängstlich sein Tun und wich zurück, als er mit dem Tau auf sie zukam.

»Du keine Angst. Ich dich festbinden.«

Seine Worte hatten nicht die erwünschte Wirkung. Als er versuchte, das Tau unter ihren Armen hindurchzuziehen, begann sich Lucille panisch gegen ihn zu wehren. Fleur versuchte, sie zu beruhigen, aber ihre Stimme schien gar nicht bis zu Lucille durchzudringen. Schließlich packte der Mann sie und hielt sie so fest, dass sie sich kaum noch bewegen konnte.

»Du keine Angst«, wiederholte er.

Verzweifelt wand sich Lucille in seiner Umklammerung.

»Ich dir nichts tun«, versuchte er sie zu beruhigen, »ich dir nichts tun.« In seiner Stimme klang Trauer und Resignation mit; zumindest meinte Fleur, das herauszuhören.

Aber die Worte und der Ton drangen auch zu Lucille durch, und ihre Befreiungsversuche erlahmten.

»Gut.« Er lockerte seinen Griff, drehte sie zu sich und betrachtete sie forschend. Dann griff er nach einer Strähne, die sich aus ihrer Frisur gelöst hatte, und ließ sie durch seine Finger gleiten. »Du Haar wie Flammen«, murmelte er andächtig.

Verwirrt blickte Lucille zu ihm auf. Sie schien völlig perplex, dass jemand ihre Haare bewundern konnte! Sie wich nicht einmal zurück, als er die Strähne losließ und mit dem Daumen über ihr Gesicht fuhr.

»Und Honigtropfen im Gesicht«, fügte er hinzu.

»Hässliche Sommersprossen«, sagte sie verschämt.

»Honigtropfen«, insistierte er, »süß«, und lächelte sie an. Dann zog er das Tau unter ihren Armen hindurch und verknotete es über ihrer Brust. Er bedeutete ihr, dass sie an dem Tau hochgreifen und sich auf das andere Deck schwingen sollte.

Lucille hatte ihn gewähren lassen, doch als er auf die Fregatte zeigte, kehrte ihre Angst zurück und ließ sie erstarren.

Er tätschelte die Reling und bot ihr seine Hand, um ihr beim Hinaufklettern zu helfen. Als sie sich immer noch nicht bewegte, packte er sie und hob sie auf die Reling. Er hielt sie fest, bis sich die Schiffe wieder annäherten und gab ihr einen Stoß. Sie kreischte, aber sie schwang hinüber und landete sicher auf dem anderen Deck, wo ein Matrose das Seil löste und wieder zurückwarf.

Nun war Fleur an der Reihe. Der Mann schickte sich an, auch ihr das Tau umzubinden.

»Nicht anfassen«, wehrte sie ab und trat einen Schritt zurück. Sie wollte dieses Tau nicht von ihm umgebunden bekommen.

Er zuckte mit den Schultern und deutete auf den Spalt zwischen den Schiffen.

»Gib mir das Tau. Ich werde mich daran festhalten beim Springen.«

Er reichte es ihr. Fleur reckte sich, hielt sich so weit oben wie möglich fest und kletterte auf die Reling. Unter ihr klatschte das Wasser gegen die Bordwände. Einen Moment lang schwankte sie. Nicht hinuntersehen!, schärfte sie sich ein. Sie holte tief Luft und sprang. Das Tau schwang sie über den tiefen Spalt, in dem das Meer schäumte. Das Deck der Fregatte tauchte unter ihren Füßen auf. Sie ließ das Tau los und fiel auf die Holzplanken.

»Fleur! Alles in Ordnung?« Besorgt stürzte Lucille herbei und half ihr aufzustehen.

Erleichtert, sicher gelandet zu sein, nickte Fleur.

Der Mann sprang neben ihnen auf das Deck, nahm sie wieder an den Armen und führte sie einen Niedergang hinunter. Er öffnete eine Kabinentür und schob Fleur hinein. Lucille wollte nachfolgen.

»Nein. Du woanders.« Er zog sie zurück, steckte den Schlüssel von außen in das Schloss und sperrte ab, bevor Fleur die

Möglichkeit hatte, zu protestieren. Sie hämmerte an die Tür und rief nach ihnen. Doch es nützte nichts. Sie hörte, wie sich die beiden entfernten.

Und sie war allein.

Pierce Blackhurst und sein zweiter Offizier Ferguson lehnten an der Reling der Fregatte und sahen dem Handelsschiff nach, das sich mit gesetzten Segeln von ihnen entfernte.

Pierce fragte sich, wo das Triumphgefühl blieb, das er normalerweise nach einem erfolgreichen Fang empfand. Wie immer hatte er begierig auf der Lauer gelegen, und das Jagdfieber hatte ihn gepackt, als das Handelsschiff aufgetaucht war. Und er freute sich auch über den gelungenen Beutezug. Aber es war nicht mehr so wie früher. Die Erregung flaute viel zu schnell ab. Und dies war nicht das erste Mal, dass er sich so fühlte. Er verstand nicht, was mit ihm los war, und das bereitete ihm schlechte Laune.

Wenigstens war die Jagd ohne Blutvergießen beendet worden. Die Finte mit den zusätzlich aufgemalten Stückpforten, die durch die schwarze Farbe noch größer wirkten und eine stärkere Bewaffnung vorspiegelten als tatsächlich vorhanden war, das Drohgebrüll der an Deck versammelten Männer, ihre geschwärzten Gesichter und sein eigenes überlegenes Auftreten hatten sich wieder einmal bewährt. Er hatte diese Taktik schon früh gelernt: Eine erfolgreiche Einschüchterung war der halbe Sieg.

»Eine gute Prise. Die Mannschaft wird sich freuen«, bemerkte Ferguson mit einem Leuchten in den Augen.

»Nicht nur das. Es wird unser Ansehen bei Gouverneur Moore erhöhen.« Pierce' Blick blieb auf das sich entfernende Handelsschiff gerichtet.

Ferguson wartete offensichtlich darauf, dass er weitersprach. Als er das auch nach einer Weile nicht tat, wurde der zweite Offizier ungeduldig. Er trat von einem Fuß auf den anderen, setzte zum Sprechen an, unterließ es dann aber, da das Gespräch für den Kapitän anscheinend beendet war und seine Aufmerksamkeit immer noch dem Handelsschiff galt.

Pierce ließ sich nichts anmerken, aber er beobachtete jede Regung des anderen Mannes genau. Er provozierte ihn schließlich absichtlich. Der ehrgeizige Heißsporn brauchte ab und zu einen Dämpfer. Damit er nicht vergaß, wer der Herr an Bord war. Und die Tatsache, dass das notwendig war, verschlechterte Pierce' Laune weiter. Er wusste, dass er seinem ersten Offizier bedingungslos vertrauen konnte. Nicht aber seinem zweiten. Ferguson strebte ein eigenes Kommando an. Was an sich nichts Falsches war, nur schien er manchmal zu denken, dass der beste Weg dorthin eine Meuterei war. Deshalb hatte Pierce ihn auch nicht mit dem Handelsschiff nach Jamaika geschickt. Er befürchtete, dass Ferguson diese Möglichkeit genutzt hätte, sich zu verselbstständigen.

Schließlich hielt Ferguson es nicht mehr aus und stellte ungeduldig die Frage, die ihm schon die ganze Zeit auf der Zunge brannte. »Wie teilen wir die Beute auf?«

Betont langsam drehte Pierce sich zu seinem Offizier um. »Wie immer. Sobald wir in Jamaika ankommen«, entgegnete er kurz.

»Nein, ich meine die Frauen.« Bedeutungsvoll hob Ferguson die Augenbrauen.

Pierce hatte die Frage erwartet, aber das machte sie nicht weniger unangenehm. Der Platz an Bord war begrenzt, und es gab keine Kabinen für zusätzliche Passagiere. Um die Sicherheit von Frauen auf einem Schiff mit einer Horde Männer, denen seit Monaten weibliche Gesellschaft vorenthalten worden war, zu gewährleisten, teilten die Offiziere sie auf ihre eigenen Kabinen auf. Sie hatten für die Sicherheit der Frauen zu sorgen. Dies war ihr oberstes Gebot. Wenn sich aber eine von ihnen verführen ließ, nun, dann war das ihre eigene Entscheidung.

Pierce war aufgefallen, dass Ferguson ein Auge auf das Goldlöckchen geworfen hatte. Was nicht verwunderlich war. Nur stand ihm als Kapitän die erste Wahl zu und damit die schönste der Frauen. Und das ließ ihn dieses Mal in eine Zwickmühle geraten. Er hatte keine Lust auf das Goldlöckchen. Sie war ihm zu jung, zu unerfahren und zu kokett. Das wog selbst ihre Schönheit nicht auf. Der Gedanke, ein kicherndes Gänschen bis nach Puerto Rico in seiner Kabine zu haben, ließ ihn innerlich aufstöhnen.

Er hatte überhaupt keine Lust auf eine Frau. Er wollte seine Ruhe. Und auch das war ein befremdendes Gefühl für ihn. Er hatte die Gegenwart schöner Frauen immer genossen. Aber als er versuchte, sich die Gesichter der Frauen, die er in den letzten Jahren verführt hatte, vor Augen zu rufen, stellte er fest, dass er sich an die wenigsten erinnern konnte und schon gar nicht an ihre Namen. Das Goldlöckchen wäre nur eine mehr in dieser gesichtslosen Reihe. Ihren Namen hatte er schon jetzt vergessen. Warum diesmal also überhaupt eine Frau? Der Gedanke, es nicht zu tun, war verlockend.

Aber er wusste, auf das Goldlöckchen zu verzichten und sie Ferguson zu überlassen, würde seinem Stand bei der Mannschaft schaden; sie könnten es ihm als Schwäche auslegen. Das durfte er angesichts der Situation mit seinem zweiten Offizier keinesfalls zulassen. Ein schwacher Kapitän lief immer Gefahr, gemeutert zu werden. Er musste sich für eine entscheiden. Wenn nicht Goldlöckchen, dann blieb nur das Rehauge übrig. Sie konnte zwar nicht mit der Schönheit der ersteren mithalten, aber sie war hübsch, wenn auch für seinen Geschmack zu mager, und sie würde sich ruhig verhalten und ihn am wenigsten stören. Er würde sein Ansehen damit zwar nicht stärken, ihm aber auch nicht schaden.

»Ich nehme die Braunhaarige.«

Überrascht sah Ferguson ihn an. »Nicht die Blonde?«

Blackhurst verzog das Gesicht. »Sie ist ein dummes Gänschen. Die Braunhaarige ist erfahrener.«

»Dann ...« Ferguson brach ab. Er konnte kaum glauben, dass er ein solches Glück haben sollte.

»Bedient Euch«, offerierte Pierce gelangweilt. »Aber benehmt Euch dabei wie ein Ehrenmann«, setzte er mit scharfer Stimme hinzu. »Ich will von der Dame keine Klagen hören.«

Ferguson strahlte und ging unter Deck.

Pierce blieb allein an der Reling zurück. Es widerstrebte ihm, in seine Kabine zu gehen. Dorthin würde Ferguson gleich das Rehauge bringen.

6

Fleur blieb nicht in dem kleinen Raum, in den man sie gesperrt hatte. Nach einer Weile kam ein weiterer Pirat – der, den sie schon von der Befragung kannte – und brachte sie wortlos in eine andere Kabine. Diese war ungewöhnlich geräumig. Auf der einen Seite standen ein Tisch mit zwei gemütlich aussehenden Stühlen und dahinter eine Art Buffet mit Schränken und einer Anrichte. Die Möbel waren schnörkellos, aber in sorgfältiger Handarbeit gezimmert, und das Holz, abgesehen von einer matten Lackierung, in seinem natürlichen Zustand belassen worden. Die Sonne strahlte durch eine Fensterfront an der Längsseite des Raumes auf eine darunterstehende, massive Truhe, die mit Eisenbeschlägen verziert war, und auf die breiten Holzplanken des Fußbodens. An der Wand daneben war ein ungemachtes Bett.

Trotz der Möbel war der Raum karg eingerichtet. Bilder und persönliche Gegenstände fehlten. Es war, als ob der Besitzer für eine längere Zeit verreist sei. Einzig die zerknüllten weißen Laken auf dem Bett zeugten von einem Bewohner. Sie strahlten eine derartige Intimität aus, dass sie Fleur vom Bett weg zum Tisch trieben, wo sie sich ängstlich setzte.

Angespannt wartete sie darauf, dass jemand hereintreten würde. Ihre Hände waren feucht vor Schweiß, sodass sie sie in ihrem Schoß faltete, anstatt sie auf die Armlehnen zu legen. Bald spürte sie, wie sich auch Schweiß an ihrem Rücken bildete, diesmal allerdings wegen der Wärme im Raum, nicht wegen ihrer Nervosität. Unbarmherzig strahlte die Sonne durch die Fenster auf Fleurs braunes Kleid. Aber sie wagte nicht, sich zu rühren, aufzustehen und den Stuhl ein Stück nach hinten zu rücken, um den Sonnenstrahlen zu entfliehen. Verkrampft blieb sie sitzen.

Eine jähe Erkenntnis ließ die Hitze auf einen Schlag noch unerträglicher werden. Angst schoss in ihr hoch. Eine solch geräumige Kabine hatte nur eine Person auf einem Schiff: der Kapitän! Es war *seine* Kabine! Die finstere Gestalt mit den durchdringenden blauen Augen. Was würde er hier mit ihr tun? Weshalb war sie in seine Kabine gebracht worden? Bei der Vorstellung, zu was ein solcher Mann fähig wäre, wenn ihm eine Frau in die Hände geriet, brach ihr der Schweiß aus allen Poren.

Fleur wusste nicht, wie lange sie unbeweglich auf dem Stuhl verharrt hatte – es kam ihr vor wie Stunden –, als die Tür aufging und *er* hereintrat.

Blackhurst warf ihr einen kurzen Blick zu, marschierte mit zwei Schritten durch die Kabine, wobei er seinen Hut achtlos auf die Truhe warf, und riss die Fenster auf. Auch dasjenige, das sich in Fleurs Rücken befand. Die feuchten Nackenhaare sträubten sich ihr, als er hinter sie trat.

Sie sträubten sich auch noch, nachdem er sich ihr gegenüber auf den Stuhl hatte fallen lassen und sie mit einem intensiven Blick fixierte. Trotz der Hitze rann ein Schauer der Kälte über ihren feuchten Rücken. Furchteinflößend funkelten seine Augen zwischen wirren kohleschwarzen Haarsträhnen hervor. Die untere Hälfte des Gesichts war von einem ebenso schwarzen, kurzen Bart bedeckt. Seine groß gewachsene, kräftige Gestalt schien, obwohl er saß, den ganzen Raum in der Kabine einzunehmen und nichts mehr davon für Fleur übrig zu lassen. Sie fühlte sich eingezwängt und erdrückt.

Er lehnte sich zurück, legte die Füße überkreuzt auf den

Tisch vor ihr und verschränkte die Arme selbstgefällig hinter dem Kopf. Immer noch starrte er sie an und ließ dabei seinen Blick an ihrem Körper hinabschweifen und wieder hinauf. Ohne ein Wort zu sagen.

Fleur rieb ihre feuchten Hände am Kleid. Das Schweigen zerrte an ihren Nerven. Sie hätte es gerne gebrochen, um ihm zu entkommen, aber in ihrem Kopf nahm kein einziges Wort Form an. Es gelang ihr nur, ihren Blick abzuwenden und auf die Tischplatte zu senken, die mit Schnitten und Kerben übersät war.

In einer geschmeidigen Bewegung nahm er die Füße vom Tisch und beugte sich vor. »Du bist nicht gerade gesprächig, Rehauge!«

Fleur fühlte sich gezwungen, ihn wieder anzusehen, aber sie hielt seinem Blick nur eine Sekunde stand. Sie krallte die Finger in den Stoff des Kleides. Erneut brach ihr der Schweiß aus, trotz dem erlösenden Lufthauch, der durch die geöffneten Fenster wehte.

»Aber wir haben Zeit, viel Zeit.« Er lehnte sich wieder zurück und starrte sie weiterhin an. Eine Weile lang saßen sie sich schweigend gegenüber.

Dann befahl er: »Los, geh in deine Kabine!« Mit dem Kopf deutete er auf die Tür am Fußende des Bettes. Seine Stimme hatte einen verärgerten Unterton angenommen.

Es dauerte einen Moment, bis es Fleur gelang, die Erstarrung abzuschütteln und aufzustehen. Auf wackeligen Beinen setzte sie einen Fuß vor den anderen, bis sie vor der Tür stand. Sie öffnete sie, trat über die Schwelle und schloss sie hinter sich. Sic atmete aus, und mit der Luft, die aus ihr herausströmte, sank sie in sich zusammen. Zum Glück war es fast unmöglich, nicht in die Koje zu fallen.

Die Kabine war noch enger als diejenige auf dem Handelsschiff – gerade mal eine Armlänge breit –, und mit dem Unterschied, dass es nur eine Koje gab, die in die Wand eingelassen war.

Sie hatte das Gefühl, nicht atmen zu können. Sie kämpfte sich hoch, und mit zittrigen Händen öffnete sie das kleine Fenster, auch wenn es draußen nur unmerklich kühler war als im Raum. Sie rang nach Luft.

Nur allmählich ließ der eiserne Griff um ihre Lunge nach. Als sie endlich wieder tief durchatmen konnte, reckte sie sich, um die Verkrampfungen in ihrem Körper, die sie starr wie eine Holzpuppe hatten werden lassen, zu lösen. In ihrem Nacken knackte es.

Auch wenn die Worte des Kapitäns und seine beinahe unerträgliche Nähe direkt hinter der dünnen Holzwand der Koje wie ein schweres Gewicht auf ihr lasteten, war sie dankbar für die Ruhepause, die ihr gegönnt wurde. Allein in einer eigenen Kabine zu sein, selbst wenn deren Enge ihr keine Bewegungsfreiheit gab, war in diesem Moment eine derart unbeschreibliche Erlösung, dass sie darüber beinahe in Tränen ausgebrochen wäre. Erschöpft schloss sie die Augen und versuchte an nichts zu denken. Schon gar nicht daran, was als Nächstes geschehen würde.

Eine Faust hämmerte zweimal gegen Fleurs Kabine. »Abendessen!«

Erschrocken richtete sie sich auf. Durch das Fenster waren einzelne violett gefärbte Wolken an einem dunkelblauen Himmel zu erkennen. Darunter lag das Meer in seiner nachtschwarzen, unüberwindbaren Endlosigkeit, die Fleur von jedem anderen Leben auf dieser Welt abschnitt und zur Gefangenen dieses Schiffes und seines Kapitäns machten. Der Drang, sich in ihrer

Koje zu verstecken, anstatt sich wieder in die Höhle des Löwen zu begeben, war beinahe übermächtig. Doch die Angst, er könnte kommen und sie holen, und ein beinahe unerträglich gewordener Durst zwangen sie, aufzustehen, sich notdürftig zurechtzumachen und hinüberzugehen.

Das Licht eines Kerzenleuchters, der von der Decke herunterhing, erhellte den Raum. Kapitän Blackhurst saß am Tisch und riss mit den Zähnen ein Stück Fleisch von einem Knochen, den er mit dem Entermesser aufgespießt hatte und mit der anderen Hand festhielt.

Unsicher näherte sich Fleur und blieb vor dem Tisch stehen. Er nahm einen weiteren Bissen. Als sie immer noch bewegungslos dastand, ließ er den Knochen los, der aufgespießt am Entermesser hängen blieb, und forderte sie mit einer unwirschen Handbewegung auf, sich zu setzen. Dann wandte er sich wieder dem Essen zu.

Fleur schob den Stuhl zurück und setzte sich. Erleichtert bemerkte sie, dass ein metallener Teller mit Messer und Gabel für sie bereit lag. Wenigstens würde sie nicht mit den Fingern essen müssen.

»Nimm!«, sagte er mit vollem Mund und deutete auf die Schüssel.

Nach einem kurzen Zögern wagte sie es, das übrig gebliebene Stück Fleisch zu nehmen und auch Kartoffeln und Gemüse, die sich ebenfalls in der Schüssel befanden. Dabei bemühte sie sich, das Zittern ihrer Hände zu verbergen.

Nachdem sie einige Bissen hinuntergewürgt hatte, ohne von Blackhurst belästigt worden zu sein, nahm sie allen Mut zusammen und stellte die Frage, die sie seit ihrer Trennung umtrieb: »Wo ist Lucille?«

Blackhurst hielt inne und kniff die Augen zusammen. »Wer?«

»Lucille Baulant, die Frau mit den roten Haaren.«

Er sah sie einen Moment schweigend an, dann wandte er sich wieder dem Essen zu. »Das hat dich nicht zu interessieren.«

Pierce schenkte der Frau, die ihm gegenübersaß, aus einer Karaffe mit Wasser verdünnten Wein ein und beobachtete sie. Kerzengerade saß sie am Tisch, schnitt sich kleine Bissen Fleisch von dem Knochen und aß, als ob sie sich an der Tafel einer vornehmen Abendgesellschaft befinden würde. Ihr Benehmen war tadellos, mit einer Ausnahme: Sie unterhielt ihren Tischnachbarn nicht mit einer angenehmen Konversation.

Je länger er sie beobachtete, desto mehr verärgerte ihn ihre vornehm abweisende Art. Sie erinnerte ihn an seine Mutter und die Frauen der sogenannten besseren Gesellschaft. Die Frauen, die nur Augen für seinen ältesten Bruder gehabt hatten, der den Familientitel und die Ländereien erben würde. Oder für seinen zweitältesten Bruder, dem zumindest noch die Militärakademie und damit eine glanzvolle Laufbahn finanziert worden war. Bestimmt aber nicht für ihn, dem nur noch das Theologiestudium offengestanden und der nach dem Willen seines Vaters Pfarrer hatte werden sollen.

Ausgerechnet er! Es war, als ob das Schicksal ihm und seinen Brüdern einen Streich hatte spielen wollen, indem es sie in der falschen Reihenfolge in die Welt setzte. Anstatt ihn an erste oder zweite Stelle zu setzen, waren seine Brüder auf diesen Plätzen gelandet. Den Friedfertigen, der sich nie mit anderen Jungs prügelte und kein Blut sehen konnte, setzte es an die Stelle desjenigen, der nach Familientradition aus einer siegreichen Schlacht heimkehren sollte. Und der gottesfromme Scheue mit seiner Angst vor dem Vieh sollte sich mit den Pächtern herumschlagen.

Aber das hatte seinen Vater nicht interessiert. Der Familientradition war Folge zu leisten. Demgegenüber waren die Wünsche des Einzelnen belanglos. Auch dass er, der dritte Sohn, den Verwalter, so oft es ging, zu den Pächtern, zu Viehauktionen und zu den Abnehmern ihrer landwirtschaftlichen Erzeugnisse begleitete, um möglichst viel zu lernen, hatte nichts genützt. Ebenso wenig, dass er auf einen Blick die Qualitäten des Viehs einschätzen konnte, auf dem Feld geholfen und sogar bessere Preise als sein ältester Bruder ausgehandelt hatte.

Der Vater war bei seinem Entschluss geblieben.

Und von seiner Mutter hatte er weder Hilfe noch Liebe erhalten. Für sie hatte nur ihr Stand in der Gesellschaft gezählt. Sie war ein Ausbund an kalter Tugend gewesen, die dafür sorgte, dass die Etikette strikt befolgt wurde.

Eines Tages hatte er es nicht mehr ausgehalten und war von zuhause ausgerissen. In einer Spelunke am Hafen war er betrunken in die Hände von Rekrutierungsoffizieren geraten, die junge Burschen mit verlockenden Versprechungen für den Dienst auf einem Kriegsschiff anwarben. Er hatte ohne Zögern ein Papier unterzeichnet, dass ihn für fünf Jahre auf See verpflichtete.

Mit einem Kater war er im harten Ernst des Lebens aufgewacht, der nichts mit den schönen Versprechungen, die man ihm gemacht hatte, zu tun hatte. Zwar fand er Gefallen am Seeleben, nicht aber an dem harten Drill und der jähzornigen Willkür, mit der einige der Offiziere ihre Macht missbrauchten.

Auf einer Insel in der Karibik hatte er sich abgesetzt und sich Freibeutern angeschlossen. Kurz gesagt: Er war desertiert. Eine Rückkehr in die Heimat war damit unmöglich geworden. Was ihn jedoch nicht weiter störte. Er hatte weder das Bedürfnis, seine Eltern wiederzusehen noch die aristokratische englische Gesellschaft mit ihrem Gehabe und ihren Spielchen. Was ihn störte, war nur, dass sie ihn immer wieder bis in diese weit entfernten Breitengrade verfolgte. Sei es in Form der Vertreter der englischen Regierung, in deren Namen er als Freibeuter segelte, oder in Form von Frauen wie der, die ihm gegenübersaß und die meinte, ihn mit den gleichen Methoden kleinkriegen zu können, wie seine Mutter es getan hatte: Sie hatte einen einfach links liegenlassen und wie Luft behandelt.

Wenn das Rehauge dieses Spiel mit ihm spielen wollte, nun denn. Er kannte es mittlerweile und er hatte im Laufe seines Lebens seine eigenen Methoden entwickelt.

Er rülpste. Absichtlich.

Ihr Blick flatterte vom Teller, auf den sie ihn während des ganzen Essens geheftet hatte, zur Schüssel in der Mitte des Tisches und wieder zurück zum Teller. Ansonsten überging sie sein Fehlverhalten geflissentlich.

Natürlich. Genau das hatte er erwartet. Aber er würde sie schon noch kleinkriegen. Das war nur der Auftakt gewesen. Er wusste genau, wo der Schwachpunkt solch eiskalter, vornehmer Frauen lag: Nichts vertrugen sie weniger als schlechtes Benehmen. Und mit den Abgründen und den Trieben des einfachen Lebens waren solche Ausbunde an Tugendhaftigkeit völlig überfordert. Er brauchte sie nur an ihre Grenzen zu führen, und dann würde er sie im Griff haben.

Er wartete, bis sie fertig gegessen hatte. »Du bist also unterwegs nach Sainte-Lucie, um zu heiraten?«

Zum ersten Mal sah sie ihn an. Ihr Blick flackerte. Schließlich antwortete sie kaum hörbar: »Ja.«

»Warum bist du dafür nicht in Frankreich geblieben? Es wäre ein bisschen einfacher gewesen, als diese beschwerliche Reise zu unternehmen, zu einem Mann, den du nicht einmal kennst.«

Sie senkte den Blick wieder. »Mein Gatte ist verstorben und hat mir nur die Hälfte an einer Plantage hinterlassen.«

»Sonst besitzt du nichts mehr?«

Ihre Hände verkrampften sich um das Besteck. »Nein.«

»Nun, du wirst irgendwie für die Passage auf meinem Schiff aufkommen müssen«, begann er sein Spiel.

Fassungslos sah sie ihn an.

»Wir befördern Passagiere nicht umsonst.« Er zuckte die Schultern, als ob das offensichtlich wäre.

»Aber Ihr habt mich doch auf Euer Schiff bringen lassen.« Ihre Stimme zitterte.

Er ignorierte ihren Einwand und begann, sein Messer mit einem Lappen zu reinigen. »Dein Bräutigam wird kaum für deine Kosten aufkommen.«

»Warum sollte er das nicht tun? Er wird Euch die Kosten bestimmt erstatten.« Sie bemühte sich zwar um einen überzeugenden Tonfall, aber offensichtlich war sie sich selbst nicht ganz sicher.

Er hielt inne und blickte sie an. »Hattest du nicht gesagt, dass dir die Hälfte seiner Plantage gehört?«

»Ja«, antwortete sie verwirrt.

»Was denkst du, wie froh er sein wird, wenn diese Verlobte, die er nicht kennt und die ihm die Hälfte an seiner Plantage vorenthält, nie ankommt?«

»Was wollt Ihr damit andeuten?«

Er schüttelte den Kopf. War sie wirklich so naiv? »Er wird mich wahrscheinlich eher dafür bezahlen, dass Ihr nie einen Fuß auf seine Insel setzt. Dann gehört ihm die ganze Plantage.«

Das Rehauge starrte ihn entsetzt an. Der Gedanke, dass es Männer gab, die weder Anstand noch Ehre besaßen, sondern nur auf ihren eigenen Vorteil bedacht waren, war ihr anscheinend noch nicht gekommen. Aber ihr Entsetzen verwandelte sich schnell in Wut. »Wie könnt Ihr so von ihm denken! Ihr kennt ihn doch gar nicht! Er freut sich auf meine Ankunft. Er hat mir einen sehr freundlichen Brief geschrieben.«

Pierce lachte zynisch auf. Er war sich sicher, dass der Brief eine Lüge war. Sie hatte kurz zur Seite geblickt, ein typisches Zeichen. Aber es war eine wunderbare Vorlage, weiter zu sticheln. »Ich hätte nicht gedacht, eine solche Romantikerin vor mir zu haben! Nun, du wirst die Welt auf den Inseln schon noch kennenlernen.«

Beschämt senkte sie den Blick. Wegen der Lüge oder wegen dem Vorwurf, eine Romantikerin zu sein?

»Wir werden uns also überlegen müssen, wie du die Überfahrt bezahlst«, nahm er das Thema wieder auf.

Sie schwieg, und so fuhr er genüsslich fort. »Du hast zwei Möglichkeiten: Entweder verkaufe ich dich auf einem der Sklavenmärkte.« Dabei ließ er seinen Blick lasziv von ihrem Gesicht zu ihren Brüsten hinunterwandern, und an ihrem Gesichtsausdruck merkte er, dass das die gewünschte Wirkung hatte. Sie wurde immer wütender. »Du wirst bestimmt ein hübsches Sümmchen einbringen. Weiße Frauen sind in diesen Breitengraden, wo sich die Männer meist mit schwarzen Sklavinnen begnügen müssen, sehr begehrt. Oder du arbeitest deine Überfahrt ab. Für gewisse Dienstleistungen wäre ich geneigt, für deine Kosten aufzukommen.« Er deutete mit dem Kinn auf das Bett.

Plötzlich breitete sich Panik auf ihren Zügen aus. Pierce betrachtete sie aufmerksam, unsicher, was diesen Stimmungsumschwung hervorgerufen hatte. Er wollte sie so zornig machen, dass sie die aufgesetzte Kontrolle der feinen Dame verlor. Ein bisschen Angst konnte dabei nicht schaden, aber das, was er in ihren Augen las, ging weit darüber hinaus. Er glaubte allerdings nicht, dass seine Worte diese Panik hervorgerufen hatten. Sie blickte durch ihn hindurch, als wäre sie mit den Gedanken gerade ganz woanders.

»Überlege dir gut, wofür du dich entscheidest.« Seine Worte brachten sie wieder ins Hier und Jetzt zurück. Gelangweilt spielte er mit seinem Messer, als hätte er sie nicht gerade vor eine unsägliche Wahl gestellt.

Aha! Ihre Augen verengten sich wieder, er hatte also recht gehabt. Aber anstatt sich in einer Tirade Luft zu machen, wie er insgeheim hoffte, schoss sie hoch und flüchtete in ihre Kabine.

Das Knallen der Tür hallte noch einen langen Moment nach.

7

Fleur fand keinen Schlaf. Angestrengt horchte sie auf Geräusche von nebenan. Jedes Mal, wenn sich seine Schritte in ihre Richtung bewegten, erstarrte sie. Würde er jetzt kommen und sich holen, was er angedroht hatte? Sobald sich die Schritte wieder entfernten, stieß sie den angehaltenen Atem aus.

Doch noch etwas ganz anderes quälte sie. In dem Gespräch mit diesem furchtbaren Mann war ihr aufgegangen, was dieser Überfall längerfristig für sie bedeutete. Sie hatte ihren gesamten Besitz verloren. Alles, was sie besaß, war in dem Schrankkoffer, und der befand sich nun im Frachtraum des Handelsschiffes, das Gott weiß wohin unterwegs war. Er war für sie für immer verloren. Und mit ihm die wertvolle Urkunde und der Brief ihres Bräutigams. Selbst wenn sie jemals Sainte-Lucie erreichen sollte, könnte sie nicht mehr beweisen, dass sie Fleur Laurent war und Mitbesitzerin an der Plantage. Sie besaß rein gar nichts mehr. Nur noch das Kleid, das sie trug. Und ihre Tugend, aber um die war es ganz offensichtlich nicht gut bestellt.

Erst am späten Abend hörte sie, wie Kapitän Blackhurst endlich zu Bett ging.

Doch ihre Erleichterung war nur von kurzer Dauer. Das Gewicht ihrer Sorgen war einfach zu erdrückend. Was sollte sie jetzt bloß tun? Selbst wenn sie den Piraten entkam, sie war völlig besitzlos. Und sie musste sich eingestehen, dass Kapitän Blackhurst recht hatte. Ohne die Urkunde würde ihr Bräutigam nichts mehr von ihr, einer mittellosen Frau, wissen wollen. Sie war allein in einer fremden Welt. Nicht einmal ihre Freundin Lucille hatte sie mehr. Frankreich war unerreichbar weit weg.

Und selbst wenn sie dorthin zurückgelangen könnte, es würde ihr nicht weiterhelfen. Ihr altes Zuhause war verloren. Es gab nichts mehr, wohin sie zurückkonnte. Ihr ganzes Leben war verloren. Alles war verloren.

Sie wälzte sich die ganze Nacht lang auf ihren Laken, und auch am Morgen wurde es nicht besser. Sie hörte, wie Blackhurst aufstand, aber da er sie nicht rief, blieb sie in ihrer Kabine. Die Stunden vergingen, und die Macht der Sonne nahm zu. Die erträgliche Wärme des Morgens verwandelte sich wieder in die drückende Hitze des Tages.

Am Nachmittag hörte Fleur, wie Kapitän Blackhurst in seine Kabine zurückkam. Der Holzboden knarrte unter seinen Schritten. Dann wurde es ruhig. Er musste sich gesetzt haben. Nach einer Weile setzten die Schritte wieder ein, verharrten, gingen weiter. Ängstlich horchte Fleur darauf, ob sie näher kamen. Trotzdem schrak sie auf, als er plötzlich die Tür ihrer Kabine aufriss.

»Komm rüber! Ich wünsche Gesellschaft!«

Als Fleur widerstrebend hinüberging, lehnte er am Buffet, in der Hand eine gelbe Frucht, die er mit dem Entermesser in zwei Hälften schnitt. Er nagte das Fruchtfleisch aus der Schale, Saft rann ihm über die Finger. Als er mit der ersten Hälfte fertig war, warf er die leere Schale aus dem offenen Fenster ins Meer und schnitt den Kern aus dem anderen Teil.

»Setz dich!«, befahl er, während er sich über den Rest der Frucht hermachte. Anschließend holte er aus dem Schrank eine zweite und legte sie vor Fleur auf den Tisch. »Iss!«

Sie starrte auf die ihr unbekannte Frucht. Sie wusste nicht, wie sie sie anständig essen sollte. Als Kapitän Blackhurst sein Messer mit der Spitze in den Tisch rammte, fuhr sie erschrocken zusammen. Die Klinge zitterte von der Wucht des Stoßes und war klebrig vom Saft.

Er stützte sich mit beiden Händen auf den Tisch und beugte sich so nah zu ihr hinunter, dass sein Gesicht nur wenige Handbreit von ihrem entfernt war. »Schneid sie auf!«

Um seinen stechenden blauen Augen auszuweichen, senkte Fleur den Blick. Er wartete, schien auf ihre nächste Bewegung zu lauern wie ein Raubtier kurz vor dem finalen Sprung auf die Beute. Zögernd streckte Fleur die Hand nach dem Messer aus. Sie befürchtete, er warte nur darauf, dass sie danach griff. Damit er zupacken und es ihr wieder entreißen konnte. Um ihr mit höhnischer Miene seine Überlegenheit vor Augen zu führen.

Aber er tat nichts dergleichen. Auch nicht als Fleur ihre Finger um den Griff schloss. Reglos sah er ihr dabei zu. Sie musste kräftig ziehen, um das Messer aus der Tischplatte zu bekommen. Mit einem Ruck löste es sich. Schwer lag es in ihrer Hand. Ein glatt polierter, geschwungener Griff aus rotbraunem Holz mit einer langen, leicht gekrümmten Klinge, deren Metall in der Sonne aufblitzte. Ein edles, tödliches Messer. Ein Hieb würde ausreichen, schoss ihr durch den Kopf. Gnadenlos würde die Klinge seine Kehle aufschlitzen. Er befand sich genau in der richtigen Position dafür.

»Denk nicht mal dran«, sagte er, ohne sich von der Stelle zu rühren. »Es sei denn, du bevorzugst es, der ganzen Mannschaft statt mir allein deine Aufmerksamkeit zu schenken.« Seine Stimme klang bedrohlich dunkel. »Ist schon einige Zeit her, dass sie weibliche Gesellschaft genossen haben. Du kannst also damit rechnen, dass sie nicht sehr zimperlich mit dir umspringen werden, solltest du ihnen in die Hände geraten.« Er richtete sich langsam auf. »Dasselbe gilt, falls du auf die Idee kommen solltest, diese Kabine zu verlassen. Ich werde sie in Zukunft nicht mehr abschließen. Also überleg dir gut, wofür du dich entscheidest. Wenn sie dich draußen erwischen, werde ich dir nicht helfen.«

Fleur umklammerte das Messer. Zitternd setzte sie auf der ovalen Frucht an und teilte sie in zwei Hälften, wie sie es bei Blackhurst gesehen hatte. Die scharfe Klinge durchschnitt das Fruchtfleisch wie Butter. Ihr Magen krampfte sich vor Nervosität zusammen, aber sie wagte nicht, das Essen zu verweigern. Vorsichtig knabberte sie an der Frucht. Sie schmeckte süß, aber der ekelhaft klebrige Saft rann ihr über das Kinn und das Handgelenk hinab. Er tropfte auf den Tisch und hätte auch ihr Kleid beschmutzt, wenn sie sich nicht über die Tischplatte gebeugt hätte.

Als sie beide Hälften aufgegessen und die Schalen und den Kern ebenfalls durch das Fenster entsorgt hatte, warf er ihr den Lappen hin, mit dem er sich vorher die Hände gereinigt hatte. »Wisch dir den Mund ab!«

Fleur gehorchte. Sie wusste, dass jeder Widerstand die Sache noch unangenehmer machen würde, dass er jedes Zögern zum Anlass nehmen würde, noch mehr von ihr zu fordern. Sie ließ sein grobes Verhalten über sich ergehen, und sie würde es auch in Zukunft so würdevoll wie möglich über sich ergehen lassen. Auf diese Weise hatte sie schon andere schlimme Zeiten überlebt.

Pierce Blackhurst spazierte über das Deck. Nach der angespannten Atmosphäre, die in der Kabine herrschte, seit die Frau da war, genoss er den frischen Lufthauch hier oben nur umso mehr. Sein zweiter Offizier hatte Dienst und kommandierte die Mannschaft und das Schiff. Die oberen Segel waren geborgen, sie machten kaum Fahrt. Die Fregatte lag auf der Lauer. Für ihn als Kapitän gab es im Augenblick nichts zu tun. Die Männer, deren Wache beendet war, saßen auf dem Deck und beschäftigten sich mit Kartenspielen, Geschichtenerzählen und derben Späßen. Einer spielte Mundharmonika.

Pierce wusste, dass es solche ruhigen Zeiten waren, in denen ein besonderes Augenmerk auf die Mannschaft geworfen werden musste. Das Nichtstun und die Warterei ließen die Männer mit der Zeit rastlos und unzufrieden werden. Noch waren sie guter Dinge. Der Triumph des gelungenen Beutezuges war noch nicht gänzlich verblasst. Pierce hatte ihnen zudem eine zusätzliche Ration Alkohol ausschenken lassen, Wein aus den Frachtbeständen des Handelsschiffes. So würde die gute Laune noch eine Weile anhalten.

Er gesellte sich zu ihnen. Das würde ihn sicher von der Frau in seiner Kabine ablenken. Es war ihm noch immer nicht gelungen, sie unter Kontrolle zu bekommen, und das ärgerte ihn. Es ärgerte ihn, wenn sie ihn mit ihren braunen Augen anstarrte, ohne etwas zu sagen oder eine Regung zu zeigen. Er hasste diese Ausdruckslosigkeit, die sich vor das warme Braun ihrer Augen schob wie eine Wand, hinter die sie ihn nicht blicken ließ. Eine Wand, die sie umgab und die er nicht einreißen konnte. Weder durch Provokationen noch durch Drohungen. Er prallte einfach an ihr ab.

Sie erinnerte ihn an den Haselnussbusch auf dem Landsitz seiner Eltern, der im hinteren Teil des Gartens gestanden hatte. Ein unscheinbarer Busch, der im Schatten der Ahornbäume nicht genug Licht bekommen hatte, um richtig zu wachsen. Ein Busch, den man eigentlich gar nicht wahrnahm. Es hatte andere Haselnussbüsche im Garten gegeben. Große, mit schön gewachsenen Formen, mit grünen Blättern und schmackhaften Nüssen.

Eines Tages war er beim Spielen auf diesen einen Busch gestoßen, den er bis dahin noch nie bemerkt hatte. Seine Nüsse hatten auf dem Boden gelegen. Nur ganz wenige waren angenagt, so wie es bei den anderen Büschen immer der Fall war. Er hatte sich gefreut, dass er nicht zu spät gekommen war und für ihn noch eine solche Menge an Nüssen übrig blieb.

Aber seine Freude schwand bald, als er versuchte, sie zu knacken. Eine nach der anderen. Es gelang ihm nicht. Die Schalen waren zu hart. Er hatte es mit den Zähnen versucht und mit Steinen. Einmal auch mit einem Messer. Bis er ausgerutscht war und sich in die Hand geschnitten hatte.

Dann hatte er nach dem letzten Mittel gegriffen. Er hatte eine Nuss genommen, sie auf einen flachen Stein gelegt und war darauf getreten. Erst als er mit voller Kraft darauf gestampft hatte, gab die Schale endlich nach. Er hörte das Knacken und fühlte, wie sie unter seinem Stiefelabsatz zerbarst. Seine Enttäuschung, als er nachsah, war groß. Die Schale war derart zersplittert und in den Nusskern gequetscht, dass er nichts Essbares mehr hatte herausklauben können.

Es war dasselbe mit jeder Nuss gewesen, mit der er es versucht hatte. Und er hatte es immer wieder versucht. Erfolglos.

Haselnüsse hatte er seit damals keine mehr gegessen. Er hätte die Nüsse von den anderen Büschen im Garten leicht knacken können. Aber der Appetit auf jene war ihm vergangen. Er wollte nur noch Nüsse von diesem einen Busch.

Eines Tages, nachdem er es wieder versucht hatte, war seine Wut mit ihm durchgegangen. Er hatte eine Axt geholt und den Busch bis auf den Boden niedergehackt. Bis nur noch Stümpfe aus der Erde ragten.

Niemand hatte bemerkt, dass der Busch nicht mehr da war, weder seine Eltern noch der Gärtner. Aber selbst da hatte ihn der Busch nicht in Ruhe gelassen. Die Gewissensbisse über seine schändliche Tat hatten ihn verfolgt, und seine Scham darüber war groß gewesen.

Jenen Teil des Gartens hatte er fortan gemieden.

Es war später Abend geworden, als jemand mit einem Klopfen die Kapitänskabine nebenan betrat.

»Ma'am?« Die Stimme gehörte nicht Kapitän Blackhurst. »Ma'am?«, wiederholte der Mann.

Fleur streckte den Kopf durch den Türspalt. Der schwarze Riese, der sie und Lucille auf die Fregatte gebracht hatte, stand da.

»Ich Essen bringen.« Er stellte einen Topf und eine Karaffe auf den Tisch und nahm aus einem der Schränke einen Teller, ein Glas und Besteck. Er schöpfte den Teller voll und schenkte Wein ein. Erst, als er mit einem Lächeln darauf deutete, wagte sich Fleur aus ihrer Kabine.

Anfangs war sie um jede Minute dankbar gewesen, in welcher Kapitän Blackhurst sie nicht belästigte. Doch als die Nacht anbrach, hatte sie allmählich Durst und Hunger bekommen. Oben an Deck hatte sie die Männer singen gehört und sie hatte sich gefragt, ob er sie einfach vergessen hatte oder ob er sie absichtlich hungern ließ.

Der Schwarze zog ihr den Stuhl zurück und deutete einladend darauf. Diese unerwartet fürsorgliche Geste drang durch die Windungen des Schneckenhauses, in das sie sich zurückgezogen hatte, und sie lächelte ihn vorsichtig an. Sie setzte sich, und er rückte ihr den Stuhl zurecht. »Vielen Dank.«

Er zuckte mit den Schultern, als wäre dies das Normalste auf der Welt, und zeigte auf den vollen Teller vor ihr. »Genug?«

Sie nickte.

»Französischer Wein gut.« Anerkennend strich er sich über den Bauch und deutete mit dem Kinn auf das gefüllte Glas.

»Wein von zuhause«, bemerkte Fleur wehmütig.

»Wir nicht oft Wein trinken, außer …« Er brach ab.

Außer sie kaperten ein Schiff, beendete Fleur den Satz in Gedanken. Sie senkte den Blick, doch dann dachte sie an ihre Freundin. »Weißt du, wo Lucille ist?«

Verständnislos sah er sie an.

»Lucille Baulant.«

Er verstand noch immer nicht.

»Die Frau mit den Flammenhaaren.«

»Ah!« Sein Gesicht hellte sich auf. »Frau mit Flammenhaar im Frachtraum bei anderer Frau.«

»Kannst du mich zu ihr bringen?«, bat Fleur hoffnungsvoll.

Er schüttelte den Kopf. »Du hierbleiben. Du nicht rausgehen.«

Enttäuschung machte sich auf ihrem Gesicht breit.

»Sie wohlauf. Du keine Sorgen machen. Ich sie von dir grüßen.«

»Ja? Würdest du das für mich tun?«

Er nickte und verließ die Kabine.

Der Kapitän kam erst tief in der Nacht zurück. Fleur hatte sich bereits zu Bett begeben, nachdem sie sich bei ihrem einsamen Mahl das erste Mal seit ihrer Ankunft hier ein wenig entspannt hatte. Vielleicht waren es der Wein und die tröstlichen Worte des schwarzen Mannes gewesen, die ihre Stimmung gebessert hatten.

Oder es lag daran, dass ihr niemand angedroht hatte, das Essen mit ihrem Körper bezahlen zu müssen!

8

Kapitän Blackhurst verlangte erst am nächsten Tag wieder nach Fleurs Gesellschaft. Als sie in seine Kabine trat, saß er am Tisch und machte Eintragungen in sein Logbuch. Es war ihr unangenehm, einfach dazustehen und nicht zu wissen, was er von ihr erwartete. Sie sah sich nach einer Möglichkeit, sich zu setzen, um. Aber es gab nur den Stuhl ihm gegenüber oder sein Bett. Von beidem hielt sie sich lieber fern. Ihr Blick fiel auf die Truhe. Sie setzte sich darauf und starrte aus dem geöffneten Fenster auf das Meer hinaus, um ihn nicht ansehen zu müssen.

»Rehauge, bring mir ein neues Tintenfass aus dem Schrank da drüben.«

Als sie aufstand, um zum Schrank zu gehen, sagte sie leise: »Mein Name ist Fleur.« Es war ihr über die Lippen gerutscht, bevor sie es hatte verhindern können. Und sie erkannte sofort, dass sie es nicht hätte sagen sollen.

Belustigt sah er sie an. »Fleur – die Blume. Also wie eine Blume siehst du nicht gerade aus.« Er verschränkte die Arme hinter dem Kopf und lehnte sich zurück, während sie die Tinte holte. »Dieses einfache, hochgeschlossene, mausbraune Kleid, das du trägst, ist absolut grässlich. Und deine Frisur mit diesem strengen Knoten im Nacken erinnert mich eher an eine verwelkte Gouvernante.«

Fleur hielt die Luft an. Nur mit Mühe gelang es ihr, das Tintenfass ruhig vor ihm abzustellen und dem Drang, es ihm in sein überhebliches Gesicht zu schütten, zu widerstehen. Unter keinen Umständen durfte sie sich von ihm dazu verleiten lassen, ihre Haltung zu verlieren! Nicht vor einem unkultivierten Engländer! Nicht vor einem Mann, der jede Schwäche gnadenlos ausnutzen würde.

Sie versuchte, die Empörung, die in brodelnde Wut umzuschlagen drohte, unter Kontrolle zu bekommen. Es war eine Empfindung, die sie nicht haben durfte und von der sie angenommen hatte, dass es ihr gelungen war, sie ganz aus ihrem Inneren zu verbannen. So wie es von ihr erwartet wurde.

Nun war sie nach Jahren zurückgekehrt. Ausgerechnet jetzt! Das letzte Mal hatte Fleur so empfunden, als sie noch ein Mädchen gewesen war. Sie erinnerte sich genau daran. Gäste waren zu Besuch gekommen und ihren beiden jüngeren Stiefschwestern war, wie schon so oft, die Ehre zuteil geworden, die Gäste mit ihrem Gesang zu unterhalten. In ihren hübschen, neuen Kleidchen hatten sie sich in die Mitte des Salons gestellt und einige Lieder vorgetragen.

Fleur durfte nie mitsingen. Ihre Aufgabe war es stets, sich hinter das Pianoforte, das im Hintergrund in einer Ecke stand, zu setzen und die Schwestern zu begleiten. Beide hatten schöne, helle Stimmen, für die sie von den Gästen ausgiebig gelobt und bewundert wurden. Bis in die Ecke zu Fleur war die Anerkennung nie gedrungen.

An diesem Nachmittag aber hatte sich Fleur den Anweisungen der Stiefmutter widersetzt und sich trotzig neben die Schwestern in den Mittelpunkt gestellt. Als sie an ihren üblichen Platz verwiesen wurde, hatte Fleur einen Wutausbruch bekommen.

Es war der letzte Wutausbruch in ihrem Leben gewesen. Für ihr schlechtes Benehmen war sie in den feuchten, modrigen Keller gesperrt worden, ganz allein und ohne ein Licht. Um sie herum hatte undurchdringbare Dunkelheit geherrscht. Nicht einmal ihre eigene Hand vor den Augen hatte sie erkennen können.

Und dann waren die Geister gekommen. In allen Ecken hatte es geraschelt und gekratzt, sie hatte sie am Mauerwerk nagen hören, auf leisen Tritten waren sie über den Lehmboden gehuscht, hatten gepfiffen und geschnüffelt.

Fleur hatte sich zusammengekauert, ohne sich auf den Boden zu setzen, aus Furcht, die Geister würden auch an ihr nagen. Sie hatte sich ganz klein gemacht, damit die vorbeiflatternden Geister sie so wenig als möglich bemerkten. Trotzdem hatte hin und wieder eines ihrer kühlen Gewänder Fleurs Gesicht gestreift. Die Angst, dass die Geister sich auf sie stürzen würden, hatte ihr geholfen, ihre Aufschreie zu unterdrücken. Lautlos waren ihre Tränen geflossen.

Von da an hatte die Drohung, dass sie wieder in den Keller gesperrt würde oder dass man ein derart unartiges Mädchen nicht länger im herrschaftlichen Hause wohnen lassen könnte, sondern es als Schweinehüterin in den Stall eines armen Bauern geben würde, genügt, sie dazu zu bringen, den Anweisungen und Regeln, die ihr vorgegeben wurden, Folge zu leisten.

Mit der Zeit war nicht einmal mehr die Drohung nötig gewesen. Fleur hatte alle Regeln freiwillig und mit großer Beflissenheit befolgt, nachdem sie erkannt hatte, dass dies die einzige Möglichkeit war, ihr Zuhause nicht zu verlieren.

Aber nun hatte sie kein Zuhause mehr. Hatte sie überhaupt noch etwas zu verlieren? Im gleichen Moment schalt Fleur sich eine dumme Kuh. Natürlich hatte sie noch etwas zu verlieren. Sie war noch am Leben und bisher hatte man sie noch nicht misshandelt. Also zwang sie sich, das wütende Brodeln, das sich anschickte, ihre Kehle hinaufzukriechen, hinunterzuschlucken und sich Kapitän Blackhurst gegenüberzusetzen.

Und er hatte nicht einmal unrecht; ihr Kleid war einfach und ohne Verzierungen. Auch Lucille hatte es nicht gefallen. Aber es hatte eine zeitlose Farbe und entblößte nicht ihren halben

Busen, so wie ihn andere Frauen gerne zur Schau stellten. Es gefiel ihr, und sie fühlte sich darin wohl. Manchmal hätte sie sich zugegebenermaßen etwas farbenfröhlichere Kleider gewünscht, aber sie hatte ihrem Gatten immer recht gegeben, dass es unnötig sei, Geld für neue Kleider zu verschwenden, die nicht benötigt wurden oder die innerhalb einer Saison aus der Mode kamen. Mit den Händen strich sie den Stoff über ihren Beinen glatt.

Kapitän Blackhurst betrachtete sie aufmerksam, aber als sie nichts erwiderte, wandte er sich wieder seinem Logbuch zu und schrieb weiter an seinen Eintragungen.

»Kann ich Lucille Baulant sehen?«, wagte Fleur zu fragen.

Blackhurst hob kurz den Kopf und schrieb dann weiter. »Nein. Du wirst diese Kabine nicht verlassen.«

Fleur verengte ärgerlich die Augen. Was für ein grober Klotz! Ihre Angst vor ihm ließ langsam nach, und während er auf seine Schreibarbeit konzentriert war, nutzte sie die Gelegenheit, ihn zu beobachten. Seine langen, strähnigen Haare waren ungekämmt, der Bart hatte schon lange kein Rasiermesser mehr gesehen und das ehemals weiße Hemd, dessen oberen Knöpfe fehlten, war es kaum noch wert, gewaschen zu werden. Fleur kam nicht umhin zu bemerken, dass seine kantigen Züge durchaus attraktiv waren, aber seinen ungepflegten Zustand missbilligte sie zutiefst.

Er musste ihre Blicke bemerkt haben, denn unvermittelt schlug er das Buch zu und sah ihr direkt in die Augen. »Willst du etwas sagen?«, fragte er mit einem gefährlichen Unterton.

Fleur schüttelte den Kopf und wandte betreten den Blick ab.

Er stand auf und räumte das Logbuch in einem Schrank weg. Dann verließ er die Kabine, ohne Fleur noch einmal anzusehen.

Nach einer Weile kam er zurück, warf ihr ein Bündel Kleider hin und befahl: »Zieh das an!«

Fleur ging mit dem Bündel in ihre Kabine und legte es auf die Koje. Sie zog ein hellbeiges Teil heraus und hielt es mit beiden Händen hoch. Sie brauchte einen Moment, um zu erkennen, was für eine Art Kleidungsstück es war. Ein Oberteil, so etwas wie eine Bluse, aber ohne richtige Ärmel, nur mit einer Handbreit gerüschtem Stoff, der seitlich leicht über die Schultern spannen würde. Der weite Ausschnitt konnte mit einem Band zusammengezogen werden. Als ob sie in Brennnesseln gegriffen hätte, ließ Fleur das Kleidungsstück fallen und zog die Hände ruckartig zurück.

Sie verzog vor Unbehagen das Gesicht. Die Bluse würde ihre Arme, die Schultern und den Hals bis zum Brustansatz unbekleidet lassen. Es war kein Kleidungsstück, das eine anständige Dame trug. Widerwillig sah sie sich das zweite Teil an. Es war genauso schlimm, wenn nicht sogar noch schlimmer: ein dunkelrot gefärbter Rock aus zwei dünnen Stoffbahnen, unter denen sich ihre Figur abzeichnen würde und die auf der Höhe der Waden endeten. Sie ließ ihn mit einem Laut des Abscheus ebenfalls auf den Boden fallen.

Dann sank sie auf den Kojenrand und starrte auf den Haufen vor ihren Füßen. Nur gefallene Frauen trugen so etwas. Um diese Kleider zu tragen, würde sie sogar ihre Unterwäsche ablegen müssen! Niemals würde sie sich derart erniedrigen! Dafür war nicht einmal ihre Angst vor Kapitän Blackhurst groß genug.

Mit dem Fuß schob Fleur den Haufen in eine Ecke und ließ sich auf die harte Matratze sinken. Wie gern hätte sie etwas anderes zum Anziehen gehabt. Ihr Kleid war für diese Gefilde eindeutig zu warm, der feuchte Wollstoff kratzte unangenehm auf ihrer Haut und unter den langen Ärmeln und dem mehrlagigen, schweren Rock staute sich die Hitze.

In ihrem Hinterkopf begann sich ein dumpfes Pochen bemerkbar zu machen. Sie stöhnte auf. Nicht auch das noch! Es war ein Anzeichen für die heftigen Kopfschmerzen, die sie seit ihrer Kindheit von Zeit zu Zeit heimsuchten.

Sie schloss die Augen und betete, dass die Schmerzen bis zu ihrer nächsten Konfrontation mit Pierce Blackhurst nicht zu schlimm werden würden.

Die gefürchtete Reaktion von Kapitän Blackhurst, als sie zum Abendessen immer noch in ihrem braunen Kleid erschien, blieb wider Erwarten aus. Er warf nur einen kurzen Blick darauf und wandte sich wieder dem Essen zu.

Aber ganz blieb sie doch nicht aus. Er sprach das Thema an, als Fleur schon nicht mehr damit gerechnet hatte und begann, sich zu entspannen. Und er tat es auf eine ganz andere Weise, als sie erwartet hatte.

»Warum trägst du nicht die Kleider, die ich dir gebracht habe?«, fragte er beiläufig zwischen zwei Bissen.

Fleur erstarrte. Eine Welle von Scham und Angst wogte in ihr hoch.

»Ich warte«, sagte er fordernd, als sie nicht sofort antwortete.

Sie senkte die Gabel, die sie hatte zum Mund führen wollen, wieder auf den Teller und erwiderte leise, ohne den Blick zu heben: »Sie sind unanständig.«

»Unanständig?« Er zog eine Augenbraue hoch. »Was soll daran unanständig sein?«

Fleur schwieg.

Er warf sein Messer hin, sodass es mit lautem Geklirr auf den Teller fiel, und beugte sich vor. »Unanständiger als keine Antwort auf eine Frage zu geben?«

Das Pochen in ihrem Kopf, das seit dem Nachmittag nicht mehr verschwunden war, nahm zu. Die Verspannung in ihrem Nacken wurde ebenfalls schlimmer. Wirbel für Wirbel kroch sie zum Schädelansatz hoch, den Hinterkopf hinauf, bis sie die Schädeldecke erreicht hatte und bleiern ihren Kopf zusammenpresste.

»Unanständiger als schweigend dazusitzen? Hat man dir nicht beigebracht, wie man eine anständige Konversation führt?«, zischte Blackhurst.

Fleur brachte kein Wort heraus. Ihre Kehle war wie zugeschnürt.

»Unanständiger als ein abgetragenes Kleid mit Schweißrändern, das stinkt, als ob es eine Bäuerin die letzten Wochen auf dem Feld getragen hätte?«, provozierte er weiter.

Das Blut in Fleurs Schläfen begann zu hämmern, und ihre Muskeln waren zum Zerreißen gespannt. Die brodelnde Wut, von der sie gedacht hatte, dass sie sie wieder verbannt hätte, schoss wie eine Fontäne hoch. Sie konnte es nicht mehr verhindern. Mit loderndem Blick sah sie auf und ihm direkt in die Augen.

»Genau das, was Eurer Gesellschaft würdig ist!«, schleuderte sie ihm ins Gesicht. Sie öffnete den Mund, um ihm noch weitere Beleidigungen an den Kopf zu werfen, aber die Wut ließ ihrem Verstand und ihrer Angst immerhin so viel Platz, dass sie erkannte, dass sie schon viel zu weit gegangen war. Sie presste die Lippen aufeinander. Eine solche Beleidigung würde er nicht ungestraft lassen. Er würde sie dafür schlagen oder seiner Mannschaft überlassen, wie er angedroht hatte. Doch seltsamerweise erschreckte sie dieser Gedanke nicht besonders. Nicht die Angst, sondern dieses unbändige, wütende Brodeln beherrschte sie in diesem Moment. Fast sehnte sie eine Gelegenheit herbei, in der sie ohne jede Zurückhaltung schreien und um sich schlagen könnte.

Zu ihrem Erstaunen lehnte er sich jedoch ruhig zurück und ließ einen Arm über die Stuhllehne fallen. Mit der anderen Hand strich er sich über den Bart. »Meiner vielleicht schon. Ich bin schließlich kein adliger Snob, sondern ein Freibeuter. Ich mache meine eigenen Regeln. Von dir hingegen hätte ich mehr erwartet. Etwas mehr Contenance und Höflichkeit. Hat man dir das nicht beigebracht? Deine Eltern scheinen deine Erziehung vernachlässigt zu haben. Wenigstens dein Gatte hätte dem etwas nachhelfen können, damit ich die Gesellschaft einer Dame genießen könnte. Stattdessen bekomme ich eine Bäuerin.«

Tränen der Wut traten Fleur in die Augen. Wie konnte es dieser dahergelaufene englische Rüpel wagen, sie so zu beleidigen! Ob er sie für adlig oder für eine Bäuerin hielt, war ihr herzlich egal; in gewisser Weise stimmte beides. Aber sie wusste, dass sie eine gute Erziehung hatte. Es war alles, was ihr geblieben war, alles, was sie jemals ihr Eigen hatte nennen können, alles, was sie ausmachte. Warum musste er das mit Füßen treten?

»Warum seid Ihr eigentlich ein solcher Widerling?« Ihre Stimme war brüchig geworden. »Ihr wisst überhaupt nichts von meiner Erziehung oder meinen Eltern! Ihr wisst überhaupt nichts von mir! Dennoch maßt Ihr Euch an, ein Urteil über mich zu fällen.«

»Machst du denn etwas anderes?«, gab er schlagfertig zurück. »Bildest dir weiß Gott was auf deinen gesellschaftlichen Stand ein, der dir in die Wiege gelegt und von deinem Gatten gesichert worden ist. Hast du irgendetwas selbst dazu beigetragen, außer hübsch auszusehen?«

»Meinen Stand?« Bitter lachte Fleur auf. »Der mir in die Wiege gelegt worden ist? Nein, nein.« Sie schüttelte den Kopf. »Da irrt Ihr gewaltig.« Ein unaussprechbares Wort löste sich aus dem Brodeln in ihr, nahm Form an und wuchs an Größe, bis es nicht mehr genug Platz in ihrem Kopf hatte. Bis sie gezwungen war, es auszuspeien. »Ich bin nichts weiter als ein Bastard!«

Es war dieses verfluchte Wort, dass Fleur ihr Recht auf ein Zuhause genommen hatte. »Bastard, Bastard!«, hatten die Stiefbrüder ihr nachgerufen, nachdem sie herausgefunden hatten, dass Fleur nicht die Tochter von verstorbenen Verwandten war, sondern einem Fehltritt ihres Vaters mit einer Bauerntochter entstammte. Der Neid der Brüder auf Fleur, den angeblichen Liebling des Vaters, zeigte sich in Hänseleien, hinterlistigen Streichen und Gemeinheiten. Und immer wieder dieses Wort: Bastard. Dass der Vater die Jungen rügte und ihnen verbot, Fleur je wieder so zu nennen, half nicht viel. Es verschob den Neid einfach nur für eine Weile unter die Oberfläche.

Dabei war es nicht so gewesen, dass der Vater Fleur bevorzugt hätte. Im Gegenteil, er hatte sie strenger erzogen als seine anderen Kinder und auch an ihre schulischen Leistungen höhere Anforderungen gestellt. Sie erinnerte sich daran, wie sie eines Tages nach dem Grund dafür gefragt hatte, und wie er ihr bedauernd über die Haare gestrichen und erklärt hatte, dass eine gute Erziehung das Einzige sei, was er ihr mitgeben könne.

Blackhurst sah sie mit hochgezogenen Brauen und gerunzelter Stirn an.

»Ein Bastard, nichts weiter«, sagte Fleur bitter, griff nach dem Glas und goss den ganzen Wein in einem Zug hinunter. »Die Tochter einer Bäuerin, wie Ihr bereits richtig bemerkt habt.« Mit Trotz in den Augen sah sie ihn an.

Doch auch dieses Mal blieb die von ihr befürchtete Reaktion aus.

Stattdessen blickte er sie einige Sekunden lang so eindringlich an, dass Fleur aus irgendeinem Grund Röte ins Gesicht zu steigen begann. Verlegen senkte sie den Blick. Blackhurst griff bedächtig nach seinem Messer und widmete sich wieder seinem Fleischstück, ohne sich zu äußern. Nach einer Weile legte er es wieder hin, griff nach der Karaffe und schenkte ihr Wein nach.

»Wie kam es dazu?«, fragte er schließlich.

Misstrauisch sah Fleur auf. Sie erwartete immer noch, dass er sie wegen ihrer niedrigen Herkunft verachten würde. Doch aus seinen Augen sprach auch jetzt nichts dergleichen. Nur Erstaunen und Neugier. Und sogar eine Spur Mitgefühl glaubte sie zu entdecken. Mitgefühl, wie es ihr noch nie jemand entgegengebracht hatte.

Diese völlig unerwartete Reaktion war es, die sie dazu bewog weiterzusprechen. »Meine Mutter starb bei meiner Geburt«, begann sie langsam. »Mein Vater hat mich aufgenommen und als das Kind von verstorbenen Verwandten ausgegeben. Auch als er heiratete, durfte ich im herrschaftlichen Haus bleiben. Es war die einzige Bedingung gewesen, die er an seine zukünftige Frau gestellt hatte.«

»Und das hat sie akzeptiert?«

»Solange ihre eigenen Kinder im Vordergrund standen und ich mich tadellos benahm und unscheinbar verhielt«, antwortete Fleur leise.

»Das war bestimmt nicht einfach«, erwiderte er sanft.

Sie zuckte beiläufig mit den Schultern. Sie wollte kein Bild von sich als Opfer zeichnen. Die meisten Adligen waren ihren unehelichen Kindern gegenüber nicht so pflichtbewusst wie ihr Vater. Sie hatte Glück gehabt. »Ich hatte keine unglückliche Kindheit. Manchmal wurde ich zu einem älteren Bauern mit einem langen, weißen Bart geschickt, der in der Nähe lebte. Er kümmerte sich um mich, zeigte mir die Tiere auf dem Hof und nahm mich zur Feldarbeit mit, wo er mir beibrachte, was er über das Anpflanzen und das Ernten wusste.«

Als sie klein war, hatte es Fleur bei dem alten Mann und auf dem Bauernhof gefallen. Doch je älter sie wurde, desto mehr war ihr der Unterschied zwischen der einfachen Bauernhütte und dem herrschaftlichen Haus aufgefallen, und sie hatte sich bei den Besuchen immer unwohler gefühlt.

»Und wie bist du mit deiner Stiefmutter zurechtgekommen?«, fragte Blackhurst.

Unangenehm berührt wich Fleur seiner Frage aus, indem sie vorgab, sich wieder mit dem Essen zu beschäftigen. Aber die unterdrückten Gefühle, die sie so lange hatte verbergen müssen, brachen aus ihr hervor, jetzt wo der Damm gebrochen war. »Sie hat mich nicht geliebt, aber meine Anwesenheit akzeptiert. Erst als ich älter wurde, hat es sie zu stören begonnen. Als ihre eigenen Töchter ins heiratsfähige Alter kamen. Da hat sie von meinem Vater verlangt, mich zu verheiraten und aus dem Haus zu bringen, damit ihre Töchter uneingeschränkt die Aufmerksamkeit der heiratswilligen Männer bekamen.« Bei der Erinnerung daran stieg Bitterkeit in Fleur auf. »Mein Vater hat zwar versucht, mich durch die Heirat finanziell abzusichern, aber mein Mann war doppelt so alt wie ich.« Und keineswegs ein Mann, der ihr gefallen hatte und in den sie sich hätte verlieben können. Solche Träume hatten jemandem wie ihr nicht zugestanden. Sie hatte von Glück reden dürfen, dass überhaupt ein Mann sie genommen hatte. Selbst wenn es nur deshalb gewesen war, weil er sich von einer jungen Frau den Erben versprochen hatte, der ihm bis dahin vom Schicksal vorenthalten worden war.

Als die Erinnerungen an die Verletzungen, die verachtenden Blicke der Gesellschaft und die Ohnmacht, nichts gegen die Schande ihrer Geburt unternehmen zu können, wieder hochkamen, wallte Wut in ihr auf. »Schuld daran war nur meine Mutter!«

»Deine Mutter?«, fragte Blackhurst.

»Warum war sie so schwach und hat sich von meinem Vater verführen lassen! Sie hat mir das alles eingebrockt.«

Blackhurst runzelte die Stirn. »Ich denke, du urteilst ein bisschen hart über deine Mutter. Das Leben ist nicht immer so einfach, wie wir es uns wünschen. Und so wie dein Vater für dich gesorgt hat, muss er deine Mutter sehr geliebt haben.«

»Geliebt? Sie war eine Bäuerin!«, rief Fleur aus, die sich nicht mehr zurückhalten konnte. Ihre Eltern hatten nur an sich gedacht. Dass sie dabei ein Kind zeugen und dieses ihre ganze Schande würde tragen müssen, war ihnen egal gewesen.

»Was tut das zur Sache? Denkst du, nur eine wohlerzogene Dame von Stand kann lieben?« Blackhursts Stimme war scharf geworden. »Sieh dich nur an! Du hast dich offensichtlich trotz deiner Abstammung zu einer typischen herablassenden Adligen entwickelt. Allerdings bezweifle ich, dass dein Vater stolz darauf wäre.«

Tränen schossen Fleur in die Augen und verschleierten ihren Blick. Sie ertrug diesen Mann, der ihr gegenüber saß, nicht mehr. Wie konnte er so etwas Hässliches sagen? Plötzlich hasste sie ihn, sich selbst und die ganze Welt. Sie sprang auf, rannte in ihre Kabine und schlug die Tür hinter sich zu. Weinend warf sie sich in die Koje. Sie presste die Fäuste zusammen, so fest sie konnte. Dass sich dabei die Fingernägel schmerzhaft in ihr Fleisch gruben, störte sie nicht. Sie hätte sich gerne noch mehr Schmerzen zugefügt, wenn sie gewusst hätte wie. Es hätte sie abgelenkt von dem Schmerz, der in ihrem Inneren brannte. Der Trauer, nie richtige Eltern gehabt zu haben. Geliebt zu werden. Eine Chance zu haben.

Es dauerte lange, bis diese Gefühle allmählich nachließen. Da waren ihre Tränen schon längst aufgebraucht. Zurück blieb nur eine Leere, eine unsäglich große Leere. Größer als das unendliche Meer.

9

Als Fleur am nächsten Morgen erwachte und aus dem Fenster sah, glaubte sie zu träumen. Ein leuchtend grüner Wald zog sich an einer Küste hin, und eine sanfte Brandung spülte schäumendes Wasser auf einen breiten Sandstrand. Fleur vermeinte sogar Vogelgezwitscher zu hören.

Sie schloss die Augen und öffnete sie wieder. Die Küste war immer noch da. Es war so lange her, dass sie Land gesehen hatte, dass sie mehr als einmal gedacht hatte, nie wieder eine Küste zu erreichen. Sie hielt sich am Fensterrahmen fest und betrachtete verzückt das Ufer. Sie war in der Karibik angekommen, endlich!

Die Stimmen der Seeleute an Deck brachten sie auf die englische Fregatte zurück. Sie hörte das Rasseln von Ketten und ein Rumpeln an der Bordwand, gefolgt von aufgebrachtem Gebrüll. Klatschend plumpste etwas auf die Wasseroberfläche. Nach einer Weile tauchte ein Ruderboot in ihrem Blickfeld auf. Ein knappes Dutzend Seeleute ruderte es auf den Strand zu. Dort angekommen zogen sie es den Sand hinauf und verschwanden im Dickicht des Waldes. Ein zweites Ruderboot folgte.

Inzwischen hatte sich Fleurs Verzückung in Beklemmung verwandelt. Was würde hier geschehen? Würde man sie von Bord bringen? Gab es an dieser Küste eine Stadt? Eine englische Stadt? Doch weshalb war der Strand so verlassen? Wenn eine Stadt in der Nähe wäre, müsste es auch einen Hafen geben. Aber davon war weit und breit nichts zu sehen. Oder hatten die Piraten hier einen versteckten Stützpunkt? Wo sie ihre Beute verkauften? Sklaven und – Fleur stockte der Atem – Frauen?

Sie versuchte, sich wieder zu beruhigen. Vielleicht war es einfach eine Insel, auf der sie sich mit Vorräten eindeckten. Sie maß die Distanz vom Schiff zum Strand ab. Er war nicht allzu weit weg. Für einen guten Schwimmer keine unüberbrückbare Strecke. Fleur seufzte. Leider konnte sie nicht schwimmen. Es wäre der ideale Augenblick gewesen zu fliehen.

Sie stockte, als ihr ein Gedanke kam. Was wäre, wenn sie etwas hätte, das schwimmen würde? Damit könnte sie versuchen, zum Strand zu paddeln. Aufgeregt blickte sie sich in der Kabine um. Es gab keine Möbel oder andere lose Holzgegenstände. Einzig die Tür.

Sie besah sich den Rahmen. Man müsste die Tür nur hochheben und könnte sie aus den Angeln hieven. Ein Blick auf das Fenster machte klar, dass das so nicht funktionieren würde. Es war weder hoch noch breit genug für die Tür.

Fleur ließ ihren Blick weiter durch die Kabine schweifen. Vielleicht könnte sie das Brett, das den vorderen Rand der Koje bildete, lösen. Jedes Mal, wenn sie daran gestoßen war, hatte es sich leicht bewegt. Sie versuchte es. Doch so sehr sie sich auch bemühte, das Brett gab keinen Millimeter nach. Sie wollte die Matratze schon wieder zurückschieben, als ihr die Unterseite der Koje auffiel. Die Matratze lag auf einem Brett, das lose auf die Querlatten gelegt war! Fleur hielt den Atem an. Das müsste gehen!

Sie wuchtete das Brett unter der Matratze hervor und trug es zum Fenster. Tatsächlich! Wenn sie es schräg hielt, konnte sie es hindurchschieben. Ein gutes Stück unterhalb des Fensters war eine schmale Kante, auf der sie das Brett abstützte, während sie es mit der anderen Hand festhielt und selbst hinauskletterte. Es war kein leichtes Unterfangen, sich durch das enge Fenster zu winden und gleichzeitig auch noch das Brett festzuhalten. Um die Kante zu erreichen, musste sie sich vom Fensterrahmen aus die Bordwand hinuntergleiten lassen.

Endlich hatte sie es geschafft. Die Kante war breit genug, dass sie auch ihre Füße darauf abstellen konnte. Zitternd lehnte sie sich eng an die Bordwand, in der einen Hand das Brett und mit der anderen sich am Fensterrahmen festhaltend. Sie getraute sich kaum zu atmen, aus Furcht, das Gleichgewicht zu verlieren. Das Meer war tiefer unten, als sie von der Kabine aus gedacht hatte. Ihr wurde schwindlig. Es war zu hoch zum Springen! Sie war versucht, in die sichere Kabine zurückzuklettern.

Doch das Meer nahm ihr die Entscheidung ab. Es hob die Fregatte mit einer Welle an, wobei Fleur gegen die Bordwand gedrückt wurde. Die Welle wogte unter dem Schiff hindurch und ließ es hinter sich wieder absacken. Fleur und das Brett wurden von der Bordwand weggehoben, für einen kurzen Moment standen sie frei auf der Kante balancierend, dann kippte das Brett vornüber und riss Fleur mit sich in die Tiefe.

Mit einem peitschenden Aufschlag stürzte sie ins Wasser, ihr Griff um das Brett löste sich. Voller Panik begann sie heftig mit Armen und Beinen um sich zu schlagen. Wasser drang ihr in Nase und Mund. Für einen Augenblick kam sie an die Oberfläche hoch, wo sie hustend und keuchend nach Luft rang. Dann zog es sie zurück in die Tiefe. Wieder schlug sie heftig um sich. Noch einmal gelang es ihr hochzukommen. Doch das Gewicht ihres Körpers und ihres Kleides hatte kein Erbarmen. Die Wellen schlugen über ihrem Kopf zusammen, und sie versank im Blau des Wassers. Alles Rudern und Umsichschlagen half nichts mehr. Unerbittlich wurde sie in die Tiefe gezogen.

Bläschen zogen an ihr vorüber, nach oben, da wo das Licht war. Fleur spürte, wie die ihr verbleibende Luft knapper und knapper wurde. In ihrem Kopf begann es rauschen. Erst leise, dann immer stärker.

Unerbittlich zog das Meer sie in die Tiefe, dem Grund entgegen.

Pierce brütete über auf dem Tisch ausgebreiteten Seekarten, als er ein Platschen vernahm. Er schenkte ihm zuerst keine Beachtung und steckte eine weitere Distanz mit dem Zirkel ab. Dann drang die Ungewöhnlichkeit des Geräusches in sein Bewusstsein. Die Ruderboote waren zu Wasser gelassen worden. Was sollte jetzt noch platschend hineinfallen?

Fallen! Er sprang auf und sah aus dem Fenster. Erst als er sich weit hinauslehnte, entdeckte er rechterhand einen Strudel, als wäre da gerade etwas untergegangen. Er sah einen Schatten unter der Wasseroberfläche, konnte aber schlecht erkennen, was es war. Er rannte in Fleurs Kabine hinüber, wo er eine bessere Sicht haben würde. Das Fenster stand offen, und die Kabine war leer. Sie war doch nicht etwa ... aus dem Fenster gesprungen? Dieses vermaledeite Frauenzimmer! Wo war sie? Sein Blick suchte hektisch die Wasseroberfläche ab. Da! Ganz in der Nähe der Bordwand tauchte kurz ihr Kopf auf. Sie fuchtelte mit den Armen, prustete und verschwand wieder in den Wellen.

»Verdammt! Was macht sie da?« Den Bruchteil einer Sekunde später riss sich Pierce das Hemd über den Kopf, streifte die Stiefel ab und stürzte sich Kopf voran mit einem Sprung ins Wasser. Er schoss in die Tiefe und öffnete die Augen wieder. Unter sich konnte er den sandigen Meeresgrund erkennen. Fleur war nirgends zu sehen. Fieberhaft blickte er sich um. Sie musste hier irgendwo sein. Als ihm die Luft knapp wurde, tauchte er auf, sog die Lungen voll und stürzte sich erneut in die Tiefe. Mit kräftigen Zügen schwamm er dem Meeresgrund entgegen.

Endlich! Da unten war sie! Ihre Haare und Röcke wogten friedlich im Wasser. Zu friedlich! Sie bewegte sich nicht mehr! Für eine Sekunde schoss Panik in ihm hoch. Entschieden drängte er sie zurück. Dafür hatte er jetzt keine Zeit. Er musste sie so schnell wie möglich aus dem Wasser holen. Sobald er nah genug war, griff er nach ihr und bekam ihren Kragen zu fassen. Als er sie daran hochzog, kam wieder Leben in sie. Sie begann panisch um sich zu schlagen. Beinahe traf ihn ihre Faust im Gesicht.

Verdammt nochmal!, fluchte er innerlich. Was soll das? Ich will dich rausholen, nicht ersäufen!

Es gelang ihm, einen Arm um ihren Brustkorb zu schlingen. Endlich ließ ihre Gegenwehr nach. Ihre Glieder wurden schwerfällig, wie mit Gewichten versehen. Er bekam Angst, sie würde aus dem Leben gleiten. Sie war schon zu lange unter Wasser.

Mit kräftigen Stößen schwamm er der Meeresoberfläche entgegen. Endlich tauchten sie auf. Er keuchte nach Luft. Fleur lag leblos in seinen Armen. Hatte er zu lange gebraucht, um sie herauszuholen? Hastig drehte er sie auf den Rücken. Er beugte ihren Kopf nach hinten, hielt ihr die Nase zu und blies Luft in ihren Mund. Einmal, zweimal, dreimal. Als sie zu husten begann, hätte er vor Glück aufheulen können. Warum musste dieses Frauenzimmer auch ins Wasser springen? Und das in ihren schweren Röcken! Vermutlich konnte sie nicht mal schwimmen, so schnell wie sie untergegangen war. So etwas hatte er noch nie erlebt. Keine der Frauen auf seinem Schiff hatte je mit einem Sturz ins Wasser zu flüchten versucht. Sie hatten alle viel zu viel Angst vor dem Wasser gehabt. Nur dieses zierliche Persönchen hatte das gewagt. Er schüttelte den Kopf. Wie konnte man so leichtsinnig sein? Oder so mutig? Er wusste nicht, wofür er sie halten sollte.

Sie würgte und hustete und bekam von der nächsten Welle einen weiteren Schwall Wasser in ihren offenen Mund, bis sie sich endlich zu beruhigen begann. Keuchend rang sie nach Luft, sog sie gierig ein, als ob sie nicht genug davon kriegen könnte.

»Teufel noch mal! Was hast du dir bloß dabei gedacht?« Mit

einem schlecht verhohlenen Ton der Besorgnis raunzte er sie an.

Anstatt einer Antwort begann sie plötzlich wieder um sich zu schlagen.

»Halt endlich still! Oder willst du uns beide ersäufen?« Er schlang von hinten einen Arm um sie und zwang sie auf den Rücken, sodass sie auf ihm zu liegen kam.

»Halt dich ruhig und mach den Mund zu, damit du kein Wasser schluckst. Ich werde versuchen, deinen Kopf über Wasser zu halten. Aber das kann ich nur, wenn du aufhörst, um dich zu schlagen.«

Endlich hörte sie auf, mit den Armen zu rudern.

»Versuch, ruhig mit dem Rücken auf der Wasseroberfläche zu liegen, damit ich meine Kraft zum Schwimmen brauchen kann.«

Sie versuchte es, doch ihr Kleid zog sie immer wieder nach unten.

»Deine Röcke sind zu schwer«, keuchte er. »Der Stoff hat sich vollgesogen. Wir müssen sie loswerden.«

Er zog sein Entermesser aus dem Gürtel. »Beweg dich nicht. Ich schneide sie auf.«

»Nein!«, rief sie entsetzt.

Er hörte nicht auf ihren Einwand. Vorsichtig fuhr er mit der Klinge unter den Stoff und zerriss mit einem Ruck den Kragensaum. Er steckte das Messer wieder in den Gürtel und riss das Kleid über ihren Brüsten weiter auf bis zur Taille. »Zieh es aus!«

Fleur versuchte, die engen Ärmel abzustreifen, aber der nasse, enge Stoff klebte an ihr wie eine zweite Haut. Weil sie nicht mehr auf die Wellen geachtet hatte, schluckte sie einen Mundvoll Salzwasser. Würgend und hustend begann sie vor Schreck wieder mit den Armen zu rudern.

»Halt die Luft an! Wir werden ein Stück untertauchen«, befahl er. Dann zog er ihr das Kleid den Rücken hinunter und streifte die Ärmel ab. Er tauchte tiefer und schob es über ihre Taille, von wo es sich selbst löste, über die Beine rutschte und in der Tiefe verschwand. Befreit von dem Ballast kamen die beiden wieder an die Oberfläche.

Er zog sie erneut auf sich und rief dann zum Schiff hinüber nach Hilfe. Doch niemand hörte sie. »Na gut, dann eben nicht. Schwimmen wir zum Strand. Dort liegen die Ruderboote.«

Fleurs Herz hämmerte in ihrer Brust. Sie konnte es nicht glauben. Soeben war sie ganz knapp dem Tod entronnen, und nun lag sie entkleidet in Pierce Blackhursts Armen. Dankend sandte sie ein Stoßgebet zum Himmel, dass sie nicht völlig nackt war, sondern wenigstens noch ihre Unterwäsche trug.

Sie konzentrierte sich so sehr darauf, nicht unterzugehen und kein Wasser zu schlucken, dass sie überrascht zusammenzuckte, als er sprach. »Leg dich auf meinen Rücken und halt dich an meinen Schultern fest.« Erst jetzt bemerkte sie, dass er schwer atmete. Anscheinend war das Schwimmen anstrengend.

Als er seinen Arm um ihren Oberkörper löste und sie umdrehen wollte, schoss die Angst wieder in ihr hoch. Panisch klammerte sie sich an ihn, das einzige Sicherheit Versprechende in dem wogenden Meer, das nur darauf wartete, sie wieder zu verschlingen.

Er versuchte sich aus ihrer Umklammerung zu befreien. »Nicht, dass ich etwas dagegen hätte, wenn eine halbentblößte Frau mich umarmt, aber der Zeitpunkt ist etwas ungünstig.«

Seine neben ihrem Ohr geraunten Worte brachten ihr jäh ins Bewusstsein zurück, in was für einer unschicklichen Lage sie sich befanden. Plötzlich konnte sie nichts anderes mehr wahrnehmen als seine nackte Haut an ihrer, die Härte seiner Muskeln, die sie unter ihren Händen, ja an ihrem ganzen Körper spürte.

Schlagartig ließ sie los. Ehe sie sich versah, hatte er sie und sich selbst gedreht, sodass sie auf seinem Rücken zu liegen kam. Die nächste Welle spülte einen Schluck Wasser in ihren vor Schreck geöffneten Mund. Schnell legte sie ihre Hände auf seine breiten Schultern und klammerte sich daran fest.

Er schwamm mit kräftigen, langen Zügen, tauchte mit dem Kopf unter und holte nur zwischendurch Luft. Unaufhörlich bewegten sich seine Muskeln unter Fleurs Fingern. Und bei jedem Ruderschlag rieben seine Oberschenkel über die ihren und zwangen ihren schwerelosen Beinen seine Führung auf.

Fleur versuchte, der beherrschenden Präsenz dieses männlichen Körpers unter sich zu entfliehen, indem sie sich zwang, ihren Blick über seine nassen Haare auf den Strand vor ihnen zu heften, jede einzelne Welle, die ihn überspülte, zu verfolgen und sich jedes noch so kleine Detail dieser ihr völlig neuen Landschaft einzuprägen – aber es war fast unmöglich, sich auf irgendetwas anderes zu konzentrieren als das Spiel der Muskeln unter ihr.

Langsam kam der Strand näher, und schließlich war es flach genug, dass sie stehen konnten. Mit letzten Kräften torkelten sie aus der Brandung den nassen Sand hinauf, bis sie außer Reichweite der Wellen waren, und ließen sich erschöpft fallen.

Allmählich wurden Fleurs Atemzüge ruhiger, und sie hätte den warmen Sand, auf dem sie lag, umarmen können vor Glück, endlich wieder festen Boden unter den Füßen zu haben. Auch wenn dieser zu schwanken schien wie ein kleines Ruderboot zwischen hohen Wogen.

Bis der Schreck, wie knapp sie dem Tod entronnen war, plötzlich durch ihr Bewusstsein jagte und ihre Lungen zuschnürte.

Sie hätte heute sterben können. Wäre Kapitän Blackhurst nicht gewesen, würde sie jetzt tot auf dem Grund des Meeres liegen. Ihr Leben wäre vorbei gewesen, ohne dass ihr jemals die Möglichkeit gegeben worden wäre, es richtig zu leben. Und ausgerechnet er hatte sie gerettet!

Dieser gewissenlose, Furcht erregende Pirat, von dem sie angenommen hatte, für ihn nichts weiter als eine Beute zu sein, eine Frau, die er in seiner Gewalt hatte und über die er nach seinem Gutdünken verfügen konnte. Dennoch war er ihr ins Wasser nachgesprungen. Eine Tat, die trotz seiner guten Schwimmkünste auch für ihn ein Risiko barg, wie die starke Strömung, gegen die er hatte ankämpfen müssen, bewiesen hatte.

»Was hast du dir eigentlich dabei gedacht, ins Meer zu springen, wenn du nicht einmal schwimmen kannst?«, fragte Blackhurst, der neben ihr auf dem Rücken im Sand lag, gereizt.

»Ich hatte doch das Brett dabei, an dem ich mich festhalten wollte«, erwiderte Fleur kleinlaut.

»Na, das hat ja viel gebracht!«, entgegnete er sarkastisch. »Weshalb bist du überhaupt ins Wasser gesprungen?«

Beschämt schwieg sie.

»War das etwa ein Fluchtversuch?« Er richtete sich auf den Ellbogen auf und sah sie mit hochgezogenen Augenbrauen an. »Wenn ja, dann war es eine Schnapsidee. Die Insel ist unbewohnt. Eine Frau wie du würde hier nicht länger als ein paar Tage überleben.« Während er das sagte, verschwand der Sarkasmus plötzlich aus seiner Stimme.

An seine Stelle war etwas anderes getreten, das Fleur nicht identifizieren konnte, sie aber veranlasste, die Augen zu öffnen und sich aufzurichten. Sie bemerkte seinen Blick, der auf ihren Körper gerichtet war. Sie sah an sich hinunter, und fast im gleichen Moment schoss ihr das Blut ins Gesicht. Der weiße Baumwollstoff ihrer Unterwäsche war durch die Nässe beinahe durchsichtig geworden und ließ ihre Haut hindurchschimmern. Verschwunden war die verhüllende Weite ihres ärmellosen Unterhemdes und ihrer Pumphosen, die oberhalb des Knies mit einem Bändel zusammengehalten wurden. Stattdessen klebte der Stoff an jeder Rundung und Falte ihres Körpers und offenbarte mehr, als er verhüllte.

Abrupt zog Fleur die Knie an und schlang die Arme darum, um ihre Nacktheit zu verbergen. Sie richtete den Blick geradeaus auf das Meer, und versuchte, den Mann neben ihr auszublenden. Etwas anderes konnte sie nicht tun, um ihm zu entkommen.

Da saß sie nun, ohne noch irgendetwas zu besitzen oder irgendwohin zu gehören. In einer fremden Welt auf einer unbewohnten Insel. Alles hatte sie verloren. Nicht einmal mehr ein Kleid trug sie. Und da lag ein fremder Mann neben ihr, in dessen Blick eine Hitze lag, die sie erschauern ließ.

Ihre Scham schlug in Empörung um. »Jeder Mann von Ehre würde sich respektvoll umdrehen, anstatt die Notlage einer wehrlosen Frau derart auszunutzen, wie Ihr das tut!«, stieß sie zwischen zusammengepressten Zähnen hervor. Da hätte sie doch beinahe freundliche Gefühle für ihn entwickelt. Wie dumm sie war! Er hatte sie nicht gerettet, weil ihm etwas an ihr lag, sondern schlicht und einfach, weil sie sein Besitz war und er gewisse Leistungen von ihr erwartete! Ein Besitz, den er danach gewinnbringend verkaufen wollte! Auf einem Sklavenmarkt!

»Ich habe nie behauptet, ein Mann von Ehre zu sein. Außerdem kann ich mir nicht vorstellen, dass du wirklich so wehrlos bist, wie du immer tust.« Sein Grinsen wurde breiter. »Im Übrigen möchte ich dich daran erinnern, dass du mir immer noch einige Gefallen schuldest.«

Genau! Zornig sah Fleur ihn an. Ihre Blicke maßen sich einige Sekunden lang.

Dann meinte er: »An deiner Stelle würde ich nicht zu lange in der Sonne sitzen. Deine weiße Haut verträgt die starke Strahlung in diesen Breitengraden nicht.«

Tatsächlich begannen sich die Sonnenstrahlen, die sie eben noch angenehm gewärmt hatten, sengend anzufühlen. Sie würde sich bald in den Schatten unter die Palmen am Rand des Strandes setzen müssen, wenn sie nicht wollte, dass ihre Haut verbrannte. Aber dafür würde sie aufstehen müssen ... was bedeuten würde, dass sie sich beinahe nackt seinem Blick ausliefern müsste.

Die Wut loderte wieder in ihr auf. Na gut, dachte sie, wenn er meint, mich damit in die Enge getrieben zu haben, hat er sich getäuscht! Sie hatte nichts mehr zu verlieren. Und von einem ehrlosen, englischen Rüpel würde sie sich nicht kleinkriegen lassen!

Ohne Eile erhob sie sich, baute sich vor ihm auf und ließ sich von ihm betrachten, ohne sich die Mühe zu machen, irgendetwas zu verbergen. Herausfordernd sah sie auf ihn hinunter, ohne seinen wandernden Blick aus den Augen zu lassen. Nach einer Weile drehte sie sich um und ging den Strand hinauf. Sie setzte sich in den Schatten einer Palme und beobachtete, wie Blackhurst den Strand hinunterlief und sich Kopf voran in eine Welle warf. Er tauchte wieder auf, schwamm mit kräftigen Zügen der nächsten entgegen und stürzte sich wieder hinein. Es schien ein Spiel zu sein, und er schien Spaß zu haben. Übermütig tauchte er auf und wieder unter, ohne müde zu werden. Sie begann, ihn zu beneiden. Das Meer, das sie beinahe in den Tod gerissen hatte, schien sein Element zu sein. Furchtlos und übermütig plantschte er herum. Es musste herrlich sein, sich bei dieser Hitze in dem türkisblauen Wasser abkühlen zu können.

Erst eine ganze Weile später schien er genug zu haben. Er schüttelte den Kopf, strich sich die Haare nach hinten und stieg aus dem Wasser.

Fleur wandte den Blick ab, als er näher kam, aber die Bilder ließen sich nicht so leicht aus ihrem Kopf vertreiben. Tropfen, die glitzernd über seine Haut rannen. Sein nackter, breiter Oberkörper und die nasse Hose, die an seinem Gesäß und den kräftigen Beinen klebte. Die schwarz gekräuselten Haare auf seiner Brust, die die Nässe zu Kringeln geformt hatte.

Blackhurst ließ sich in einiger Entfernung von ihr in den Sand fallen. Sie war ihm dankbar, dass er ihr etwas Abstand ließ, zumindest bis ihre Unterwäsche wieder trocken war und ihr zumindest ein Mindestmaß an Anstand ermöglichte. Sie hoffte, dass die Männer, die ihre Vorräte auffüllten, nicht zu früh aus dem Inselinneren zurückkämen. Sie würde vor Scham sterben, wenn sie sich fast nackt mit einem Dutzend Männern in ein Ruderboot setzen müsste. Sie atmete tief durch. Nein, der Stoff begann bereits zu trocken, bei den hier herrschenden Temperaturen würde es nicht lange dauern.

Sie entspannte sich und streichelte mit der Handfläche über den weichen, warmen Sand, ließ ihn durch die Finger rieseln und vergrub die Zehen darin. Ein neues, ungewohntes Gefühl. Ein Lufthauch zog über die Bucht und entlockte den langen, gefächerten Palmwedeln ein sanftes Rascheln. Er umschmeichelte Fleurs entblößte Haut wie die hauchzarte Berührung eines Seidentuchs. Sie seufzte und kostete diese neuen Empfindungen aus. Sie fühlte sich wie neu geboren. Sie reckte sich und legte sich in den Sand, der sie warm und weich empfing.

Jede andere Reaktion hätte Pierce erwartet, als er sie auf die gefährlichen Sonnenstrahlen hingewiesen hatte. Nur nicht diese. Sie war einfach aufgestanden und vor ihm stehengeblieben, nackt, stolz und selbstbewusst. Die leblose, braune Wand in ihren Augen, die schützende Schale um die Haselnuss, hatte sich geöffnet und ließ ihn hineinsehen, gab endlich die Kostbarkeit preis, nach der er vergeblich gejagt hatte und die ihm so lange vorenthalten worden war. Eine andere Frau stand vor ihm. Schutzlos, allem beraubt, was ihr Eigen gewesen und was ihr wertvoll erschienen war, und dennoch selbstbewusster und stärker als je zuvor.

Er fragte sich, warum er diese Züge an ihr nicht vorher erkannt hatte.

Und warum er sich so unerwartet von ihr angezogen fühlte. Von diesem schlanken, beinahe knabenhaften Körper, der so gar nicht den üppigen Frauen entsprach, die sonst sein Bett teilten. Der aber alles besaß, was er begehrte: köstliche, kleine, wohlgeformte Brüste mit Spitzen, die unübersehbar aufragten. Eine schlanke Taille, die er hätte mit den Händen umfassen können, und sanft gerundete Hüften, in deren Mitte ein dunkles Dreieck durch den nassen Stoff schimmerte, das ihn magisch anzog.

Dieses Gefühl war so plötzlich aus dem Nichts aufgetaucht, mit einer solchen Wucht, dass es ihm den Atem verschlug. Er hatte ihr nachgesehen, wie sie langsam den Sand hinauf stapfte, wie sich ihre Hüften dabei wiegten, und verspürte den unwiderstehlichen Drang, ihr nachzugehen. Er war aufgestanden – und hatte sich gerade noch rechtzeitig anders besonnen.

Und so stürzte er sich in die kühlende Brandung. Er tauchte hinunter und wieder hinauf, warf sich in eine Welle nach der anderen – aber das Bild dieser beinahe nackten, selbstbewussten Frau hatte sich so in ihm festgesetzt, dass er es nicht mehr loswurde. Auch das Wasser verschaffte ihm nicht die ersehnte Abkühlung.

Irgendwann wurde er müde. Er war den Strand hinaufgegangen und hatte sich in genügender Entfernung zu ihr in den Sand niedergelassen.

Und da saß er nun. Er wartete, bis er sich sicher war, dass Fleurs Unterwäsche wieder trocken und weiß geworden war, und trat dann zu ihr hin. Schlafend lag sie im Sand, auf dem Rücken, einen Arm angewinkelt neben ihrem Gesicht, den anderen vertrauensselig von sich gestreckt. Die sich sanft bewegenden Fächer der Palmen zeichneten ein Muster auf ihren Körper und tauchten mal diese, mal jene Stelle in goldenes Licht, ließen ihr ausgebreitetes, dichtes braunes Haar, das sie bis jetzt immer in einem strengen Knoten versteckt hatte, in einem glänzenden Ton schimmern. Sie sah so friedlich aus, so unschuldig in ihrer weißen, schlichten Unterwäsche. Wie ein junges Mädchen. Noch unberührt von den Zwängen der Konvention, unverdorben von der Gesellschaft und nicht ahnend, welche Köstlichkeiten dieser weibliche Körper einem Mann verheißen konnte.

Unvermittelt schoss das Begehren wieder in ihm hoch. Es drängte ihn, sich zu ihr zu legen und ihr zu zeigen, in welche leidenschaftlichen Höhen er sie entführen könnte. Seine Hand unter ihr Leibchen zu schieben, über ihre warme, samtene Haut, hinauf zu den Rundungen ihrer Brüste.

Doch letztlich war es genau diese Unschuld, die ihn zögern ließ, symbolisiert durch das Weiß der Wäsche, das so hell strahlte, dass es ihn beinahe blendete.

Bei jeder anderen Frau wäre er sich sicher gewesen, dass sie sich absichtlich so präsentierte, um ihn anzulocken. Doch nicht bei Fleur.

Plötzlich schlug sie die Augen auf. Als sie ihn bemerkte, richtete sie sich ruckartig auf und umschlang wieder schamhaft ihre Knie. Ihr erschrockener Blick offenbarte, dass sie sich ihrer Sinnlichkeit und der Verlockung, die sie bot, überhaupt nicht bewusst war.

Mit heiserer Stimme fragte er: »Durst?«

Sie nickte.

»Gut«, meinte er erleichtert. »Dann hole ich uns mal eine Kokosnuss.«

»Eine Kokosnuss?« Verwirrung überzog ihr Gesicht.

Ihm kam in den Sinn, dass sie wahrscheinlich noch nie eine solche gesehen, geschweige denn eine gekostet hatte. Eine unerklärliche Freude darüber, dass er der Erste sein würde, der ihr eine zeigte, stieg in ihm auf. »Du wirst schon sehen«, meinte er grinsend. Er schaute in die umstehenden Palmen hinauf, bis er an einer die großen, grünen Früchte entdeckte. Er kletterte den schuppigen Stamm hinauf bis ganz zuoberst, bis unter die grünen Kugeln, die dort hingen. Dann zog er sein Messer aus dem Gürtel und schnitt eine davon ab. Mit einem dumpfen Ton fiel sie in den Sand. Er pflückte noch eine zweite und kletterte wieder hinunter.

Fleur stand auf und besah sich skeptisch die grüne Frucht.

Pierce hockte sich in den Sand und zückte sein Messer. Neugierig sah sie über seine Schulter und beobachtete, wie er mühsam ein Loch in die dicke, harte Schale schnitt.

»Eigentlich braucht man eine Machete oder einen Hammer mit einem dicken Nagel, um sie aufzuschlagen«, erklärte er. »Ein Messer ist nicht sehr geeignet.« Als das Loch groß genug war, reichte er ihr die Kokosnuss.

Zögernd nahm sie sie entgegen und roch daran. Sie wartete, bis er die zweite Frucht geöffnet hatte, sie an den Mund hob und mit einem kräftigen Zug trank. Dann tat Fleur es ihm nach. Zuerst in kleinen Schlucken, schließlich trank sie durstig die kühle Flüssigkeit. »Schmeckt gut.«

Er nickte und toastete ihr mit seiner Kugel zu. Es freute ihn, dass sie etwas so Einfaches wie eine Kokosnuss genießen konnte.

Lächelnd sah sie ihn an. »Ihr seid ein guter Kletterer.«

Beiläufig zuckte er mit der Schulter. »Auf einem Schiff muss man klettern können. Aber ich habe es schon als Junge geliebt, auf Bäume zu steigen.«

Ihr Lächeln wurde breiter. »Ich auch. Aber nur bei meinem Großvater. Meine Stiefmutter hätte mir die Ohren langgezogen, wenn sie mich bei so etwas Ungebührlichem erwischt hätte.«

Überrascht sah er sie an. »Wirklich? Meine Schwestern haben sich das nie getraut.«

Plötzlich schmunzelte sie. »Ihr seht also, ich hätte auf dieser Insel doch überleben können.«

Er lachte. »Du hättest vielleicht auf die Palmen steigen können. Aber du hättest nicht gewusst, dass es dort oben Kokosnüsse gibt, die man trinken und deren Fleisch man essen kann. Und außerdem«, er zog sein Messer aus dem Gürtel, »hätte dir das hier gefehlt.« Lockend drehte er das Messer vor ihrem Gesicht hin und her.

Fleur betrachtete das Messer. Sie wunderte sich, dass sie nicht die geringste Angst verspürte. Wie schnell sich die Stimmung zwischen ihnen geändert hatte. Doch sie war froh darum. Und so hob sie in gespieltem Trotz betont hochmütig das Kinn. »Ich hätte mir einen spitzen Stein gesucht.«

Ihre bloßen Füße, auf denen sie unbewusst zu wippen begonnen hatte, zogen seine Aufmerksamkeit auf sich. Sie fühlte sich beinahe ertappt und hielt still. Sein Blick wanderte langsam über ihren Körper zu ihren Augen hinauf. Wieder war da diese Hitze in seinen Augen, die sie schon vorher bemerkt hatte.

Dieser plötzliche Stimmungsumschwung machte sie unsicher; zum einen weil sie nicht wusste, wie sie damit umgehen sollte, aber auch weil da etwas in ihr war, das den Hunger in seinen Augen willkommen hieß. Doch sofort schaltete sich ihre Vernunft ein. Tadelnd ermahnte sie: Du flirtest mit einem halbnackten Mann! Einem Mann, der dich in seiner Gewalt hat! Einem Engländer. Einem Feind! Du solltest dich schämen für ein so würdeloses Verhalten!

Ihr Lächeln erstarb, und sie wich einen Schritt zurück.

Als hätte Blackhurst ihre Gedanken gelesen, verblasste auch sein Lächeln. Er wandte sich ab, steckte das Messer in den Gürtel zurück und fuhr sich mit der Hand durch die Haare. »Wir sollten zum Schiff zurück. Bevor die Männer von der Jagd kommen und dich so sehen.«

Oh! Sie hatte gedacht, sie würden auf seine Männer warten. Machte er sich nur wegen ihres Schamgefühls die Mühe, sie allein zurückzurudern? Unsicher sah sie zu Boden und umschlang ihren Oberkörper mit den Armen.

In einigem Abstand voneinander gingen sie den Strand entlang in Richtung der Ruderboote, mit denen die Seeleute auf die Insel übergesetzt hatten. Der Sand war in der sengenden Sonne heiß geworden, sodass sich Fleur an den schattenspendenden Palmensaum hielt, während Pierce Blackhurst weiter unten durch die Wellen watete, die den Strand hinaufspülten.

Verlassen lagen die Ruderboote da. Blackhurst stemmte sich gegen den Bug des kleineren und schob es ins Wasser. Dann setzte er die Riemen in die Halterung und reichte Fleur die Hand, um ihr beim Einsteigen zu helfen. Als der weiche Sand unter ihren Füßen von einer Welle weggespült wurde und sie ins Taumeln geriet, packte er sie einfach um die Taille und hob sie ins Boot. Rasch kletterte sie über die Sitzbänke in der Mitte und setzte sich auf jene, die ganz am Ende angebracht war, möglichst weit weg von ihm. Er schob das Boot noch ein Stück weiter ins Wasser und sprang ebenfalls hinein. Mit einem Ruder drehte er es, sodass er vorn saß, und begann mit kräftigen Schlägen zu rudern.

Kurz darauf gerieten sie in den Bereich, wo sich die Wellen brachen. Die Brandung klatschte gegen den Bug und spritzte hoch. Tropfen perlten über seine gebräunte Brust. Bei jedem Ruderschlag spannten sich die Muskeln auf seinem Bauch. Wenn er sich vorbeugte, um auszuholen, näherten sich seine breiten Schultern Fleur so weit, dass sie nur die Hand ausstrecken müsste, um seine samtene Haut zu berühren. Rasch wandte sie den Blick ab und starrte aufs Meer.

Etwa in der Mitte der Strecke hielt er plötzlich inne und grinste sie schelmisch an. »Eigentlich könntest du mich zum Schiff rudern. Ich habe dich schließlich schon aus dem Wasser gefischt.«

»Das kann ich nicht«, wehrte sie erschrocken ab.

Doch er war bereits aufgestanden und stieg geschickt balancierend über die Holzbank. Vor Fleur verneigte er sich und deutete dabei mit einer ausholenden Armbewegung zum Ruderplatz, als wäre er ein Lakai, der den Auftritt der Königin ankündigte. »Madame, die Ruder stehen zu Eurer Verfügung.« Dann setzte er sich neben sie.

Trotz ihres Unbehagens konnte Fleur ein Lächeln nicht unterdrücken. Eine derart galant vorgebrachte Aufforderung konnte sie kaum ablehnen. Außerdem saß er auf der engen Bank viel zu dicht neben ihr.

Mit vorsichtigen Bewegungen, um das Ruderboot nicht noch mehr zum Schaukeln zu bringen, stand sie auf und kletterte in die Mitte. Sie griff nach den Rudern, die sich, abgesehen von der drehbaren Halterung, in der sie steckten, frei bewegen ließen.

Viel zu frei für Fleurs mangelnde Fähigkeiten. Das eine Ruder ließ sie versehentlich platt aufs Wasser klatschen, das aufspritzte und sie mit einem feuchten Schleier benetzte. Das andere glitt ihr aus der Hand, nachdem sie es erfolgreich neben dem Heck ins Wasser getaucht hatte. Es bremste die Bewegung des Bootes einseitig und drehte es.

»Also wenn du zurück nach Frankreich rudern willst, muss ich dir abraten«, spottete Blackhurst grinsend. »Erstens würde das deine Kräfte bei Weitem übersteigen, und zweitens würden wir beide dann viel mehr Zeit miteinander verbringen, als dir aller Wahrscheinlichkeit nach lieb wäre. Obwohl ich sagen muss, dass ich dagegen nichts einzuwenden hätte.«

Fleur ließ sich von seinem Spott nicht beirren, sondern nahm die Ruder wieder zur Hand. Wenn er das konnte, musste es ihr doch auch gelingen! Sie versuchte, sich an seine Bewegungen zu erinnern, und ahmte sie nach. Sie tauchte die Ruder ein und zog die Griffe ungelenk zu sich. Geschafft! Doch das Boot nahm keine Fahrt auf.

»Du musst die Ruderblätter senkrecht ins Wasser tauchen, sonst wird das nichts«, bemerkte er und lehnte sich zurück.

Fleur versuchte es noch einmal und achtete darauf, sie so einzutauchen, wie er gesagt hatte. Als sie die Griffe zu sich ziehen wollte, stieß sie auf unerwarteten Widerstand. Nur unter Aufbietung aller Kräfte gelang es ihr. Doch dann hätte sie am liebsten aufgejubelt. Das Boot hatte sich bewegt!

Sie machte einige weitere Ruderschläge. »Ist das anstrengend!«

»Es braucht weniger Kraft, wenn du die Ruder nicht zu dir ziehst, sondern dich einfach nach hinten lehnst. Arbeite mit deinem Körpergewicht, nicht mit Kraft. Und während du die Ruder aus dem Wasser hebst, beuge dich vor.«

Fleur folgte seinen Anweisungen. Tatsächlich ging es nach einigen Ruderschlägen einfacher. Es begann ihr Spaß zu machen. Sie konnte mit eigener Kraft ein Boot vorwärtsbewegen!

Der Lufthauch aus der Bucht verstärkte sich zu einer Brise, je weiter sie aufs Meer hinauskamen. Fleurs offene Haare flatterten und kitzelten sie im Gesicht. Das Holz unter ihren nackten Beinen fühlte sich heiß und rau an. Sie stemmte die Füße gegen die Bank vor ihr, um mehr Kraft aufzubringen. Hie und da gab Kapitän Blackhurst Kommandos wie »etwas mehr nach Backbord« oder »mehr nach Steuerbord« von sich. Sie verstand zwar den Sinn seiner Worte nicht, wohl aber die Handbewegungen, die sie mehr nach links oder rechts wedelten. Die Fregatte lag in ihrem Rücken, und sie selbst konnte nicht sehen, wohin sie ruderte.

Ihre Arme schmerzten von der ungewohnten Anstrengung, als sie beim Schiff angelangt waren. Der schwarze Mann, der ihr das Essen gebracht hatte, hatte sie offenbar schon entdeckt und ließ eine Strickleiter über die Bordwand hinunter. Fleur gelang es mit einiger Mühe, an Deck zu klettern, Blackhurst war direkt hinter ihr. Sie spürte den fragenden Blick des Schwarzen, der zwischen ihr und seinem Kapitän hin und her ging. Aber er sagte nichts.

Blackhurst griff nach ihrem Ellbogen. »Joseph, bring das Ruderboot zurück an den Strand. Die Männer werden bald kommen.«

»Aye, Käpt'en!«, salutierte er und machte sich pflichtbewusst daran, den Befehl auszuführen.

Kapitän Blackhurst schob Fleur den nächsten Niedergang hinunter zu seiner Kabine. Kaum waren sie unten angelangt, zog sie sich eilig nach nebenan zurück. Sie war froh um das bisschen Abstand, das sie zwischen ihn und sich bringen konnte. Vor allem in dem Zustand, in dem sie sich befand: in Unterwäsche, barfuß und mit offenen Haaren!

Nun würde ihr wohl oder übel nichts anderes übrig bleiben, als die Kleider anzuziehen, die er ihr gegeben hatte. Auch ihre langen Haare würde sie nicht mehr zu einer anständigen Frisur hochstecken können. Die Haarnadeln lagen irgendwo auf dem

Grund des Meeres. Sie seufzte. Schließlich zog sie ihr Unterhemd und die knielangen Pumphosen aus, wobei sie inständig hoffte, dass es Kapitän Blackhurst nicht genau in diesem Augenblick in den Sinn kommen würde, die Tür zu öffnen. Schnell streifte sie sich die ärmellose Bluse und den wadenlangen Rock über.

Nach dem feuchten, kratzenden, schweren Wollstoff ihres Kleides, das für einen französischen Winter gemacht war, nicht aber für die Sommertemperaturen, die in diesen Breitengraden herrschten, fühlte sich der leichte Baumwollstoff herrlich kühl und luftig an. Mit den Fingern kämmte sie sich die dichten, lockigen Haare, die inzwischen getrocknet waren. Dabei streifte sie die Halskette, an welcher immer noch der kleine Schlüssel ihres Koffers hing. Einen Moment lang war sie versucht, ihn abzunehmen und ins Meer zu werfen. Wozu etwas sinnlos Gewordenes aufbewahren? Doch dann zögerte sie. Der kleine Schlüssel hing nun schon so lange an der Kette, dass er für sie wie ein Schmuckstück geworden war. Das Einzige, was ihr von ihren Sachen noch geblieben war.

Dann sah sie an sich hinunter. Mit diesen Kleidern und den offenen Haaren sah sie beim besten Willen nicht mehr wie eine anständige Dame aus, die etwas auf sich hielt. Aber es war ihr egal. Niemand war da, der daran Anstoß nehmen würde. Plötzlich fühlte sie sich von ihrem beengenden Kleid so sehr befreit, als ob sie jahrelang in einem kleinen Raum eingesperrt gewesen wäre und nun den Duft der weiten Freiheit einatmete.

Vielleicht gab es hier in der Karibik doch noch Hoffnung für sie.

10

Als Fleur zum Abendessen in seine Kabine trat, blickte Pierce auf ... und erstarrte überrascht. Barfuß stand sie da, in den Kleidern, die er ihr gegeben hatte, das Haar in dichten Locken über die Schultern fallend. Beinahe hätte er sich gewünscht, dass sie es wieder hochsteckte, damit es ihm nicht die Sicht auf ihre Schultern und ihr Dekolleté nahm. Diese Frau war nicht mehr das unscheinbare, mauerblümchenhafte Rehauge. Sie war eine aufregende Sirene, deren Anziehungskraft und Ausstrahlung jeden Mann dazu gebracht hätte, sich nach ihr umzudrehen. Dass sie sich dessen gänzlich unbewusst war, erhöhte ihren Reiz nur noch.

Nachdem er sich wieder gefasst hatte, sprang er auf und zog ihr den Stuhl zurück.

Unsicher setzte sie sich.

Er beugte sich zu ihr hinunter und raunte: »Nun verstehe ich, weshalb dir deine Eltern den Namen Fleur gegeben haben. Sie hätten keinen passenderen für dich aussuchen können.«

Verwirrt sah sie ihn an. Als sie die Bewunderung in seinen Augen bemerkte, senkte sie verlegen den Blick. Eine sanfte Röte überzog ihr Gesicht und verlieh ihrer alabastergleichen Haut einen zarten Rosaschimmer.

Um sie nicht länger anzustarren und noch verlegener zu machen, wandte er sich um, öffnete den Schrank und holte eine Flasche Rotwein heraus. Er entkorkte sie mit einem kräftigen Ruck und schenkte Fleur ein Glas ein. Dann bat er sie um ihren Teller und schöpfte ihr aus dem Topf das beste Stück Fleisch. Als er sich setzen wollte, bemerkte er sein Entermesser, das auf dem Tisch lag. Er steckte es zurück in den Gürtel, nahm aus der

Schublade des Buffets auch für sich selbst Messer und Gabel, und sie begannen zu essen.

Eine zaghafte Konversation entspann sich. Er fragte Fleur höflich nach ihrem Leben in Frankreich, und sie gab Antwort.

»Wir lebten zurückgezogen auf dem Land«, meinte sie wenig enthusiastisch. »Unsere Kontakte beschränkten sich auf die Besuche von Pächtern meines Gatten oder von benachbarten Gutsbesitzern. Zumindest als Monsieur Laurent gesundheitlich noch in der Lage war, Gäste zu empfangen – zwei Jahre nach unserer Heirat begann sich sein Gesundheitszustand zu verschlechtern. Ab und an kam der Pfarrer vorbei.« Gedankenverloren stocherte sie in ihrem Essen. »Es war kein aufregendes Leben. Keine gesellschaftlichen Veranstaltungen, keine Bälle oder dergleichen. Aber wir lebten in einem hübschen, geräumigen Haus aus Stein und hatten einen schönen Garten.« Der Gedanke daran zauberte ein Strahlen in ihre zuvor traurig gewordenen Augen.

Pierce versuchte dieses Strahlen am Leben zu halten, indem er ihr Fragen über den Garten stellte, der ihr offensichtlich viel bedeutet hatte. Schwärmerisch erzählte sie von den Rosen und all den anderen Blumen, die sie gehegt und gepflegt hatte, von den mächtigen alten Bäumen, in denen die Vögel ihre Nester bauten, und von einem kleinen Teich mit Seerosen.

Dann winkte sie ab. »Ich möchte Euch nicht mit meinen Geschichten langweilen. Wie seid Ihr aufgewachsen? Ihr seid ja bestimmt nicht auf See zur Welt gekommen.«

»Nein, das nicht.« Er lächelte und war froh, dass ihm die Frage die Möglichkeit bot, über den Beginn seiner Karriere zu sprechen. An seine Familie und seine Kindheit erinnerte er sich nur ungern. »Ich bin als Junge von zu Hause ausgerissen und auf meiner naiven Suche nach dem großen Abenteuer in einer

Hafenspelunke in die Fänge von Rekrutierungsoffizieren der Marine geraten.«

»Wie schrecklich muss Euer Zuhause gewesen sein, dass Ihr ausgerissen seid!«

»Ich habe mich mit meinem Vater nicht verstanden«, antwortete er knapp. Er wollte kein Mitleid von ihr. Und sich auch nicht rechtfertigen, warum er aus einem – aus ihrer Sicht wahrscheinlich erstrebenswerten – Zuhause ausgerissen war. Wie sollte jemand wie sie auch verstehen, dass eine legitime Geburt, Stand und genügend Vermögen dennoch keine glückliche Kindheit garantierten?

Fleur schien aus seinem Tonfall herausgehört zu haben, dass er nicht weiter darüber sprechen wollte, denn sie wechselte das Thema. »Erzählt mir von den westindischen Inseln. Ich habe gehört, es gibt nicht nur Sainte-Lucie.«

»Das ist richtig. Unsere bedeutendste Insel ist Jamaika. Die Zuckerbarone dort sind mittlerweile reicher als viele englische Landadelige. Dann gehören uns noch Barbados, Antigua und einige andere Inseln.«

»Aber Sainte-Lucie ist Französisch, nicht wahr?«

Er schüttelte den Kopf. »Es wurde im Friedensvertrag von Aix-La-Chapelle 1748 für neutral erklärt. Mittlerweile ist es aber hauptsächlich von französischen Pflanzern bewohnt. Bei den Auswanderungswilligen steht es hoch im Kurs, da es im Gegensatz zu Guadeloupe und Martinique schwach besiedelt und noch viel Land vorhanden ist.«

»Davon habe ich gehört. In Frankreich denken viele darüber nach auszuwandern.«

Abschätzig lachte er auf. »Sie kommen her und glauben, dass hier Milch und Honig fließen, dass sie ihr eigenes Land bebauen können und ebenso wohlhabend werden wie die berüchtigten Zuckerbarone. Sie fallen auf Gerüchte und gerissene

Schurken herein, die ihnen das Blaue vom Himmel versprechen, die ihnen Kredite für die Überfahrt gewähren und ihnen Arbeit anbieten. Dass sie aber diese Kredite jahrelang unter härtesten Bedingungen abarbeiten müssen, davon wird ihnen nichts erzählt. Auch nicht, dass es hier Malaria, Gelbfieber und andere Krankheiten gibt, denen viele schon in den ersten Monaten zum Opfer fallen.«

Fleur runzelte die Stirn. »Unser Pfarrer kannte die Familien von einigen Auswanderern. Er erzählte, dass sie in ihren Briefen von gutem Land berichten, das sie ihr Eigen nennen können, von reichen Ernten und einem guten Klima.«

»Das berichten vielleicht die wenigen, die es geschafft haben. Von denjenigen, die während der Überfahrt oder hier an einer Krankheit sterben oder die nicht einmal mehr das Geld haben, um Briefe zu schreiben – geschweige denn des Schreibens überhaupt kundig sind –, hört man nichts.« Er schüttelte den Kopf. »Du solltest nach Frankreich zurückkehren. Das hier ist kein Leben für eine Frau.«

Sie senkte den Blick. »Es ist ja nicht so, dass ich freiwillig hier bin ...«

Natürlich hatte sie recht. Trotzdem störte ihn der Vorwurf, den er in ihren Worten hörte. »Auf meinem Schiff nicht, aber in der Karibik schon«, antwortete er barsch. Und wenn sie Puerto Rico anliefen, würde sie freikommen. Entweder, weil ihr Bräutigam bezahlte, um sie zu bekommen, oder weil der dafür bezahlte, dass sie nicht ankam. Aber auch in dem Fall würde er sie ungehindert ihrer Wege gehen lassen. Er war doch kein Unmensch! Und dann wäre es für sie das Beste, nach Frankreich zurückzukehren. Das musste sie begreifen. »Das Leben hier ist einfach und hart, ohne die Annehmlichkeiten, die du gewohnt bist. Der Hauptort von Sainte-Lucie ist, auch wenn sie ihn mittlerweile als Stadt bezeichnen, eher eine Ansammlung von Bretterbuden, als das, was du dir unter einer Stadt vorstellen würdest. Die Weißen sind in der Minderheit, weiße Frauen eine regelrechte Seltenheit. Unter solchen Umständen schwinden die Zivilisation und jegliche Kultiviertheit dahin. Die meisten Weißen sind junge, abenteuerlustige und ehrgeizige Männer, die hoffen, fernab von Europas starren Gesellschaftsstrukturen ihr Glück zu machen, reich zu werden und eine Bedeutung zu erlangen, die ihnen ihr Stand zu Hause nie erlauben würde. Was sich da so alles abspielt, ist nichts für die zarten Augen einer Frau. Und der Rest der Bevölkerung besteht aus schwarzen Sklaven, die oft gehalten werden wie Tiere. Unser Joseph kann davon ein Lied singen.«

»Mein verstorbener Gatte hielt Sainte-Lucie für eine gute Wahl«, warf sie unsicher ein. »Und selbst wenn ich nach Frankreich zurückkehren wollte, ginge das nicht. Ich könnte nicht einmal mehr eine Überfahrt bezahlen. Ich kann nur hoffen, hier irgendwo eine Bleibe zu finden.«

Er wollte erwidern, dass er sogar für ihre Rückreise aufkommen würde, unterließ es aber rechtzeitig. Sie brauchte nicht zu wissen, dass ihm mittlerweile so viel an ihr lag, dass er sie in Sicherheit wissen wollte. »Es sind nicht nur die schwierigen Lebensumstände auf den Inseln«, versuchte er sie daher weiter zu überzeugen, »es ist auch der Krieg.«

»Was kümmert mich der Krieg, wenn ich auf einer Plantage lebe? Er tobt in Europa und hier höchstens auf See.«

Herrgott! Musste diese Frau einem dauernd widersprechen? »Er sollte dich schon interessieren! Sainte-Lucie ist eine der wenigen neutralen Inseln, die bisher noch von keiner europäischen Macht beansprucht wurde. Inzwischen sind aber auch die karibischen Inseln in den Mittelpunkt der europäischen Interessen gerückt. Mit dem Zuckerhandel ist eine Menge Geld zu verdienen. Die Territorien, in denen Zuckerrohr angebaut werden kann, können die große Nachfrage kaum befriedigen. Der Krieg wird nicht zuletzt auch um sie geführt. Die Engländer werden sich Sainte-Lucie nicht einfach so entgehen lassen. Du musst damit rechnen, dass die Insel und ihre Bewohner mitten in den Krieg hineingezogen wird.«

Fleur hatte den Blick gesenkt und stocherte zerknirscht in ihrem Essen herum. Sie sagte nichts mehr. War er vielleicht zu heftig gewesen? Es war ja beinahe eine Standpauke gewesen, die er ihr gehalten hatte. Aber sie musste doch wissen, auf was sie sich da einließ!

Trotzdem bekümmerte ihn nun die Wendung, die ihr anfangs so angenehmes Gespräch genommen hatte.

Endlich sah sie auf. »Dürfte ich bitte noch etwas Wein haben?«

»Aber natürlich!« Er griff nach der Flasche und schenkte ihr nach. Abschätzend wog er sie danach in der Hand und betrachtete das Etikett. »Das ist es, was ich an euch Franzosen so liebe: Ihr versteht es zu leben.« Er schenkte ihr einen anerkennenden Blick. Unwillkürlich wanderte der zu ihrem Ausschnitt. Und ihm kamen einige andere Dinge in den Sinn, die man den Franzosen nachsagte. »Ich habe dir noch gar kein Kompliment über dein bezauberndes Aussehen heute Abend gemacht. Wie außerordentlich nachlässig von mir.«

Fleur errötete. Beschämt zupfte sie die Bluse zurecht, aber ihr Versuch, sich mehr zu bedecken, war hoffnungslos. Da war einfach nicht genug Stoff. Zum Glück! Er wollte keinen Zentimeter ihrer nackten Haut missen. Er folgte dem Saum des gerüschten Stoffes von ihrer Schulter zu ihrem Dekolletee. Die Spitze einer ihrer Locken hatte sich vorwitzig in ihren Ausschnitt geschoben. Was sie dort wohl alles berühren mochte?

»Glaubt ihr wirklich, dass der Krieg Sainte-Lu …« Sie brach stotternd ab, als er sich über den Tisch beugte und nach dieser Locke griff.

Andächtig wand er sie um seine Finger. »Du hast wunderschönes Haar. Ich bin froh, dass du es nicht mehr zu diesem grässlichen Knoten drehen kannst.«

Die Röte in Fleurs Gesicht steigerte sich um einige Nuancen.

»Hat dir das noch nie jemand gesagt?«, fragte er mit dunkler Stimme.

Sie schüttelte vorsichtig den Kopf, während er noch immer die Strähne in seinen Fingern hielt.

Mit einem Seufzer ließ er sie los. »Wie wollen die Männer in Frankreich die Gunst einer Frau gewinnen, wenn sie ihr nicht einmal sagen, wie schön sie ist?«

Fleur schluckte und hob dann langsam den Kopf. Unter ihren dichten Wimpern hindurch warf sie ihm aus ihren dunkelbraunen Rehaugen einen Blick zu, der ihm den Atem stocken ließ.

Er konnte nicht mehr anders. Er beugte sich vor und fuhr mit seinen Fingerspitzen langsam ihren nackten Arm hinauf. Ein Schauder durchlief sie. Er spürte es ganz genau. Seine Fingerspitzen streichelten weiter über ihre samtweiche Haut, bis der Stoff auf ihrer Schulter ihnen Einhalt gebot. Sein Blick wanderte weiter zu ihrem verführerischen Ausschnitt.

Abrupt stand Fleur auf. »Ich sollte mich schlafen legen.« Sie wartete seine Antwort nicht ab, sondern floh in ihre Kabine.

Enttäuscht sah er ihr nach.

11

Bei ihrem nächsten Treffen war es Kapitän Blackhurst, der Fleur durch sein Aussehen in Erstaunen versetzte. Nachdem sie es so lange hinausgeschoben hatte, bis sie es vor Durst nicht mehr aushielt, war sie in seine Kabine gekommen, um Wasser zu holen.

Dabei war nicht er allein der Grund, dass sie vor ihm zurückscheute. Ihre eigenen Gefühle waren es, die sie beinahe noch mehr verstörten. Immer wieder durchliefen sie die Erinnerungen an den Abend zuvor. Die schönen Worte, die er zu ihr gesagt hatte. Wie er sie angesehen hatte.

Fleur schluckte schwer. Wie gerne hätte sie früher solche Komplimente gehört und wäre von attraktiven, jungen Männern umworben worden. Aber bevor sie das überhaupt tun konnten, war sie verheiratet worden. Mit einem alten Mann, der in ihr nur ihre Jugend und ihre Gebärfähigkeit gesehen hatte.

Und nun tat ausgerechnet *er* es! Ein unzivilisierter, englischer Freibeuter. Er machte ihr an einem Abend mehr Komplimente, als sie zusammengenommen in ihrem ganzen Leben erhalten hatte. Gegen ihren Willen hatte seine Bewunderung ein warmes Gefühl in ihr ausgelöst. Sein Blick, unverwandt auf sie gerichtet, war dunkel und tief gewesen, und es hatte so viel Verheißung darin gelegen, dass sie nicht anders konnte, als sich in seinen Bann ziehen zu lassen und sich darin zu verlieren.

Dann die unerwartete, verführerische Berührung seiner Fingerspitzen auf ihrer nackten Haut. Sie sandte einen wohligen Schauder durch ihren Körper, aber im nächsten Moment erschreckte sie ihre eigene Reaktion. Sie wusste, dass sie dem Spiel, das er plötzlich mit so viel Können spielte, nicht gewachsen war. Sie hatte keine Erfahrung mit Männern, die sie zu verführen versuchten, und wusste nicht, wie sie ihn daran hindern sollte, es fortzuführen, hin zu dem unweigerlichen Ziel, das er ihr von Anfang an angekündigt hatte: sein Bett.

Und daher hatte sie die Flucht ergriffen.

Nun aber führte kein Weg an einer weiteren Begegnung vorbei. Ihr Durst zwang sie in seine Kabine.

Als sie eintrat, stand er über seine Seekarten gebeugt und trug den gesegelten Kurs ab. Bei seinem Anblick blieb sie überrascht stehen. Anstelle des fleckigen, zerrissenen Hemdes trug er ein neues, blütenweißes. Die Haare waren gekämmt und zu einem ordentlichen Zopf gebunden. Aber das Augenscheinlichste war sein Gesicht. Der Bart war abrasiert, und die markanten Wangen- und Kieferknochen waren jetzt erst richtig zu sehen. Er war zuvor schon attraktiv gewesen, aber der schwarze Bart und die wirren Haare hatten ihn ungepflegt und abschreckend aussehen lassen. Nun sah er … anziehend aus. Gefährlich anziehend. Vor allem da der durchdringende Blick aus seinen blauen Augen sie schon vor seiner Verwandlung nicht mehr mit Angst erfüllt hatte, sondern mit einem warmen Prickeln.

Wäre sie ihm auf der Straße oder bei einer Abendgesellschaft begegnet, wäre er einer der wenigen Männer gewesen, nach dem sie sich verstohlen umgesehen hätte.

Sie fragte sich, ob sich hinter dem Aussehen des vornehmen Edelmanns auch ein ebensolcher verbarg. Oder ob es nur eine Verkleidung für den wilden Freibeuter mit dem hungrigen Blick war. Vorsichtig näherte sie sich ihm und stellte sich neben ihn an den Tisch.

Er warf ihr einen kurzen, freundlichen Blick zu und zog eine letzte Linie.

Fleur runzelte die Stirn, als ihr Blick auf die Karte fiel. »Wie könnt Ihr darauf etwas erkennen?« Für sie bestand sie nur aus einem Gewirr von sternförmig übereinander gelegten Gitternetzlinien und gekrümmten Linien mit Zahlen, zwischen die er eigene, farbige gezeichnet hatte. Die wenigen kleinen Inseln waren erst zu erkennen, als sie genauer hinschaute.

Er lächelte. »Wenn man geübt darin ist, Karten zu lesen, teilen sie einem alles mit, was man wissen muss.«

Sie beugte sich über den Tisch und betrachtete den Punkt, den er als Letztes markiert und mit Datum und Uhrzeit versehen hatte. »Wir sind mitten im Nichts! Woher könnt Ihr wissen, dass wir genau hier sind?« Ungläubig zeigte sie auf den Punkt.

Er lachte. »Ich trage jeden Kurs, den wir segeln, und unsere Geschwindigkeit ein. So weiß ich immer, wo wir sind. Außerdem sind wir nicht im Nichts, sondern westlich von Guadeloupe.«

»Wo ist Guadeloupe?«

Er beugte sich neben ihr über die Karte und deutete mit dem Zirkel darauf.

»Oh. Und wo liegt Sainte-Lucie?«, fragte sie, neugierig geworden.

»Das ist hier nicht zu sehen.« Er ging zur Truhe und holte eine zusammengerollte Karte hervor, die er über der anderen auf dem Tisch ausbreitete. Er deutete auf einen Fleck auf der Karte. »Hier. Zwischen Martinique und Barbados.«

Fleur beugte sich neben ihn über die Karte, um die Insel zu erkennen. »Die ist ja ganz klein!«

Er schmunzelte. »Das sieht auf dieser Karte nur so aus, da sie die ganze Karibik zeigt: hier den Bogen der kleinen Antillen, dann die großen mit Puerto Rico, Santo Domingo, Jamaika und Kuba.«

Neugierig folgte Fleur seinem Finger, mit dem er auf die Inseln zeigte. Dabei stand er so dicht neben ihr, dass sein Arm den ihren streifte, als er dem Bogen folgte. Trotzdem blieb sie genau dort stehen, wo sie war.

Erst als es an der Tür klopfte, zuckte sie, sich ertappt fühlend, zusammen und rückte einen Schritt von ihm ab.

Es war Joseph, der das Essen brachte. Kapitän Blackhurst rollte die Karten zusammen und verstaute sie in seiner Truhe. Dann setzten sie sich zum Essen, und er erzählte ihr Geschichten vom Leben auf See.

Für eine Weile war es, als ob sie nicht mehr auf einem englischen Kaperschiff wären, sondern irgendwo anders, vielleicht auf einer Soiree oder auf einem Ball. An einem friedlichen Ort, fernab vom Krieg, wo sie sich einfach als ein Mann und eine Frau für eine angenehme Unterhaltung getroffen hatten.

Bis Blackhurst die scheinbare Idylle brach. »Warum willst du eigentlich diesen Pflanzer heiraten?« In seinem Tonfall, der bis jetzt freundlich und charmant gewesen war, klang plötzlich ein barscher Unterton durch.

Verdutzt hielt sie mit dem Essen inne. »Weil es so abgemacht ist.«

»Das ist alles?« Er hob eine Augenbraue.

»Nun … ja.« Um eine andere Antwort verlegen, zuckte sie mit den Schultern.

»Du kennst ihn doch gar nicht. Wer weiß, was für ein Mann das ist und was die Wildnis aus ihm gemacht hat.«

»Monsieur Laurent hätte mich nicht nach Sainte-Lucie geschickt, wenn er nicht überzeugt gewesen wäre, dass es das Richtige für mich ist«, versuchte sie sich zu rechtfertigen.

»Und woher will dein Monsieur Laurent das gewusst haben? War er mal dort?«

Unsicherheit überkam Fleur. Natürlich war Laurent nie dort gewesen. Er war überhaupt nie über die nähere Umgebung seiner Ländereien hinausgekommen. Die Strecke nach Nantes war die weiteste, die er sich noch zugetraut hatte.

Mit herausfordernd blitzenden Augen wartete Blackhurst auf eine Antwort.

Fleur wich seinem Blick aus. Sie wusste nicht, wie sie mit dem aggressiven Ton, den er plötzlich angeschlagen hatte, umgehen sollte. Er erzeugte in ihr automatisch das Gefühl, etwas falsch gemacht zu haben. Es war der gleiche Ton, den ihre Stiefmutter angeschlagen hatte, wenn sie sich nicht der Etikette entsprechend verhalten hatte.

»Monsieur Maurais ist ein anständiger, ehrenwerter Mann, der sich bereit erklärt hat, mich aufzunehmen«, erwiderte sie schließlich steif. Ohne diese Möglichkeit wäre sie in eine verzweifelte Lage geraten, denn kein anderer Mann würde eine besitzlose Frau mit zwielichtiger Herkunft heiraten. Wenn Maurais sie nicht als Teilhaberin anerkannt hätte, wäre die Besitzurkunde für die Hälfte der Plantage so gut wie wertlos gewesen, denn einen Rechtsstreit hätte sie sich nicht leisten können. Und von ihren Stiefbrüdern hatte sie keine Hilfe erwarten können, waren diese doch froh gewesen, den Makel in ihrer Familie, den Fleur darstellte, losgeworden zu sein.

»Vielleicht war er das sogar einmal«, meinte Blackhurst zynisch, »bevor er hierhergekommen ist. Bevor er gemerkt hat, dass er es mit jeder seiner Sklavinnen treiben kann, wann und wo er will. Was glaubst du wohl, wird er da mit dir machen?«

Das Blut schoss Fleur ins Gesicht. Sie hasste es, wenn er so sprach. Ihre Finger verkrampften sich um Messer und Gabel, die sie noch immer in den Händen hielt. Stumm starrte sie auf den Teller vor sich.

»Das hier ist nicht Frankreich!«, regte er sich auf. »Vergiss das endlich! Das ist eine Wildnis, die von Menschen bewohnt wird, die keine Zivilisation kennen! Und damit meine ich nicht etwa die Schwarzen. Hier gilt einzig und allein das Gesetz des Stärkeren! Vergiss deine Erziehung, die guten Manieren und den sonstigen Krimskrams, den sie dir beigebracht haben. Damit kommst du hier nicht weiter! Im Gegenteil: Höflichkeit, Anstand und Mitgefühl werden dir als Schwäche und Unterwerfung ausgelegt. Damit verhältst du dich devot, nicht anders als die Sklaven. Das Leben gibt dir hier nichts, gar nichts. Es sei denn, du nimmst es dir selbst. Je schneller du es lernst, desto besser für dich!«

Er hatte sich nach vorn gebeugt und unterstrich seine Worte mit heftigen Handbewegungen. »Ansonsten rate ich dir, so rasch wie möglich nach Frankreich zurückzukehren. Solange du noch kannst. Diese Welt mit ihrer Grausamkeit, Gnadenlosigkeit und Triebhaftigkeit ist für jeden Neuankömmling ein Schock. Auch für Männer. Die Frage ist nur, ob du lernen wirst, damit umzugehen, oder ob sie dich zerstören wird, genauso wie viele andere. In welche Kategorie du gehörst, musst du selbst entscheiden. Das ist mein Ratschlag. Den bekommst du umsonst. Aber es wird das Einzige sein, was du hier umsonst bekommst. Für alles andere musst du kämpfen.«

Blackhurst hatte sich richtiggehend in Rage geredet. Nun griff er nach der Weinflasche, um sich nachzuschenken, und bemerkte, dass sie leer war.

Ohne darüber nachzudenken, stand Fleur mit gesenktem Blick auf und ging zum Buffet, wo er einige Flaschen dieses teuren, französischen Weines aufbewahrte, den er seit dem Abendessen tags zuvor ausschenkte. Es war ein Reflex, der ihr in Fleisch und Blut übergegangen war, seit sich die Gesundheit von Monsieur Laurent verschlechtert hatte. Als gute Gattin war es ihre Pflicht gewesen, ihm ihre ganze Aufmerksamkeit zu schenken, den Wein zu entkorken und darauf zu achten, dass sein Glas immer gefüllt war, und wenn seine Hände zu zittern begannen, ihm die Teetasse abzunehmen oder ihn mit Suppe zu füttern und andere Handgriffe zu übernehmen, zu denen er nicht mehr fähig war.

Sie nahm eine Flasche aus dem Buffet und entkorkte sie. Dabei vermied sie es, ihn anzusehen. Als sie nach seinem Glas griff, um ihm nachzuschenken, sprang er plötzlich auf und stürmte aus der Kabine. Mit einem Knall fiel die Tür hinter ihm zu. Fleur schrak zusammen. Was hatte sie getan?

Überrascht hatte Pierce verfolgt, wie sie aufstand und um den Tisch herum von sich aus zu ihm herüberkam – etwas, das sie noch nie getan hatte. Und das ausgerechnet nach dieser heftigen Predigt, die er ihr gehalten hatte. Aber die demütige Art, wie sie anderen erlaubte, über sie zu bestimmen, ärgerte ihn maßlos. Warum nahm sie ihr Leben nicht selbst in die Hand? Und wie sollte sie so in dieser Wildnis überleben? Vielleicht sollte er sie wirklich auf ein Schiff nach Frankreich sperren, egal ob sie das wollte oder nicht.

Doch tief in ihrem Inneren, unter all dem Mist, den andere ihr anerzogen hatten, glaubte er, die Fähigkeiten und die Durchsetzungskraft wahrzunehmen, die es in den Kolonien brauchte. Welche andere Frau wäre schon aus dem Fenster ins Meer gesprungen? Mit einem Brett, weil sie nicht schwimmen konnte! Auf eine solche Idee musste man erst einmal kommen. In ihr schlummerte eine außergewöhnliche Frau, und es machte ihn traurig, wie sehr die Gesellschaft und die Männer in ihrem Leben ihre Fähigkeiten unterdrückt, ja, sie ihr regelrecht ausgetrieben hatten. Was würde erst mit ihr geschehen, wenn sie sich einem dieser verrohten, triebhaften Pflanzer auslieferte? Daran wollte er gar nicht denken.

Verwundert verfolgte er, wie sie sich neben ihm niederkauerte und den Schrank öffnete. Bis ihm aufging, was sie vorhatte. Sie musste sich strecken und weit nach hinten greifen, um eine Flasche erwischen zu können. Dabei reckte sie ihren Hintern in die Luft, dessen wohlgeformte Rundungen sich in dem dünnen Rock nur zu augenfällig abzeichneten. Plötzlich wurde ihm bewusst, dass sie darunter nackt sein musste, denn die langen, weiten Pumphosen, die sie am Strand getragen hatte, hätten sich durch den dünnen Stoff abgezeichnet.

Die Flasche in der Hand, wich sie zurück, um den Schrank wieder schließen zu können, und präsentierte ihm dabei ihre Vorderseite. Sein Blick fiel auf ihre verhüllten Brüste, die ebenso nackt unter dem weiten Stoff der Bluse hüpften.

Schlagartig schoss das Verlangen in ihm hoch. So brennend, dass es ihm den Atem verschlug.

Sie stand auf, zog eine Schublade heraus und nahm den Korkenzieher in die Hand. Ohne ihn anzusehen, begann sie vorsichtig und mühevoll die Weinflasche zu entkorken.

Er bräuchte nur den Arm um ihre Taille zu legen und sie zu sich zu ziehen. Auf seine Lenden, die sich nach der Berührung ihres wunderbar weichen Hinterns verzehrten. Oder noch besser: Er schob einfach ihr Kleid hoch und setzte sie mit gespreizten Beinen auf den Tisch vor sich.

Einen Augenblick lang beherrschte ihn dieses Bild.

Dann hatte sie es geschafft, den Korken so weit hochzuziehen, dass er wie von selbst mit einem Plob aus der Flasche sprang.

Seine Hände ballten sich zu Fäusten. So etwas macht man nicht mit einer Frau wie Fleur!, brüllte die gute Erziehung, die er in grauen Vorzeiten genossen hatte, gegen sein Verlangen an. Höchstens mit willigen Mädchen in einer Hafenspelunke. Die es darauf angelegt hatten, ihn in ihr Bett zu kriegen. Aber doch nicht mit einer Gefangenen, die ihm ausgeliefert war. So wie es die Pflanzer mit ihren Sklavinnen taten. Er würde sich selbst verabscheuen, wenn er genauso handelte. Wenn er keinen Deut besser war als die Männer, vor denen er sie gewarnt hatte.

Also war er aufgesprungen und an ihr vorbei aus der Kabine gestürmt.

Nun lief er rastlos an Deck auf und ab. Normalerweise beruhigte ihn die Weite des Meeres, der Blick auf den unendlichen Horizont, das Plätschern der Wellen gegen das Schiff. Mondlicht, das sich auf dem Wasser widerspiegelte, und der Sternenhimmel, der sich wie eine gewaltige Kuppel über ihnen wölbte. Es verschaffte ihm eine tiefe Ruhe und das Gefühl, dass seine Möglichkeiten endlos seien. So endlos wie das Meer.

Doch heute war ihm dieser Anblick unerträglich. Das Meer schloss ihn ein und hielt ihn auf diesem Schiff gefangen. Es gab keinen Weg von hier weg. Er war gezwungen, hier zu verharren, ob er wollte oder nicht.

Er fluchte. Es wäre besser gewesen, dieses Handelsschiff hätte nie ihren Kurs gekreuzt. Dann würde *sie* jetzt nicht dort unten sitzen. Und ihn um seine Ruhe bringen. Nach all diesen Jahren, die er jetzt auf See verbrachte, und all den Frauen, denen er begegnet war, warum hatte ausgerechnet sie eine solche Wirkung auf ihn?

»Merde!«, fluchte er auf Französisch, als ob sie es hören könnte. Was sie natürlich nicht tat. Aber trotzdem!

»Was ist Euch denn über die Leber gelaufen?«, fragte eine Stimme hinter ihm betont selbstzufrieden.

Unwirsch drehte er sich um. Er wollte jetzt keine Gesellschaft. Und schon gar nicht diejenige von Ferguson. Mit einem Brummen versuchte er ihn abzuwimmeln.

Doch Ferguson ließ sich nicht entmutigen. »Ein wunderschöner Abend, nicht wahr?«

Pierce hätte ihm den Hals umdrehen können.

»Wie sich der Vollmond auf den Wellen spiegelt.«

»Seid Ihr jetzt unter die Weiber gegangen oder was?«, blaffte er seinen zweiten Offizier an. Wenn der nicht merkte, dass er in Ruhe gelassen werden wollte, musste er eben die Zeche bezahlen.

»Vielleicht«, meinte Ferguson träumerisch. »Ist nicht das Schlechteste.«

»Was?«

»Die Gesellschaft einer schönen Frau hat durchaus etwas für sich.«

»Hat sie das«, gab Pierce verärgert zurück. Das Letzte, was er jetzt hören wollte, waren irgendwelche schwülstigen Details von dem, was sich offenbar in Fergusons Kabine abspielte.

»Ja. Trinkt Ihr einen Cognac mit mir?« Er hielt zwei Gläser und eine Flasche hoch, die er mitgebracht hatte.

»Warum trinkt Ihr den nicht mit der Dame in Eurer Kabine, wenn Ihr deren Gesellschaft so genießt?«

Ferguson seufzte theatralisch. »Das habe ich getan. Aber dann war sie müde und wollte sich ausruhen.«

Er sagte das so, als wartete er nur darauf, dass Pierce nachfragte. Damit er eben von den schwülstigen Details erzählen konnte, welche besagte Dame so ermüden ließen. »Und wo habt Ihr denn nun den Cognac?«, fragte Pierce barsch, um dieser Erzählung zu entkommen.

»Einen Moment.« Ferguson stellte die Gläser ab und goss ihnen ein. Sie tranken beide einen Schluck. »Nicht schlecht, dieser Cognac.«

»Nein. Das muss man den Franzosen lassen.« Er war tatsächlich hervorragend. Und er wärmte den Magen. Pierce nahm einen weiteren kräftigen Schluck.

»Was haben die französischen Männer für ein Glück mit solchen Frauen«, schwelgte Ferguson. »Diese Anmut, diese

Grazie. Und was man diesen Frauen so alles entlocken kann, wenn man es richtig anpackt.«

»Ja, genau. Wenn man es richtig anpackt.« Pierce lachte bitter, was Ferguson aber nicht zu hören schien, denn er fuhr unbeirrt fort.

»Yvette ist ein Engel. Und so zugänglich, wenn man sie richtig behandelt.« Ferguson rückte unangenehm nah an ihn heran und raunte: »Da bekommt französisch eine ganz andere Bedeutung.«

Pierce leerte seinen Cognac in einem Zug. Ferguson tat es ihm nach und schenkte wieder ein. Dann hob er sein Glas hoch: »Auf die französischen Frauen!«

Pierce prostete mit dem gleichen Toast zurück, und die Gläser wurden erneut geleert.

Als wären sie die engsten Saufbrüder, rückte Ferguson wieder an ihn heran. »Und wie ist es mit Eurer Herzdame?«

»Gut. Bestens. Kann nicht klagen.«

Erneut wurden die Gläser gefüllt und geleert.

»Und, ist sie auch so gut im Bett?«, fragte Ferguson.

»Natürlich, was denkt Ihr denn.« Pierce bemerkte, dass er seine Stimme nicht mehr ganz unter Kontrolle hatte. Aber was spielte das für eine Rolle? Zumindest fühlte er sich besser als zuvor. Und außerdem war er nicht der Einzige, der ein bisschen zu viel getrunken hatte. Er war in guter Gesellschaft. Seinen Männern, die vorher noch ruhig auf dem vorderen Deck gesessen hatten, war der Alkohol inzwischen auch in den Kopf gestiegen, so laut und falsch sie jetzt sangen.

»Na, ich dachte, weil sie ein bisschen abweisend und streng wirkte.«

Pierce hob vielsagend eine Augenbraue. »Abweisend und streng? Nein, nein. Sie lässt nur nicht jeden erahnen, was tatsächlich in ihr steckt.«

»Und was steckt tatsächlich in ihr?«, fragte Ferguson nun nicht mehr so selbstbewusst, sondern neugierig wie ein unerfahrener Junge, der zwar gewisse Geheimnisse des Lebens kennengelernt hatte, dem aber noch jenes verborgene Wissen fehlte, das sich einem erst mit den Jahren offenbarte.

Pierce dachte an das Bild zurück, wie sie am Strand beinahe nackt vor ihm stand, und dann an jenes, das sich seine Fantasie ausgemalt hatte: wie sie vor ihm auf dem Tisch saß und er ihre Röcke hochschob ... Er seufzte genießerisch. »Dafür, mein lieber Ferguson, seid Ihr noch etwas zu jung.«

Eingeschnappt schwieg Ferguson und goss sich stattdessen das nächste Glas Cognac die Kehle hinunter.

Pierce tat es ihm nach. Irgendwann musste der Alkohol die Erinnerung an diese Frau, die er dummerweise wieder heraufbeschworen hatte, doch auslöschen.

Händeringend war Fleur in der Kabine stehengeblieben, als Blackhurst so unvermittelt hochgesprungen und hinausgestürmt war. Was hatte sie getan?

Sie hatte gespürt, wie seine Stimmung gekippt war, wie der bissige Zynismus die Freundlichkeit und den Charme, mit dem er sie seit dem Tag am Strand behandelte, vertrieben hatte. Etwas musste sie falsch gemacht haben. So falsch, dass es einen solchen Ärger in ihm heraufbeschworen hatte, dass er sie wortlos hier sitzen gelassen hatte.

Sie sank auf den Stuhl. Was war es gewesen? Hatte es ihn gestört, dass sie seinen Schrank geöffnet hatte? Aber er hatte sie doch schon mehrmals aufgefordert, etwas daraus zu holen. Nein, es musste etwas anderes gewesen sein. Nervös rieb sie die Hände über den Stoff ihres Rockes.

Plötzlich hielt sie inne. Das musste es gewesen sein! Diese

schamlosen Kleider! Ihre Haare, die sie offen zur Schau trug. Wie sie sich direkt neben ihn gekniet hatte, als sie den Wein gesucht hatte. Keine Frau, die Würde besaß, würde je so etwas tun. Eine echte Dame hätte verlangt, dass er das Essen vor ihre Tür stellte. Niemals hätte sie sich in einem derartig ungeziemenden Aufzug gezeigt! Das taten nur gefallene Frauen. Dirnen.

Für so eine musste Blackhurst sie halten! Er musste sich von ihr abgestoßen gefühlt und es deshalb vorgezogen haben, sich zu seinen Männern zu gesellen, die sie oben an Deck singen hörte.

In ihren Ohren verwandelte sich der fröhliche Gesang in ein Gejohle, mit dem sie sie verhöhnten. So wie es früher ihre Brüder getan hatten: »Bastard! Bastard!«

Heute sangen sie: »Dirne! Dirne!«

Tief beschämt ging sie in ihre Kabine und schloss die Tür hinter sich. So bliebe ihm wenigstens ihr Anblick erspart, wenn er wieder zurückkam. Und den Rest der Reise würde sie in ihrer Kabine verbringen.

Mitten in der Nacht wachte sie auf. Ein Geräusch hatte sie geweckt. Sie horchte. Irgendetwas war anders als sonst. Benommen richtete sie sich auf. Zuerst konnte sie nichts erkennen. Erst als sich ihre Augen an die Dunkelheit gewöhnt hatten, lösten sich daraus die Schemen ihrer Umgebung.

Plötzlich schrak sie auf. Jemand lehnte im Türrahmen! Kapitän Blackhurst! Mit pochendem Herzen starrte sie ihn an. Was wollte er hier? Er war noch nie in ihre Kabine gekommen. Warum tat er es ausgerechnet jetzt?

Seine Gestalt löste sich aus dem Dunkel der Wand und näherte sich. Fleur hatte den Eindruck, er schwanke leicht – er, der sonst bei jedem Seegang so fest auf den Holzplanken stand, als wäre er mit ihnen verwurzelt. Mit den Händen stützte er sich an der Wand oberhalb der Koje ab und beugte sich über sie. Mondlicht fiel durch das Fenster auf sein Gesicht, und seine dunklen Augen betrachteten sie eindringlich. Glitten an ihr hinauf und hinab. Entkleideten sie mit ihren Blicken.

Aus seinen Augen sprach so viel Verlangen, dass Fleur ihr Herz bis in den Hals hinauf klopfen fühlte. Noch immer stand er unbeweglich da, eine Armlänge von ihr entfernt, und trotzdem schien seine körperliche Präsenz sie zu berühren, sie zu liebkosen, zu umhüllen. Wie eine Stichflamme loderte in ihrem Unterleib ein sehnsüchtiges Brennen auf, das durch ihren ganzen Körper jagte. Beinahe hätte sie darum gebeten, dass er sie berührte. Dass er dieses Brennen stillte, von dem sie instinktiv wusste, dass nur er es stillen konnte.

So wie nur er es hatte entfachen können.

Endlich regte er sich, seine Hand bewegte sich langsam auf sie zu. Die erste, sanfte Berührung seiner Finger an ihrem Hals sandte ein Beben durch Fleurs Körper, bis hinunter in die Fußspitzen. Langsam, unsäglich langsam strichen sie über ihre nackte Haut und hinterließen eine glühende Spur hinunter bis zum Ansatz ihres Oberteils, wo sie zwischen ihren Brüsten verharrten. Fleur wagte kaum zu atmen. Sie hoffte, seine Finger würden ihren Weg fortsetzen, hinunter bis zum Zentrum ihrer Sehnsucht, und gleichzeitig fürchtete sie sich davor.

Stattdessen zog Blackhurst seine Hand zurück. Enttäuschung durchfuhr Fleur.

Doch schon im nächsten Moment begann ihr das Blut vor Aufregung in den Ohren zu rauschen. Er riss die obersten zwei Knöpfe seines Hemdes auf und zog es sich über den Kopf. Dann legte er sich neben sie. Mit einem Arm umfasste er ihre

Taille und zog sie zu sich, sodass sich sein harter Körper an den ihren presste.

Fleur keuchte auf. Das Ganze war so schnell gegangen, dass sie sich überrumpelt fühlte. Sie versuchte noch, sich über die unerwarteten Gefühle klar zu werden, die dieser männliche Körper in dem ihren auslöste, als er bereits mit einem Oberschenkel ihre Beine auseinanderdrängte und sich auf sie rollte. Überwältigt ließ sie geschehen, was er tat. Er griff in ihre Haare und zog ihren Kopf zur Seite, sodass ihr Hals sich ihm darbot. Sein Mund senkte sich hinunter und presste feurige Küsse auf ihre Haut. Als er leicht zubiss, entwich Fleur ein leiser Aufschrei. Gierig legte sich seine warme Hand um ihre Brust und massierte sie. Doch noch bevor sie sich an dieses neue Gefühl gewöhnt hatte, glitt seine Hand bereits zu ihrem Ausschnitt. Mit hektischen Fingern löste er den Knoten des Bandes, das ihr Oberteil zusammenhielt, und streifte den Stoff hinunter, bis ihre Brüste nackt vor ihm lagen. Sie keuchte schockiert auf, als er die Spitze in den Mund nahm und daran saugte.

Fleur versuchte verzweifelt, der Gefühle, die in ihr tobten, Herr zu werden und zu verstehen, was mit ihr geschah. Was er mit ihr tat. Doch dafür ließ ihr Pierce' Leidenschaft keine Zeit. Alles ging viel zu schnell. Als er seine Härte zwischen ihren Beinen rieb, rief das nicht dieses sehnende Brennen hervor, das sie eben noch empfunden hatte. Sie fühlte nicht die gleiche Leidenschaft wie er. Nicht in dieser drängenden Heftigkeit.

Als er ihren Rock hochschob und seine Hand zwischen ihren Beinen hinauffuhr, bekam sie Angst. Es würde wehtun, wenn er jetzt in sie drang. So wie es bei Laurent geschmerzt hatte, wenn er sich nachts in ihr Schlafzimmer geschlichen, sich hinter sie gelegt und ihr Nachthemd hochgeschoben hatte.

Die letzten Reste von Verlangen lösten sich in Luft auf. Die Angst nahm überhand. Nicht nur vor seiner entfesselten Leidenschaft, sondern auch vor den Folgen ihres eigenen Verhaltens. Die Erinnerung an ihre Mutter, die sich von ihrem Vater hatte verführen lassen, tauchte empor. Das Schicksal, das sie und Fleur dadurch erlitten hatten.

Erschrocken versuchte sie, Blackhurst wegzuschieben und sich gegen ihn zur Wehr zu setzen. Sie wollte um keinen Preis, dass ihr dasselbe wie ihrer Mutter widerfuhr. Pierce Blackhurst war Engländer, ihr Feind, und sie seine Gefangene. Sollte sie wider Erwarten doch irgendwann nach Sainte-Lucie gelangen, könnte sie nicht mehr damit rechnen, dass ihr Verlobter sie noch heiraten wollte, nachdem sie sich einem anderen hingegeben hatte. Und schon gar nicht, wenn sie ein Kind erwartete.

Blackhurst reagierte nicht auf ihre Abwehr. Stattdessen fuhr seine Hand weiter an ihrem Bein hoch. Mit aller Kraft versuchte sie, ihn wegzustoßen. Aber er schien es nicht mal zu bemerken.

»Nein! Hört auf!«

»Womit?«, fragte er und versuchte wieder, sie zu küssen. »Damit?«

Seine Hand hatte nun fast jene Stelle zwischen ihren Beinen erreicht, die sie nicht erreichen sollte. Er hörte einfach nicht auf! Er würde weitermachen, bis er bekam, was er wollte! Panisch begann sie, um sich zu schlagen. »Hört auf! Bitte!« Sie schlug und trat um sich.

Endlich ließ er von ihr ab. »Was ist los?«, fragte er mit schwerer Stimme.

Tränen traten ihr in die Augen. »Ich will das nicht«, flüsterte sie.

Er rückte von ihr ab und musterte sie.

Einen Augenblick lang glaubte sie, er wäre wütend auf sie. Doch das Blitzen seiner Augen verlor sich gleich darauf. Abrupt nahm er seine Hand von ihrer Brust und hielt sie beschwichtigend hoch.

Fleur rollte eine Träne über ihre Wange.

Sein Blick folgte dem Tropfen, wie er auf das Kissen rann. Blackhurst nahm sein Bein von den ihren und rückte noch ein Stück weiter weg, sodass sie sich nicht mehr berührten. »Ich dachte, du wolltest das auch.«

Fleur brachte kein Wort heraus. Ihre Kehle war wie zugeschnürt. Sie hätte gerne Ja gesagt, aber sie konnte es nicht.

Schwerfällig rollte er sich aus der Koje, stand auf und griff nach seinem Hemd. Wieder sah er auf sie hinunter und schien darauf zu warten, dass sie etwas sagte, aber sie konnte es immer noch nicht.

»Tut mir leid«, meinte er gepresst. Dann eilte er hinaus und schloss die Tür hinter sich.

Es dauerte eine ganze Weile, bis Fleur wieder in der Lage war, sich zu bewegen. Sie rollte sich auf die Seite, zog die Beine an und schob die Arme unter den Kopf. Lautlos begann sie zu weinen. Über das Schicksal, das ihre Mutter ereilt hatte. Über ihre Liebe, die nicht hatte sein dürfen. Über das, was sie selbst ihren Gatten hatte tun lassen in der Dunkelheit der Nacht. Seine Versuche, ihre Zuneigung zu erlangen, und ihre Unfähigkeit, sie ihm zu geben.

Und schließlich darüber, dass sie Pierce Blackhurst, den einzigen Mann, der jemals solche Gefühle in ihr geweckt hatte, abgewiesen hatte und nie wieder etwas Derartiges zwischen ihnen passieren durfte.

Als sie am nächsten Tag nur aus ihrer Kabine kam, um ihr Essen zu holen, erkannte Pierce, dass er sie verloren hatte. Sie war wieder zu der Frau geworden, die ihn vor der Wand, die sie um sich gebaut hatte, stehen ließ und ausschloss. Ihre Augen hatten wieder diesen verschlossenen, ausdruckslosen Blick angenommen. Er hätte sich dafür ohrfeigen können, dass er zu viel getrunken und sich hinreißen lassen hatte. Wie ein dummer, unerfahrener Schuljunge. Dass die Angeberei von Henry Ferguson über das Goldlöckchen und deren Gefügigkeit ihn eifersüchtig hatte werden lassen. Er hätte sie als das abtun sollen, was sie gewesen war: reines Imponiergehabe. Und er hatte bei dem Kräftemessen auch noch mitgemacht! Seine eigenen erfundenen Geschichten von Fleur erzählt.

Als er in seine Kabine zurückgekommen war, hatte er sich nicht mehr zurückhalten können. Immerzu hatte er das Bild vor seinen Augen, wie sie am Strand vor ihm gestanden und stolz auf ihn hinuntergeblickt hatte. Ihr wunderschöner Körper, nach dem es ihn so sehr verlangte.

Seit diesem Anblick war er in ihrer Gegenwart ständig hart. Er hatte gehofft, sein Verlangen mit Alkohol betäuben zu können, und hatte genau das Gegenteil erreicht: Es hatte ihn schlichtweg überrollt. So sehr, dass er sie beinahe wie ein Hafenmädchen genommen hätte. Ohne Rücksicht auf das, was sie fühlte. Einfach davon ausgehend, dass es ihr genauso erging wie ihm, dass sie ihre Lust von sich aus einfordern würde. Aber dem war nicht so. Was er hätte wissen müssen. Sie war keine erfahrene Dirne, sondern eine anständige Dame, die über keine große Erfahrung mit Männern und offensichtlich auch nicht mit sich selbst verfügte.

Und er war einfach über sie hergefallen. Er hatte sich von seinem Rausch vorgaukeln lassen, dass sie dasselbe wollte. Im Nachhinein erkannte er, dass sie versucht hatte, ihn zu stoppen. Doch er hatte es nicht bemerkt. Nicht bemerken wollen. Er hatte es als die übliche weibliche Ziererei abgetan. Aber das waren die Mittel erfahrener Frauen. Wie hatte er annehmen können, dass Fleur in ihrer Unschuld dieses Spiel, mit dem solche Frauen Männer bis zum Äußersten reizten, überhaupt kannte? Es war keine Ziererei gewesen, und er hatte einfach weitergemacht. Bis sie in Panik geriet.

Verfluchter Alkohol! Warum hatte er es so weit kommen lassen? Er hatte sich genauso benommen, wie sie es wahrscheinlich von einem rücksichtslosen, triebgesteuerten Piraten erwartet hatte. Dabei war er doch gar nicht so.

Kein Wunder, dass sie ihm nun aus dem Weg ging. Er hatte es vermasselt. Gewaltig.

Er fragte sich nur, warum das ihm – der Frauen immer als austauschbar betrachtet hatte – so viel ausmachte …

12

Die Fregatte segelte in einiger Entfernung zu einer unbewohnten Insel, die als grüner Streifen am Horizont sichtbar war. Pierce hatte beschlossen, Kurs auf ihren Heimathafen Jamaika zu nehmen, nachdem sie über längere Zeit erfolglos in den Gewässern, die die französischen Handelsschiffe auf ihren Routen von Europa nahmen, auf der Lauer gelegen hatten. Die Erfolgsaussichten auf einen weiteren Beutezug waren mit dem Voranschreiten der Jahreszeit gering geworden. Die zur Untätigkeit verdammte Mannschaft war inzwischen unzufrieden und streitsüchtig. Es war an der Zeit, dass sie Landgang bekam.

Die Fregatte umrundete die Landzunge an der nördlichen Spitze der Insel und schlug einen westlichen Kurs ein. Pierce' ohnehin schon schlechte Laune sank auf ihren Tiefpunkt, als hinter der Landzunge plötzlich zwei französische Kriegsschiffe auftauchten.

»Verdammt noch mal, was machen die Froschmänner um diese Jahreszeit noch hier! Warum sind die nicht längst auf dem Weg nach Frankreich? Die haben mir gerade noch gefehlt!« Anders als die Engländer hatten die Franzosen keinen Marinestützpunkt in der Karibik. Jeden Frühling, nachdem die Winterstürme vorbei waren, schickten sie ihre Kriegsschiffe von Frankreich aus wieder in die Karibik, und bevor die Herbststürme begannen, segelten sie zurück. Deshalb war nicht mehr damit zu rechnen gewesen, jetzt noch auf ein französisches Schiff zu treffen, egal ob es sich um Händler oder Soldaten handelte.

Fluchend sprang Pierce auf die Reling, um eine bessere Sicht zu bekommen. Er lehnte sich gegen die Jakobsleiter und zückte sein Fernrohr.

Was er sah, ließ ihn noch lauter fluchen. Es mit zwei Gegnern gleichzeitig aufzunehmen, war auch für seine gut mit Kanonen bestückte Fregatte eine Herausforderung. Der Anzahl der Segel nach zu urteilen, mussten es mindestens ebenfalls Fregatten oder sogar Linienschiffe sein. Beide waren alleine schon ebenbürtige oder gar überlegene Gegner. Aber gegen zwei solche Gegner hatten sie keine Chance.

Ihm blieb nur eines: zu flüchten und zu hoffen, dass sie ihnen in der Dunkelheit der nächsten Nacht entkommen konnten oder dass sich das Wetter verschlechterte.

Er ließ jedes Segel setzen, das er hatte, und den Kurs auf den schnellstmöglichen ändern.

Sofort nahmen die Franzosen die Verfolgung auf. Wie Spürhunde klebten sie im Kielwasser seines Schiffs und folgten ihrer Beute. Als ob sie alle mit einem unsichtbaren Tau verbunden wären.

Die Stunden zogen sich in die Länge. Es wurde Nachmittag und dann Abend. Die Segel der Verfolger waren größer geworden.

Mit Anbruch der Nacht begannen sich Pierce' Hoffnungen auf ein Gelingen der Flucht zu zerschlagen. Das Barometer zeigte eine unverändert stabile Wetterlage an. Die Nacht war sternenklar, und der Vollmond zeichnete Schatten auf das Deck. Die weißen Segel leuchteten beinahe in seinem Licht. Es gab keinerlei Anzeichen dafür, dass sich die Sicht verschlechtern würde. Spätestens im Morgengrauen würden die Franzosen sie eingeholt haben und es würde zu einem Gefecht kommen.

Fieberhaft überlegte Pierce, wie er ihre missliche Lage verbessern könnte. Schließlich befahl er, ein paar der vorderen Segel zu bergen. Damit würde sich unbemerkt ihre Geschwindigkeit verlangsamen. Die Franzosen würden sie so noch in der Nacht einholen. Ein Gefecht in der Dunkelheit war zwar schwieriger zu kontrollieren, aber mögliche Havarien der Franzosen und die Sichtverschlechterung durch die unvermeidliche Rauchentwicklung bei einem Gefecht könnten einen erneuten Fluchtversuch möglich machen.

Fleur wurde von einem unsanften Rütteln an ihrer Schulter aus dem Schlaf gerissen.

»Steh auf und zieh das an!«, befahl Kapitän Blackhurst, der mit einer Öllampe in der Hand über ihr stand. »Beeil dich!«

»Warum?«, fragte Fleur, die nicht verstand, weshalb er sie mitten in der Nacht weckte und so etwas von ihr verlangte.

»Tu, was ich dir sage!«, erwiderte er in einem Ton, der keinerlei Widerrede duldete. Er stellte die Lampe auf den Boden und ging hinaus.

Schlaftrunken griff sie nach dem Kleid, das er auf die Koje geworfen hatte. Mit mechanischen Bewegungen zog sie es an. Es war aus einem dicken, dunkelgrünen Wollstoff, einfach, hochgeschlossen und schmucklos, ihrem verloren gegangenen braunen ganz ähnlich.

»Bist du endlich so weit!«, rief er ungeduldig von draußen.

»Ja, gleich«, antwortete sie.

Nur einen Moment später, noch bevor Fleur das Kleid ganz geschlossen hatte, riss er die Tür auf, packte sie am Arm und hob die Öllampe auf. Dann zerrte er Fleur hinaus, durch enge Korridore und Stiegen hinunter. Verunsichert stolperte sie hinter ihm her. »Was ist denn los?«

Er gab keine Antwort, sondern marschierte weiter, bis sie vor eine verschlossene Tür kamen. Mit einem Schlüssel an einem großen Bund öffnete er sie und schob Fleur hinein.

Angst erfasste sie. »Was macht Ihr mit mir?«

»Du bleibst da drin!« Er wandte sich um, die Öllampe in der Hand.

Fleur blieb im Dunkel zurück. Außerhalb des Lichtkegels der Lampe war es stockfinster, und sie konnte nicht sehen, wo sie war.

»Nein, wartet! Lasst mich nicht allein hier drin!«, schrie sie hysterisch und klammerte sich in sein Hemd. »Ich tue alles, was Ihr verlangt, aber bitte lasst mich nicht im Dunkeln eingesperrt zurück!«

»Was soll das?« Kopfschüttelnd versuchte er sich von ihr loszumachen. Aber er musste in ihren Augen die nackte Angst sehen, denn seine Stimme wurde weicher. »Du bist da drin am sichersten Ort des Schiffes.«

»Ich habe Angst davor, im Dunkeln eingesperrt zu sein«, gab sie beschämt zu. »Warum kann ich nicht in meiner Kabine bleiben?«

»Wir werden in Kürze angegriffen. Dieser Frachtraum ist in der Mitte des Schiffsbauches. Hier bist du vor den Kanonenkugeln am sichersten. Und was denkst du, was deine Landsmänner von dir halten werden, wenn sie uns entern und dich in meiner Kabine vorfinden? Sie werden es nicht besonders schätzen, wenn sich eine ihrer eigenen Frauen zu ihrem ärgsten Feind ins Bett legt. Damit wärst du in ihren Augen weniger wert als jede Hure. Wenn sie dich ausfragen, wirst du angeben, dass du die ganze Zeit über in diesem Frachtraum eingesperrt gewesen warst. Hast du verstanden?«

Fleur nickte, zu schockiert, um zu sprechen.

»Ich kann dir die Lampe nicht dalassen. Setz dich dort drüben auf die Kiste. Da wirst du weniger von den Ratten mitbekommen als auf dem Boden.«

»Ratten?«, stöhnte Fleur.

»So ist das nun mal auf einem Schiff«, meinte er. »Wenn sie dich trotzdem belästigen, trittst du sie weg. Dann merken sie, dass du nicht tot bist, und sie werden sich vor dir hüten.«

Fleur spürte, wie ihr Tränen über die Wangen rollten. Sie hatte Angst. Vor den Ratten, vor der Dunkelheit und vor dem Gefecht, von dem Blackhurst gesprochen hatte. Und sie kam sich so dumm vor. Er versuchte sie zu beschützen, und sie machte es ihm schwerer als nötig. Erst da ging ihr wirklich auf, was er gesagt hatte. Ein Gefecht! Kanonen! Er könnte sterben. Sie könnten beide sterben. Verzweifelt sah sie zum ihm auf.

Blackhurst trat zu ihr, umfasste ihr Gesicht mit den Händen und wischte die Tränen mit den Daumen sanft weg. Einen Moment lang sahen sie sich in die Augen, und sie wünschte sich, das Schicksal hätte andere Pläne mit ihnen gehabt. Sein Gesicht kam dem ihren näher, und sie schloss die Augen. Sie spürte einen hauchzarten Kuss auf den Lippen, dann hob er sie auf die Kiste.

»Leb wohl, Fleur, und denk daran, was ich dir gesagt habe.«

Sie hielt die Augen geschlossen. Er hatte sie zum ersten Mal bei ihrem Namen genannt.

Als sie sie wieder öffnete, war er weg. Und Fleur war allein in der Dunkelheit.

Donnerschläge setzten ein. Zuerst verhallten sie in einem fernen Grollen. Dann kamen sie näher und wurden von den Decks über ihr beantwortet. Jede Breitseite, die abgefeuert wurde, ließ das Schiff erzittern. Es begann oben und fuhr im Bruchteil einer Sekunde durch die Wände und Balken in den Rumpf. Die erste Salve hatte Fleur einen fürchterlichen Schreck eingejagt. Bevor sie sich davon erholt hatte, wurde die zweite abgefeuert, dann eine dritte, eine vierte, und irgendwann hörte Fleur auf zu zählen. Mit einem heftigen Stoß schlug die erste Kugel ein. Ein fernes Krachen und Splittern war zu hören. Weitere Einschläge folgten. Einige davon schienen weiter weg, Treffer an Deck oder in der Takelage. Ohne Unterbrechung gingen die dumpfen Donnerschläge und das Zittern weiter.

Plötzlich schlug mit lautem Knall eine Kugel in der Nähe von Fleur in den Rumpf ein. Sie schrie auf. Die Wucht hatte sie nach vorne geworfen. Holz barst. Zuerst dachte Fleur, dass der Frachtraum, in dem sie war, getroffen worden war. Doch dann erkannte sie, dass es außerhalb ihres Raumes gewesen sein musste.

Mittlerweile war sie dankbar dafür, dass Blackhurst sie hierhergebracht hatte. Auch wenn völlige Dunkelheit um sie herrschte. Aber wie viel schrecklicher wäre es gewesen, dieses Gefecht in ihrer Kabine zu ertragen! Die Mündungsfeuer der Gegner zu sehen und auf die Einschläge zu warten. Zu beten, dass sie ins Wasser schlugen, anstatt zu treffen.

Das Gefecht schien ewig zu dauern. Fleur rollte sich einfach dort, wo sie hingefallen war, zusammen und legte die Arme schützend über den Kopf. Die Ratten waren ihr inzwischen egal. Es war, als ob es immer so weitergehen würde, ohne Ende. Die Donnerschläge, das Zittern und das Bersten.

Doch irgendwann hörte es auf. Es gab noch einzelne letzte Schüsse, danach war es vorbei. Sie mussten das Feuer eingestellt haben.

Fleur blieb noch eine Weile liegen. Sie misstraute der Ruhe. Bestimmt würde es gleich wieder beginnen. Aber die Schüsse blieben aus. Sie tastete sich zu der Kiste, setzte sich hin und begann zu warten. Wasser gluckste. Fetzen von Geschrei drangen herunter. Fleur horchte auf die Geräusche über ihr und fragte sich, wie es dort oben wohl aussehen mochte.

Irgendwann wurden die Geräusche leiser und Fleur unruhig.

Warum kam niemand herunter? Wenn das Schiff geentert worden war, würden sie doch bestimmt die Frachträume durchsuchen. Das hatten die Engländer auf dem erbeuteten Handelsschiff auch getan. Waren sie vielleicht gar nicht geentert worden? Dann würde sie warten müssen, bis Kapitän Blackhurst sie holen würde. Und der hatte bestimmt Wichtigeres zu tun, als sich um sie zu kümmern.

Plötzlich stieg ein grauenhafter Gedanke in ihr auf. Was, wenn er getötet worden war? Niemand von seiner Mannschaft wusste, dass sie hier war. Sie wurde in seiner Kabine vermutet. Und wenn die – so exponiert wie sie am Heck war – zusammengeschossen worden war, wie lange würde es dauern, bis jemand bemerkte, dass sie nicht tot unter den Balken begraben lag, sondern hier unten war? Bis dahin könnte sie verdurstet und verhungert sein. Panik stieg in ihr auf. Sie versuchte sich daran zu erinnern, in welcher Richtung der Eingang gewesen war. Vorsichtig kletterte sie von der Kiste, streckte die Arme aus und setzte langsam einen Fuß vor den anderen. Ihre Hände stießen gegen eine Wand. Sie tastete sich daran entlang, bis sie ins Leere griff. Es musste eine andere Kiste und damit die falsche Richtung gewesen sein! Zwischen ihrer Kiste und dem Eingang hatte nichts gestanden. Sie tastete sich zurück und versuchte es auf der anderen Seite. Doch auch hier kam sie nicht weit. Tränen der Enttäuschung traten ihr in die Augen. Sie drehte sich zu hastig um, blieb mit dem Fuß an irgendetwas hängen und stürzte. Ein heftiger Schmerz durchzuckte ihren Arm, als sie im Fallen an etwas entlangkratzte. Dann kam sie mit einem dumpfen Schlag auf dem Boden auf. Sie spürte, dass das Kleid aufgerissen war und der Arm blutete. Schluchzend blieb sie liegen. Sie hatte keine Kraft mehr, aufzustehen und weiter nach der Tür zu suchen. Denn selbst wenn sie sie gefunden hätte, sie war abgeschlossen. Sie hätte nur daran hämmern können und hoffen, dass jemand sie hörte.

Fleur wusste nicht, wie viel Zeit vergangen war, als sie endlich Schritte hörte. Es mussten Stunden gewesen sein. Sie begann zu schreien, so laut sie konnte. Die Schritte näherten sich und jemand versuchte, die Tür zu öffnen. Schließlich wurde mehrmals fest dagegengestoßen, bis sie nachgab und aus dem Rahmen krachte. Ein Lichtschein fiel in den Frachtraum. Fleur hörte französische Stimmen.

»Hier bin ich!«, rief sie.

13

Fleur! Fleur!«

Blinzelnd sah Fleur sich nach der vertrauten Stimme um. Das gleißende Sonnenlicht an Deck blendete sie nach der langen Dunkelheit im Frachtraum. Schützend hob sie die Hand vor die Augen.

»Fleur, da bist du ja!« Schniefend fiel ihr Lucille in die Arme. »Ich hatte schon befürchtet, dich nie wieder zu sehen!« Sie wischte sich mit dem Ärmel Tränen der Erleichterung aus dem Gesicht.

»Geht es dir gut? Haben sie dich anständig behandelt?«, fragte Fleur besorgt.

»Ja, ich war zusammen mit Yvettes Schwester in einem Frachtraum eingesperrt. Wo warst du? Sie wollten mich nicht zu dir lassen. Wie geht es dir?«

»Auch gut. Ich war in einem anderen Frachtraum.«

Hinter Lucille standen Yvette und ihre Schwester. Während die Jüngere, ebenfalls mit erleichterten Tränen in den Augen, Fleurs Hände ergriff, begrüßte deren ältere Schwester sie nur mit einem knappen Kopfnicken, dem ein längerer, misstrauischer Blick folgte, der über Fleurs Kleid glitt.

»Meine Damen«, unterbrach sie ein französischer Offizier, »ich störe ungern, aber es wäre besser, wenn Ihr dieses Schiff verlassen und Euch an Deck unseres Linienschiffes begeben würdet.«

Sie nickten und folgten ihm. Erst jetzt kam Fleur dazu, sich umzublicken. Was sie sah, ließ sie vor Grauen erstarren. Die einst stolze Fregatte war nicht wiederzuerkennen. Teile der zerschossenen Takelage hingen in einem Gespinst aus Tauen in der

Luft. Rahen, zerrissene Segeltuche, zerborstenes Holz und Tauwerk lagen in einem wilden Durcheinander auf dem Deck und versperrten den Weg und die Sicht. Beißender Rauch kratzte beim Atmen. Sie hörte Männer reden, rufen, stöhnen und sogar schreien, aber sie konnte niemanden sehen. Fleur stieß ein herunterhängendes, ausgefranstes Segeltuch beiseite und hätte beinahe vor Entsetzen aufgeschrien, als sie plötzlich in weit aufgerissene tote Augen blickte. Sie gehörten einem Mann, der von einem Holzsplitter durchbohrt über einer Kanone hing. Neben ihm wand sich ein Verletzter in einer Blutlache. Von seinem Arm zeugte nur noch ein zersplitterter Knochenstumpf. Von ihrer jetzigen Position aus konnte sie fast das gesamte Deck überblicken, und was sie sah, ließ sie aufkeuchen. Überall war Blut, Männer mit klaffenden Wunden, die stöhnten und vor Schmerzen schrien. Selbst in der Luft hing der süßliche Geruch des Blutes, vermischt mit demjenigen von Pulver und verbranntem Holz und Fleisch.

»Mein Gott! Das ist ja schrecklich!« Fleur wurde übel. Sie hielt die Hand vor den Mund und schloss die Augen. Nur mit Mühe gelang es ihr, ein Aufbäumen ihres Magens zu unterdrücken.

»Kommt weiter, meine Damen. Das ist kein Ort für Euch.«

Willenlos ließen sich die vier von dem französischen Offizier weiterführen.

Fleur versuchte, nicht mehr nach links oder rechts zu blicken, sondern nur noch auf den Rücken des Offiziers, um diesem Grauen zu entgehen. Immer wieder streckten Männer die Hände nach ihr aus, bettelten um Hilfe.

»Warum tut Ihr denn nichts für die Verletzten!«, wandte sie sich aufgelöst an den Offizier. »Sie brauchen Hilfe!«

»Das sind Engländer«, meinte er abschätzig. »Zuerst müssen wir unsere eigenen Verletzten versorgen. Wir haben nur einen

Arzt. Der andere kam beim Einschlag einer dieser verdammten englischen Kugeln ums Leben. Die hier können warten. Die meisten werden sowieso sterben.«

Die kalte Haltung des Offiziers ließ Fleur zusammenzucken. Gewiss, es waren Engländer, ihre Feinde. Aber waren Lucille, die beiden Juviers und sie selbst von ihnen nicht auch menschenwürdig behandelt worden?

Weiter vorne trafen sie auf eine Gruppe französischer Soldaten. Sie bewachten englische Gefangene, die mit den Händen auf dem Rücken gefesselt auf dem Boden knieten.

»Ihr verdammten englischen Hurensöhne! Euch werden wir beibringen, wer hier das Sagen hat!« Voller Verachtung rammte ein Soldat einem wehrlosen Gefangenen den Gewehrkolben in den Magen. Der Gefangene spie hustend Blut aus und kippte vornüber auf die harten Holzplanken, ohne sich mit den Händen abstützen zu können. Röchelnd blieb er liegen. Der Soldat hatte in seinem Blutrausch noch nicht genug und traktierte ihn mit Fußtritten.

Als Fleur den Gefangenen erkannte, hatte sie das Gefühl, einen Dolch in die Brust gestoßen zu bekommen. Es war Pierce Blackhurst. Sein weißes Hemd war blutgetränkt, ein Stück Stoff um seinen Arm band eine Wunde ab. Er krümmte sich stöhnend unter den Tritten.

Ohne nachzudenken, ging Fleur auf den Soldaten los und stieß ihn von Blackhurst weg. »Hört auf damit! Was tut Ihr denn da! Er kann sich ja nicht einmal wehren!«

Die ungewohnte Erscheinung einer Frau auf dem Schiff ließ den Soldaten im ersten Augenblick innehalten. Doch seine Verblüffung war rasch vorüber. »Was mischt Ihr Euch da ein? Das sind verdammte Engländer! Die Hölle ist noch zu gut für die!« Er ging einfach um sie herum und trat auf den Mann neben Blackhurst ein.

»Ihr sollt aufhören! Was seid Ihr bloß für ein Barbar!«, schrie Fleur.

Mit vor Wut blitzenden Augen drehte sich der Soldat zu ihr um. »Ihr nennt mich einen Barbar? Ausgerechnet mich?« Er konnte sich kaum mehr beherrschen. »Wisst Ihr, wie viele unsrer Männer von diesen verdammten Engländern abgeschlachtet wurden? Zu Krüppeln geschossen? Als sie dabei waren, Euch zu befreien?«

Fleur wollte etwas erwidern, wurde aber von Lucille von dem Soldaten weggezogen. »Nicht!«, flüsterte sie. »Hör auf damit. Du darfst ihnen nicht helfen. Sonst bist du für sie eine Verräterin.«

»Aber so können sie die Gefangenen doch nicht behandeln!«, brauste Fleur auf.

»Euch scheint ja mehr an diesen Engländern zu liegen als an unseren Landsleuten«, zischte Yvette mit einem verächtlichen Blick.

Bevor Fleur etwas erwidern konnte, griff der französische Offizier ein. »Meine Damen, die Soldaten wissen, was sie zu tun haben. Lasst sie ihre Arbeit machen und folgt mir«, verlangte er in barschem Ton.

Als Fleur erneut aufbegehren wollte, drehte Pierce Blackhurst seinen Kopf zu ihr. Sein Gesicht war schmerzverzogen. Für eine Sekunde fing sie seinen Blick auf – blaue Augen, die sich in ihr Gedächtnis brannten –, dann schüttelte er beinahe unmerklich den Kopf und wandte sich wieder ab. Er wollte nicht, dass sie ihm half. Er versuchte, sie davon abzuhalten, erkannte Fleur, denn der französische Soldat sah sie immer noch mit Mordlust im Blick an.

Lucille zog sie an der Hand weg, dem Offizier hinterher. Fleur stolperte ihr nach. Sie wusste, dass sie sich nicht mehr umdrehen durfte. Sie konnte nichts für ihn tun. Ihr blieb keine andere Wahl, als ihn seinem Schicksal zu überlassen, auch wenn es ihr das Herz brach. Etwas anderes war nicht möglich, wenn sie nicht selbst zum Ziel dieser Männer werden wollte, die immer noch im Kriegsrausch steckten.

Trotzdem sah sie sich noch ein letztes Mal um, bevor sie auf die Planke stieg, die die Fregatte mit dem französischen Linienschiff verband. Doch Rauchschwaden und Nebelfetzen verwehrten ihr einen letzten Blick auf den einzigen Mann, den sie je freiwillig geküsst hatte.

Auf dem französischen Linienschiff bot sich ihnen ein ähnliches Bild der Zerstörung. Fleur fragte sich erschüttert, wie es so weit hatte kommen können, dass Menschen, die wochenlang mutterseelenallein über die einsamen Weltmeere gesegelt waren und die sich dann am Ende der Welt trafen, sich gegenseitig umbrachten. Reichte es denn nicht, wenn der Krieg im weit entfernten Europa tobte? Warum musste er sie bis hierher verfolgen?

Der französische Kapitän trat auf sie zu und hieß sie auf seinem Schiff willkommen. »Meine Damen, es war uns eine Ehre, Euch aus den Klauen dieser barbarischen Engländer zu befreien!« Der Kapitän legte die Hand an die Brust und verneigte sich. »Ich hoffe, dass Ihr diese schreckliche Zeit einigermaßen schadlos überstanden habt. Es ist unfassbar, dass diese Rohlinge nicht einmal wehrlose Frauen verschonen. Wir werden Euch so bald als möglich nach Sainte-Lucie zu Euren Familien bringen. Die Insel ist nur wenige Tage entfernt«, versicherte der Kapitän.

»Was geschieht mit den englischen Gefangenen?«, wollte Fleur wissen.

»Sie werden nach Martinique gebracht, wo sie dem Gouverneur überstellt werden. Dem Kapitän wird der Prozess gemacht. Endlich haben wir diesen üblen Piraten erwischt! Er hat uns und unseren Handelsschiffen oft genug Schwierigkeiten bereitet. Ich hoffe, sie werden ihn hängen, damit die Welt ein für alle Mal von solchem Pack befreit ist! Das wird auch für Euch, meine Damen, eine Genugtuung sein.« Auf ihre Zustimmung wartend, schaute der Kapitän Fleur an.

»Ohne Zweifel«, brachte sie schließlich heraus, wobei sie sich mit aller Macht zwingen musste, ihr Entsetzen bei dieser Vorstellung zu unterdrücken.

»Es tut mir äußerst leid, dass Euch dieser unerfreuliche Anblick«, er deutete mit dem Arm über das Deck, »nicht erspart bleiben konnte. Ihr werdet sofort in Eure Unterkünfte gebracht, damit Ihr Euch von Euren Strapazen erholen könnt.«

Er winkte einen Bootsjungen herbei, der erst den beiden Juvier-Schwestern ihre Kabine zeigte, und dann Fleur und Lucille in eine weitere geleitete.

Kaum waren sie allein, konnte Lucille ihre Neugier nicht zurückhalten. »Erzähl, wie ist es dir ergangen?«

Obwohl sie allein waren, zögerte Fleur, Lucille etwas von ihren Erlebnissen zu erzählen. Neben den Unannehmlichkeiten, der Ungewissheit und den Ängsten, die sie ausgestanden hatte, war noch etwas anderes mit ihr passiert. Etwas, das sich in ihr verändert hatte, etwas Neues, Kostbares, das sie nicht richtig begreifen, geschweige denn in Worte fassen konnte. Sie befürchtete auch, dass es etwas von seiner Kostbarkeit verlieren könnte, wenn sie es mit jemandem teilte.

So schwieg sie und wiederholte die Geschichte, dass sie die ganze Zeit im Frachtraum verbracht hatte. Pierce Blackhurst aber verbarg sie tief in ihrem Herzen, wo niemand anderes hinsehen konnte als sie selbst. Dort würde sie die Erinnerung an ihn hüten wie einen Schatz.

Am nächsten Morgen wagten sich Fleur und Lucille wieder an Deck. Das Bedürfnis, sich die Beine zu vertreten und an der frischen Luft zu sein, überwog die schrecklichen Erinnerungen an das Gefecht. Im Vergleich zum Vortag wirkte das Deck beinahe aufgeräumt. Die Verletzten waren versorgt und die Toten weggebracht worden, die Decks geschrubbt, geborstene Rahen, Segelreste und loses Tauwerk entfernt. Der kräftige Regenschauer, der am frühen Morgen niedergegangen war, hatte mitgeholfen, das vergossene Blut wegzuspülen. Auch die Luft war gereinigt. Sie roch frisch und lieblich, als ob der Gestank des Krieges sie niemals verpestet hätte.

Fleur tat einen tiefen Atemzug und blickte hinaus auf die ruhige See. Die Sonne gewann an Kraft, und allmählich lichtete sich der Dunst des Morgens, der über dem Wasser gehangen hatte. Schemenhaft tauchten in einiger Entfernung die Umrisse des zweiten französischen Kriegsschiffes auf. Von Weitem war erkennbar, dass auch seine Takelage gelitten hatte. Vom Großmast zeugte nur noch ein Stumpf.

Fleur hielt Ausschau nach der englischen Fregatte, konnte sie aber nirgendwo entdecken. Sie musste weiter weg sein, immer noch vom Dunst verborgen. Der französische Kapitän hatte tags zuvor einem seiner Offiziere das Kommando über die erbeutete Fregatte übertragen und die Anweisung erteilt, ihnen in sichtbarer Distanz bis nach Martinique zu folgen, wo er das Schiff und die Gefangenen dem Gouverneur übergeben wollte.

Doch auch als sich der Dunst lichtete, tauchte die Fregatte nicht auf. Die Franzosen wurden unruhig. Der Ausguck erhielt den Befehl, sich sofort zu melden, falls sie in Sicht käme. Doch auch wiederholtes Nachfragen ließ sie nicht auftauchen. Beunruhigt fragte sich Fleur, ob sie wohl in der Nacht gesunken war.

Mittlerweile hatte die Sonne die letzten Dunstreste aufgesogen – die Fregatte aber blieb verschwunden.

Auf dem Achterdeck breitete sich Hektik aus. Der Kapitän und seine Offiziere diskutierten heftig gestikulierend, während zwei Männer abgestellt wurden, den Horizont mit dem Fernrohr abzusuchen. Fleur konnte nicht hören, was sie sagten. Doch ihre Gesten waren eindeutig. Schließlich riss der Kapitän dem einen das Fernrohr aus der Hand und suchte selbst.

Fleur trat zu einen Paar Seemänner, die mit hängenden Mundwinkeln an der Reling lehnten.

»Dieser Teufel von Blackhurst!«, murrte der eine.

»Wie hat er das fertiggebracht?«, fragte sein Kamerad.

Sie musste unbedingt erfahren, was geschehen war. Vorsichtig stellte sie sich neben die beiden an die Reling, und als sie die Köpfe in ihre Richtung wandten, fragte sie beiläufig: »Denkt Ihr, das Schiff ist gesunken?«

»Aber nein«, antworteten beide Seemänner gleichzeitig.

»Die Schäden am Rumpf waren nicht gravierend«, erklärte der direkt neben ihr. »Die Fregatte war sehr massiv gebaut.«

»Nein, nein«, bestätigte auch der andere kopfschüttelnd. »Getürmt ist er.«

»Getürmt?« Fassungslos riss Fleur die Augen auf.

Der Seemann neben ihr hieb mit der flachen Hand auf die Reling. »Getürmt! Ich weiß zwar nicht, wie er es fertiggebracht hat, sich zu befreien und unsere Leute zu überwältigen, aber es muss ihm irgendwie gelungen sein. Dieser Teufel! Immer gelingt es ihm zu entwischen!« Der Seemann konnte eine Spur von Bewunderung nicht verhehlen.

»Ja, und unser Beutegeld können wir nun vergessen«, meinte der andere bitter. »Ich möchte nicht in der Haut des Kapitäns stecken, wenn er dem Admiral erklären muss, dass er mit zwei havarierten Schiffen zurückkehrt, ohne dass dabei etwas herausgekommen ist. Dass er sich von dem Engländer nach einer siegreichen Schlacht noch hat übertölpeln lassen.«

Die beiden warfen sich frustrierte Blicke zu.

Fleur jedoch fiel ein großer Stein vom Herz. Teufel oder nicht, sie war überglücklich, dass er entkommen konnte.

Später an diesem Tag klopfte es an Fleurs Kabinentür. »Madame Laurent?«

Fleur öffnete.

Draußen standen zwei Männer und hielten eine Kiste. »Das gehört wohl Euch.« Sie trugen die Kiste herein und stellten sie ab.

»Mein Koffer!«, entfuhr es Fleur. Ihr Name, den sie zuhause aufgemalt hatte, prangte in unübersehbaren Lettern auf dem Deckel. Die Männer verabschiedeten sich und gingen.

Fleur konnte es nicht fassen. Ihr Koffer, von dem sie geglaubt hatte, dass sie ihn nie wiedersehen würde, stand tatsächlich vor ihr! Mit zitternden Händen griff sie nach der Halskette, an der der kleine Schlüssel hing. Sie nahm die Kette ab, steckte den Schlüssel ins Schloss und drehte ihn um. Mit einem Klacken sprang der Deckel auf. Fleur hob ihn hoch und besah sich den Inhalt. Es schien alles da zu sein. Sie wühlte zwischen den Kleidern und Schuhen, tastete über den Boden. Als ihre Finger dickes Papier fühlten, stieß sie mit einem lauten Seufzer die Luft aus. Da war sie! Die Urkunde! Ihr neues Zuhause und ihr neues Leben! Es war alles da!

Tränen der Erleichterung rollten über Fleurs Wangen und tropften auf die Kleider in ihrem Koffer. Sie konnte sich nicht sattsehen an der schön geschwungenen Handschrift, die bestätigte, dass sie Mitbesitzerin einer Plantage war. Nun würde alles gut werden. Sie würde endlich nach Sainte-Lucie gelangen und ein Leben als Plantagenbesitzerin führen.

Und einen Mann heiraten, vor dem sie ein anderer gewarnt hatte …

14

Unsicher betrachtete Fleur die mit Urwald überwucherten Hügel, die sich allmählich vor ihnen aus der endlosen See erhoben und die der Ausguck als Sainte-Lucie angekündigt hatte. Beim Näherkommen erkannte sie eine Bucht, die in das Land einschnitt. Die Strände waren verlassen, doch als sie in die Bucht einfuhren, entdeckte Fleur zu ihrer Erleichterung endlich eine Ansiedlung. Von Nahem entpuppte sie sich jedoch nur als ein großes Dorf, dessen Hausdächer sich im hinteren Teil den Hügel hinaufzogen. Vom Strand aus ragte ein aus hölzernen Pfählen erbauter Landungssteg ein Stück weit ins flache Wasser.

Der Anblick erinnerte Fleur an Pierce Blackhursts Worte. Der Hauptort von Sainte-Lucie hatte mit einer richtigen Stadt tatsächlich nichts gemein. Fleur hoffte nur, dass Blackhursts andere Vorwarnungen nicht ebenso zutrafen.

Der Kapitän des Linienschiffs war so freundlich, ihnen zu erlauben, an Bord zu bleiben, bis man ihre Verwandten benachrichtigt hatte. Zwei Tage später wurden die Juvier-Töchter und Lucille abgeholt. Da es im Ruderboot keinen Platz mehr gab, musste sich Fleur an Bord von ihrer Freundin verabschieden. Weinend umarmten sie sich und versprachen einander zu schreiben, dann stieg Lucille in das Boot, das sie in ihre neue Zukunft bringen sollte, und Fleur blieb allein zurück.

Am folgenden Tag erhielt auch sie endlich Nachricht von Monsieur Maurais. Er würde sie kommenden Samstag abholen, wenn er eine Baumwoll-Lieferung in die Stadt brächte. Mehr stand nicht in der kurzen Mitteilung. Enttäuscht ließ Fleur das Papier sinken. Er hatte sich tagelang Zeit gelassen, sich überhaupt zu melden, und jetzt ließ er sich noch mehr Zeit, weil er anscheinend nicht bereit war, den Weg nur ihretwegen auf sich zu nehmen. Sie fragte sich, ob er sie überhaupt abgeholt hätte, wenn sie sich nicht praktischerweise gegen eine Baumwollfracht austauschen ließe.

Am Samstag ließ sich Fleur schon am frühen Morgen zum Steg übersetzen. Der erste Eindruck, den Monsieur Maurais von ihr erhielt, sollte kein schlechter sein, indem sie ihn warten ließ.

Nun saß sie stattdessen schon eine geraume Weile auf ihrem Koffer und wartete. Aus der sicheren Entfernung vom Platz vor dem Landungssteg aus beobachtete Fleur die Stadt. Der Markt erwachte allmählich zum Leben, Wagen fuhren vor und luden Waren und Tiere zum Verkauf ab, mit Stangen und Stoffbahnen wurden Stände aufgebaut. Aus allen Richtungen strömten Schwarze herbei, mit Körben voller Gemüse und Früchte, die sie balancierend auf dem Kopf trugen.

Wo dieser Maurais wohl blieb? Die Sonne stieg höher und brannte unbarmherzig auf Fleur nieder. Schatten gab es nur unter den Veranden der Holzhäuser, aber der Koffer war viel zu schwer, als dass sie ihn dorthin hätte ziehen können.

In einer Seitenstraße, die Fleur von ihrem Sitzplatz aus gerade noch einsehen konnte, setzte sich ein Wagen mit zwei davorgespannten Ochsen in Bewegung. Es war ein roh gezimmerter Transportwagen mit einer langen Ladefläche und einem einfachen Brett als Bock. Erst als der Wagen vor ihr anhielt und der Mann sie ansprach, sah sie hoch.

»Fleur Laurent?«, fragte er nochmals, ein Weißer mit rotem Gesicht und spärlich werdenden grauen Haarsträhnen, die zu einem dünnen Zöpfchen gebunden waren. Ein schwarzer Sklave saß neben ihm.

»Ja, das bin ich. Monsieur Maurais?«, fragte Fleur verwundert, denn einen solch einfachen Wagen hatte sie nicht erwartet.

Der Mann musterte sie mit skeptischem Blick und nickte langsam. Endlich bequemte er sich, vom Wagen zu steigen. Er nahm den Hut ab und deutete eine Verbeugung an. Verschwitzte Haare, die ihm an den Schläfen und am Nacken klebten, kamen darunter zum Vorschein. Unauffällig musterte Fleur ihn. Er trug nicht einmal einen Gehrock, sondern nur ein grob gewebtes, hellbeiges Hemd. Auch eine Halsbinde fehlte, die jeder Gentleman, der etwas auf sich hielt, trug. Ein Geruch nach Alkohol umgab ihn, und Fleur durchströmte eine Welle der Abneigung. Sie hatte keine großen Erwartungen gegenüber ihrem zukünftigen Gatten gehegt. Auch dass Maurais nahe an das Alter des verstorbenen Laurent herankam, konnte sie akzeptieren. Aber dass er sie anscheinend in der prallen Sonne hatte warten lassen, um in einer Hafenspelunke Halt für einen Drink zu machen, und das bereits am frühen Morgen, ärgerte sie.

»Ist das alles Gepäck?« Er zeigte auf Fleurs Koffer.

»Ja, das ist alles.«

Er zog die Augenbrauen hoch und begutachtete den Koffer. Dann sah er Fleur forschend in die Augen und meinte: »Man hört, dass Ihr von Piraten überfallen worden seid.«

»Es waren keine Piraten, sondern ein englisches Kaperschiff.«

Seine braunen Augen fixierten sie, und mit einem forschenden Blick fragte er: »Man hat Euch dabei doch nichts genommen?«

Fleur dachte an die Gerüchte, die hinter vorgehaltener Hand erzählt wurden; dass Frauen, die in die Hände von Piraten fielen, entehrt wurden. Sie dachte an Kapitän Blackhurst, dem zuweilen zwar jegliche vornehmen Manieren gefehlt hatten, der aber letztlich zu ehrenhaft gewesen war, um seine Drohungen wahr zu machen. Und dass sie seinen Avancen beinahe freiwillig erlegen wäre, brauchte Maurais nicht zu wissen. »Nein, man hat mir nichts genommen.«

»Dann ist ja gut«, meinte Maurais befriedigt. Er winkte den Sklaven herbei und befahl ihm, den Koffer auf den Wagen zu laden. »Ich habe um elf Uhr einen Termin bei den Behörden arrangiert für die Eheschließung.«

Erschrocken fuhr sie zusammen. »Ihr wollt gleich jetzt heiraten?«

Er sah sie verständnislos an. »So war das abgemacht mit Monsieur Laurent.«

»Ja, natürlich«, erwiderte Fleur hastig. Sie wollte nicht den Eindruck erwecken, sie hätte ihre Meinung geändert. »Es ist nur etwas überraschend. Ich hatte angenommen, wir würden die Hochzeit später planen.«

»Wozu warten? Ihr hattet während der Überfahrt genügend Zeit, Euch darauf vorzubereiten. Ich möchte nicht noch einmal extra dafür den langen Weg in die Stadt machen. Es gibt genug zu tun auf Espérance.« Auf Fleurs fragenden Blick hin fügte er hinzu: »So heißt die Plantage.«

Fleur schluckte ihre Bestürzung hinunter und stieg auf den Wagen. »Diese Ehe ist aber eine rein geschäftliche Angelegenheit«, platzte sie plötzlich heraus und riss noch im selben Augenblick die Augen auf über die Unverfrorenheit, mit der sie diese Forderung von sich gegeben hatte. Wie ein heißes, strafendes Feuer, das sie zu versengen drohte, jagte das Wissen durch ihren Körper, dass eine wohlerzogene Frau keine solchen Forderungen zu stellen hatte, dass sie zurückhaltend und fügsam sein sollte. Aber sie presste die Lippen zusammen und widerstand dem Impuls, die Worte zurückzunehmen.

Die Vorstellung, dass sich dieser Maurais nachts zu ihr ins Bett legen könnte, erfüllte sie mit Abscheu. Lieber verzichtete sie auf ein neues Zuhause auf einer Plantage und suchte sich eine Anstellung, selbst wenn sie nur eine Stelle als Dienstmädchen oder als Magd finden würde. Nie wieder wollte sie einen Mann in ihr Bett lassen, für den sie keine Gefühle hegte.

Und daran schuld war nur dieser verflixte Blackhurst, der ihr – zumindest für einen kurzen Moment – gezeigt hatte, wie es zwischen einem Mann und einer Frau sein konnte, wenn sie aus freiem Willen zusammenkamen!

Maurais zögerte einen Moment, aber dann ließ er die Zügel auf die Leiber der Ochsen knallen und murrte mit zusammengebissenen Zähnen: »Wie Ihr wollt.«

Die Eheschließung entpuppte sich als formloser Akt ohne irgendwelche zeremonielle Begleitung, der sich auf das Unterzeichnen von Papieren beschränkte. Die anschließende Reise zu ihrem neuen Zuhause war eine ungemütliche, beschwerliche Angelegenheit. Die Straße aus festgestampfter Erde war von groben Steinklötzen durchzogen, was dazu führte, dass sie auf dem Wagen ununterbrochen hin- und hergeschüttelt wurden. Waren sie anfangs noch durch Felder und Weiden gerollt, so nahm die wuchernde Vegetation bald Überhand. Der dichte Dschungel mit von Schlingpflanzen überwucherten Bäumen, Bananenstauden, Farnbäumen und meterhohe Bambuswedeln schien es den Menschen nicht erlauben zu wollen, in sein Gebiet vorzudringen.

Maurais redete nicht viel und gab nur einsilbige Antworten auf Fleurs Fragen, sodass sie schließlich ebenso schwieg.

Nach einigen Stunden fuhren sie vor einem Haus vor, das auf einer Anhöhe über einem Tal stand. Es war ein kleines, zweigeschossiges Holzhaus, das schon bessere Zeiten gesehen hatte. Einzig die Veranden auf beiden Stockwerken und die bis zum Boden reichenden, weit geöffneten Flügeltüren, die darauf hinausführten, verschafften ihm einen etwas anheimelnderen Anblick.

Fleur schüttelte ungläubig den Kopf. Das Haus war nicht hässlich, aber es war ... einfach. Und ein bisschen heruntergekommen. Dafür hatte sie die beschwerliche Reise von Frankreich hierher unternommen? Wehmütig erinnerte sie sich an das geräumige, komfortabel eingerichtete Haus, das sie mit Laurent bewohnt hatte, und an den schönen, weitläufigen Garten. Die Umgebung um das Haus war zwar gerodet, aber der Eindruck von Wildheit durchdrang das ganze Land. Gärten gab es keine. Wie konnte jemand auf die Idee kommen, ein solches Gut *Espérance* – Hoffnung – zu nennen? Oder war der Name vielleicht insofern treffend, als es nur eine unerschütterliche, hartnäckige Hoffnung war, die einen in dieser Wildnis am Ende der Welt überleben ließ?

Sie stiegen vom Wagen, und Maurais befahl dem Sklaven, ihren Koffer abzuladen und ins Haus zu tragen. Dann sagte er an Fleur gewandt: »Bring mir deinen Schmuck, Geld und andere Wertsachen, damit ich sie in meine Truhe einschließen kann. Diese verschlagenen Sklaven stehlen alles, was sie können.«

Fleur runzelte die Stirn und warf einen Blick auf den schwarzen Mann, der sich gerade mühselig ihren schweren Koffer auf die Schultern lud. Er wirkte nicht so, als hätte er die Bemerkung gehört, aber er war ihnen zu nah, als dass es anders hätte sein können. Sie senkte unangenehm berührt den Blick, als sie Maurais antwortete. »Ich habe kaum etwas, das gestohlen werden kann, nur einige Schmuckstücke von geringem Wert und kaum Geld. Es gibt nichts, was in meinem Koffer nicht sicher wäre.«

»Und wo sind dann deine Wertsachen?«, fragte er mit einem verständnislosen Kopfschütteln.

»Ich besitze sonst nichts. Alles, was ich habe, ist in meinem Koffer.« Fleur verstand nicht, worauf er hinauswollte.

»Das kann nicht sein!«, brauste Maurais auf. »Laurent war ein vermögender Mann mit einem großen Haus und Ländereien! Für seine Witwe muss ganz schön was rausgesprungen sein!«

Fleur lächelte bitter. »Leider nicht. Mein verstorbener Gatte war hochverschuldet. Alles, was mir geblieben ist, ist die Besitzurkunde an Espérance.«

»Lüg mich nicht an!«, schrie Maurais außer sich. Drohend fuchtelte er mit dem Zeigefinger vor ihrem Gesicht herum. »Wenn ich etwas nicht leiden kann, ist es, wenn man versucht, mich an der Nase herumzuführen!«

Fleur fuhr vor Schreck über seinen heftigen Ausbruch zusammen. »Ich würde mich nie getrauen, dich an der Nase herumzuführen. Ich besitze wirklich nichts weiter.«

»Weshalb bist du dann hergekommen? Laurent hat mir versichert, dass du mit einem Vermögen ausgestattet bist! Ich brauche das Geld für die Plantage! Ich muss neue Sklaven kaufen. Das Haus muss ausgebessert werden, wie dir vielleicht schon aufgefallen ist. Und dann kommst du mit leeren Händen daher und erschleichst dir eine Heirat! Was willst du hier, wenn du kein Geld mitbringst? Mein Leben ruinieren?« Maurais' Gesicht hatte sich vor Zorn rot verfärbt.

Fleur brachte vor Schreck kein Wort heraus. Sie hatte noch nie jemanden erlebt, der derart tobte.

»Gibst du mir wohl endlich eine Antwort?«, brüllte er sie an und gab ihr eine schallende Ohrfeige.

Der Schlag war so heftig, dass er Fleur beinahe umgeworfen hätte. Sie war so überrascht, dass sie den Schmerz erst einige

Sekunden später spürte. Tränen schossen ihr in die Augen. »Wo hätte ich denn sonst hingehen sollen? Ich habe doch nichts mehr! Alles, was Monsieur Laurent besaß, ging an seine Gläubiger. Sie haben mir nur die Urkunde gelassen«, schluchzte sie.

»Wunderbar! Und jetzt darf ich für dich aufkommen!« Er funkelte sie noch einen Moment lang wütend an, dann marschierte er einfach davon und ließ sie stehen.

Erschüttert starrte Fleur ihm hinterher. Verdiente sie ein solches Schicksal? Verdiente irgendwer ein solches Schicksal? Was hatte sie getan, dass Gott sie so bestrafte? Viel hatte sie sich doch nicht von Espérance erhofft. Nur dass man sie freundlich behandelte, sie ein Dach über dem Kopf und genug zu essen hätte. Doch der einzige Grund, weshalb Maurais bereit gewesen war, sie aufzunehmen und zu heiraten, war Laurents Vermögen, das durch die Heirat ihm hätte zufallen sollen. Nur gab es dieses Geld nicht.

Und Fleur hatte zum zweiten Mal in ihrem Leben ein Zuhause, in dem sie nicht willkommen war …

15

Pierce Blackhurst eilte die breite, geschwungene Treppe, jeweils zwei der Steinstufen auf einmal nehmend, hinauf. Eine Audienz bei Sir Henry Moore, dem neuen Gouverneur von Jamaika, zu bekommen, war schon schwierig genug, und er wollte ihn nicht warten lassen. Für dieses bedeutende Treffen hatte er seinen besten Rock angezogen und am frühen Morgen in Spanish Town, der Hauptstadt Jamaikas, einen Barbier aufgesucht, der ihn rasiert und ihm die Haare ordentlich geschnitten hatte. Er legte Wert darauf, einen guten Eindruck zu hinterlassen. Bei seiner Tätigkeit im Graubereich der Gesetze war es immer von Vorteil, die einflussreichsten Vertreter der englischen Regierung hinter sich zu wissen.

»Mein lieber Kapitän Blackhurst!«, empfing ihn der Gouverneur in seinem geräumigen Büro. »Es ist mir eine Freude, Euch persönlich kennenzulernen. Ihr seid ein Mann, dem sein Ruf vorauseilt.«

»Das Vergnügen ist ganz meinerseits. Ich hoffe, man hört nur Gutes über mich.«

»In der Tat! Die britische Krone bräuchte mehr Kapitäne wie Euch, die so saftige Prisen heimbringen. Die Schiffe und ihre Frachten füllen unsere Kriegskasse, und ein jedes, das den Franzosen und den Spaniern fehlt, schwächt ihren Handel und ihre Versorgung. Aber bitte, nehmt doch Platz.« Er deutete auf die beiden brokatbezogenen, fein gearbeiteten Armsessel vor seinem Schreibtisch.

Pierce ließ sich in den rechten Sessel nieder, von dem aus er das luxuriös eingerichtete Büro überblicken konnte.

»Darf ich Euch eine Tasse Kaffee oder Tee anbieten?«

»Zu einer Tasse Kaffee würde ich nicht nein sagen.«

Nachdem der Gouverneur einem Dienstboten die Bestellung aufgetragen hatte, wurde er ernst. »Wie ich gehört habe, hattet ihr nach Eurem großartigen Coup mit dem französischen Handelsschiff einen Zwischenfall mit den Franzosen?«

Pierce winkte ab. »Wir sind zweien von ihren Kriegsschiffen in die Arme gelaufen. Aber das Glück war auf unserer Seite. Wir sind mit einigen Havarien davongekommen, die wir behelfsmäßig in einer abgelegenen Bucht reparieren konnten.«

»Ihr seid zu bescheiden! Glück hätte man es bei jedem anderen Kapitän nennen können. Bei Euch ist es Können!«

»Das ist zu viel der Ehre.«

»Bringt Euer Schiff in die Werft der königlichen Marine. Dort soll man Euch bei der Behebung der Schäden unterstützen«, offerierte der Gouverneur gut gelaunt.

Das Gespräch wurde unterbrochen durch eine junge Dame, die aus einem Nebenzimmer hereinstürmte. »Guten Morgen, Papa!« Sie schlang die Arme um seinen Hals und drückte ihm einen Kuss auf die Wangen.

Verschämt wehrte der Gouverneur seine Tochter ab. »Mein Liebes, du kannst nicht einfach in mein Büro hineinstürmen. Ich bin mitten in einer Besprechung.« An Pierce gewandt, sagte er entschuldigend: »Sie hat sich noch nicht daran gewöhnt, dass ich jetzt Gouverneur bin. Das ist meine Tochter Sarah«, stellte er sie vor. »Bitte begrüße meinen Gast, unseren verehrten Kapitän Blackhurst.«

»Ihr seid der berüchtigte Kapitän Blackhurst?«, rief sie und schlug sogleich errötend die Hand vor den Mund.

Aber so wie sie ihn unter ihren Wimpern hervor ansah, kaufte Pierce ihr die Unschuld nicht ab. Er hatte vielmehr den Eindruck, als hätte sie genau gewusst, wen sie im Büro ihres Vaters antreffen würde.

»Entschuldigt bitte mein ungestümes Betragen. Ich bin schon wieder weg und überlasse die Herren ihren wichtigen Geschäften.« Tatsächlich konnte er sich kaum von ihr verabschieden, schon war sie wieder wie der Wirbelwind aus dem Zimmer gefegt.

Der Blick aus ihren Augen blieb in Pierce' Gedächtnis hängen, als er ihr nachsah. Diese schönen, braunen Augen. In seiner Erinnerung verwandelte sich ihr Gesicht in ein anderes, in jenes der Frau, die am Strand so stolz und selbstbewusst auf ihn herabgesehen hatte.

Und wie damals jagte es Begehren in ihm hoch.

»Nun ja«, räusperte sich der Gouverneur verlegen. »Wo waren wir stehengeblieben?«

Verstimmt schob Pierce die Erinnerung an Fleur beiseite. Sie gehörte jetzt irgendeinem französischen Pflanzer und wärmte dessen Bett. »Bei der Behebung der Havarien an meinem Schiff.« Er wollte vom Gouverneur eine Bestätigung, dass die königliche Marine, in deren Auftrag er unterwegs war und der er mehr als eine wertvolle Prise gebracht hatte, die Schäden an seinem Schiff übernahm und ihm nicht nur Unterstützung anbot.

»Ja, natürlich. Ich werde sogleich ein Schreiben überbringen lassen, dass man sich Eurer Havarien annimmt«, ergriff der Gouverneur eilig die Möglichkeit, seine Autorität wiederherzustellen.

Pierce unterdrückte ein Schmunzeln. Die junge Dame war genau zum richtigen Zeitpunkt erschienen. »Ich habe von Eurer tatkräftigen Niederschlagung des Sklavenaufstandes gehört. Alle sind voller Lob für Euer entschlossenes Handeln«, schmeichelte er dem Gouverneur, auch wenn er gänzlich anderer Meinung war, was die Behandlung von Schwarzen anging. Doch die behielt er lieber für sich. Für die Weißen in diesen Breitengraden waren Sklaven kaum mehr wert als Vieh.

Der Gouverneur nahm das Thema begeistert auf. »Ja, das war ein trauriges Kapitel in der Geschichte unserer Insel. Die aufständischen Sklaven besetzten Port Maria, bewaffneten sich dort und massakrierten jeden Weißen, der in ihre Hände fiel. Sie waren gerade dabei, weitere Gräueltaten vorzubereiten, als es unseren Truppen nach einem harten, aber erfolgreichen Kampf gelang, sie zu übermannen.« Er seufzte. »Doch zu Erfreulicherem. Habt Ihr schon gehört, dass wir den Franzosen nach Guadeloupe auch die Insel Dominica abgenommen haben?«

»Ja, es ist mir im Hafen zugetragen worden. Das Blatt wendet sich in diesem Krieg immer mehr zu unseren Gunsten.«

»Und es soll sich noch mehr für uns wenden, bevor wir tatsächlich in einen Frieden einwilligen. Guadeloupe war der erste Streich, Dominica der zweite und der nächste gilt Martinique. Dann folgt Sainte-Lucie. Zwar keine wertvolle Beute, doch falls wir bei den Friedensverhandlungen Martinique an die Franzosen retournieren müssten, liegt Sainte-Lucie als strategischer Puffer genau zwischen Martinique und unserem Barbados. Wir müssen nur endlich die Gelder und die Truppen dafür zusammenbekommen.«

»Nachdem, was ich gehört habe, wird dies mit Sicherheit nicht mehr lange dauern«, äußerte Pierce. Und wieder streiften seine Gedanken zu Fleur. Was würde aus ihr werden, wenn Sainte-Lucie erobert würde?

»Ja, und dann werden wir hier jeden Mann und jedes Schiff brauchen können.« Der Gouverneur sah seinen Gast erwartungsvoll an. Die Freibeuter waren neben den lokalen Milizen, den englischen Truppen und der Kriegsmarine schon immer ein wichtiger Bestandteil der englischen Macht gewesen.

»Ihr könnt auf meine Unterstützung zählen«, erwiderte Pierce entschieden.

»Es soll Euer Nachteil nicht sein. Nun denn, da wir das

Geschäftliche besprochen haben – darf ich Euch heute Abend einladen? Meine Gattin hat ein Dinner in einem kleinen, aber exquisiten Rahmen vorbereitet.«

»Herzlichen Dank für Eure großzügige Einladung, die ich mit Freuden annehme.« Pierce erhob sich und verabschiedete sich befriedigt vom Gouverneur.

Er hatte erreicht, was er wollte.

16

Das Zwitschern der Vögel und das Gezirpe von Grillen, versetzt mit Stimmen, die von weit her kamen, rissen Fleur aus ihrem morgendlichen Schlummer. Benommen drehte sie sich um und genoss die Breite des Bettes, die es ihr ermöglichte, ihre Glieder auszustrecken. Die Erinnerung an ihr Zimmer in Frankreich, ihre Ankunft in der Stadt und an Maurais kehrten in ihr Bewusstsein zurück und störten den wohligen Frieden, in dem sie erwacht war. Warum konnte dies alles nicht einfach nur ein schlimmer Traum sein, aus dem sie bald in ihrem eigenen Bett zu Hause erwachen würde?

Aber Fleur wusste, dass ihr solche Gedanken nicht weiterhelfen würden. Also stand sie auf und öffnete die Läden, welche auf eine überdachte Veranda hinausführten. Das Haus lag auf einer Anhöhe hoch über dem blauen Meer, dessen Unendlichkeit sich bis zum Horizont hinzog, wo es in den Himmel überging. Die Veranda lief um das ganze Haus. Auf der anderen Seite öffnete sich der Blick hinunter auf ein breites Tal, auf Weiden, Felder und Baumplantagen inmitten des allgegenwärtigen Dschungels. Unterhalb des Hauses standen Scheunen und andere Plantagengebäude, weiter hinten lag eine kleine Ansiedlung von Hütten

Fleur ging zurück in ihr Zimmer, zog sich an und trat in den Korridor, der am Schlafzimmer von Maurais vorbei zur Treppe führte. Die untere Etage des Hauses öffnete sich in einen einzigen großen Raum, dessen sämtliche Fensterläden und Türen zur Veranda hin geöffnet waren, sodass man den Eindruck hatte, gar nicht in einem Haus, sondern draußen zu sein.

Fleur ging einige Schritte durch den Raum, bis sie eine

schwarze Frau bemerkte, die draußen auf der Veranda in einer Hängematte hin und her wippte.

Aufmerksam geworden durch das Geräusch von Fleurs Schritten, drehte die Frau den Kopf und räkelte sich dann aus der Hängematte. »Ah! Madame Maurais ist erwacht!« Sie rauschte in das Wohnzimmer, blieb vor Fleur stehen, stemmte die Hände in die Hüften und begutachtete sie ungeniert. Sie war barfuß und trug einen gelb-blau gestreiften Rock und eine weiße, weit ausgeschnittene Bluse, die unterhalb der Brüste wie ein Mieder geschnürt war. Um ihren Hals hing eine goldene Kette aus schweren Gliedern und von ihren Ohrläppchen goldene Anhänger.

»Ich bin Josette. Ich kümmere mich um das Haus«, sagte die Frau und stemmte immer noch resolut die Arme in die Seiten.

»Guten Tag. Ich bin Madame Maurais«, erwiderte Fleur.

»Das hab' ich mir gedacht«, stellte Josette barsch fest. Dann lehnte sie sich aus einem der Fenster und brüllte lauthals: »He du, komm sofort her! Die Madame will ihr Frühstück!« Daraufhin stellte sie sich wieder vor Fleur und glotzte sie an, bis eine ältere Schwarze schnaufend ins Haus gelaufen kam.

»Mach der Madame Frühstück!«, befahl Josette.

»Was soll ich denn kochen?«, fragte die Frau unsicher, wobei sie Fleur unter den Wimpern ihres halb gesenkten Kopfes mit verhohlener Neugier musterte.

»Das Übliche! Was denn sonst?«, herrschte Josette sie an.

»Wir haben keine Eier mehr. Die sind alle schon gegessen«, erwiderte die Köchin kleinlaut.

Josette kniff die Augen wütend zusammen und kreischte: »Dann geh und kauf Céline welche ab! Aber die bezahlst du selbst! Wenn du zu dämlich bist, die Eier abzuzählen, damit sie für alle reichen, dann bist du selbst schuld.«

»Bitte macht euch wegen mir keine Umstände. Ich brauche nicht unbedingt Eier zum Frühstück«, versuchte Fleur, Josette zu beruhigen. Sie wollte nicht, dass die Köchin ihretwegen Schwierigkeiten bekam.

Doch Josette ließ sich nicht beruhigen. »Natürlich braucht Ihr Eier zum Frühstück! Jeder Weiße isst Eier zum Frühstück! Und wenn diese lahme Ente da das Frühstück nicht sofort serviert, kriegt sie eine ordentliche Tracht Prügel, damit sie es lernt!«

Geduckt und mit eingezogenem Kopf, wie wenn sie die Prügel bereits bekommen hätte, schlich die Köchin aus dem Haus, und Fleur zog sich auf die Veranda zurück.

Kurze Zeit später folgte ihr Josette, im Schlepptau eine andere Schwarze, ein hübsches, scheues Mädchen von vielleicht siebzehn Jahren. »Annie und ich werden Madames Koffer auspacken, wenn wir den Schlüssel kriegen.« Sie streckte Fleur die Hand hin.

Fleur fühlte sich von der fordernden Art bedrängt und wich einen Schritt zurück. Woher wusste Josette, dass ihr Koffer mit einem Schloss gesichert war? War sie in ihrem Zimmer gewesen? Ein Gedanke, der sie mit Unbehagen erfüllte. »Nein. Das ist nicht nötig. Das mache ich selbst.«

»Das ist unsere Arbeit«, insistierte Josette.

»Nein! Das mache ich selbst!« Um keinen Preis wollte Fleur, dass die beiden ihre Sachen durchwühlten.

Josette stand immer noch vor ihr, mit ausgestreckter Hand, und schien zu überlegen, was sie antworten sollte. Schließlich gab sie es auf. »Wie Ihr wollt«, sagte sie mit feindseliger Miene. Dann scheuchte sie Annie an die Arbeit und ging zurück ins Haus.

Fleur atmete auf. Sie blieb auf der Veranda, bis sie die Köchin hörte, die das Frühstück brachte.

Nachdem sie fertig gegessen hatte, kam Josette zurück.

»Weißt du, wo Monsieur Maurais ist?«, wagte Fleur zu fragen.

»Aber sicher!«, antwortete die Haushälterin mit einer Miene des Triumphes. »Frédéric ist bei der Arbeit.«

Frédéric! Sie nannte Maurais bei seinem Vornamen! Eine Angestellte oder gar eine Sklavin, die ihren Herrn beim Vornamen nannte! Fleur kämpfte vergeblich darum, sich nicht anmerken zu lassen, wie Josette ihr den Boden unter den Füßen weggezogen hatte. Halt suchend griff sie nach der Stuhllehne. Was war das für ein Haus? Wo war sie bloß gelandet? Und wie kam es, dass Josette, die sie nun befriedigt von oben herab anblickte, Maurais beim Vornamen nannte?

»Ich werde Euch herumführen«, bot Josette gönnerhaft an, als wäre sie die Herrin des Hauses.

»Das könnte auch Annie machen. Du hast bestimmt Wichtigeres zu tun«, erwiderte Fleur in dem Versuch, sich Josette zu entziehen, auch wenn sie deren Position dadurch nur noch stärkte.

Verwundert über den leichten Sieg hob Josette die Augenbrauen. »Da habt Ihr recht. Ich habe tatsächlich Wichtigeres zu tun. Frédéric schätzt es, wenn das Haus bei seiner Rückkehr aufgeräumt ist.« Sie hob ihren Kopf noch ein Stück höher und rief nach Annie. »Die kann zwar kaum reden – wir haben sie noch nicht lange –, aber zum Herumführen reicht es allemal.« Dann rauschte sie hinaus.

Fleur ließ sich wieder auf den Stuhl fallen. Ihre Knie zitterten. Es war nicht das erste Mal, dass sie erlebte, dass eine Haushälterin ihr Reich verteidigte. Aber derart frech und unverfroren war sie noch nie behandelt worden. Mit der Haushälterin von Laurent hatte sie mit der Zeit ein Einvernehmen gefunden, das auf gegenseitigem Respekt beruhte. Aber Josette war ganz anders. Wie sollte sie jemals mit ihr zurechtkommen? Und was für ein Verhältnis hatte diese mit ihrem Mann, Frédéric? Ihn so zu nennen, kostete sie Überwindung. Im Gegensatz zu Josette, die sich damit brüstete.

So leise, dass sie sie erst bemerkte, als sie hinter ihr stand, war Annie hereingekommen. Fleur riss sich zusammen. »Dann wollen wir mal zum Rundgang aufbrechen.«

Annie antwortete nichts darauf, sondern drehte sich um und ging auf leisen Sohlen nach draußen. Sie bog um das Haus und betrat eine kleine Hütte, gleich dahinter. Fleur folgte ihr und trat in den einzigen, engen Raum. Die Schwarze von vorhin rührte in einem Topf über dem Feuer.

»Küche«, sagte Annie mit einem ausgeprägten Akzent. Dann führte sie Fleur wieder hinaus, den Weg hinunter auf die Scheunen zu und bog zu einer kleinen, runden Hütte ab, die aus Steinen aufgemauert war. »Cassava-Haus.«

»Was ist ein Cassava-Haus?« Fleur hatte das Wort noch nie gehört.

Annie führte die Hand zum Mund. »Cassava … essen.«

Neben dem Eingang stand eine Kiste mit langen, dunklen Wurzelknollen. Über eine auf dem Boden stehende Reibe gebeugt, raspelte eine Sklavin eine der Knollen und füllte dann die Masse in ein Netz. Eine andere knetete Teig zu Fladen, die sie danach in ein flaches Eisenbecken klatschte, unter dem ein Feuer brannte. Zwischendurch hoben die Frauen den Kopf und betrachteten Fleur mit einem Blick aus gelangweilter Neugier und Argwohn. Sie sprachen kein Wort, auch nicht als Fleur sie begrüßte.

Nicht viel besser erging es ihr, als Annie sie durch die Scheunen führte, wo Sklavinnen dabei waren, braune Bohnen in Säcke abzupacken. Die Blicke, mit denen sie bedacht wurde, reichten von finster und teilnahmslos über ängstlich und neugierig glotzend. Einzig eine Sklavin, die rotbraune, ovale Früchte aufschlug und deren Inhalt, Kerne in einer schleimig weißen Pulpe, in eine Kiste schüttete, lächelte.

»Was ist das?«, wagte Fleur sie zu fragen.

»Kakaofrüchte«, antwortete sie. »Gut!« Sie steckte sich einen der schleimigen Kerne in den Mund und hielt Fleur die aufgeschlagene Frucht hin. Erst nachdem sich auch Annie einen der Kerne in den Mund geschoben hatte, tat Fleur es ihnen nach. Tatsächlich! Es schmeckte überraschend gut, säuerlich erfrischend. Die Frau spuckte den Kern nach einer Weile in die Kiste, ebenso Annie.

Nachdem auch sie ihn ausgespuckt hatte, fragte Fleur: »Wie heißt du?«

»Céline.«

»Du bist diejenige mit den Hühnern!«, bemerkte sie, erfreut, dass sie zumindest diese Kleinigkeit schon wusste.

»Richtig«, lächelte Céline überrascht.

»Wie viele hast du denn?«

»Schon vier!«, antwortete die Frau stolz und hielt ebenso viele Finger hoch.

Annie meinte ehrfürchtig: »Céline reich!«, und sah Fleur erwartungsvoll an.

»Ja. Ohne deine Eier hätte ich heute Morgen kein Frühstück bekommen.«

Befriedigt ging Annie wieder hinaus, vorbei an riesigen, flachen Kisten, die wie Schubladen auf Eisenschienen ruhten, und auf denen Kakaobohnen ausgebreitet waren. Sie führte Fleur weiter den Weg hinunter zu der Ansiedlung mit den kleinen Hütten, die mit Palmblättern gedeckt waren und die Fleur von der Veranda aus gesehen hatte.

Auf eine von ihnen zeigte ihre Begleiterin. »Da wohnen Annie mit Céline, Jules und Klein-Jean.«

Danach gingen sie zum Gutshaus zurück. Josette ruhte wieder an ihrem Platz in der Hängematte. Um ihr auszuweichen, zog sich Fleur auf die Veranda im oberen Stock zurück.

Und dort blieb sie. Anfangs versuchte Fleur noch, sich nützlich zu machen und eine Aufgabe zu finden. Doch Josette – mit Maurais' Unterstützung – verbot sich jede Einmischung. Und so verbrachte Fleur die meiste Zeit auf der oberen Veranda in ihrer Hängematte, denn für sie gab es nichts zu tun. Stundenlang saß sie nur herum und wechselte einzig von der vorderen Seite der Veranda, wenn die unerbittlichen Sonnenstrahlen sie vertrieben, auf die hintere. Sie hörte auf, an irgendetwas zu denken, und beschuldigte die Hitze, einen träge werden zu lassen. Dabei verlor sie jedes Zeitgefühl. Waren bereits Wochen oder Monate seit ihrer Ankunft auf Espérance vergangen? Sie wusste es nicht mehr und es interessierte sie auch nicht. Es spielte keine Rolle mehr. Nichts spielte mehr eine Rolle.

17

Pierce stand an Deck seiner Fregatte und blickte aus der schmalen Bucht, in der das Schiff ankerte, auf das offene Meer des Atlantiks, dessen Wellenberge sich an den schroffen Klippen brachen. Die Erkenntnis, dass seine Glückssträhne in dieser namenlosen Bucht einer unbewohnten Insel, auf der sie ihren Proviant aufstocken wollten, ihr unausweichliches Ende finden würde, traf ihn wie ein Schlag.

Mit ihrer wieder instand gestellten Fregatte hatten er und seine Mannschaft Jamaika verlassen und seither auf der Lauer nach einem französischen oder spanischen Handelsschiff gelegen. Bis dieses Kriegsschiff mit der am Großmast flatternden Trikolore vor ein paar Sekunden hinter den Felsen aufgetaucht war und ihren Fluchtweg aufs offene Meer versperrte.

Pierce' Finger krallten sich um das Holz der Reling, und seine Züge verfinsterten sich. Dieser gottverdammte Franzose! Er hatte ihn vor ein paar Tagen erfolgreich abgeschüttelt, und nun tauchte er ausgerechnet hier wieder auf! Ausgerechnet jetzt! Und das zu dieser Jahreszeit, in der sonst alle französischen Kriegsschiffe längst wieder in Europa waren!

Er begann zu fluchen, stieß sämtliche Schimpfwörter aus, die er je gehört hatte, scheute sich auch nicht, die französischen darunter zu mischen, die ihm geläufig waren, während er zur Schiffsglocke rannte und Alarm schlug. Binnen weniger Sekunden versammelten sich die Seeleute, die als Wache auf dem Schiff geblieben waren, an Deck. Der Rest der Männer befand sich an Land, wo sie ihre Vorräte aufstocken sollten.

Das Linienschiff, eines der größten Kriegsschiffe der französischen Flotte, hielt direkt auf den Eingang der Bucht zu. Damit saßen sie wie die Maus in der Falle. Der Plan des französischen Kapitäns war ebenso offensichtlich wie der Ausgang des Gefechts: Er musste sich nur in der Buchteinfahrt positionieren und seine Breitseiten auf sie abfeuern. Danach war es nur noch eine Frage der Zeit, wie lange die Fregatte dem Beschuss standhielt. Denn sie war dem Linienschiff in Bezug auf die Anzahl der Kanonen weit unterlegen.

Die Würfel waren gefallen, das Schicksal hatte entschieden.

Gefasst trat Pierce vor seine Männer. In einigen Gesichtern stand noch die Hoffnung geschrieben, dass ihr gewiefter Kapitän einen Weg finden würde, sie auch aus dieser Sackgasse zu befreien. Ihm blieb nur noch, diese Hoffnung durch nüchterne Worte zu zerstören.

»Dieses Mal gibt es keinen Ausweg. Wir sind schachmatt gesetzt. Das Einzige, was wir noch tun können, ist Schadensbegrenzung. Das heißt, erstens unseren Männern an Land einen möglichst großen Vorsprung zu verschaffen, damit sie in die Berge flüchten können. Zweitens, unser Schiff so gründlich zusammenschießen zu lassen oder es selbst soweit segeluntüchtig zu machen, dass es den Franzosen nichts mehr nützt, bevor wir die weiße Flagge hissen. Das wird uns zwar für ein oder zwei Jahre in französische Gefangenschaft bringen, aber das ist immer noch besser, als für den Rest unseres Lebens tot zu sein.«

Trotz der ausweglosen Lage, in der sie sich befanden, entlockte die letzte Bemerkung einigen der Männer ein Schmunzeln.

Pierce blickte in die Runde. Wahrscheinlich würde man sie im Fort von Sainte-Lucie einkerkern. Es war die nächste von Franzosen bewohnte Insel mit einer militärischen Befestigung. »Das ist das, was ich euch bieten kann.«

Verstohlen sahen sich die Seeleute an. Es war nicht das, was sie gerne gehört hätten. Doch da niemand einen besseren Vorschlag hatte, stimmte schließlich einer nach dem anderen zu.

»Gut«, nickte Pierce. »Ferguson als einer unserer besten Schwimmer wird an Land schwimmen und unsere Männer warnen. Sie sollen nicht versuchen, zum Schiff zurückzugelangen, egal wie schlimm wir unter Beschuss stehen, sondern so schnell wie möglich in die Berge flüchten.«

Ferguson nickte eifrig.

»Der Smutje soll dich begleiten«, fuhr Pierce fort. »Seine Frau wird mir die Hölle heiß machen und ich werde mich in Kingston nicht mehr blicken lassen können, wenn er nicht rechtzeitig zur Geburt seines siebten Kindes zu Hause ist. Wir anderen werden uns an die Kanonen verteilen.«

Die Männer grinsten und foppten den Smutje, von dem jeder wusste, dass seine Frau die Hosen anhatte und er jedes Mal froh war, wenn sie wieder in See stachen.

Pierce hörte den Hänseleien, die er absichtlich provoziert hatte, mit Wohlwollen zu. Wenn sie schon in einer solch misslichen Lage waren und buchstäblich am Abgrund standen, so sollten sie es wenigstens lachend tun und nicht weinend. Dafür blieb in der Gefangenschaft noch Zeit genug. Heute würden sie allen Mut und Kampfgeist brauchen, der ihnen blieb.

Einzig Joseph, der ehemalige Sklave, stand nachdenklich da und beteiligte sich nicht an dem Gelächter. »Käpt'en?«

»Joseph?«

»Der Plan von Käpt'en gut. Aber etwas fehlen.«

»Was denn, Joseph?«

»Was passieren mit Käpt'en?« Seine Kameraden ließen vom Smutje ab und nickten bei Josephs Worten bekräftigend.

»Joseph hat recht, Käpt'en«, bemerkte John, der Zimmermann auf der Fregatte war. »Die Franzosen werden Euch kaum freundlich in einen Kerker geleiten und bis ans Ende des Krieges bewirten. Die werden Euch mit dem größten Vergnügen an der nächsten Rah aufknöpfen.«

Daran hatte Pierce schon selber gedacht. »Dann werden wir dafür sorgen müssen, dass sie mich nicht erkennen«, erklärte er. »Ab jetzt bin ich nicht mehr Kapitän Blackhurst, sondern der einfache Seemann Francis Dury. Den Franzosen werden wir sagen, dass der Kapitän mit auf Landgang war, als das Gefecht losging.« Wieder blickte er in die Runde, um zu sehen, wie die Männer seinen Vorschlag aufnahmen. Denn von ihnen würde es abhängen, ob die Franzosen getäuscht werden konnten und er am Leben bleiben würde. So, wie er diejenigen Männer, die um ihn herumstanden, einschätzte, sollten seine Chancen gut stehen. Die einzigen beiden, denen er misstraute, waren Ferguson und der Smutje. Doch die hatte er geschickt ausmanövriert.

Wie Blackhurst sich ausgerechnet hatte, stimmten die Männer seinem Vorschlag mit verschwörerischem Grinsen zu. Die Idee, die Franzosen selbst in der Gefangenschaft noch zu übertölpeln, gefiel ihnen, und sie wussten, sollte sich ihnen jemals die Gelegenheit zur Flucht bieten, wären sie gut daran beraten, einen so schlauen Kopf wie den Käpt'en unter sich zu wissen.

Ferguson und der Smutje wurden unter Gejohle ins Wasser geworfen. Als Pierce sich daraufhin zum Mannschaftsdeck aufmachte, wo er seine Kleidung gegen ein paar alte Hosen und ein einfaches Seemannshemd tauschen wollte, rief der Zimmermann ihm hinterher: »Hey Francis! Ich könnte übrigens noch einen Gehilfen brauchen!«

Pierce alias Francis Dury setzte ein schiefes Grinsen auf, während die anderen über den frechen Scherz grölten, bevor sie sich daran machten, die Kanonen auszufahren und zu laden.

Es würde für lange Zeit der letzte Scherz gewesen sein, über den sie lachen konnten.

18

Nur der Sonntag brachte etwas Abwechslung in Fleurs Leben. Die Sklaven hatten an diesem Tag frei, um auf ihren kleinen Feldern die Gemüse und Früchte anbauen zu können, von denen sie leben mussten. Jede zweite Woche gingen die Maurais' ins nahe gelegene Dorf in die Kirche, gefolgt von Josette und einer Handvoll anderer Sklaven, die der Pfarrer bekehrt hatte.

Und manchmal am Abend kamen Besitzer oder Verwalter von in der Nähe gelegenen Plantagen zu Besuch, Handwerker oder andere Weiße vom Dorf. Immer waren es Männer. Fleur fand schnell heraus, dass sie an solchen Abenden besser in ihrem Zimmer blieb. Denn diese Männerrunden arteten regelmäßig in Saufgelage aus, bei denen Josette und andere Sklavinnen die Männer unterhalten mussten. Josette amüsierte sich dabei großartig. Ihr lautes Lachen war selbst in der oberen Etage nicht zu überhören.

Tröstlich waren für Fleur nur die Briefe, die sie an Lucille schrieb. Sie konnte darin all ihren Kummer, ihre Einsamkeit und ihre Hoffnungslosigkeit ausdrücken. Stundenlang saß sie an ihrem Tisch und schrieb Seite um Seite voll. Zu Beginn hatte sie aufgeregt auf die Antworten gewartet und war jedes Mal, wenn ein Bote auf die Plantage gekommen war, auf die Veranda gestürzt, um zu hören, ob er einen Brief für sie dabei hatte. Aber es kam nie einer. Mit der Zeit verlor sich ihre Aufregung und sie schlug in Enttäuschung um. Hatte Lucille sie vergessen oder wollte sie nichts mehr von ihr wissen? Waren sie nur Freundinnen für die Zeit der Überfahrt gewesen und war diese Freundschaft nun vorbei?

Irgendwann hörte sie auf zu schreiben. Wozu sollte sie sich die Mühe machen und jedes Mal mit Maurais streiten, wenn einer der Sklaven von der Arbeit abgezogen werden musste, um ihren Brief ins Dorf zu einem Boten zu bringen?

An einem Tag war es besonders unerträglich heiß. Er war schlimmer als all die anderen heißen Tage, die Fleur auf Sainte-Lucie bereits erlebt hatte. Wie eine dicke Federdecke lag die Hitze über Espérance und ließ einen kaum atmen. Der Himmel schien sich niedergesenkt und alles, was sich zwischen ihm und der Erde befand, zusammengestaucht zu haben. Selbst die weißen Wolken, die sich wie verlockende Schneeberge aufgetürmt hatten, stießen an die tiefhängende Decke des Himmels. Sie flachten sich ab, dehnten sich in die Breite und verfärbten sich drohend schwarz. Aber der Regen und mit ihm die ersehnte Abkühlung blieben aus. Die Mücken wurden zu einer unerträglichen Plage, als die Abenddämmerung hereinbrach. Trotzdem blieb Fleur wie gelähmt in der Hängematte auf der oberen Veranda liegen, von der aus sie auf das ganze Tal, in welchem die Plantage lag, hinunterblicken konnte.

Die zunehmende Dunkelheit ließ das schaurig schöne Schauspiel des Wetterleuchtens zwischen den gewaltigen, schwarzen Wolkentürmen noch spektakulärer werden. Auf dem Platz neben den Sklavenhütten wurde ein Feuer entzündet, das bald wild loderte. In seinem tanzenden Licht versammelten sich die Sklaven. Gesang erhob sich über das Tal, begleitet von Trommeln und Rasseln. Sie feierten irgendeines ihrer Feste, deren Grund und Ursprung sie den Weißen nicht verrieten. Zumindest Fleur nicht, als sie danach gefragt hatte.

Fleur schreckte auf, als wütendes Geschrei ertönte. Doch sie entspannte sich wieder, als sie erkannte, dass es aus der Hütte eines ehemaligen Aufsehers stammte, welche Josette bewohnte. Zunächst hatte sie sich schuldig dafür gefühlt, froh zu sein, dass Maurais sie an ihrer Stelle belästigte. Doch es hatte sich allzu schnell herausgestellt, dass Josette ein heimtückisches, keifendes und eifersüchtiges Biest war, das mit Vorliebe alle anderen Sklaven drangsalierte. Wahrscheinlich hatte sie das von Maurais gelernt, mutmaßte Fleur. Vielleicht war das auch der Grund, warum Maurais sie so gut wie nie schlug, selbst wenn sie ihn anschrie, weil sie irgendetwas haben wollte, so wie es jetzt anscheinend der Fall war.

Wehmütig erinnerte sie sich wieder einmal an Pierce Blackhursts Worte. Er hatte in allem, was er gesagt hatte, recht behalten. Maurais war ein jähzorniger, gewalttätiger und derber Mann, dem jegliche Kultiviertheit abging. Seine Sklaven behandelte er schlechter als das Vieh und prügelte und peitschte sie wegen jedem kleinsten Vergehen aus. Einem hatte er sogar ein Ohr abgeschnitten, nachdem dieser geflohen war. Nur mit härtester Hand sei dieses faule, hinterhältige Pack von Niggern zu führen, trichterte er Fleur ein, wenn diese sich für die Sklaven einsetzte. Jede noch so kleine Nachgiebigkeit verleite sie dazu, sich gegen ihre Herren zu erheben, und dies sei unter allen Umständen zu vermeiden, denn das ende in einem Aufstand und Mord und Totschlag. Es herrsche Krieg zwischen den Weißen und den Schwarzen und dieser sei nur durch den Stärkeren zu gewinnen, was brutale Unterdrückung bedeutete. Das war Maurais' Ansicht. Und so behandelte er auch Fleur. Wann immer sie ihm widersprach, brachte er sie mit harter Hand zum Schweigen. Also hatte sie gelernt, den Mund zu halten.

Plötzlich verstummte das Geschrei. Mit einer Flasche in der Hand torkelte Maurais aus der Hütte, während Josette hinter ihm die Tür zuschlug. Ohne den Lichtstrahl aus der offenen Tür konnte ihn Fleur nur noch als dunkle Gestalt wahrnehmen, die sich auf die Scheunen zubewegte und dahinter verschwand.

Unten beim Feuer erhob sich eine Frau mit einem Korb unter dem Arm und ging in Richtung des Cassava-Hauses. Das flackernde Licht des Feuers erhellte kurz ihr Gesicht. Es war eine der Sklavinnen von der Plantage, die mit Martin zusammenlebte, einem eifersüchtigen und leicht aufbrausenden Mann, vor dem Fleur sich fürchtete.

Die Feiernden begannen laut singend um die lodernden Flammen herumzutanzen. Klatschend gaben die Frauen den Takt an.

Plötzlich huschte eine dunkle Gestalt in das Cassava-Haus, in dem vorher Martins Frau verschwunden war. Ruckartig richtete sich Fleur auf und spähte angestrengt in die Dunkelheit hinaus. War das nicht Maurais gewesen, der hinter ihr in das Haus geschlichen war?

Der Tanz um das Feuer beschleunigte sich in hemmungsloser Ekstase, die Frauen wurden mitgerissen, der heißblütige Gesang übertönte alle anderen Geräusche.

Was macht er da bloß?, fragte sich Fleur mit einem unguten Gefühl. Hatte er wirklich vor, in seinem betrunkenen Zustand Martins Frau zu belästigen? Sie stand auf und beugte sich angespannt lauschend über das Geländer der Veranda.

Auf dem Gipfel des Rausches brach der Tanz um das Feuer auf einen Schlag ab. Alle verstummten unvermittelt und blieben mit in die Luft geworfenen Händen wie eingefroren stehen. Gespenstische Stille kehrte ein.

Bis ein gellender Schrei sie durchbrach. Er kam aus dem Cassava-Haus. Die Menschen, die immer noch bewegungslos um das Feuer standen, drehten ihre Köpfe nach dem Schrei. Nach einem Moment der Erstarrung brach Hektik los. Sie ließen Trommeln und Rasseln fallen und rannten zum Cassava-Haus.

Fleur sog scharf die Luft ein und schlug die Hand vor den Mund. Ihr Herz klopfte heftig in schrecklicher Vorahnung dessen, was geschehen würde.

Die Menge hatte das Haus erreicht, und die ersten Männer drangen ein, allen voran Martin.

Fleur sprang auf, hetzte durch das Wohnzimmer und über die Treppe nach draußen. Sie wusste nicht, was sie tun sollte, aber sie konnte nicht einfach tatenlos zusehen. Sie musste der Frau helfen, sie musste dafür sorgen, dass die Situation nicht eskalierte. Als sie sich durch die Menschen drängte und das Cassava-Haus erreichte, erstarrte sie. Martins gebeugter Rücken kam aus dem Dunkel des Hauses zum Vorschein. Am Kragen schleifte er einen leblosen Körper heraus, eine Blutspur hinter sich herziehend. Es war Maurais. Unter dem vertrockneten Flamboyant-Baum, an dem der Pflanzer regelmäßig aufsässige Sklaven auspeitschte, ließ er ihn los, und sein Körper fiel mit einem dumpfen Geräusch zu Boden. Als Martin zurücktrat, wurde eine klaffende Wunde an Maurais' Hinterkopf sichtbar. Erschrockene Aufschreie gingen durch die Menge, während Fleur beide Hände vor den Mund presste, um ihren eigenen Schrei zu unterdrücken. Martin sah sich mit den Augen eines wütenden Irren in der Runde um, das blutige Holzscheit fest umklammernd, und heulte mit einem widernatürlich klingenden Siegesschrei auf.

Die meisten der Sklaven standen genau wie Fleur reglos vor Entsetzen da, nur einige wenige stimmten begeistert mit ein.

»Wir sind frei!«, rief Martin und stieß beide Fäuste in die Luft. »Frei, frei!«

Der Ruf wurde von seinen Anhängern aufgegriffen, das Siegesgeschrei hallte durch das Tal. »Frei, frei!«

Bis Martin das Holzscheit mit beiden Händen über seinen Kopf hielt. Augenblicklich verstummten alle.

»Wir werden diese verhasste Plantage verlassen und uns unseren Brüdern und Schwestern in den Bergen anschließen, die ebenfalls in die Freiheit geflohen sind!«, rief Martin.

Plötzlich bekam Fleur einen heftigen Stoß in den Rücken, und sie stürzte in den freien Kreis, den die Sklaven um Martin gebildet hatten.

»Ganz frei sind wir noch nicht«, kreischte Josette und gab Fleur, bevor sie sich aufrappeln konnte, einen Tritt, der sie vor Martins Füße fallen ließ. »Hier ist jemand, den du vergessen hast.«

»Wen haben wir denn da?«, fragte er mit bösem Unterton. Er ging in die Hocke, und Fleur starrte ihn bewegungslos an. Sie sah ihm an, dass er sich an ihrer Angst weidete. Ruhe kehrte ein, und jeder wartete darauf, was Martin als Nächstes tun würde.

Ungeduldig rief Josette dazwischen: »Los! Töte sie!«

Martin blickte auf und sah Josette an. Der Schein der Fackeln spiegelte sich in seinen Augen wider und brachte sie wie Kohlen, die von einem Windstoß neu entfacht wurden, zum Glühen.

»Oder noch besser«, meinte Josette mit einem teuflischen Grinsen, »mach das, was sie mit uns gemacht haben! Zieh sie aus, bedien dich an ihr und dann häng sie an den Baum und peitsch sie aus, bevor du sie tötest!«

Langsam richtete sich Martin auf. »Wann hat er das jemals mit dir gemacht?«

»Das hat er doch mit allen gemacht!«

»Das ist richtig. Mit allen außer dir.« Seine Stimme war schneidend geworden. Er wandte sich an zwei Männer hinter Fleur und Josette. »Los! Schafft mir diese falsche Schlange vom Hals! Sperrt sie ein! Und nehmt ihr den Schmuck ab. Den können wir noch gebrauchen.«

Josette glotzte erst fassungslos, dann schrie und zeterte sie, als die Männer sie packten, ihr den Schmuck abnahmen, mit dem Maurais sie verwöhnt hatte, und sie wegschleppten. Niemand zeigte auch nur eine Spur von Mitleid mit ihr.

»Nun zu dir.« Martin trat auf Fleur zu, die vor Angst zu zittern begann.

»Schneid ihr endlich die Kehle durch, damit wir sie los sind!«, forderte ihn einer seiner Anhänger auf.

Martin zog ein Messer aus seinem Hosenbund und stellte sich vor Fleur.

»Mach schon! Wir müssen hier weg!«, drängte jemand.

Die blitzende Klinge setzte an Fleurs Hals an. Oh Gott! Er würde sie jetzt ebenso töten wie Maurais. Sie empfand keine Trauer beim Gedanken an seinen Tod. Sie war sich nicht einmal sicher, ob sie Trauer beim Gedanken an ihren eigenen Tod empfand. Vielleicht hatte sie ihn verdient. Sie hatte nicht geholfen, sondern einfach aufgegeben. Sie konnte verstehen, dass diese Menschen sie hassten. Sie hatten von Menschen wie ihr – von Weißen – nichts als Elend empfangen. Aber Fleur hatte Angst. Gott, würde es wehtun? Tränen liefen ihr über die Wangen. Sie löste ihren Blick von Martin und richtete ihn in den Himmel hoch, der zwischen den Wolken zu sehen war. Sterne pulsierten wie ferne Wesen nichtsahnend in tiefem Frieden in seinem dunkelblauen Samt. Gleich wäre auch sie dort. Während sie sich noch an diesem Bild festhielt, tauchte ein anderes vor ihren Augen auf. Die tiefblauen Augen von Pierce Blackhurst, die sie mit einem solchen Verlangen anschauten, dass es schmerzte. Ihr Leben wäre vorbei, bevor sie jemals von einem Mann geliebt worden war. Warum nur hatte sie ihn zurückgewiesen? Den einzigen Mann, der jemals ihr Begehren geweckt hatte. Der einzige, der tief in ihrem Inneren etwas Kostbares gefunden hatte, von dem sie nicht einmal gewusst hatte, dass es da war. Erst als sie alles verloren hatte, als sie selbst die gute Erziehung, ihr vermeintlich wichtigstes Gut, hatte über Bord werfen müssen, hatte sie erkannt, dass sie mehr war als das. Und davon hatte sich Blackhurst angezogen gefühlt.

Sie spürte den Druck des Messers. Jeden Augenblick würde es in ihre Haut schneiden, jeden Augenblick würde …

»Warte!«, rief jemand.

Alle drehten sich nach der Stimme um. Es war Annie.

»Was willst du?«, fragte der Mann, der neben Martin stand, gereizt.

»Das dürft ihr nicht machen«, erwiderte Annie mit zitternder Stimme.

»Ach nein?«, fragte der Mann höhnisch.

»Nein. Sie uns nie etwas tun«, fuhr Annie in ihrem schlechten Französisch fort. »Sie mir sogar helfen, als Monsieur mich schlagen.«

»Ja, dir vielleicht«, höhnte ein anderer. »Doch was ist mit uns? Für uns hat sie nichts getan, außer dass sie gut gelebt hat davon, dass wir uns von morgens bis abends auf den Feldern placken mussten.«

»Genau!«, pflichtete ein anderer bei, und die Waagschale, in der Fleurs Leben lag, kippte wieder auf die dunkle Seite des Todes.

»Es reicht!«, beschloss Martin und beendete damit das Gericht. »Wir haben Wichtigeres zu tun, als uns über eine Weiße zu streiten. Wir müssen unsere Sachen packen und so schnell wie möglich von hier verschwinden. Sie werden uns bald jagen, und bis dahin müssen wir in den Bergen sein, sonst ist es aus mit uns. Ihr wisst, was geschieht, wenn sie uns erwischen.«

Seine Anhänger nickten.

»Wir bleiben hier«, beschloss Céline, die Mutter des kleinen Jean. »Wir haben nichts getan und wir sind hier zuhause. Wenn wir gehen, verlieren wir alles, was wir haben. Unsere Hütte, unser Feld, die Hühner. Und eine solche Flucht mit Klein-Jean …« Sie schüttelte den Kopf und drückte ihren fünfjährigen Sohn an sich.

Ihr Mann Jules nickte zustimmend.

»Wir auch«, schloss sich Odette ihr an, die Mutter von Alain und Adrienne, den anderen beiden Kindern auf der Plantage. François, ihr Mann, schien zwar nicht gerade begeistert von ihrem Entscheid, widersprach ihr aber nicht.

Auch einige der anderen Sklaven entschieden, lieber auf der Plantage zu bleiben, als in die Berge zu fliehen.

»Wie ihr wollt«, sagte Martin verärgert. »Aber wenn ich höre, dass die da«, er zeigte auf Fleur, »die Miliz benachrichtigt, bevor wir weit genug weg sind, könnt ihr euch darauf verlassen, dass ich zurückkommen werde. Und dann Gnade euch Gott!«

Diejenigen, die entschieden hatten, auf Espérance zu bleiben, nickten in stummer Furcht und Fleur mit ihnen.

Zwei Männer, die auf Martins Seite standen, packten Fleur, rissen sie vom Boden hoch und schleppten sie zu einer Hütte, in der sie noch nie gewesen war. Sie wusste nur, dass dort aufsässige Sklaven eingesperrt wurden. Der Lichtschein der Fackel fiel auf einen festgestampften Erdboden, auf dem eine alte, fleckige Schilfmatte lag, die sich in ihre Bestandteile auflöste. Zwei mausgroße Kakerlaken verschwanden blitzschnell in den dunklen Ecken.

Fleur wurde gezwungen, sich auf die Schilfmatte zu setzen. Einer der Männer zog mit einem Ruck, der ihr das Gleichgewicht raubte und sie nach hinten fallen ließ, ihre Fußgelenke unter dem Kleid hervor. Sie wurden in Vertiefungen auf einem schweren, auf dem Boden verankerten Balken gelegt und ein zweiter Balken darübergeklappt, sodass Fleurs Füße darin feststeckten und sie sie nicht mehr bewegen konnte. Martin drehte den Schlüssel in dem Vorhängeschloss, das durch zwei Eisenringe am Ende der beiden Balken führte. Dann steckte er den Schlüssel in seine Hosentasche.

»Ihr müsst selbst sehen, wie ihr sie morgen wieder aus den Balken befreit«, meinte er und sperrte die Hütte zu.

Fleur blieb allein in der Finsternis zurück. Ihr Herz raste, und sie zitterte am ganzen Körper. Das fürchterliche Bild von Maurais' übel zugerichtetem Leichnam und die glühenden Augen Martins, der das Messer an ihrer Kehle ansetzte, ließen sie nicht mehr los.

Es dauerte lange, bis der Schock, nur knapp dem Tod entronnen zu sein, allmählich nachließ und ihr Herzschlag ruhiger wurde.

Nach einer Weile drangen das Krabbeln von Insektenbeinen auf der Matte und das Sirren der Moskitos an ihr Ohr. An den Beinen, Händen und am Hals setzte ein Jucken ein, das umso unerträglicher wurde, je mehr sie sich dessen bewusst wurde. Sie schob ihr Kleid über die Waden bis zum Balken, um die nackte Haut vor den Moskitos zu schützen. Den herunterhängenden Stoff wickelte sie eng um die Beine, damit die Ameisen, Spinnen und anderen Insekten nicht unter ihr Kleid und ihre Beine hochkriechen konnten. In dieser unbequemen Position verharrte sie Stunde um Stunde und versuchte nicht einzuschlafen.

Sie dachte schon, dass diese gnadenlose Nacht nie mehr enden würde, als ein erster heller Schimmer den nächsten Tag ankündigte. Noch nie hatte ein Hahnenschrei ein derartiges Gefühl der Erleichterung in ihr ausgelöst.

Endlich wurde die Tür der Hütte geöffnet. Auch wenn Fleur den Morgen sehnsüchtig erwartet hatte, so verunsicherte sie nun die Frage, was der neue Tag bringen und was die Sklaven mit ihr machen würden. Sie standen da, sahen auf sie herab, aber ihre Mienen zeigten keine Anzeichen von Feindseligkeit. Vielmehr schienen sie sich in ihrer Haut unwohl zu fühlen, und genauso wie Fleur sich fragte, was sie wohl von den Sklaven zu erwarten hatte, schienen diese sich dasselbe in Bezug auf sie zu fragen.

Fleur gelang es, die Demütigung über ihre Einkerkerung mit dem Argument beiseitezuschieben, dass die meisten der Sklaven während ihres Lebens auf Espérance dasselbe erlitten hatten und es deshalb keinen Grund gab, sich dafür zu schämen. Das ratlose Abwarten der Sklaven erinnerte sie daran, dass sie jetzt die Herrin auf dieser Plantage war, zumindest solange, wie sie dementsprechend handeln würde. Sie nahm ihren Mut zusammen, rang sich ein mattes Lächeln ab und fragte Jules, der offenbar die Führungsrolle unter den Sklaven übernommen hatte: »Du hast nicht zufälligerweise einen Schlüssel für dieses Schloss?« Sie deutete auf den Balken.

Er schüttelte den Kopf und strich sich nachdenklich über das Kinn. Dann winkte er seinen Jungen herbei. »Geh und hol meine Axt.«

Klein-Jean rannte davon. Bald kam er mit der Axt zurück.

»Geht zur Seite!«, sagte Jules. Dann holte er aus und hieb eine erste Kerbe in den oberen Balken, kurz vor seinem Ende, wo die Metallringe mit dem Schloss angebracht waren. Hieb um Hieb vergrößerte er die Kerbe, bis der Balken schließlich durchgeschlagen war und er ihn hochklappen konnte.

Mühsam hob Fleur ihre befreiten Füße aus der Vertiefung des Balkens und stand auf. Die Sklaven rückten beiseite und bildeten eine Gasse, durch die sie aus der Hütte schritt. Dann folgten sie ihr. Draußen drehte sie sich um und betrachtete die Hütte, die einen einzigen, widerwärtigen Zweck hatte, nämlich die aufsässigen Sklaven zu unterjochen. Argwöhnisch sahen die Sklaven sie an.

»Brennt diese Hütte nieder!«, befahl sie. »Ich will keinen einzigen verkohlten Rest mehr davon sehen!«

In die Ungläubigkeit, mit der sie zuerst angestarrt wurde, schlich sich ein freudiges Grinsen, das sämtliche Mundwinkel breit hochzog, als Fleur ihre Worte mit einer auffordernden Geste unterstrich. Bewegung kam in die Menge. Jeder wollte der Erste sein, der Feuer brachte und es an die verdammte Hütte legte. Bald brannte sie lichterloh. Alle verfolgten das Spektakel, ohne auch nur eine Sekunde lang die Augen davon zu lassen. Jemand stieß einen Jubelschrei aus, in den die anderen einfielen.

Fleur begab sich erleichtert zum Gutshaus. Sie wollte die Sklaven in der Feier ihres Triumphes nicht durch ihre Anwesenheit stören. Sie waren hiergeblieben und bereit, sie weiterhin als ihre Madame zu akzeptieren. Zumindest sah es so aus. Alles andere würde die Zukunft erweisen.

Nachdem Fleur sich umgezogen und frisch gemacht hatte, sattelte sie ein Pferd und ritt zur Plantage von Monsieur Fauconnier, die am nächsten lag, um ihn über die Geschehnisse zu informieren und damit er die Miliz zusammenrief. Fleur hatte sich Zeit gelassen, um den entflohenen Sklaven genügend Vorsprung zu geben. Dies betrachtete sie als ihren Teil der unausgesprochenen Abmachung. Dafür, dass man sie am Leben gelassen hatte.

Die Miliz erreichte Espérance am späten Nachmittag. So lange hatte es gedauert, bis Fauconnier sämtliche Milizionäre in der Umgebung benachrichtigt hatte. Fleur sah sie den Weg zwischen zwei Feldern hindurch galoppieren und wartete darauf, dass sie zum Gutshaus hochkommen würden.

Nachdem sie eine ganze Weile gewartet hatte, wurde sie

ungeduldig. Wo blieben sie bloß? Sie hätten das Haus schon längst erreichen müssen! Dann hörte sie Geschrei. Ihr schwante nichts Gutes. Sie griff nach Maurais' Gewehr und rannte zu den Scheunen hinunter.

Die Milizionäre waren dabei, die Sklaven zusammenzutreiben. Hoch zu Pferde hieben sie mit Stöcken auf sie ein. »Ihr verdammtes Pack! Euch werden wir lehren, euch gegen euren Herrn aufzulehnen!«

»Nein! Nein!«, schrie Fleur. Doch niemand hörte sie in dem Aufruhr. Sie hob das Gewehr in die Höhe und gab einen Schuss ab. Ruckartig rissen die Reiter ihre Pferde herum.

»Hört sofort damit auf! Was tut Ihr denn da?«, rief sie.

»Diese verfluchten Nigger festsetzen, was denn sonst?«, brüllte Touchard, der Besitzer einer anderen benachbarten Plantage, zornig zurück. Der normalerweise recht gut aussehende Man war hochrot im Gesicht, sein blondes Haar war von Schweiß verklebt.

»Lasst sie in Frieden! Die haben überhaupt nichts getan!« Fleur drängte sich zwischen den Pferden zu ihren verängstigten Sklaven hindurch, die glaubten, dass sie nun für das Verbrechen, das an Monsieur begannen worden war, bezahlen mussten.

»Sie haben Frédéric Maurais gemeuchelt!«, widersprach Fauconnier, ihr dickbäuchiger Nachbar, aufgebracht. »Das habt Ihr mir selbst gesagt!«

Fleur zeigte auf die Gruppe hinter ihr. »Aber doch nicht sie! Es waren diejenigen, die geflohen sind! Diese haben nichts damit zu tun.«

»Das sind doch alles dieselben hinterlistigen Taugenichtse!«, wetterte Touchard und versuchte sein Pferd an Fleur vorbeizutreiben.

»Ich habe gesagt, Ihr sollt sie in Ruhe lassen! Das sind die

Falschen!« Mit wütender Entschlossenheit richtete sie das Gewehr gegen Touchard.

»Immer mit der Ruhe!«, versuchte Serault, ein anderer Plantagenbesitzer, die aufgebrachten Gemüter zu beruhigen. »Vielleicht sollte uns Madame Maurais erst einmal erklären, was genau vorgefallen ist.« Die gemessene Stimme des distinguierten älteren Herrn schien zu den Männern durchzudringen.

»Das werde ich gerne oben im Gutshaus tun«, erwiderte Fleur. »Bitte sehr, meine Herren!« Sie deutete den Weg hinauf. Serault folgte ihrer Aufforderung und die anderen taten es seinem Beispiel nach, wenn auch manche dabei ihren Unmut zum Ausdruck brachten.

Fleur kam als Letzte beim Haus an und bat das Dutzend Milizionäre – Pflanzer, Aufseher, Verwalter und zwei Handwerker aus dem Dorf – ins Wohnzimmer, wo sie schilderte, was geschehen war. Die Männer berieten sich, wie am besten vorzugehen sei. Da es bereits zu dämmern begonnen hatte, wurde die Jagd auf den nächsten Tag verschoben, was bedeutete, dass Fleur die Männer verköstigen und unterbringen musste. Die meisten hatten ihre Hängematten mitgebracht und so verteilten sie sich für die Nacht im Wohnzimmer und auf der Veranda.

Ruhe kehrte auf Espérance erst am nächsten Morgen wieder ein, nachdem die Milizionäre zur Jagd nach den entflohenen Sklaven aufgebrochen waren.

19

Die Jagd der Miliz nach den entflohenen Sklaven wurde am Tag von Maurais' Beerdigung erfolglos abgebrochen. Die Milizionäre hatten die Gegend um Espérance, die Plantagen und die nahe gelegenen Wälder abgesucht. Doch von den Sklaven fehlte jede Spur. Man nahm an, dass sie sich im undurchdringlichen Dschungel in den Bergen versteckt hielten, wo eine Suche derjenigen der Nadel in einem Heuhaufen entsprochen hätte.

Die anderen Pflanzer, mit denen Fleur bisher wenig zu tun gehabt hatte, suchten bei Maurais' Beerdigung plötzlich ihre Aufmerksamkeit. Allen voran ihre Nachbarn Touchard und Fauconnier sowie Serault, der einflussreichste Plantagenbesitzer auf der Insel. Doch Fleur merkte schnell, dass das Interesse der Pflanzer nicht ihr selbst galt, sondern ihrer Plantage. Alle waren begierig darauf, ihr Espérance abzukaufen. Eine Frau könne keine Plantage führen, meinten sie.

Darüber ärgerte sich Fleur. Zum ersten Mal in ihrem Leben hatte sie ein eigenes Zuhause, und niemand bestimmte mehr über ihr Leben. Das wollte sie sich nicht wegnehmen lassen. Selbst wenn es bedeutete, sich mit widerspenstigen Sklaven herumzuschlagen und herauszufinden, wie Baumwolle angebaut und worauf bei den Kakaobäumen geachtet werden musste. Wenn andere Pflanzer das schafften, warum dann nicht auch sie? Sie glaubte, genug von Maurais mitbekommen zu haben, dass sie dieses Wagnis eingehen und Espérance behalten konnte.

Die nächsten Tage wurden arbeitsreich. Auf einem abgeernteten Baumwollfeld legte Fleur einen Garten an, in dem sie Gemüse, Obst und Blumen pflanzte, in der Hoffnung, die Überschüsse verkaufen zu können. Das war vielleicht nicht die vordringlichste Arbeit, aber sie brauchte etwas, bei dem sie sicher sein konnte, Erfolg zu haben. Mit Jules' Hilfe erarbeitete sie sich in den darauf folgenden Wochen das nötige Wissen über die Plantage. Bald stellte sich jedoch heraus, dass sie gar nicht mehr genügend Arbeitskräfte hatte, um das Land bewirtschaften zu können. Da es kaum weiße Männer gab, welche sich dazu herabließen, auf einem Feld zu arbeiten, würde ihr nichts anderes übrig bleiben, als zu versuchen, zusätzliche Sklaven zu kaufen.

Daher ließ sie von Jules und François einen Monat nach Maurais' Beerdigung alle fertig abgepackten Säcke mit Kakaobohnen und Baumwolle auf den Wagen laden und fuhr mit ihnen in die Stadt, wo sie die Waren einem Händler, dessen Name sie einmal von Maurais gehört hatte, verkaufen und mit dem Erlös neue Sklaven kaufen wollte.

Doch das erwies sich schwieriger, als sie gedacht hatte.

Der Händler meinte, er habe alle seine Waren gerade eben auf ein Schiff verladen, das nach Frankreich segle. Das nächste Schiff erwarte er erst in einigen Wochen. Er müsse ihr also eine Lagergebühr und einen Abschlag berechnen, da die Kakaobohnen bis dahin nicht mehr frisch seien. Dann wollte er ihr das Geld für ihre Waren erst geben, wenn er selbst vom Kapitän des Handelsschiffes bezahlt wurde. Als Fleur darauf bestand, dass sie das Geld jetzt brauche, berechnete er ihr einen weiteren Abschlag.

Frustriert verließ sie danach den Händler. Sie war es nicht gewohnt, zu verhandeln, und sie kannte das Geschäftsgebaren der Händler und Pflanzer nicht. Und das hatte er skrupellos ausgenutzt. Er hatte sie von oben herab behandelt und deutlich durchblicken lassen, dass seiner Meinung nach eine Frau nicht in der Lage war, eine Plantage zu führen. Das taten nur Männer.

Sie ließ Jules und François mit dem Wagen in einer Seitengasse hinter der Lagerhalle des Händlers zurück, während sie die nötigen Besorgungen – einige Werkzeuge und anderes Material für die Plantage – in der Stadt machen wollte. Auf ihrem Weg entdeckte sie ein Gasthaus, das direkt am Strand gegenüber dem Landungssteg lag. Es erweckte den Eindruck, als wäre es ein Ort, wo sich eine alleinstehende Dame gefahrlos aufhalten und ungestört ihr Mittagessen einnehmen konnte. Zu dem Restaurant gehörte eine einladend aussehende, überdachte Terrasse mit Blick auf die Bucht. Das Essen dort wäre zwar eine unnötige Ausgabe, aber einmal wieder an einem zivilisierten Ort zu sein und sich etwas Gutes zu tun, war genau das, was sie jetzt brauchte.

Sie stieg die Stufen hinauf und entdeckte einen freien Tisch am Rand. Nachdem der Kellner ihre Bestellung aufgenommen hatte, ließ sie ihren Blick über die Gäste an den anderen Tischen schweifen. Es waren vorwiegend Männer in Uniformen der Armee oder Offiziere von einem der Schiffe, die in der Bucht ankerten. Einige von ihnen nickten ihr interessiert zu, wandten sich aber wieder ihren Gesprächen zu, als Fleur nicht darauf reagierte.

Sie wollte ihren Blick soeben weiterschweifen lassen, als er auf einem bekannten Gesicht an einem der Tische im Inneren des Gasthauses hängenblieb. Oh nein, dachte sie, muss ich Touchard auch hier noch über den Weg laufen? Fleur mochte ihn nicht besonders. Er war zwar jung und gut aussehend, aber er war auch ein rücksichtloser Heißsporn, dessen mangelnde Umgangsformen sich noch verschärften, wenn er getrunken hatte, was leider nur allzu oft vorkam. Rasch sah sie weg und drehte ihren Stuhl ein wenig, sodass die Kartentische seitlich hinter ihr lagen.

Doch es war zu spät. Er hatte sie ebenfalls entdeckt und kam auf sie zu. »Madame Maurais! Was für eine Überraschung, Euch hier anzutreffen!«

»Monsieur Touchard! Was führt Euch hierher?«

Er grinste mit den Schultern zuckend. »Geschäfte. Ein kleiner Ausflug. Unterhaltsame Gesellschaft. Alles, was einem auf der Plantage manchmal fehlt. Und Ihr?«

Bevor Fleur antworten konnte, trat Fauconnier hinzu, der ebenfalls am Kartentisch gesessen hatte, aber für sie verdeckt hinter einer Säule. Er war älter als Touchard und wirkte neben ihm wie ein trotteliger Hund, mit kurzen Beinen, einem dicken Bauch und einem zu großen Kopf.

»Madame Maurais! Welch ein Vergnügen!«

Widerstrebend bat Fleur die Herren der Höflichkeit halber, sich zu setzen.

»Was hat Euch in die Stadt geführt?«, wiederholte Touchard die unbeantwortet gebliebene Frage von vorhin.

»Ich hatte eine Lieferung für einen Händler und will noch Sklaven kaufen.«

Fauconnier machte ein ungläubiges Gesicht. »Es ist mir nicht bekannt, dass zurzeit eine Sklavenauktion stattfinden würde. Vor Kurzem hat es eine gegeben, ja, auf einem Afrikaschiff. Aber jetzt?«

»Wollt Ihr etwa Sklaven von einem Händler kaufen?«, fragte Touchard skeptisch.

»Nun ... ja.«

»Aber da bekommt Ihr keine gute Ware!«, hielt Fauconnier dagegen. »Ihr bezahlt zu viel und habt am Ende nur Scherereien. Da bekommt Ihr entweder Sklaven, die von ihren früheren Besitzern verkauft wurden, weil sie mit ihnen unzufrieden waren, oder Ihr könnt aus den von der letzten Afrikalieferung übrig gebliebenen auswählen, was ebenfalls keine gute Idee ist. Ihr solltet auf das nächste Schiff warten.«

Fleur lag es auf der Zunge, Fauconnier für sein verächtliches Verhalten gegenüber den Sklaven mit einer scharfen Bemerkung zurechtzuweisen. Aber sie hielt sie zurück. Sie hatte die Erfahrung machen müssen, dass die Welt auf dieser Insel sehr viel gnadenloser war, als sie es sich jemals hätte vorstellen können. Wieder einmal hatte Blackhurst recht gehabt. Alle Weißen dachten wie Fauconnier. Er war im Vergleich zu vielen anderen sogar noch harmlos. Selbst der Pfarrer in der Kirche in ihrem Dorf dachte so. Die Schwarzen waren keine Christen und somit keine Menschen. Sie waren Wilde und daher nicht anders zu behandeln als Tiere.

Fleur atmete einmal tief durch. »So lange kann ich nicht warten«, wich sie aus. »Ihr wisst doch: Meine Baumwollfelder liegen brach und je länger ich warte, desto mühsamer wird es, sie zu bepflanzen.«

Mit diesem und anderen Argumenten hatten nämlich Touchard, Fauconnier und andere Pflanzer versucht, sie dazu zu bringen, Espérance nach dem Tod von Maurais möglichst schnell zu verkaufen.

Der Kellner brachte einen großzügig gefüllten Teller mit Acras, einer hiesigen Spezialität, die man als Fischkrapfen bezeichnen könnte und die Fleur bereits auf Espérance als äußerst schmackhaft kennengelernt hatte. Der Kellner stellte den Teller mit einem eleganten Schwung vor Fleur auf den Tisch. »Madame, ich wünsche einen guten Appetit!«

»Dann lassen wir Euch mal essen und kümmern uns wieder um das Spiel, bevor unsere Kameraden noch ungeduldig werden.« Touchard erhob sich und Fauconnier tat es ihm nach.

Fleur verabschiedete sie und ließ sich das Essen schmecken. Anschließend bestellte sie sich sogar noch ein Dessert, eine Köstlichkeit aus geraffelter Kokosnuss, Schokolade und Zimt in luftigen feuchten Blätterteig gehüllt, direkt aus dem Ofen. Sie schob gerade mit Wehmut den letzten Bissen in den Mund, als sie angesprochen wurde.

»Madame Maurais! Zum Glück seid Ihr noch hier!«

Erschrocken fuhr sie zusammen. Es war Touchard, der sich wie ein Wolf angeschlichen hatte. Fauconnier trottete auf seinen kurzen Beinen hinter ihm her.

»Und, habt Ihr Euer ganzes Geld verspielt?«, fragte Fleur schnippisch. Sie hätte es ihm gegönnt.

»Aber nein, was denkt Ihr denn?« Touchard ließ sich, ohne ihre Aufforderung abzuwarten, geschmeidig auf den Stuhl neben ihr gleiten. »Wir haben gewonnen, wie immer.«

»Dann muss ich Euch ja beglückwünschen«, rang sich Fleur ab.

»Genau.« Touchard setzte ein überlegenes Schmunzeln auf. »Aber wie es sich für gute Nachbarn gehört, haben wir auch an Euch gedacht.«

Skeptisch sah Fleur ihn an.

»Wir haben mit zwei Offizieren gespielt und die berichteten von Problemen im Fort«, erklärte Touchard. »Zu viele Kriegsgefangene. Sie wissen nicht mehr, wo sie sie noch einsperren sollen. Jetzt sind sie auf die Idee gekommen, die Gefangenen anstelle von Sklaven, von denen wir ja bekanntlich zu wenige haben, auf die Plantagen zum Arbeiten zu schicken. Sie suchen jemanden, der bereit für einen Versuch wäre. Da haben wir natürlich sofort an Euch gedacht. Ihr seid es, die am dringendsten Arbeitskräfte benötigt.«

Fleur kniff die Augen zusammen. Der Gedanke, wieder die ganze Plantage bewirtschaften zu können, war verlockend. Aber mit Kriegsgefangenen? Kein Weißer, der auf diese Insel kam, war bereit, draußen in der sengenden Sonne den ganzen Tag über hart zu arbeiten. Dazu waren aus deren Sicht die Sklaven da. Wie sollte sie weiße Männer dazu bewegen, eine solche, ihrer Ansicht nach minderwertige Arbeit zu verrichten? Ganz zu schweigen davon, wie sie als Frau und einzige Weiße Gefangene unter Kontrolle halten sollte. Sie hatte ja schon genügend Mühe, die Sklaven zu führen.

»Es ist überaus freundlich, dass Ihr dabei an mich gedacht habt. Aber ich weiß nicht, ob das eine gute Idee ist«, versuchte sie auszuweichen.

»Natürlich ist es eine gute Idee! Sie löst auf einen Schlag all Eure Probleme!«, beschwor Touchard und schob sich die blonden Haare aus der Stirn. »Wie heißt es so schön? Wer nichts wagt, der nichts gewinnt. Wer weiß, wie lange es dauert, bis wieder ein Schiff aus Afrika mit Sklaven einläuft. Die Seeblockaden der Engländer werden für uns immer vernichtender. Wenn es so weitergeht, werden wir alle Kriegsgefangene auf unseren Plantagen einsetzen müssen.«

»Dennoch ...«, versuchte Fleur einzuwerfen.

»Die Offiziere, mit denen wir Karten gespielt haben, sind ranghohe Militärs aus dem Fort, die bereits aufgebrochen sind, um alles vorzubereiten.«

»Und diese Offiziere sind wirklich bereit, Euch Kriegsgefangene zu übergeben?« Fleur konnte es kaum glauben. Davon hatte sie noch nie gehört.

»Natürlich war es nicht einfach, sie zu überzeugen«, zwinkerte Fauconnier ihr zu. »Aber für Euch haben wir alles getan. Und wenn man weiß, wie man beim Kartenspiel gewinnt ...«

Touchard warf Fauconnier einen scharfen Blick zu und brachte ihn damit zum Schweigen.

Fleur riss die Augen auf. »Ihr habt um sie gespielt?«

»Selbstverständlich nicht!«, erwiderte Touchard. »Wir haben nur beim Kartenspiel darüber geredet. Und nun erwarten uns die Offiziere im Fort.« Er reichte Fleur die Hand, um sie zum Aufstehen zu bewegen. »Wo habt Ihr Euren Wagen?«

Sie sah ihn verärgert an. Die Art und Weise, wie er einfach über sie zu bestimmen versuchte, passte ihr gar nicht. Aber da sie wirklich dringend zusätzliche Leute benötigte, gab sie sich schließlich einen Ruck und erhob sich. Wer weiß, vielleicht klappt es ja doch mit den Gefangenen, sagte sie sich. Denn sie wusste nicht, was sie sonst hätte tun können. »In einer Seitenstraße gleich in der Nähe.«

»Dann sollten wir ihn holen. Unsere Pferde stehen auch gleich in der Nähe.«

20

Das Fort lag am Stadtrand an einem der Hügel, die sich die Küste entlangzogen. Es thronte nicht wie eines der stolzen Schlösser in Frankreich von weit herum sichtbar auf dem Hügel, sondern lehnte an seinem Abhang, verdeckt durch die Palmen und hohen Bäume des Dschungels. Für das bloße Auge war es nur auszumachen, wenn man seine Lage kannte. Ein feindliches Schiff, das in Eroberungslust in die Bucht segelte, würde die Befestigung, abgelenkt durch den verheißungsvollen Anblick der Stadt, vermutlich übersehen. Im Gegensatz zu den Soldaten, die auf den Zinnen des Forts patrouillierten und die ganze Bucht im Blickfeld und in Reichweite ihrer Kanonen hatten. Lange bevor das feindliche Schiff die Befestigungsanlage ausgemacht und seine Kanonen neu ausgerichtet hätte, wäre es von den Soldaten in Schutt und Asche geschossen worden.

Die kleine Gruppe mit Fleur und ihren beiden Sklaven im Wagen und den Pflanzern zu Pferde kam durch den mit mächtigen, eisenbeschlagenen Holztoren bewehrten Eingang in das Fort, wo sie bereits erwartet wurden. Touchard stieg behände vom Pferd und reichte Fleur die Hand, um ihr vom Wagen zu helfen. Jules und François blieben auf einen Wink von Fleur sitzen.

»Hier entlang!« Ein Soldat ging ihnen voraus und bog in einen schmalen Durchlass zwischen zwei Gebäuden ein. Der Durchlass, der gerade für eine Person Platz bot, führte zwischen soliden Grundmauern aus grob gehauenen Steinen eine steile Treppe in das Kellergeschoss hinab. Die Stufen im Schatten der hohen Mauern waren feucht und vermoost. Fleur musste achtgeben, dass sie, von ihrem Kleid behindert, nicht ausrutschte. Der Durchlass endete in einer Sackgasse vor einer Mauer. Seitlich in der Grundmauer befand sich ein Eingang. Der Soldat nestelte an einem Schlüsselbund, in dessen Ring unzählige Schlüssel eingehängt waren, bis er den passenden fand. Er schloss auf und ließ sie eintreten. Ein schmaler, von einer Fackel spärlich erleuchteter Gang führte eine weitere Treppe hinab, die vor einem massiven Gitter endete. Es roch nach feuchtem Moder. Der Soldat zog die Fackel aus einer Halterung und schloss die Gittertür auf.

»Bitte sehr, meine Herren.« Er schob das Gitter, das in seinen Angeln kreischend gierte, auf. Touchard und Fauconnier traten hindurch, und Fleur wollte ihnen nachfolgen.

Doch der Soldat stellte sich ihr in den Weg. »Ihr bleibt besser hier, Madame. Das ist kein Anblick für eine Dame.«

»Darüber macht Euch keine Sorgen«, protestierte Fleur mit energischer Stimme. Sie hatte nicht vor, Touchard irgendwelche Gefangenen für sie auswählen zu lassen. Wenn es schon dazu kam, wollte sie es wenigstens selbst tun.

Der Soldat zuckte mit den Schultern und rückte beiseite.

Ein übler, fauliger Geruch schlug ihnen entgegen, je weiter sie in das Gewölbe hineintraten. Stroh raschelte, und Ketten klirrten. Fleur konnte nicht erkennen, wohin sie ihre Füße auf dem unebenen Boden setzte. Die einzigen Lichtschimmer stammten von kleinen, vergitterten Öffnungen hoch oben in der Mauer und dem unsteten Licht der Fackel, mit der der Soldat jetzt an ihr vorbeiging und hinter einer Mauer verschwand.

Erst als sich ihre Augen an das Dunkel gewöhnt hatten, konnte sie die Umrisse des Gewölbes erkennen. Es war ein langer Gang. Auf der Seite mit den kleinen Öffnungen ragten wuchtige Fundamentmauern in den Raum hinein, sodass sich einzelne Abteile bildeten. Stroh bedeckte an einigen Stellen den festgestampften Lehmboden. Fleur ging weiter bis zum nächsten Abteil, in dem der Soldat mit der Fackel wartete. Flackernd warf ihr Licht Touchards und Fauconniers Schatten an die Fundamentmauern.

Als Fleur um die Ecke trat, zuckte sie zusammen. An der Wand hockten Gestalten, die erst auf den zweiten Blick als Menschen zu erkennen waren. Mit langen, wirren Haaren, verfilzten Bärten, in zerrissene Lumpen gehüllt und mit eisernen Fesseln um die Fußgelenke. Die Männer hatten die Hände vor die Gesichter gehoben, um die Augen vor dem hellen Schein der Fackel zu schützen.

Touchard und Fauconnier gingen zur nächsten Einbuchtung weiter. Hier bot sich dasselbe Bild. Angekettete Gefangene, die sich das wenige Stroh zusammengeklaubt hatten, um es sich einigermaßen bequem zu machen. Dünn gewordene Arme und Beine, deren Knochen sich unter der Haut abzeichneten. Gesichter, die unter den wirren Haaren kaum mehr als solche zu erkennen waren, wären da nicht die Augen gewesen, die im Licht der Fackel aufleuchteten.

»Warum nehmt Ihr nicht die da?«, schlug Touchard ungeduldig vor. »Es spielt sowieso keine Rolle, welche Ihr auswählt. Die sehen alle gleich aus. Es macht keinen Sinn, weiter durch dieses verdammte Verlies zu gehen.« Er winkte den Soldat herbei.

»Nein«, widersprach Fleur. »Ich will sie alle sehen.«

Auch wenn sie sich nach frischer Luft und hellem Sonnenlicht sehnte, so drängte es sie weiterzugehen. Sie konnte nicht glauben, dass dieser ganze lange Schlauch von Zellen, dessen hinteres Ende unsichtbar in der Dunkelheit lag, vollgestopft von solchen erbarmungswürdigen Gefangenen war.

Ohne zu wissen, was sie überkam, nahm sie dem Soldaten die Fackel aus der Hand und ging weiter zur nächsten Einbuchtung. Und zur nächsten. Überall waren Männer angekettet.

Endlich tauchte das Ende des Verlieses im Schein der Fackel auf. Fleur war bei der vorletzten Einbuchtung angelangt und wollte gerade weitergehen, als das Licht der Fackel auf einen schwarzen Mann fiel. Sie fragte sich, warum er hier war, mitten unter englischen Kriegsgefangenen. Hatte auch er im Krieg gekämpft? An der Seite der Menschen, die ihn versklavt hatten? Ihr Herz wurde schwer. Es war ein Krieg der Weißen gegen Weiße. Die Sklaven sollten nicht auch noch in dieses Leid hineingezogen werden.

Fleur streckte die Fackel ein Stück nach vorn, damit sie auch den Rest der Einbuchtung erhellte, aber da war kein anderer Schwarzer mehr, nur vier Weiße. Als der Lichtschein auf das Gesicht des letzten Mannes fiel, erstarrte sie. Er musste sie schon seit Längerem beobachtet haben, denn er lehnte bewegungslos an der Mauer, als das Licht ihn traf. Seine Augen fixierten sie, schienen regelrecht in sie hineindringen zu wollen. Sie waren blau wie das Wasser in einer seichten sandigen Bucht. Wie jener Bucht, in der er sie aus dem Meer gefischt und voller Begehren angeblickt hatte.

Pierce Blackhurst.

Fleurs Herzschlag setzte aus, und die Welt schien plötzlich stillzustehen. Es gab nichts mehr außer diesem Blau. Alles andere hatte sich in Luft aufgelöst.

Dann, mit einem Wimpernschlag, erlosch das Blitzen in seinen Augen und sie wurden genauso matt wie diejenigen der übrigen Gefangenen. Er drehte den Kopf zur Seite und richtete seinen leeren Blick auf etwas Unbestimmtes am Boden, als hätte es diesen Moment nie gegeben, ja als würde es diese Frau, die vor ihm stand, nicht geben.

Fleurs Erstarrung löste sich, und sie schüttelte den Kopf, als wäre sie eben aus einem Traum erwacht. Sie war sich plötzlich nicht mehr sicher, ob sie den Freibeuter-Kapitän tatsächlich erkannt hatte oder ob er eine Täuschung ihrer Sinne war. Ausgelöst durch diesen unwirklichen Ort, die Dunkelheit und das flackernde Licht der Fackel. Sie konnte das Gesicht des Mannes nicht mehr erkennen, weil er es vom Schein der Fackel weggedreht hatte. Und selbst wenn sie es im schwachen Licht hätte sehen können, der dichte Bart und die verfilzten Haare würden nicht viel von ihm preisgeben.

Es war gar nicht möglich, dass er es war, schlussfolgerte sie. Denn der berüchtigte Kapitän Blackhurst wäre wohl kaum wie ein gewöhnlicher Gefangener eingesperrt worden. Man hätte ihn vor ein Kriegsgericht gestellt, in einem schnellen Prozess abgeurteilt und am nächsten Galgen aufgehängt.

Pierce' Herz schien für einen Schlag auszusetzen. Er konnte nicht glauben, was er sah. Vor ihm stand Fleur! Wie konnte das sein?

Seine Fantasie musste unter der monatelangen Gefangenschaft so gelitten haben, dass sie ihm Streiche spielte.

Er blinzelte. Einmal und dann noch einmal. Aber sie stand immer noch da. Fassungslos starrte er sie an. Sie war noch schöner als in seiner Erinnerung. Ein Engel, der gekommen war, um ihn zu retten. Einen Moment lang gab er sich dieser Vorstellung hin.

Doch plötzlich wurde ihm bewusst, wie viel auf dem Spiel stand. Ihr Erscheinen bedeutete nicht unbedingt seine Rettung aus diesem Verlies. Ebensogut konnte sie seinen endgültigen Untergang bedeuten. Denn sie war außer seinen Männern die einzige Person auf dieser Insel, die seine wahre Identität kannte. Die einzige Person, die ihn verraten konnte.

Er zwang sich, seinen Blick von ihr zu lösen, und drehte sein Gesicht aus dem Schein der Fackel, in der Hoffnung, sie möge es nicht deutlich sehen. Aber es war zu spät. Sie hatte ihn wiedererkannt. Er bemerkte es an dem kurzen Aufblitzen ihrer Augen. Mit heftig klopfendem Herz wartete er darauf, dass sie ausrufen würde: »Aber das ist ja Kapitän Blackhurst!«

Doch sie tat es nicht. Stattdessen sagte sie: »Ich nehme diese Gefangenen da.«

Ein Soldat eilte herbei und öffnete die Ringe in der Mauer, in welche ihre Ketten eingehängt waren.

Noch immer konnte er es nicht glauben. Als er sich mühsam erhoben hatte, war sie weg. Hatte ihm seine Fantasie doch einen Streich gespielt? Es musste so sein. Denn wie sollte Fleur hierherkommen?

Humpelnd folgte er den anderen durch den langen Gang. Die Person mit der Fackel hatte sich bereits entfernt, und Pierce konnte ohne Licht auf dem unebenen Boden kaum gehen.

Als sie aus dem Verlies ins Tageslicht traten, musste er mit der Hand die Augen abschirmen. Das Licht, nach dem er sich so gesehnt hatte, war zu grell. Aber die Luft hier draußen – sie war einfach köstlich! Er blieb stehen und atmete tief ein. Bis unsanft an seiner Kette gerissen wurde. Sie war an den Fußfesseln des Vordermannes eingehängt, der in der Kolonne den anderen nach eine schmale Treppe hinaufstieg. Oben gelangten sie in einen Hof.

Und dort stand *sie*. Vor einem Wagen, auf dem zwei Schwarze saßen. Neben ihr zwei Männer, ein junger, gut aussehender und ein älterer mit dickem Bauch und kurzen Beinen. Ob der junge wohl ihr Ehemann war? Sein Blick glitt wieder zu ihr. Er konnte sich nicht sattsehen an ihr. Sie erschien ihm wie die schönste Frau der Welt. Besser hätte er sie sich in seiner Fantasie nicht vorstellen können.

Er gab sich diesem Anblick hin, bis der Soldat den Vordersten an der Schulter zurückriss und die ganze Kolonne zum Stehen brachte. »Name!«

»James Hurst.«

Der Soldat notierte sich den Namen und forderte mit einem Hochziehen der Augenbrauen den zweiten zum Sprechen auf.

»John Ramsden.«

Der Mann vor Pierce räusperte sich. »Daniel Sedgewick.«

»Und du?«, fragte der Soldat.

Schlagartig wurde er aus seiner Verzückung gerissen. Das war kein Traum, sondern die Wirklichkeit. Die nackte, brutale Wirklichkeit, die ihm den Kopf kosten konnte. Vor Anspannung hämmerte sein Herz bis in den Hals hinauf. Jetzt würde es geschehen, dachte er. Sie wird meinen richtigen Namen rufen. Sie wird meine Tarnung aufdecken.

Es brauchte all seine Kraft, mit halbwegs ruhiger Stimme »Francis Dury« zu sagen.

Doch wieder schwieg sie. Weshalb?

»Joseph«, rasselte die Stimme des Schwarzen hinter ihm.

Pierce hatte keine Zeit mehr, über seine Frage nachzudenken, denn bei diesem Namen bekam Fleur große Augen. Selbst wenn sie ihn nicht wiedererkannt haben sollte und deshalb nichts gesagt hatte, Joseph hatte sie ganz sicher wiedererkannt! Was würde sie tun? Sein Inneres verkrampft sich so sehr, dass er kaum Luft bekam.

»Und wie noch?«, fragte der Soldat gereizt.

»Nur Joseph. Kein anderer Name.«

Der Soldat musterte ihn mit einem misstrauischen Blick, schien sich dann aber damit zu begnügen. »Das war's. Ihr könnt sie mitnehmen«, sagte er zu dem jüngeren Mann, der den Ton anzugeben schien.

»Na, dann ab auf den Wagen!«, befahl der ihnen. »So ein

Glück wie ihr hat nicht jeder. Aus diesem stinkenden Loch zu kommen und auf einer Plantage arbeiten zu dürfen.«

Die anderen vor ihm kletterten mühevoll auf die Ladefläche. Alle bis auf Joseph, der wie angewurzelt stehen blieb und Fleur anstarrte. Auch er hatte sie wiedererkannt. Erneut raste Pierce' Herz. Wenn Joseph sich vergaß und Fleur ansprach, flog er auf. Denn dann würden die Männer und der Soldat sofort nachfragen. Er wollte ihm eben einen Stoß geben, als der jüngere Mann auf dieselbe Idee kam.

Er gab Joseph einen Schlag auf den Hinterkopf, der ihn vorwärtsstolpern ließ. »Hast du noch nie eine weiße Frau gesehen, oder was?«

»Madame?« Der andere Mann bot Fleur seine Hand, um ihr auf den Kutschbock zu helfen, und stieg dann auf sein Pferd.

Der erste schwang sich neben Fleur auf den Bock, schnalzte und klatschte mit den Zügeln, um die Ochsen in Bewegung zu setzen. Rumpelnd fuhr der Wagen an.

Vor dem Fort drückte er Fleur die Zügel in die Hand. »Wir wünschen Euch viel Glück mit Euren neuen Arbeitskräften.« Mit einem maliziösen Lächeln auf den Lippen sprang er vom Wagen und schwang sich auf sein Pferd, das der Dicke am Zügel geführt hatte.

»Kommt Ihr nicht mit zurück?«, fragte Fleur überrascht.

Auch Pierce war überrascht und gleichzeitig erleichtert. Also war keiner von beiden ihr Ehemann.

Der Blonde schüttelte den Kopf. »Wir haben morgen noch geschäftliche Angelegenheiten in der Stadt zu erledigen.«

»Es war uns eine Ehre, Euch behilflich zu sein«, sagte der andere. »Wir wünschen eine gute Heimfahrt.«

Damit verabschiedeten sich die beiden und ließen Fleur mit dem Wagen voller Gefangenen zurück.

Was waren das für Männer, die eine Frau alleine mit Kriegsgefangenen zurückließen, fragte sich Pierce. Zwar hatte Fleur zwei Sklaven dabei, aber bei denen war er sich nicht sicher, ob sie ihr helfen würden, wenn sie in eine Notlage gerieten. Und mit einer solchen mussten die Männer bei einer Fracht, wie sie sie auf ihrem Wagen hatte, doch rechnen.

Auch Fleur schien, ihrem Gesichtsausdruck nach, darüber unglücklich zu sein. Sie hielt die Zügel verkrampft in der Hand und sah starr geradeaus. Nicht einmal hatte sie sich bis jetzt nach ihm umgedreht. Sehnsüchtig betrachtete er ihre schmalen Schultern, ihre schlanke Taille, wie sich ihre Röcke um ihren Hintern bauschten.

Holpernd fuhr der Wagen über den steinigen Weg. Pierce musste sich an der Wagenwand festhalten. Es war gut, dass sie nicht auf ihn reagierte, musste er sich plötzlich eingestehen. Nur so blieb seine Identität verborgen. Etwas anderes war gar nicht möglich.

Nachdem sich seine Anspannung etwas gelegt hatte, begann er sich umzuschauen. Doch viel war nicht zu sehen. Der Dschungel umgab sie beinahe wie ein Tunnel. Trotzdem konnte er sich an dem wuchernden, immer gleichen Grün nicht sattsehen. Solange hatte er es vermisst. Gierig sog er die verschiedenen Gerüche der Pflanzen ein und lauschte den Stimmen der Vögel in den hohen Bäumen über ihnen.

Irgendwann lichtete sich der Dschungel. Kakaobäume säumten den Wegrand. Der Wagen fuhr eine Anhöhe hinauf und hielt zwischen zwei Scheunen. Mehr konnte er von der Plantage nicht sehen, da inzwischen die Dämmerung eingesetzt hatte.

Fleur stieg vom Wagen und befahl ihren Sklaven, die Gruppe um Pierce in eine der Scheunen zu bringen. Dann eilte sie davon. Ohne sich noch einmal nach ihm umgesehen zu haben. Auch wenn er wusste, dass es so besser war, sehnte er sich doch nach einem Blick von ihr.

Lass es!, mahnte eine Stimme in ihm. Diese Frau kann dein Verderben sein. Du weißt nicht, wie sie zu dir steht. Die Art und Weise, wie du sie behandelt hast, lässt alles offen.

Er zwang sich, seinen Blick von ihrer Gestalt zu lösen und sich auf seine Umgebung zu konzentrieren.

Die Scheune, in die sie gebracht wurden, bot jedem von ihnen ausreichend Platz. Allein das war im Vergleich zu dem Verlies bereits ein unglaublicher Luxus. Die beiden Schwarzen brachten ihnen noch Wasser und Früchte und sperrten dann das Scheunentor zu. Pierce nahm einen Armvoll Stroh und suchte sich einen Schlafplatz im hinteren Teil aus. Er trug zwar noch die Ketten an seinen Füßen, aber trotzdem fühlte er sich so frei wie schon lange nicht mehr. Er konnte bequem liegen, und es roch in der Scheune angenehm nach dem Stroh, nach Holz und nach Vieh.

Er roch tatsächlich wieder einmal Holz! Er liebte diesen Duft! Selbst der Geruch des Viehs erschien ihm wie ein köstliches Parfüm. Er konnte es noch immer nicht glauben. Wie war es möglich, dass das Schicksal ihn ausgerechnet hierher verschlagen hatte? Auf diese Plantage? Die anscheinend Fleur gehörte?

Es gab so viele andere Inseln, so viele andere Plantagen. Aber nein. Es musste ausgerechnet jene sein, auf der die einzige Person auf dieser Insel lebte, die ihn kannte. Die jederzeit seine wahre Identität aufdecken und ihn damit an den Galgen bringen konnte. Doch sie hatte es nicht getan. Stattdessen hatte sie dafür gesorgt, dass er und seine Männer diesem elenden Verlies entkamen. Weshalb? Diese Frage ging ihm ständig im Kopf herum. Warum hatte sie das getan? Er erinnerte sich daran, wie er sie behandelt hatte, wie er ständig versucht hatte, sie zu provozieren, und wie er schließlich blind vor Leidenschaft über sie hergefallen war. Und trotzdem hatte sie ihn bis jetzt nicht entlarvt.

Was nicht hieß, dass sie es nicht immer noch tun konnte. Und so kühl und uninteressiert, wie sie ihn bis jetzt behandelt hatte, war er sich nicht sicher, ob sie es nicht doch noch tun würde. Unerwarteterweise versetzte ihm ihr Verhalten einen Stich.

Er holte tief Luft und stieß den Atem langsam wieder aus. Das Schicksal hatte offenbar ein Hühnchen mit ihm zu rupfen. Verübeln konnte er es ihm nicht, so wie er sein Leben gelebt und seine letzte Gefangene behandelt hatte.

Er fragte sich nur, was geschehen würde, wenn ihr Mann auftauchte. Ob der darüber erfreut sein würde, dass sie Kriegsgefangene auf die Plantage geholt hatte? Wohl kaum.

Irgendwann – sei es morgen früh oder in ein paar Wochen, je nachdem ob er Fleur nur allein in die Stadt geschickt hatte oder auf einer Reise war – würde er wieder die Kontrolle über die Plantage übernehmen und dafür sorgen, dass diese Gefangenen dahin zurückgebracht wurden, von wo sie kamen.

In jenes Verlies, in welches er auf keinen Fall zurückgehen würde.

21

Laute Stimmen rissen Fleur am nächsten Morgen aus dem Schlaf. Die halbe Nacht über hatte sie wachgelegen und sich gefragt, was sie getan hatte. Auch wenn ihr eine Weile lang der Gedanke, die Plantage wieder mit genügend Händen bearbeiten zu können, verlockend erschienen war, so war sie während der Nacht immer mehr zu der Überzeugung gelangt, einen großen Fehler begangen zu haben. Wie sollte sie weiße Männer zu einer Arbeit anhalten, die von ihnen als erniedrigend betrachtet wurde? Gerade gut genug für Sklaven?

Und dann noch Kriegsgefangene! Die warteten doch nur darauf, dass sich ihnen eine Möglichkeit zu fliehen bot. Wenn sie Pech hatte, würden sie dabei noch einiges mitgehen lassen.

Aber das Allerschlimmste, das, was ihr den letzten Schlaf raubte, war der Gedanke daran, dass *er* dort unten in ihrer Scheune lag. Ausgerechnet er! Warum, um Himmels Willen, hatte sie nicht andere Gefangene ausgewählt? Warum musste es einer der berüchtigtsten englischen Freibeuter sein?

Damit hatte sie ihr eigenes Grab geschaufelt.

Sie hätte sich dafür ohrfeigen können, dass sie seinen blauen Augen nicht hatte widerstehen können. Sie verführten sie – wie schon zuvor – dazu, unvernünftige Entscheidungen zu treffen.

Wie sollte sie mit diesem Mann umgehen? Nach allem, was zwischen ihnen geschehen war? Wie ihn dazu bewegen, zu arbeiten wie ein Sklave? Sie, die seine Gefangene gewesen war und die sich von seinem Charme dazu hatte verleiten lassen, ihre gute Erziehung und alles, was ihr etwas wert gewesen war, über Bord zu werfen?

Die ganze Nacht hatte sie sich von einer Seite auf die andere gewälzt. Als sie nun von aufgeregten Stimmen geweckt wurde, kam es ihr so vor, als hätte sie gar nicht geschlafen.

Die Augen reibend trat Fleur auf die Veranda hinaus, um die Ursache für das Geschrei auszumachen. Es schallte von den Sklavenhütten herauf. Céline und Jules stritten miteinander. Heftig gestikulierend schrien sie sich an. Etwas musste Céline bis aufs Äußerste gereizt haben, denn sie ging mit Fäusten auf ihren Mann los. Nach einer Weile marschierte sie in die Hütte, und kurz darauf flogen ein paar Kleidungsstücke heraus.

Jules sammelte seine Habseligkeiten zusammen und verschwand schimpfend zwischen den Bäumen.

Fleur stöhnte auf. Die Probleme des Tages ließen ihr nicht einmal Zeit, richtig wach zu werden. Nun würde sie sich nicht nur um die Gefangenen kümmern müssen, sondern auch noch um die Schwierigkeiten, die Célines und Jules Streit mit sich brachten. Maurais hatte ihr zwar eingeschärft, sich aus den Angelegenheiten der Sklaven herauszuhalten, damit sie nicht zwischen die Fronten geriet, aber sie war da anderer Auffassung. Sie fühlte sich für die Leute auf ihrer Plantage verantwortlich. Und dazu gehörte auch, dass sie dafür sorgte, dass es ihnen gut ging. Zumindest so weit, wie ihr das möglich war.

Die schlechte Stimmung schien sich nicht auf Céline und Jules zu beschränken, stellte Fleur fest, als sie zum Frühstücken nach unten ging. Annies Gesichtsausdruck war noch ernster als sonst. Wortlos servierte sie das Frühstück.

»Was für eine Laus ist dir denn über die Leber gelaufen?«, fragte Fleur wider besseren Wissens nach einer Weile. Es tat ihr zwar leid, dass Annie bedrückt war, aber sie hatte bereits genug eigene Probleme, um die sie sich kümmern musste.

Annie schwieg und atmete stattdessen die Luft mit einem schweren Seufzer ein und wieder aus.

»Nun sag schon!«, drängte Fleur, die allmählich die Geduld verlor.

Annie schwankte vor und zurück und biss sich auf die Lippen. Dann hob sie den Arm und zeigte hinunter auf die Plantagengebäude. »Weiße Männer.«

»Es sind englische Kriegsgefangene aus dem Fort. Sie sollen uns helfen, die Baumwollfelder zu bepflanzen. Damit wir nicht die ganze Arbeit allein machen müssen.«

Die Erklärung änderte nichts an Annies Haltung. Immer noch schwankte sie brütend hin und her.

»Die Männer werden dir nichts tun«, fügte Fleur hinzu, um Annie zu beruhigen. »Dafür werde ich sorgen. Sie werden keiner Frau auf dieser Plantage etwas zuleide tun, sondern uns helfen.«

Annie schien immer noch nicht zufrieden.

»Was betrübt dich sonst noch?«, fragte Fleur. »Ist es wegen dem Streit zwischen Céline und Jules?«

»Odette und François auch Streit«, antwortete Annie in ihrem schlechten Französisch. »Odette sagen, François muss in andere Hütte. Sie ihn nicht mehr will. Er alles Geld für sich verbrauchen. Er schlechter Mann.«

Fleur stützte den Kopf in die Hand. Auch das noch! Um die wenigen, ihr verbliebenen Sklaven zur Arbeit zu motivieren, hatte sie ihnen einen kleinen Anteil am Erlös der Ernte versprochen. In der Stadt hatte sie Jules und François etwas von dem Geld gegeben, das sie vom Händler bekommen hatte, damit sie für sich und ihre Frauen das Gewünschte einkauften. Stattdessen hatten die beiden das ganze Geld offensichtlich für sich selbst verjubelt.

»Und Josette nur herumschreien«, fuhr Annie fort. »Sie zu allen böse.«

Fleur schloss die Augen und seufzte innerlich auf. Hörten denn die Probleme nie auf?

Der gleichen Skepsis gegenüber den Neuankömmlingen auf Espérance begegnete Fleur auch bei den anderen Sklaven, denen sie die Belohnungen – Messer, Kochgeräte, Stoff und Nähzeug – überbrachte. Mit schlechtem Gewissen ging sie bei ihrer Runde Céline und Odette aus dem Weg, besonders nachdem sie Klein-Jean begegnet war, der sie wütend angeblitzt hatte und dann weggelaufen war, noch bevor sie etwas zu ihm sagen konnte.

Sie war gerade dabei, sich aufzuraffen und endlich den Weg in die Scheune anzutreten, um die sie bis jetzt einen großen Bogen gemacht hatte, als ihr Jules mit der Angelrute über den Weg lief. Ohne sie zu grüßen, marschierte er mit verbissenem Gesicht vorbei.

Trotz seiner unverhohlen schlechten Laune hielt sie ihn auf. »Warte! Ich brauche deine Hilfe bei den Gefangenen. Du kannst nachher zum Fischen gehen.« Es wäre immer noch besser, den übel gelaunten Jules an ihrer Seite zu haben, als den Gefangenen allein gegenübertreten zu müssen.

»Wozu meine Hilfe?«, knurrte er grimmig.

»Jemand muss sich um sie kümmern.«

»Warum ich?«

Ohne ihm eine Antwort zu geben, bestimmte Fleur: »Gehen wir.« Sie drehte sich um und hörte mit Erleichterung, dass er ihr nachstapfte, auch wenn er dabei ein unüberhörbares Murren von sich gab.

Mit zittrigen Händen schob Fleur den Riegel vom Scheunentor zurück. Dann holte sie tief Luft, öffnete es und trat ein.

Das Klirren von Ketten empfing sie. Die Sonne warf ihre Strahlen durch das geöffnete Tor und blendete die nicht an das Tageslicht gewöhnten Augen der Gefangenen, die schützend ihre Hände hoben.

»Schieb das Tor halb zu«, wies sie Jules an.

Die Männer senkten die Hände und blinzelten ihr entgegen. Verunsicherung sprach aus ihren Gesichtern. Keiner sagte etwas oder regte sich. Alle schienen abzuwarten, was geschehen würde.

Auch wenn sie Angst davor hatte, wusste Fleur, dass es an ihr war, die Rolle als Plantagenbesitzerin und Herrin über diese Gefangenen zu übernehmen.

»Nun, also«, räusperte sie sich. Sie versuchte, ihre Nervosität zu unterdrücken und ihre Stimme selbstbewusst klingen zu lassen. »Ihr seid hier auf Espérance, einer Kakao- und Baumwollplantage. Die Offiziere aus dem Fort haben euch hierhergeschickt, um auf den Baumwollfeldern zu arbeiten. Das ist nicht die angenehmste Arbeit, aber immer noch besser, als in dem Verlies im Fort dahinzuvegetieren.« Sie legte eine Pause ein, um die Reaktion der Männer abzuwarten.

Diese warfen sich gegenseitig Blicke zu, doch in dem Halbdunkel konnte sie nicht erkennen, was in ihnen vorging. Noch immer sprach keiner von ihnen ein Wort.

Sie trat einen Schritt näher, um die auf dem Boden kauernden Männer genauer anzusehen. Ihre Haare waren verfilzt, die Bärte struppig und die abgemagerten Körper mehr schlecht als recht mit Lumpen verhüllt. Derjenige, der im Hintergrund an der Wand lehnte, musste Pierce Blackhurst sein. Er war der Einzige, der ihrem Blick auswich und zur Seite starrte.

Seine Anwesenheit ließ ihre sorgsam kontrollierte Nervosität mit einem Schlag übermächtig werden. Sie zwang sich, einige Male tief durchzuatmen und ihre Gedanken auf die praktischen Notwendigkeiten zu lenken. Auf das, was ihre Aufgabe war.

»Als Erstes ist wohl eine Wäsche fällig. Jules, du bringst die Männer heute am späten Nachmittag, wenn die Sonne nicht mehr so stark scheint, zusammen mit François zum Fluss hinunter.«

Da die Gefangenen noch immer schwiegen und von Jules nur ein gereiztes Brummen zu hören war, verließ sie entmutigt die Scheune. Sie hatte keine Ahnung, wie sie mit diesen Männern umgehen sollte, vor allem nicht mit *ihm*.

»Die kann man überhaupt nicht brauchen!«, brauste Jules auf, der das Scheunentor hinter ihr schloss. »Die halten es nicht einmal eine Stunde lang auf den Feldern und in der prallen Sonne aus! Wie sollen diese Knochengerüste Löcher für die Baumwollsetzlinge graben? Wir verschwenden nur unsere Zeit und müssen sie durchfüttern. Und zum Dank werden sie auch noch unseren Frauen hinterherschleichen und uns ausrauben.«

Fleur presste die Lippen zusammen. Sie versuchte alles, um mit den Sklaven ein gutes Einvernehmen zu finden. Sie sorgte dafür, dass sie Hilfe bekamen, und beteiligte sie am Erlös aus dem Verkauf der Ernte. Aber die Reaktion der Sklaven darauf war nicht immer eine ebensolche Freundlichkeit. Vielmehr schienen sie jetzt ihre Verbitterung, die sich während der jahrelangen Unterjochung durch Maurais aufgestaut hatte, an ihr auszulassen. Sie war ja auch nur eine Frau, die sich nicht durchsetzen konnte.

Und genau daran lag es, erkannte sie. Trotz aller Freundlichkeit musste sie ihnen klar machen, dass sie diejenige war, die auf der Plantage bestimmte. »Jules, bitte! Wir werden sie aufpäppeln und dann werden sie auch arbeiten können. Für ihr Essen werde ich aufkommen. Ihr müsst sie nicht von euren Äckern mitverpflegen.« Sie blickte Jules, der verärgert seine Fäuste in die Hosentaschen gesteckt hatte, eindringlich an. »Und dass sie die Frauen in Ruhe zu lassen haben, werde ich ihnen klar machen.«

Es war an seiner Miene unmissverständlich abzulesen, dass er ihr nicht glaubte. Hochmütig wandte er den Kopf zur Seite und stieß ein verächtliches Schnauben aus.

Fleur ging nicht darauf ein, auch wenn Jules' aufsässiges Verhalten an ihren schon angespannten Nerven zerrte. »Du kommst mit François am späten Nachmittag zu mir, um Rasierzeug, Seife und eine Schere zu holen. Ich will, dass sich die Männer ordentlich waschen, rasieren und die Haare geschnitten werden. Nicht dass sie uns noch eine Läuseplage einschleppen. Ihre verdreckten Lumpen werden verbrannt. Sie bekommen anständige Hosen und Hemden. So wie ihr sie auch habt«, fügte sie hinzu, als Jules ein eifersüchtiges Grollen von sich gab. »Und jetzt gehst du zum Fischen! Hast du verstanden!« Sie fixierte Jules mit einem strengen Blick. Es gelang ihr, ihn so lange aufrechtzuerhalten, bis er seine Augen als Erster senkte. Mit einem kaum hörbaren Murren griff er nach der Angelrute und dem Eimer und schlug wie befohlen den Weg zu den Mangrovensümpfen ein.

Als sie allein war, schloss Fleur die Augen und stieß einen tiefen Seufzer aus. Wie sollte das bloß weitergehen? Sie hatte sich das Führen einer Plantage einfacher vorgestellt.

Als Nächstes musste sie schauen, dass die Sklaven auf der Kakaoplantage und im Garten auch ihren Arbeiten nachgingen. Denn wenn sie das nicht tat, machten die Sklaven alles andere, nur nicht ihre Arbeit. Da nützte auch die versprochene Belohnung nicht all zu viel, obwohl Fleur hoffte, dass ihr Verhältnis irgendwann vertrauensvoller werden würde. Dass hieß leider auch, dass sie sich nun mit der unzufriedenen Céline herumschlagen musste.

Verbissen bearbeitete sie mit der Harke den Boden, als Fleur den Garten betrat. Ihre Wut schien die Luft regelrecht zum Vibrieren zu bringen.

»Wie geht es den neuen Tomatensetzlingen?«, wagte Fleur zu fragen.

Céline gab keine Antwort. Sie hob nicht einmal den Kopf, sondern bearbeitete weiter den Boden. Die von der Sonne gehärteten Erdkrümel stieben nur so zur Seite.

»Gut, wie ich sehe«, beantwortete Fleur ihre Frage daher selbst und begutachtete die an Bambusstecken hochgebundenen Pflänzchen, die sich prächtig entwickelt hatten.

»Wir können bald das nächste Beet Süßkartoffeln ernten. Die Stauden sind bereits am Verblühen«, versuchte sie es weiter.

Céline schenkte ihr immer noch keine Beachtung, und da Fleur in den Sinn kam, dass sie Jules brauchen würden, um den Boden aufzugraben, ließ sie das Thema fallen.

»Bring heute bitte mehr Gemüse zum Gutshaus. Die Köchin muss für die Gefangenen mitkochen.« Mehr fiel ihr nicht ein zu sagen. Céline wäre noch eine Weile mit Harken beschäftigt, sodass es auch keine weiteren Arbeiten gab, die ihr aufzutragen gewesen wären.

»Ich werde die Köchin vorwarnen, dass sie heute viel zu tun bekommt«, verabschiedete Fleur sich, froh, der gereizten Stimmung im Garten zu entkommen.

Sie entfernte sich gerade auf dem schmalen Weg zwischen den Beeten, als sie Céline leise schimpfen hörte.

»Natürlich! Immer muss ich alles machen. Nun müssen wir auch noch für die weißen Herren arbeiten. Als ob es nicht schon genug zu tun gäbe. Und was kriegt man dafür? Nichts als leere Versprechungen! Belohnungen, pah! Ich hätte besser auf Martin gehört. Weißen kann man eben nicht trauen, egal wie freundlich sie daherkommen.«

Fleur blieb stehen und schloss für einen Moment die Augen. Dann drehte sie sich um und warf sich in die Schlacht. »Céline, es ist nicht meine Schuld, dass Jules euer Geld ausgegeben hat!« Mit funkelnden Augen richtete sich Céline auf. »Das war unser Geld! Meines und das von Klein-Jean!« Sie tippte sich heftig mit dem Zeigefinger gegen die Brust. »Und Ihr habt es Jules gegeben!«

»Jules ist dein Mann! Er hätte es für euch verwenden sollen.«

»Es war mein Geld, nicht seines! Ihr habt es mir versprochen!«, presste Céline zwischen zusammengebissenen Zähnen hervor. »Aber dann habt Ihr es ihm gegeben!«

»Ja, weil er dein Mann ist. Hätte ich etwa an ihm zweifeln sollen?«, wehrte sich Fleur.

»Der ist nicht mehr mein Mann! So einen kann ich nicht brauchen!« Céline spuckte zu Boden, packte die Harke und ließ ihre Wut wieder an dem Beet aus.

Erschrocken über Célines Wutausbruch wich Fleur einen Schritt zurück. Maurais' Warnung kam ihr in den Sinn, dass sich die Sklaven, sobald sie nicht mehr mit eiserner Hand geführt würden, gegen ihre Herren erheben würden. Und dann sei mit Mord und Totschlag zu rechnen.

Aber es musste doch auch anders gehen. Daran glaubte Fleur immer noch. Während sie durch die Beete zum Haus hinauflief, versuchte sie, sich in Céline hineinzuversetzen: Wie sie als junges Mädchen in Afrika von einem feindlichen Volksstamm verschleppt und den Weißen als Sklavin verkauft wurde. Die schreckliche Überfahrt im Bauch eines Schiffes, eng zusammengepfercht mit den anderen Sklaven, Hunger und Durst leidend. Dann die Ankunft auf Sainte-Lucie und wie sie auf eine Plantage verkauft wurde, wo sie anstrengende Arbeit verrichten musste und als Lohn höchstens Schläge bekam.

Fleur hatte inzwischen auch herausgefunden, weshalb Céline und Odette nach dem Aufstand nicht mit Martin in die Berge geflohen waren: Hier auf der Plantage hatten sie zumindest ihre kleine Hütte und einen Acker, den sie bebauen konnten, und ihre Besitzerin war der Garant für zumindest ein gewisses Maß an Sicherheit. Wenn man Kinder hatte, war das wohl wichtiger als die Freiheit. Eine Freiheit, die ohnehin nur darauf hinauslief, von der Miliz gejagt zu werden, unter elenden Umständen in den schlangen- und spinnenverseuchten Wäldern ums Überleben zu kämpfen und sich vor anderen entlaufenen Sklaven zu verstecken, die als marodierende Räuberbanden die Gegend unsicher machten.

Dies waren die Gründe gewesen für das gute Dutzend Sklaven, das auf Espérance geblieben und nicht geflohen war.

Fleur musste sich eingestehen, dass ihre Überzeugung, es würde reichen, die Sklaven gut zu behandeln und sie für ihre Arbeit zu belohnen, nicht ausreichte, um diese auch zufrieden zu stellen. Denn sie waren immer noch gezwungen, für sie zu arbeiten. Daran konnte auch sie nichts ändern. So funktionierte diese Welt. Sie konnte nur versuchen, den Sklaven ein besseres Leben zu verschaffen und ihnen Sicherheit zu bieten und zu hoffen, dass sie ihr Misstrauen und ihre Verbitterung ihr gegenüber irgendwann ablegten.

Aber darauf würde sie wohl noch länger warten müssen, als sie gehofft hatte.

Am späten Nachmittag legte sich Fleur erschöpft in die Hängematte auf der oberen Veranda. Sie hatte das Gefühl, dass die Wogen allmählich über ihr zusammenschlugen.

Um sich von ihnen nicht in die Tiefe ziehen zu lassen, versuchte sie, die Gedanken an die unerfreulichen Erlebnisse zu verscheuchen und sich zu entspannen. Sie horchte auf das Zirpen der Zikaden, die letzten Gesänge der Vögel, die auf ihrer Jagd nach Insekten bereits von Fledermäusen Konkurrenz bekommen hatten, und betrachtete den Abendhimmel. Die Sonne senkte sich als riesiger roter Ball auf die Erde. Wie ein

Tropfen Blut schien sie aus den dunkel verfärbten Wolken am Horizont zu fallen.

Eine vermeintlich friedliche Ruhe hatte sich über die Plantage gesenkt. Hie und da drangen Gesprächsfetzen von der Sklavensiedlung zum Gutshaus herauf. Der Rauch der Feuer, auf denen Abendessen gekocht wurde, wehte über die Veranda.

Trotzdem wippte Fleurs Fuß, der über der Hängematte hing, angespannt auf und ab. Sie konnte es nicht erwarten, *ihn* zu sehen, auch wenn sie sich das niemals eingestanden hätte.

Endlich tauchten Jules und François auf, um Seife, Rasierzeug und Kleidung einzusammeln. Sie holten die Gefangenen aus der Scheune und führten sie in einer Kolonne zum Fluss. Fleur folgte als Letzte auf einem Pferd. Den ganzen Weg über hing ihr Blick wie gefesselt auf den Schultern jenes Mannes, der sie ebenso beunruhigte wie anzog. Sie konnte einfach nicht von ihm lassen, auch wenn sie sich immer wieder einschärfte, dass sie genau das tun musste.

Ein Stück weit entfernt von der Stelle, wo man am besten baden konnte, hielt sie das Pferd zurück. Sie wollte hier warten, damit die Männer sich ungestört ausziehen und waschen konnten. Von Weitem hatte sie die Stelle gut im Blick und könnte ihnen, falls die Engländer einen Fluchtversuch wagen oder ihre Männer überwältigen würden, mit dem Gewehr Einhalt gebieten.

In der Ferne begann Blackhurst sich auszuziehen, und plötzlich konnte Fleur ihren Herzschlag gegen die Brust pochen fühlen. Wie gebannt verfolgte sie, wie er seine Kleidung ablegte, ins Wasser watete, sich die Brust bespritzte und dann ganz eintauchte. Bis er endlich wieder hochschoss, waren die Knöchel ihrer Finger, mit denen sie die Zügel umklammerte, weiß geworden. Er schüttelte den Kopf und strich sich die Haare nach hinten. Dabei wandte er sich in ihre Richtung, sodass trotz der

Entfernung die schwarzen Haare auf seiner Brust dunkel zu erkennen waren. Ein sehnsüchtiges Ziehen flammte in Fleurs Unterleib auf, und ihre Beine schmiegten sich von selbst enger um das Pferd. Als ihr bewusst wurde, dass er genauso zu ihr hinübersehen musste, wie sie zu ihm, stieg ihr vor Verlegenheit das Blut ins Gesicht. Mit hochrotem Kopf wandte sie schnell den Blick ab.

Das Wasser im Fluss war kalt. Trotzdem erschien es Pierce wie eine Wohltat, die stinkenden Lumpen auszuziehen und sich waschen und rasieren zu können. Ihm war früher nie bewusst gewesen, was für eine Wonne das sein konnte. Auch die anderen Männer planschten beinahe vergnügt im Wasser herum, mit einem verzückten Lächeln im Gesicht. Die Hose und das Hemd, welche ihm der Mann namens Jules danach gab, war zwar aus einfachem, rauem Stoff, aber er war noch nie so froh gewesen, sich etwas Sauberes, Frisches anziehen zu können.

Beiläufig fragte er Jules: »Wo ist eigentlich der Besitzer dieser Plantage?«

»Na, das ist Madame Maurais. Oder was glaubst du?«, gab ihm Jules patzig zur Antwort.

Pierce ließ sich davon nicht abhalten, die Frage zu stellen, die ihm schon lange im Kopf herumging. »Und wo ist Monsieur Maurais?«

Jules zuckte mit der Schulter. »Der ist tot.«

»Tot?«, hakte Pierce überrascht nach.

»Ja.«

»Was ist passiert?«

»Den haben sie umgebracht.«

Musste man denn diesem Mann alles aus der Nase ziehen? Pierce hätte ihn am liebsten geschüttelt. »Wer hat ihn umgebracht?«

»Martin. Ein Sklave«, erwiderte Jules mit verbissener Stimme. Plötzlich sprudelte es aus ihm heraus: »Monsieur war selbst schuld! Warum hat er Martins Frau nicht in Ruhe gelassen? Er wusste, dass man bei Martin vorsichtig sein musste. Der war gefährlich! Alle gingen ihm aus dem Weg.«

In Pierce stieg eine düstere Vorahnung auf. Offenbar war dieser Maurais genauso ein Mann gewesen, wie er angenommen hatte. Der seine Sklavinnen benutzt hatte, um seine Gelüste zu befriedigen. Was hatte er da wohl mit Fleur angestellt? Er wollte sich das lieber nicht ausmalen.

Und darüber würde er von Jules kaum etwas erfahren. Er musste versuchen, das aus ihm herauszukriegen, was aus ihm herauszukriegen war. »Er hat die Frau von diesem Martin belästigt?«

Bitter lachte Jules auf. »Das ist sehr nett ausgedrückt! So was könnt nur ihr Weißen. Aber für euch sind unsere Frauen ja dazu da.«

»Wir sind nicht alle wie Maurais«, versuchte Pierce einzuwenden.

Jules sah ihn grimmig an. »Ach nein?«

Gerne hätte er noch mehr erfahren, aber Jules hatte anscheinend keine Lust mehr, weitere Fragen zu beantworten, denn nachdem er ihm die Fußfessel wieder umgelegt hatte, ließ er ihn stehen und kümmerte sich um Joseph.

Wie musste dieser Maurais mit seinen Sklaven umgesprungen sein, dass er einen Aufstand angezettelt hatte?, fragte sich Pierce. Die meisten Sklaven mussten danach geflohen sein. Nur so war zu erklären, dass auf dieser Plantage höchstens noch ein gutes Dutzend Sklaven arbeiteten.

Und warum sie als Kriegsgefangene hierhergebracht worden waren.

Beiläufig ließ er seinen Blick über das Ufer schweifen, bis er aus dem Augenwinkel heraus Fleur erspähte. Wie war es ihr wohl ergangen? Und wie war aus dem Rehauge die Frau geworden, die dort drüben hoch zu Pferd saß, das Gewehr vor sich über den Sattel gelegt, während sie aufmerksam beobachtete, was sich abspielte, jederzeit bereit einzugreifen, falls die Situation außer Kontrolle zu geraten drohte?

Dass sie dies mit aller Entschlossenheit tun würde, daran hegte er keinen Zweifel. Er fragte sich nur, was sie von ihm wollte.

Vielleicht gar nichts. Vielleicht war es einfach purer Zufall gewesen, der sie in dieses Verlies geführt hatte. Und warum hätte sie andere Gefangene wählen sollen, nachdem sie ihn und Joseph erkannt hatte? Wahrscheinlich hätte er in ihrer Situation genau gleich gehandelt. Es war besser, sich von der Idee zu lösen, sie hätte es getan, weil ihr etwas an ihm lag. Denn so kühl und abweisend, wie sie sich jetzt verhielt, schien das nicht der Fall zu sein.

Also lass es!, schärfte er sich ein.

Nachdenklich fuhr sich Pierce über sein glatt rasiertes Kinn. Es fühlte sich zwar gut an, aber auch etwas merkwürdig. So lange hatte er einen Bart gehabt, dass er fast vergessen hatte, wie es sich ohne anfühlte. Wie viel es ausmachte, ordentlich geschnittene Haare zu haben und saubere Kleider zu tragen! Es war eine Wohltat!

Allein hier draußen am Fluss zu sein, war eine Wohltat! In den Bäumen zwitscherten die Vögel, und die tiefstehende Sonne sandte ihre letzten, roten Strahlen über den Fluss.

Viel zu schnell mahnte Jules zum Aufbruch. In einer Kolonne trotteten sie über eine Wiese, auf der drei Kühe weideten, zurück.

Vor der Scheune stellte sich der Sklave breitbeinig und stolz hin, mit einer Pose, in der man ihn für einen weißen Plantagenbesitzer hätte halten können, und überwachte, dass sie alle wieder hineingingen. Augenscheinlich hatte er eine neue Rolle gefunden, die ihm gefiel.

»Das ist doch viel besser«, bemerkte Fleur anerkennend, als sie in die Scheune kam. »Ich hoffe, die Hosen und Hemden passen.«

»Oh ja, Ma'am«, nickte sein Segelmacher mit röchelnder Stimme dankbar, obwohl seine Hose zu weit war und er den Bund mit einer Hand festhalten musste. Bevor er weitersprechen konnte, wurde er von einem Hustenanfall geschüttelt.

»François, James benötigt einen Strick für seinen Hosenbund. Du bist doch James, nicht wahr?«

Überrascht, dass sie seinen Namen behalten hatte, nickte der.

»Wer ist Daniel?«, fragte sie in die Runde.

»Hier, Ma'am.« Der Bootsjunge mit den blonden, gekräuselten Haaren hob die Hand.

»Dann musst du John sein«, folgerte sie, an den Zimmermann gewandt, der neben Daniel stand.

»Aye, Ma'am«, bestätigte er verdutzt.

Auch Pierce hatte überrascht verfolgt, wie sie ungeniert zwischen seinen Männern hindurchging und jeden mit seinem Namen ansprach. Außer Joseph hatte sie keinen von ihnen auf dem Schiff kennengelernt. Sie musste also all ihre Namen behalten haben, als sie sie dem Soldaten im Fort nannten.

Plötzlich fragte er sich angespannt, wie sie ihn nennen würde. Hatte sie sich auch den Namen gemerkt, den er angegeben hatte? Oder würde sie ihn mit seinem richtigen ansprechen?

»Hier haben wir noch Joseph«, sagte Fleur grüßend zu dem Schwarzen, der mit einem verunsicherten Blick zu ihm schielte.

Pierce' Anspannung wuchs. Was würde sie sagen?

Sie kam auf ihn zu und blieb vor ihm stehen.

»Und Francis.« Das Herz pochte Fleur bis zum Hals. Sie zwang sich, ihn unverwandt anzusehen, bis er schließlich den Blick hob und seine blauen Augen die ihren trafen. Eine Welle der Hitze durchschoss ihren Körper.

Der berüchtigte Kapitän Blackhurst, der Teufel leibhaftig, vor dem sich jeder französische Seemann fürchtete und den jeder Angehörige der französischen Marine am liebsten an einem Galgen baumeln sehen würde, befand sich in ihrer Scheune.

Seine Wangen- und Kieferknochen stachen noch markanter aus dem abgemagerten Gesicht als früher. Es war ausdruckslos, nur ein kaum wahrnehmbares Zucken an seinem rechten Mundwinkel verriet, dass sich in seinem Inneren etwas anderes abspielte als die gelangweilte Gelassenheit, die er nach außen zur Schau stellte.

Fleur rang sich aus dem Aufruhr ihrer Gefühle ein Lächeln ab. »Francis Dury, wenn ich mich richtig erinnere«, sagte sie. Erst jetzt wurde ihr so richtig bewusst, dass sie nicht einmal einen Augenblick lang darüber nachgedacht hatte, seine wahre Identität aufzudecken.

Er nickte, und die Anspannung an seinem Mundwinkel verlor sich.

In Fleurs Kopf hingegen rauschte das Blut wie die Brandung gegen die Felsen. Sie wandte sich ab und atmete tief durch, um sich zu sammeln.

Ihre nächsten Worte richtete sie wieder an alle, in der Hoffnung, dass niemandem etwas Merkwürdiges an ihrer Begegnung mit dem letzten Gefangenen aufgefallen war. »Wir haben euch Abendbrot gebracht.«

Jules und François trugen Töpfe, Schüsseln und Holzlöffel in die Scheune. Dann schöpften sie großzügige Portionen für die Männer, die sich ausgehungert über das Essen hermachten.

Fürs Erste waren sie versorgt und Fleurs Anwesenheit nicht länger nötig. Sie unterdrückte den Drang, die Scheune fluchtartig zu verlassen. Stattdessen zwang sie sich zu einem gemessenen Gang, wie es sich für eine durchsetzungsfähige Plantagenbesitzerin gehörte.

Bis sie beim Gutshaus angekommen war, konnte sie den Anschein aufrechterhalten. Doch kaum war sie allein im Wohnzimmer, begann sie zu zittern. Was sollte sie bloß mit Blackhurst tun?

Sie konnte keinen vernünftigen Gedanken fassen. Ihr Puls raste. Am liebsten wäre sie ihn so schnell als möglich losgeworden. Andererseits konnte sie es kaum erwarten, ihn wiederzusehen.

Sobald ihr das bewusst wurde, verdrängte sie dieses Gefühl mit aller Macht. Ein kriegsgefangener Engländer, ein Feind, hatte keine solchen Gefühle in ihr zu wecken. Schon gar nicht Kapitän Blackhurst. Die Röte schoss ihr in die Wangen, als sie daran dachte, was er auf seinem Schiff von ihr verlangt hatte. Und wie sie sich selbst verhalten hatte.

Jetzt waren ihre Positionen vertauscht. Aber was musste sie von ihm erwarten?

22

Madame, Céline und Odette draußen.« Befangen deutete Annie am nächsten Tag auf den Platz vor dem Gutshaus.

Fleur saß am Esstisch und flickte den Riss an einer ihrer Blusen, den sie sich beim Arbeiten im Garten geholt hatte. Die Art und Weise, wie Annie dreinblickte, ließ in ihr ein ungutes Gefühl aufkommen. Sie holte tief Atem. »Ich komme. Was wollen sie denn?«

Sie hatte die Gefangenen heute in der Scheune eingesperrt gelassen, damit sich die Sklaven langsam an den Gedanken gewöhnen konnten, dass bald auch weiße Männer auf der Plantage arbeiten würden. Aber das schien offensichtlich nichts genützt zu haben.

Annie schwieg sich aus.

Mühsam erhob sich Fleur vom Stuhl, gegen das Gewicht auf ihren Schultern ankämpfend, dessen Last soeben wieder zugenommen hatte.

Draußen warteten nicht nur Céline und Odette, sondern auch ihre Kinder Klein-Jean, Adrienne und Alain. Ihre Mienen verhießen nichts Gutes. In wütendem Trotz hatten sie sich nebeneinander aufgebaut und warteten wie am Boden angewurzelt auf das Erscheinen der Madame.

Fleur war gezwungen, auf sie zuzugehen, da sie sich keinen Millimeter bewegten. »Was führt euch her?«

»Wir wollen unsere Belohnung«, platzte Céline heraus und schob herausfordernd ihr Kinn vor. »Ihr habt es versprochen.«

»Céline, ich habe dir gestern schon gesagt, dass ich Jules und François das Geld gegeben habe, damit sie für euch einkaufen.«

»Aber sie haben nichts für uns gekauft!«, empörte sich Odette. »Sondern das Geld versoffen!«

»Ich habe es euren Männern gegeben, da ich davon ausging, dass sie für euch sorgen würden. Ihr müsst nicht wütend auf mich sein. Nicht ich war diejenige, die es vertrunken hat«, stellte Fleur die Sachlage klar, auch wenn ihr die Frauen und die Kinder leid taten.

»Du hast versprochen, dass ich ein Messer bekomme!« Klein-Jean stampfte auf den Boden. »Was man verspricht, muss man halten!«

Fleur beugte sich herunter und fasste Klein-Jean sanft an den Armen. »Du hast recht, Jean. Darum habe ich deinem Vater Geld gegeben, damit er das Messer für dich kauft. Ich habe mein Versprechen nicht gebrochen.«

Tränen der Enttäuschung kullerten über die Wangen des Jungen. Er riss sich von ihr los. »Doch! Du hast versprochen, dass ich ein Messer bekomme, wenn ich die Kühe hüte und keine ausreißt!«

»Ja, genau! Und wir haben auch die Schweine gehütet und den Pferden zu fressen gegeben! Wenn wir unsere Arbeit gut machen, werden wir dafür belohnt, hast du gesagt!«, setzten Adrienne und Alain ebenso aufgebracht nach und zeigten mit dem Finger vorwurfsvoll auf Fleur.

Mit einem tiefen Seufzer erhob sie sich. Es brachte nichts, auf ihrem Standpunkt zu beharren. Sie verstanden ihn nicht und fühlten sich betrogen. »Also gut. Hol Jules und François her«, trug sie Alain auf.

In unangenehmem Schweigen verharrten die Versammelten, bis die beiden Schuldigen hinter dem Jungen her auf den Platz trotteten.

»Wir werden es so machen«, beschloss Fleur, »Jules und François haben von mir das Geld für sich selbst bekommen sowie für euch. Das heißt, sie haben mehr als doppelt so viel Geld erhalten, als ihnen zugestanden hätte. Céline, Odette und die Kinder haben nichts bekommen. Ich werde also mit ihnen am nächsten Sonntag nach der Kirche im Dorf ihre Geschenke einkaufen. Jules und François, die zweimal mehr Geld erhalten haben, als ihnen zugestanden hätte, werden beim Verkauf der nächsten Ernte nichts mehr bekommen. Sie haben ihre Belohnung bereits dieses Mal erhalten. Seid ihr damit einverstanden?«

Céline, Odette und die Kinder nickten, während die Männer mit zusammengepresstem Mund den Boden anstarrten.

»Die Frauen und die Kinder sind einverstanden. Wie ist es mit euch?«, forderte Fleur eine Antwort von den beiden.

Die Männer wurden von ihren Familien mit so finsteren Blicken bedacht, dass sie schließlich einlenkten.

»Gut!«, entschied Fleur. »Dann sind alle damit einverstanden.«

Befriedigt zogen Céline und Odette ab, ihre Kinder im Schlepptau.

Erleichtert ging Fleur zurück ins Wohnzimmer. Auch wenn sie nun noch mehr Geld ausgeben musste, war wenigstens der Friede zwischen ihr und den Frauen wieder hergestellt. Wie lange es dauern würde, bis Céline und Odette ihren Männern verziehen hatten, war eine andere Sache. Doch dazu konnte sie nichts beitragen.

Es gab noch einen Punkt, den Fleur klarstellen musste, um das Unheil, das die Sklaven über sich hängen sahen, zu bannen.

Am Abend, als sie den Gefangenen das Essen brachten, rief sie die Sklaven ebenfalls in die Scheune. Sie hatte noch nie vor so vielen Menschen geredet und schon gar nicht vor Menschen, deren Herrin sie war, so wenig sie sich auch als solche fühlte. Aber es lag an ihr klarzustellen, welches Verhalten sie von den Gefangenen erwartete, damit alle Bewohner der Plantage in Ruhe und Frieden nebeneinander leben konnten.

Sie fragte sich, wie wohl Pierce Blackhurst die Sache angegangen wäre und versuchte sich an die wenigen Situationen zu erinnern, in denen sie ihn mit seinen Männern zusammen erlebt hatte: Er hatte immer Stärke vermittelt und den Eindruck, dass er ganz genau wusste, was er wollte und was zu tun war. Und dass er nicht zögern würde, seinen Willen durchzusetzen. Auch wenn sie sich alles andere als stark fühlte, musste sie zumindest vorgeben, es zu sein.

Also baute sie sich zwischen den beiden Parteien auf, das Gewehr nachlässig in der Hand haltend. Sowohl die Sklaven als auch die Gefangenen verfolgten neugierig und verunsichert jede von ihren Bewegungen.

»Wie ihr alle gehört habt, haben wir neue Bewohner auf Espérance«, begann sie mit lauter Stimme an die Sklaven gewandt. »Es sind englische Seeleute, die im Krieg von unseren Soldaten gefangen genommen wurden. Anstatt sie im Fort einzusperren, hat man sie zu uns geschickt, damit sie uns bei der Arbeit helfen. Sie werden sich um die Baumwollfelder kümmern. Ihr werdet weiterhin euren angestammten Tätigkeiten nachgehen.«

Dann drehte sie sich zu den Gefangenen um. »Damit wir hier alle in Frieden leben können, gilt es für euch, einige Regeln zu beachten. Ihr werdet genauso mitarbeiten, wie wir alle es tun. Ihr habt alle die gleichen Rechte und Pflichten, egal ob weiß oder schwarz. Die Weißen werden nicht bevorzugt behandelt und die Schwarzen haben ihnen nicht zu Diensten zu sein.« Sie legte eine Pause ein. »Habt ihr das verstanden?«

Bedächtiges Nicken folgte als Antwort.

Nachdem Fleur jeden einzelnen Umstehenden prüfend gemustert hatte, fuhr sie an die Gefangenen gewandt fort: »Sobald ihr euch erholt habt, werden euch eigene kleine Felder zugewiesen, auf denen ihr eure Lebensmittel anzubauen habt. Bis dahin erhaltet ihr Früchte, Gemüse und Kartoffeln aus dem Plantagengarten. Brot bekommt ihr wie alle anderen von den Frauen, die im Cassava-Haus arbeiten. Euer Essen habt ihr selbst zu kochen. Wir werden euch Töpfe geben und eine Feuerstelle einrichten. Die Plantage dürft ihr nicht verlassen. Ihr habt euch auf den Baumwollfeldern und in der Scheune aufzuhalten. Die Sklavensiedlung ist den Sklaven vorbehalten. Schlagt euch die Idee davonzulaufen aus dem Kopf. Ihr würdet nicht nur von der Miliz gejagt, sondern auch von den Soldaten. Und wenn sie euch erwischen, werden sie kurzen Prozess machen. Dasselbe gilt, wenn wir jemanden beim Stehlen erwischen.« Sie legte eine weitere Pause ein.

»Jeden, der sich nicht an diese Regeln hält und meine Anweisungen nicht befolgt, werde ich unverzüglich ins Fort zurückschaffen. Sollte einer von euch auf die Idee kommen, sich an den Frauen zu vergreifen oder sie in irgendeiner Weise zu belästigen, werde ich ihn höchstpersönlich so dafür bestrafen, dass er nicht mehr in der Lage sein wird, dies noch einmal zu versuchen. Darauf könnt ihr Gift nehmen.« Fleur stellte das Gewehr bedeutungsvoll vor sich auf den Boden. »Ist das klar?«, fragte sie mit ruhiger, aber scharfer Stimme.

Die Gefangenen nickten.

»Zieht es einer von euch vor, ins Fort zurückgebracht zu werden?«

»Nein, Ma'am.« Alle schüttelten die Köpfe.

»Dann wird Jules euch jetzt die Ketten abnehmen.« Mit einer Kopfbewegung winkte Fleur ihn herbei.

Ein ungläubiges Raunen ging durch die Reihe der Gefangenen. Die Sklaven warfen sich unsichere Blicke zu. Jules zögerte zuerst. Schließlich schlurfte er skeptisch herbei, nahm den Schlüssel, den Fleur ihm hinhielt, und machte sich daran, die Fußfesseln aufzuschließen.

Sobald sie gelöst waren, rieben sich die Engländer die schmerzenden Gelenke und streckten die von den Gewichten befreiten Beine. James stand auf, machte einige Schritte und lachte verhalten bei dem ungewohnten Gefühl, sich frei bewegen zu können.

»Wir lassen euch jetzt essen«, beendete Fleur ihre Bekanntmachung und scheuchte die Sklaven aus der Scheune. Draußen hielt sie Jules und François auf. »Wir werden heute Nacht Wache halten, um sicherzugehen, dass die Engländer sich wie befohlen verhalten. Von der Veranda vom Gutshaus aus hat man einen guten Blick auf das Scheunentor. Ich werde die ersten paar Stunden Wache halten, danach hole ich Jules, und die letzte Wache übernimmt François. Sollten die Engländer versuchen zu fliehen, weckt ihr mich auf.«

»Ist gut«, sagten die beiden erleichtert.

»Die haben uns tatsächlich die Ketten abgenommen«, meinte John, der Zimmermann, erstaunt zu Pierce. »Wir könnten uns in der Nacht einfach so aus dieser Scheune schleichen und abhauen.«

Bei diesen Worten horchten die anderen auf. Auch Pierce war dieser Gedanke durch den Kopf gegangen, als der Sklave die Fessel um seinen Knöchel geöffnet hatte. Am liebsten wäre er gleich aufgesprungen und losgerannt.

Trotzdem ließ ihn etwas zögern. »Das wäre keine gute Idee.«

»Warum nicht?«, fragte John.

»Schau dich doch an«, erwiderte Pierce. »Wie weit, glaubst du, wirst du kommen?«

Der Zimmermann zuckte mit der Schulter. »Bis ans Meer?«

Pierce lachte leise auf. »Und in welcher Richtung liegt das Meer?«

»In jeder«, murmelte John verstimmt, »wir sind doch auf 'ner verdammten Insel.«

»Erstens«, begann Pierce, »wissen wir nicht, wo das Meer liegt. Es könnte hinter der nächsten Anhöhe liegen oder mehrere Stunden Fußmarsch entfernt. Zweitens, was bringt es uns, es zu erreichen? Willst du etwa ein Floß bauen und damit nach Barbados rudern?«

»Hm«, brummte John.

»Ans Meer zu kommen, bringt uns nur etwas, wenn wir mit einem englischen Schiff Kontakt hätten, das uns an Bord nehmen könnte. Aber diese Insel wird bestimmt kein englisches Schiff ansteuern. Außerdem, selbst wenn du wüsstest, wo das Meer liegt, wie willst du dahin kommen?« Pierce sah ihn von oben bis unten an. »In diesem Zustand? Du würdest nach wenigen Stunden Laufen zusammenbrechen. Und sobald bemerkt wird, dass wir weg sind, wird uns die Miliz jagen. Und die haben Pferde. Nein«, er schüttelte den Kopf, »da haben wir keine Chance. Wir landen nur wieder im Verlies im Fort.«

Auf den Gesichtern der Männer machte sich Enttäuschung breit.

Pierce war klar, dass sie nur darauf warteten, fliehen zu können, und dass er sich etwas überlegen musste, um sie davon abzuhalten. »Wir sollten abwarten. Sie haben uns zum Arbeiten hierher geholt. Wir können also davon ausgehen, dass uns etwas Zeit bleibt. Zeit, um wieder zu Kräften zu kommen, die Gegend auszukundschaften und uns einen guten Plan auszudenken, wie wir von hier wegkommen. Ohne dass uns die Miliz erwischt und wieder im Fort wegsperrt.«

Das überzeugte die Männer. Selbst der Zimmermann, in dessen Miene sich vorher Widerstand geschlichen hatte, stimmte zu.

Erleichtert legte sich Pierce hin. Er hatte Zeit gewonnen, sich einen guten Plan auszudenken, wie er sich selbst zu überzeugen versuchte.

Das Stroh unter ihm knisterte. Es war zwar nur Stroh, aber es gab genug davon, sodass sie weich lagen. Und die Scheune war groß, nicht wie das enge Verlies, in welches sie eingesperrt gewesen waren. Hier war es richtiggehend gemütlich.

Aber etwas irritierte ihn. Er schnupperte. In dieser Scheune war ein Duft, der nichts mit Vieh oder Stroh zu tun hatte. Ein Duft, der nicht hierher gehörte. Er war kaum wahrzunehmen, und beinahe glaubte Pierce, ihn sich nur einzubilden. Doch dann erkannte er, was es war: Lavendel.

Es war ihr Duft.

Kaum war ihm dies bewusst geworden, schoss ihm das Blut in die Lenden. So schnell und mit einer solchen Wucht, dass er nach Luft schnappte. Verflucht nochmal!, ärgerte er sich. Musste das sein! Es war der mit Abstand falscheste Zeitpunkt und die mit Abstand falscheste Frau. Nicht, weil ihm Fleur nicht gefallen hätte. Oh nein, daran lag es überhaupt nicht. Sie gefiel ihm, viel zu sehr. Und sie erregte ihn, ohne dass er es wollte. Sein Körper reagierte auf sie, als hätte er einen eigenen Willen, und das passte Pierce überhaupt nicht. Er war ihr Gefangener, was schlimm genug war. Er musste nicht auch noch nach ihr lechzen. Sollte sie das jemals bemerken, würde ihr das noch mehr Macht über ihn verleihen, als sie ohnehin schon hatte. Er musste sie sich aus dem Kopf schlagen, vergessen, dass sie eine Frau war und vor allem, dass sie *diese* Frau war.

Schau den Sklavinnen nach, wenn es dich nach einem Weib giert, aber nicht dieser Frau, trichterte er sich selbst ein und beschwor die Erinnerungen an das Verlies hoch, um seiner

Erregung die schwarze Vergangenheit vorzuführen, die schon bald zur Zukunft würde, wenn er sich nicht im Zaume hielt.

Am nächsten Tag wurden sie zum ersten Mal zum Arbeiten geholt. Jules und François führten sie zwischen den Stallungen hindurch auf einen Weg, der sie auf ein Feld brachte. Hinter ihnen folgte Fleur zu Pferd, mit dem Gewehr in der Hand, bereit jederzeit einzugreifen. Doch das wäre gar nicht nötig gewesen. Seine Männer folgten brav den beiden Sklaven, so wie er es ihnen am Abend zuvor geraten hatte. Die pralle Sonne und der selbst kurze Fußmarsch schienen ihnen zu zeigen, dass angesichts ihrer aufgezehrten Kräfte eine Flucht noch nicht sinnvoll war.

Auf dem Feld verteilten die Sklaven Harken und Körbe. Unter den verdorrten, abgeernteten Baumwollstauden hatte sich ein grüner Teppich aus Unkraut gebildet, der gerodet werden sollte. Jules und François zeigten ihnen, wie sie vorgehen mussten und teilten dann jedem von ihnen eine Reihe der Baumwollstauden zu. Sie begannen zu arbeiten.

Nach einer Weile sah sich Pierce verstohlen um. An den Rändern war das Feld vom Urwald, seinen Büschen und Schlingpflanzen zurückerobert worden. Eine Machete wäre nötig, um sich da durchzuschlagen. Genau, wie er erwartet hatte. Der Dschungel war so dicht, dass er kaum ein Fortkommen ermöglichte. Bei einer Flucht würden sie auf den Wegen bleiben müssen. Wo sie für ihre Jäger ein leichtes Opfer abgaben. Wenn sie sich also zu einer Flucht entschlossen, dann musste diese gut vorbereitet sein. Vorher machte sie keinen Sinn, sondern brachte sie nur in das Verlies zurück.

Er bemerkte, wie Fleur offenbar ihren Inspektionsritt rund um das Feld beendete und prüfte, wie sie arbeiteten. Joseph kam mit seiner Reihe beinahe so schnell voran wie die beiden Sklaven. Kein Wunder, war er doch selbst mal einer gewesen und kannte die Feldarbeit. Seine übrigen Männer lagen weit zurück. Als Seeleute taten sie sich mit der Feldarbeit sichtlich schwer und kauerten ungelenk auf dem Boden. Ihm fiel auf, wie Fleur ihn beobachtete. Doch kaum bemerkte sie seinen Blick, wendete sie das Pferd und trieb es zum Waldrand. Sie knotete die Zügel an einen Ast und nahm ebenfalls eine Harke und einen Korb zur Hand.

Verwundert sahen Pierce und seine Männer auf, als sie in der nächsten Reihe begann, Büschel um Büschel Unkraut auszureißen und die braunen Stauden zu zerkleinern und in den Korb zu stopfen. Als sie sahen, wie schnell Fleur dabei vorwärtskam, senkten sie ihre Köpfe wieder und harkten fleißig weiter, bemüht ihren Rückstand aufzuholen.

Nach einer Weile fielen sie immer mehr zurück. Die Hitze hatte zugenommen, und die Sonne brannte unbarmherzig auf sie nieder. Ihre Bewegungen wurden langsamer. Der Schweiß tropfte von ihren geröteten Gesichtern. James' Hustenanfälle häuften sich, und selbst Joseph, der Kräftigste von allen, hieb nur noch mühsam die Harke in den Boden. Die Entkräftung nach den Wochen im Verlies machte sich bemerkbar.

Auch Fleur wischte sich Schweiß von der Stirn. »Für heute ist es genug«, entschied sie.

Stöhnend erhoben sich die Männer, streckten den schmerzenden Rücken durch und rieben sich den Nacken. Dann machten sie sich müde auf den Heimweg. Jules ging voraus, und Fleur folgte als Letzte auf dem Pferd.

Er fragte sich, was in ihr vorgehen mochte. Was empfand sie dabei, dass er hier auf ihrer Plantage war? Als ihr Gefangener? Beinahe hätte er bitter aufgelacht. Was für eine Ironie des Schicksals! Zuerst war sie seine Gefangene gewesen, nun hatte sich das Blatt gewendet. Nur eines musste er sich nicht fragen: Ob sie ihn wohl so behandeln würde wie er sie. Nein, dazu war sie viel zu sehr Dame. Selbst wenn sie sich bei der Feldarbeit schmutzig machte. Ihre Haltung ihm gegenüber war zwar freundlich, aber auch distanziert. So wie vornehme Damen sich eben Bediensteten gegenüber verhielten. Vielleicht war das ganz gut so. Denn es machte ihm unmöglich, auf dumme Ideen zu kommen.

Obwohl er sich nur zu gerne nach ihr umgedreht hätte. Die Art, wie sie wie ein Mann auf dem Pferd saß, zog unweigerlich seinen Blick an. Auf ihre gespreizten Beine, ihre Schenkel. Leider war ihr Kleid viel zu weit, als dass es sich in dieser Position hochgezogen hätte. Es zeigte nur ihre Reitstiefel.

Verflucht noch mal!, schärfte er sich selbst ein. Hör auf mit solchen Gedanken! Sie bringen dich nur ins Verlies zurück. Vergiss sie!

Glücklicherweise kamen sie endlich bei der Scheune an und traten hinein. Jules schloss die Tür hinter ihnen, und Fleur blieb draußen. Pierce atmete auf.

23

Den Engländern ging es von Tag zu Tag besser. Ihre grauen Gesichter hatten eine gesunde Farbe angenommen und begannen sich nach anfänglichen Sonnenbränden zu bräunen. Sie hatten an Gewicht zugelegt – die Hosen saßen nun auch, ohne von Stricken zusammengehalten zu werden – und gewannen allmählich ihre Kräfte zurück. Die Arbeitseinsätze konnten ausgedehnt werden, und so hatten sie bald das ganze Feld gerodet. Hie und da war ein Murren zu hören über die harte Arbeit, insbesondere von John und Daniel, die dem Landleben keinen großen Gefallen abringen konnten, doch alles in allem schickten sie sich in ihr Los.

Einzig Blackhursts durchdringende, blaue Augen, die manchmal auf ihr ruhten, riefen Unsicherheit in Fleur hervor. Sie waren ein nicht zu verleugnendes Zeichen, dass unter seiner ungewohnten Zurückhaltung und Höflichkeit etwas ganz anderes lauerte.

Die Frage war nur, wann und wie der Wolf seinen Schafspelz abwerfen und sich zu erkennen geben würde.

Eines Nachmittags erhielt Fleur ungewöhnlichen Besuch. Eine üppige Mulattin, die von allen nur Prinzessin Suze genannt wurde, fuhr in einem offenen Einspänner vor dem Gutshaus vor. Ihr gehörte das Gasthaus im nahegelegenen Dorf, in welchem sich die Pflanzer jeweils nach dem sonntäglichen Kirchgang trafen, um über ihre Plantagen, den Verkauf ihrer Ernte, Politik und den Krieg zu reden.

In dem Gasthaus wurden auch Zimmer vermietet und weibliche Gesellschaft angeboten, weshalb Fleur bisher einen großen Bogen darum gemacht hatte. Insbesondere auch, weil Prinzessin Suze den ganzen Tag neben dem Eingang auf einem Stuhl thronte, von wo aus sie den vorübergehenden Männern kokette Bemerkungen zurief, mit denen sie sie in ihr Etablissement zu locken versuchte. Dass sie ihr Gewerbe gewinnbringend führte, zeigten ihre aufwändigen Kleider und der Schmuck, mit dem sie behängt war.

Überrascht über diesen Gast erhob sich Fleur von der Veranda und ging skeptisch die Stufen hinunter.

Mit Hilfe des Kutschers, der ihr untertänigst die Hand reichte, stieg Prinzessin Suze mit gezierten Bewegungen, ganz wie die vornehmen weißen Damen es taten, aus dem Wagen. Sie klopfte sich den Staub von den Kleidern und nahm mit hocherhobenem Kopf das Gutshaus in Augenschein.

»Das Haus hat sich gemacht seit meinem letzten Besuch«, stellte sie fest. »Es wirkt wesentlich einladender mit diesen Sträuchern und den Blumen.«

»Vielen Dank«, erwiderte Fleur erfreut über das Kompliment. Sie hatte mit dem Bepflanzen von Töpfen und der Anlage der Beete noch vor Maurais' Tod angefangen, der darauf nur mit Unverständnis reagiert hatte. Aber es war der einzige Weg gewesen, sich hier ein wenig Zuhause zu fühlen. Inzwischen war sie froh, dass die Blumen, die sie gepflanzt hatte, nicht viel Pflege benötigten, denn sie hatte kaum noch Zeit, sich um sie zu kümmern. »Ich finde auch, dass es sehr hübsch aussieht, auch wenn das Haus einen Neuanstrich gebrauchen könnte. Aber Ihr seid bestimmt nicht hier, um die Blumen zu bewundern«, fuhr Fleur verhalten fort. Sie konnte sich nicht vorstellen, was ausgerechnet diese Frau dazu brachte, ihr einen Besuch abzustatten.

Obwohl sie wie eine wohlhabende Dame vorgefahren war und sich auch so benahm, verhinderten die hellbraune Hautfarbe der Mulattin und der zwielichtige Dunst, der ihr Gewerbe umgab, dass sie je zu der einflussreichen Schicht auf dieser Insel gehören würde. Sie war eine Exotin zwischen der weißen Oberschicht und den Sklaven und gehörte keiner von beiden Welten an. Doch sie war eine nicht zu unterschätzende, erfolgreiche Frau, und ihr selbstbewusstes, bestimmtes Auftreten beeindruckte Fleur. Also lud sie sie ein, sich zu setzen.

»Ich habe gehört, dass Ihr eine Sklavin verkaufen wollt«, brachte Prinzessin Suze den Grund ihres Besuches vor, als sie sich auf der Veranda niedergelassen hatten.

Fleur runzelte die Stirn. Wen meinte sie? Dann kam ihr in den Sinn, dass sie an Maurais' Beerdigung versucht hatte, Josette an einen der Pflanzer zu verkaufen. Da diese aber von Maurais' Verhältnis zu ihr wussten, hatten sie lachend abgelehnt – so wie Maurais sie verwöhnt habe, werde sie nie mehr zum Arbeiten zu gebrauchen sein. Also hatte Fleur sich damit abfinden müssen, sie zu behalten. Denn eine Freilassung hätten ihr die anderen Pflanzer verübelt. Außerdem hätte Josette dadurch ihr Zuhause und mit ihrem Acker die Möglichkeit, sich zu ernähren, verloren und wäre zu einer Herumtreiberin geworden. Niemand wollte das. Denn in der Wildnis, die auf dieser Insel noch herrschte, gab es für jemanden wie Josette keine andere Möglichkeit zu überleben, und es war zu befürchten, dass sie angefangen hätte zu stehlen oder noch schlimmer, sie hätte sich einer Räuberbande angeschlossen. Und dafür wiederum hätten die anderen Fleur verantwortlich gemacht. Als Josettes Besitzerin war sie für die Sklavin und deren Handlungen verantwortlich.

»Josette, ja«, antwortete Fleur.

»Ich würde sie gerne kaufen, falls Ihr sie noch habt.«

Verdutzt blickte Fleur Prinzessin Suze an. Was wollte sie mit Josette? »Ja«, antwortete sie zögerlich. »Ich habe sie noch.«

Prinzessin Suze nannte ihr die Summe, die sie bereit war, für

Josette zu bezahlen, und überraschte Fleur damit noch mehr. Sie hatte, nach all den Ablehnungen, nicht mehr damit gerechnet, Josette überhaupt noch loswerden zu können. Nur einen Sklavenhändler, der seine Ware auf anderen Inseln verkaufte, wo Josettes Ruf unbekannt war, hätte sie noch angehen können. Doch der hätte ihr einiges weniger bezahlt. Trotzdem zögerte sie. Die Sklavin an ein Bordell zu verkaufen, erschien ihr nicht richtig, auch wenn sie wirklich ein hinterhältiges, intrigantes Biest war.

»Besser werdet Ihr sie kaum verkaufen können«, fügte Prinzessin Suze, die Fleurs Zögern bemerkt hatte, hinzu.

»Das schon, aber ...«

»Von den Pflanzern wird sie keiner wollen. Für eine Plantage ist sie nicht mehr zu gebrauchen. Das Einzige, was sie wirklich gut kann, ist, Männer zu umgarnen und um den Finger zu wickeln. Und die nehmen ihre Dienste gern in Anspruch. Das ist ihre Spezialität und damit hat sie es weit gebracht. Genau die Fähigkeiten, die sie bei mir ausüben kann.« Prinzessin Suze blickte Fleur erwartungsvoll an.

Diese seufzte. Damit hatte ihre Besucherin nicht unrecht. Josette hatte sich bei Maurais' abendlichen Männerrunden immer großartig amüsiert und für gute Unterhaltung gesorgt. Sie wusste genau, wie sie die Männer nehmen musste, damit sie ihr aus der Hand fraßen. Und zu etwas anderem war sie wirklich nicht zu gebrauchen.

»Sie wäre bei mir genau am richtigen Ort«, setzte Prinzessin Suze nach.

»Einverstanden.« Fleur reichte ihr die Hand und schlug ein.

Die Mulattin zog einen Lederbeutel aus der Tasche und gab Fleur das Geld.

Diese nahm es entgegen, stutzte dann aber, weil es weniger war, als sie abgemacht hatten. »Das ist nicht die volle Summe.«

»Nein. Ich habe davon Monsieur Maurais' Schulden bei mir abgezogen.«

»Er hatte Schulden bei Euch?« Fleur senkte beschämt die Augen. Es war ihr nie in den Sinn gekommen, dass Maurais sein Vergnügen auch im Etablissement von Prinzessin Suze gesucht hatte. Unbewusst rückte sie ihren Sessel zurück, um Abstand zwischen sich und diese Frau, die ihr gegenübersaß, zu bringen.

»Oh, es ist nicht, wie Ihr denkt«, wehrte ihr Gast lächelnd ab. »Sklavinnen hatte er wohl selbst genug. Plantagenbesitzer suchen mein Haus eher zum Essen und Trinken auf. Es sind die Männer, die keine eigenen Sklavinnen besitzen, die die Dienste meiner Mädchen in Anspruch nehmen. Nein, bei Eurem Mann entstanden die Schulden durch das, was er während der sonntäglichen Treffen mit den anderen Pflanzern bei mir gegessen und vor allem getrunken hat.«

»Aber das ist doch viel zu viel!« Auch wenn Maurais fleißig dem Alkohol zugesprochen hatte, konnte Fleur sich nicht vorstellen, dass er eine so hohe Summe vertrunken haben sollte.

»Das hat sich über die letzten Jahre aufsummiert. Manchmal haben sie auch um Geld gespielt, wofür ich ihnen Kredit gewährt habe. Hier sind übrigens die Schuldscheine, die Euer Mann unterzeichnet hat.« Prinzessin Suze reichte Fleur einen Stapel Papierfetzen. »Wenn Ihr es nachrechnen wollt?«

Fleur winkte ab. Sie scheute davor zurück, die Papiere in die Hand zu nehmen. Das letzte Memento an einen grausamen Mann. »Ich denke, das wird schon stimmen. Warum habt Ihr das Geld nicht früher zurückverlangt?«

»Monsieur Maurais war ein guter Kunde und ein guter Schuldner. Er besaß eine Plantage. Da wusste ich immer, dass ich mein Geld irgendwann bekommen würde. So machen das alle hier.«

Fleur nickte, auch wenn es ihr nicht gefiel, dass sie Maurais' Schulden bezahlen musste.

»Wirklich hübsch habt Ihr es hier«, wechselte Prinzessin Suze das Thema. »All die Blumen! Ich hätte auch gerne einen Garten um mein Haus. Aber im Dorf ist das leider nicht möglich.«

»Neben den Blumenbeeten habe ich auf einem brachliegenden Feld einen Garten angelegt, mit Gemüse und Obst vor allem, aber auch mit weiteren Blumen«, erzählte Fleur. »Meine Hoffnung ist, dass ich die Überschüsse auf dem Markt oder an andere Plantagen verkaufen kann. Einige Kunden habe ich bereits gefunden.«

»Das wird sicher möglich sein. Für meine Küche bin ich immer auf der Suche nach erlesenen Zutaten. Das Übliche bekommen die Männer auch Zuhause. Dafür müssen sie nicht meine Gaststube aufsuchen.« Prinzessin Suze ließ ihren Blick über das Tal schweifen. »Ob Ihr wohl die Güte hättet, mir Euren Garten zu zeigen? Auf unserer Insel wachsen traumhafte Blumen, nur sieht man sie leider viel zu selten, vor allem wenn man nicht oft herumreist. Wenn ich wüsste, wo ich sie regelmäßig herbekäme, würde ich gerne ein Bouquet in meinen Eingang oder auch in anderen Räumen aufstellen.«

Erfreut über das Interesse führte Fleur ihren Gast durch den Garten und präsentierte, was sie alles anbaute.

Prinzessin Suze war so begeistert, dass sie gleich eine wöchentliche Bestellung aufgab, in der Gemüse und Obst und jeweils auch ein großes Blumenbouquet geliefert werden sollte.

Zufrieden spazierten die beiden Frauen zum Gutshaus zurück.

Erst nachdem ihre Besucherin zusammen mit einer durchaus nicht unzufriedenen Josette – was vermutlich daran lag, das Fleur ihr erlaubte, sämtliche von Maurais erhaltenen Geschenke mitzunehmen – im Einspänner weggefahren war, erinnerte sich Fleur an ein Wort, das während ihrer Unterhaltung gefallen war. Es hatte eine dunkle Erinnerung in ihr wachgerufen, die sie aber, abgelenkt durch das ungewöhnliche Gespräch, wieder aus den Augen verloren hatte: Schulden. Wenn Maurais bei Prinzessin Suze Schulden gehabt hatte, gab es vielleicht noch andere Leute, denen er Geld schuldete?

Die schwere Holztruhe, in der Maurais seine Papiere, Geld und andere wertvolle Dinge aufbewahrte, stand in seinem Schlafzimmer. Fleurs Augen gewöhnten sich nur langsam an das Zwielicht, das in dem Zimmer herrschte. Sich an die stickige Luft, die ihr entgegenschlug, zu gewöhnen, war hingegen unmöglich.

Es war nicht so sehr die feuchte Muffigkeit, die sich angesammelt hatte, weil das Schlafzimmer seit ein paar Wochen nicht mehr betreten und gelüftet worden war. Vielmehr war es Maurais' Geruch, der sich über die Jahre hinweg in dem Holz der Wände, in der Matratze, der Bettwäsche und den übrigen Möbeln eingenistet hatte. Ein Geruch, der in ihr Erinnerungen wachrief, bei denen sich ihr Magen verkrampfte.

Immer wieder hatte sie es hinausgeschoben, sein Schlafzimmer zu betreten und seine Hinterlassenschaften zu ordnen. Jede Ausflucht, die sich ihr geboten hatte, war willkommen gewesen.

Rasch durchquerte sie das Zimmer, riss die Fensterläden auf und sog gierig die frische Luft ein. Die Sonne, die sie empfing, und die Felder – ihre Felder –, auf denen gearbeitet wurde, gaben Fleur die nötige Entschlusskraft zurück.

Sie kniete sich vor der Truhe auf den Boden, suchte an Maurais' Schlüsselbund nach dem passenden Schlüssel, steckte ihn in das Schloss und drehte ihn um. Mit einem Klacken sprang das

Schloss auf. Der Deckel der massiven Truhe war schwerer, als Fleur gedacht hätte. Sie musste aufstehen, um ihn hochklappen zu können. Die Scharniere gaben dabei ein leises Quietschen von sich.

In der Truhe lag ein Stapel loser Papiere – auf den ersten Blick sah es nach Rechnungen und Schuldscheinen aus –, darunter ein großes Buch, in das Maurais Mengen, Zahlen und Daten eingetragen hatte. Ein Lederbeutel mit Münzen lag daneben. Drei noch fest verkorkte Flaschen Rum, eine Taschenuhr mit zersprungenem Glas, ein Siegelring und eine mit farbigen Edelsteinen verzierte Nadel zum Feststecken der Halsbinde kamen als Nächstes zum Vorschein.

Fleur breitete alle Dinge auf dem Boden aus und ließ beklommen ihren Blick darüber schweifen. Das war alles, was Maurais hinterlassen hatte, neben dem Land und den Sklaven, einigen Kleidern im Schrank und ein paar Büchern auf dem Regal an der Wand.

Mit einem tiefen Seufzer griff Fleur nach dem Lederbeutel und zählte die Münzen. Enttäuscht legte sie ihn in die Truhe zurück. Es war weniger, als sie gehofft hatte.

Das Buch enthielt eine laufende Aufstellung von Maurais' Besitz, seinen Einnahmen und Ausgaben. Fleur brauchte eine Weile, um sein System, die Bedeutung der Zahlen, Daten und vor allem der Abkürzungen, mit denen er gearbeitet hatte, zu verstehen. Allmählich gewann das Bild an Formen. Es zeigte, welche Mengen an Baumwolle und Kakaobohnen er wann an welche Händler verkauft hatte, wer ihm Geld schuldete und wofür er seine Einnahmen verwendet hatte.

Am letzten Eintrag blieb Fleur hängen. Er war vor mehr als einem Jahr geschrieben worden. Irritiert blätterte sie die folgenden Seiten des Buches durch. Sie waren allesamt jungfräulich weiß. Warum hatte er aufgehört, Buch zu führen?

Fleur blätterte zurück zu der letzten Eintragung. Es handelte sich um den Erlös aus dem Verkauf eines Sklaven. Ihr Finger glitt die Zeile entlang bis zu den Kolonnen, in die er die Zahlen geschrieben hatte. Diejenigen der vorletzten Zeile hatte er unterstrichen und mit kleiner Schrift zwei Summen zwischen den Zeilen notiert. Es schien sich dabei um die Zusammenzählung der vorhergegangenen Beträge zu handeln. Fleurs Blick glitt nach oben, zu den Überschriften der Kolonnen. Dann setzte ihr Herz für einen Schlag aus. Die Schulden waren höher als die Forderungen!

Schockiert ließ sie das Buch sinken. Das konnte doch nicht sein! Maurais hatte zwar gesagt, dass er Geld brauchte, aber er hatte nicht nur Geld gebraucht, er war bankrott!

Ihr Herz begann zu rasen. Eine unbändige Wut machte sich in ihr breit. Sie ballte die Fäuste und schlug auf den Boden ein.

»Du verdammter Mistkerl! Verlogener Schweinehund! Du hast mich für nichts aus Frankreich herkommen lassen!« Sie schäumte derart vor Wut, dass ihr nicht einmal auffiel, wie sie fluchte. Sie fluchte, wie sie es sich in ihrem ganzen Leben nie getraut hatte. Sie hätte ihre Anteile an der Plantage in Frankreich verkaufen und davon eine Zeitlang leben können. Stattdessen war sie auf die beschwerliche Reise zu dieser Insel am Ende der Welt gelockt worden, weil Maurais geglaubt hatte, sie würde ihn mit Laurents Vermögen aus seinen finanziellen Nöten befreien. Er hatte sogar aufgehört, seine Aufzeichnungen weiterzuführen, so sehr musste er von dem Geldsegen, der ihn erwartete, überzeugt gewesen sein. Und das noch vor Laurents Tod!

Und nun hatte Fleur seine Schulden geerbt. Damit war *sie* bankrott!

Dieser Gedanke setzte sich in ihrem Gehirn fest. Sie stand auf und ging hektisch im Zimmer auf und ab, bis ihre Wut langsam verrauchte. Zurück blieb eine resignierte Leere. Was sollte sie jetzt tun?

Bis zum Abend hatte sich Fleur so weit aufgerafft, dass sie das Bündel Papiere und das Buch auf den Esstisch legte. Nach dem Abendessen würde sie beginnen, die Papiere zu ordnen und damit die Eintragungen in Maurais' Buch so weit fortzuführen, wie es möglich wäre. Den Kopf in den Sand zu stecken und sich zu bemitleiden, brachte nichts. Viel wichtiger war es, Gewissheit zu erlangen, wie es um Espérance stand, damit sie sich Gedanken machen konnte, wie es weitergehen sollte. Sie verdrängte den bitteren Gedanken, dass anscheinend die anderen Pflanzer besser über ihre Lage Bescheid gewusst hatten als sie selbst. Nur so hatten sie nach Maurais' Tod den Schluss ziehen können, dass bald eine Plantage zum Verkauf stehen würde. Und nun kreisten sie über Fleur wie die Geier, die darauf warteten, dass das geschwächte Wild seinen Verletzungen erlag. Aber so einfach würde sie es ihnen nicht machen! Das schwor sich Fleur.

Missmutig starrte sie die Papiere und das Buch an, während sie auf einem zähen Stück Hühnerfleisch herumkaute. Hungrig war sie eigentlich nicht. Aber solange sie aß, musste sie dieses Bündel Papiere, von dem ihre Zukunft abhing, nicht öffnen. Sie wollte sich Süßkartoffeln nachschöpfen, musste aber feststellen, dass die Schüssel leer war.

»Nun denn«, sagte sie zu dem Stapel und legte das Besteck auf den Teller. »Gehen wir es an.«

Sie breitete die Papiere aus und begann, sie nach Rechnungen, Schuldscheinen und anderem zu ordnen. Als alle Blätter auf Häufchen verteilt waren, trug sie sie chronologisch in Maurais' Buch ein.

Einige Stunden später zählte sie alle Eintragungen zusammen. In ihrer Nervosität verrechnete sie sich und musste mehrmals von vorn anfangen. Mit zitternder Hand notierte sie die Summen. Das Ergebnis war noch niederschlagender als Maurais' letzter Stand. Die Schulden waren weiter angestiegen. Zuletzt mit einem Kredit bei Jerôme Serault, dem reichsten Pflanzer der Insel, dessen Betrag Fleur den Atem verschlagen hatte. Kein Wunder, dass der Mann an einem Kauf interessiert war, wie er auf Maurais' Beerdigung klargemacht hatte. Im Grunde gehörte ihm ja schon die halbe Plantage. Selbst wenn sie sämtliche Forderungen eintrieb, könnte sie nur einen Teil der Schulden bezahlen, und für die ganze Summe des Kredits bei Serault würde es gar nicht reichen. Damit war sie ihm auf Gedeih und Verderben ausgeliefert.

Und selbst diesem Rohling Touchard schuldete sie Geld. Ausgerechnet ihm!

Fleur lehnte sich in ihrem Stuhl zurück und schloss die brennenden Augen. Es war schon spät in der Nacht. Ihr Nacken war verspannt, und ein pochender Kopfschmerz zog sich ihren Hinterkopf hoch. In ihrem Kopf drehte sich alles, und sie konnte keinen vernünftigen Gedanken fassen.

Als sie die Augen wieder öffnete, fiel ihr Blick auf die halbleere Flasche Rum im Glasschrank, ein Überbleibsel von Maurais. Sie erhob sich, nahm die Flasche aus dem Schrank und schenkte sich ein. In einem Schluck goss sie die scharfe Flüssigkeit die Kehle hinunter und musste sogleich husten. Würgend betrachtete sie die Flasche. Das war wohl doch nichts für sie. Sie verschloss die Flasche wieder, stellte sie zurück in den Schrank und zog sich müde am Geländer die Treppe hinauf in ihr Schlafzimmer. Hoffnungslos ließ sie sich aufs Bett fallen. Irgendwann musste sie sich überlegen, wie es weitergehen sollte.

Aber nicht mehr heute.

24

Es wurde höchste Zeit, die Süßkartoffeln zu ernten. Das ehemals kräftige Grün der Pflanzen hing verwelkt und vom letzten Gewitter zerrupft hinunter. An einigen Stellen war sogar die Erde über den Knollen aufgebrochen und gab rötliche Schalen preis.

Da Céline und Jules sich nach wie vor aus dem Weg gingen und keiner bereit war, einen Schritt auf den anderen zuzugehen, hatte Fleur die Kartoffelernte so lange als möglich hinausgeschoben. Für die Ernte waren sie auf die Kraft eines starken Mannes angewiesen, der den harten Boden aufbrach. Die Vorstellung, die Spannungen zwischen den beiden verbohrten Streithähnen im Garten zu ertragen, erschien ihr alles andere als erfreulich.

Deshalb ließ sie sich Zeit an diesem Morgen, an dem die Kartoffeln ausgegraben werden sollten. Vielleicht würden die beiden sich inzwischen arrangiert haben. Zuerst wechselte sie einige Worte mit den Sklavinnen, die in einer der Scheunen die Kakaobohnen verarbeiteten, dann inspizierte sie die Kakaobäume auf Schädlinge und auf die Reife ihrer Früchte und machte einen Umweg über die Viehweide, bevor sie sich zum Garten aufmachte.

Als sie den Gemüsegarten betrat, blieb sie verwundert stehen. Céline beschäftigte sich mit den Kürbispflanzen, die in einer Ecke des Gartens neben den Komposthaufen wuchsen, anstatt Kartoffeln auszugraben. Und bei demjenigen, der gerade die Stechgabel an einer Pflanze ansetzte, handelte es sich nicht um Jules, wie sie angewiesen hatte, sondern um Blackhurst.

Fleur stieß ein lautes Schnauben aus und nahm sich zuerst Céline vor. »Was machst du hier? Du solltest doch bei den Kartoffeln helfen!«

Céline warf einen skeptischen Blick zu Blackhurst hinüber, rümpfte die Nase und erklärte entschieden: »Hier muss unbedingt gejätet werden. In dem Unkraut verkriechen sich Schnecken und anderes Ungeziefer, das sich über die Blüten hermacht. Seht doch, hier! Alles angefressen! Wenn das Unkraut nicht weg ist, kriegen wir nie Kürbisse. Und der da kann das allein«, schob sie mit einer ablehnenden Kopfbewegung in Blackhursts Richtung nach.

Aufstöhnend verdrehte Fleur die Augen. Céline akzeptierte zwar inzwischen die Anwesenheit der weißen Engländer, wollte aber nichts mit ihnen zu tun haben. Und mit den Kürbissen hatte sie eine nicht von der Hand zu weisende Ausrede gefunden. Die Blüten waren tatsächlich angefressen und würden so nie ansetzen. Was sollte sie dagegen einwenden?

Sie spähte zu Blackhurst hinüber. Nach einem Moment des Zögerns ging sie auf ihn zu. »Warum ist Jules nicht hier?«

Blackhurst hielt inne und richtete sich auf. »Er hat gemeint, er müsse fischen gehen.«

Aufgebracht warf Fleur die Hände in die Luft. »Na, der kann was erleben!« Jules stieg seine Rolle als Beaufsichtiger der Engländer wohl zu Kopf, dass er nun eigenhändig begann, die Arbeiten zu verteilen! Aber sie musste ihre Empörung im Zaum halten. Weder trug Blackhurst daran eine Schuld, noch sollte er den Eindruck bekommen, dass sie unfähig war, ihre Sklaven zu führen. Mit Jules würde sie ein ernstes Wort reden, wenn er vom Fischen zurückkam.

»Ich werde dir helfen«, befand sie stattdessen.

Blackhurst musterte sie stirnrunzelnd.

»Zu zweit geht es einfacher«, erklärte sie, wieder einmal verunsichert unter seinem Blick. Sie bückte sich und sammelte die Kartoffeln aus der aufgegrabenen Erde, wobei sie das Gefühl nicht loswurde, dass seine blauen Augen ihren Nacken durchbohrten. Ohne aufzublicken, forderte sie ihn auf: »Du kannst die nächste Pflanze ausgraben.« Sie rutschte ein Stück weiter, während Blackhurst die Stechgabel ansetzte. Mit dem Fuß stieß er sie in die harte Erde und grub sie mit einem kraftvollen Ruck um. Rasch sammelte Fleur die Kartoffeln ein, bevor sie von dem zurückrieselnden Erdreich wieder verschüttet wurden.

Eine Weile lang arbeiteten sie, ohne ein Wort zu sprechen. Jeder gab vor, auf seine Arbeit konzentriert zu sein.

Bis Fleur das Schweigen nicht länger ertrug. »Ich hätte nicht gedacht, dass Seeleute so gut im Kartoffelernten sind.«

»Ich bin nicht auf See geboren«, meinte er lakonisch und setzte die Stechgabel erneut an. Als würde ihm seine abweisende Antwort leid tun, fügte er freundlicher hinzu: »Wir hatten zuhause in England auch Kartoffeläcker.«

»Oh«, erwiderte Fleur. Sie getraute sich nicht weiterzufragen. Erleichtert bemerkte sie, dass der Korb voll war, eine willkommene Ausflucht, aufzustehen und einen leeren aus dem Verschlag am Rande des Gartens zu holen.

Mit dem Handrücken strich sie eine Haarsträhne aus dem Gesicht, während sie mit dem leeren Korb zurückkam. Als sie aufsah, fiel ihr Blick auf Blackhurst, der auf die Stechgabel gelehnt dastand und sie beobachtete.

»Machen wir da drüben weiter«, schlug sie etwas atemlos vor und setzte den Korb auf der anderen Seite des Beetes ab. Er folgte ihr, stellte sich neben sie und grub die nächste Pflanze aus.

So arbeiteten sie weiter, bis das ganze Beet geerntet war.

»Was machen wir mit den Kartoffeln?«, fragte Blackhurst. »Werden sie eingelagert?«

Fleur strich sich den Schweiß von der Stirn. »Nein, wir werden sie gleich ausliefern. Ich habe genügend Bestellungen.« Keuchend stemmte sie einen der schweren Körbe hoch. »Und das Grünzeug verfüttern wir an die Schweine.«

»Lasst mich das machen.« Er nahm ihr den Korb aus den Händen. »Liefert Ihr die Waren selbst aus?«

»Ja, meistens. Mit dem Pferd bin ich schneller als die Sklaven zu Fuß. Aber heute werde ich den Wagen nehmen.«

»Dann werde ich die Körbe auf den Platz vor dem Stall tragen«, entschied er kurzerhand. »Ihr werdet Euch bestimmt noch umziehen wollen.« Er deutete auf ihr einfaches Kleid und die schmutzigen Hände.

Verlegen rieb sie sich die Arme. Die Bemerkung, die er einmal auf dem Schiff über ihr Äußeres gemacht hatte, fiel ihr wieder ein.

Doch dieses Mal enthielt sein Blick nichts Abschätziges, nein, er war freundlich. Und es lag noch etwas anderes darin. Zärtlichkeit? Sie wusste es nicht, und sie wollte lieber nicht darüber nachdenken.

Als Fleur gewaschen, frisiert und in einem hübschen Kleid zum Stall ging, erwartete sie eine Überraschung. Der Wagen stand bereit, die Pferde waren angeschirrt und die Körbe mit den Kartoffeln und dem übrigen bestellten Gemüse aufgeladen.

»Ich hoffe, wir haben nichts vergessen.« Blackhurst deutete auf die Körbe. »Céline hat sie entsprechend den Bestellungen, die Ihr ihr angegeben habt, gefüllt.«

Fleur fragte sich, wie er Céline zu dieser Mitarbeit hatte bewegen können, nachdem sie ihm am Morgen noch ausgewichen war. Sie überflog die Ladung auf dem Wagen. »Es ist alles da. Vielen Dank.«

»Jules ist noch nicht vom Fischen zurück. Soll ich François rufen, damit er Euch begleitet?«

»Nein ...« Sie zögerte. Wenn sie François mitnahm, wären die Engländer auf dem Baumwollfeld unbeaufsichtigt.

Beiläufig zuckte Blackhurst mit den Schultern. »Sonst kann ich Euch auch begleiten.«

Dieser Vorschlag löste zwiespältige Gefühle in ihr aus. Gefühle, derer sie lieber nicht gewahr wurde und die sie verdrängte, indem sie auf den Wagen stieg.

»Ihr könnt diese schweren Körbe doch nicht selbst herunterheben«, warf er ein. Erwartungsvoll lehnte er am Wagen, eine Hand auf die Seitenwand der Ladefläche gelegt.

Die unerwünschten Gefühle bemächtigten sich ihrer wieder und blieben mit einem Kloß in ihrem Hals stecken. Um eine Antwort verlegen, nickte sie schließlich, woraufhin er sich auf den Bock schwang und ihr die Zügel reichte.

Zuerst lieferten sie Kartoffeln und Gemüse bei einer Witwe ab, die in der Nähe wohnte. Dort wurden sie zu Fleurs Erleichterung von einem Sklaven empfangen, da die Dame des Hauses selbst unpässlich war. Fleur hatte sich davor gescheut, Erklärungen zu Blackhursts Anwesenheit abgeben zu müssen. Etwas, das nötig gewesen wäre, denn ein Fremder sorgte unweigerlich für großes Interesse in der Gesellschaft der wenigen Weißen der Gemeinde.

Bei den Fauconniers nahm ihnen der Aufseher die Lieferung ab. Ein wortkarger Mann, der Blackhurst verholen aus dem Augenwinkel musterte, sich aber sofort wieder verabschiedete, mit der Begründung, dass er sich um einen entlaufenen Sklaven kümmern müsse.

Nur bei Prinzessin Suze kam Fleur weniger glimpflich davon.

Wie üblich thronte diese auf dem Stuhl neben dem Eingang ihres Etablissements, beobachtete das Treiben auf der Straße und warf vorbeigehenden Männern aufreizende Bemerkungen zu.

Als Fleur den Wagen vor dem Eingang zum Stehen brachte, reckte die Mulattin neugierig den Kopf, um einen Blick auf den Mann neben Fleur zu erhaschen. »Wie ich sehe, habt Ihr einen Aufseher gefunden!«

Bevor Fleur die Sachlage klären konnte, kam Prinzessin Suze bereits in wiegendem Gang um den Wagen spaziert. »Es freut mich, Eure Bekanntschaft zu machen!« Mit einer gezierten Bewegung reichte sie Blackhurst die Hand. »Wir haben alle gehofft, dass Madame Maurais bald einen Aufseher findet, der sich um ihre Plantage kümmert.« Sie bedachte Fleur mit einem mitleidvollen Blick, um sich sogleich wieder mit einem strahlenden Lächeln an den fremden Mann zu wenden.

»Man nennt mich Prinzessin Suze, obwohl –«, mit verschwörerischer Miene neigte sie sich nahe zu ihm hin, »ich natürlich keine echte Prinzessin bin. Aber irgendjemand hat mich mit diesem Spitznamen betitelt, tja, und seither nennen mich alle so.« Gespielt verlegen, als wäre ihr dieser Umstand unangenehm, zuckte sie die Achseln.

»Francis Dury. Es freut mich ebenfalls, Eure Bekanntschaft zu machen«, erwiderte Blackhurst in beinahe akzentfreiem Französisch, wobei er sich bemühte, auch seinen falschen Namen französisch klingend auszusprechen.

»Mein lieber Monsieur Dury, wir werden uns bestimmt noch öfters über den Weg laufen. Mir gehört diese Gaststube. Ich würde mich freuen, wenn Ihr einmal mein Gast wärt.«

Fleur, die die ganze Zeit wie das dritte Rad an einem Wagen daneben gestanden hatte, mischte sich energisch ein. War sie zuerst verblüfft gewesen über Prinzessin Suze' plötzliches verändertes Verhalten und die Art und Weise, wie sie Blackhurst umgarnte, so weckte dieses jetzt ihren Ärger.

»Wollt Ihr nicht jemanden rufen, der die Körbe in Eure Küche schafft?«, regte sie mit einem scharfen Ton an.

»Aber natürlich, meine Liebe.« Prinzessin Suze tätschelte Fleur den Arm, ohne ihre Augen von Blackhurst abzuwenden, der ihren Blick grinsend erwiderte. Sie ging zur Ladefläche und legte die Hand auf den Henkel eines Korbes. »Hättet Ihr wohl die Güte, mir beim Hereintragen behilflich zu sein? Diese Körbe sind so schwer«, bat sie mit einem unschuldigen Augenaufschlag.

»Selbstverständlich!«, beeilte sich Blackhurst zu erwidern. Er sprang vom Kutschbock, griff sich den anderen Henkel des Korbes und trug ihn zusammen mit der hübschen Mulattin in die Gaststube.

Nachdem die beiden verschwunden waren, schnaubte Fleur ungehalten. Wenn sie auch die restlichen drei Körbe so in die Küche schafften, würde das noch eine ganze Weile dauern. Übellaunig verschränkte sie die Arme und wartete ungeduldig auf dem Bock.

Die beiden tauchten wieder aus dem Eingang auf, gefolgt von zwei jungen Frauen, die hinter vorgehaltenen Händen kicherten und Blackhurst mit ihren Augen verschlangen.

Fleur verengte die Augen und rief Prinzessin Suze zu: »Ich wäre Euch dankbar, wenn Ihr Euch ein bisschen beeilen würdet. Wir haben noch andere Angelegenheiten zu erledigen.«

»Wir sind gleich fertig«, zwitscherte Prinzessin Suze, die zusammen mit Blackhurst den nächsten Korb hochhob und hineintrug. Die beiden jungen Frauen rückten ein Stück zur Seite, jedoch nur so weit, dass er sie beim Hineingehen unweigerlich streifen musste.

Endlich waren die Körbe in die Küche geschafft, und Blackhurst, der an der ganzen Aktion offenkundigen Gefallen gefunden hatte, setzte sich erheitert neben Fleur auf den Wagen.

»Bis zum nächsten Mal«, rief Prinzessin Suze und winkte ihnen hinterher.

Fleur erwiderte nichts, sondern trieb die Pferde ungeduldig mit knallenden Zügeln an.

»Nette Leute habt Ihr hier«, bemerkte Blackhurst fröhlich.

»Das war das hiesige Bordell!«, knurrte sie.

Mit einem frechen Lächeln drehte er sich zu ihr hin. »Das ist mir aufgefallen. Ich hätte nur nicht gedacht, dass ausgerechnet die Frauenwirtin Eure beste Kundin ist.«

Fleur presste die Lippen zusammen und ließ erneut die Zügeln schnalzen. Sie war wütend auf Blackhurst. Nicht nur, dass er sich von einer Frau wie Prinzessin Suze hatte umgarnen lassen, er saß auch so breitbeinig auf dem Bock, dass ihr kaum Platz blieb. Sein Bein drückte gegen das ihre und so weit sie ihr eigenes auch zur Seite schob, seines rückte stets nach.

Mit einem heftigen Ruckeln fuhr der Wagen über einen groben Stein, den Fleur übersehen hatte. Blackhurst nutzte die Gelegenheit, seinen Arm hinter ihrem Rücken auf die Lehne zu legen, augenscheinlich um sie im Notfall festhalten zu können. Als sie ihm einen erbosten Blick zuwarf, zog er nur fragend die Augenbrauen hoch.

Fleur kochte innerlich. Es hatte ja so kommen müssen! Wie hatte sie nur annehmen können, er hätte sich geändert und seine Unverschämtheiten gehörten der Vergangenheit an? Wie war sie überhaupt auf die blöde Idee gekommen, ausgerechnet ihn aus dem Verlies mitzunehmen? Auswahl hatte sie schließlich genügend gehabt.

Doch daran war sie selbst schuld.

Anzeigen müsste sie ihn! Den französischen Behörden übergeben! Das wäre ihre Pflicht!, sagte sie sich wütend.

Aber ihr war klar, dass sie das nicht tun würde. Das Wissen, dass sie ihn niemals ausliefern und an den Galgen bringen würde, brachte sie noch mehr auf. Wie konnte sie nur einem Feind, einem verhassten Engländer gegenüber so weich sein! Hatte er sie etwa besser behandelt? Gefangen genommen hatte er sie und in seine Kabine gebracht, damit sie ihm zu Diensten sein würde! Als sie daran dachte, was er von ihr gewollt hatte, kamen ungebetene Erinnerungen in ihr hoch. Daran wie sich sein schwerer Körper auf ihr angefühlt hatte und wie seine Hand, die jetzt fast auf ihrer Schulter ruhte, ihre Brüste gestreichelt hatte. Ein sehnsüchtiges Brennen breitete sich in ihrem Unterleib aus.

Rasch versuchte sie, dieses ungewollte Gefühl zu unterdrücken. Sie durfte keinesfalls zulassen, dass es sich ihrer wieder bemächtigte, denn es könnte sie zu Dingen treiben, die ihren Untergang bedeuteten. Wenn auch nur der geringste Verdacht entstand, dass sie zu diesem Engländer eine Beziehung pflegte, die über das Verhältnis zwischen Herrin und Diener hinausging, würde ihr Ruf ruiniert sein. Niemand würde mehr ihre Waren kaufen und die Leute würden sie ausgrenzen. Das Beste wäre es, ihn so bald als möglich loszuwerden und in das Fort zurückzubringen.

Sie schüttelte den Kopf. Sie sollte aufhören, sich etwas vorzumachen. Auch das würde sie nie tun.

Bis sie auf Espérance ankamen, sprach sie kein Wort, was ihn jedoch nicht zu stören schien. Interessiert betrachtete er die Landschaft, durch die sie fuhren.

Als sie auf den Platz vor dem Stall fuhren, bot er an, die Pferde abzuschirren und den Wagen in den Stall zu rollen. Fleur bemühte sich, ihre Verärgerung zu verbergen und ihm mit ausdrucksloser Miene dankend zuzunicken, so als wäre überhaupt nichts vorgefallen, und marschierte zum Gutshaus.

Während Fleur zum Haus stapfte, konnte Pierce sein selbstzufriedenes Grinsen nicht länger unterdrücken. Sie war eifersüchtig! Es war ihm tatsächlich gelungen, ihr eine solche Reaktion zu entlocken!

Als sie ausgerechnet ihn und seine Männer in dem Fort ausgewählt und sie aus diesem gottverdammten Verlies geholt hatte, hatte er angenommen, dass sie ihm gegenüber trotz allem etwas empfand. Dann aber hatte sie sich die ganze Zeit so unnahbar und reserviert verhalten, als ob sie sich nie zuvor begegnet wären. Sie trug die Miene der kühlen, überlegen wirkenden Dame der Gesellschaft zur Schau, hinter der sie ihr wahres Ich und ihre Gefühle verbarg. Wieder hatte sie jene Wand zwischen sie geschoben, die er an dieser Frau nur zu gut kannte und mit der sie ihn geschickt ausschloss. Sie spielte diese Fassade so perfekt, dass es ihm nicht gelang, etwas dahinter zu erkennen, das sie nicht preisgeben wollte. Darin war sie eine Meisterin.

In dem Spiel aber, das Frauen und Männer miteinander spielten, war sie eine blutige Anfängerin.

Und darin war sie ihm unterlegen. Mit dem ältesten Trick der Welt hatte er es geschafft, zumindest einen Riss in ihre Fassade zu schlagen, durch den er einen heimlichen Blick auf die Gefühle dahinter erhaschen konnte. Und was er sah, freute ihn so sehr, dass er mit einem so dümmlichen Grinsen dastand, dass Jules, der mit seiner Angelrute und einem Eimer voller Fische an ihm vorbeilief, nur verständnislos den Kopf schüttelte.

Gut gelaunt schirrte Pierce die Pferde ab. Solange er ihr nicht gleichgültig war, musste er nicht damit rechnen, dass sie ihn ins Fort zurückbrachte. Er konnte sich also in aller Ruhe damit beschäftigen, wie er und seine Männer von hier weg und zurück in die Freiheit gelangten.

Denn darum ging es die ganze Zeit nur. Deswegen versuchte er, Fleur für sich einzunehmen.

Zumindest redete er sich das ein.

Nachdem die Pferde versorgt waren und der Wagen wieder in der Scheune stand, beschloss Pierce, zum Baumwollfeld zu gehen, wo seine Männer arbeiteten, und nach dem Rechten zu sehen. Nicht alle von ihnen konnten sich mit der harten Feldarbeit anfreunden. Besonders John, der Zimmermann, tat sich damit schwer. Pierce musste ihn immer wieder davon abhalten, ihre Freiheit auf Espérance dazu zu nutzen, sofort zu fliehen.

Auf seinem Weg zum Feld kam er am Garten vorbei. Er hielt inne. Der Streit zwischen Céline und Jules und das Misstrauen der Sklaven gegenüber den Engländern belastete immer noch die Stimmung auf der Plantage. Und das war nicht gut. Auf seinem Schiff akzeptierte er keine Feindschaft zwischen den Männern. Gab es einmal Streit, wurde der ausgetragen und dann mussten die beiden Streitsüchtigen sich wieder miteinander arrangieren. Denn Feindseligkeit zwischen den Männern konnte sich in schwierigen Situationen – wie zum Beispiel einem Sturm, bei dem alle gemeinsam anpacken mussten – für die ganze Mannschaft verheerend auswirken. Daher gehörte es zu Pierce' Alltag als Kapitän, seine Männer immer wieder geschlossen hinter sich zu bringen.

Automatisch schlug er jetzt den Weg zum Garten ein. Céline blickte von ihrer Arbeit auf, als er näher kam.

»Kann ich dir helfen?«, fragte er.

Ihre Miene wurde abweisend. »Warum? Hat Euch die Madame geschickt?«

»Nein. Ich dachte nur, du könntest vielleicht Hilfe gebrauchen.«

Ihre Augen verengten sich. Mit einem Ruck stieß sie die Stechgabel zwischen ihnen beiden in den Boden. »Nein.«

Er zuckte mit den Achseln und sah sich um. »Es gibt noch viel zu tun.«

Einen Moment lang funkelte sie ihn trotzig an, dann wich sie zurück. Sie drehte sich um und ging zum Ende des Beetes, wo sie weiter harkte.

Pierce zog die Stechgabel aus der Erde und trug sie ihr nach. »Lass mich dir helfen.«

»Nein! Ich will keine Hilfe!«, fauchte sie ihn an.

»Warum nicht?«

Sie zögerte. »Weiße Männer helfen einem nie umsonst.«

Abwehrend hob er die Hände. »Ich will nichts von dir. Nur dir helfen. Und hör auf, mich mit ›Euch‹ und ›Ihr‹ anzureden.«

»Alle weißen Herren wollen so angesprochen werden.«

»Ich bin zwar weiß, aber kein Herr, wie dir inzwischen auch schon aufgefallen sein sollte. Wir haben hier keine anderen Rechte als ihr.«

Sie presste die Lippen zusammen. Schließlich zeigte sie auf das Beet mit den Yamsstauden. »Du kannst da harken.«

Na endlich, dachte Pierce. Sein erstes Ziel hatte er erreicht. Auch wenn das Unkrautjäten im Yamsbeet keine sinnvolle Aufgabe war. Es ging einfacher, das gleich mit zu tun, wenn man die Wurzeln ausgrub. Aber er widersprach ihr nicht. Denn es schien ein Test zu sein: ob er ihrem Vorschlag folgte oder nicht.

Er tat es und nahm sein zweites Ziel in Angriff. »Jules leidet sehr darunter, dass du nicht mehr mit ihm reden willst.«

»Was weißt du schon von Jules!«, blaffte sie ihn an.

»Nicht viel. Nur, dass es ihm schlecht geht. Er macht sich große Vorwürfe, dass er sich hat dazu verleiten lassen, euer Geld zu verprassen.«

»Hm«, brummte Céline.

Immerhin widersprach sie ihm nicht gleich, sondern schien über das nachzudenken, was er gesagt hatte. »Er ist ein guter

Mann, der einen Fehler gemacht hat. Er hat seine Lehre daraus gezogen und wird diesen Fehler nicht noch einmal begehen.«

»Woher willst du das wissen?«

»Frag ihn doch selbst.«

Eine Weile lang harkte sie schweigend weiter. Dann sagte sie: »Vielleicht.«

Pierce frohlockte. Diese harte Nuss hatte er geknackt. Nun musste er nur noch Jules vom Gleichen überzeugen. »Ich werde mal nach den Männern auf dem Baumwollfeld sehen.«

Céline blickte von der Arbeit auf. »Ja, tu das.«

25

Obwohl Fleur Touchard richtig eingeschätzt hatte, war sie dennoch überrascht, als er ihr einige Tage später einen Besuch abstattete. Sie war noch nicht einmal dazu gekommen, eine ihrer Forderungen einzutreiben, und besaß daher nicht genügend Geld, um ihn auszahlen zu können.

Er galoppierte auf das Gutshaus zu und riss seinen schwarzen Hengst im letzten Augenblick am Zügel zurück, sodass er mit rutschenden Hufen zum Stehen kam. Der Hengst schüttelte seine Mähne und prustete laut, als wolle er sich über die unangebrachte Behandlung beschweren. Touchard nahm davon keine Notiz, sondern schwang sein Bein über den Hals des Pferdes und glitt leger auf den Boden. Er schlang die Zügel um das Geländer der Veranda, ließ seinen Blick forsch über das Gutshaus, die Scheunen und die Felder wandern, bevor er die Stufen hinaufschritt und Fleur begrüßte, die ihn vor der Tür erwartete.

Das arrogante Gebaren des blonden Mannes, als wäre er bereits der neue Besitzer der Plantage, weckte ihren Widerwillen.

»Madame Maurais.« Er deutete eine Verbeugung an.

»Monsieur Touchard.« Wenn diese knappen Worte seine einzige Begrüßung waren, dann würde er auch von ihr nichts anderes zu hören bekommen, dachte sie aufgebracht. Selbst wenn das schlechte Gewissen, nicht die übliche Höflichkeit für ihren Gast aufzubringen, an ihr nagte.

Da sie ihn nicht hereinbat und auch keine Anzeichen machte, sich selbst auf einem der gemütlichen Verandastühle niederzulassen, lehnte er sich an das Geländer, überkreuzte die Beine und sah sie herausfordernd an.

Schweigend und ohne die Augen zu senken, erwiderte sie den Blick und zwang sich, darauf zu warten, dass er das Gespräch begann.

»Wie läuft es mit der Plantage?«, platzte er schließlich heraus.

Ihr unerwartetes Schweigen hatte seine Selbstsicherheit ins Wanken gebracht. Er hatte anscheinend eine verunsicherte Frau, die ohne männliche Hilfe ums Überleben kämpfte und ihn mit Erleichterung empfangen würde, erwartet. Doch da spielte Fleur nicht mit.

»Gut«, antwortete sie zufrieden. »Und wie läuft es auf Eurer Plantage?«

Ihre überzeugte Antwort brachte ihn noch mehr aus dem Konzept. »Ebenfalls gut«, erwiderte er knapp.

»Freut mich zu hören.« Nun da sie ihm klargemacht hatte, dass sie keinesfalls ein geschwächtes Reh war, mit dem die Geier ein leichtes Spiel haben würden, sondern ein ebenbürtiger Gegner, konnte sie Großmut zeigen. »Nehmt doch Platz.« Sie deutete auf einen der Korbsessel und setzte sich selbst.

Er folgte ihrer Aufforderung und ließ sich ihr gegenüber nieder.

»Darf ich Euch ein Glas Tamarindenlimonade anbieten? Die Köchin hat sie heute Morgen frisch gebraut.«

Er nickte, und sie winkte Annie herbei, die im Wohnzimmer den Boden reinigte.

Nachdem Annie Gläser und einen Krug Limonade gebracht hatte, begann Touchard eine harmlose Konversation über das Wetter, die Mühen im Leben eines Plantagenbesitzers und die Schädlinge, die einige seiner Baumwollstauden befallen hatten.

Erst nach einer ganzen Weile brachte er das Gespräch endlich auf den Punkt, den Fleur schon lange erwartet hatte.

»Und, habt Ihr Euch schon entschieden, wie es mit der Plantage weitergehen soll?« Er hatte die Frage in einem harmlosen, beiläufigen Ton gestellt. Aber das Aufblitzen in seinen Augen war Fleur nicht entgangen.

»Genauso wie bisher. Die Sklaven, die hier geblieben sind, haben sich inzwischen beruhigt und gehen ohne Murren ihrer Arbeit nach. Und aus den englischen Kriegsgefangenen sind mittlerweile ganz gute Plantagenarbeiter geworden.« Fleur hatte ihre Worte bewusst so gewählt, um Touchard klar zu machen, dass sie die Plantage im Griff hatte.

»Habt Ihr denn einen Aufseher gefunden?«, fragte Touchard verblüfft. Solche Neuigkeiten machten üblicherweise rasch die Runde, und natürlich nahm er nicht an, dass Fleur die Plantage selbst führte.

Sie hob das Kinn. »Nein, ich beaufsichtige die Sklaven selbst.«

Missbilligend zog er die Augenbrauen zusammen. »Ihr müsst so schnell wie möglich einen Aufseher finden, der sie im Griff hat. Bevor sich die Lage wieder zuspitzt. Ihr allein auf dieser Plantage, das ist zu gefährlich!« Um seinen Worten Nachdruck zu verleihen, hatte er mahnend den Zeigefinger erhoben.

»Ich bin dabei, einen Aufseher zu suchen«, beruhigte sie ihn. »Doch wie Ihr wisst, sind diese nicht so leicht zu finden. Und bis jetzt sind die Leute zufrieden und ruhig. Sie haben sich an die neue Situation gewöhnt.«

»Aber selbst mit den Kriegsgefangenen habt Ihr zu wenig Arbeiter, um die ganze Plantage bewirtschaften zu können.« Er beugte sich vor, und der Ausdruck auf seinem Gesicht änderte sich wie die Kulissen in einem Theater. ›Selbstlose Unterstützung einer bedürftigen Freundin‹ konnte daraus als Titel des nächsten Aktes gelesen werden. »Wenn ich Euch mit einem Abkauf der Baumwollfelder behilflich sein kann?«

»Im Moment plane ich nicht, Land zu verkaufen.«

Fleurs ablehnende Reaktion hatte zur Folge, dass die Kulisse erneut gewechselt wurde. »Aber das wird unumgänglich werden! Wie wollt Ihr mit dem ganzen Land zurechtkommen? Es ist besser, Ihr verkauft es, solange es noch einen Wert hat und nicht heruntergewirtschaftet ist.«

Fleur sah ihn hochmütig an. »Wie kommt Ihr darauf, dass es heruntergewirtschaftet ist? Ich habe vor, zusätzliche Sklaven zu kaufen, damit ich auch die Baumwollfelder neu bepflanzen kann«, bluffte sie.

Touchard presste die Lippen zusammen. Das Gespräch lief ganz offensichtlich nicht so, wie er es im Sinne gehabt hatte. »Ich muss leider ein unangenehmes Thema ansprechen. Ich nehme an, Ihr wisst nicht, dass Euer verstorbener Gatte Schulden bei mir hatte? Eine nicht unbedeutende Summe. Auch wenn es mir unangenehm ist, Euch zu bedrängen, muss ich Euch leider um die Rückzahlung bitten. Ich brauche das Geld dringend selbst.«

Seine Heuchelei und die schlechte Theaterposse verärgerten Fleur immer mehr. »Ich bin über meine finanzielle Lage sehr wohl im Bilde! Ihr bekommt das Geld in einigen Tagen zurück.« Ihre Stimme war schroff geworden.

»Gut, dann will ich Euch nicht länger stören. Ich werde auf meiner Plantage erwartet.« Er erhob sich, als wäre nichts gewesen, und verabschiedete sich.

Wütend starrte sie ihm nach, als er seinem Hengst die Sporen gab und davongaloppierte.

Nun kam sie nicht mehr darum herum, die Schuldner von Maurais aufzusuchen und ihr Geld einzutreiben.

Mit einem Korb voller Gemüse, den er in die Hütte hinter dem Gutshaus, in welcher die Küche untergebracht war, bringen wollte, kam Pierce um die Ecke gebogen. Er sah gerade noch, wie sich ein junger, gut aussehender Mann von Fleur verabschiedete, auf einen edlen, schwarzen Hengst stieg und davongaloppierte. War das der Mann gewesen, der sie im Fort begleitet hatte? Pierce war sich nicht sicher.

Gedankenversunken sah Fleur ihm nach.

»Wer war das?« Seine Stimme klang barscher, als ihm lieb war. Aber beim Anblick von Fleur, die einem anderen Mann nachsah, wogte Eifersucht in ihm hoch. War sie etwa auf der Suche nach einem neuen Ehemann? Hatte sie darum dieses weit ausgeschnittene, rote Kleid angezogen, das ihre Figur auf das vortrefflichste betonte und das sie vorher noch nie getragen hatte? Ihre offenen, dunkelbraunen Locken wallten über ihre Schultern und ihre nackten Arme. Sie schien nicht einmal einen Unterrock zu tragen, denn der dünne Stoff des Kleides schmiegte sich um die Rundungen ihres Hinterns. War sie sich nicht bewusst, wie verlockend sie darin für jeden Mann aussah?

Überrascht drehte sie sich um. »Bla... Francis! Hast du mich erschreckt!«

Das geschieht, wenn man anderen Männern hinterhersieht, lag ihm auf der Zunge, aber er verbiss sich die Bemerkung.

Als er nichts erwiderte, hob sie die Augenbrauen. Offenbar war ihm seine schlechte Laune anzusehen. »Ich bringe der Köchin das Gemüse«, sagte er und versuchte einen neutralen Tonfall hinzubekommen.

»Danke!« Sie schaute in den Korb. »Oh, du hast auch frische Mangos und Bananen dabei! Da nehme ich gleich ein paar mit ins Haus.«

Sie suchte zwei schöne, gelbe Mangos heraus, klemmte sie zwischen ihren nackten Arm und ihre Brust und versuchte, noch zwei Bananen darüberzulegen.

Bevor er seinen Blick nicht mehr von ihrem Ausschnitt losreißen konnte, griff er nach den Bananen und nahm sie ihr ab. »Lasst mich Euch helfen.«

»Na gut«, meinte sie wenig begeistert und ging die Stufen der Veranda hinauf ins Haus.

Er folgte ihr. Er wollte noch immer eine Antwort auf seine Frage, wer der Mann gewesen war. Außerdem hatte es ihn schon lange gejuckt, sich das Gutshaus einmal von innen anzusehen.

Die untere Etage des Hauses öffnete sich in einen einzigen großen Raum, in dem sämtliche Fenster und Türen zu beiden Veranden hin geöffnet waren, sodass man den Eindruck hatte, gar nicht in einem Haus, sondern draußen zu sein. Die eine Hälfte des Raumes wurde von einem langen Esstisch beherrscht. Auf der anderen Seite waren gemütlich aussehende Korbsessel um einen niedrigen Tisch gruppiert. Ein ähnliches Arrangement fand sich auch draußen auf der Veranda. In einer Ecke stand ein Schrank. Mehr Möbel gab es in dem Raum nicht, auch keine Teppiche oder Bilder.

»Es ist nicht sehr groß, aber gemütlich«, meinte sie ein wenig verlegen.

»Was will man bei diesem Klima mehr? Man ist ohnehin meist draußen.« Das Haus und seine Einrichtung hatten schnell sein Interesse verloren. Es richtete sich wieder auf sie.

Sie legte die Mangos in die leere Schale auf dem Tisch, und er tat es ihr mit den Bananen nach.

»Wer war der Besuch?«, wiederholte er seine Frage.

»Touchard. Ein Nachbar.« Sie machte eine wegwerfende Handbewegung, die er nicht deuten konnte. Wollte sie damit dessen Bedeutung vor ihm herunterspielen?

»Und was wollte er von Euch?«

Sie verschränkte die Arme vor der Brust und sah ihm direkt in die Augen. »Wieso willst du das wissen?«

Unweigerlich senkte sich sein Blick auf ihr weit ausgeschnittenes Dekolleté und ihre Brüste, die jetzt von ihren Armen hochgeschoben wurden. Er zuckte mit den Schultern. Was sollte er darauf antworten?

Sie warf ihre Haare nach hinten und sah ihn fordernd an. Für den Bruchteil einer Sekunde fühlte er sich von ihr eingeschüchtert.

Dann stieg ein anderes Gefühl in ihm empor: Erregung. Diese Stärke, die plötzlich aus ihr sprach, und ihr neues Selbstbewusstsein zogen ihn an wie eine Motte das Licht. Sie forderte ihn heraus. Als ebenbürtige Gegnerin. Und er kannte nur noch einen Gedanken: Er wollte diese Frau haben.

Das war nicht mehr das unscheinbare Mauerblümchen, das sie auf seinem Schiff gewesen war. Sie war eine Frau, die wusste, was sie wollte.

Und das war nicht er, sondern jener Mann, dem sie hinterhergesehen hatte und für den sie dieses Kleid angezogen hatte. »Warum sucht Ihr Euch einen neuen Mann, jetzt, wo Ihr endlich erreicht habt, was Ihr wolltet, und unabhängig und frei seid?«, fragte er, bevor er sich eines Besseren besann.

Ihre Augen verengten sich. »Du glaubst, ich will etwas von Touchard?«

Er konnte seine Eifersucht nicht mehr zurückhalten. »Warum sonst würdet Ihr Euch so vor ihm präsentieren?« Mit seinem Kinn deutete er auf ihren Körper.

Sie öffnete die Arme und blickte an sich hinunter. »Was passt dir daran nicht? Die Kleider, die du mir auf dem Schiff gegeben hast, waren wesentlich weiter ausgeschnitten.« Sie blickte wieder hoch und sah ihn mit herausfordernd blitzenden Augen an.

»Da waren wir auch allein in meiner Kabine«, knurrte er. Die Erinnerung daran, wie verführerisch und gleichzeitig unschuldig sie ausgesehen hatte, kam in ihm hoch. Von der Unschuld war nun nichts mehr da. Anscheinend hatte sie eine Menge von Maurais und wahrscheinlich auch von anderen Männern auf dieser Insel gelernt. Was ihn bei den Freizügigkeiten, die sich die weißen Männer den Sklavinnen gegenüber herausnahmen, nicht überraschte. Wahrscheinlich betrachtete sie ihn ebenso als ihren Besitz, wie die Männer ihre Sklavinnen. Nur deshalb hatte sie bei Prinzessin Suze so reagiert. Nicht weil ihr etwas an ihm lag.

Wütend funkelte sie ihn an. »Das hier ist meine Plantage und mein Zuhause. Da kann ich herumlaufen, wie ich will.«

Ebenso wütend gab er zurück: »Ich wusste nicht, dass dieser Maurais Euch so fehlt. Aber wenn Ihr so dringend einen Mann braucht, könnt Ihr auch mit mir vorliebnehmen.«

Einen Augenblick lang sah sie ihn schockiert an. Dann begannen sich ihre Augen mit Tränen zu füllen. Sie holte aus und verpasste ihm eine Ohrfeige.

Der Schlag kam so überraschend, dass er nicht einmal auswich. Aber er schaffte Ernüchterung. Sie sah ihn so verletzt an, dass sein Ärger und seine Eifersucht wie weggeblasen waren. Was war bloß in ihn gefahren? Was hatte diese Frau an sich, dass er in ihrer Gegenwart ständig die Kontrolle verlor und sich wie ein Rüpel benahm? Warum musste er sie immer wieder beleidigen? Das hatte er doch gar nicht gewollt. »Fleur, ... es tut mir leid, ich ...«

»Du hast überhaupt keine Ahnung! Niemals hätte ich mich von Maurais auch nur anfassen lassen! Geschweige denn von Touchard! Der wollte nur seine Schulden eintreiben.« Verständnislos sah sie ihn aus tränenverschleierten Augen an. Dann drehte sie sich um und rannte die Treppe hinauf.

»Fleur! Warte! Es tut mir leid! Ich weiß auch nicht, was in mich gefahren ist. Aber dich so zu sehen, mit diesem Touchard ...«

Sie ignorierte ihn. Er war versucht, ihr nachzulaufen, doch dann schlug oben eine Tür zu.

Verwirrt blieb er mitten im Raum stehen. Was war bloß in ihn gefahren, so etwas zu ihr zu sagen? Fassungslos über sich selbst schüttelte er den Kopf. Wie konnte er das jemals wieder gutmachen?

Schluchzend warf sich Fleur auf das Bett. Wie konnte er nur so etwas zu ihr sagen? Ausgerechnet er? Der einzige Mann, nach dem sie sich jemals gesehnt hatte. Der einzige, der ihre Gefühle je ins Chaos gestürzt hatte. Er konnte manchmal so aufmerksam und charmant sein, dass sie zu glauben begonnen hatte, dass er auch etwas für sie empfinden würde. Aber da hatte sie sich wohl geirrt. Für ihn war sie nur irgendeine Frau. Beliebig und austauschbar. Ein Objekt, an dem er seine Bedürfnisse stillen könnte, so wie es Maurais mit seinen Sklavinnen getan hatte. Und das Schlimmste war, dass er dachte, sie wäre genauso! Dass sie menschliche Beziehungen – dass sie *ihn* – ebenso gering schätzte!

Wie hatte sie nur jemals denken können, er wäre anders als die anderen Männer! Ihnen ging es nur um ihr Vergnügen, und das holten sie sich, wo immer sie konnten. Und Pierce Blackhurst war offenbar genauso. Wie viele andere Frauen hatte er wohl vor ihr in seiner Kabine gehabt? Frauen, die sich genötigt gesehen hatten, für ihre Überfahrt mit Dienstleistungen zu bezahlen, wie er das nannte? Und sie hatte mit der Zeit tatsächlich zu glauben begonnen, sie wäre für ihn etwas Besonderes! Wie hatte sie sich geirrt!

Schluchzend schlug sie mit der Faust gegen die Matratze. Aber es gelang ihr nicht wirklich, ihre Verletzung mit Wut zu vertreiben. Die Enttäuschung war zu groß. Doch daran war sie selbst schuld. Sie hatte immer gewusst, wie er war. Dass sie begonnen hatte, sich selbst etwas vorzumachen, war ihre eigene Schuld. Sie musste damit aufhören. Es brachte nichts. Nur Schmerz und Enttäuschung.

26

Einige Tage später, als Fleur gerade beim Abendessen war, kam Annie aufgeregt herein. »Da kommt jemand, Madame.«

Neugierig, wer es wohl sein mochte, erhob Fleur sich, trat hinaus auf die Veranda und spähte ins Tal hinab. Die untergehende Sonne blendete sie, sodass sie die Augen mit der Hand abschirmen musste.

Ein Reiter trabte über den Weg zwischen den Feldern. Röcke, die im Wind flatterten und sich aufbauschten, ließen darauf schließen, dass es sich dabei um eine Frau handelte. Einen Moment lang argwöhnte Fleur verstimmt, es könnte Prinzessin Suze sein. Doch dann verwarf sie den Gedanken wieder. Die Mulattin würde sich bestimmt nicht derart unstandesgemäß verhalten und sich selbst auf ein Pferd setzen. Sie würde sich vom Kutscher in ihrem Einspänner vorfahren lassen, so wie sie es bei den weißen Damen gesehen hatte.

Die Reiterin war jetzt so nahe, dass ihre Haare, die sich beim Ritt aus der Frisur gelöst hatten, erkennbar wurden. Rotgolden schimmerten sie im Abendlicht.

Fleur stutzte. Sie kannte nur eine Frau mit solchen Haaren: Lucille. Doch von ihr hatte sie nichts mehr gehört, seit sie Sainte-Lucie betreten hatten. Dabei hatte sie ihr beinahe jede Woche einen Brief geschrieben, die jedoch allesamt unbeantwortet geblieben waren.

Mit der Einsicht, dass es die Abendsonne sein musste, die diesen Glanz auf die Haare der Reiterin warf, wischte sie die Erinnerung an ihre alte Freundin beiseite.

Eine Weile lang verschwand die Reiterin zwischen den Plantagengebäuden, durch die der Weg zum Gutshaus führte.

Gespannt wartete Fleur darauf, dass sie wieder auftauchte. Zuerst erschallten die Hufe des Pferdes auf dem harten Lehmboden. Dann gaben die Gebäude die Reiterin wieder frei. Rot leuchteten ihre Haare im dämmerigen Schatten, den der Flamboyant-Baum auf den Platz zeichnete. Fleur schüttelte den Kopf, um diese vermeintliche Sinnestäuschung zu verscheuchen. Doch die Frau trabte unbeirrt näher. Und dann bestand kein Zweifel mehr …

»Lucille!«, rief Fleur ungläubig. Einen Augenblick lang verharrte sie erstarrt am Geländer der Veranda. Dann rannte sie die Stufen hinab.

Die Reiterin war inzwischen vom Pferd gestiegen und kam zögerlich näher.

»Lucille! Du bist es wirklich!« Fassungslos blieb Fleur einige Schritte vor ihr stehen und sah sie mit aufgerissenen Augen an.

»Ja, ich bin es«, nickte Lucille mit seltsam ernsthafter Miene, während Fleur sie musterte. Ihre Wangen waren eingefallen, und die Augen hatten ihr lebhaftes Funkeln verloren. Ein niedergeschlagener Ausdruck beherrschte ihr verhärmtes Gesicht.

»Wo kommst du so plötzlich her? Warum hast du nie etwas von dir hören lassen?«, fragte Fleur aufgeregt, wobei sie ihr Erschrecken über Lucilles Zustand zu verbergen versuchte.

Ein solcher Anblick war auf dieser Insel nichts Ungewöhnliches, versuchte sie sich zu beruhigen. Die widrigen Lebensumstände ließen die Menschen in kurzer Zeit altern, und wie Seifenblasen zerplatzte Träume taten ein Übriges. Aber jemanden, der einem nahestand, plötzlich so zu sehen, war schmerzhaft.

»Du warst diejenige, die nichts von sich hören ließ. Auf keinen meiner unzähligen Briefe hast du geantwortet«, fuhr Lucille sie enttäuscht an.

Verwirrt runzelte Fleur die Stirn. »Ich habe dir zahllose Briefe geschickt, ohne je eine Antwort von dir zu erhalten.«

»Ich habe nie einen bekommen.« Mit einer Mischung aus Misstrauen und Verständnislosigkeit schüttelte Lucille den Kopf.

»Wem hast du denn die Briefe übergeben?«, fragte Fleur. »Meine habe ich im Dorf einem Boten oder einem Sklaven gegeben, der in eure Richtung unterwegs war. Ich kann mir nicht vorstellen, dass die Briefe nicht angekommen sein sollen. Vielleicht dass einer einmal von einem unzuverlässigen Sklaven weggeworfen wurde. Aber doch nicht alle!«

»Ich weiß nicht, wer als Bote geschickt wurde. Gustave hat das geregelt. Er hat sie immer zusammen mit anderen Nachrichten oder Waren überbringen lassen.« Nachdenklich rieb sich Lucille mit dem Zeigefinger über die Lippen. Plötzlich hielt sie inne. »Das würde bedeuten –«, sie brach ab und riss die Augen auf. »Gustave hat sie gar nicht weitergegeben! Weder meine Briefe an dich, noch die Briefe, die du mir geschrieben hast!«

»Warum hätte er das tun sollen?«

»Gustave?« Bitter lachte Lucille auf. »Der hat noch ganz andere Dinge getan! Das kannst du dir gar nicht vorstellen. Darum bin ich hier! Ich habe es nicht mehr ausgehalten. Es war einfach schrecklich.« Sie brach in Tränen aus.

»Ach Lucille! Meine liebe Lucille!« Fleur ging auf sie zu und nahm sie in die Arme. »Ich freue mich so, dich wiederzusehen.« Sie streichelte ihrer Freundin den Rücken, der vom Weinen bebte.

»Eingesperrt hat er mich, tagelang. Damit ich meine Sünden bereue und auf den richtigen Weg finde. Ausgerechnet ich! Du hättest sehen sollen, wie er mit seiner alten Mutter und mir umgesprungen ist! Wir waren für ihn nichts anderes als wertlose

Dienerinnen. Und erst die armen Sklaven! Verprügelt und misshandelt hat er sie und das auch noch mit der Bibel gerechtfertigt. Ein... einen Sklaven, der ausgerissen ist, hat er so lange ausgepeitscht, bis er starb! Da... da habe ich es nicht mehr ausgehalten und bin ge... geflohen.« Lucille war unfähig weiterzusprechen, so sehr schluchzte sie.

»Komm erst einmal ins Haus. Und dann erzählst du mir alles in Ruhe.« Fleur führte Lucille ins Wohnzimmer, wo sie erschöpft in einen Sessel sank.

Die Nacht war schon lange hereingebrochen, als Lucille ihr ganzes Leid geklagt hatte. »Wieso bin ich bloß nach Sainte-Lucie gekommen? Ich hätte in Frankreich bleiben sollen, selbst wenn mir nur der Weg ins Kloster offengeblieben wäre.«

»Was willst du nun tun?«

»Ich weiß es nicht. Zu ihm zurückgehen werde ich auf keinen Fall. Das würde ich nicht ertragen. Kann ich eine Weile bei dir bleiben?«

»Natürlich.« Sanft griff Fleur nach Lucilles Händen. »Nur erwarte nicht zu viel. Maurais hat mir hauptsächlich Schulden hinterlassen. Ich arbeite sogar selbst auf den Feldern mit, damit wir irgendwie über die Runden kommen.«

»Das macht nichts. Ich werde mithelfen, wo immer du mich brauchen kannst. Solange ich nur nicht wieder zu Gustave zurück muss.« Verzweifelt klammerten sich Lucilles Hände um die von Fleur.

»Keine Angst, wir werden einen Weg finden«, tröstete Fleur.

Sie quartierte Lucille in Maurais' ehemaligem Zimmer ein und verließ es erst, nachdem ihre Freundin in einen erlösenden Schlaf gesunken war.

Lucille schlief am nächsten Tag beinahe bis mittags. Obwohl der ausgiebige Schlaf ihr merklich gut getan hatte, schlich sie bedrückt umher wie ein Schatten ihrer selbst. Sie hatte ihre Fröhlichkeit verloren und starrte allzu häufig einfach nur ins Leere. Alle Versuche von Fleur, sie aufzumuntern, schlugen fehl. Zu guter Letzt versuchte sie, Lucille dazu zu bewegen, mit Céline in den Garten zu gehen, in der Hoffnung, dass die Beschäftigung mit den Pflanzen sie von ihrem Kummer ablenken würde.

Das tat es, wenn auch nicht so, wie Fleur es sich vorgestellt hatte.

Die Baumwollsamen, die Céline und Fleur im Garten ausgesät hatten, sprossen in zartem Grün aus der rotbraunen Erde. Die kleinen Pflänzchen waren groß genug, um auf das mittlerweile gepflügte Feld umgepflanzt zu werden. Vorsichtig gruben die drei Frauen sie aus und platzierten sie in Kistchen, die von Jules und Daniel abgeholt und auf das Feld gebracht wurden. Fleur und Lucille folgten ihnen, um das Einpflanzen zu überwachen.

Die Anwesenheit einer fremden weißen Frau hatte sich bereits herumgesprochen. Dennoch hielten die Männer in ihren Arbeiten inne und richteten sich auf, als Fleur und Lucille am Feld ankamen.

Wie schon mehrmals zuvor stellte Fleur ihre Freundin auch hier vor. »Das ist Madame Baulant. Sie wird für eine Weile bei uns wohnen«, erklärte sie. Dann zeigte sie auf die Kistchen. »Wir bringen die Baumwollsetzlinge.«

Die Männer lösten die verwunderten Blicke von Lucille und richteten ihre Aufmerksamkeit auf die Kistchen.

Bis auf Joseph, der Lucille immer noch anstarrte und sich nicht vom Fleck rührte. »Lucille?«

»Joseph?«, keuchte sie überrascht auf. »Bist du es wirklich?«

Lucilles Gesicht, auf dem sich zuerst verwirrte Ungläubigkeit gezeigt hatte, strahlte vor Freude auf. »Joseph!« Sie ging auf ihn zu und blieb mit einem herzlichen Lächeln vor ihm stehen.

Er erwiderte es, sich verlegen am Kopf kratzend.

Fleur verfluchte sich dafür, dass sie nicht daran gedacht hatte, dass Lucille die ehemaligen Freibeuter ebenfalls erkennen würde. Alles was vor ihrer Ankunft auf Espérance passiert war, schien ihr tausend Jahre her zu sein. Aber das war keine Entschuldigung. Wie hatte sie nur so achtlos sein können? Sie warf einen beunruhigten Blick zu Blackhurst. Würde Lucille ihn erkennen und den Kapitän, auf dessen Schiff sie gefangen gewesen war, vor aller Augen enttarnen?

Blackhurst schien sich dasselbe zu fragen, wie an seiner plötzlich versteinerten Miene abzulesen war.

Doch Lucille war derart von Josephs Anwesenheit gebannt, dass sie keine Augen für die anderen Engländer hatte.

Als wolle Blackhurst sein Glück testen, trat er auf sie zu und begrüßte sie. Nachdem sie seinen Gruß beiläufig und ohne ein Zeichen des Erkennens erwidert hatte, hob er ein Kistchen Baumwollsetzlinge auf und begab sich zu seiner auf dem Feld vorgegrabenen Linie, wo er mit dem Einpflanzen begann.

Erleichtert zog Fleur Lucille mit sich zurück in den Garten, fort von Joseph, damit dieser sich an seine Arbeit machte.

Sie sollte ihr Glück – oder vielmehr Blackhursts Glück – besser nicht herausfordern. Im selben Moment fragte sie sich, warum sie an Glück dachte. Wäre es nicht besser gewesen, Lucille hätte ihn erkannt, und er und seine Männer hätten die Plantage verlassen müssen? Damit seine Gegenwart sie endlich nicht mehr quälte? Nur warum war der Gedanke, dass er gehen könnte, ebenso schmerzhaft?

Es vergingen gerade mal zwei Tage, bis Gustave Hayot, Lucilles Ehemann, auf Espérance auftauchte.

Aufgelöst kam Annie auf das Baumwollfeld gerannt und berichtete von einem tobenden Mann, der ins Haus eingedrungen sei und nach der weißen Frau mit den roten Haaren suche. Fleur ließ den Spaten fallen, schwang sich aufs Pferd und galoppierte nach Hause.

Als Fleur es nach ein paar atemlosen Minuten, die ihr wie eine Ewigkeit vorkamen, erreichte und hineinrannte, verriet ihr die Stille sofort, dass Hayot nicht mehr hier war. Sie stürzte wieder hinaus und rannte zur Küchenhütte, vor der die Köchin stand und ihr verängstigt entgegenblickte.

»Wo ist er hin?«, rief Fleur ihr zu. »Im Haus ist er nicht mehr.«

»In den Garten gegangen.«

»Warum hast du ihn nicht in eine andere Richtung geschickt?«, brauste Fleur auf. »Da läuft er geradewegs in Lucille hinein!«

Die Erstarrung der Köchin löste sich. Rasch ging sie in die Hütte zurück und zog die Tür hinter sich zu.

Fleur eilte weiter, den Pfad hinter dem Haus entlang in den Garten. Lange bevor sie dort ankam, hört sie Hayots wütende Stimme. »Du missratenes, undankbares Weibsbild! Was fällt dir eigentlich ein! Wie kannst du es wagen, einfach davonzulaufen?«

Fleur keuchte auf, als sie ein lautes Klatschen hörte. Das konnte nur ein Schlag gewesen sein.

»Du hast mich vor allen lächerlich gemacht! Jeden Tag kämpfe ich darum, dass die Sklaven nicht davonlaufen, und jetzt macht das meine eigene Frau! Ich habe dich in mein Haus aufgenommen, und so dankst du mir das!«

Endlich war sie da. Das Bild, das sich ihr bot, war so furchtbar, wie sie es erwartet hatte. Lucille lag auf dem Boden und hielt sich das Gesicht, während ein bulliger Mann mittleren Alters sich über ihr aufgebaut hatte. Als er erneut die Hand zum Schlag hob, straffte Fleur die Schultern und trat rasch vor. »Monsieur Hayot! Das reicht!«

Überrascht drehte er sich um, um gleich darauf seinen Zorn auf sie zu richten. »Hab ich doch gewusst, dass sie sich zu Euch verkrochen hat! Ist ja kein Wunder. Gleich und gleich gesellt sich gern.« Abschätzig sah er an Fleur hinab. »Noch so ein liederliches Weibsstück, das in der Hölle braten sollte. Aber Ihr werdet Eure Strafe auch noch erhalten. Ich frage mich bloß, was ich verbrochen habe, dass mich Gott mit solchen nichtsnutzigen, verachtenswerten Kreaturen prüft.«

Fleur zitterten die Knie, aber sie wusste, sie durfte keine Schwäche zeigen. »Monsieur Hayot, verlasst sofort meinen Grund und Boden! Solche abscheulichen Reden verbitte ich mir!«

Hayot verzog seinen Mund zu einem selbstgefälligen bösen Grinsen. »So eine wie Ihr hat mir überhaupt nichts zu befehlen. Macht, dass Ihr mir aus dem Weg kommt!« Er packte Lucille, die in panischer Angst erstarrt war, am Arm und zerrte sie hinter sich her.

»Lasst sie sofort los!«, verlangte Fleur.

Hayot reagierte nicht, sondern stieß sie zur Seite, als sie sich ihm in den Weg stellte.

Als Fleur zu Boden stürzte, schrie Lucille auf. »Lass es. Es hat keinen Sinn. Du kommst nicht gegen ihn an. Er verletzt dich nur auch noch.«

»Oh nein! So leicht kommt er mir nicht davon!« Fleur rappelte sich wieder auf, rannte ihnen nach und riss an Hayots Arm, mit dem er Lucille gepackt hielt. Er versetzte ihr, ohne innezuhalten, mit der freien Hand einen Kinnhaken, der sie zu Boden schmetterte.

Der Schmerz war wie eine Explosion in ihrem Kopf, Tränen traten ihr in die Augen. Sie tastete den Kiefer ab, um festzustellen, ob etwas gebrochen war.

»Das reicht! Lasst sie sofort los oder ich erschieße Euch!« Blackhursts Stimme hallte wie ein Kanonenschuss durch den Garten. Fleurs Blick schoss hoch. Er hatte sich mit dem Gewehr vor Hayot aufgebaut und fixierte ihn mit eiskaltem Blick. Fleur hätte sich ohrfeigen können, dass sie in ihrer Panik nicht selbst daran gedacht hatte, das Gewehr mitzunehmen.

Für einen Moment erstarrte Hayot, überrascht über den ernst zu nehmenden Gegner, der sich ihm unerwartet in den Weg gestellt hatte. Doch dann entspannte er sich wieder. »Das werdet Ihr nicht wagen. Warum solltet Ihr mich wegen dieser Hure erschießen?«

»Ich werde es nicht noch einmal sagen.« Blackhursts Ton war gefährlich ruhig. Er hob das Gewehr hoch und legte an.

Fleur hielt den Atem an – und stieß ihn wieder aus, als sie erkannte, dass Hayots Selbstsicherheit ins Wanken geriet. Unsicher blickte er von Blackhurst zu Lucille und entschied anscheinend, dass es nicht wert war, sich ihretwegen erschießen zu lassen. Verächtlich stieß er sie von sich weg. Aber ganz fertig war er noch nicht. »Und was ist mit meinem Pferd?«

»Welches Pferd?«, fragte Blackhurst gleichgültig, ohne das Gewehr zu senken.

»Das Pferd, das diese Diebin mir gestohlen hat!«, schimpfte Hayot.

»Hat Madame Hayot irgendwelche Vermögenswerte bei ihrer Flucht mitgenommen?«

Hayot furchte die Stirn. »Was soll diese Frage?«

»Ich erwarte eine Antwort«, erwiderte Blackhurst seelenruhig, aber mit einer Stimme, die klar machte, dass er vor nichts zurückscheuen würde. »Geld, Silberbesteck ...«

»Nein«, antwortete Hayot zögerlich.

»Dann wird sie das Pferd behalten. Ihr wollt Eure Frau doch nicht ohne Mittel zurücklassen.«

Hayot kniff die Augen zusammen. In seiner Wut, sich nicht durchsetzen zu können, wie er es gewohnt war, zischte er: »Das werdet Ihr mir büßen! Ihr seid keinen Deut besser als Eure Frau!« Fleur erschauerte, als er ihr einen Blick voller Abscheu zuwarf. »Diese –«

»Ich würde aufpassen, was ich sage, wenn ich Ihr wäre«, unterbrach ihn Blackhurst kalt. »Mein Finger am Abzug rutscht verdammt schnell aus.«

Hayot verschränkte trotzig die Arme, schwieg aber.

»Und nun bewegt Ihr Euren Hintern von dieser Plantage!« Mit dem Gewehr forderte Blackhurst ihn auf, den Pfad zurück zum Haus zu gehen. Joseph, der hinter ihm stand, wie Fleur jetzt erst bemerkte, wies er an: »Kümmere dich um die Frauen. Ich werde diesen Herrn an die Grenze unserer Plantage begleiten.«

Blackhurst stieg auf Fleurs Pferd und trieb den wütenden Hayot vor sich her, dessen Pferd vor dem Haus angebunden war. Fleur sah den beiden Männern nach, bis sie außer Sichtweite waren. Erst dann stand sie langsam auf und ging zu Joseph, der die weinende Lucille sanft im Arm hielt. Sie hatte noch nicht aufgehört zu schluchzen, als sie das Haus erreichten. Während Joseph sie in ihr Zimmer brachte, ließ sich Fleur zitternd auf die Stufen vor der Veranda sinken. Sie hatte auf dem Weg zwar versucht, Lucille zu beruhigen, doch der Schock saß auch ihr noch in den Knochen. Sie schrak auf, als Annie neben ihr auf die Stufen sank.

Die junge Frau sah nachdenklich auf den Weg, der von der Plantage wegführte, und sagte dann: »Guter weißer Mann, Francis!«

Ja, dachte Fleur, er ist ein guter Mann.

Pierce wartete, bis Hayot hinter der nächsten Biegung verschwand, denn es hätte ihn nicht überrascht, wenn der Mann, kaum dass er ihm den Rücken gekehrt hätte, wieder zurückgekommen wäre. Hayot konnte die Schmach, dass seine Frau ihm davongelaufen war, nicht akzeptieren.

Pierce wartete noch eine Weile, dann wendete er das Pferd und ritt zurück. Die arme Lucille tat ihm leid. Sie hatte wahrlich kein Glück gehabt mit ihrem Mann. Aber das hatten die wenigsten Frauen, die sich auf eine Ehe auf diesen Inseln einließen. Sie wussten nicht, was sie wirklich erwartete. Wie diese Wildnis und der tägliche Überlebenskampf die Männer veränderte. Die einen wurden brutal, andere Trinker und die dritten solche Gottesfanatiker wie dieser Hayot. Fleur konnte von Glück reden, dass sie Maurais so schnell verloren hatte. Ansonsten wäre es ihr ergangen wie Lucille.

Und dass sie stark genug war, hier zu überleben. Ja, nicht nur zu überleben, sondern ihren Weg zu gehen. Denn das tat sie, wie er bewundernd feststellen musste.

Beim Gedanke an sie und wie Hayot sie geschlagen hatte, kam in ihm wieder die Wut hoch. Und Sorge.

Er hieb dem Pferd die Fersen in die Flanken und jagte im Galopp zum Gutshaus hinauf. Dort sprang er vom Pferd und eilte die Stufen zur Veranda hinauf. Doch Fleur war nicht dort. Er warf einen Blick ins Wohnzimmer und wollte gerade wieder gehen, als er sie in einer Ecke auf einem Sessel zusammengerollt entdeckte. Trotz der Wärme hatte sie eine Decke über sich gezogen. Das zweite Gewehr stand griffbereit neben ihr.

»Fleur, alles in Ordnung?«

Sie nickte schwach.

Er musterte sie einen Augenblick und durchquerte dann mit raschen Schritten das Wohnzimmer. Vor ihrem Sessel kniete er sich nieder und sah sie prüfend an.

»Wie geht es deinem Kiefer?« Vorsichtig hob er ihr Kinn und drehte es hin und her. Wieder wallte Wut in ihm auf. Wie konnte jemand diese Frau schlagen? Sie war doch viel zu zerbrechlich!

Er schien eine schmerzende Stelle berührt zu haben, denn sie zuckte zurück. Langsam ließ er die Hand sinken.

»Zum Glück nichts gebrochen«, murmelte Fleur.

»Und sonst?«

»Ich glaube, ich habe eine Beule am Hinterkopf und wahrscheinlich ein paar blaue Flecken. Und Kopfschmerzen.«

»Ich werde einen nassen Lappen holen. Ein wenig Kühlung wird dir guttun.«

Er eilte hinaus und besorgte einen Eimer kaltes Wasser und einen Lappen. Er tauchte ihn ein, wrang ihn aus und reichte ihn Fleur.

Vorsichtig presste sie ihn an ihr schmerzendes Kinn. »Das tut wirklich gut. Danke.« Sie lehnte sich zurück und schloss die Augen.

Ihre Hand lag auf der Lehne des Sessels, gleich neben seiner. So klein und schmal. Er konnte nicht anders, als sie mit dem Daumen zu streicheln. Sie drehte ihre Hand und verschränkte die Finger mit seinen. Nach einem kurzen Moment nahm sein Daumen das zärtliche Streicheln wieder auf.

Am liebsten hätte er sie in seine Arme gezogen und festgehalten. Nein, sie hochgehoben, sich selbst in den Sessel gesetzt und sie auf seinen Schoss gezogen. Dort hätte sie sich so wie jetzt wie ein Kätzchen zusammenrollen können, und er hätte sie beschützt.

Bevor er diesem Drang nachgeben konnte, öffnete sie die Augen und zog ihre Hand zurück.

»Soll ich hierbleiben?«, fragte er leise.

Sie schüttelte den Kopf. »Mir ist jetzt nicht nach Gesellschaft zumute …« Sie zögerte. »Aber vielleicht möchtest du dich auf die Veranda setzen. Dann bin ich nicht ganz allein.«

»Natürlich. Ich bleibe da und passe auf. Aber ich denke nicht, dass er zurückkommt. Dafür haben wir ihm zu viel Respekt eingejagt«, versuchte er sie zu beruhigen, auch wenn er sich dessen nicht ganz sicher war. Er glaubte nicht, dass Hayot ein Mann war, der tatenlos zusah, wie ihm seine Frau davonlief. Schon gar nicht, wenn er sie als sein Eigentum betrachtete.

Fleur nickte schwach und verkroch sich wieder unter ihrer Decke.

Er lächelte noch einmal aufmunternd und erhob sich dann, um nach draußen zu gehen.

Als er an der Tür war, sagte sie: »Francis?«

Er drehte sich um. »Ja?«

»Danke.«

Er warf ihr einen liebevollen Blick zu und ging dann hinaus.

Draußen stützte er sich auf das Geländer der Veranda. Die Abenddämmerung hatte eingesetzt, und Ruhe lag über dem Tal. Wieder kochte in ihm der Zorn hoch. Wie konnte es dieser Hayot wagen, ihren Frieden zu stören? Seine Finger krallten sich um das Geländer. Wenn der noch einmal hier auftauchte, würde er ihn höchstpersönlich umbringen. Keiner durfte Fleur so behandeln, und der Nächste, der es tat, würde dran glauben.

Pierce hieb mit der Faust auf das Geländer. Er hasste es, in einer Position zu sein, in der er nicht nach seinem Willen handeln konnte. Ein Kriegsgefangener zu sein, der vom Rest der Gesellschaft auf dieser Insel kaum geduldet wurde. Der noch nicht einmal das Recht besaß, eine Frau gegen einen anderen Weißen zu verteidigen. Sie und Espérance zu beschützen. Er stand auf der niedersten Stufe und war einem Sklaven gleichgestellt. Er wusste, hätte er Hayot auch nur ein Haar gekrümmt, wäre er von den Franzosen am nächsten Baum aufgeknüpft worden. Schließlich war er nur ein lausiger englischer Kriegsgefangener.

27

Fleur hatte das Geld, das sie Touchard schuldete, zusammengebracht. Sie wollte es am Sonntag, wenn sie zur Kirche ging, mitnehmen und es ihm übergeben. Damit wäre ihr drängendstes Problem gelöst, so hoffte sie.

Der Sonntag begann mit einem herrlichen Morgen. In der Nacht war ein Gewitter niedergegangen und hatte für eine Abkühlung gesorgt. Der Staub, der sich in den letzten heißen Wochen angesammelt und allmählich alles mit einem braunen Schleier bedeckt hatte, war weggespült. Die Luft roch angenehm frisch nach feuchter Erde und nassem Gras. Die Zikaden, die nie müde wurden, miteinander um die Wette zu zirpen, hatten sich weder von der Hitze noch vom Regen in ihrem Tun abhalten lassen. Die Vögel hingegen hatte die Hitze träge werden lassen. Manchmal hatte Fleur sie bewegungslos auf einem Ast sitzen sehen, den Schnabel weit geöffnet und wie die Hunde nach Luft hechelnd. Jetzt waren sie zu neuem Leben erwacht und schienen dem schönen Morgen mit unaufhörlichem Gesang und Gezwitscher zu danken.

Die Sklaven hatten sich bereits zu Fuß auf den Weg in die Kirche gemacht, während die Engländer auf der Plantage blieben. In Zeiten wie diesen, wo ihre Länder gegeneinander Krieg führten, wäre es besser, wenn sich die englischen Kriegsgefangenen so wenig als möglich im Dorf und auf anderen Plantagen sehen ließen, damit sich die Gemüter der französischen Inselbewohner nicht noch mehr erhitzten.

Frohen Mutes sattelte Fleur ihr Pferd und führte beim Verlassen des Stalles das andere, das die Plantage besaß, am Halfter hinter sich her, um es auf die Weide zu bringen, wo bereits drei

Kühe grasten. Klein-Jean, dem es heute zugefallen war, das Vieh zu hüten, anstatt in die Kirche zu gehen, winkte ihr zufrieden mit seinem Stock zu. Ein paar weiße Reiher stolzierten majestätisch zwischen den Kühen umher und pickten nach Insekten, die von den Hufen aufgeschreckt wurden. Überall auf der Wiese glitzerten Wassertropfen, die von den Enden der langen Gräser hingen.

Fleur entließ das zweite Pferd auf die Weide und ritt dann hinunter zum Fluss, wo sie auf den Weg zum Dorf einbog.

Sie erreichte die Kirche gerade rechtzeitig. Die ersten Besucher lösten sich aus den Gruppen, die sich plaudernd auf dem Vorhof versammelt hatten, und strömten hinein. Fleur beeilte sich, das Pferd anzubinden, und gesellte sich zu einer Gruppe von Frauen. Die Leute hatten sich inzwischen daran gewöhnt, dass Fleur nicht wie die anderen Damen der Gesellschaft in einer von zwei Sklaven getragenen Hängematte, welche an einer langen Stange hing, oder auf einem Wagen reiste, sondern wie manche Männer zu Pferd angeritten kam. So unterblieben die missbilligenden Blicke mittlerweile, und Fleur fühlte sich nicht mehr so ausgegrenzt.

»Was für ein herrliches Wetter heute!«, meinte eine der Frauen.

»Ich bin froh, dass es endlich geregnet hat. Die Pflanzen können es gebrauchen«, stimmte Fleur zu. Sie hatten zuletzt anfangen müssen, die Pflanzen im Garten, die wegen der Trockenheit ihre Blätter hängenließen, zu gießen, was eine beschwerliche Arbeit war. Gießkanne um Gießkanne hatten sie vom Fluss hochgeschleppt, bis Blackhurst auf die Idee gekommen war, das Wasser aus einem Bächlein vom nahegelegenen Fuß der Hügel umzuleiten. Mit hohlen Bambusstangen hatten sie ein kleines Aquädukt gebaut, das das Wasser in einen Trog in der Nähe des Gartens leitete, von wo aus sie es viel leichter schöpfen konnten.

Eine Gruppe Männer strömte nun ebenfalls in die Kirche, und Fleur entdeckte Touchard unter ihnen. Sie passte ihn so ab, dass sie neben ihm durch das Portal schritt und ihm den Beutel mit dem Geld ohne großes Aufsehen übergeben konnte. Sie wollte vermeiden, dass die anderen Gläubiger mitbekamen, wie sie bei Touchard ihre Schulden beglich, und so auf die Idee kommen könnten, ihr Geld ebenfalls sofort zurückzufordern.

Touchard öffnete den Beutel und blickte verdutzt auf die Münzen.

»Das Geld, das ich Euch schulde«, klärte Fleur ihn auf.

»Ja«, murmelte Touchard und starrte immer noch in den Beutel, als wäre etwas höchst Außergewöhnliches darin.

Nach der Messe blieb Fleur mit den Frauen plaudernd auf dem Vorhof stehen. Sie wollte die Bestellungen ihrer Kundinnen für Gemüse, Früchte und Blumen aufnehmen und hoffte, vielleicht noch neue Interessentinnen dazuzugewinnen, wenn die anderen Frauen dies mitbekämen.

Als die Gruppe der Frauen sich auflöste und sie ihren Heimweg antraten, blieb Fleur allein zurück. Unsicher blickte sie hinüber zu Prinzessin Suze' Etablissement, wo die Pflanzer ihre Besprechungen abhielten. Früher hatte Maurais daran teilgenommen, und er hatte danach gewusst, zu welchem Preis er seine Erzeugnisse den Händlern und Kapitänen anbieten musste – nämlich zu demjenigen, den die Pflanzer unter sich abgesprochen hatten. Er war auch darüber informiert gewesen, wann ein Schiff aus Afrika mit neuen Sklaven eingetroffen war, oder welcher Händler oder Kapitän vertrauenswürdig genug war, um die eigenen Waren gegen Kredit zu verkaufen. Bar bezahlt wurde nämlich in den wenigsten Fällen.

All diese Informationen brauchte Fleur, um mit dem Verkauf ihrer Erzeugnisse ein besseres Geschäft machen zu können, als sie es letztes Mal tat, als der Händler mit allen möglichen Argumenten den Preis weit heruntergedrückt hatte und sie nichts dagegen unternehmen konnte. Deshalb gab sie sich einen Ruck, überquerte die Straße und trat auf Prinzessin Suze' Etablissement zu.

Wie immer thronte die Besitzerin auf ihrem Stuhl neben dem Eingang und prüfte jeden Gast, der eintreten wollte. Sie hob eine Augenbraue, als Fleur vor sie trat. »Madame Maurais, was verschafft mir die Ehre Eures Besuchs?«

Fleur zögerte einen Moment. »Ich möchte zur Besprechung der Pflanzer.«

Prinzessin Suze legte den Kopf schief. »Ich kann mich nicht erinnern, dass Ihr schon einmal dabei gewesen seid.«

»Nein, bisher hat mein Mann an den Besprechungen teilgenommen.«

»Könnt Ihr nicht Euren Aufseher schicken?«

»Der hat am Sonntag frei«, wich Fleur aus. Sie wollte das Missverständnis erstmal nicht aufklären. Wenn die Leute dachten, sie hätte einen Aufseher, könnte sie ihre Plantage weiter in Ruhe führen. Sie fand, dass sie der Wirtin damit genügend Aufmerksamkeit geschenkt hatte, und wollte an ihr vorbei in die Gaststube treten.

Doch Prinzessin Suze hielt sie am Arm zurück. »Ich glaube nicht, dass Ihr da hineingehen solltet.«

»Warum nicht? Ich denke, die Männer sind in der Besprechung und nicht ...«, Fleur errötete, »mit Euren Damen beschäftigt.«

»Das ist es nicht. Ich glaube nur, dass sie über Eure Anwesenheit nicht erfreut sein werden, und das will ich Euch ersparen.« Da Fleur keine Anstalten machte, von ihren Absichten Abstand zu nehmen, meinte Prinzessin Suze achselzuckend: »Macht, was Ihr wollt. Das ist Eure Entscheidung. Aber beschwert Euch danach nicht, ich hätte Euch nicht gewarnt.«

Fleur bezwang die Unsicherheit, die bei diesen Worten noch stärker geworden war, und setzte tapfer einen Schritt in die Gaststube.

»Da hinten.« Prinzessin Suze war hinter ihr ebenfalls eingetreten und zeigte auf eine geschlossene Tür.

Mit einem mulmigen Gefühl ging Fleur durch die Gaststube, neugierig begafft von den Männern, die am Tresen tranken, und verfolgt von den argwöhnischen, eifersüchtigen Blicken der leichtbekleideten Frauen, die um die Männer herumscharwenzelten.

»Ei, wen haben wir denn da? Ist das nicht meine ehemalige Madame?«

Fleur erkannte die Stimme, in deren aufreizendem Singsang ein spöttischer Unterton mitklang, sofort wieder. Trotz der schwülen Hitze in der Gaststube lief ihr ein kalter Schauder über den Rücken.

Sie gehörte Josette, ihrer ehemaligen Sklavin, die sie Prinzessin Suze verkauft hatte.

»Habt Ihr Euch verirrt oder sucht Ihr eine neue Arbeit?« Die zuerst schmeichelnde Stimme wurde gegen das Ende des Satzes gehässig. Fleur hörte das Gelächter der Männer in ihrem Rücken. Doch bevor Josette noch weiter spotten konnte, hatte sie an die Tür geklopft und war eingetreten, ohne eine Antwort abzuwarten, in der Hoffnung, dort Josette rasch zu entkommen.

Das Erste, was sie in dem Raum wahrnahm, war die Tatsache, dass die Gespräche mit ihrem Eintritt schlagartig verstummten. Sämtliche Gesichter wandten sich ihr erstaunt zu. In gemütlichen Sesseln im Salon verteilt, mit Getränken auf kleinen Tischchen dazwischen, saßen die Pflanzer, in ihrem Tun erstarrt, als wäre die Zeit unerwartet stehen geblieben. Nur der Zigarrenrauch schlängelte sich davon unbeirrt weiterhin in kreisenden

Fäden in die Luft und verwischte die Sicht im Halbdunkel des Raumes. Die Fensterläden waren wegen der zunehmenden Hitze des Tages geschlossen worden, aber durch die schrägen Lamellen drang noch etwas Licht herein.

Um sich zumindest Josette vom Hals zu halten, schloss Fleur die Tür hinter sich. Trotz des plötzlichen Gefühls, vom Regen in der Traufe gelandet zu sein.

»Madame Maurais!«, rief Fauconnier, der sich anscheinend als Erster von der Überraschung ihres plötzlichen Eintritts erholt hatte. Er strich sich über seinen dicken Bauch. »Was können wir für Euch tun?«

»Wenn man vom Teufel spricht ...«, murmelte jemand.

Fleur hörte die Worte deutlich, konnte aber nicht ausmachen, woher sie kamen. Sie straffte die Schultern. »Nichts Bestimmtes. Ich wollte nur an Eurer Besprechung teilnehmen«, erklärte sie.

»An unserer Besprechung?« Die Männer furchten die Stirn und warfen sich Blicke zu, die Fleur in dem Halbdunkel nicht richtig deuten konnte. Einladend waren sie jedenfalls nicht.

»Das ist eine Besprechung für Pflanzer. Daran nehmen Plantagenbesitzer, Verwalter und Aufseher teil. Kein Kaffeekränzchen, wie Ihr vielleicht meint«, sagte Touchard schließlich in herablassendem Ton.

Fleur spürte, wie ihr das Blut in den Kopf schoss. Wie konnte dieser Rohling sie vor der versammelten Gesellschaft derart abkanzeln? Im ersten Moment hätte sie am liebsten auf der Stelle kehrtgemacht und wäre vor den abweisenden Männern aus dem Salon geflüchtet. Doch das Wissen, dass ihre Existenz davon abhing, an den hier ausgetauschten Informationen teilzuhaben, und die aufsteigende Empörung über diese unerhörte Behandlung ließen sie den Impuls verdrängen. »In diesem Fall bin ich als Plantagenbesitzerin hier genau richtig«, bestand

Fleur mit hochgerecktem Kinn auf ihrem Recht. Sie bemühte sich, das Zittern in ihrer Stimme zu unterdrücken. Touchards letzte Bemerkung überging sie geflissentlich.

»Madame Maurais, seht Ihr hier in diesem Salon eine Frau?« Fauconnier hatte sich erhoben und deutete um sich.

»Jawohl!« Fleur blickte herausfordernd in die Runde, ohne Fauconniers noch mehr oder weniger freundlich gemeinter Aufforderung, den Salon zu verlassen, nachzukommen.

Der verdrehte die Augen und ließ sich kopfschüttelnd in den Sessel zurückfallen, wo er die kurzen Beine von sich streckte.

»Frauen sind hier nicht zugelassen«, knurrte Touchard.

»Und warum nicht? Ich muss genauso wie Ihr meine Kakaoernte verkaufen«, entgegnete Fleur.

»Davon habt Ihr keine Ahnung. Warum beschäftigt Ihr Euch nicht mit Frauendingen und lasst uns Männer unsere Arbeit tun?« Um Unterstützung heischend drehte sich Touchard zu seinen Kollegen um, die beifällig mit dem Kopf nickten.

»Ganz meine Meinung«, fügte jemand aus dem hinteren Teil des Raums hinzu. »Es gibt Dinge, die müssen einfach mal klargestellt werden.«

Fleur rang nach der rauchschweren Luft. Ihr war, als ob sich die abweisenden Gesichter vor ihr zu einer Wand aufbauten, die immer höher wurde, die sich auf sie zubewegte und die wie eine Welle in der Brandung vornüberzukippen und sie zu verschlingen drohte. Instinktiv trat sie einen Schritt zurück und prallte gegen die Tür. Nun war sie eingezwängt zwischen dieser Wand und der Tür.

Serault, der einflussreichste Mann der Insel, bei dem Fleur ihre höchsten Schulden hatte, erhob sich mit einer besänftigenden Handbewegung aus seinem Sessel. »Meine Herren! Wer wird denn so unfreundlich sein gegenüber einer hübschen jungen Dame, die sich zu uns verirrt hat? Kommt, Madame

Maurais, ich bringe Euch vor diesen ungehobelten Burschen in Sicherheit.«

Fleur brachte keinen Protest mehr zustande. Sie ließ sich von Serault, der sie sachte, aber bestimmt am Arm nahm, aus dem Salon führen. Erst jetzt bemerkte sie, dass sie unter ihren Kleidern nass geschwitzt war. Der Stoff klebte ihr am Rücken und bei jedem Schritt an den Beinen. So ist das immer, dachte sie verbittert und schob ihr Schwitzen auf das Wetter. Erst spiegelt einem die Abkühlung nach dem Regen einen wunderschönen kühlen Tag vor. Doch die Rechnung für das kurze Glück erhält man gleich präsentiert, sobald man sich dazu verleiten lässt, es zu genießen. Die Sonne verdampfte die Nässe und ließ die Luft feuchter und drückender werden als am Tag zuvor. Das Glück war nichts weiter als ein Trugbild, das sich, wenn man danach griff, in die grinsende Fratze des Teufels verwandelte.

Genauso war es mit den Pflanzern. Solange sie geglaubt hatten, bei Fleur ihre Ziele zu erreichen, waren sie freundlich und aufmerksam gewesen. Nun zeigten sie ihr wahres Gesicht. Es geschieht mir recht, dachte sie. Warum falle ich immer wieder auf die falsche Freundlichkeit von Männern herein?

Der Weg durch die Gaststube zurück war ein Weg durch die Hölle. Josette baute sich mit in die Seite gestemmten Armen vor ihnen auf und grinste Fleur hämisch an. »Tja, jede ist da drinnen nicht willkommen.«

Die Männer am Tresen grölten. Die übrigen Frauen warfen Fleur höhnische Blicke zu, und ihre roten Münder verzogen sich schadenfreudig.

»Halt dein Maul, Josette!«, fuhr Serault sie an.

Fleur sah überrascht auf. Sie hatte den distinguierten älteren Herrn noch nie fluchen gehört, und nun verteidigte er sie in einem solch scharfen Ton.

Josette schnalzte mit der Zunge, schenkte ihm einen aufreizenden Blick und trippelte betont gemächlich, mit wiegenden Hüften, davon.

Fleur ließ sich von Serault wie eine willenlose Marionette zum Ausgang führen, ja sie war sogar dankbar für seine schützende Begleitung.

»Das Beste ist, wenn Ihr zukünftig Euren Aufseher zu den Besprechungen schickt. Oder wartet einfach draußen ab, bis die Besprechung beendet ist, und fragt danach einen von uns, was wir beschlossen haben.«

Wortlos nickte Fleur, als er sich am Eingang von ihr verabschiedete. Sie trat hinaus und kniff sogleich, geblendet vom grellen Sonnenlicht, die Augen zusammen.

»Na, wie ist es gelaufen?« Prinzessin Suze' Lippen formten eine mitleidvolle Schnute.

Auch wenn die Frage freundlich gemeint war, versetzte Fleur das Mitleid der leicht bekleideten, anrüchigen Mulattin einen demütigenden Stich. Ein dicker Kloß verschloss ihren Hals, sodass sie nur abwinkte und sich von Prinzessin Suze mit einem Nicken verabschiedete. Sie bemühte sich, aufrecht und mit gemäßigten Schritten wie eine Dame die Straße zu überqueren, obwohl sie am liebsten gerannt wäre.

Ihr Pferd, das sie an einem Ring an der Mauer des Kirchhofes festgebunden hatte, begrüßte sie mit dem Kopf stupsend, erfreut, dass die Warterei in der prallen Sonne nun ein Ende finden würde. Fleur musste sich zwingen, nicht die Arme um den kräftigen Nacken des Tieres zu schlingen und ihr Gesicht in seinem weichen Fell zu vergraben. Stattdessen band sie es los, stieg auf und ritt aus dem Dorf hinaus. Kaum war sie auf offenem Gelände, trieb sie das Pferd zu einem schnellen Galopp an. Die Hufe donnerten über die Erde und stampften Fleurs Wut und die erlittene Demütigung in den Boden. Der Wind löste Strähnen aus ihrer hochgesteckten Frisur, und mit jeder befreiten Strähne konnte sie leichter atmen. Das Dorf und mit ihm die hämischen Gesichter der Pflanzer verloren sich Meter für Meter hinter ihr.

Sie bog in den Weg ein, der durch den Dschungel nach Espérance führte, ein von der Sonne hellgrün beschienener Blättertunnel, und ließ das Pferd in den Trab fallen. Als der Dschungel sich wieder öffnete und den Blick auf das Tal freigab, in dem die Felder und Plantagen von Espérance – ihres Zuhauses – lagen, versicherte sich Fleur, dass sie es auch ohne die Hilfe der anderen schaffen würde. Ganz bestimmt würde sie nicht stundenlang wie eine Bittstellerin vor Prinzessin Suze' Etablissement warten, bis es den Herren gefiel, sich auf den Heimweg zu machen und ihr dabei einige Brocken der besprochenen Neuigkeiten und Beschlüsse hinzuwerfen; wie einem verwilderten, abgemagerten Hund, von dem man erwartete, dass er demütig nach jedem großzügig überlassenen Rest von Essbarem schnappte.

Sie würde es allein schaffen!

28

Die Hitze, die seit dem letzten Gewitter nun schon wieder seit Tagen andauerte, lastete unerträglich auf Espérance und seinen Bewohnern. Das Vieh hatte sich am Waldrand, dem einzigen beschatteten Stück Weideland, zusammengedrängt, ließ die Köpfe hängen und hatte kaum mehr die Kraft, mit den Schwänzen die lästigen Fliegen zu vertreiben. Über der ausgetrockneten Erde flirrte die Luft. Die Sonne brannte unbarmherzig auf das Land nieder und tauchte es in ein derart gleißendes, hartes Licht, dass man die Augen zusammenkneifen musste.

Am frühen Nachmittag, als die Hitze nicht mehr zu ertragen war, beschloss Fleur, die Engländer vom Feld zu holen, wo sie in der prallen Sonne Setzlinge pflanzten. Céline hatte sie bereits von der Gartenarbeit erlöst, und die übrigen Sklaven konnten sich bei ihrer Arbeit in den Schatten der Scheune, des Cassava-Hauses oder der Bäume in der Kakaoplantage zurückziehen.

Fleur ritt selbst zum Feld, um ihre Anweisung zu überbringen. Der Befehl wurde mit ebenso erleichterten wie erschöpften Mienen aufgenommen. Matt ließen die Engländer die Werkzeuge fallen und machten sich auf den Weg nach Hause. Fleur ritt wieder voraus und stand bereits mit einem Glas Mangosaft auf der Veranda, als auch die Männer die Plantagengebäude erreichten. Verwirrt runzelte sie die Stirn, als Blackhurst, statt seinen Männern in den erlösenden Schatten der Scheune zu folgen, die Anhöhe zum Gutshaus hinaufstapfte und dicht vor dem Abgrund, der zur Küste hinunterführte, stehen blieb. Frühere starke Regenfälle hatten an dieser Stelle den obersten Teil des Abhanges abrutschen lassen und eine Kluft in den Urwald gerissen, sodass sich eine von Bäumen befreite

Sicht auf die Bucht und das Meer präsentierte, wie sie sonst nur vom oberen Stockwerk des Gutshauses aus möglich war.

Fleur beobachtete, wie er, die Augen mit der Hand abgeschirmt, aufmerksam auf das Meer hinausschaute und seinen Blick über den Horizont und den Himmel schweifen ließ. Sie fragte sich, was in ihm vorgehen mochte.

Am Abend, kurz vor Einbruch der Dämmerung, ertappte sie ihn dabei, wie er erneut an der gleichen Stelle stand und Ausschau hielt. Misstrauen erwachte in ihr bei dem Gedanken an den Krieg und die Attacken, die die Engländer gegen das benachbarte Martinique führten. Diese Nachrichten machten auf Sainte-Lucie immer rasch die Runde und setzten die Bevölkerung kurzfristig in Schrecken. Wenn das stark bewehrte Martinique fiele, stünden die Chancen für Sainte-Lucie schlecht. Bisher hatten die Franzosen auf Martinique die Attacken jedoch erfolgreich abgewehrt, was die Sainte-Lucianer mit Beruhigung vernommen hatten. So verschwand der Krieg schnell wieder aus dem alltäglichen Plantagenleben und den Gedanken der Inselbewohner.

Nun aber fragte sich Fleur mit einem unguten Gefühl im Magen, ob Blackhurst wohl auf das Auftauchen von Segeln am Horizont wartete. Segel, die zu englischen Kriegsschiffen gehörten.

Als er am nächsten Morgen in aller Frühe, bevor sie zur Arbeit auf die Felder gerufen wurden, wieder an derselben Stelle stand, hielt sie die Ungewissheit nicht länger aus und ging zu ihm. »Was gibt es so Interessantes zu sehen?«

Er verzog unzufrieden den Mund. »Die Dünung wird immer höher. Seit gestern Nachmittag.«

»Aha. Die Dünung wird höher«, wiederholte Fleur, die nicht verstand, was daran so bemerkenswert sein sollte.

»Kein gutes Zeichen«, brummte er.

»Wofür ist es denn ein Zeichen?«

»Für schlechtes Wetter. Sehr schlechtes Wetter.«

»Aber die Sonne scheint, und heute haben wir endlich wieder etwas Wind, was die Hitze erträglicher werden lässt«, wandte sie ein.

»Seht Ihr, wie der Himmel da draußen sich mit feinen Federwolken zu überziehen beginnt?« Sein ausgestreckter Arm deutete auf den Horizont.

Sie zuckte mit den Schultern. »Ein bisschen Regen wäre nicht schlecht. Der Boden ist schon wieder völlig ausgetrocknet.«

»Ich befürchte, da könnte mehr Regen auf uns zukommen, als Euch lieb ist.«

»Ein Gewitter, meinst du?«

Er schüttelte den Kopf. »Eher ein Sturm. Auch wenn das zu dieser Jahreszeit eigentlich nicht mehr üblich ist. Nur ist diese Hitze ebenso wenig normal.«

Fleur hatte von den schweren Stürmen gehört, die die Inseln hin und wieder heimsuchten, die Bäume ausrissen und ganze Plantagen verwüsteten. Seit ihrer Ankunft auf Sainte-Lucie jedoch hatte noch nie ein solcher Sturm die Insel heimgesucht. Außerdem war, wie sie gehört hatte, die Jahreszeit der schweren Stürme vorüber. Daher wandte sie sich ab und schritt die Anhöhe hinunter. Es wartete mehr als genug Arbeit und sie wollte sich nicht von Blackhursts Unkenrufen verunsichern lassen.

»Habt Ihr zufälligerweise ein Barometer?«, rief er ihr nach.

Sie blieb stehen und überlegte. »Ich glaube, bei den Sachen meines Mannes habe ich einmal ein solches Ding gesehen.«

»Ob Ihr es mir wohl freundlicherweise geben könnt?«

Fleur seufzte. Na gut, sie würde es suchen, bevor sie sich in den Garten aufmachte. Damit er zufrieden wäre. Und sich seine Unkenrufe als falsch herausstellen würden.

Die weißen Federwolken hatten sich mit beachtlicher Geschwindigkeit genähert. Bis zum Mittag war der ganze Himmel mit einer hohen Wolkendecke überzogen. Der Wind hatte aufgefrischt.

Mit dem Barometer in der Hand suchte Blackhurst Fleur im Garten auf.

»Seit heute Morgen fällt der Luftdruck. Und zwar ziemlich rasch.« Er hielt ihr das Instrument hin, damit sie sich selbst vergewissern konnte.

»Tatsächlich. Aber ist das nicht normal, wenn schlechtes Wetter oder ein Gewitter im Anzug ist?«

»Schon. Nur fällt er zu schnell, und der Himmel hat sich in zu kurzer Zeit so stark überzogen. Der Wind kommt bereits in Böen. Wir sollten Vorkehrungen treffen.«

Fleur atmete hörbar aus. »Übertreibst du nicht etwas? Wir hatten hier noch nie einen schweren Sturm. Und wir müssen noch mehrere Reihen Baumwollsetzlinge einpflanzen, bevor sie uns in den Kistchen verdorren. Wenn wir uns beeilen, schaffen wir das noch vor dem Regen.«

»Wenn der Sturm kommt, den ich erwarte, wäre es verlorene Liebesmühe, sie zu pflanzen. Die Setzlinge werden einen solchen Sturm nicht überleben.« Der freundliche Ausdruck war aus Blackhursts Gesicht verschwunden und hatte einer ungeduldigen Miene Platz gemacht, die keinen Zweifel darüber ließ, wie sehr ihm Fleurs mangelnde Einsicht missfiel.

»Also gut«, lenkte sie ein. Er kannte sich mit dem Wetter besser aus als sie, es wäre vermutlich töricht, nicht auf ihn zu hören. Außerdem vermutete sie, dass sie in einer Konfrontation mit ihm ohnehin den Kürzeren ziehen würde. Ihr war schon längst klar geworden, dass sie die problemlose Mitarbeit der Gefangenen allein Blackhurst zu verdanken hatte. Er war es, der unter den Gefangenen den Ton angab, auch wenn dies bis jetzt nie offen sichtbar geworden war. Nach außen mimte er den normalen Seemann, der sich in nichts von seinen Kameraden unterschied. Trotzdem erkannten die anderen seine Autorität an.

Manchmal fragte sie sich mit einem leisen Anflug des Unbehagens, warum er das Schicksal, als Gefangener auf einer Plantage zu arbeiten, einfach hinnahm. Denn er war bestimmt niemand, der sich in eine Herde Schafe einreihte und ihrem kollektiven Willen folgte. Er war vielmehr einer dieser Hirtenhunde, die der Herde vorstanden, ihnen allein die Richtung vorgab und bissig reagierte, wenn man sich ihm in den Weg stellte.

Seine Miene entspannte sich etwas. »Gehen wir nachsehen. Wenn die Dünung noch höher geworden ist und sich unterhalb der hohen Wolkendecke ein tiefes, schwarzes Wolkenband gebildet hat, steht uns ein Sturm bevor und wir sollten die nötigen Vorkehrungen treffen. Wenn nicht, werde ich mich dazu nicht mehr äußern.«

»In Ordnung«, stimmte Fleur zu.

Sie führte ihn auf die obere Veranda des Gutshauses, von wo aus man den besten Blick über die Bucht hatte. Hier oben pfiff ihnen der Wind bereits deutlich stärker entgegen.

Fleur spürte, wie ihr das Blut aus dem Gesicht wich, als sie am Horizont die schwarzen Türme entdeckte, die sich unterhalb der hohen Wolkendecke gebildet hatten, genau so, wie er es vorhergesagt hatte. Auch die Wellen in der Bucht waren höher geworden und prallten in viel schnellerer Abfolge auf die Küste als vorher. Sie waren nicht mehr nur von weißen Schaumkronen gekrönt, sondern ganze Bänder weißer Gischt trieben vor den Wellen.

»Was für Vorkehrungen sollen wir treffen?«, fragte Fleur, die keinen Anlass mehr sah, an Blackhursts Prognosen zu zweifeln. Wenn einer das Wetter in diesen Breitengraden kannte, dann er.

»Der Wind wird so heftig werden, dass er alles, was nicht niet- und nagelfest ist, wie Geschosse durch die Luft jagt. Wir sollten alle Geräte auf den Feldern einsammeln. Alle Fenster und Türen verriegeln. Die Sklaven, deren Hütten in der Nähe von Kokospalmen stehen, sollen an einem anderen Ort Zuflucht suchen. Herabfallende Kokosnüsse können tödlich sein.« Mit einem weiteren kritischen Blick in den Himmel fuhr er fort: »Dann sollten wir im Garten und auf der Kakaoplantage alles ernten, was wir können, auch wenn es noch nicht ganz reif ist. Der Regen und der Wind werden die Ernte sonst zerstören. Die noch nicht gepflanzten Setzlinge bringen wir in der Scheune in Sicherheit. Das sollte für den Moment genügen. Ich werde das Barometer weiterhin überprüfen. Wenn wir Glück haben, stabilisiert sich der Druck in ein paar Stunden und es wird weniger schlimm als befürchtet.«

Und wenn nicht?, dachte Fleur beklommen. Obwohl er eine zuversichtliche Miene aufsetzte, sah sie die Besorgnis in seinen Augen. Sie blickte wieder in den Himmel. Die schwarze Wolkenwand war schneller aufgetaucht, als sie es jemals erlebt hatte.

»Wir sollten uns aufteilen«, schlug sie vor. »Nimm das zweite Pferd und kümmere dich um die Baumwollfelder. Wenn ihr die Setzlinge in Sicherheit gebracht habt, teilst du die Männer auf. Die einen sollen zum Garten kommen, die anderen in die Kakaoplantage. Frag Odette, wo die leeren Jutesäcke in der Scheune sind. Damit könnt ihr die geernteten Kakaofrüchte einsammeln und du kannst sie mit dem Pferd zur Scheune bringen.«

Er nickte. Für einen Moment sah es so aus, als wollte er noch etwas sagen, doch dann drehte er sich wortlos um und rannte in Richtung Stall.

Fleur beauftragte Annie mit den Vorkehrungen, die im Haus

zu treffen waren, und die Köchin mit denjenigen für die Küche. Sie solle auch das Feuer löschen, befahl sie ihr. Danach rannte auch sie in den Stall und machte sich mit mehreren Jutesäcken zum Garten auf.

Hoffentlich reichte die Zeit.

Es dauerte nicht lange, bis der Wind sich zu stürmischen Böen steigerte und durch das Tal peitschte. Fleur ritt gerade mit prall gefüllten Säcken voller Gemüse und Früchte zur Scheune, als auch Blackhurst, beladen mit Kakaofrüchten, eintraf.

»Was zeigt das Barometer an?«, rief sie ihm durch den heulenden Wind entgegen.

Er machte einen besorgten Eindruck. »Weiter gefallen. Und zwar noch schneller als in den letzten Stunden.«

Obwohl es mitten am Nachmittag war, hatte sich der Himmel inzwischen so verdunkelt, als würde die Dämmerung anbrechen.

»Wie weit seid ihr mit den Kakaofrüchten?«

»Es sind noch einige Bäume übrig.«

Fleur nickte. Auch der Garten war noch nicht ganz abgeerntet. »Hoffen wir, dass wir noch etwas Zeit haben«, meinte Fleur mit einem beunruhigten Blick in den Himmel. Lange würde es nicht mehr dauern, bis sich die regenschwangeren Wolken entladen würden. Sie warfen sich einen letzten aufmunternden Blick zu, dann eilten sie weiter.

Kaum war Fleur wieder im Garten, ging der erste Schauer nieder, der sich kurz darauf in einen heftigen Platzregen verwandelte. Im Nu war sie vollkommen durchnässt. Wie ein Vorhang nahm ihr der Regen die Sicht. Den hinteren Teil des Gartens, wo Lucille zusammen mit Joseph Blumen geschnitten hatte, konnte sie schon nicht mehr sehen. Laub und kleine Äste jagten, von den

Windböen mitgerissen, durch die Luft und schlugen ihr ins Gesicht.

»Céline!«, schrie sie. »Hör auf! Das reicht! Geh ins Haus! Es wird zu gefährlich.« Sie griff nach dem halb gefüllten Sack Kürbisse, den Céline ihr reichte, und befestigte ihn am Sattelknauf des Pferdes, das nervös den Kopf herumwarf, sichtlich unwillig, angebunden zu sein. Céline eilte durch den Regen davon und wurde sogleich von einem weißen Vorhang aus Wasser verschluckt. Fleur kämpfte sich in den hinteren Teil des Gartens, aber es dauerte einen Moment, bis sie Lucille und Joseph fand, die Zuflucht in einem Gartenschuppen gesucht hatten.

»Geht zum Haus!«, befahl sie.

Lucille kuschelte sich zitternd an Joseph.

»Wenn Regen nachlassen.« Er tätschelte gegen die Bretterwand des Verschlages, der halb in den Boden eingelassen und mit Erde bedeckt und von Gras überwuchert war, damit man darin die Ernte kühl lagern konnte. »Das stabile Wand! Viel aushalten. Keine Sorge!«

Sie hatten es sich auf leeren Jutesäcken bequem gemacht. Ein riesiger Strauß von Helikonien mit ihren orange-roten Blüten, die an Papageienschnäbel erinnerten, lag neben ihnen auf dem Boden. Ein bizarres Bild, das so gar nicht zu demjenigen passte, welches sich einem draußen bot.

»Dann passt auf euch auf. Ich muss zurück zum Haus!« Fleur beugte sich rasch hinab und gab Lucille einen Kuss auf die Wange, dann warf sie sich wieder dem Regen entgegen.

Das inzwischen beinahe panische Pferd zu zügeln war harte Arbeit, aber es gelang ihr, das Tier unter Kontrolle zu bekommen. An der Scheune traf sie auf die Engländer, die schwer beladen von den Kakaobäumen kamen. »Wo sind die anderen?«, fragte sie Blackhurst, als sie sich vor dem Regen in das Gebäude gerettet hatten.

»Die meisten Sklaven sind hier drin.« Blackhurst deutete mit dem Kopf auf die Menschengruppe, die in dem dunklen Gebäude kaum auszumachen war. »Einige haben sich ins Cassava-Haus eingeschlossen. Mit seinen steinernen Mauern ebenfalls ein sicherer Ort. Wir sollten ...«

Bevor er den Satz beenden konnte, stürzte Céline außer sich vor Sorge in die Scheune. »Ist Klein-Jean bei euch?«

Blackhurst gab die Frage an die anderen weiter, und verneinende Antworten hallten aus dem Dunkel.

»Er ist auch nicht in der Hütte!«, sagte sie verzweifelt.

»Hast du schon im Stall nachgesehen?«, fragte Fleur. »Vielleicht hat er sich beim Vieh versteckt.«

Ohne eine Antwort zu geben, rannte Céline hinaus in den strömenden Regen und hinüber zum Stall. Fleur und Blackhurst folgten ihr.

»Jean! Jean!«, schrie Céline. »Wo bist du?«

Die drei eilten durch den Stall, jede Box und jeden Winkel prüfend. Doch Klein-Jean war nirgends zu finden.

»Wo ist er bloß?«, jammerte Céline hysterisch.

»Das Vieh ist auch nicht hier.« Fleur blieb die Luft weg, als sie erkannte, wo Klein-Jean war. »Er muss noch auf der Weide sein! Wir haben ihn vergessen!«

»Ich hole ihn!« Céline wollte aus dem Stall rennen, doch Fleur hielt sie zurück.

»Du bleibst hier! Ich bin mit dem Pferd viel schneller!«

»Ich komme mit!«, entschied Blackhurst und packte Céline, die unschlüssig hin und her wankte, an den Armen. Eindringlich sah er sie an. »Beruhige dich. Wir holen deinen Sohn. Du bleibst hier in Sicherheit. Sonst verliert Klein-Jean womöglich noch seine Mutter. Und das wollen wir doch nicht, oder?«

Mit einem flehenden Blick in den Augen gab Céline nach.

Fleur und Blackhurst stürzten zur Scheune, wo sie die Pferde gelassen hatten, und galoppierten in Richtung der Weide. Aus dem beängstigend dunklen Himmel, der das Gefühl vermittelte, der Weltuntergang wäre nahe, goss es nach wie vor wie aus Eimern. Fleur konnte kaum erkennen, wohin sie ritten, und betete, dass das Pferd nicht in Panik geriet oder stolperte und sie abwarf.

Vor dem Gatter der Weide bremsten sie die Pferde. Fleur beugte sich hinunter, um den Riegel zu öffnen, doch das scheuende Pferd tänzelte nervös, sodass sie ihn nicht erwischte. Eilig stieg Blackhurst vom Pferd. Sofort versank er knöcheltief in der aufgeweichten Erde. Mühsam watete er durch den zähen Morast, stieß das Gatter auf und ließ Fleur hindurch. Als er wieder in den Sattel stieg, klebten dicke Erdklumpen an seinen Stiefeln.

Auf der Suche nach Klein-Jean und dem Vieh irrten die beiden über die Weide. Jegliche Rufe gingen in dem prasselnden Regen und dem tosenden Wind unter.

Bestimmt haben sie unter den Bäumen am Waldrand Zuflucht gesucht, dachte Fleur und wandte sich in die Richtung, in der der Wald liegen musste. Blackhurst folgte ihr. Endlich entdeckte sie den dunklen Streifen des Waldrandes, und kurz darauf schälten sich die Bäume deutlicher aus dem Regen. Sie ritten am Wald entlang, bis ihnen der über die Ufer getretene Fluss den Weg versperrte. Er strömte über den tiefer gelegenen Teil der Weide, abgerissenes Astwerk und Holz mit sich führend.

Plötzlich deutete Blackhurst zum Fluss. »Da drüben sind sie!«

Fleurs Blick folgte der Richtung, in die er zeigte, und sie entdeckte die braunen Leiber der Kühe und Ochsen, die muhend auf einem kleinen Hügel standen, um den der reißende Fluss sein Bett gegraben hatte. Zwischen sie geduckt kauerte Klein-Jean, der ihnen heftig zuwinkte.

»Wir müssen sie sofort da rausholen!«, rief Blackhurst. »Das Wasser steigt und wird durch das Treibholz immer gefährlicher.« Er hieb dem Pferd, das vor der Strömung zurückscheute, hart die Fersen in die Flanken und zwang es, durch das Wasser zu waten.

Fleur tat es ihm nach, doch schon nach wenigen Metern schoss ihr in der Strömung ein Ast entgegen und verhedderte sich in den Beinen des Pferdes, das sich erschrocken aufbäumte. Im letzten Moment gelang es ihr, sich in der Mähne festzukrallen und im Sattel zu bleiben. Kaum hatte das Pferd wieder Boden unter den Hufen, trieb sie es unerbittlich an weiterzugehen.

Als Fleur die Insel erreichte, hob Blackhurst sofort den verängstigten Jungen vor sie in den Sattel. Dann drückte er ihr die Seile, mit denen die beiden Ochsen normalerweise auf der Weide festgebunden waren, in die Hand.

Fleur lenkte das Pferd ins strömende Wasser zurück, die Ochsen hinter sich herziehend. Genauso wie die Pferde fürchteten sie sich vor dem reißenden Fluss und blieben störrisch stehen. Erst als Blackhurst von hinten mit einem Stock nachhalf, setzten sie endlich ihre Hufe in den Fluss und staksten auf das andere Ufer zu.

Drüben angekommen, warf Fleur einen Blick zurück zu Blackhurst, der immer noch auf der Insel mit den drei Kühen und seinem Pferd kämpfte und vergeblich versuchte, sie durch den Fluss zu treiben. Das Pferd, das bereits bis zur Brust im Wasser stand, hielt er mühsam unter Kontrolle, aber die Rindviecher weigerten sich hartnäckig, auch nur einen Huf in die Strömung zu setzen. Blackhurst zog und fluchte, doch es brachte nichts. Plötzlich rutschte der vordere Teil des Hügels, vom Wasser unterspült, ab. Erschrocken wichen die Kühe zurück und rissen Blackhurst, der die Seile in der Hand hielt, vom

Pferd. In einem Sekundenbruchteil verschlang das tobende Wasser ihn.

Erschrocken schrie Fleur auf.

Doch nach wenigen endlosen Augenblicken tauchte er wieder an der Oberfläche auf und kämpfte sich durch die reißende Strömung zum Hügel.

»Jean! Du bleibst hier und passt auf die Ochsen auf!« Fleur ließ ihn zu Boden gleiten und reichte ihm die Seile. Dann wendete sie ihr Pferd und trieb es ein zweites Mal ins Wasser, auf Blackhursts scheuendes Pferd zu. Sie griff nach dessen Zügeln und zog es auf den kleinen Hügel zurück, auf den er sich soeben emporarbeitete.

»Alles in Ordnung?«, rief sie besorgt.

Trotz einer blutenden Schramme an der Stirne nickte er. »Nimm die Leine! Ich treibe die Kühe mit dem Stock an!«

Fleur tat wie ihr geheißen, und unter Blackhursts Schlägen und ihrem Ziehen brachten sie die Kühe endlich dazu, den Fluss zu durchqueren. Blackhurst folgte ihnen auf seinem Pferd und trieb sie vor sich her.

»Ist wirklich alles in Ordnung?«, fragte sie nochmals, nachdem sie drüben angelangt waren. Der Schreck, als er plötzlich in der tobenden Strömung des Flusses verschwunden war, saß ihr noch in den Gliedern.

»Ja.« Unbeeindruckt wischte er sich mit der Hand das Blut weg, das ihm das Regenwasser in die Augen spülte. »Wir müssen weiter.« Er übernahm die Kühe, und Fleur hob Jean wieder in den Sattel, der tapfer die Seile der Ochsen umklammerte. Dann ritten sie durch den nicht nachlassen wollenden Regen zurück zu den Scheunen.

Céline, die zusammen mit Jules unter dem vorstehenden Dach wartete, rannte ihnen entgegen. »Jean! Jean!« Sie hob den Jungen vom Pferd und schloss ihn überglücklich in die Arme.

Ein sichtlich erleichterter Jules drängte die beiden in die sichere Scheune.

Fleur und Blackhurst trieben das Vieh in den Stall, brachten die Pferde in die Boxen und sattelten sie ab. Welch eine Erleichterung war es, das ohrenbetäubende Brüllen des Windes und das Rauschen des Regens ausgesperrt und sich selbst in Sicherheit zu wissen! Mit zitternden Händen hängte Fleur das Zaumzeug, das sie dem verängstigten Pferd abgenommen hatte, an seinen Platz. Die Ohren flach zurückgelegt tänzelte es nervös in der Box auf und ab. Um es zu beruhigen, tätschelte sie seinen Hals und sprach leise zu ihm. Wenn es sich in eine Panik hineinsteigerte und mit den Hufen die Box zertrümmerte, könnte es sich womöglich verletzen.

Erst als die Anspannung des Tieres allmählich nachließ, es die Ohren wieder aufrichtete und das Maul in die mit Heu gefüllte Krippe tauchte, beschloss sie, dass es nun sich selbst überlassen werden konnte.

Beim Verlassen der Box prallte sie beinahe gegen Blackhurst, der mit den Armen aufgestützt gegen das Gatter lehnte und sie beobachtete. In einem Anflug von Verlegenheit wich sie zurück. Der Anblick seiner blutverschmierten Stirn verdrängte dieses Gefühl aber gleich wieder und zog ihre Aufmerksamkeit auf sich. Die Platzwunde blutete immer noch. Wirre schwarze Haarsträhnen hingen ihm ins Gesicht, und nass klebte das mit Dreck bespritzte Hemd an seinem Körper. Er sah aus, als hätte er einen Kampf hinter sich.

»Wir müssen die Wunde an deiner Stirn versorgen.«

Blackhurst tastete danach und betrachtete seine blutverschmierten Finger. »Nur eine kleine Schramme, nicht der Rede wert.«

»Nein. Eben auf dem Ritt ist uns Schlamm ins Gesicht gespritzt. Wenn der Regen nicht alles aus der Wunde gewaschen hat, könnte sie sich entzünden. Setz dich da drüben hin«, forderte sie ihn auf.

Widerstrebend ließ er sich auf einem Fass nieder.

Da Fleur im Stall nichts entdeckte, womit die Wunde hätte gereinigt werden können, suchte sie nach einer noch sauberen Stelle an ihrem Rock und zog den nassen Stoff hoch. Dass sie dabei ein Stück ihres nackten Beines entblößte, kümmerte sie in diesem Augenblick nicht. Vorsichtig wischte sie das Blut weg.

»Ihr ruiniert Euer Kleid«, warnte Blackhurst. Doch sein Blick war nicht auf ihre Hand oder ihr Kleid gerichtet, sondern auf die weiße Haut ihres nackten Beines.

Fleur spürte diesen Blick beinahe wie eine Berührung, doch sie schüttelte das ungewollte Gefühl ab. Sie musste sich auf ihre Aufgabe konzentrieren. »Ob das Kleid nun auch noch mit Blut beschmiert wird, spielt keine Rolle mehr. Es muss sowieso gewaschen werden.« Sie beugte sich über ihn, um die Stirn genauer anzuschauen. »Die Wunde ist mit Erde verunreinigt. Ich muss sie herauswischen.«

Er spreizte die Beine, damit sie näher an ihn herantreten konnte, und lehnte den Kopf nach hinten. Sachte tupfte sie den Schmutz aus der Wunde. Einmal zog er vor Schmerz scharf die Luft ein.

»Entschuldigung«, murmelte sie. »Es ist gleich vorbei.« Sie fasste sein Kinn und drehte seinen Kopf mit sanften Fingern zur Seite, in das spärliche Tageslicht. Nachdem die Wunde sauber war, zupfte sie die Grashalme und Blätter, die sich in seinen Haaren verfangen hatten, weg.

Blackhurst beobachtete sie mit dunklen Augen. »Mein Gesicht ist bestimmt auch noch nicht ganz sauber«, bemerkte er.

Ohne darüber nachzudenken, wischte sie die Dreckspritzer auf seinen Wangen weg. Erst als sie plötzlich seine Hände auf ihrer Hüfte spürte, erstarrte sie und wurde sich der ungeheuerlichen Nähe bewusst, in der sie sich befanden. Seinen Atem, den sie warm an ihrem Hals spürte, die Härte seiner Schenkel, gegen die sie lehnte, und sein Brustkorb, der sich hob und senkte. Eine Welle von Hitze schoss in ihr hoch, und sie konnte nicht anders, als sich daran zu erinnern, was diese warmen, festen Hände, die sie immer noch hielten, und dieser fordernde Mund tun konnten, welche köstlichen Gefühle sie in ihr hervorzaubern konnten. Sie fragte sich, ob sie sich ihm diesmal würde hingeben können, anders als in jener Nacht auf dem Schiff. Sie wusste, sie bräuchte ihm nur ein Zeichen zu geben und er würde die Einladung sofort verstehen.

Aber die Welt war nicht mehr so einfach. Jetzt war sie eine alleinstehende Plantagenbesitzerin, deren Verhalten von allen mit Argusaugen beobachtet wurde. Ein Fehltritt und sie würden wie die Geier über sie herfallen, ihr die Kredite kündigen und sie so zum Verkauf ihrer Plantage zwingen. Sie konnte es sich nicht erlauben, dass Gerüchte die Runde machten, sie hätte sich auf eine unziemliche Beziehung mit einem englischen Kriegsgefangenen eingelassen.

Ein Kriegsgefangener? höhnte ihre Vernunft. Er war der berüchtigte Kapitän Pierce Blackhurst!

Sie schüttelte den Kopf. »Wir sollten nach den anderen sehen«, sagte sie schließlich und löste sich aus seinem Griff, um ihm, der Versuchung und dem Widerstreit ihrer Gefühle, der sie vollends zu verwirren drohte, zu entkommen.

Er erhob sich. »Sollten wir wohl«, bemerkte er wenig überzeugt.

Der Wind drückte derart gegen das Stalltor, dass Fleur es nicht mehr aufschieben konnte. Blackhurst musste sich mit der Schulter dagegen stemmen, um es so weit aufzudrücken, dass sie sich durch den Spalt zwängen konnten.

Sofort erfasste der Wind sie mit seiner ganzen Kraft und

drückte sie gegen die Holzwand des Stalles. Sand, Äste und anderes loses Material jagten ihnen entgegen, sodass sie sich mit den Armen schützen mussten. Der Regen hatte an Stärke nochmals zugelegt, obwohl man so etwas nicht mehr für möglich gehalten hätte. Mit dem heftigen Wind peitschte er ihnen beinahe waagerecht ins Gesicht.

Blackhurst brüllte Fleur etwas zu, das sie in dem ohrenbetäubenden Lärm nicht verstand. Er packte sie, zog sie von der Stallwand weg und rannte mit ihr hinüber zur Scheune. Hätte Blackhurst sie nicht gehalten, hätten die Sturmböen sie umgeworfen.

An der Scheune hämmerten sie gegen das Tor, das ein Stück weit geöffnet wurde. Sie schlüpften hinein und lehnten sich aufatmend gegen die Wand, während Jules mit der Hilfe einiger Männer den Balken wieder vor die Tür hob.

»Da seid Ihr ja!«, begrüßte er sie erleichtert. »Wir dachten schon, Ihr würdet es nicht mehr hierher schaffen.«

Die Sklaven und die Engländer hatten sich in der Scheune eingerichtet, umgeben von ihren Habseligkeiten und den gesammelten Vorräten.

James, der älteste der Engländer, der neben Jules stand, erklärte: »Wir haben alle hier versammelt, während ihr nach Jean gesucht habt. John, unser Zimmermann, meinte, dies sei das sicherste Gebäude. Wenn eines dem Sturm standhält, dann dieses.«

Fleur riss die Augen auf. »Denkt ihr, dass der Sturm so heftig wird? Ich wollte eigentlich zum Gutshaus hinauf.«

Blackhurst widersprach. »Das ist zu gefährlich. Niemand sollte jetzt mehr hinausgehen. Ihr könntet von einem herumfliegenden Ast oder einem Stück Holz erschlagen werden. Und das Gutshaus steht zuoberst auf dem Hügel, ist also dem Unwetter am meisten ausgesetzt.«

»Das Dach war sowieso nicht im besten Zustand«, warnte John. »Da hat der Sturm ein leichtes Spiel.«

Bis jetzt hatte Fleur keine Zeit gehabt, darüber nachzudenken, was für einen Schaden der Sturm anrichten könnte. Doch nun wurde ihr angst und bange. Dachten sie wirklich, das ganze Dach könnte einstürzen?

Ein kalter Schauer durchzuckte ihren Körper. Sie schlang die Arme um sich und rieb ihre Gänsehaut. »Ich habe nicht einmal etwas Trockenes anzuziehen.«

»Madame«, rief ihr Annie zu. »Wir trockene Sachen finden unter unseren Kleidern.« Auffordernd hielt sie ein Bündel hoch.

Nachdem Fleur sich etwas Trockenes angezogen hatte, ging sie durch die Reihen der Sklaven, um sich zu vergewissern, dass alle da und wohlbehalten waren. Einzig Lucille und Joseph fehlten. Sie waren in dem Verschlag im Garten geblieben. Sie fragte Blackhurst, ob sie noch versuchen sollten, sie zu holen, aber er beruhigte sie. Der Verschlag sei stabil und wetterfest gebaut, sodass sie sich keine Sorgen zu machen brauche, versicherte er. Und Joseph würde bestimmt gut achtgeben auf Lucille.

Dann gesellte er sich zu seinen Männern, die an ihren üblichen Schlafplätzen oder in den Hängematten lagen. Die Frauen verteilten Cassavabrot, Bananen und Ananasstücke, während Jules und François Kokosnüsse aufschlugen. Nachdem der Hunger gestillt war, löschten sie die Fackeln und richteten sich zum Schlafen ein.

Es wurde eine lange Nacht. Draußen heulte der Sturm und rüttelte an den Wänden, als ob er alles niederreißen wolle, was sich ihm in den Weg stellte. Manchmal schallte ein Knall durch die

Nacht, und jeder fragte sich, was der Sturm dieses Mal mitgerissen hatte. Regen prasselte ununterbrochen auf das Dach.

Der ohrenbetäubende Lärm und die Frage, wann das Dach einstürzen und alle unter sich begraben würde, ließen Fleur kaum ein Auge zumachen. Am meisten fürchteten sich die Kinder. Kaum war eines von seinen Eltern beruhigt worden, begann das nächste zu weinen.

In den frühen Morgenstunden begann der Sturm allmählich nachzulassen. Das Furcht erregende Knacken in den Balken ließ nach, und die Wände erzitterten nicht mehr unter der Wucht des Sturmes. Endlich fiel Fleur in einen leichten Schlummer, aus dem sie erst wieder erwachte, als das Tageslicht durch die Ritzen zwischen den Brettern schien.

Der Regen trommelte jetzt nur noch wie bei einem normalen Schauer auf das Dach. Fleur wollte nach draußen gehen und nachsehen, was der Sturm angerichtet hatte, doch Blackhurst hielt sie zurück.

»Wartet noch eine Weile. Es ist zu gefährlich. Der Regen sorgt für schlechte Sicht, und wir erkennen nicht, ob eines der Gebäude einsturzgefährdet ist oder Bäume doch noch umkippen. Außerdem werdet Ihr unnötig durchnässt und friert nachher.«

Die Argumente, die er vorbrachte, waren überzeugend. Also setzten sich Fleur und die Sklaven, die ihr in banger Neugier gefolgt waren, wieder hin. Sie verteilten die letzten Reste der Vorräte und des Trinkwassers.

Erst am Nachmittag ließ der Regen nach, und der Wind jagte nur noch in vereinzelten Böen über das Land. Plötzlich klopfte es an das Tor. Mehrere Männer mussten sich dagegenstemmen, um es aufzuschieben. Die starken Regengüsse hatten Erde, Steine und loses Holz den Pfad hinuntergespült und vor dem Tor aufgetürmt.

Draußen standen Lucille und Joseph.

Erleichtert umarmte Fleur ihre Freundin. »Seid ihr wohlauf?«

Sie nickte. »Uns geht es gut. Aber der Sturm hat übel gewütet.«

Erst jetzt sah sich Fleur draußen um. Der Boden war von abgerissenen Blättern und Palmwedeln übersät, und die Bäume kahl gefegt, wie Fleur es nur von der Winterzeit in Frankreich kannte. Zersplitterte Stümpfe von geborstenen Baumstämmen ragten in die Höhe, ihre Kronen auf dem Boden erschwerten das Durchkommen. Einige der Sklavenhütten waren dem Erdboden gleichgemacht worden, und die Palmwedel von den Dächern und die Wände aus geflochtenen Zweigen in alle Richtungen verstreut. Einzig ein Rechteck nackter Erde in der Wiese erinnerte an sie. Die Scheunen, Ställe und anderen Plantagengebäude, die in der windgeschützten Senke standen, waren glimpflich davongekommen. Da und dort war ein Loch in ein Dach oder eine Planke aus der Holzwand gerissen.

Am schlimmsten hatte der Sturm das Gutshaus verwüstet. Das Dach war an einer Ecke eingestürzt und hatte Maurais' ehemaliges Schlafzimmer unter sich begraben. Schutzlos dem Regen preisgegeben, war das Wasser durch die Holzdecke ins Wohnzimmer hinuntergesickert und hatte alles durchnässt. Der Wind, der durch das Loch im Dach hineingepfiffen war, hatte die Fensterläden aufgerissen und Berge von Zweigen und Grünzeug aufgehäuft.

Bei diesem Anblick der Verwüstung stöhnte Fleur entsetzt auf. Wie viel Arbeit würde es brauchen, alles auszukehren, zu reinigen und die Schäden zu reparieren! Geschweige denn, was es kosten würde, Baumaterial zu kaufen und einen Schreiner kommen zu lassen!

Blackhurst, der anscheinend bemerkt hatte, welche Sorgen

Fleur durch den Kopf gingen, beruhigte sie. »John ist ein guter Zimmermann. Er hat auf dem Schiff schon schlimmere Havarien repariert, und er wird auch das Haus wieder hinbekommen.«

»Ganz bestimmt«, bestätigte John. »Holz liegt ja mehr als genug rum. Wir müssen nicht mal mehr Bäume fällen.«

Sie atmete tief durch. »Ja, aber wichtiger ist die Plantage. Um das Haus können wir uns später kümmern. Erst müssen wir sehen, ob genügend Hütten für die Sklaven übrig geblieben sind, und dann müssen die Plantagengebäude repariert werden. Kannst du dich darum kümmern?«, fragte sie John.

Erfreut rieb er sich die Hände. »Endlich mal wieder eine anständige Arbeit! Besser als Baumwollsetzlinge zu pflanzen.«

»François kann dir helfen. Er ist ganz geschickt in solchen Dingen. Und jetzt sehen wir uns die Felder an.«

Der Schaden an der Kakaoplantage hielt sich in Grenzen. Nur einige der älteren Bäume waren umgestürzt und die Baumkronen kahl gefegt worden. Auf dem Boden türmte sich das Laub. Schlimmer sahen die Baumwollfelder aus. Die Setzlinge waren samt und sonders vom Erdboden verschwunden, so als ob sie nie gepflanzt worden wären. Sturzbäche aus Regenwasser hatten tiefe Furchen in das ungeschützte Ackerland gegraben und die Erde fortgeschwemmt.

Ähnlich sah es im Garten aus. Nur das Knollengemüse war verschont geblieben. Damit hatten sie immerhin genug zu essen!

Trotzdem liefen Fleur Tränen die Wangen hinab, als sie den Blick über die Verwüstungen gleiten ließ, dort, wo vorher alles gegrünt und geblüht hatte.

Schweren Herzens teilte sie den Sklaven die Aufräumarbeiten zu und überließ Blackhurst die Verantwortung für die Baumwollfelder. Die Setzlinge, die noch nicht ausgepflanzt waren und die sie vor dem Sturm in Sicherheit gebracht hatten, mussten so bald wie möglich in die Erde. Glücklicherweise hatten sie zu viele Setzlinge gezogen, sodass eine ausreichende Anzahl übrig blieb, um wenigstens ein ganzes Feld zu bestellen.

Und so begann die Arbeit wieder von Neuem …

29

Nach einiger Zeit hatte sich die Natur so weit erholt, dass kaum mehr erkennbar war, welch schweres Unwetter die Insel heimgesucht hatte. Einzig die vom Sturm umgerissenen Bäume und das eingestürzte Dach des Gutshauses erinnerten noch daran.

Fleur hatte entschieden, dass zuerst wichtigere Dinge zu erledigen waren als die Reparatur des Dachs über Maurais' ehemaligem Schlafzimmer, das von niemandem benötigt wurde. Lucille hatte sie in die ganzgebliebene Aufseherhütte einquartiert, und sie fühlte sich in ihrem eigenen kleinen Häuschen recht wohl und drängte nicht darauf, wieder ins Gutshaus umzuziehen. Sie war ruhiger geworden während ihrer Zeit bei Hayot und hing mehr ihren eigenen Gedanken nach, als dass sie darauf brannte, diese gleich Fleur zu erzählen, wie sie es früher getan hatte. Fleur störte sich nicht daran, denn auch sie war inzwischen gewöhnt, ihr eigenes Leben zu führen.

Nur wenn Joseph in der Nähe war, konnte man Lucille wieder vergnügt wie ein kleines, vom Leben noch nicht gezeichnetes Mädchen lachen hören. Trotzdem beobachtete Fleur das gute Einvernehmen zwischen den beiden mit einem skeptischen Gefühl. Zwar freute sie sich darüber, dass ihre Freundin die schlechten Erlebnisse mit Hayot hinter sich ließ und wieder glücklicher schien. Doch dass Joseph der Grund dafür sein könnte, machte ihr Sorgen. Denn sie kannte die Ansichten der weißen Gesellschaft darüber, wie weit sich eine weiße Frau einem schwarzen Mann zu nähern hatte, sehr wohl.

Ein nettes Wort, ein Blick zu viel konnten dazu führen, dass das Gerede einsetzte. Ein Gerede, aus dem sich in kürzester

Zeit Tatsachen entwickelten, welche zur gesellschaftlichen Ächtung der weißen Frau führen konnten. Denn eine Verbindung einer Weißen mit einem Schwarzen war nicht nur völlig indiskutabel, sondern auch gesetzeswidrig.

Der gemeinsam überstandene Sturm hatte auf Espérance die Kluft zwischen den Sklaven und den Engländern verringert. Blackhurst wurde von jetzt an stillschweigend von allen als Respektsperson geachtet, seine Vorschläge wurden durchgeführt und seinen Meinungen Rechnung getragen. Und dies, ohne dass Fleur ihn offiziell zum Aufseher bestimmt hätte – was sie nicht tun konnte, solange Frankreich im Krieg mit England war. Nichtsdestotrotz entschied sie sich, seiner inoffiziellen Stellung Rechnung zu tragen und ihm entsprechende Freiheiten und ein kleines Gehalt zu gewähren. Das zweite Pferd stand ihm zur Verfügung, er durfte sich frei bewegen, sei es zum Ausliefern der Bestellungen, in den Abendstunden oder am Sonntag, ins Dorf oder wohin es ihm beliebte.

Auch wenn sie sich immer noch nicht darüber im Klaren war, wie sie ihn einschätzen sollte und welches seine Beweggründe waren, auf der Plantage zu bleiben, so konnte sie ihm ihr Vertrauen nicht länger verwehren angesichts seines unermüdlichen und uneigennützigen Einsatzes auf Espérance. Sie vermied es nur, mit ihm allein zu sein, um jegliche Versuchung zu vermeiden. Denn jedes Mal, wenn es doch geschah, begann ihr Herz zu rasen. Insbesondere, da in solchen Momenten die ansonsten überaus höfliche und zurückhaltende Fassade Francis Durys Risse bekam, durch die der gefährliche Pierce Blackhurst aus dem Verborgenen hervorfunkelte.

Mit dieser Strategie gelang es Fleur einige Zeit lang, auf Espérance ihr ruhiges Alltagsleben weiterzuführen.

Bis die Zeit gekommen war, die prall gefüllten Säcke getrockneter Kakaobohnen, die sich inzwischen in der Scheune stapelten, in die Stadt zum Verkauf zu bringen.

Mit Unbehagen erinnerte sich Fleur an ihr letztes Zusammentreffen mit dem Händler in der Stadt. Wie er den Preis gedrückt und sie nichts dagegen hatte unternehmen können. Wollte sie vermeiden, dass ihr dieses Mal dasselbe passierte, würde sie einen anderen Weg finden müssen, die Sache anzugehen.

Sie zermarterte sich den Kopf darüber. Die anderen Pflanzer nach ihrer sonntäglichen Besprechung abzupassen und sie wie ein Bittsteller um Auskunft bitten zu müssen, fiel ihr schwer. Doch wie sollte sie sonst die aktuellen Preise erfahren, um damit einem Händler erfolgreich gegenübertreten zu können?

Letztendlich war es Blackhurst, der sie aus ihrer Unentschiedenheit aufscheuchte: »Ich bin zwar kein Fachmann in Kakaoangelegenheiten, aber ich könnte mir vorstellen, dass es bei Kakaobohnen nicht anders ist als sonst bei Lebensmitteln: Eine zu lange Lagerung wirkt sich nachteilig auf die Qualität aus.« Mit einem fragenden Hochziehen der Augenbrauen, das Fleur als Kritik an ihren Fähigkeiten empfand, deutete er auf die gestapelten Säcke. »Wann wollt Ihr sie endlich verkaufen? Die Preise müssten nach dem Sturm und den Ernteschäden, die er auf anderen Plantagen verursacht hat, in die Höhe geschossen sein.«

»Du hast recht, darin bist du kein Fachmann«, erwiderte sie barsch.

Er zuckte mit den Schultern, wandte sich ab und stemmte den nächsten Sack, den die Sklavinnen gefüllt und zugenäht hatten, auf den Stapel.

Fleur seufzte innerlich auf. Es war nicht fair, Blackhurst die Schuld für ihr zögerliches Verhalten zuzuschieben. Sie war diejenige, welche beim Verkauf der Bohnen wie die Katze um den heißen Brei schlich.

»Aber du hast recht, dass wir mit dem Verkauf nicht länger warten sollten«, fügte sie versöhnlich hinzu. Laut seufzte sie: »Ich weiß nur noch nicht, wie ich es am besten anstelle.«

Auf Blackhursts fragenden Blick hin rückte sie schließlich mit der Sprache heraus. »Beim letzten Mal drückte der Händler den Preis so tief, dass sich die mühselige Arbeit kaum mehr lohnte. Zuerst führte er an, dass das letzte Schiff nach Frankreich erst vor Kurzem abgelegt hat und er das nächste erst in einigen Wochen erwarte, er also die Kakaobohnen so lange lagern müsse, wofür er mir einen Abschlag und auch noch Lagergebühren berechnen wollte. Dann zweifelte er die Qualität meiner Bohnen an und schlitzte jeden Sack einzeln auf und prüfte ihn. Das Geld wollte er mir auch nur mit einem Zinsabzug sofort geben, da er normalerweise die Ware erst bezahle, wenn er sie einem Kapitän verkauft habe. Und zu guter Letzt, als ich ihn fragte, wo ich Sklaven kaufen könne, meinte er, dass zurzeit keine Sklavenauktion stattfinde, da ja das letzte Schiff, das welche aus Afrika brachte, eben erst nach Frankreich zurückgesegelt sei! Und das, obwohl ich ihm von Anfang an gesagt hatte, dass ich das Geld sofort brauche, um Sklaven kaufen zu können! Ich hätte mir also nicht auch noch einen Zins abziehen lassen müssen!«

Blackhurst presste die Lippen zusammen. »Der Kerl hat Eure Unerfahrenheit skrupellos ausgenutzt, um Euch über den Tisch zu ziehen.«

Fleur warf die Hände in die Luft. »Das ist ja mein Problem! Wie soll ich mit einem Händler feilschen, wenn ich nicht weiß, wann ein Schiff anlegt oder wo der Preis gerade steht?«

»Warum fragt Ihr nicht einen der anderen Pflanzer?«

Fleur holte tief Luft. Sie hätte es lieber vermieden, ihm von ihrer blamablen Vorstellung in Prinzessin Suze' Etablissement zu berichten. Dass es ihr weder gelungen war, sich bei den Männern durchzusetzen, noch dass sie irgendeine brauchbare Information erhalten hatte. Aber darum kam sie wohl nicht herum.

Als sie ihm erzählte, wie die Pflanzer sie hinauskomplimentiert hatten, zuckten seine Mundwinkel verräterisch. Mittlerweile kannte sie ihn so gut, dass sie wusste, dass er ein Grinsen unterdrückte. Empört fuhr sie ihn an: »Wenn die meinen, dass sie mich damit kleinkriegen, haben sie sich getäuscht!« Sie meinte damit nicht nur die anderen Pflanzer, die Warnung war auch an Blackhurst gerichtet. Der sollte sein unverschämtes Grinsen bloß zurückhalten!

Er bewegte seinen Mund, als müsse er seinen Kiefer lockern, und meinte dann ungerührt: »Es sollte kein Problem sein, die Preise und die Strategie der anderen Pflanzer herauszufinden. Ich werde den Aufsehern und Verwaltern bei meinem nächsten Besuch im Dorf ein bisschen auf den Zahn fühlen. Ein paar Gläser Rum haben noch jedem die Zunge gelöst.«

»Es wäre sehr hilfreich, wenn du das tun könntest«, sagte Fleur gepresst. Sie war ihm dankbar, ja, aber es war frustrierend, wie einfach diese für sie so komplizierten Dinge für ihn waren und dass sie wieder einmal von seiner Hilfe abhing.

Außerdem nagte die Frage an ihr – auch wenn es ihr eigentlich gleichgültig sein sollte –, wo er diese Gläser Rum trinken wollte. In Prinzessin Suze' Etablissement? Worauf sich gleich die nächste Frage anschloss: War er schon öfters dort gewesen? Und wenn ja, was hatte er dort getan?

Pierce brauchte nicht lange, um die benötigten Informationen zu bekommen. Bereits wenige Tage später suchte er Fleur auf.

»In Kürze wird ein französisches Handelsschiff erwartet. Die anderen Pflanzer wollen ihre Waren gemeinsam in die Stadt schaffen und erst im letzten Augenblick verkaufen, um die Preise in die Höhe zu treiben. Wenn wir vor ihnen verkaufen, werden die Händler uns die Waren aus den Händen reißen, froh darüber, dass sie überhaupt einen Teil ihrer Schiffsladung zusammenkriegen.«

»Dann lass uns in die Stadt reiten, mit den Händlern sprechen und die Verkäufe tätigen. Die Kakaobohnen werden wir erst vor dem Auslaufen des Schiffes liefern. Ich will nicht noch einmal eine Lagermiete bezahlen.«

»Eine gute Idee. Allerdings«, Pierce deutete an sich hinunter, »werde ich in diesem Aufzug keinen Händler sonderlich beeindrucken. Und nach Eurem letzten Erlebnis wäre es wohl von Vorteil, wenn ich die Verhandlungen führe. Sie werden vor mir als Mann mehr Respekt haben als vor Euch.«

Den letzten Satz fügte er schnell hinzu, denn Fleurs Miene hatte sich bei seinem Vorschlag, die Verhandlungen zu führen, verfinstert.

Kritisch sah sie nun an ihm hinunter, und ihre Miene wurde wieder weicher. Sie musste wohl erkennen, dass er recht hatte und in dem einfachen Baumwollhemd und den Hosen aus grobem Stoff nicht wie ein einflussreicher Verwalter wirkte, sondern vielmehr wie einer der erfolglos gebliebenen, verarmten Weißen. Wenn sie wollte, dass er als ernst zu nehmender Verkäufer auftreten konnte, würde sie ihn neu einkleiden müssen.

Am Morgen darauf brachen Fleur und Pierce in aller Frühe auf. Bereits in den späten Morgenstunden erreichten sie die Stadt. Als Erstes gingen sie zu einem Schneider in der Hauptstraße. Dieser rieb sich erfreut die Hände, als Pierce erklärte, er müsse komplett neu eingekleidet werden. Sogleich brachte er einen

Arm voll Hemden und Hosen. Pierce probierte verschiedene und kam jedes Mal, sich die letzten Knöpfe des Hemdes über seiner nackten Brust zuknöpfend, hinter dem Paravent hervor, um Fleurs Meinung einzuholen. Dabei drehte und wendete er sich ausgiebig in den engen, gutsitzenden Hosen, damit sie sah, was ihr da entging. Denn nach wie vor spielte sie die kühle Dame. Selbst wenn es ihm hie und da gelang, ihrer Fassade einen Riss zuzufügen, verschloss sie diesen gleich wieder.

Er wurde es allmählich leid.

In den wenigen Augenblicken, in denen sie ihre Haltung vergaß, bemerkte er nämlich, dass sie die Spannung zwischen ihnen genauso spürte wie er. Manchmal, wenn sie glaubte, er wäre mit etwas beschäftigt und würde es nicht merken, beobachtete sie ihn. Mit einem tiefen Blick, der mehr aussagte als alle Worte, und der ihre Unnahbarkeit Lügen strafte.

Warum gab sie diesem Drängen, das für ihn bald unerträglich wurde, nicht einfach nach? Nur wegen der Leute? Dem hätte man leicht Abhilfe schaffen können. Es gab genügend Orte, wo sie unbemerkt unter sich sein könnten.

Als er wieder, sich das noch halboffene Hemd zuknöpfend, vor ihr erschien, ließ sie ihn spüren, dass sie langsam ungehalten wurde. Obwohl sie auch diesmal nicht verhindern konnte, dass ihre Augen zu dem Stück entblößter Brust huschten, das er nur langsam hinter den Knöpfen verschwinden ließ. Pierce lächelte zufrieden und zog sich erneut hinter den Paravent zurück, um das vierte Hemd und die nächste Hose anzuprobieren, obwohl bereits die erste perfekt gesessen hatte. Aber wenn er leiden musste, sollte sie das auch tun.

Als er wieder hinter dem Paravent hervorkam, änderte sie ihre Taktik. Demonstrativ holte sie ihre Taschenuhr hervor. »Wenn du dich nicht bald entscheidest, ist der Tag vorbei, bevor wir mit den Händlern gesprochen haben.«

»Oh, es fehlen aber noch eine Halsbinde und ein Gehrock«, wandte der geschäftige Schneider ein und eilte sogleich nach hinten, um weitere Kleidungsstücke zu holen, nachdem Pierce ihm zugenickt hatte.

Fleur verdrehte die Augen. Da er sich ein Grinsen nicht mehr verkneifen konnte, drehte er sich um und wartete auf den Schneider. Mit einem Arm voller weiterer Kleider kam er zurück. Pierce suchte sich eine Halsbinde aus und begann sie umständlich vor dem Spiegel zu binden. Er hörte, wie Fleur hinter ihm ungeduldig schnaubte.

Er konnte nicht anders, als seinem Tun noch eins draufzusetzen. »Könntet Ihr mir mit der Binde behilflich sein? Ich bin etwas der Übung gekommen.«

Er bemerkte, wie sie zögerte und hilfesuchend zum Schneider hinübersah, doch er blieb entschlossen vor ihr stehen. Glücklicherweise getraute sich der Schneider nicht einzugreifen. Schließlich trat sie an ihn heran und begann, die Binde zu knüpfen. Mit federleichten Berührungen spürte er ihre Hände auf seiner Brust. Sie stand ganz nah vor ihm. So nah, dass sie sich fast berührten. Ihr Lavendelduft stieg ihm in die Nase, und beinahe gleichzeitig wurde ihm die Hose zu eng. Und sie fingerte immer noch an dieser Binde herum.

Er verfluchte sich innerlich, denn dieser Spielzug war eindeutig nach hinten losgegangen. Er ballte die Finger zu Fäusten, damit er nicht der Versuchung nachgab und sie an sich zog.

Endlich schien sie fertig. Sie sah zu ihm hoch. Doch mit was für einem Blick! Das war eine Herausforderung pur! Das umständliche Nesteln an seiner Binde war anscheinend reinstes Geplänkel gewesen. Sie musste ihn durchschaut haben. Und nicht nur das! Sie hatte einfach den Spieß umgedreht!

Er musste sich räuspern, um seine Stimme wieder unter

Kontrolle zu bekommen, und drehte sich zum Schneider um. »Wir nehmen das.«

Fleur bezahlte, und sie verließen das Geschäft.

Inzwischen hatte er sich von ihrer Retourkutsche erholt und setzte zu einem neuen Zug an. »Nun brauche ich noch neue Stiefel und einen Barbier.«

»Du hast doch schon ein Paar Stiefel!«, rief Fleur aus.

Abschätzig streckte er einen Fuß vor. »Soll ich etwa mit diesen alten Dingern herumlaufen? Da hätten wir uns das Geld für den Rest der Kleidung gleich schenken können. Kein Mann, der etwas auf sich hält, trägt alte Arbeitsstiefel zu einem vornehmen Rock und eleganten Hosen!«

Fleur stöhnte auf.

»Warum gebt Ihr mir nicht einfach das Geld dafür und flaniert ein wenig durch die Stadt, bis ich fertig bin? Dann müsst Ihr nicht auf mich warten«, schlug er vor.

Er hoffte, dass er sich ihr in einem neuen Licht präsentieren konnte, wenn sie die letzten Schritte seiner Verwandlung nicht mitbekam. Dass es ihm so gelang, dass sie ihn nicht mehr als englischen Kriegsgefangenen wahrnahm. Sondern als Mann. Als Mann, dem man nicht widerstehen konnte oder wollte.

Schulterzuckend zählte sie einige Münzen ab und reichte sie ihm. Er bedankte sich und machte sich auf zu einem Barbier, wo er sich rasieren und die Haare schneiden ließ, und suchte sich dann in einem Schuhgeschäft ein Paar elegante Stiefel aus.

Als sie ihn eine Stunde später am verabredeten Ort entdeckte, ließ sie ihre Haltung so weit im Stich, dass sie ihr Erstaunen nicht mehr verstecken konnte. Mit großen Augen sah sie ihn an. Ihr Blick schweifte bewundernd an ihm hinunter und wieder hinauf. Dann bekam sie sich wieder in den Griff. »Die Investition hat sich gelohnt«, bemerkte sie krampfhaft nüchtern.

Nun war er es, der sich um eine ernste Haltung bemühen musste. Beinahe hätten sich nämlich seine Mundwinkel frohlockend nach oben gezogen. Das will ich doch hoffen, dachte er bei sich. Es war lange her, dass er sich wie ein Mann von Welt gefühlt hatte. Und es war ein gutes Gefühl! Besonders mit einer solchen Frau an seiner Seite.

»Wollen wir?« Galant bot er ihr seinen Arm.

Um eine Antwort verlegen, nickte sie nur und hängte sich bei ihm ein.

Den Rest des Morgens verbrachten sie damit, Handelsfirmen zu besuchen und um Preise zu feilschen.

Überrascht und etwas neidisch beobachtete Fleur, wie sich das Verhalten der Händler änderte, nun da Blackhurst auf sie zutrat. Verschwunden waren die herablassenden Blicke, die Andeutungen, die durchschimmern ließen, dass sie Fleur als Geschäftspartner nicht ernst nahmen, und ihre offensichtlichen Versuche, Fleurs Unwissenheit zu ihrem eigenen Vorteil auszunutzen. Stattdessen scharwenzelten sie beflissen um Blackhurst herum und akzeptierten bereits nach kurzen Verhandlungen die von ihm verlangten Preise. Was auch kein Wunder war. Wenn er einen Raum betrat, dann füllte sein Präsenz diesen aus, er beherrschte seine Umgebung. Ebenso wie er in kürzester Zeit den Händlern die Gesprächsführung abnahm und die Verhandlungen so lenkte, wie er sie haben wollte.

Die Händler wiederum bemühten sich, diesen neuen und offensichtlich erfolgreichen Mann, der unabhängig von den anderen seine Waren verkaufte, wohlwollend zu stimmen.

Und er machte nicht nur Eindruck auf die Händler. Fleur musste sich eingestehen, dass sie es genoss, an seiner Seite zu sein, und erlaubte sich für ein paar Stunden, sich der Vorstellung hinzugeben, dass dieser Mann zu ihr gehörte, dass sie ein respektables, geachtetes Paar wären und keine überschuldeten Pflanzer, die sich tagtäglich auf ihren Feldern abplacken mussten.

Nachdem sie die Geschäfte erledigt hatten, machten sie sich auf den Heimweg. Es war keine gute Zeit für einen mehrstündigen Ritt. Die Sonne brannte auf sie nieder, die Hitze hatte ihren täglichen Höchstwert erreicht, und die Luft stand still.

Bald klebten Fleurs hübsche Sonntagskleider an ihr, und der Schweiß rann ihr trotz dem breitkrempigen Strohhut die Schläfe hinunter. Blackhurst hatte seinen Rock längst ausgezogen, die kunstvoll geschlungene Halsbinde gelöst und in einer Tasche verschwinden lassen. Dennoch zeigten sich auch auf seinem weißen Hemd feuchte Flecken.

Schweigend ritten sie nebeneinander her. Jedes Wort und jeder Gedanke wären eine Kraftanstrengung zu viel gewesen.

Nur einmal, als sie an einem Fluss entlangritten, in dessen verheißend kühl sprudelnden Wasser Sklavinnen Wäsche schrubbten, stöhnte Fleur auf und wischte sich den Schweiß von der Stirn. »Sie sind zu beneiden! Wie erfrischend ein Bad in diesem herrlichen Fluss sein muss!«

Fleur zog den Kragen ihrer Bluse hinunter und fächelte sich Luft zu. Bis sie bemerkte, dass Blackhursts Blick auf ihrem entblößten Nacken ruhte. Verlegen ließ sie den Kragen los.

Erst nach einem Moment wandte er die Augen ab und drückte dem Pferd die Schenkel in die Flanken, um es anzutreiben.

Fleurs Pferd trottete hinter ihm her, zu müde, um dem anderen Pferd die Vorreiterschaft streitig zu machen, wie es dies üblicherweise tat.

Etwa eine Stunde später bog Blackhurst unvermittelt auf einen zugewachsenen Pfad ab, der von der Straße aus kaum zu erkennen war.

Fleur schob die Zweige, mit denen der Urwald den Durchgang versperrte, beiseite. »Wo reitest du denn hin?«, fragte sie, zu matt, um gegen diesen falschen Weg, den er eingeschlagen hatte, zu protestieren.

»Eine Überraschung«, erwiderte er einsilbig.

Sie runzelte die Stirn. Weder kannte sie diesen Pfad, noch fiel ihr irgendetwas ein, was es hier als Überraschung geben könnte. Das Einzige, was es gab, waren mit Schlingpflanzen und Moos überwachsene Bäume, dazwischen einzelne Palmen, Baumfarne und Sträucher. Kaum sichtbar schlängelte sich der Pfad durch den Urwald.

»Bist du sicher, dass wir hier richtig sind?«, fragte sie. Skepsis kroch in ihr hoch. Woher kannte er überhaupt diesen Weg?

»Ja«, meinte er, ohne sich umzudrehen.

Ein Zweig, den er zur Seite geschoben hatte, peitschte zurück. Im letzten Moment konnte Fleur ausweichen. »Ich glaube nicht, dass wir auf diesem Pfad weiterreiten sollten. Wir werden uns nur verirren«, begehrte sie auf. Es war nicht die geeignete Tageszeit für solche Experimente. Nach nichts sehnte sie sich mehr, als ihre müden Glieder in die Hängematte auf der schattigen Veranda zu betten und jeden einzelnen, noch so geringen Lufthauch auszukosten.

Er hielt sein Pferd an und drehte sich im Sattel um. »Fleur, vertraust du mir?«, fragte er ernst.

Fleur zog eine Schnute. Das war nicht fair. Sie wollte doch nur auf dem schnellsten Weg nach Hause, das hatte nichts mit Vertrauen zu tun. Widerwillig nickte sie und ritt schweigend weiter hinter ihm her, als er sein Pferd wieder antrieb. Er wird schon sehen, dass wir hier völlig falsch sind, dachte sie grummelnd. Aber wenn er es unbedingt selbst herausfinden muss!

Der Pfad führte eine leichte Senke hinunter, durch die ein

träges Rinnsal floss, dann in einem Bogen hinauf und noch ein Stück weit geradeaus.

»Da sind wir!«, stellte Blackhurst fest.

»Wo?« Sie konnte nichts anderes sehen, als seinen Rücken und das Gebüsch neben sich.

Er lenkte sein Pferd zur Seite, sodass sie zu ihm aufschließen konnte. Was sie sah, verschlug ihr die Sprache.

Mitten im Dschungel öffnete sich eine Lichtung. Darin eingebettet lag ein türkisfarbener, glitzernder Teich. Sonnenstrahlen fielen durch das lockere, hellgrüne Blätterdach am Rand. Sie zeichneten ein Schattenspiel aus hellen und dunklen Flecken auf die Oberfläche des Teichs. Das Wasser war glasklar. Die Sonnenstrahlen reichten bis auf den Grund hinunter, wo sie leuchtend hellen Sand beschienen. Ein kleiner Wasserfall, der von einer moosigen Felswand ein paar Meter in die Tiefe stürzte, rundete die Idylle ab.

Während Fleur noch sprachlos auf dieses Wunder mitten im Dschungel starrte, stieg Blackhurst ab und schlang die Zügel seines Pferdes um einen Baumstamm.

»Bitte sehr, Madame! Wie gewünscht, ein kühlendes Bad!« Er verbeugte sich und wies mit einer einladenden Armbewegung auf den Teich. Dann nahm er der verdutzten Fleur die Zügel aus der Hand und half ihr vom Pferd.

Sie trat ans Wasser, netzte die Hand in der erfrischenden Kühle und meinte benommen: »Herrlich!«

»Wartet erst einmal ab, bis Ihr drinnen seid.« Blackhurst hatte sich die Stiefel und das Hemd bereits ausgezogen und watete mit einem genussvollen Seufzer ins Wasser.

Fleur riss die Augen auf. Er erwartete doch nicht etwa, dass sie dasselbe tat!

Prustend bespritzte er sich Bauch und Brust, tauchte ganz unter und schoss wieder hoch, sich die nassen Haare aus dem

Gesicht schüttelnd. »Es ist wirklich herrlich!«, rief er ihr zu, bevor er sich wieder hineinwarf und einige Züge schwamm.

Sehnsüchtig sah sie ihm nach und ließ ihren Blick über das verlockende Wasser wandern, das von seinen kräftigen Zügen in Bewegung gebracht wurde und auf den schmalen Sandstrand schwappte. Vielleicht könnte ich ja wenigstens die Stiefel ausziehen und die Füße ein wenig baden, überlegte sie.

Unterdessen war Blackhurst zum Wasserfall geschwommen und ließ ihn sich, die Augen geschlossen, auf Kopf und Schultern prasseln. Da er beschäftigt schien und von ihr keine Notiz nahm, zog Fleur die Stiefel aus, stellte sie an die Böschung und setzte bedächtig einen Fuß vor den anderen auf den Strand. Ihre Zehen vergruben sich im weichen, warmen Sand. Mutiger geworden und angelockt von dem Kühlung versprechenden Nass, hob sie ihr Kleid hoch und tauchte einen Fuß hinein. Dann den anderen, bis sie zu guter Letzt ganz im Wasser stand. Bis zu den Knöcheln watete sie hinein und schwelgte in der wohltuenden Frische.

Plötzlich schoss Blackhursts Kopf ein Stück weit vor ihr plötzlich aus der Wasseroberfläche, und sie quietschte vor Schreck. Sie hatte nicht bemerkt, dass er unter Wasser herangeschwommen war.

»Mit dem Kleid wird das Schwimmen schwierig«, foppte er mit breitem Grinsen.

»Ich habe ja auch nicht vor zu schwimmen. Das kann ich schließlich gar nicht, wie du weißt«, gab sie schnippisch zurück.

»Wie schade.« Er seufzte unüberhörbar auf. »Wenn Madame wüsste, was ihr da entgeht.«

»Ich denke nicht, dass mir da so viel entgeht.« Abwehrend reckte sie ihr Kinn hoch.

»Erst wenn man etwas ausprobiert hat, kann man darüber ein Urteil fällen.«

»Man muss nicht alles ausprobieren.«

»Ach nein?« Seine linke Augenbraue zog sich spöttisch nach oben.

»Nein.« Demonstrativ stapfte sie davon, am Ufer entlang, den Blick störrisch auf das seichte Wasser vor ihren Füßen geheftet.

Er legte sich auf den Rücken und spritzte mit den Füßen Fontänen in die Luft. »Ich denke, du hast einfach nur Angst.«

Sie blieb stehen, stemmte die Fäuste in die Seite und funkelte ihn an. »Ich habe überhaupt keine Angst!«

»Warum kommst du dann nicht ins Wasser, Rehauge?«

Ihr blieb die Luft weg. Dieser Flegel! Da war er wieder, Pierce Blackhurst, wie er leibte und lebte!

Mit einem lauernden Ausdruck im Gesicht meinte er: »Beweise es und komm rein!«

»Ich brauche dir gar nichts zu beweisen!«, widersprach sie, wobei sie sich bemühte, das Krächzen in ihrer Stimme mit Schärfe zu übertünchen. Einen Augenblick lang fixierten sie sich schweigend, wie die zwei Kontrahenten eines Duells. In seinem Blick lag etwas, das ein flaues Gefühl durch ihren Magen fluten ließ.

Blackhurst glitt, ohne Fleur aus den Augen zu lassen, ins Wasser, bis es ihm unter dem Kinn stand, und sagte dann mit dunkler Stimme: »Oder hast du etwa Angst vor mir?«

Mit einem Schlag verwandelte sich Fleurs flaues Gefühl in Empörung. Sie kniff die Augen zusammen. Wie konnte er es wagen, derart unverfroren zu sein! Sie und Angst vor ihm! Das war geradezu lächerlich!

Entschlossen marschierte sie aus dem Wasser, den schmalen Strand hinauf, knöpfte ihre Bluse auf und hängte sie über einen Ast. Als Nächstes ließ sie ihren Rock zu Boden gleiten und warf ihn darüber. Gleich würde dieser Kerl etwas erleben! Mit angriffslustig blitzenden Augen marschierte sie in Unterwäsche zurück ins Wasser.

Blackhurst beobachtete sie.

»Du könntest dich zumindest umdrehen! Jeder Gentleman würde das tun! Ich dachte, darauf bildet ihr Engländer euch etwas ein!«, schnauzte sie ihn an.

Er grinste. »Du müsstest inzwischen wissen, dass ich kein Gentleman bin.«

Sie wandte sich ab und gab sich Mühe, ihn aus ihrem Blickfeld zu verbannen. Wenn sie sich schon mitten im Dschungel auszog, um ein Bad zu nehmen, wollte sie es wenigstens genießen, ohne sich von ihm stören zu lassen.

Sie watete weiter ins Wasser, das über ihre Oberschenkel und dann über ihren Bauch schwappte. Der Grund fiel gegen den Wasserfall hin leicht ab, so dass sie ohne Sorge noch einige Schritte weitergehen konnte. Als ihr das Wasser beinahe bis zur Brust reichte, blieb sie stehen. Sie holte tief Luft und tauchte bis zum Kinn ein. Mit einem Auflachen über das wunderbar erfrischende Gefühl schoss sie wieder hoch. Sanft strich das Wasser um ihren Körper, als sie einige Schritte hin und her watete.

»Du solltest es lernen«, ertönte Blackhursts Stimme hinter ihr.

»Was?«

»Schwimmen.«

Sie planschte weiter durch das Wasser. »Ich weiß nicht ...«

»Wenn du an meiner Stelle während des Sturms in den Fluss gefallen wärst, hätte das ein Problem werden können.«

Sie verzog den Mund. »Hm ... ja.«

»Ich kann es dir zeigen.« Er stellte sich neben sie und führte mit den Armen Schwimmbewegungen vor. Sie sah ihm zu, während sich in ihrem Kopf ganz andere Gedanken abspielten. Sie sollte den Teich verlassen und sich wieder anständig bekleiden. Dieser gänzlich unangebrachten Situation entkommen. Nicht nur, dass er sie wieder duzte wie damals auf dem Schiff. Er war ihr viel zu nah. Zu nackt. Zu gefährlich. Zu sehr Pierce Blackhurst.

Trotzdem begannen ihre Arme ihn plötzlich nachzuahmen. Durch das Wasser zu rudern.

»Ja, genau so«, lobte er. »Und jetzt die Beine.« Er schwamm ein paar Züge, um es ihr zu zeigen. »Leg deine Hände auf meine Unterarme. Ich halte dich fest und du versuchst den Beinschlag.«

Zaghaft umklammerte sie seine muskulösen Arme. Das flaue Gefühl machte sich wieder bemerkbar. Aber sie würde sich nicht die Blöße geben, sich erneut Angst vorwerfen zu lassen. Eher würde sie in diesem Teich ertrinken.

Nachdem sie eine Weile geübt und einige Male versehentlich Wasser geschluckt hatte, erkannte sie, wie sie den Kopf über Wasser halten und mit den Beinen rudern musste.

»Du bist ein Naturtalent! Und jetzt üben wir beides zusammen. Leg dich auf meine Hand.« Er streckte sie unter der Wasseroberfläche aus, die Handfläche nach oben.

»Und wenn ich untergehe?«, wandte Fleur unsicher ein.

»Das wirst du nicht. Ich halte dich.«

Trotzdem scheute sie davor zurück, sich voll und ganz in seine Hände zu begeben, ihm so nahe zu kommen.

»Außerdem kannst du hier immer noch im Wasser stehen. Es kann dir also gar nichts geschehen«, versuchte er, sie zu überzeugen.

Fleur biss sich auf die Lippen. Dann nahm sie allen Mut zusammen – seinen Spott wollte sie nicht über sich ergehen lassen. Vorsichtig lehnte sie sich auf seine Hand, die sich warm und stark unter ihrem Bauch anfühlte. Kaum schwebte sie im Wasser, begann sie, hektisch mit Armen und Beinen zu rudern, aus Angst, mit dem Kopf unter Wasser zu geraten.

»Ganz ruhig, ich halte dich«, mahnte er. »Konzentrier dich erst einmal auf deine Arme.«

Als sie die Armbewegungen in den Griff bekommen hatte, wies er sie an, auch mit den Beinen zu schlagen.

»Nein, nein!«, weigerte sie sich erschrocken. »Das kann ich nicht!«

»Natürlich kannst du das«, entgegnete er bestimmt, »du hast es doch vorhin auch gekonnt.«

Sie schloss die Augen und zog die Beine an. Wasser drang ihr in die Nase. Sofort hob Blackhurst sie hoch. Hustend schüttelte sie sich.

»Atme einfach aus, wenn du unter Wasser gerätst«, riet er.

Eine Weile lang probierten sie es weiter. Fleur kippte nach hinten und nach vorne, schluckte noch einige Male Wasser, bis es ihr endlich gelang, sich im Gleichgewicht zu halten.

»Geht doch! Bald schwimmst du mit mir um die Wette!«, rief er anerkennend.

Fleur lachte, verlor einen Augenblick die Aufmerksamkeit und tauchte mit dem ganzen Kopf unter Wasser. Sie glitt Blackhurst aus den Händen. Es dauerte einen Augenblick, bis er sie zu fassen bekam und hochziehen konnte. Keuchend und prustend schnappte sie nach Luft. Er stellte sie vor sich hin auf die Füße und hielt sie fest.

»Alles in Ordnung?«, fragte er besorgt.

Sie nickte schwach, immer noch hustend, und klammerte sich an ihn.

»Es ist nur Wasser«, beruhigte er sie. »Stell dir vor, wie es den Fischen ergehen muss. Ob die sich wohl auch ständig verschlucken?«

Dieser alberne Versuch, sie aufzumuntern, ließ sie tatsächlich lächeln. Zärtlich strich er ihr die nassen Haare aus der Stirn, und fast automatisch suchte ihr Blick seine Augen. Sie versank in dem Hunger, den sie darin sah. Bevor sie auch nur einen klaren Gedanken fassen konnte, hatte er sie an sich gezogen. Weich spürte sie seine Lippen auf den ihren. Ihr war, als würde der Blitz in sie einschlagen. Er öffnete den Mund und fuhr sanft mit der Zunge an ihren Lippen entlang. Wie von selbst öffnete auch sie den Mund, ließ seine Zunge eindringen, hieß sie tastend willkommen und ließ sich von ihr zu einem erregenden Tanz verführen. Ihr Herz begann zu rasen. Sie befürchtete, er würde es gegen seine Brust schlagen spüren. Sein Kuss wurde eindringlicher und seine Umarmung enger. Sie vergaß die Welt um sich.

Nach einer Weile löste er seine Lippen von ihr. Verwirrt sah sie zu ihm hoch. Einige Sekunden lang ruhten seine tiefblauen Augen auf ihr.

Dann änderte sich seine Miene und seine Mundwinkel zogen sich leicht schief nach oben. »Na, kleine Schwimmerin, wie wär's mit einem Wettschwimmen? Zum Wasserfall?«

Verdattert über seinen abrupten Stimmungswechsel und verwirrt über ihre eigenen Gefühle starrte sie ihn mit großen Augen an. Bevor sie etwas erwidern konnte, hatte er sich kopfüber ins Wasser gestürzt. Mit langen, kräftigen Zügen tauchte er bis zu den Felsen, die der Wasserfall mit glitzernden Perlen umnebelte.

Und ließ sie zurück.

Pierce schloss die Augen und stellte sich unter das herabstürzende Wasser. Kalt und hart hagelte es auf ihn nieder. Trotzdem blieb er genau dort, wo er war, wo er die Augen nicht öffnen und sie sehen konnte. Er brauchte diese gnadenlose

Abkühlung. Dringend. Damit sie jegliche Erinnerung an die Wärme, Weichheit und das süße Nachgeben jener Frau, die nur einige Meter von ihm entfernt auf ihn wartete, vertrieb. Denn sonst würde seine Leidenschaft mit ihm durchgehen. Unerbittlich würde er sie auf den Strand zudrängen, sie im weichen Sand auf den Rücken legen und sich über sie knien. Nichts wollte er mehr, als ihr die Unterwäsche vom Leib reißen, sie nackt vor sich liegen sehen und ihre Beine spreizen. Sich dazwischen legen und sich tief in ihr vergraben. Sofort und ohne jegliches Vorspiel.

Doch auf diese Art und Weise nahm man keine Frau wie Fleur. Schon einmal war die Leidenschaft mit ihm durchgegangen, und er hatte sie verletzt. Das durfte ihm nicht noch einmal passieren.

Besonders jetzt nicht, da nicht nur sein Schicksal, sondern auch dasjenige seiner Männer von ihr und ihrem Wohlwollen abhing. Er konnte es sich schlicht nicht leisten, sie zu verärgern.

Aber das war nicht der einzige Grund, der ihn hatte die Flucht ergreifen lassen. Instinktiv ahnte er, dass Fleur keine Frau war, mit der er sich einmal vergnügen und die er danach einfach vergessen konnte. Dafür bedeutete sie ihm inzwischen zu viel. Es war besser, die Finger von ihr zu lassen, bevor sie ihm womöglich unter die Haut gehen und ihm damit bei seiner Flucht im Weg stehen konnte. Denn dies musste nach wie vor sein einziges und wichtigstes Ziel sein, wie er sich einhämmerte. Sie waren im Krieg, und er war ein Gefangener. Nichts anderes.

Und nur darum ging es: um seine Flucht und den Weg in die Freiheit. Er wollte wieder Kapitän sein und ein Schiff befehligen. Das war seine Welt, sein Leben. So war es immer gewesen. Seit er von zu Hause ausgerissen war und die Enge und Unzufriedenheit, in der seine Eltern und damit ihre ganze Familie lebte, hinter sich gelassen hatte. Nie wollte er so enden wie sie. Es war einfach zu gefährlich, sich auf eine Frau einzulassen. Und dann noch unter solchen Umständen, unter denen er völlig von ihrem Wohlwollen abhängig war. Das konnte er nicht. Das widersprach seinem ganzen Charakter. Er liebte seine Freiheit, er wollte kommen und gehen können, wie es ihm gefiel. Und wenn er sich irgendwann einmal irgendwo niederlassen würde, dann wollte er es als ein geachteter Mann tun, nicht als jemand, der von der Gesellschaft verachtet wurde und die ihm damit jegliche Freiheit und Selbstbestimmung nahm. So konnte er nicht leben. Auch nicht für Fleur.

Und überhaupt: Was konnte er ihr schon bieten? Gar nichts. Alles, was einen richtigen Mann ausmachte, war ihm verwehrt.

Irgendwann würde sie das auch bemerken. Vielleicht nicht heute, aber eines Tages.

Und das würde er nicht ertragen.

Er zwang seine Gedanken in eine andere Richtung. In jene, an die er sich jetzt halten musste. Er durfte sich nicht länger von ihr ablenken lassen. Denn er hatte bereits etwas in Bewegung gesetzt ...

An diesem Tag war er nicht zum ersten Mal in der Stadt gewesen. Seit Fleur ihm das Pferd und einige Freiheiten zugestanden hatte, war er schon mehrmals abends dorthin geritten. Er hatte sich in den Spelunken und den Bordellen herumgetrieben, sich mit den Männern betrunken, dabei ihr Vertrauen gewonnen und Informationen gesammelt. Alles mit dem Ziel, die richtigen Leute zu finden. Jene, die den französischen Rum illegal an die Engländer verkauften. Schmuggler. Es gab sie in jedem Hafen und an jeder Küste, welche von Schiffen angesteuert wurden. Auch wenn Frankreich und England im

Krieg lagen, Schmuggler interessierte dies nicht. Im Gegenteil: Der Krieg war sogar geschäftsfördernd, denn es gab viele Verbote, bestimmte Waren ins gegnerische Ausland zu liefern. Also wurde geschmuggelt, was das Zeug hielt.

Es hatte eine Weile gedauert, aber dann hatte er sie gefunden. Einige verschwiegene Gestalten, die ihre Geschäfte mit Vorliebe im Schutz der Nacht tätigten. Und er hatte ihr Vertrauen gewonnen. Natürlich hatte es ihn auch einiges gekostet. Aber dafür war nun ein Brief nach Jamaika unterwegs. Und irgendwann würde ein englisches Schiff Kingston verlassen und eine abgelegene Küste auf Sainte-Lucie ansteuern ...

Darauf musste er seine Gedanken konzentrieren. Auf die Freiheit. Darauf, wieder ein geachteter Mann zu sein. Kein Gefangener, der mit derselben Verachtung behandelt wurde wie ein Sklave.

Dennoch konnte er nicht umhin, sich zu fragen, was dieses beklemmende Gefühl war, das sich in seinem Inneren bemerkbar machte. Es hatte begonnen, sich auszubreiten, als er den Kuss unterbrochen und Distanz zwischen sich und Fleur gebracht hatte. War es Enttäuschung, Schmerz, Einsamkeit, ein schlechtes Gewissen? War es schon zu spät, und er hatte sich in sie verliebt? Er wollte es nicht wissen, denn es durfte nicht sein. Nicht unter diesen Bedingungen.

Mit aller Macht versuchte er, dieses Gefühl zu verdrängen. Aber es gelang ihm nicht. Es blieb da. Nagend und schmerzend. Es zog ihm die Brust zusammen. Und plötzlich fühlte sich das Wasser kalt an.

Fleur sah ihm nach und versuchte, eine Erklärung für sein Verhalten zu finden. Erwartete er etwa, dass sie ohne seine Hilfe bis zum Wasserfall schwamm? Warum ließ er sie plötzlich allein zurück, nachdem er eine solche Nähe geschaffen hatte?

Misstrauisch beäugte sie den in die Tiefe abfallenden Teichgrund. Wie eine unüberwindbare Kluft tat er sich zwischen Blackhurst und ihr auf. Das Vertrauen in ihre neu erworbenen Fähigkeiten schwand. Ihr Mut verließ sie. Wie sollte sie jemals diese Kluft zwischen ihm und ihr überwinden können?

Enttäuschung erfasste sie. Blackhurst war auf der einen Seite, sie auf der anderen. Es war bitter, wie gut dieses Bild zu ihrer Situation passte. Er ein Engländer, sie Französin. Hatte er deshalb so unvermittelt das Weite gesucht, weil auch ihm klar geworden war, dass es eine Unmöglichkeit war, den Lauf der Welt ändern zu wollen? Die Rollen waren verteilt, die Regeln gegeben. Sie würde unweigerlich untergehen, wenn sie sich dagegen auflehnte. Dieser verdammte Krieg! Mischte er sich so nun doch in ihr Leben ein?

Frustriert und traurig wirbelte sie mit den Füßen Sand auf, der die Sicht beeinträchtigte und den Grund des Teiches verschleierte. Sie versuchte noch einige zögerliche Schwimmbewegungen, gab es aber bald auf. Was hatte es für einen Zweck? Sie musste Vernunft walten lassen, zum Strand zurückgehen und sich von der Sonne trocknen lassen, damit sie ihre Bluse und den Rock wieder anziehen konnte, wie es sich gehörte.

Blackhurst folgte ihr erst eine geraume Weile später. Ohne sich trocknen zu lassen, zog er das Hemd über.

Schweigend ritten sie den Pfad zurück, Fleur voraus. So blieb ihrem schmerzenden Herzen wenigstens sein Anblick erspart.

30

In den nächsten Tagen stürzte sich Fleur in die Arbeit. Die wenigen Blätter der Maniokstraucher, die dem Sturm entgangen waren, hatten sich gelb verfärbt und waren abgefallen. Zeit, die Wurzelknollen in diesem Beet zu ernten.

Eigentlich wäre dies Célines Aufgabe gewesen. Aber Fleur wies ihr eine andere zu, damit sie im Garten ungestört sein konnte. Céline sah sie erst skeptisch an, als hätte sie die Anweisungen der Madame nicht richtig verstanden und würde an dem Gehörten zweifeln. Einen Augenblick später aber beschloss sie anscheinend, dass es besser wäre, sich aus dem Staub zu machen, ehe es sich die Madame anders überlegte. Die Maniokwurzeln auszugraben war eine der mühsamsten Arbeiten im Garten.

Fleur setzte die Stechgabel an und riss mühsam den harten Boden auf, bis sie auf die langen Wurzelknollen stieß. Die harte Arbeit hatte etwas Betäubendes und verlegte den dumpfen Schmerz in ihrem Herz bald in den Rücken, ihre Arme und Beine. Dessen ungeachtet grub sie weiter und arbeitete sich hartnäckig ohne Pause durch das Beet.

Am Abend spürte sie ihren Rücken kaum noch. Die Beine knickten beinahe unter ihr ein, als sie zum Gutshaus zurückwankte. Aber sie hatte einen weiteren Tag hinter sich gebracht, ohne sich von dem Sehnen in ihrem Bauch oder der bedrückenden Hoffnungslosigkeit, die sie verfolgte, gefangen nehmen zu lassen. Erschöpft sank sie ins Bett und fiel sogleich in einen Schlaf, der so tief war, dass er nicht einmal Träume zuließ.

Die nächsten Tage vergingen mit noch mehr harter Arbeit – bis der Sonntag kam. Für jedermann ein Ruhetag, so verlangte es das göttliche Gebot. Lustlos zog Fleur ihr Sonntagskleid an und begab sich zur Messe in die Kirche.

Es gelang ihr kaum, der Predigt zu folgen. Immer wieder schweiften ihre Gedanken ab. Zu dem Paradies im Dschungel, das Blackhurst ihr gezeigt hatte, zu seiner Umarmung und seinem Kuss. Zu dem Verlangen, das er in ihr geweckt hatte, und zu der Enttäuschung, dass dieses Paradies, das ihr vor Augen geführt worden war, ihr für immer verwehrt bleiben würde. Es gab keine Zukunft für sie und Blackhurst. Nicht für eine französische Plantagenbesitzerin und einen englischen Kriegsgefangenen.

Erst als der Pfarrer ausdrücklich die Bewohner von Martinique in seine Gebete einbezog, horchte Fleur auf. Hatten die Engländer neue Attacken gegen die Nachbarinsel geführt?

Sie war nicht die Einzige, die plötzlich ungeduldig das Ende der Predigt erwartete. Das nervöse Tuscheln und Rascheln in den Bänken nahm zu, bis der Pfarrer schließlich innehielt und seine Gemeinde mit einem strafenden Blick bedachte. Erst nachdem wieder Ruhe eingekehrt war, setzte er die Predigt fort.

Kaum waren die letzten Orgelklänge verstummt, drängten alle zum Ausgang.

»Habt Ihr etwas über Martinique gehört?«, fragten sich die Leute.

»Die Engländer setzen der Insel wieder zu.«

»Gegen ihre Forts kommen die Engländer nicht an«, äußerte jemand überzeugt.

»Ihr seid vielleicht ein Optimist! Lange halten die nicht mehr stand.«

»Aber das ist längst nicht das Schlimmste!«, warf Touchard ein.

»Was ist denn das Schlimmste?«, wollten alle wissen.

»Es gehen Gerüchte um, dass das englische Parlament Admiral Rodney zum Oberbefehlshaber der karibischen Flotte ernennen will.«

»Was ist daran so schlimm?«, fragte jemand.

»Habt Ihr noch nie von Admiral Rodney gehört?«

Einige der Umstehenden verneinten, die anderen zogen lange Gesichter.

»Wie kann man so etwas nicht wissen!«, regte sich Touchard auf und hob theatralisch die Arme. »Admiral Rodney haben wir es zu verdanken, dass vor zwei Jahren Teile von Le Havre von seinen Kriegsschiffen in Schutt und Asche geschossen wurden! Ein fünfzig Stunden andauerndes Bombardement! Er hat unsere gesamte im Hafen liegende Flotte vernichtet! Die Flotte, mit der wir eine Invasion in England geplant hatten. Der absolute Tiefpunkt in diesem Krieg! Habt Ihr in den letzten Jahren eigentlich geschlafen?«, kanzelte er diejenigen ab, die vorher den Kopf geschüttelt hatten. »Versteht Ihr jetzt, was es bedeutet, wenn Rodney hierher versetzt wird?«

Stumm nickten die Leute, mit Sorgenfalten im Gesicht.

»Wenn Martinique fällt, sind wir dran«, setzte jemand hinzu.

»Verdammte Engländer!«, zischte eine Frau. »Dieses Lumpenpack! Ausrotten sollte man sie!«

Niemand setzte ihren harten Worten etwas entgegen.

Die Leute, die um Fleur herumstanden, wandten sich ab, die einen verlegen, die anderen mit einem abschätzigen Blick, und schlossen sich anderen Grüppchen an, die auf dem Kirchhof standen und die Lage diskutierten. Trotzig hakte sich Lucille bei ihr unter und tätschelte aufmunternd ihre Hand.

»Und die da hat uns Engländer angeschleppt!«, hörten sie die Frau hinter ihnen wettern. »Lässt sie unbeaufsichtigt rumlaufen! Man stelle sich das einmal vor!«

»Ungeheuerlich, so etwas!«, stimmte die Nachbarin bei.

»Das ist noch nicht alles«, mischte sich jemand anderes ein. »Ich habe sie mit einem der Engländer letzthin in der Stadt gesehen. Er war ausstaffiert wie ein feiner Herr! Muss sie eine ganz schöne Stange Geld gekostet haben! Und mich haben sie nicht einmal gegrüßt. Die waren viel zu sehr mit sich selbst beschäftigt.«

»Nein!«, tuschelten die übrigen Frauen hinter Fleurs und Lucilles Rücken entsetzt.

»Lass uns nach Hause gehen!«, schlug Lucille mit lauter Stimme vor. »Hier gibt es mir zu viele Giftschlangen!«

Verletzt presste Fleur die Lippen zusammen und nickte.

Hinter ihnen schnaubte jemand voller Verachtung. »Nicht einmal Anstand haben sie! Aber so ist es. Entweder wird man damit geboren, oder man muss mit diesem Makel leben.«

»Die Rothaarige soll ihrem Mann davongelaufen sein. Tja, Gleich und Gleich gesellt sich gern«, lästerte eine andere.

Die weiteren Schmähungen der Frauengruppe verloren sich hinter Fleur und Lucille, die dem Ausgang des Kirchhofes zustrebten. Doch so leicht ließ man Fleur nicht davonkommen.

Touchard hielt sie nur wenige Meter weiter auf. »Wollt Ihr nicht endlich diese Engländer auf Eurer Plantage loswerden?«, fragte er bissig und so laut, dass sich andere nach ihnen umdrehten. »Das sind ja wohl nicht die geeignetsten Arbeitskräfte. Warum schafft Ihr Euch nicht ein paar zusätzliche Sklaven an, wie wir das alle tun?«

Fleur holte tief Luft, um sich zu beherrschen. »Ich habe Respekt vor Männern, die eine eigene Meinung haben und dazu stehen«, erwiderte sie mit ebenso lauter, harscher Stimme. »Dazu gehört Ihr nicht. Zuerst drängt Ihr mir diese Kriegsgefangenen auf und dann lasst Ihr mich einfach mit ihnen sitzen. Und nun habt Ihr die Frechheit, mir Eure eigenen Taten zum

Vorwurf zu machen! Was wollt Ihr eigentlich? Vielleicht solltet Ihr Euch endlich einmal wie ein Mann für einen Standpunkt entscheiden!«

Trotz der angespannten Situation konnten sich einige der Umstehenden, die den Wortwechsel mitbekommen hatten, ein schadenfreudiges Grinsen nicht verkneifen.

Ein älterer Pflanzer klopfte Touchard auf die Schulter. »Mein Lieber, mit der Dame ist nicht zu spaßen. Da könntet Ihr den Kürzeren ziehen.«

Touchards Miene verfinsterte sich. Er warf einen verächtlichen Blick in die Runde und ging davon.

»Dass ausgerechnet eine Frau diesem Heißsporn die Leviten gelesen hat!«, freute sich jemand.

Fleur fühlte sich dadurch nicht besser. Die Pflanzer amüsierten sich über den Spott, der Touchard gegolten hatte. Doch ihr war klar, dass sich damit die Einstellung ihr gegenüber keineswegs geändert hatte. Im Grunde genommen dachten die meisten ähnlich wie Touchard, nur äußerte sich nicht jeder derart offen dazu.

Lucille zog Fleur weiter zum Ausgang, wo die Sklaven warteten, die den Gottesdienst ebenfalls besucht hatten. Bevor sie ihn erreichten, passierten sie eine Gruppe von freien Schwarzen und Mulatten. Darunter auch Prinzessin Suze. Als sie Fleur erblickte, kam sie auf sie zu und ging einige Schritte neben ihnen her.

»So ist das mit dieser feinen Gesellschaft«, meinte sie schulterzuckend. »Solange sie einen brauchen können, ist man gut genug. Aber wehe, sie finden einen kleinen dunklen Fleck. Daran beißen sie sich fest und man wird diesen Fleck nie wieder los. Selbst wenn es noch nicht einmal ein wirklicher Fleck ist.« Kaum hatte sie ihre Meinung geäußert, marschierte Prinzessin Suze an ihnen vorbei und entschwand in Richtung ihres Etablissements.

Fleur und Lucille wollten gerade erleichtert hinter ihr die Straße betreten, als sie Seraults Stimme hörten.

»Madame Maurais! Könnte ich wohl einige Worte mit Ihnen wechseln?«

Aufseufzend schloss Fleur die Augen. Was mochte der reichste Mann der Insel von ihr wollen? Ob er seine Schulden eintreiben wollte? Sie drehte sich um und lächelte den grauhaarigen Herrn entschuldigend an. »Wir wollten eigentlich nach Hause gehen.«

»Keine Sorge, ich bringe Euch nicht zurück zu diesen Haien. Wenn die einmal Blut gewittert haben, lassen sie nicht mehr locker. Aber kaum dringt der Blutgeruch von einem anderen Opfer an ihre Riechorgane, fallen sie über dieses her. Es ist einfach ihre Natur. Nehmt es nicht persönlich. Heute seid Ihr es, morgen ist es ein anderer.« Serault blickte Fleur freundlich an und bot ihr seinen Arm.

»Na gut«, gab sie nach. »Gehst du ohne mich nach Hause?«

Lucille nickte. »Ich schließe mich den Sklaven an. Dann bekommen diese gehässigen Klatschtanten noch etwas zum Lästern.«

Nachdem Lucille sich verabschiedet hatte, führte Serault Fleur hinter die Kirche zum Friedhof. »Der einzig ruhige Ort in diesem Dorf«, erklärte er.

Sie setzten sich auf eine Bank, die von Hecken abgeschirmt an der weiß getünchten Friedhofsmauer stand.

»Was ich mit Euch besprechen möchte, ist etwas delikat. Dafür nehmt bereits im Voraus meine Entschuldigung an. Nichts liegt mir ferner, als Euch in irgendeiner Weise zu beleidigen oder zu verärgern. Sollte ich mich dennoch ungeschickt ausdrücken, habt bitte Nachsicht mit einem Mann, der es sich nicht gewohnt ist, derartige Angelegenheiten mit einer so überaus charmanten Dame zu besprechen.«

Seraults umständliche Einleitung machte Fleur ungeduldig. Was wollte er von ihr? Bestimmt hatte es mit dem Kredit zu tun.

Da sie es nicht länger ertrug, auf die Folter gespannt zu werden, fragte sie: »Warum sagt Ihr mir nicht einfach, worum es geht?«

»Das ist nicht ganz einfach«, wich er aus. »Die Zeiten sind schwierig. Der Krieg, der verheerende Sturm vor einigen Wochen und nun diese schlechten Neuigkeiten von Martinique. Man muss sich wirklich sorgen, wie es weitergeht.« Serault nahm Fleurs Hände in die seinen. »All diesen Schwierigkeiten steht Ihr ganz allein gegenüber. Eine wehrlose, schwache Frau inmitten dieses Schwarms von Haien.«

Nervös rutschte Fleur auf der Bank hin und her. Worauf wollte er hinaus?

»Ihr solltet jemanden an Eurer Seite haben, der Euch unterstützt und diese Bürde von Euren zarten Schultern nimmt.«

Fleur hätte beinahe mit den Augen gerollt. So wie er sich anhörte, war sie ein zartes Pflänzchen, das vom ersten Windhauch umgepustet würde. Vielleicht war sie das sogar einmal gewesen. Aber die rauen Bedingungen hier hatten ihr gezeigt, wie stark sie sein konnte. Nicht, dass ein konservativer Mann wie Serault das jemals anerkennen würde. Also brachte sie etwas anderes vor: »Einer der Engländer ist mir eine überaus große Hilfe bei der Führung der Plantage. Und er hat sich trotz seiner Herkunft als vertrauenswürdig erwiesen.«

»Das ist keine Lösung«, wischte Serault ihren Einwand mit einer abwertenden Handbewegung beiseite. »Was Ihr auf Espérance braucht«, sein Tonfall wurde eindringlicher, »ist eine starke, durchsetzungsfähige Hand. Ihr werdet nicht darum herumkommen, Euch nach einem geeigneten Ehemann umzusehen, wenn Ihr die Plantage nicht verkaufen wollt.«

»Ich komme recht gut allein zurecht«, widersprach Fleur, der allmählich unwohl wurde.

»Ja«, sagte Serault. »Ihr habt großes Glück gehabt. Keine weiteren Sklavenaufstände, keine flüchtigen Sklaven. Der Sturm hat Euch, im Gegensatz zu vielen anderen, weniger übel mitgespielt. Doch wie wollt Ihr aus Eurer prekären Finanzlage herauskommen? Ihr verdient zwar genug, um zu überleben und die Zinsen begleichen zu können, aber wie wollt Ihr jemals den Kredit zurückzahlen?« Stirnrunzelnd blickte Serault Fleur an.

»Ich konnte vom Verkauf der letzten Ernte bereits ein wenig Geld für die Tilgung beiseitelegen«, bemühte sie glaubhaft zu versichern, obwohl sie wusste, dass es sich dabei im Vergleich zum gesamten Kredit um ein verschwindend kleines Sümmchen handelte. War es ein Fehler gewesen, zuerst Touchard die Schulden zu bezahlen? Sie hatte geglaubt, Serault wäre gnädiger und würde ihr mehr Zeit lassen. Denn es würde noch einige Ernten brauchen, um die Summe zusammenzubekommen.

»Ich hätte Euch einen Vorschlag zu machen«, leitete Serault seine Absichten wie ein Retter in der Not ein. »Espérance ist eine gute Plantage, die unter der richtigen Führung genügend abwirft. Wenn Ihr wieder heiratet, wird dies rasch der Fall sein. Das ist zu Eurem Besten und auch zu meinem, da ich mich nicht mehr um die Sicherheiten meines Kredites sorgen muss.«

Fleur schnappte nach Luft. »Bedeutet das also, dass Ihr mir den Kredit nur verlängert, wenn ich wieder heirate?«

Serault verzog bedauernd den Mund. »So ist es, leider. Ich würde Euch gerne etwas anderes anbieten. Aber unter den gegebenen schwierigen Umständen muss auch ich sicherstellen, dass ich keine Verluste erleide.«

Sprachlos ließ sich Fleur gegen die Lehne der Bank sinken. Ihr Blick fiel über die Kreuze und die spärlich bepflanzten Gräber. Was für ein geeigneter Ort, ihr dies zu eröffnen!

Besorgt – vermutlich war sie bei dieser Eröffnung blass geworden – tätschelte Serault ihre Hand. »Madame! Es bekümmert mich außerordentlich, Euch so erschrocken zu haben. Das war nicht meine Absicht.« Schuldbewusst senkte er seinen Kopf. Nach einer Weile sah er laut ausatmend wieder auf. »Ich habe mich so ungeschickt ausgedrückt«, tadelte er sich selbst. »Dabei wollte ich Euch einen guten Vorschlag unterbreiten. Seht Ihr, es ist nämlich so: Meine geliebte Amélie ist vor einigen Jahren einem schweren Fieber erlegen, wie Euch vielleicht bekannt ist. Seither ist es in unserem Haus ruhig geworden. Natürlich habe ich noch meinen Sohn. Doch wir beide vermissen die Gesellschaft und das fröhliche Lachen einer lieben Frau. Ihre Art, einen Haushalt gemütlich und lebenswert einzurichten …«, stockend brach Serault ab.

»Es tut mir leid. Das muss ein großer Verlust für Euch gewesen sein«, äußerte Fleur ihr Mitgefühl.

»Ja, in der Tat.« Serault stieß einen weiteren Seufzer aus. »Aber das Leben geht weiter. Irgendwann muss man aufhören zu trauern und wieder in die Zukunft schauen. Und genau darüber wollte ich mit Euch sprechen. Ich möchte Euch fragen –«, jetzt war es Serault, der nervös auf der Bank hin und her rutschte, »ich möchte Euch fragen, ob Ihr Euch vorstellen könntet, mich zu heiraten.«

Fleur riss die Augen auf. Sie blinzelte einmal und tippte sich dann gegen die Brust. »Ich – Euch heiraten?«

»Ja. Damit wären alle unsere Probleme auf einen Schlag gelöst«, versicherte Serault. »Ihr könntet nicht nur Espérance behalten, sondern es kämen noch andere Ländereien hinzu. Dadurch würde die Bewirtschaftung viel einfacher. Und Ihr wärt nicht mehr gezwungen, selbst auf den Feldern zu arbeiten, wo eine Frau wie Ihr auch nicht hingehört. Ich habe einen großen Haushalt, empfange regelmäßig Gäste und gebe Abendgesellschaften, und ich würde mich glücklich schätzen, Euch an meiner Seite zu wissen.«

»Es tut mir leid, ich weiß nicht, was ich darauf antworten soll«, sagte Fleur überrumpelt. »Ich war bereits zweimal verheiratet und hatte nicht vor, es noch ein drittes Mal zu tun.«

»Das verstehe ich natürlich. Hinzu kommt, dass ich im selben Alter bin wie der verstorbene Monsieur Maurais. Ihr würdet bestimmt einen jüngeren Ehemann vorziehen.« Serault fuhr sich durch seinen ergrauten Haarschopf. »Es gäbe noch eine andere Möglichkeit«, fuhr er nach einer kurzen Pause fort. »Mein Sohn wäre genau in Eurem Alter.«

»Euer Sohn?«, stotterte Fleur. Er war einige Jahre jünger als sie und ein arroganter Schnösel. Zumindest hatte sie ihn bei den wenigen Begegnungen so wahrgenommen.

»Wir haben schon des Öfteren über Euch gesprochen, und mein Sohn äußert sich jedes Mal bewundernd, wie rasch Ihr Euch hier eingelebt habt und nach dem Tod Eures Gatten die Plantage weitergeführt habt. Euch gilt unsere vollste Anerkennung.«

»Monsieur Serault«, begann Fleur und suchte nach den richtigen Worten, sich aus dieser misslichen Lage zu befreien. »Euer Angebot ehrt mich sehr, und ich weiß Eure Anteilnahme zu schätzen. Ihr seid ein äußerst umsichtiger Mann und werdet es daher bestimmt begrüßen, wenn ich mir die Zeit nehme, gründlich darüber nachzudenken.«

»Natürlich«, bestätigte Serault. »Wäre es Euch genehm, mir in einem Monat Eure Antwort zukommen zu lassen?«

Fleur unterdrückte ihr Ringen nach Luft und antwortete widerwillig: »Ein Monat ist eine angemessene Frist.«

»Dann will ich Eure Zeit nicht länger in Anspruch nehmen.« Er erhob sich und reichte ihr die Hand, um ihr beim Aufstehen behilflich zu sein. »Ihr werdet auf Espérance bestimmt erwartet. Ich hoffe, Ihr fühlt Euch von meinem Vorschlag nicht in die Enge getrieben. Ich möchte Euch zu nichts zwingen, was Euren Wünschen zuwiderläuft.«

Nein, gar nicht, dachte Fleur mit bitterem Sarkasmus. Ihr setzt mir nur das Messer an die Brust. Fieberhaft überlegte sie, wie sie aus dieser Zwickmühle herauskommen sollte. Plötzlich kam ihr ein Gedanke, der zwar nicht die Rettung versprach, ihr aber wenigstens etwas mehr Freiraum verschaffen würde. »In Anbetracht der Situation seid Ihr sehr entgegenkommend. Vor allem, da Euer Vorschlag mir mehrere Möglichkeiten offen lässt: Ihr verlängert meinen Kredit, wenn ich innerhalb eines Monats heirate oder Euren Antrag oder denjenigen, den Ihr mir an Eures Sohnes statt überbracht habt, annehme«, fasste sie Seraults Rede so zusammen, wie sie sie verstanden haben wollte.

Serault zögerte einen Augenblick, reichte ihr dann aber, mit nicht sehr überzeugter Miene, die Hand zur Besiegelung ihrer Vereinbarung.

Dann spazierten sie den Kiesweg zurück.

Der Weg bog um eine Hecke, wo sie beinahe auf Josette prallten, die es offensichtlich sehr eilig hatte.

Misstrauisch runzelte Serault die Stirn. »Josette! Was machst du denn hier?«

Für einen Moment schien sie erschrocken. Dann bekam ihr Gesicht einen patzigen Ausdruck. »Na, was alle auf einem Friedhof machen: Die Toten besuchen.«

»Welcher Tote sollte das sein?«, knurrte Serault mit zusammengepresstem Mund.

Josette warf einen hasserfüllten Blick zu Fleur. »Frédéric natürlich.« Dann eilte sie mit hochmütig in den Nacken geworfenem Kopf davon.

»Dieses freche Biest!«, ärgerte sich Serault. »Ich hoffe, sie hat unser Gespräch nicht mitgehört. Ich wäre untröstlich, wenn dieses Lästermaul sich in aller Öffentlichkeit darüber auslassen würde.«

Fleur äußerte sich nicht dazu. Soweit sie Josette kannte, würde sich Seraults Hoffnung bald zerschlagen, sollte die schwarze Frau tatsächlich etwas mitgehört haben. Nur war das momentan Fleurs geringste Sorge.

»Was wollte Serault so Geheimnisvolles mit dir besprechen?«, fragte Lucille, als Fleur die Veranda zum Gutshaus hinaufstieg.

»Du wirst es nicht glauben.« Mit Sorgenfalten im Gesicht ließ sie sich in den Korbsessel sinken. Dann erzählte sie ihrer Freundin von dem Gespräch mit Serault.

Lucilles Augen wurden immer größer. Nachdem Fleur geendet hatte, fragte sie: »Der will dich tatsächlich heiraten? Der reichste Mann der Insel?«

»Ja.«

Lucille dachte eine Weile nach. »Vielleicht ist das gar nicht so schlecht.«

»Hm«, brummte Fleur wenig überzeugt.

»Damit sind alle deine Probleme auf einen Schlag gelöst. Und keine dieser Giftschlangen wird es mehr wagen, über dich zu lästern. Außerdem scheint er nett zu sein und nicht zu trinken. Nicht wie viele andere.«

Missmutig verzog Fleur den Mund. »Das schon. Aber ich wollte nicht wieder heiraten. Ich habe meine eigene Plantage, bin meine eigene Herrin und niemand redet mir in meine Angelegenheiten.«

»Na ja, deine eigene Plantage ist vielleicht ein bisschen übertrieben. In Anbetracht der Höhe des Kredites gehört sie wohl hauptsächlich Monsieur Serault«, erinnerte Lucille unbarmherzig.

»Du bist wirklich keine große Hilfe!«, brauste Fleur auf.

»Du musst deinen Ärger nicht an mir auslassen. Wenn dir Serault nicht genehm ist, kannst du ja einen anderen heiraten. Diese Möglichkeit hat er dir großzügigerweise offengelassen. Und unverheiratete Männer gibt es auf dieser Insel genug. Wahrscheinlich musst du noch nicht einmal etwas dafür tun. Wenn Josette ihr Plappermaul aufreißt, wirst du dich vor Verehrern bald nicht mehr retten können.«

»Ich will aber nicht wieder heiraten.«

Lucille sah sie mitleidvoll an. »Ich weiß. Aber was willst du denn sonst tun? Es gibt keine andere Möglichkeit. Und immerhin hast du diese. Ich dagegen habe gar keine.«

Fleur schwieg und blickte geradeaus. Sie bemühte sich, den Blick auf ihre Kakaoplantage im Tal zu konzentrieren, auf die Baumkronen, wie sie gewachsen waren und welche der Bäume gestutzt werden mussten. Trotzdem verengte eine hoffnungslose Traurigkeit ihre Kehle, und Tränen begannen ihren Blick zu verschleiern.

Mit einem Schnauben über Fleurs Uneinsichtigkeit erhob sich Lucille aus dem Sessel. »Ich werde mal nachsehen, wie weit die Köchin mit dem Mittagessen ist.«

Fleur nickte, ohne Lucille anzusehen. Die angespannte Atmosphäre war ihr lieber, als dass ihre Freundin bemerkt hätte, wie es ihr wirklich ging. Denn auf ein tröstendes Wort hin wäre sie in Tränen ausgebrochen. Der Gedanke, Espérance, ihr Zuhause, verlassen oder seine Führung an einen Ehegatten, wie Maurais es gewesen war, abgeben zu müssen, schnürte ihr das Herz zusammen. Warum musste das ausgerechnet jetzt geschehen, wo alles so reibungslos lief? Die Sklaven waren zufrieden und gingen ohne Murren ihren Arbeiten nach. Die Engländer hatten sich integriert, das Baumwollfeld war neu bepflanzt, der Verkauf der Kakaobohnen erfolgreich verlaufen und mit Blackhurst hatte sie, wenn es auch nicht offen ausgesprochen werden durfte, einen Aufseher und damit eine Unterstützung gefunden, wie sie es sich kaum erhofft hatte.

Blackhurst – sein Bild tauchte in ihrem Kopf auf. Seine Augen, die sie warmherzig anblickten, seine kräftigen Hände, mit denen er sie festgehalten hatte. Sein fordernder Mund, mit dem er Dinge mit ihr angestellt hatte, die sie noch nie erlebt hatte.

Ein verzweifelter Seufzer löste sich in ihr.

Dann schob sie mit einer Entschlossenheit, für die sie ihre ganze Willenskraft aufwenden musste, dieses Bild beiseite. Es durfte nicht sein. Solche Vorstellungen gehörten jetzt, da sie wieder heiraten musste, endgültig der Vergangenheit an. Je eher sie von ihnen abließ, desto leichter würde es werden.

31

Wie Lucille vorausgesagt hatte, dauerte es nicht lange, bis die ersten Heiratsangebote eintrafen. Josette hatte ganze Arbeit geleistet. Fleur erschien es, als ob sämtliche unverheirateten Männer der Insel davon Kunde bekommen hätten, sie und ihre Plantage suchten einen heiratswilligen Interessenten.

Was Josette natürlich tunlichst vermieden hatte weiterzuverbreiten, war die Tatsache, dass auch die Seraults Anträge gemacht hatten. So ging jedermann davon aus, berechtigte Chancen in diesem Spiel zu haben.

Neben Besuchen wurde Fleur mit Einladungen überschüttet. Sei es zum Nachmittagstee mit den Damen der Gesellschaft, zu Diners oder Abendanlässen. Vorbei waren die lästerlichen Bemerkungen und abschätzigen Blicke. Stattdessen buhlte man plötzlich um sie.

Das war neu für sie. In ihrem bisherigen Leben hatte sie immer am Rande der Gesellschaft gestanden. In Frankreich hatte sich niemand für eine vermögenslose Frau mit zweifelhafter Herkunft interessiert, egal wie hübsch sie gewesen war. Die Aufmerksamkeit war immer anderen Frauen vorbehalten gewesen. Und auf Sainte-Lucie hatte Fleur mit ihrem Entschluss, die Plantage alleine weiterzuführen, selbst dazu beigetragen.

Obwohl ihr bewusst war, dass das Interesse der Leute weniger ihrer Person, sondern vielmehr ihrem Besitz galt, schob sie dieses Wissen beiseite. Es war Balsam auf ihre geschundene Seele, einmal im Mittelpunkt zu stehen, akzeptiert zu werden, dazuzugehören.

Und es half, den Schmerz in ihrem Inneren zu verdrängen, den sie seit jenem Tag in dem Teich im Dschungel fühlte.

»Hier kommt man sich vor wie auf einer Auktion, wo jeder sein Angebot abgeben kann«, murrte John, der Zimmermann, als erneut ein Reiter den Weg vom Fluss heraufgeritten kam.

Daniel stellte den Sack mit den Kakaofrüchten, die sie gerade ernteten, auf den Boden und wischte sich den Schweiß von der Stirn. »Der wird sich hinten anstellen müssen. Es ist bereits einer oben im Gutshaus.«

Pierce hielt mit dem Pflücken inne und wandte sich um. Beim Anblick des Reiters wurde seine schlechte Laune noch eine Spur übler – wenn das überhaupt möglich war.

»Denen sollte mal einer sagen, dass das Spiel bereits gelaufen ist«, meinte James, »damit hier wieder Ruhe einkehrt. Die Madame wird auf jeden Fall Serault heiraten.«

»Ruhe?«, John schnaubte. »Das glaubst auch nur du.«

»Wieso?«

»Sobald sie heiratet, ist es für uns gelaufen. Das Erste, was ihr neuer Mann tun wird, ist, uns loszuwerden. Dann landen wir wieder in diesem Loch im Fort.«

»Da gehe ich nicht mehr hin«, sagte Daniel entschieden und sah Pierce auffordernd an. Die anderen taten es ihm nach.

Bis jetzt hatte sich Pierce kaum zu der veränderten Lage im Gutshaus geäußert. Nicht, weil er nicht dasselbe dachte wie seine Männer – dieser Gedanke war ihm gleich gekommen, als ihm die Kunde von Seraults Antrag zugetragen wurde –, sondern, weil ihn die Vorstellung, wie Fleur den alten Serault oder noch schlimmer seinen arroganten Nichtsnutz von Sohn heiraten würde, stärker beschäftigte, als er wollte. Die Vorstellung fraß sich durch seine Eingeweide wie ein Bandwurm, den er nicht mehr loswurde.

Dass sie einen von beiden heiraten würde, war für ihn so sicher wie das Amen in der Kirche. Denn warum sollte sie die Anträge von den reichsten Männern der Insel ausschlagen zugunsten eines einfachen Pflanzers oder noch besser, eines Aufsehers? Hier bot sich ihr die Chance ihres Lebens. Endlich würde sie, das uneheliche Kind, das erreichen, wonach sie sich immer gesehnt hatte.

Denn wie sie unter der Aufmerksamkeit der Männer aufblühte, war nicht zu übersehen. Da konnte er, ein verachteter englischer Gefangener, nicht mithalten. Er schüttelte den Kopf über sich selbst. Wieso wurde er diese Gedanken einfach nicht los? Er hatte doch von Anfang an gewusst, dass er und Fleur keine Chance hatten. Es gab keine Möglichkeiten für eine französische Plantagenbesitzerin und einen englischen Kriegsgefangenen. Vielleicht fühlte sie sich angezogen von ihm. Vielleicht mochte sie ihn sogar. Aber das war auch alles. Mehr würde sich zwischen ihnen nie ereignen. Nicht, solange diese Welt war, wie sie war.

Dieses Wissen setzte ihm zu, wann immer er ihr begegnete und sie ihm gegenüber wieder ihre alte, reservierte Haltung annahm. Sie negierte einfach alles, was sich je zwischen ihnen abgespielt hatte. Wie die abgebrochene Klinge eines Dolches saß es tief in seinem Fleisch und erinnerte ihn ständig mit schneidendem Schmerz an seine Anwesenheit.

Aber er musste das nicht einfach so über sich ergehen lassen. Er würde zu seinen eigenen Mitteln greifen.

»Unsere Stunde wird kommen. Schon bald. Es fehlt nur noch der letzte Schliff an meinem Plan«, sagte er zu seinen Männern.

»Warum können wir nicht einfach jetzt abhauen, uns zum Hafen durchschlagen und das nächste Schiff nehmen?«, murrte Daniel, der Schiffsjunge.

»Weil diese Insel nur französische Schiffe anlaufen«, erklärte Pierce ein weiteres Mal. Dieses Mal ziemlich barsch, denn langsam ging ihm die Geduld aus. Seine anderen Männer hatten es inzwischen begriffen. »Wir müssen entweder einen Schmuggler finden oder ein englisches Schiff, das uns an einem einsamen Küstenstreifen abholt. Als englische Kriegsgefangene können wir nicht einfach in der Stadt herumlungern und jeden Kapitän fragen, ob er uns wohl irgendwohin mitnimmt.«

»Und wann findest du einen Schmuggler?«

»Ich habe schon einen gefunden. Der erwartet aber erst in einigen Wochen ein Schiff.«

Daniel murrte. »Ich habe keine Lust mehr zu warten.«

»So schlimm ist es hier doch gar nicht«, meinte James.

»Immerhin besser als in dem Verlies«, fügte John hinzu.

»Und warum fliehen wir nicht einfach und warten irgendwo im Wald, bis wir ein Schiff finden?«

Alle schauten ihn an. »Weil es hier definitiv besser ist als im Dschungel!«

Pierce schwang sich einen vollen Sack Kakaofrüchte über die Schulter. »Ich reite in die Stadt. Vielleicht hat mein Kontaktmann ja schon etwas von einem englischen Schiff gehört.«

Er stapfte zur Scheune und leerte die Kakaofrüchte auf den Haufen, welchen die Sklavinnen bearbeiteten. Sie puhlten die einzelnen Bohnen aus der Schale und warfen sie in Kisten, wo sie fermentieren würden.

Gerade als er sein Pferd aus dem Stall holte, erklang das Muschelhorn, welches den Feierabend ankündigte. Unten bei der Sklavensiedlung eilte Annie ihm mit einem fröhlichen Gesicht entgegen. »Du mich wieder mitnehmen ins Dorf?«

Er lächelte. »Gerne. Steig auf.« Er reichte ihr die Hand und zog sie vor sich auf den Sattel. Dann umfasste er sie mit dem freien Arm, um sie festzuhalten, und hieb dem Pferd die Fersen in die Flanken, sodass es mit einem Satz losgaloppierte. Wie jedes Mal stieß Annie einen überraschten Schrei aus, und er musste auflachen. Das war mittlerweile beinahe zu einem

Ritual zwischen ihnen geworden, seit er vor einiger Zeit angefangen hatte, sie ins Dorf mitzunehmen. Sie hatte vorher noch nie auf einem Pferd gesessen und jauchzte jedes Mal, wenn es in den Galopp fiel.

Und so genossen sie beide den Ritt ins Dorf. Wenn Fleur sie dabei sehen sollte – umso besser, dachte Pierce.

Bei den ersten Häusern setzte er sie ab.

»Du niemandem etwas sagen«, bat sie eindringlich.

»Natürlich nicht. Das ist unser Geheimnis«, versicherte er ihr und sah ihr nach, wie sie über die Straße lief.

Er freute sich für sie. Ausgerechnet hier im Dorf hatte sie ihren Mann wiedergefunden. Die beiden waren bei der Ankunft auf Sainte-Lucie getrennt worden, und Annie hatte schon geglaubt, ihn niemals wiederzusehen. Ihre Freude, als sie ihn ausgerechnet in ihrem Dorf wieder traf, war unglaublich gewesen. Aber aus Angst, dass ihnen der neue Besitzer ihres Mannes verbieten würde, sich zu sehen, trafen sie sich nur heimlich.

Pierce lenkte sein Pferd weg vom Dorf in Richtung der Stadt und dachte, dass er irgendwann Fleur bitten musste, Annies Mann dem neuen Besitzer abzukaufen, sodass die beiden wieder zusammen sein konnten. Aber noch nicht jetzt. Sie musste nicht wissen, welcher Mann der Grund für Annies Fröhlichkeit war.

Für die Führung der Plantage blieb Fleur nur noch wenig Zeit. Glücklicherweise lief alles reibungslos. Allerdings hatte sie mit der Zeit den Eindruck, nicht mehr über die Dinge, die sich auf Espérance abspielten, auf dem Laufenden zu sein.

Eines Tages fiel ihr auf, wie fröhlich Annie war. Sie strahlte, sang bei der Arbeit und trug immer öfters ihr hübsches neues Kleid, das Fleur ihr als Belohnung geschenkt hatte und das sie zuerst aus Misstrauen gegenüber den Engländern nicht hatte anziehen wollen. Auf Fleurs Fragen hin lächelte sie nur versonnen und meinte, dass ein so wunderschöner Tag etwas anderes als Fröhlichkeit gar nicht zulasse. Fleur gab sich mit Annies Antwort zufrieden und dachte nicht weiter darüber nach, bis sie eines Samstagabends zufällig zur Scheune hinunterging, um Kakaobohnen und Bananen für einen Kuchen zu holen.

Die untergehende Sonne tauchte die Gebäude und Bäume in ein rotgefärbtes Licht, das mit den wachsenden dunklen Schatten eine bezaubernde Stimmung verbreitete. Die Zikaden, die während der Hitze tagsüber verstummt waren, hatten ihr Abendlied angestimmt und zirpten im Chor, als könnten sie damit diese traulichen Stunden auf ewig verlängern.

Fleur war gerade dabei, das Scheunentor zu schließen, als sie Blackhurst bemerkte, der sein Pferd gesattelt aus dem Stall führte, aufstieg und lostrabte. Dabei schlug er nicht den üblichen Weg, der zum Dorf führte, ein, sondern ritt in Richtung der Sklavensiedlung. Neugierig verbarg sich Fleur im Schatten. Wohin will er bloß?, fragte sie sich. Eine Weile später sah sie ihn weiter unten wieder auf den Weg zurückkehren – mit Annie, die vor ihm auf dem Pferd saß. Ihr ausgelassenes Lachen schallte bis zu den Scheunen hinauf.

Unvermittelt fröstelte Fleur trotz der angenehmen Abendwärme. Ohne sich zu rühren, verharrte sie im Schatten, bis die beiden um eine Biegung verschwunden waren. Annies Anblick auf Blackhursts Pferd hatte ihr einen Stich versetzt. Er war also der Grund für ihr Aufblühen.

Schwerfällig stapfte Fleur zum Gutshaus zurück. Der anbrechende Abend hatte das letzte Tageslicht verschluckt und die Welt in sein Dunkel gehüllt. Keuchend stieg sie die Verandastufen hinauf, die Hand am Geländer abgestützt. Sie hatte das Gefühl, kaum mehr Luft zu bekommen. Um ihre Brust hatte sich eine eiserne Klammer gelegt, die immer enger wurde. Wie betäubt legte sie die Bananen und die Kakaobohnen, die sie eigentlich in die Küche hatte bringen wollen, auf den Esstisch und ging die Treppe hinauf in ihr Zimmer. Sie legte sich ins Bett, zog das Leinentuch über den Kopf und hoffte, dass sie einschlafen würde, damit sie dieses lähmende Gefühl und die nagenden Gedanken nicht länger ertragen musste.

Weder Annie noch Blackhurst tauchten am Sonntag wieder auf.

Erst als sich Fleur am Montagmorgen an den Esstisch setzte, kam Annie beschwingt herein, das Tablett mit dem Frühstück vor sich hertragend, als ob nichts gewesen wäre. Auch wenn es Fleur drängte, so verboten es ihr ihr Stolz – und ihre Angst vor der Antwort –, Annie zu fragen, wie sie den Sonntag verbracht hatte. Schweigend aß sie das Frühstück, während Annie leise singend das Wohnzimmer mit dem Besen auskehrte.

Mit einem Male ertrug sie die fröhliche Stimmung, die Annie verbreitete, nicht mehr. Sie ließ das Essen stehen, stand mit einem Ruck auf, bei dem beinahe der Stuhl umgefallen wäre, und lief aus dem Haus.

32

Die Dunstschwaden, die an jedem Morgen nach einem nächtlichen Regenguss über dem friedlichen Tal von Espérance aufstiegen, hatten sich für Fleur verändert. Früher waren mit ihnen Erinnerungen an die Auenlandschaft entlang der Loire, ihrer Heimat, geweckt worden. An die Momente, wenn die ersten Sonnenstrahlen das Weiß durchdrangen, das vom Nebel verwaschene Grün der Blätter und Wiesen zu erstrahlen begann und die Sonne schließlich die ganze Landschaft mit ihrem Licht neu gebar.

Diese Schönheit hatten die Dunstschwaden für Fleur verloren. Sie waren nicht länger die Verkünder eines hoffnungsvollen Tages. Sondern die Vorboten von etwas Beunruhigendem, das unter der Oberfläche im Verborgenen vor sich hin brodelte. War es ihr auch eine Weile lang gelungen, die Augen davor zu verschließen, inzwischen konnte sie die gereizte Stimmung, die sich unterschwellig wie ein Mantel über Espérance gelegt hatte, nicht länger aus ihrer heilen Welt verbannen.

Die Köchin hatte sich nach einer Zurechtweisung von Fleur – sie hatte die Guaven, die Blackhurst ihr gebracht hatte, im Schatten hinter der Hütte vergessen, wo sie vor sich hinfaulten – geweigert, etwas anderes als den üblichen Einheitsbrei aus Süßkartoffeln, Dachineknollen und Kochbananen zu kochen, da sie ja ohnehin alles falsch machen und sich Fleurs Zorn zuziehen würde. Céline war schlecht gelaunt, und jedermann, der konnte, ging ihr aus dem Weg. Alle waren gereizt und beim kleinsten Anlass flogen unter den Sklaven die Fetzen. Jules' Ausbeute an Fischen und Krebsen aus den Mangroven war geschrumpft, bis Fleur dahinterkam, dass er erneut begonnen hatte, in seine eigene Tasche zu wirtschaften und den Fang auf dem Markt zu verkaufen, so wie er es früher getan hatte. Als sie ihn zur Rede stellte, meinte er trotzig, er müsse von nun an wieder für sich selbst und seine Familie sorgen.

»Warum denn das?«, wollte Fleur verwundert wissen.

»Wenn die Madame heiratet und von hier weggeht und die Engländer wieder eingesperrt werden, kriegen wir einen neuen Aufseher und dann wird es uns wieder so schlecht gehen, wie als der Monsieur noch gelebt hat.«

»Wer erzählt denn so einen Unsinn?«, fragte sie barsch.

Er zuckte mit den Achseln, die Fäuste in die Taschen gestopft. »Alle.«

Ratlos sah Fleur ihn an. Wie sollte sie ihn bloß beruhigen? Sie hätte ihm liebend gerne versichert, dass sie Espérance niemals verlassen würde. Doch wäre das nicht eine Lüge gewesen? Wenn sie einen der Seraults oder einen anderen Pflanzer heiratete, würde sie nicht auf Espérance bleiben können. Und selbst wenn sie bleiben würde, wie viel hätte sie, die Frau des Gutsherrn, dann noch zu bestimmen?

Richter Rambert, der soeben in einem Einspänner auf dem Platz vorfuhr, ersparte es Fleur, nach einer Antwort auf diese Frage zu grübeln. Als hätte er ohnehin nichts anderes erwartet, nahm Jules den Eimer, den er zum Sammeln der Lambi-Muscheln am Strand brauchte, und trottete davon.

Der schwarze Kutscher sprang vom Bock und klappte eine Stufe unter dem Trittbrett des Einspänners hervor, damit der Richter bequem aussteigen konnte. Rambert war ein kleines Männlein, beinahe kahlköpfig, was er unter einer üppigen Perücke versteckte, die viel zu groß für seinen Kopf war. Seit seine Frau im vergangenen Jahr verstorben war, hatte sein Äußeres an Ordentlichkeit verloren. Manchmal vergaß er, die Halsbinde fertig zu knoten oder er knöpfte sich den Rock falsch zu.

Fleur fragte sich, wie ein so unbeeindruckender Mann Recht sprechen und in der Lage sein konnte, seine Richtersprüche auch umzusetzen. Und dies in einem Land von Abenteurern und Halunken, die nach ihren eigenen Gesetzen lebten, weit entfernt von der zivilisierten Welt und dem Einfluss Frankreichs. Aber vielleicht hatten sie ihn genau deswegen zum Richter gewählt. Er würde es nie wagen, sich gegen die Interessen der Mächtigen auf dieser Insel zu stellen.

»Richter Rambert, was verschafft mir die Ehre Eures Besuches?« Fleur führte ihn auf die Veranda, wo sie Platz nahmen.

»Die Sache ist etwas delikat«, begann der Richter.

In Anbetracht all der Verehrer, die Fleur bereits empfangen hatte, sagte sie leichthin: »Ach wisst Ihr, da seid Ihr nicht der Erste.«

Richter Rambert zog die Augenbrauen hoch. »Wirklich?«

»Aber ja.« Fleur konnte es nicht vermeiden, dass sich ihre Mundwinkel leicht nach oben zogen. Die Vorstellung, dass dieses Männlein eine Weile um den heißen Brei schleichen und ihr dann einen Heiratsantrag machen würde, war trotz der ganzen Tragik belustigend.

»Welche Erleichterung! Ich hatte mich schon gefragt, wie Ihr es aufnehmen würdet. Eine unangenehme Sache.«

»Unangenehm?« Fleur stieß ein entgeistertes Auflachen aus. »Was ist daran unangenehm? Wollt Ihr mich etwa beleidigen?« Nicht dass der Gedanke, Richter Rambert jeden Tag als Ehemann neben sich zu wissen, in irgendeiner Weise verlockend gewesen wäre. Doch dass er dies so direkt aussprach, empfand Fleur als taktlos.

Abwehrend hob der Richter die Hände. »Ums Himmels willen, nein! Wie könnte ich? Ich würde Euch niemals absichtlich beleidigen, Madame. Bitte verzeiht.«

Einen Moment lang schwiegen beide. Der Richter nippte an

dem Tamarindensaft, den Annie ihnen gebracht hatte. Dann räusperte er sich. »Es ist nur so, dass wir die Angelegenheit irgendwie regeln müssen.«

»Die Angelegenheit regeln?«, echote Fleur.

»Ja. Aber da wir beide zwei zivilisierte Menschen sind, denke ich nicht, dass es Probleme geben sollte. Wir werden uns bestimmt einigen.«

Fleur verschluckte sich an ihrem Tamarindensaft. Hustend sagte sie: »Ich bin mir nicht sicher, ob ich mich mit Euch einigen will.«

Der Richter blickte sie konsterniert an und schob dann seinen Kopf verschnupft mit einer ruckartigen Bewegung nach hinten, wie es Schildkröten tun.

»Etwas mehr Takt hätte ich von Euch erwartet«, tadelte sie. »Das ist eine Angelegenheit, die wohl überlegt sein will. Ein so forsches Vorgehen ist dabei gänzlich unpassend.«

Richter Rambert langte nach dem Teller mit den Keksen, den Annie ebenfalls gebracht hatte, klaubte sich einen und knabberte daran herum. Krümel sammelten sich auf seiner Hose. »Deshalb habe ich ja gleich zu Anfang gesagt, dass es sich um eine delikate Angelegenheit handelt. Aber vielleicht sollte ich dies mit der Dame selbst besprechen.«

»Mit welcher Dame?« Nun verstand Fleur gar nichts mehr.

»Lucille Hayot.«

Verständnislos sah Fleur ihn an. »Ihr wollt Lucille heiraten?«

»Wieso heiraten?« Richter Ramberts Gesichtsausdruck veränderte sich, als hätte er in eine angefaulte Kartoffel gebissen. »Wer redet denn von Heiraten? Hat sie Euch das etwa erzählt? Hat sie Euch so an der Nase herumgeführt? Mir scheint, Ihr seid da auf eine gewiefte Betrügerin hereingefallen.«

»Lucille ist doch keine Betrügerin!«, begehrte Fleur auf. »Wie könnt Ihr so etwas behaupten?«

»Nachdem, was mir ihr Ehemann erzählt hat, ist sie eine ziemlich durchtriebene ...«, der Richter suchte offensichtlich nach einem angemesseneren Wort, als jenes, das ihm auf der Zunge lag, »Frau.«

»Ihr habt mit ihrem Ehemann gesprochen?« Die Erinnerung an den tobenden Hayot ließ eine böse Vorahnung in Fleur aufsteigen.

»In der Tat. Er ist es, der mich zu Euch schickt. Er erwartet, dass seine Frau unverzüglich zu ihm zurückkehrt. Mit dem Pferd, das sie ihm gestohlen hat.«

»Gestohlen?«, rief Fleur aus. »Er behauptet, sie hätte das Pferd gestohlen? Was für ein ungeheuerlicher Mensch! Wie hätte die Gute denn ohne das Pferd reisen sollen? Etwa zu Fuß? Und außerdem gehört das Pferd ihr als seiner Frau ebenso.«

»Nein, das ist nicht richtig.« Gemessen legte Richter Rambert die Fingerspitzen beider Hände gegeneinander. »Sie hat nichts in die Ehe miteingebracht, Gustave Hayot ist im alleinigen Besitz sämtlicher Vermögenswerte.«

Fleur schnaubte verächtlich. »Das kann doch nicht wahr sein!«

»Wo ist denn nun die Dame? Ich muss sie bitten, mir das Pferd auszuhändigen, damit es unverzüglich seinem ordentlichen Besitzer zurückgegeben werden kann, und sie selbst auffordern, innerhalb der nächsten zwei Wochen nach Hause zurückzukehren.«

»Das ist also das Einzige, was diesen Hayot interessiert: sein Pferd! Und Ihr unterstützt dieses Begehren auch noch!«

Der Richter sah Fleur mitleidvoll wie ein kleines Mädchen an, ohne sich genötigt zu sehen, darauf eine Antwort zu geben.

»Und falls die Dame dem nicht Folge leistet?«, fragte Fleur spitz.

»Dann werde ich in Begleitung der Miliz wiederkommen müssen, um dem Kläger sein Recht zu verschaffen«, erwiderte der Richter trocken.

»Sein Recht! Ha! Wisst Ihr eigentlich, wovon Ihr da sprecht?«, brauste Fleur auf.

»Natürlich. Das Recht steht auf der Seite von Gustave Hayot. Niemand wird das anzweifeln. Eine Gattin hat bei ihrem Ehemann zu leben. Sie hat ihn geheiratet und kann nicht einfach so gehen, wie es ihr genehm ist. Und nun möchte ich die besagte Dame gerne sehen«, verlangte der Richter mit scharfer Stimme.

Fleur starrte ihn wütend an. Unvermittelt fiel ihr die zu große Nase im runden Gesicht des Richters auf. Eine Nase, die dem erbarmungslosen Schnabel eines ebenso kahlköpfigen Aasgeiers ähnelte. »Leider kann ich Euch nicht behilflich sein. Erstens weilt besagte Dame nicht auf meiner Plantage, und zweitens weiß ich nicht, wo sie sich aufhält.« Sie hoffte inständig, dass Lucille nicht im nächsten Moment um die Ecke bog und dem Richter in die Arme lief.

»Man hat mir gesagt, sie wäre Euer Gast«, insistierte er.

»Nicht mehr. Sie ist abgereist, um Bekannte zu besuchen.«

Der Richter musterte Fleur misstrauisch.

»Wollt Ihr etwa mein Haus durchsuchen?«, höhnte sie. »Bitte sehr! Das Wohn- und Esszimmer könnt ihr durch die Fenster sehen. Wenn es nötig ist, zeige ich Euch auch noch mein Zimmer im oberen Stock. Das zweite Zimmer, in dem Madame Hayot gewohnt hat, ist seit dem Sturm leider nicht mehr bewohnbar, weshalb sie auch abgereist ist.«

Richter Rambert schien unschlüssig, ob ihr zu trauen sei, meinte dann aber: »Na gut. Falls Ihr die Dame seht, bestellt Ihr bitte, dass sie unverzüglich nach Hause zurückzukehren hat. Es ist bestimmt angenehmer für sie, wenn sie es freiwillig tut, als wenn die Miliz nach ihr jagen muss wie nach einem entflohenen Sklaven.« Mit diesen Worten stand der Richter auf, deutete eine steife Verbeugung an und verabschiedete sich.

Fleur kochte vor Wut über die Ungerechtigkeit, die man der armen Lucille widerfahren ließ. Doch während sie zusah, wie die Kutsche des Richters davonrollte, breitete sich eine beklemmende Sorge in ihr aus. Daran, dass Richter Rambert mit Hilfe der Miliz dem Begehren von Gustave Hayot entsprechen würde, zweifelte sie nicht. Sie musste Lucille warnen und sie verstecken.

Verzweifelt fragte sich Fleur, wie sie Lucille helfen sollte. Ihr fiel nur Serault ein, den sie bei dem Ball heute Abend, zu dem er ihr vor einiger Zeit persönlich eine Einladung überbracht hatte, um Hilfe bitten könnte. Aber so, wie sie ihn kennengelernt hatte, würde er für einen Dienst eine Gegenleistung erwarten.

Als Fleur Lucille vorsichtig vom Besuch des Richters erzählte, nahm ihre Freundin dies mit einer stoischen Gefasstheit auf. »Nun ist es also so weit. Sie haben sich länger Zeit gelassen, als ich erwartet hatte.« Lucilles Miene war völlig ausdruckslos, als sie sich abwandte und zur Aufseherhütte hinüberschritt.

»Was willst du tun?«, rief Fleur ihr nach.

Lucille hob, ohne sich umzudrehen, die Hand und winkte ab. »Lass das meine Sorge sein. Du hast schon genug eigene.«

»Aber ich will dir helfen. Vielleicht kann ich Serault dazu bringen, sich für dich einzusetzen.«

»Ach was. Eine Krähe hackt der anderen kein Auge aus. Nein, lass mal«, lehnte Lucille ab, öffnete die Tür zu ihrer Hütte, trat ein und zog sie hinter sich zu.

Enttäuscht blieb Fleur zurück. Sie verstand ihre Freundin nicht mehr.

Pierce saß auf einem Stein am Ufer des Flusses und betrachtete gedankenversunken, wie das Wasser dahinströmte. Hin und wieder klaubte er abwesend nach einem Kiesel und warf ihn hinein. Schon seit geraumer Zeit zermarterte er sich den Kopf darüber, ob er den Plan, den er ausgeheckt hatte, in die Tat umsetzen sollte.

Mit einem kleinen Stein könnte er eine Lawine ins Rollen bringen, die sich verselbstständigte und alles mit sich riss, was sich ihr in den Weg stellte. Danach wäre die Welt nicht mehr dieselbe.

Früher hätte er keine Sekunde daran gezweifelt, dass dies der richtige Entscheid war. Ja, dass es sogar seine Pflicht wäre, eine solche Möglichkeit zu nutzen. Doch heute war er sich dessen nicht mehr sicher. Er war sich überhaupt nichts mehr sicher. Seine Sicht auf die Welt hatte sich verändert. Wenn er ehrlich war, hatte sich dies schon seit Längerem abgezeichnet, schon bevor er auf Espérance gestrandet war. Er hatte es nur nicht wahrhaben wollen.

Er griff nach einer weiteren Hand voll Kiesel und warf sie ins Wasser. Dort, wo sie auf die Oberfläche trafen, störten sie die Strömung mit kleinen Kreisen. Im Gegensatz zum ruhigen Wasser eines Teiches, in dem die Kreise größer wurden, löste die Strömung in diesem Fluss sie sogleich auf und ließ sie verschwinden, als hätte es sie nie gegeben.

War es mit seinem Plan nicht dasselbe?, rechtfertigte er sich. Was war er mehr als ein kleiner, unbedeutender Kiesel im Laufe der Welt? Sie wartete nicht auf ihn, und sie war zu erhaben, als dass ein unbedeutender Mann wie er irgendeinen Einfluss auf sie haben würde. Aber er hätte seine Pflicht getan, wie man es von ihm erwartete, und er könnte sich damit wieder einen Platz in der rechtschaffenen englischen Gesellschaft auf Jamaika verschaffen. Er hatte nicht vor, den Rest seines Lebens als Freibeuter zu verbringen, immer auf der Jagd oder auf der Flucht. Dafür wurde er allmählich zu alt. Er sehnte sich nach einem angenehmeren, ruhigeren Leben. Eines, das nicht irgendwann an einem Galgen sein Ende finden würde.

Er warf einen letzten Blick auf das klare Wasser, das das Flussbett hinabströmte. Weg von Espérance, wo es ohnehin nicht bleiben konnte, wo nicht sein angestammter Platz war. Das war auch seine Richtung, selbst wenn er sich etwas anderes gewünscht hätte. Wenn Fleur in einer Woche heiratete, war seine Zeit hier abgelaufen. Ihr neuer Ehemann würde keine englischen Kriegsgefangenen auf seiner Plantage dulden. Schon gar nicht, wenn er die Anziehungskraft bemerkte, die unter der Oberfläche zwischen seiner Frau und einem dieser verdammenswerten Engländer loderte.

Entschlossen erhob er sich, löste den Zügel des Pferdes, das friedlich und nichts ahnend im Gras nach würzigen Halmen suchte, und schwang sich in den Sattel.

33

Der Ball bei den Seraults war das gesellschaftliche Ereignis des Jahres. Und Fleur stand eindeutig im Mittelpunkt. Dazu trug Serault Senior, der sie wie einen Ehrengast behandelte und sie beim Abendessen an seiner Seite platzierte, nicht unwesentlich bei.

Doch nicht nur er kämpfte um Fleurs Gunst. Sämtliche anwesenden ledigen Männer jagten nach ihr wie nach einer Beute. Sehr zum Missfallen einiger anderer heiratswilliger Damen. Hätten Blicke töten können, so wäre Fleur an diesem Abend mehr als einmal von ihnen erlegt worden.

Nach einem leichten, aber köstlichen Abendessen, das im farbenprächtig blühenden Garten serviert worden war, verschoben sich die Gäste nach und nach in den Salon, in dem ein kleines Orchester zum Tanz aufspielte. Der Salon der Seraults war in nichts mit demjenigen auf Espérance zu vergleichen. Es war kein Zimmer, sondern vielmehr ein Saal, dessen Möbel zur Seite gerückt worden waren, um Platz für eine Tanzfläche zu schaffen. Sie war umgeben von Sitzgruppen, Chaiselongues und Stühlen, auf denen die Gäste sich ausruhen, plaudern und den Tanzenden zusehen konnten. Mittlerweile hielt Fleur, deren Verehrer sie keine Minute zur Ruhe kommen ließen, sehnsüchtig Ausschau nach einer solchen Sitzgelegenheit.

Als der laufende Tanz endete und sie sich mit einem höflichen, aber bestimmten Knicks von ihrem Tanzpartner verabschiedete und auf einen der frei gewordenen Sessel zusteuerte, stellte sich Touchard ihr in den Weg. Fleur war nicht entgangen, dass er schon mehrfach versucht hatte, sie um einen Tanz zu bitten, aber jedes Mal war ihm ein anderer zuvorgekommen. Nun ließ er ihr gar keine Zeit abzulehnen, sondern führte sie zielstrebig zurück auf die Tanzfläche, wo das Orchester das nächste Musikstück anstimmte.

»Wir waren in der Vergangenheit nicht immer in allen Dingen der gleichen Meinung«, begann er nach einigen Drehungen durch den Saal. Der elegante Abendanzug unterstrich Touchards gutes Aussehen, und ihnen folgten die Augen vieler der Damen.

»Ich würde sagen, wir waren in den meisten Fällen anderer Meinung«, widersprach Fleur.

»Doch das war nie etwas Persönliches.«

»Ach nein?«

Unbeirrt fuhr Touchard fort. »Das ist üblich unter Männern. Wir Pflanzer haben alle die gleichen Ziele, sind aber Konkurrenten, wenn es um deren Erreichung geht. Da ist es normal, dass man manchmal gegeneinander kämpft. So ist das Leben.«

»Hm«, brummte Fleur wenig überzeugt.

»Wenn Ihr bei uns mitspielen wollt, müsst Ihr die Spielregeln kennen und Euch daran halten. Sonst kann es passieren, dass Ihr eins vor den Bug geknallt kriegt.«

»Monsieur Touchard, Eure Wortwahl lässt zu wünschen übrig.«

Er lachte. »Das gehört auch dazu. Wir Männer reden nun mal so. Daran müsst Ihr Euch gewöhnen, wenn Ihr Euch in der Pflanzergesellschaft bewegen wollt. Es sei denn, Weibergewäsch gefällt Euch besser. Dann haltet Euch lieber an die Kaffeekränzchen der Frauen. Aber so, wie ich Euch bis jetzt kennengelernt habe, seid Ihr ziemlich hart im Nehmen.« Mit einem Ruck zog er sie näher zu sich heran.

Obwohl sie sich kaum berührten, nahm Fleur seine körperliche Präsenz überdeutlich wahr. Er war ein attraktiver Mann. Im Gegensatz zu all den anderen, die ihr den Hof machten.

Doch er blieb Touchard. Derselbe Touchard, der sie heute zwar mit dem ihm eigenen draufgängerischen Charme als Frau für sich zu gewinnen versuchte, der ihr in der Vergangenheit aber Steine in den Weg gelegt hatte, wo er nur konnte, um seine persönlichen Interessen zu erreichen.

»Wenn Ihr mich so nah haltet, könnte es geschehen, dass ich mit meinem spitzen Absatz auf Euren Fuß trete. Oder noch schlimmer. Mein Knie gerät zwischen Eure Beine.«

Wieder lachte er. Er beugte sich zu ihr hinunter und raunte ihr ins Ohr: »Ihr mögt es wohl auf die harte Tour. Das soll mir recht sein. Ich bin alles andere als ein Gegner davon.«

Die Schritte des Tanzes verlangten, dass er sie losließ und unter seinem Arm hindurch drehte. Fleur machte die Drehung mit. Aber anstatt sich ihm wieder zu nähern, wand sie mit einer raschen Bewegung ihre Hand aus seinem Griff und blieb zwei Schritte von ihm entfernt stehen.

»Ich schon, Monsieur Touchard. Ich bin immer noch eine Frau. Ich mag es sanft, inklusive Weibergewäsch. Und vor allem mag ich es, wenn das Spiel nach meinen Regeln läuft.« Mit einem koketten Lächeln zwinkerte sie ihm zu. »Ich wünsche Euch noch viel Vergnügen beim Tanzen. Vielleicht findet Ihr ja eine, der Eure Regeln mehr zusagen als mir.« Sie raffte ihre Röcke zusammen, drehte sich um und ließ ihn mit offenem Mund auf der Tanzfläche stehen.

Fleur floh aus dem Salon, bevor ein anderer Mann ihrer habhaft werden konnte. Sie hatte das Gefühl, in dieser Menschenmenge, in ihren geschliffenen, aber hohlen Reden nicht mehr atmen zu können. Sie kannte diese Gesellschaftsspiele, in der ein jeder den anderen mit einer nonchalanten, kokettierenden oder betont ausgelassenen Fassade zu übertrumpfen suchte, zur Genüge. Von zu Hause, wenn ihre Stiefmutter ihre berühmten Soireen durchführte, oder zu Beginn ihrer Ehe, als sie mit

Laurent noch am Gesellschaftsleben teilnahm. Unter diesen Fassaden brodelten oft ganz andere Gefühle: Eifersucht, Neid und Missgunst.

Fleur hatte geglaubt, diese Spielchen, die sie selbst auch gelernt hatte zu spielen, gehörten der Vergangenheit an. In einem Land wie diesem, wo jeder ums Überleben kämpfte, hatten sie aus ihrer Sicht keinen Platz. Doch da hatte sie sich anscheinend getäuscht. Und ganz automatisch hatte sie sogar dabei mitgemacht!

Im Garten fand sie ein abgeschiedenes Plätzchen in einer Laube. Gierig sog sie die reine, nach Erde und Pflanzen riechende Luft ein. Sie atmete tief durch, bis sich der vom Trubel und Alkohol verursachte Nebel in ihrem Kopf lichtete.

Hier draußen zerbrach der schöne Schein des Ballsaales klirrend wie die Scherben eines Spiegels auf dem Boden. Der Ball und seine feine Gesellschaft erschienen ihr plötzlich wie ein grotesker Albtraum. Hässliche, gierige Fratzen, die hinter den Spiegeln hervorkamen und nur darauf warteten, die Zähne in ihr Fleisch zu schlagen und sie zu einer der ihren zu machen. Hatte sie sich tatsächlich einen Moment lang von Touchard angezogen gefühlt? Von demselben Touchard, dem es allein darum ging, sich Espérance unter den Nagel zu reißen?

Mit einem Mal drehte sich ihr der Magen um. Sie hatte sich auf dieses Spiel eingelassen. Sie hatte sich bereit erklärt, zu heiraten!

Wie dumm sie war! Sie hatte geglaubt, ihre Lektion von Maurais gelernt zu haben. Damals hatte sie sich geschworen, ihr Leben selbst in die Hand zu nehmen. Es so zu führen, wie sie es wollte. Nicht wie die anderen es von ihr erwarteten. Serault, der junge Serault, Touchard, der Schwager von Fauconnier und all die anderen – sie wollte keinen von ihnen.

Aber was sollte sie tun? Nächste Woche würde sie Serault

ihre Entscheidung mitteilen müssen. Wenn sie nicht heiratete, würde er sein Geld zurückverlangen und sie müsste Espérance verkaufen.

Verzweifelt stützte sie den Kopf in die Hände. Wie sie es auch drehte und wendete, sie fand keinen Ausweg aus ihrem Dilemma.

Während Fleur auf dem Ball weilte, ritt Pierce in Richtung des Dorfes. An der Abzweigung davor lenkte er das Pferd auf den Schotterweg, der ihn in einigen Stunden in die Stadt führen würde.

Die Dämmerung hatte sich inzwischen über das Land gesenkt, und die Schatten wurden länger. Er hätte im Dorf eine Übernachtungsmöglichkeit finden können, doch daran dachte er nicht einmal. Er war diesen Weg in die Stadt an den letzten Wochenenden so oft geritten, dass er ihn auch im Dunkeln finden würde. Und nun, da er sich entschieden hatte, würde ihn nichts mehr davon abhalten, seinen Plan in die Tat umzusetzen.

In den frühen Morgenstunden – es war noch dunkel, das schwache Licht des Halbmondes zeichnete die Nacht in schwarzen und grauen Konturen – erreichte er die Stadt. Kurz vor dem Stadtrand bog er auf einen kaum sichtbaren Pfad ab, der ihn durch den Wald auf eine Anhöhe führte. Der Sturm hatte hier eine Schneise in den Wald gerissen, die den Blick auf die Bucht freigab.

Pierce kletterte auf einen der geborstenen Baumstrünke, lehnte sich dagegen und wartete, bis die Dämmerung anbrach. Nachdem die ersten hellen Schimmer im Osten aufgetaucht waren, dauerte es nicht mehr lange, bis das Tageslicht die Bucht erreichte.

Pierce zog das vor einigen Wochen in der Stadt gestohlene Fernrohr auseinander und hielt es vor sein linkes Auge. Exakt gezeichnete Wellenkämme, auf denen schaumige Gischt tanzte, erschienen in dem runden Glas. Die Wellen verschmolzen zu einem undefinierbaren Dunkelblau, als er das Fernrohr schwenkte. Grau-beige Schlieren zeigten den Strand an, gefolgt von dem verwischten Dunkelgrün des Waldes.

Erst als die grauen Steinmauern des Forts in dem Fenster auftauchten, hielt er inne. Sein Blick folgte der Mauer bis zum Tor. Wie bei seinen letzten Erkundungen standen zwei Wachen davor. Er schwenkte das Fernrohr weiter, an den Gebäuden entlang, zum Innenhof dahinter. Auch hier entdeckte er die üblichen Wachen. Sonst war niemand zu sehen.

Pierce' Blick wanderte weiter auf das Dach, auf dem die Kanonen standen. Wie üblich waren sie nachts nur mit zwei Mann bewacht. Leise lachte er. Die Franzosen fühlten sich so sicher, dass sie glaubten, kein Feind käme auf die Idee, nachts in ihre Bucht einzulaufen.

Nochmals prüfte er die Strecke, die er sich zurechtgelegt hatte. Die klobige Steinmauer an einer Außenfassade hinauf, die für einen geübten Kletterer kein unbezwingbares Hindernis war. Über die Dächer an den Zinnen entlang, wo man, wenn man sich duckte, außerhalb des Blickfeldes der Wachen war. Über eine mehrere Meter hohe Mauer, die zwei Gebäude miteinander verband, bis man schließlich auf das Dach gelangte, auf dem die Kanonen standen.

Er berechnete nochmals die Zeit, die es brauchen würde, um diese Mauern zu bezwingen und rechnete einige Minuten dazu, um die Kanonen zu sabotieren, damit sie außer Gefecht gesetzt waren. Diese Angaben trug er auf dem Plan, den er von der Bucht gezeichnet hatte, ein, und vermerkte die Uhrzeit. Dann studierte er den Plan, den Grundriss des Forts und die vermerkten Angaben noch einmal aufmerksam, um sich zu vergewissern, dass er nichts Wichtiges vergessen hatte.

Zufrieden mit seiner Arbeit faltete er das Papier und steckte es zusammen mit einem Brief in einen Umschlag, auf dem die Adresse von Gouverneur Henry Moore auf Jamaika vermerkt war. Der Gouverneur würde wissen, was zu tun war, und wie er Admiral Rodney eine Nachricht zukommen lassen konnte. Den Umschlag schob er mit einer kurzen Anweisung und der Aussicht auf eine großzügige Belohnung bei Übergabe an den Gouverneur in einen weiteren Umschlag, auf dem der Name eines Vertrauten stand, der in Kingston, Jamaikas Hauptstadt, wohnte. Dann steckte er den Brief in seine Rocktasche.

Er kletterte vom Baumstrunk hinunter, pfiff leise nach dem Pferd und ritt zurück auf den Weg, der in die Stadt führte.

Die Straßen waren noch unbelebt an diesem frühen Sonntagmorgen. Nur ein paar streunende Hunde waren unterwegs, markierten ihr Revier oder schnüffelten in Abfallhaufen nach Essensresten. Pierce wandte sich zum Landungssteg, von wo aus er den Strand entlangritt, bis er an eine windschiefe Fischerhütte, die in besseren Zeiten gelb gestrichen worden war, gelangte. Er klopfte dreimal. Die Tür wurde einen Spaltbreit geöffnet. Ein bärtiger Kopf spähte heraus und ließ ihn eintreten.

Der in einfache Hosen und in ein an den Säumen zerrissenes Hemd gekleidete Mann legte den Zeigefinger an die Lippen. »Schhht! Meine Alte schläft noch«, flüsterte er.

Pierce nickte. Er drückte dem Mann den Brief und einige Münzen in die Hand. »Hier, wie besprochen. Wann könnt Ihr den Brief weiterleiten?«

»Wir erwarten die Schmuggler am Montag oder Dienstag in der festgelegten Bucht.«

»Gut«, flüsterte Pierce befriedigt. »Denkt daran: Wenn der

Brief seinen Empfänger erreicht und ich Antwort erhalte, bekommt Ihr noch einmal dieselbe Summe von mir.«

Der Mann nickte eifrig und zählte die Münzen. Eine davon nahm er in den Mund und biss darauf. Nachdem sie seinen Test bestanden hatte, meinte er: »Geht in Ordnung, Chef.«

Pierce öffnete die Tür und trat aufatmend aus der stickigen Hütte an die frische Luft. Lautlos schloss sich die Tür hinter ihm. Er ließ seinen Blick den Strand hinauf und hinab gleiten und richtete ihn dann auf das offene Meer. Der Stein war ins Rollen gebracht worden, seine Arbeit getan. Nun blieb es nur noch abzuwarten. Die Dinge würden sich, so Gott wollte, von selbst weiterentwickeln und waren nicht mehr aufzuhalten.

34

Espérance schlummerte in sonntagnachmittäglicher Ruhe, als Fleur am Tag nach Seraults Ball den Wagen durch die Plantage lenkte und ihn vor dem Gutshaus zum Stehen brachte. Am liebsten wäre sie noch gestern Abend zurückgekehrt, aber in der Dunkelheit zu reisen, war natürlich viel zu gefährlich. Ganz abgesehen davon, dass ein so übereilter Aufbruch grob unhöflich gewesen wäre.

Die festgetretene rostbraune Erde vor dem Haus flirrte in der Hitze. Jedermann hatte sich an ein schattiges Plätzchen zurückgezogen, das er erst wieder verlassen würde, wenn die Sonne auf ihrem ewig gleichen Bogen den Himmel hinabkroch. Selbst die grün und blau schillernden Kolibris, die sonst wie Schmetterlinge um die Blütenbüsche flatterten, waren verschwunden. Auch die kleinen schwarzen Vögel mit der roten Brust, die neugierig und unersättlich wie die Spatzen in Frankreich herbeiflogen, sobald man den Anschein erweckte, etwas zu essen, hatten sich in den kühleren Dschungel zurückgezogen.

Das Anwesen lag verlassen da, als ob alle menschlichen Bewohner ausgezogen wären. Weder Lucille noch Annie traf Fleur an. Erst hinter der Küche spürte sie die Köchin auf, die im Schatten der Hütte döste oder zumindest vorgab, es zu tun. Obwohl eines ihrer Augenlider verräterisch zuckte, beschloss Fleur, sie ihrer wohlverdienten Ruhe zu überlassen und selbst in der Küche nach etwas Essbarem zu suchen.

In einem Krug fand sie frischen Ananassaft, und unter einem Netz vor den Fliegen und den schwarzen Vögeln geschützt stand der Rest eines Schokoladenkokosnusskuchens. Hungrig verschlang Fleur das letzte Stück und war gerade im Begriff, zum Haus hinüberzugehen, um ihre vom Schweiß feuchten, staubigen Kleider gegen eine angenehmere Bekleidung zu tauschen, als die verschlafene Stimme der Köchin hinter ihr ertönte.

»Madame!« Jede unnötige Bewegung vermeidend, hob sie nur eine Hand und winkte matt.

»Was gibt es?«, fragte Fleur und ging auf sie zu.

Die Köchin kramte in ihrer Schürzentasche und brachte ein weißes, gefaltetes Papier zum Vorschein. »Von Annie. Madame Lucille das geben Annie für Madame.«

Fleur nahm das Blatt entgegen. »Wo ist Annie?«

Gleichgültig zuckte sie mit den Schultern. »Sie weggehen.«

Verstimmt presste Fleur die Lippen zusammen. War sie wieder mit Blackhurst unterwegs?

Da die Köchin keine Anstalten machte, weitere Erklärungen abzugeben, blieb Fleur nichts anderes übrig, als mit ihrer Verstimmung und der Notiz in der Hand ins Haus hinüberzugehen. *Für Fleur* stand in Lucilles runder Handschrift darauf. Wahrscheinlich eine Notiz, dass sie den Sonntag für den Besuch bei einer Nachbarin oder einer Bekannten genutzt hatte. Fleur faltete das Blatt auseinander und begann zu lesen.

Allerliebste Fleur,

hier sitze ich in meinem Häuschen, das Du mir so großzügig überlassen hast, und überlege, mit welchen Worten ich Dir erklären soll, was in meinem Herzen vorgeht. Wohlwissend, welche Enttäuschung und welchen Kummer ich Dir damit bereiten werde. Ich würde alles darum geben, Dir dies zu ersparen, doch ich sehe keinen anderen Ausweg. Ich weiß, dass ich damit meine einzige Freundin verlieren werde. Nichtsdestotrotz bete ich darum und würde voller Dankbarkeit jede noch so geringe Andeutung von Verständnis von Dir entgegennehmen.

Meine Anwesenheit auf Espérance ist unhaltbar geworden. Für mich ebenso wie für Dich. Mein angeschlagener Ruf belastet Deine Zukunft und Deine Möglichkeiten auf eine Heirat, auch wenn dies von niemandem offen ausgesprochen wird.

Schweren Herzens habe ich daher beschlossen, Espérance zu verlassen und zusammen mit Joseph in die Berge zu fliehen, wo uns die Miliz nicht finden kann. Joseph hat Bekanntschaft geschlossen mit entflohenen Sklaven, die in den Bergen eine eigene Siedlung aufgebaut und die zugesagt haben, uns aufzunehmen.

Der Gedanke daran, wie enttäuscht und bestürzt Du darüber sein wirst, lässt mein Herz schwer werden. Gewiss, mein Verhalten ist unentschuldbar und eine Rückkehr in die Gesellschaft der Weißen ist für mich damit ausgeschlossen. Doch dafür werde ich mehr als entschädigt durch die unermessliche Liebe von Joseph. Noch nie bin ich einem Mann begegnet, der mich mit so viel Respekt, Liebe und Zärtlichkeit behandelt hat wie Joseph. Auch wenn ich damit mein Leben in der weißen Gesellschaft verwirkt habe und fortan unter einfachsten Bedingungen leben muss, wird mich nichts und niemand mehr von meinem Liebsten trennen können.

Nun ist mein bittersüßes Geheimnis, das ich schändlicherweise sogar vor Dir verborgen habe, offenbart, und Du wirst, ebenso wie alle anderen, Dein Urteil über mich fällen. Dennoch möchte ich Dich noch einmal inständigst um Verzeihung bitten für das, was ich Dir antue. Doch bedenke, dass mit meiner Flucht auch für Dich der Weg frei ist, das zu erreichen, wonach Du immer gestrebt hast: die Achtung der Gesellschaft und ein sorgenfreies Leben in Wohlstand. Niemand wird meinetwegen mehr über Dich lästern.

Damit trennen sich unsere Wege. Ich entscheide mich für meine Liebe und mein Glück, und es macht mich traurig, mit-

ansehen zu müssen, wie Du Dich der Liebe von Francis und Deinem eigenen Herzen verwehrst.

Da dies aber Dein Entschluss ist, wünsche ich Dir das Allerbeste für Deine Heirat mit Serault und verbleibe mit Küssen und Tränen

Deine Dich liebende Lucille

Fassungslos ließ Fleur den Brief sinken. Er glitt ihr aus den Händen und schwebte wie ein verwelktes Herbstblatt auf die Holzdielen. Sie schüttelte den Kopf, als ob sie damit das Gelesene aus ihrem Gedächtnis entfernen, das Geschehene ungeschehen machen könnte. Eine Weile lang saß sie regungslos da. Sie brachte es nicht fertig, einen klaren Gedanken zu fassen.

Dann begannen die Gefühle sich ihrer zu bemächtigen. Enttäuschung darüber, was ihre Freundin vor ihr verborgen hatte. Trauer über das mangelnde Vertrauen. Entsetzen darüber, wie Lucille sie gesehen haben musste – eine Frau, die nur um Anerkennung und Wohlstand kämpfte und dafür ihre eigenen Wünsche opferte –, und Bitterkeit über dieses Unverständnis. Wie hatte es geschehen können, dass Lucille sie so eingeschätzt hatte? Sah ihre Freundin denn nicht, wie sehr sie unter ihrer ausweglosen Lage litt, wie zuwider es ihr war, dass sie Espérance nur durch eine Heirat retten konnte?

Schmerz breitete sich in ihr aus, wie eine Woge, die nicht mehr aufzuhalten war und alles überflutete. Und die bittere Erkenntnis, dass Lucille nicht unrecht hatte. Dass die erhaltene Aufmerksamkeit tatsächlich eine Weile lang ihrer Eitelkeit geschmeichelt hatte. Dass sie geglaubt hatte, endlich das Ziel, für das sie ihr ganzes Leben lang gekämpft hatte, erreicht zu haben.

Doch nun, als anerkanntes Mitglied der Gesellschaft, fühlte

sie nur eine tiefe Trauer und Hoffnungslosigkeit. Sie war nicht glücklich damit. Sie musste zu viel dafür aufgeben.

Plötzlich fragte sie sich, ob sie nicht die ganze Zeit einem falschen Ziel hinterhergelaufen war. War es wirklich das, was sie wollte? Tief in ihrem Innersten?

Lucille hatte alles für ihre Liebe und ihr Glück aufgegeben. Die mädchenhaft verklärte Lucille, über die sie anfangs ein wenig gelächelt hatte. Sie hatte den Mut aufgebracht, den ihr vorgegebenen Weg zu verlassen. Würde sie selbst jemals diesen Mut aufbringen?

Ein schweres Gewicht senkte sich auf ihre Brust und ließ sie nach Atem ringen. Es wurde noch schwerer, als ihr die Frage durch den Kopf schoss, was Lucille und Joseph getan hatten, wenn sie allein gewesen waren. Im Garten, bei ihren Ausritten oder damals während des Sturms im Schuppen. Sie waren einen ganzen Tag und eine Nacht lang zusammen gewesen.

Dann schoss ihr ein anderer Gedanke durch den Kopf – und plötzlich war das Gewicht weg, sie konnte wieder frei atmen. Sie hämmerte sich mit dem Handballen gegen die Stirn. Die Lösung für ihr Problem war so einfach, wenn sie all diese Beschränkungen, die sie sich selbst auferlegt hatte, außer Acht ließ.

Sie würde Pierce Blackhurst beziehungsweise Francis Dury heiraten!

Bevor Zweifel ihre Entschlossenheit wieder ins Wanken bringen konnten, sprang sie aus der Hängematte auf, rannte die Treppe hinunter und schlug die Richtung zu den Plantagengebäuden ein.

Ein kurzer Blick in den Stall, an dem sie auf ihrem Weg vorbeikam, zeigte Blackhursts Pferd, das zufrieden sein Maul in die mit Heu gefüllte Krippe versenkt hatte. Weit konnte er demnach nicht sein. Suchend rannte sie zwischen den Gebäuden hindurch, spähte in den Raum, in dem die Kakaobohnen verarbeitet wurden, in die Lagerhalle und ins Cassava-Haus.

Zuletzt ging sie zu der Scheune, in der sich die Engländer eingerichtet hatten. Vor dem Tor blieb sie stehen, atmete einige Male tief durch und trat dann mit einer äußerlichen Gefasstheit, unter der ihr Herz flatterte, ein.

Die Scheune schien leer. Unsicher näherte sie sich der Ecke, in welcher Blackhurst seine Hängematte aufgehängt hatte, und reckte den Kopf, um zu erkennen, ob er da war. Er lag in der Matte und schlief.

Einige Schritte vor ihm blieb Fleur stehen und räusperte sich. Leise schnarchend schlief er weiter.

»Pierce!«, flüsterte sie. Es half nichts. Er schlief wie ein Stein. Zweifel, ob ihre Idee wirklich so gut war, wie sie gedacht hatte, erfassten sie. Schnuppernd hielt sie die Nase in die Luft. Wenigstens hatte er nicht getrunken, wie es bei den meisten Männern der Fall war, die mitten am Tag derart tief schliefen.

Ihr blieb nichts anderes übrig, als zu ihm hinzugehen und ihn an der Schulter zu rütteln. »Pierce!«

Benommen blinzelte er und hob den Arm vor die Augen. »Was ist denn?«, murmelte er schlaftrunken.

»Lucille ist weg!«

»Hm?«, machte er und verscheuchte Fleur mit dem Arm, als wäre sie ein Traum.

»Du musst aufstehen! Mein Gott, wo hast du dich bloß die ganze Nacht wieder herumgetrieben!«, herrschte sie ihn an.

Brummend schlug er die Augen auf und bedachte sie mit einem genervten Blick. »Seit wann interessiert Euch das?«

Beleidigt reckte Fleur ihr Kinn vor. »Wo ist Annie?«, rutschte ihr über die Lippen, bevor sie sich hätte zurückhalten können. Wie hatte sie bei ihrem Plan nur Annie vergessen können? Was für ein Teufel hatte sie geritten, zu glauben, dass Blackhurst und sie ...

»Annie? Woher soll ich das wissen?«

»Du bist doch immer mit ihr unterwegs am Wochenende!«

Blackhurst streckte sich, gähnte und setzte sich auf. »Wahrscheinlich ist sie bei ihrem Mann.«

»Ihrem Mann? Seit wann hat sie einen Mann?« Völlig perplex riss Fleur die Augen auf.

»Seit Afrika«, antwortete Blackhurst gelassen. »Sie wurden verheiratet, als sie noch klein waren. Wusstet Ihr das etwa nicht?«

Fassungslos schüttelte Fleur den Kopf.

»Na ja, Euch interessiert im Moment ja wohl anderes mehr«, meinte er mit einem zynischen Unterton.

Verärgert schnaubte Fleur. Dann biss sie die Zähne zusammen und fragte: »Woher weißt du es?«

»Annie hat es mir erzählt. Sie wurden bei ihrer Ankunft getrennt. Maurais kaufte Annie und ein anderer Plantagenbesitzer ihren Mann. Die beiden verloren sich aus den Augen und wussten nicht, wo der andere hingebracht wurde. Vor einigen Wochen wurde ihr Mann vom Schreiner im Dorf erworben, wo sie sich endlich wieder gefunden haben. Immer, wenn ich ins Dorf reite, nehme ich sie mit, damit sie nicht den ganzen Weg zu Fuß gehen muss.«

Erschüttert ließ sich Fleur auf eine Kiste an der Scheunenwand sinken. »Warum hat sie mir nie etwas davon gesagt?«

»Keine Ahnung«, erwiderte Blackhurst schnippisch. »Wahrscheinlich wart Ihr mit Euren eigenen Angelegenheiten zu beschäftigt.«

Eine Weile maßen sich die beiden mit zusammengekniffenen Augen und versuchten zu ergründen, was im anderen vorging.

Dann sagte Fleur: »Lucille ist weg.«

»Ich weiß. Mit Joseph.«

»Das hast du auch gewusst?« Was alles ist mir bloß noch entgangen?, fragte sich Fleur. Bin ich wirklich so mit mir selbst beschäftigt gewesen? »Und was machen wir jetzt?«, fragte sie und warf ratlos die Hände in die Luft.

»Gar nichts.«

»Aber wir können sie doch nicht einfach dort in den Bergen lassen! Wovon sollen sie denn leben? Das ist viel zu gefährlich! Die Wälder sind voll von Schlangen und giftigen Spinnen. Ganz zu schweigen von den umherstreifenden Räuberbanden.«

»Auf Espérance konnten sie nicht bleiben«, stellte er nüchtern fest. »Was glaubt Ihr, wie lange es gedauert hätte, bis alle Welt erfahren hätte, dass Lucille sich mit einem Schwarzen eingelassen hat? So etwas ist für die meisten Weißen undenkbar, und es verstößt gegen das Gesetz. Nein, in den Bergen geht es ihnen besser.«

Bekümmert ließ Fleur den Blick zu Boden sinken.

»Und Ihr?«, wollte Blackhurst nach einem kurzen Schweigen wissen. »Wen gedenkt Ihr zu heiraten? Ich frage nur, damit ich weiß, wann sie uns wieder in den Kerker stecken«, fügte er hinzu.

Einen Moment lang schloss Fleur die Augen und lehnte den Kopf an die Holzwand. Dann richtete sie sich auf und sah Blackhurst ernst an. »Würdest du mich heiraten?«

»Ich?« Entgeistert lachte er auf und zeigte mit dem Finger auf seine Brust. Dann verschwand das Lachen aus seinem Gesicht. »Ihr macht Euch über mich lustig.«

»Nein, überhaupt nicht. Es ist mir vollkommen ernst.«

Verblüfft starrte er sie an. »Ihr könnt mich nicht heiraten. Ich bin Engländer!«

»Wer sagt, dass ich keinen Engländer heiraten kann?«

Ein indignierter Seufzer entrang sich seiner Kehle. »Das ist doch offensichtlich! Wir sind im Krieg! Wir sind Feinde!«

»Gibt es irgendein Gesetz, das eine solche Heirat verbieten würde?«, fragte Fleur hartnäckig.

Er sah sie an, als ob sie wahnsinnig geworden wäre.

»Nein. Das gibt es nicht«, gab sie selbst die Antwort. »Daher wüsste ich nicht, was dagegensprechen sollte.«

Blackhurst schüttelte fassungslos den Kopf. »Niemand würde das akzeptieren. Wir sind bereits als Plantagenarbeiter kaum geduldet, geschweige denn als Gutsherren. Ihr macht Euch damit für die Gesellschaft unmöglich.«

»Das ist mir egal. Es wäre nicht das erste Mal. Darin habe ich Übung.« Trotzig schob Fleur die Schultern zurück und nahm eine Haltung an, die Entschiedenheit signalisieren sollte.

Blackhurst blickte sie immer noch ungläubig an. »Und was ist mit dem Kredit?«

»Seraults Bedingung ist, dass ich heirate und ein Mann die Plantage führt. Wer das sein soll, hat er offen gelassen.«

»Ihr seid verrückt«, meinte er kopfschüttelnd.

Verletzt brauste Fleur auf. »Warum sagst du nicht einfach, dass du mich nicht heiraten willst, anstatt irgendwelche Ausflüchte vorzubringen! Das wäre wenigstens ehrlich!«

»Ich habe nicht gesagt, dass ich Euch nicht heiraten will. Es ist nur eine Angelegenheit, die wohl überlegt sein will. Kein Abenteuer, in das man sich mal eben schnell hineinstürzt.«

Fleur hielt die Luft an und wurde rot im Gesicht. »Das ist kein Abenteuer! Zumindest nicht für mich! Wenn du es so siehst, tut es mir leid! Das erste Mal in meinem Leben entscheide ich für mich selbst, und du behandelst mich, als wäre ich verrückt!« Sie sprang auf und rannte zum Scheunentor.

»Fleur! Warte!«, rief er ihr nach.

Sie blieb stehen, drehte sich aber nicht um. Sie hatte das

Gefühl, als ob die Welt um sie herum einstürzen würde. Zum ersten Mal in ihrem Leben hatte sie ihr Innerstes vor einem anderen Menschen offenbart und alles, was sie gelernt hatte, missachtet. Sie hatte die vorgegebenen Grenzen überschritten und erhielt ihre Strafe auf dem Fuß.

»Ich halte dich überhaupt nicht für verrückt. Im Gegenteil. Es ist nur …«, er brach ab. »Du kennst mich im Grunde überhaupt nicht. Du kannst keinen Mann wie mich heiraten.«

Sie drehte sich um. »Warum?«

Zerknirscht verzog er das Gesicht zu einer Grimasse. »Ich würde dich nur enttäuschen. Du bist eine wunderbare Frau und hast etwas Besseres verdient.«

»Du willst mich nicht«, stellte sie mit tonloser Stimme fest.

»Nein.«

Sie konnte ihm ansehen, dass er mit sich rang, sie verstand nur nicht, warum.

»Ich könnte mir sehr gut vorstellen, dich zu heiraten. Aber nicht unter diesen Bedingungen. Es ist Krieg. Ich bin als Kriegsgefangener auf Sainte-Lucie. Du kannst mir nicht trauen. Ich stehe nicht auf deiner Seite.«

Fleur schnaubte frustriert. »Du glaubst doch selbst nicht, was du da sagst. Du hast dich für diese Plantage eingesetzt wie kein anderer. Du hast mir geholfen, wann immer ich deine Hilfe gebraucht habe. Ich habe dir vertraut, und du hast mich nie enttäuscht.«

»Das weißt du doch gar nicht«, murmelte er. »Irgendwann werde ich es tun.«

»Was?«

»Dich enttäuschen.«

Verzweifelt hob Fleur die Hände in die Luft. »Ja, vielleicht. Vielleicht werde auch ich dich enttäuschen. Diese Sicherheit haben wir nicht. Diese Sicherheit hat man nie. Ich weiß nur, dass du der Einzige bist, mit dem ich mir eine Heirat vorstellen kann. Aber wenn du nicht willst ...« Sie zuckte die Schultern, versuchte so zu tun, als wäre es unbedeutend, aber innerlich zerriss es sie.

Blackhurst sah ihr einen scheinbar endlosen Moment in die Augen. Es war unmöglich, sich von diesem Blick abzuwenden. »Also gut«, sagte er schließlich. »Aber wirf mir später nicht vor, du hättest mit mir nicht das bekommen, was du dir vorgestellt hast.«

Für einen Moment war Fleur sprachlos. Erleichterung, Enttäuschung, Verwirrung, Freude, Wut – in ihr stritten so viele Gefühle um die Vorherrschaft, dass sie nicht wusste, was sie empfinden sollte. Blackhursts Reaktion war nicht diejenige gewesen, die sie erhofft hatte. Doch hatte er sie nicht genau davor gewarnt?

Sie atmete einmal tief durch, und beschloss ermattet: »Gut. Wir reiten morgen ins Dorf und regeln die Formalitäten. Seraults Frist läuft nächste Woche aus.«

Dann drehte sie sich um und ging.

Vor lauter Nervosität konnte Fleur diese Nacht nicht schlafen. Ihre Gefühle waren immer noch in Aufruhr, und sie hatte Angst vor dem, was morgen geschehen würde. Immer wieder fragte sie sich, ob sie nicht einen großen Fehler gemacht hatte. Blackhurst hatte nicht so reagiert, wie sie sich erhofft hatte, und sie fragte sich nun die ganze Zeit, weshalb er letztlich doch eingewilligt hatte, sie zu heiraten. Tat er es nur wegen ihrem Besitz? Oder um damit seinem Dasein als Gefangener zu entkommen und eine bessere Position zu erreichen? War das der Grund?

Und dann war da noch eine andere Angst. Davor, wie eine Ehe mit ihm sein würde, was er von ihr erwarten würde. Nachts, wenn sie im Bett lagen. Oder würde er es vorziehen, in Maurais' altem Zimmer zu schlafen? Dieser Gedanke schmerzte sie gleichermaßen, wie er sie erleichterte. Sie sehnte sich nach ihm, nach seinen Berührungen, seiner Wärme, seinem Mund, mit dem er sie so leidenschaftlich geküsst hatte. Gleichzeitig hatte sie Angst davor, ihm nicht zu genügen. Ihm nicht das bieten zu können, was jene erfahreneren Frauen, mit denen er zusammen gewesen war, ihm geboten hatten. Nicht dieselbe entfesselte Leidenschaft empfinden zu können wie er. Und ihn deshalb wieder zu verlieren.

35

Den Weg ins Dorf legten sie am nächsten Tag beinahe schweigend zurück.

Fleur hatte wieder diese Wand um sich aufgebaut, von der er wusste, dass er sie nicht durchdringen konnte. Und das frustrierte ihn. Er wollte, dass sie ihm vertraute, dass sie sich bei ihm wohlfühlte. Aber offenbar tat sie das nicht. Bereute sie ihre überstürzte Entscheidung vielleicht schon? Würde sie irgendwann die Hand auf seinen Arm legen und ihn bitten, den Wagen anzuhalten? Und ihm sagen, dass sie umkehren wollte?

Er ließ die Zügel knallen, damit die Pferde in einen schnelleren Trab verfielen. Je schneller sie im Dorf wären, desto besser. Mit einem heftigen Ruckeln überfuhr der Wagen ein Schlagloch. Fleur rutschte gegen ihn. Er hatte nichts dagegen einzuwenden. Aber anstatt dass sie diese Nähe genoss, spürte er, wie sie zusammenzuckte und sogleich wieder von ihm abrückte. Gerne hätte er einen Arm um sie gelegt und sie wieder zu sich gezogen, aber ein Seitenblick warnte ihn davor, das zu tun. Sie sah ihn nicht an, sondern stur geradeaus. Er seufzte innerlich. Er spürte, dass sie unsicher war, und hätte ihr diese Unsicherheit gerne genommen.

Aber tat sie nicht völlig richtig daran, ihm zu misstrauen?, sagte eine Stimme in ihm. Er war nicht der Ehrenmann, für den sie ihn hielt, und schon gar nicht so loyal, wie er sie in den letzten Wochen hatte glauben machen, indem er sie auf der Plantage unterstützt hatte, wo er konnte.

Sein schlechtes Gewissen nagte an ihm. Er war zu weit gegangen. Er hätte ihr Angebot nicht annehmen dürfen. Er würde sie nur enttäuschen. Daran führte kein Weg vorbei. Und diese Enttäuschung würde umso schmerzhafter werden, je größer die Nähe und die Vertrautheit wurde, die er zwischen ihnen gestattete. Indem er jetzt den Arm um sie legte und sie zu sich hinzog. Also ließ er es bleiben.

Er wusste nur nicht, wie er damit umgehen sollte, wenn sie verheiratet waren. Sie bot sich ihm an, und er brauchte nur zuzugreifen. Es gab nichts auf dieser Welt, was er lieber getan hätte. Und er wusste, dass er es tun würde. Dass er ihr nicht würde widerstehen können. Er würde sie mit allem nehmen, was sie ihm gab. Solange sie es ihm gab. Solange die Welt es zuließ. Und der verdammte Krieg.

Er war schließlich schwach geworden, als sie die Heirat vorschlug. Der Gedanke, dass sie doch einen anderen heiraten würde, wenn er ablehnte, hatte ihn um den Verstand gebracht. Ihm war klar, dass er sie beide ins Verderben ritt, aber er hatte nicht Nein sagen können, als sie insistierte. Und nun waren sie auf dem Weg ins Dorf, um zu heiraten, und er war so zerrissen wie noch nie in seinem Leben.

Vielleicht sollte er doch der Ehrenmann sein, für den sie ihn hielt, und ihr den unvermeidlichen Schmerz ersparen. Er sollte den Wagen anhalten und wenden. Das Ganze abblasen.

Doch er schaffte es nicht, die Zügel anzuziehen, und die Pferde trabten munter weiter. Dem unausweichlichen Schicksal entgegen.

Und das war es doch, nicht wahr? Unausweichlich. Die Welt verlief nach ihrem eigenen Plan. Auch wenn er einen Stein ins Rollen gebracht hatte. Wer wusste schon, wohin er rollte? Vielleicht nirgendwohin. Vielleicht würde der Krieg morgen schon enden. Und dann hätte er umsonst auf dieses Glück verzichtet, das Fleur ihm bot. Er sollte das Leben genießen, solange er konnte, und sich nehmen, was er konnte. Warum sich zurückhalten, wenn niemand wusste, was der morgige Tag bringen würde?

Er nahm die Zügel in eine Hand, legte seinen freien Arm um Fleur und zog sie zu sich hin. Er spürte, wie ihr Körper erstarrte, doch nach einer Weile gab er plötzlich nach. Er wurde nachgiebig und anschmiegsam.

Als sie das Dorf erreichten und Fleur dem Pfarrer ihr Anliegen vortrug, war der so überrascht über die ungewöhnliche Trauung, die er vollziehen sollte, dass er sprachlos war. Seine vorstehenden, von einem Netz von roten Äderchen überzogenen Augen rollten zwischen Fleur und Pierce hin und her. Es dauerte einige Sekunden, bis er sich so weit gefasst hatte, dass er seinen ersten Einwand vorbringen konnte. »Wir brauchen zwei Zeugen. Ohne die geht es nicht. Und wie ich sehe, habt Ihr keine Zeugen mitgebracht.«

»Das sollte ein Leichtes sein«, warf Fleur rasch ein. Offenbar wollte sie dem Pfarrer die Möglichkeit nehmen, weitere Einwände anzuführen. »Gebt mir eine Minute Zeit.« Sie eilte auf die Straße hinaus, und Pierce folgte ihr. Trotz des regen Treibens war niemand Bekanntes zu entdecken, außer Prinzessin Suze, die wie immer vor ihrem Etablissement thronend ihrem Namen alle Ehre machte.

»Prinzessin Suze!« Winkend eilte Fleur über die Straße, zwischen Fuhrwerken und Sklaven hindurch. »Wir benötigen Eure Hilfe!«

Pierce zog die Augenbrauen hoch. Wollte sie tatsächlich Prinzessin Suze zur Trauzeugin haben? Nicht, dass es ihn gestört hätte. Es überraschte ihn nur, dass Fleur sich so unkonventionell verhielt. Sonst war es ihr immer wichtig gewesen, was die Gesellschaft von ihr dachte.

Er beobachtete, wie die beiden Frauen miteinander sprachen. Dann warf Prinzessin Suze einen kritischen Blick zu ihm hinüber. Einen sehr kritischen, der ein mulmiges Gefühl in seinen Magen einziehen ließ. Versuchte sie etwa, Fleur die Heirat auszureden? Recht hätte sie ja. Aber jetzt, da er sich dazu entschieden hatte, wollte er nicht mehr, dass sich jemand oder etwas zwischen ihn und Fleur stellte.

Er wollte gerade die Straße überqueren, um einzugreifen, als Prinzessin Suze im Inneren des Gasthauses verschwand und mit ihrem Barmann, einem vierschrötigen Weißen, wieder herauskam. Die drei überquerten die Straße und kamen auf ihn zu.

Erleichterung machte sich in Pierce breit. Er lächelte Fleur an, die das Lächeln verhalten erwiderte, und legte den Arm um sie. Prinzessin Suze und der Barmann betraten die Kirche, und Pierce und Fleur folgten ihnen.

Der Pfarrer, der offenbar auf einer Bank auf sie gewartet hatte, erhob sich. Beim Anblick von Prinzessin Suze, deren tief ausgeschnittenes, farbiges Kleid durch einen überstürzt darübergeworfenen Schleier mehr schlecht als recht verborgen wurde, und die mit dem ihr eigenen wiegenden Gang, dessen Anblick Männeraugen üblicherweise unverzüglich gefangen nahm, in die Kirche rauschte, nahm das Gesicht des Pfarrers erneut die ungläubig glotzenden Züge eines Fisches an.

Doch schneller als beim letzten Mal fasste er sich. Eine tiefe Furche grub sich zwischen seine Augen, die zu funkeln begannen. Mit ausgestrecktem Arm zeigte er auf Prinzessin Suze. »Die da! Das ist doch keine Zeugin!«, donnerte er los und an Fleur gewandt: »Ihr befindet Euch in einem Haus Gottes! Euer respektloses Verhalten ist unakzeptabel! Mit diesem Auftritt entwürdigt Ihr diese geweihte Stätte!«

»Warum sollte Prinzessin Suze keine Zeugin sein?«, fragte Fleur in betont harmlosem Tonfall.

»Sie ... dieses ...!« Der Pfarrer verhaspelte sich in dem Zorn, der ihn überwältigt hatte. Seine Stimme zischte, wie wenn Wasser in siedendes Öl gegossen wurde.

»Was ist mit ihr?«, fragte Fleur wieder, nun mit einem bestimmten Ton.

»Sie ist schwarz, eine Sklavin, die kein Zeugnis ablegen kann, und eine gefallene Frau!«, schrie der Pfarrer außer sich.

Ruhig entgegnete Fleur: »Da muss ich Euch widersprechen. Suze ist eine freie Französin wie Ihr und ich, und mit diesem Status kann sie sehr wohl Zeugnis ablegen. Außerdem ist sie eine weithin bekannte Frau. Die angesehensten Männer unserer Gesellschaft gehen bei ihr ein und aus. Jeden Sonntag, nachdem sie bei Euch im Gottesdienst waren.« Fleur hob fragend die Augenbrauen. »Sind Euch solch wichtige Dinge, die sich in Eurer Gemeinde abspielen, etwa unbekannt?«

Der Pfarrer schnappte nach Luft und bekam einen hochroten Kopf. Hatte es zuerst den Anschein, als wolle er in erneutes Schreien ausbrechen, so schloss sich sein offener Mund nach einigen Sekunden wieder. Er drehte sich um, blickte hilfesuchend zum Kreuz hinter dem Altar und bekreuzigte sich einige Male heftig, wobei er leise vor sich hinflüsterte.

Pierce nutzte die Gelegenheit, um das Grinsen, das er die ganze Zeit unterdrückt hatte, hervorkommen zu lassen. Es war einfach eine Freude, diese mutige, durchsetzungsstarke Frau zu beobachten, die er gleich heiraten würde. Wobei es ihm Sorge bereitete, dass sie ihn während der ganzen Auseinandersetzung kaum angesehen hatte, und wenn doch, dann flackerte Unsicherheit in ihrem Blick auf. Wollte sie doch noch einen Rückzieher machen, obwohl sie gerade so verbissen um Suze' Anerkennung als Zeugin gekämpft hatte?

Endlich schien dem Pfarrer das Zeichen, auf das er gewartet hatte, gegeben worden zu sein. Mit verbissener Miene drehte er sich wieder um, hielt den Blick strikt auf das Kirchtor gerichtet und begann ohne weitere Einleitung mit der Trauungsformel, die er herunterleierte, als ob er sie im stillen Kämmerlein auswendig lernen würde.

Pierce nahm keinen Anstoß daran. Er war einfach nur froh, dass Fleur im entscheidenden Augenblick Ja sagte. Jetzt war sie seine Frau und konnte es sich nicht mehr anders überlegen.

Das gleißende Sonnenlicht blendete sie, als sie nach vollzogener Trauung aus dem angenehmen Dämmerlicht der Kirche auf die Straße hinaustraten.

»Darf ich das Brautpaar zu einem Glas Champagner einladen?«, offerierte Prinzessin Suze mit einem herzlichen Lächeln.

»Nun …«, zögerte Fleur.

Pierce fiel ihr ins Wort: »Sehr gerne! Vielen Dank für Eure Einladung!«

»Oh, ich habe zu danken«, wehrte Prinzessin Suze mit verdächtig feuchten Augen ab. »Für Euer Vertrauen. Das war das erste Mal, dass mich jemand darum gebeten hat, Trauzeugin zu sein.« Sie lächelte Fleur und Pierce verhalten an – ein Gesichtszug, der bei ihr selten zu sehen war. Dann hakte sie sich bei Fleur unter und wisperte ihr zu: »Keine Sorge, Josette ist beschäftigt. Sie wird Euch nicht belästigen.«

Sie betraten die Gaststube. Der Barmann verschwand im Keller und kam mit einer Flasche Champagner wieder die Stiege hoch. Er löste den Korken, der mit einem lauten Knall an die Decke schoss, und goss ein.

Prinzessin Suze hob ihr Glas. »Auf unser Brautpaar! Mögen sie lange zusammen glücklich sein!«

Sie stießen an, sodass die Gläser klirrten.

Fleur fühlte sich, als wäre ihr Kopf in Watte gepackt. Sie hatte tatsächlich geheiratet! Sie fragte sich, wann sich dieser Gedanke nicht mehr wie ein Traum, wie eine Illusion anfühlen würde. Geistesabwesend hob sie ihr Glas an die Lippen. Perlend rann der Champagner ihre Kehle hinunter. Die Kohlensäure stieg Fleur, die Champagner nicht gewohnt war, in die Nase und kitzelte sie.

Es war ihr recht, dass Blackhurst und Prinzessin Suze die Unterhaltung bestritten und sie selbst nur ab und an dazu nicken musste. Sie hielt sich am Champagnerglas fest, das bald leer war. Die Welt um sich herum nahm sie nur vage wahr, und ihre Füße schienen eine Handbreit über dem Boden zu schweben. Die Gesprächsfetzen drangen verzerrt an ihr Ohr, alles erschien ihr unwirklich. Sie hatte das Gefühl, von den Geschehnissen überrollt worden und selbst noch gar nicht so weit zu sein. Sie konnte einfach nicht fassen, in welche Situation sie sich gebracht hatte. Ihr Fühlen und Denken schienen irgendwann vor der Trauung hängengeblieben zu sein und sich nun zu fragen, wie sie hierher, an die Seite dieses Mannes und in diese Bar gelangt war.

»Nun küsst sie schon«, hallte Prinzessin Suze' schrille Stimme durch den Raum und ließ Fleur schlagartig im Hier und Jetzt ankommen. Instinktiv wollte sie zurückweichen. Das ging ihr alles zu schnell. Noch bis vor Kurzem hätten sie niemals in der Öffentlichkeit auch nur das leiseste Anzeichen offenbaren dürfen, dass zwischen ihnen etwas mehr war, als das Verhältnis einer Plantagenbesitzerin zu ihrem Gefangenen. Und nun sollte sie ihn vor aller Augen küssen! Wie sollte ... Doch noch bevor sie diesen Gedanken zu Ende gedacht hatte, hatte Blackhurst sich vorgebeugt, und sie spürte seine Lippen an ihrer Wange.

Natürlich war das Prinzessin Suze nicht genug. Lauthals forderte sie Blackhurst auf, es richtig zu machen. Mit einem skeptischen Blick auf Fleur wehrte er ab und gab Prinzessin Suze verschwörerisch zur Antwort, dass er dies auf später verschieben werde. Sie rollte die Augen und machte ein enttäuschtes Gesicht.

Umso erleichterter war Fleur. Sie beobachtete Blackhurst aus den Augenwinkeln. Ihm schien das alles nichts auszumachen. Er benahm sich, als wäre diese Heirat nichts Außergewöhnliches und als wären sie jeden Tag zusammen mit Prinzessin Suze in dieser Bar und tränken Champagner. Ein bisschen nahm sie ihm das übel. Wie konnte er so gelassen und heiter sein? Froh war sie nur, dass sich wenigstens die schwermütige Stimmung, die sie gestern bei ihm gespürt und die sie verunsichert hatte, in Luft aufgelöst zu haben schien.

Bald war die Flasche leergetrunken. Prinzessin Suze lud sie zum Abendessen ein, was Blackhurst jedoch dankend ausschlug. Mit einem wissenden Lächeln insistierte sie nicht weiter, sondern begleitete sie zu ihrem Wagen.

Die Heimfahrt wurde ähnlich ruhig wie die Hinfahrt. Fleur fühlte sich nach wie vor wie in Watte eingepackt. Selbst das Rumpeln des Wagens auf dem Schotterweg nahm sie nur vage wahr, einzig die Momente, wenn sie gegen Blackhursts Schulter oder sein Bein gestoßen wurde, fühlte sie wie einen Blitzschlag.

Als sie auf den Weg nach Espérance abbogen, klärten sich Fleurs Gedanken langsam. Sie rollten durch die Baumwollfelder, deren braune Erde mit dem zarten Grün der sprießenden Pflanzen überzogen war, und durch die schattigen Bäume der Kakaoplantage.

In dem unbewussten Gefühl, dass etwas nicht so war, wie es sein sollte, wandte Fleur den Kopf und ließ ihren Blick über die Plantage schweifen.

»Es ist gar niemand am Arbeiten«, bemerkte sie plötzlich. »So spät ist es doch noch nicht.«

Blackhurst erwiderte nichts darauf, sondern ließ die Zügel knallen, um die Pferde anzuspornen, die Steigung zu den Gebäuden und den Stallungen mit etwas mehr Schwung zu nehmen.

Ein ungewohnter Duft stieg Fleur in die Nase, als sie die Sklavensiedlung passierten, die hinter einigen Papayabäumen verborgen lag. Verwundert schnupperte sie.

»Das ist doch ...«, begann sie und schnupperte noch einmal. »Es riecht nach gebratenem Fleisch. Riechst du nichts?«

Blackhurst hielt die Nase in die Luft und verneinte.

»Doch, ganz bestimmt«, beharrte sie.

»Das bildest du dir ein. Dein Hunger gaukelt dir etwas vor.«

Beleidigt verschränkte sie die Arme. »Wenn du meinst«, erwiderte sie schnippisch.

Der Wagen hielt vor dem Stall. Ehe Blackhurst ihr hätte zu Hilfe eilen können, war sie vom Bock gesprungen und wollte der Sache nachgehen.

»Warte!« Er packte sie am Arm und hielt sie zurück. »Bleib hier.«

»Warum? Ich will sehen, was da los ist.«

»Du bist unmöglich.« Kopfschüttelnd seufzte er. »Es ist eine Überraschung.«

»Eine Überraschung?« Misstrauisch sah Fleur ihn an. »Es riecht nach gebratenem Fleisch. Woher haben die Sklaven gebratenes Fleisch? An einem Montag?«

»Sie haben ein Schwein geschlachtet.«

»Wie kommen sie dazu, einfach ein Schwein zu schlachten?«

»Weil ich es ihnen aufgetragen habe. Und es war nur ein kleines.«

Ihre Stimme erhob sich. »Du hast ihnen das aufgetragen?«

Führte er sich schon auf wie der Gutsherr? Über ihren Kopf hinweg?

»Herrgott, Fleur! Es ist unser Hochzeitstag! Auch wenn das für dich nicht das erste Mal ist, für mich ist es so! Ich will wenigstens eine kleine Feier, selbst wenn es nur in unserem Kreise ist. Ist das so schwer zu begreifen?« Er fasste sie an den Schultern. »Es wird Zeit, dass du dich endlich etwas entspannst. Oder wäre es dir lieber, wenn ich wieder in die Scheune verschwinden würde?«

Sie schüttelte beschämt den Kopf, als ihr aufging, wie unfair sie sich verhielt. »Nein, entschuldige. Es tut mir leid.« Er hatte eine Feier geplant, ein Hochzeitsfest. Damit hätte sie nie gerechnet. »Es ist nur alles neu für mich. Du bist nicht wie meine vorherigen Gatten.«

Seine Miene wurde weicher. »Dann ist es für uns zusammen neu.« Er nahm ihre Hand. »Komm jetzt. Sie erwarten uns bestimmt schon.«

Er führte sie den kleinen Trampelpfad hinter dem Stall hinab. Durch den Hain mit den Bananenstauden, deren reife Früchte einen süßlichen Duft verströmten, gelangten sie zur Sklavensiedlung. Schon von Weitem war vergnügtes Lachen, Stimmengewirr und der für die Sklaven typische, rhythmische Gesang zu hören. Die Sonne stand bereits tief am Horizont und tauchte mit ihren letzten Strahlen die Welt in ein sanftes Licht.

Als die beiden den Platz, auf dem sich die feiernden Sklaven versammelt hatten, betraten, brach allgemeiner Jubel aus.

»Hoch sollen sie leben! Hoch sollen sie leben! Drei Mal hoch!«, führte James, der älteste der Engländer, wie ein Dirigent den Chor an. Danach klatschten alle begeistert und gratulierten dem Brautpaar. Annie und Céline schafften zusätzliche Strohmatten herbei, damit sie sich setzen konnten.

Die Sklaven und die Engländer hatten sich um ein prasselndes Feuer niedergelassen, schwatzten vergnügt und amüsierten sich. Sie trugen ihre besten Kleider, die sonst dem sonntäglichen Kirchgang vorbehalten waren, und allen Schmuck, den sie besaßen. Über dem Feuer steckte das geschlachtete Schwein an einem Spieß, der von Klein-Jean mit ernster Miene gedreht wurde. Der köstliche Duft ließ Fleur das Wasser im Mund zusammenlaufen. Neben Klein-Jean drängten sich die beiden anderen Kinder der Plantage, die es nicht erwarten konnten, dass sie an die Reihe kamen, diese verantwortungsvolle Aufgabe zu übernehmen. Odette und Annie reichten Körbchen mit Cassava-Fladen durch die Runde, und Jules füllte auf einem improvisierten Tisch, einem Brett, das auf zwei Kisten lag, aus gefüllten Kalebassen leere Becher nach. Blackhurst besorgte zwei davon und reichte einen Fleur.

Sie nippte daran. Eine wärmende Flüssigkeit, die nach vergorenen Früchten schmeckte, rann ihre Kehle hinunter und hinterließ einen scharfen Alkoholgeschmack, der sie zum Husten brachte.

Er lachte. »Rum mit eingelegten Früchten.« Auf einen Arm aufgestützt lag er neben ihr und betrachtete sie eingehend.

Ein flaues Gefühl breitete sich in Fleurs Magen aus. Um Blackhursts Blick zu entgehen, stürzte sie den Rest des Rums hinunter und erhob sich.

»He, he«, mahnte er, »sei bloß vorsichtig mit dem Rum. Der haut selbst die stärksten Männer irgendwann um. Ich möchte heute Abend gerne noch etwas von deiner Gesellschaft.«

Hinter der höflichen und zurückhaltenden Fassade des Francis Dury lugten wieder einmal die zwinkernden Augen des verwegenen Pierce Blackhurst hervor. Ein Grund mehr für Fleur, die Flucht zu ergreifen. Schulterzuckend deutete sie auf den leeren Becher und ging zu Jules.

»Hast du auch etwas weniger Gefährliches?« Fragend hielt sie ihm den Becher hin.

Mit einem Schmunzeln hob er einen Krug vom Boden und füllte ihren Becher nach. »Wasser. Viel Wasser dazu trinken. Ist weniger gefährlich.«

»Wie geht es dir und Céline?«, begann Fleur eine Plauderei, um an Jules' Tisch bleiben zu können.

Sein Grinsen ließ weiße Zähne aufblitzen. »Ich durfte wieder bei ihr einziehen.«

»Das freut mich.«

»Mich auch.«

Da andere Trinker ungeduldig mit leeren Bechern nach Jules' Aufmerksamkeit heischten, ging Fleur aus dem Weg und ließ sich neben François und Odette nieder und plauderte mit ihnen. Danach wanderte sie weiter, bis sie mit jedem ein paar Worte gewechselt hatte. Zwischendurch warf sie einige verstohlene Seitenblicke zu Blackhurst, der sich scherzend mit James und John unterhielt, sie jedoch für keinen Moment aus den Augen ließ.

Endlich war das Schwein knusprig gebraten. François erhielt die Aufgabe, es zu zerteilen, und machte sich mit einem großen Messer, begleitet von anfeuernden Zurufen der Zuschauer, an die Arbeit. Annie und Céline verteilten die Fleischstücke auf Bananenblätter, schöpften aus verschiedenen Töpfen noch andere Speisen hinzu und rollten die Blätter zusammen. Erst nachdem jeder sein Päckchen bekommen hatte, begannen auch sie zu essen.

Für eine Weile wurde es ruhiger. Jeder genoss das Festessen. Die Sklaven bekamen kaum je Fleisch zu essen und so schlug sich jeder den Bauch voll. Die Reste wurden sorgsam in Bananenblätter verpackt und dann verteilt.

Mittlerweile war es dunkel geworden. Das knisternde Feuer

warf sein flackerndes Licht auf die Gesichter rundherum. Jules stimmte auf seinem selbst geschnitzten und mit einer Tierhaut überzogenen Banjo eine wehmütig klingende Ballade an. Fleur wusste, dass es wieder an der Zeit war, sich zu ihrem Ehemann zu setzen. Schließlich war das ihre Hochzeitsfeier. Wenn er sie nur nicht so nervös machen würde. Er lächelte, als sie sich neben ihm auf der Strohmatte niederließ.

Einige andere stimmten in Jules' Ballade mit ein. François zauberte plötzlich zwei Trommeln zum Vorschein, auf denen er die Singenden begleitete. Ohne dass das Lied zu einem Ende gekommen wäre, wechselten sie in ein anderes über, und François beschleunigte allmählich das Tempo. Céline und Odette, die vorher wie die anderen klatschend auf dem Boden gesessen hatten, standen auf und begannen um das Feuer zu tanzen. Über ihren Köpfen hielten sie eine Rassel, die sie mit der anderen Hand im Takt anschlugen.

»Annie und ihr Mann scheinen sehr glücklich zu sein«, bemerkte Blackhurst leise in Fleurs Ohr und deutete zum Tamarindenbaum schräg gegenüber, unter dem die beiden, etwas abseits von den anderen, eng umschlungen lagen und sich küssten, ohne sich von der Musik oder den Zuschauern gestört zu fühlen. Fleur wandte sich wieder den Tanzenden zu. Doch schon bald wanderten ihre Augen unter halb gesenkten Lidern zu dem Paar zurück.

Dann spürte sie Blackhursts Hände an ihrem Haar. Er spielte sanft mit einer ihrer Locken, ließ sie durch die Finger gleiten, um dann zu ihrem Nacken hochzufahren und eine neue Strähne zu nehmen. Eine Berührung, die sie gleichzeitig genoss und nervös machte.

»Ihr müsst mittanzen!« Fleur schreckte auf, als Céline vor ihr stehen blieb. Ohne weitere Umstände zog sie sie am Handgelenk hoch. Gleich darauf wurde auch Blackhurst von Odette mitgezogen, hinein in den Strudel der tanzenden Leiber und der immer schneller werdenden Musik.

Wer anfangs noch einen Gehrock getragen hatte, war diesen schon längst losgeworden. Nun flogen nach und nach auch die Hemden von den schweißgetränkten männlichen Oberkörpern, die im Licht des Feuers glänzten. In ekstatisch anmutenden Bewegungen stampften sie im Takt der aufpeitschenden Musik, die auch Fleur in ihrem Rausch mitriss. Unter den schwarzen Körpern blitzte da und dort ein weißer auf. Plötzlich baute sich einer von ihnen tanzend vor Fleur auf. Sein schwarzes Haar hatte sich aus dem Zopf gelöst und hing ihm in wilden Strähnen ins Gesicht. Blackhurst. Magisch angezogen von der glänzenden breiten Brust, näherte sich Fleur, bis sie nur noch wenige Zentimeter trennten. Sie dachte an nichts anderes mehr. Es existierte nur noch dieser Rausch, dem sie verfallen war. Ohne sich zu berühren, begannen sie, sich im Gleichklang zu bewegen. Als die Musik und das Stampfen der Tanzenden schneller wurden, umfasste Blackhurst mit einer Hand Fleurs Taille und zog sie an sich. Seine geschmeidigen Bewegungen, sein erhitzter, nackter Oberkörper dicht an dem ihren und sein männlicher Geruch entfachten ein Feuer in ihr.

Dann war, wie auf einen Schlag, alles zu Ende. Die Musik brach ab. Jeder hielt abrupt in seiner Bewegung inne, als wäre die Zeit angehalten worden. Augenblicke später brachen alle in stürmisches Klatschen, Pfeifen und Johlen aus.

Fleur nahm das alles nur wie aus weiter Ferne wahr. Sie sah nur Blackhursts blaue Augen, die ihren Blick bannten, spürte nur noch seinen fordernden Körper, der sich gegen den ihren presste. Und dann senkte er den Kopf, und ihre Welt bestand nur noch aus seinen Lippen, seiner Zunge, die sich Einlass in ihren Mund verschaffte. Bereitwillig öffnete sie ihn, hieß ihn willkommen und folgte seiner Führung. Sie war gefangen in seinen Armen und gab sich der männlichen Stärke, mit der sie festgehalten wurde, mit jeder Faser ihres Körpers hin.

Obwohl es eine Ewigkeit zu dauern schien, bis er sich wieder von ihr löste, wollte sie ihn nicht gehen lassen. Alles in ihr verlangte nach mehr.

Um sie herum wurde inzwischen zu einem langsamen Lied getanzt. Blackhurst griff nach ihrer Hand und führte sie aus der Menge der Tanzenden. Aufgeregt folgte sie ihm durch die dunkle Nacht zum Gutshaus hinauf. Vor der Treppe hob er sie plötzlich hoch, was ihr einen leisen, überraschten Aufschrei entlockte. Sie warf die Arme um seinen Nacken und klammerte sich an ihn, spürte aber bald, wie sicher sie von ihm getragen wurde, und entspannte sich wieder. Mühelos trug er sie die Treppe in das erste Stockwerk hinauf. Fleur hätte ein Königreich dafür gegeben, dass die Treppe unendlich weiter hinaufführte und sie für immer in seinen Armen und an seiner nackten Brust verweilen könnte, eng an ihn geschmiegt.

Sachte legte er sie auf das Bett. Dann erhob er sich wieder und sah sie an. Ein wenig verunsichert, weil er nur so dastand, streckte Fleur die Hand nach ihm aus. Und wartete …

Pierce konnte von diesem Anblick nicht genug kriegen. Wartend lag sie da, die Hand nach ihm ausgestreckt, ihre dunklen Rehaugen ganz auf ihn gerichtet, ihre braunen Locken über das Kissen ausgebreitet. Er wollte diese Frau, mehr als alles andere auf der Welt.

Aber er konnte sich Zeit lassen. Sie gehörte jetzt ihm. Und er würde sich die Zeit nehmen. Dieses Mal würde er alles richtig machen. Es langsam angehen. Bis die Lust ihre Unsicherheit zerstreut hatte, bis sie ihn anflehte, ihr mehr zu geben, ihr alles zu geben.

Langsam begann er, an den Schnüren ihres Mieders zu ziehen. Sie wollte nachhelfen, aber er schob sacht ihre Hände beiseite. Um nichts in der Welt wollte er sich das Vergnügen nehmen lassen, die Schnüre aus jeder Öse einzeln zu lösen, dabei seine Finger über das von ihrer Haut erhitzte Leibchen streifen zu lassen und zu sehen, wie sich ihre Brust vor jeder Berührung erwartungsvoll hob. Zuletzt zog er das Mieder unter ihr hervor und warf es beiseite.

In angespannter Erwartung lag sie vor ihm. Er schob seine Hände unter ihr Hemd und glitt über ihre warme, weiche Haut ihre schmale Taille hinauf, ihren Bauch, bis unter die Rundungen ihrer Brüste, jeden Millimeter auskostend. Als sie aufseufzend nach Atem rang und sich dabei ihre harten Brustspitzen durch die weiße Baumwolle drückten, konnte er nicht länger widerstehen. Seine Finger umfassten ihre weichen Rundungen, sodass diese in ihrer gesamten Fülle in seinen Händen lagen. Dieses Mal war er es, der aufstöhnte. Sie fühlte sich einfach viel zu gut an. Mit aller Kraft zwang er sich, seine Hände wieder von ihr zu nehmen, das Tempo zu verlangsamen.

Er rückte ein Stück von ihr ab und sah sie an. Eine ungeduldige Enttäuschung lag auf ihrem Gesicht. Er musste lächeln. Das war gut. Er würde sie so weit bringen, dass ihre Sehnsucht nach ihm sie zu schmerzen begann. Dass ihr Begehren so unerträglich wurde, dass sie ihm nicht wieder davonglitt, wie damals auf dem Schiff, sondern mit ihm zusammen den Gipfel der Ekstase erklomm.

Ihre vollen Lippen waren leicht geöffnet. Sie wartete. Auf ihn. Er widerstand dem Drang, sie zu küssen, mit seiner Zunge ihren Mund auszukosten. Sie sollte weiter darauf warten, genau wie er. Ihr Hals bot ihm ein beinahe ebenso verlockendes Ziel. Mit den Lippen testete er, wo sie besonders empfindlich war. Als ein wohliger Schauder sie durchlief, verweilte er an der

Stelle. Küssend glitt er dann zum Ansatz ihrer Brüste hinunter. Als er dort innehielt, reckte sie sich ihm entgegen. Aber ein weiteres Mal gelang es ihm, den dargebotenen Früchten zu widerstehen. Stattdessen tastete er sich unter ihre Röcke. Streichelnd schob er sie hoch, über ihre Waden, ihre Knie. Seine Finger glitten weiter hinauf, an der Außenseite ihres Schenkels. Fleur drehte sich seiner Hand entgegen, aber er hütete sich davor, ihr das zu geben, wonach sie sich sehnte. Das würde er für später aufsparen, wenn sie auf jene Berührung brannte.

Er schob ihr Leibchen beiseite und küsste ihren Bauch, dann zog er es ihr aus. Endlich lagen ihre Brüste nackt vor ihm. Er hatte die Berührung hinauszögern wollen, aber der Anblick ihrer Brüste war einfach zu verführerisch. Er musste sie in den Mund nehmen, daran saugen und knabbern, sie massieren, bis sich Fleur stöhnend unter ihm wand. Ihre Hände krallten sich in seine Haare und hielten ihn fest, als versuchte sie zu verhindern, dass er wieder damit aufhörte. Aber das hatte er gar nicht vor.

Erst als sich ihr Becken in jener uralten Bewegung zu wiegen und sich gegen ihn zu pressen begann, unterbrach er sich. Sie versuchte, ihn auf sich zu ziehen. Wenn ihr das gelang, wäre es mit seiner Selbstbeherrschung vorbei.

»Langsam, wir haben alle Zeit der Welt«, flüsterte er. Das schien sie nicht zu interessieren, denn sie presste sich weiterhin gegen ihn. Er löste sich von ihr und legte einen Schenkel über ihre Beine, sodass sie nicht mehr aufbegehren konnte. Das schien ihr gar nicht zu gefallen, denn sie funkelte ihn an und stemmte sich gegen sein Bein. »Das funktioniert so nicht«, meinte er lächelnd, um sie zu besänftigen. »Wie soll denn das gehen mit all deinen Rockschichten?«

Seufzend gab sie nach und entspannte sich wieder. Aber er wollte sicher sein, dass sie für den nächsten Schritt bereit war, bevor er sie ganz auszog und ihr damit die letzte Schutzhülle nahm. Denn so, wie sie sich beim Liebesspiel verhielt, glaubte er nicht, dass sie Erfahrung darin hatte, gänzlich nackt bei einem Mann zu liegen.

Er senkte seinen Mund auf den ihren und begann, sie zu küssen. Zuerst zärtlich, ihre Lippen streifend, ihre Mundwinkel liebkosend, und erst als sie nach mehr drängte, gab er ihr nach und vertiefte den Kuss. Bald begann ihre Zunge mit ihm zu spielen, ihn herauszufordern, ihn zu necken.

Oh Gott! Sie lernte schnell! Wenn er nicht aufpasste, würde sie die Rollen des Verführers und der Verführten nur zu leicht tauschen.

Mit der Hand glitt er unter ihre Röcke, während er sie den Kuss kontrollieren ließ. Dieses Mal tastete er sich an der Innenseite ihres Schenkels hinauf. Ganz langsam. So langsam, dass sie mit einem Keuchen Luft holte und von seinem Mund abließ. Ihre Aufmerksamkeit wanderte zu seinen Fingern, die sich immer näher an ihre Mitte herantasteten. Er spürte, wie sie sich danach verzehrte, dass er sie genau dort berührte, und sich gleichzeitig davor fürchtete. Er kam diesem Punkt immer näher, doch bevor er ihn berührte, küsste er sie wieder und ließ seine Finger sanft über die Haut ihres Schenkels streifen, solange, bis sie sich wieder entspannte. Dann wagte er sich zu ihrer intimsten Stelle vor. Mit einem Stöhnen bäumte sie sich auf, und er hätte vor Glück aufheulen mögen. Sie war feucht und so bereit, dass sie ihm nicht wieder entgleiten würde, selbst wenn er sich jetzt die Hose auszog. Er tat es schnell, und legte sich dann auf sie, um ihr keine Gelegenheit mehr zu geben, sich womöglich wieder zu fürchten. Sie öffnete bereitwillig die Beine und drängte sich ihm entgegen. Doch er befürchtete, wenn er jetzt gleich in sie eindrang, würde sie sich wieder verkrampfen. So wie er ihren verstorbenen Mann und Fleurs

Reaktionen einschätzte, hatte der wohl kaum dafür gesorgt, dass es seine Frau ebenso genoss. Also schob er seine Hand zwischen ihre Leiber, streichelte Fleurs Mitte und drang langsam mit einem Finger in sie ein. Erleichterung wallte in ihm auf, als ihr Becken sich zu wiegen begann und sie aufstöhnte. Er liebkoste sie mit dem Finger, und nahm dann einen zweiten hinzu. Wimmernd klammerte sie sich an ihn, und als er innehielt, bewegte sie sich selbst und holte sich, was sie brauchte.

Gleich wäre sie so weit. Pierce zog seine Hand zurück und tat endlich, was er sich schon so lange ausgemalt hatte. Er drang in sie ein. Ganz langsam. Millimeter um Millimeter, auch wenn ihm noch nie etwas so viel Selbstkontrolle abgerungen hatte. Aber das war es wert. Überrascht schlug Fleur die Augen auf und sah ihn an. In ihrem Blick lag so viel Begehren und Liebe, dass er sich mit einem tiefen Stoß in sie und in den siebten Himmel hätte katapultieren können. Aber dann wäre es viel zu schnell vorbeigewesen. Mit derselben Langsamkeit drang er tiefer in sie. Laut aufstöhnend verdrehte sie die Augen.

»Bitte, Pierce«, flehte sie.

Das gab ihm endgültig den Rest. Er stieß hart in sie, bis es nicht mehr tiefer ging. Ihre Enge brachte ihn um den Verstand. Rasch zog er sich zurück, um erneut in sie zu stoßen. Doch sie folgte ihm nach, bevor er die Bewegung beendet hatte. Mit den Fersen an seinem Gesäß drängte sie ihn wieder in sich. Ihre Hände klammerten sich um seinen Nacken, und mit einer kurzen, harten Bewegung versank er wieder tief in ihr. Sie schrie auf, doch der Höhepunkt, der sie überrollte, erstickte ihren Schrei.

Er spürte, wie die Muskeln in ihrem Inneren sich krampfartig um ihn herum zusammenzogen, und Sekunden später folgte er ihr. Die Ekstase brandete über ihn hinweg mit der Macht eines Orkans. So heftig, wie er es noch nie erlebt hatte. Aber er hatte sich auch noch nie so sehr nach einer Frau verzehrt. Sie unter sich zu spüren, wie sie zuckte, wie sie seinen Namen schrie, zu wissen, dass er sie dorthin gebracht hatte, war so unglaublich, dass die Lust ihn beinahe zerriss. Er stieß weiter in sie, wollte sie beide in diesem Rausch auf ewig festhalten.

Dann, allmählich ließen die Wogen nach. Keuchend rang er nach Luft. Er sank auf sie nieder und begrub sie unter sich. Seine Frau. Seine Fleur.

Erst als er spürte, dass sie kaum genug Luft bekam, rollte er sich von ihr herunter, ohne die Umarmung zu lösen, und zog sie mit sich, sodass sie ganz dicht bei ihm lag. Er wollte sie nie mehr loslassen.

36

Die Neuigkeit von der unstandesgemäßen Heirat verbreitete sich wie ein Lauffeuer. Noch während auf Espérance gefeiert wurde, machte sie die Runde in den Salons der Gutshäuser, schlugen die Damen der Gesellschaft schockiert die Hände vor den Mund, um sich dann mit schneidender Gehässigkeit und Genugtuung über den tiefen Fall dieser Frau, der der einflussreichste Mann der Insel einen Heiratsantrag gemacht hatte, auszulassen. Engländerflittchen war wohl noch die harmloseste Bezeichnung, mit der sie Fleur betitelten.

In weiser Voraussicht hielten sich Fleur und Blackhurst in den nächsten Wochen vom Dorf fern. Nicht nur, um den Schmähungen zu entgehen, sondern auch, weil sie mit sich selbst beschäftigt waren. Damit, ihr Glück auszukosten, bevor sie es der feindseligen Umgebung preisgeben mussten, die sich wie eine Meute reißender Hunde darüber hermachen würde.

Fleur hatte Maurais' ehemaliges Zimmer für Blackhurst herrichten lassen, doch er benutzte es nicht. Jeden Abend kam er, nachdem er seinen Rundgang durch die Plantage gemacht, nach dem Rechten gesehen und mit Fleur ein Essen eingenommen hatte, zu ihr ins Bett. Tagsüber gingen beide ihren Arbeiten nach, so wie vorher, aber der Abend gehörte ihnen allein, beginnend mit dem Essen.

Anfangs war Fleur verunsichert. Die Beziehung zu Laurent war förmlich gewesen, und dementsprechend war die Konversation bei Tisch verlaufen. Blackhurst war ganz anders. Er wollte mit ihr plaudern und liebte es, sie zu necken. Er suchte ihre Nähe, scherte sich einen Teufel darum, ob andere anwesend waren, wenn er sie küssen wollte, und konnte sie bei Tisch schon mal auf seinen Schoss ziehen.

In den ersten Tagen hatte Fleur Mühe, mit dieser für sie ungewohnten Nähe umzugehen, war ihre Beziehung doch bisher viel distanzierter und von äußeren Einschränkungen geprägt gewesen. Nachts war es einfacher, denn wenn Blackhurst zu ihr ins Bett kam, wurde ihr Begehren so schnell geweckt, dass sich jegliche Unsicherheit im Nu in Luft auflöste und Fleur die Kontrolle über sich verlor. Ihr Körper schien sich zu verselbstständigen und begann mit diesem Mann einen innigen Tanz. Er entführte sie in unbekannte Begierden, in denen sie alle Macht über sich verlor. Er weckte ein Begehren in ihr, das so überwältigend war, dass es schmerzte. Und er zeigte ihr Dinge, die sie niemals für möglich gehalten hätte. Erst gestern Nacht hatte er eine Seite an ihr hervorgelockt, von der sie selbst nicht gewusst hatte, dass sie sie besaß.

Er hatte sie wieder einmal mit verführerisch langsamen Liebkosungen gequält, obwohl Fleur bereits pulsierte vor Lust. Sie versuchte ihn auf sich zu ziehen, aber er bewegte sich keinen Zentimeter.

»Nicht so schnell«, raunte er in ihr Ohr. »Wir haben Zeit. Die ganze Nacht.«

Nein!, schrie es in Fleur. Sie wollte nicht mehr warten. Sie wollte ihn jetzt. Warum ließ er sich immer so viel Zeit?

Er sah mit einem amüsierten Blick auf sie hinunter. Aufgebracht funkelte sie ihn an. Sie versuchte noch einmal, ihn zu sich hinunterzuziehen, aber er packte ihre Handgelenke und hielt sie über ihrem Kopf fest. Dann, ganz langsam, fuhr seine freie Hand ihren nackten Unterschenkel hinauf. Im Wissen dessen, was nun folgen würde, durchlief Fleur ein Schauder. Sie drängte sich ihm entgegen. Warum tat er es immer mit dieser unendlichen Langsamkeit? Als er endlich zum Zentrum ihres

Begehrens vorstieß, entfuhr ihr ein tiefer Seufzer. Seine Finger strichen über sie, und seine Berührung war so berauschend, dass sie ihren Gefühlen freien Lauf ließ. Stöhnend wand sie sich, hob sich ihm entgegen und konnte nicht genug kriegen von dem Feuer, das er in ihr entfachte. Kurz bevor sie es nicht mehr ertrug, bevor das Feuer sie endgültig zu verbrennen drohte, zog er seine Hand zurück.

»Nein, hör nicht auf!« Sie wollte ihn mit ihren Beinen festzuhalten, doch da sein Knie dazwischenlag, gelang ihr das nicht. Also versuchte sie, ihre Hände freizubekommen, aber sein Griff war eisern. Frustriert bäumte sie sich auf. Sie ertrüge es nicht, wenn er jetzt aufhörte.

»Willst du mehr?«, fragte er mit rauer Stimme.

Sie hätte gerne ja gesagt, aber sie hatte sich ihm schon so weit ausgeliefert, dass ein letzter Rest von ihr aufbegehrte. Warum tat er das? War es ein Machtspiel? War es …

Als sein Finger plötzlich in sie eindrang, konnte sie einen Aufschrei nicht verhindern. Auch nicht, dass sie selbst ihre Hüften hob, um ihn tiefer in sich aufzunehmen, als er innehielt. Sie war süchtig nach diesen Blitzen, die er durch ihren Körper zu jagen vermochte und die sie zu versengen drohten.

Doch schon wieder zog er sich zurück. »Willst du mehr?«, fragte er erneut.

Dieses Mal nickte sie.

»Sag es mir«, verlangte er heiser.

»Ja«, flüsterte sie.

»Was willst du?«

Kurz zögerte sie. Dann überwand sie sich. »Mehr.«

Immer noch sah er sie erwartungsvoll an.

»Dich.«

Ein Lächeln breitete sich auf seinem Gesicht aus. Dann raunte er in ihr Ohr: »Dann nimm dir, was du willst.«

Und ehe sie gänzlich begriff, was er da tat, hatte er ihre Positionen vertauscht, sodass er nun unter ihr auf dem Rücken lag, und sie mit gespreizten Beinen über ihm kniete. Beinahe hätte sie ein Anflug von Unsicherheit überrollt, aber bevor dieses Gefühl Zeit hatte, sich in ihr zu verankern, fanden seine Finger ihren empfindlichsten Punkt.

Sie stöhnte und schloss die Augen. Unwillkürlich bewegte sie die Hüften auf und nieder, aber als sie sein heißes Glied an ihrer Scham spürte, riss sie die Augen wieder auf. Mit einer Hand umkreiste er das Zentrum ihrer Lust, die andere umfasste sein pralles Organ und brachte es unter ihr in Position. Als sie die Hüften gesenkt hatte, war die Spitze über ihre feuchte Öffnung gestreift.

»Nimm dir, was du willst«, wiederholte er. »Reite mich!«

Sie verstand, was er von ihr wollte, und der Ausdruck in seinen dunklen Augen, in denen so viel Begehren loderte, ließ sie ihre Unsicherheit vergessen. Sie stütze sich mit den Händen auf seinen Schultern ab und ließ sich ganz langsam auf ihn hinab. Gott, das fühlte sich jedes Mal aufs Neue unglaublich an. Sie hätte nie gedacht, dass es so sein konnte. Vorsichtig richtete sie sich wieder auf und ließ sich dann mit einer kräftigeren Bewegung hinabgleiten. Sie spreizte die Beine noch ein wenig weiter, um ihn so tief wie möglich in sich aufzunehmen. So tief, wie es nur ging. Er füllte sie aus. Gänzlich. Pierce stöhnte und seine Finger krallten sich in ihre Hüften. Fleur wiederholte die Bewegung, und diesmal kam er ihr entgegen, stieß noch tiefer in sie. Ihre Bewegungen wurden schneller, heftiger. Es war unglaublich, auf diese Art zusammenzukommen, es fühlte sich an, als wäre er ihr ausgeliefert, als würde sie seine Lust kontrollieren. Als sie sich etwas nach hinten lehnte, drang er in einem anderen Winkel in sie ein, und sie keuchte auf, als er einen Punkt berührte, der ihre Lust ins Unermessliche steigerte. Ihre

Leidenschaft staute sich auf, mit jedem kraftvollen Stoß mehr, bis Fleur glaubte, jeden Moment von dem Feuer versengt zu werden. Und dann geschah es. Sie schrie auf. Die Wogen fegten über sie hinweg. Mit einer unglaublichen Kraft. Unaufhaltsam und endlos. Sie bekam nur am Rande mit, wie Blackhurst sich unter ihr ebenfalls aufbäumte. Ein tiefes Aufstöhnen entrang sich seiner Kehle.

Fleur sank auf seine Brust und rang nach Luft. Am liebsten wäre sie nie wieder aufgestanden. Es gab nichts Schöneres, als ihn überall um sich und in sich zu spüren. Seinen flachen Atem auf ihrer Schulter, sein Herz, das gegen ihre Brust pochte.

Kurz bevor sie einschlief, dachte sie, dass es vielleicht genau das hier war, wonach sie ihr Leben lang gesucht hatte. Dieses Gefühl der Zufriedenheit und des Geborgenseins.

Und dafür war ein englischer Kriegsgefangener verantwortlich, ein gefürchteter Freibeuter.

Wer hätte das gedacht?

Ehe die vornehme Pflanzergesellschaft Fleur ihre ganze Geringschätzung über die unstandesgemäße Heirat spüren lassen konnte, verdrängte eine andere, weitaus beunruhigendere Neuigkeit die Sorgen darüber.

Annie war es, die sie nach Espérance brachte. Eines Abends, als Fleur und Blackhurst auf der Veranda die Abendstimmung genossen und bei einem Glas Wein dem Zirpen der Grillen lauschten, stürzte sie herbei.

»Ich dachte, du wolltest deinen Mann im Dorf besuchen?«, bemerkte Blackhurst überrascht, da sie nach dem Auftischen des Abendessens um Erlaubnis gebeten, ins Dorf gehen zu dürfen.

Aufgelöst fuchtelte Annie mit den Armen. »Ich besuchen

wollen. Aber viele weiße Männer im Dorf. Mit Gewehren. Sagen, dass Engländer auf Martinique.«

Fleur wurde fahl und schnappte nach Luft. Der Schock raubte ihr den Atem. »Du willst sagen, sie haben Martinique erobert?«

Annie nickte heftig.

»Ich kann es nicht glauben.« Fleur legte die Hand an die Stirn. »Bis jetzt wurden alle Attacken der Engländer erfolgreich abgewehrt. Niemand hat erwartet, dass Martinique tatsächlich fallen würde.«

»Deshalb haben sie im Dorf die Miliz zusammengerufen«, folgerte Blackhurst mit tonloser Stimme. Sein Gesicht war wie versteinert.

Fleur warf ihm einen verunsicherten Seitenblick zu. Was würde dies für sie beide bedeuten? Sollte ihr Glück schon nach so kurzer Zeit zu Ende sein? Alles in ihr zog sich zusammen, als hätte man sie in kaltes Wasser geworfen. Bisher war es ihnen gelungen, den Krieg aus ihrem Leben fernzuhalten, aber dieses Ereignis änderte alles. Es würde seine Kreise ziehen und Sainte-Lucie dabei nicht verschonen.

Unvermittelt löste sich Blackhurst aus seiner versteinerten Haltung und stand auf. »Ich werde in die Hauptstadt reiten und sehen, was ich in Erfahrung bringen kann.«

Entgeistert blickte Fleur ihn an. »Jetzt? Es wird schon dunkel.«

»Das ist gut so. Im Schutz der Dunkelheit kann ich mich besser durchschlagen.«

»Du bist verrückt!«, rief sie aus. »Wenn sie die Miliz in unserem Dorf zusammengetrommelt haben, werden sie das auch auf der ganzen Insel gemacht haben. Du wirst unweigerlich auf sie treffen! Als Engländer!«

»Genau darum will ich nachts reiten. Da sind meine Chancen durchzukommen erheblich größer.«

»Aber wir müssen doch gar nicht genau wissen, was los ist. Warum willst du deswegen in die Stadt? Es ist viel zu gefährlich. Du bringst dich wegen nichts in Gefahr«, schüttelte Fleur von Sorge erfüllt den Kopf. »Und warum den weiten Weg in die Stadt? Warum reitest du nicht ins Dorf?«

»Ich bin morgen Abend wieder zurück«, erwiderte Blackhurst entschieden, ohne auf Fleurs Einwände einzugehen. Er drückte ihr einen Kuss auf die Wange und eilte zu den Stallungen.

Erschüttert ließ sich Fleur gegen die knarrende Rückenlehne des Korbsessels fallen. Sie wusste, dass es keinen Sinn hatte, Blackhurst von einem Vorhaben abbringen zu wollen, das er sich in den Kopf gesetzt hatte. Sie fragte sich nur, warum es für ihn so wichtig war, genauere Einzelheiten zu erfahren und sich dafür einem solchen Risiko auszusetzen, anstatt bei ihr auf Espérance in Sicherheit zu bleiben. Ausgerechnet während dieser Bedrohung, die sich wie eine unheilvolle Sturmfront am Horizont zusammenbraute, ließ er sie allein zurück.

In der Nacht schloss Fleur vor Sorge kaum ein Auge. Am nächsten Morgen entschied sie, zu Prinzessin Suze zu reiten, um zu erfahren, was geschehen war. Sie war die Einzige, von der sie wusste, dass sie noch mit Wohlwollen empfangen würde.

»Ei, wen haben wir denn da!«, rief Josette giftig, kaum hatte Fleur das Gasthaus betreten. »Ist das nicht das Flittchen, das uns die Engländer auf die Insel geholt hat?« Mit in die Seite gestemmten Armen stand sie mitten in der Gaststube und schien darauf zu warten, dass die anwesenden Männer ihr für ihren Auftritt Anerkennung zollten. Sie hatte die Stimmung richtig eingeschätzt, denn bei Fleurs Anblick wurden die Mienen der Anwesenden feindselig.

»Halt dein verdammtes Maul, Josette!«, fuhr der Barmann, der Trauzeuge bei ihrer Heirat gewesen war, Josette an, noch bevor Prinzessin Suze dies hätte tun können.

Sie nahm Fleur beim Arm und führte sie in eine abgeschiedene Ecke am Ende des Tresens. »Man ist Euch hier im Dorf nicht mehr wohlgesonnen, nach dem was auf Martinique geschehen ist. Auch wenn Ihr und Euer Angetrauter damit überhaupt nichts zu tun habt. Aber die Leute brauchen Schuldige, auf die sie ihren Zorn richten können, und da bietet Ihr Euch bestens an. Ihr solltet auf Eurer Plantage bleiben.«

»Damit habe ich gerechnet«, meinte Fleur bestürzt, auch wenn es schlimmer war, als sie sich vorgestellt hatte. »Aber ich muss unbedingt wissen, was auf Martinique passiert ist.«

»Die Dinge stehen nicht gut, gar nicht gut«, begann Prinzessin Suze. »Die Engländer haben nicht lange gebraucht, Martinique zu erobern, trotz der Befestigungen.«

»Wie ist das möglich? Wie konnten sie gegen die schwer befestigten Forts und die Zitadelle in der Hauptstadt ankommen? Wie war es ihnen überhaupt möglich, an Land zu gelangen? Die Kanonen der Zitadelle müssten ihre Kriegsschiffe doch in Schutt und Asche geschossen haben.«

»Sie waren so klug, die Stadt nicht direkt anzugreifen«, erklärte der Barmann, der sich zu ihnen gesellt hatte. »Sie landeten mit ihrer Armee an einer Landspitze der weiten Bucht um die Stadt. Zwar waren auf den Hügeln überall Kanonen stationiert, doch sie nahmen diese Befestigungen eine nach der anderen ein. Bei der Verteidigung von Martinique war man davon ausgegangen, dass die Engländer die Stadt direkt vom Meer aus angreifen würden. Denn das Land um die Bucht ist sumpfig und von Mangrovenwäldern durchzogen. Die wenigen Straßen sind wegen der tiefen Rinnen und Furchen, die die Regenfälle gegraben haben, für schwere Wagen mit Kanonen unüberwindbar. Aber anscheinend hielt sie nicht einmal das auf. Schließlich hatten sie alle Verteidigungsposten in der Bucht überwältigt und standen zuletzt vor der Zitadelle, gegen die sie ihre Kanonen richteten. Was blieb dem Kommandanten da anderes übrig, als zu kapitulieren? Gegen diese Übermacht konnte er nicht ankommen. Und nachdem die Hauptstadt gefallen war, dauerte es nur ein paar Tage, bis die Engländer die ganze Insel besetzt hatten.«

»Mein Gott!« Fleur schlug die Hand vor den Mund. »Was geschieht jetzt mit uns? Glaubt Ihr, wir werden die Nächsten sein? Wenn Martinique schon nicht standgehalten hat, wie sollen wir mit unserem Fort und den paar wenigen Befestigungen widerstehen?«

Der Barmann schüttelte nachdenklich den Kopf. »Das ist schwer zu sagen. Die einen meinen, dass die Engländer sich nicht die Mühe machen werden, Sainte-Lucie zu erobern. Es ist zu wenig entwickelt, um wirtschaftlich oder strategisch wichtig zu sein. Kann sein, dass sie ihre Kräfte nun gegen die Spanier sammeln und erst deren wohlhabende Kolonien angreifen. Wenn wir Glück haben, trifft auch endlich Verstärkung aus Frankreich ein.«

»Den letzten Meldungen zufolge war überlegt worden, Admiral Blénac mit einem weiteren Flottenverband zu unserer Unterstützung zu schicken«, versuchte Prinzessin Suze, Fleur zu beruhigen.

»Und wenn sie uns trotzdem erobern? Was geschieht dann mit uns?« Ängstlich blickte Fleur in das gefasste Gesicht der Mulattin, die jedoch nur mit den Schultern zuckte.

»Ihr könntet Glück haben und sie gewähren Euch Pflanzern dieselben Rechte wie denjenigen auf Guadeloupe und Martinique«, erklärte der Barmann.

»Was bedeutet das?«

»Sie belassen Euch die Plantagen. Ihr müsst Eure Erzeugnisse an sie verkaufen, und sie beliefern damit England.« Der Barmann stieß ein heiseres Auflachen aus. »Damit würdet Ihr vielleicht sogar besser fahren, jetzt wo die Preise wegen den englischen Seeblockaden so tief gefallen sind. Den Zuckerbaronen auf Guadeloupe jedenfalls hat die englische Besetzung nicht geschadet. Im Gegenteil. Seit sie nach England, wo Zucker Mangelware ist, liefern können, verdienen sie ein kleines Vermögen.«

»Und wenn wir kein Glück haben?« Fleur war noch immer bange bei dem Gedanken an eine englische Eroberung.

Prinzessin Suze tätschelte Fleurs Arm. »Zerbrecht Euch darüber den Kopf, wenn es so weit ist, meine Liebe. Eure Erzeugnisse werden auch die Engländer brauchen, genauso wie meine Gaststube und weibliche Gesellschaft.«

Der Barmann stellte die Gläser, die er abgetrocknet hatte, auf das Bord über dem Tresen. »Wenigstens ist auch Spanien als unser Verbündeter in den Krieg eingetreten, das verbessert unsere Chancen.«

Genauso unsicher wie zuvor kehrte Fleur nach Hause zurück und wartete ungeduldig auf Blackhursts Heimkehr. Innerlich zerrissen zwischen der Sorge um ihn und einem Gefühl der Verärgerung, dass er in diesen Zeiten eine solch wahnwitzige Reise unternommen hatte, kam sie den ganzen Tag nicht zur Ruhe. Begann sie da eine Arbeit, ließ sie sie wieder fallen und nahm dort eine andere auf, bis die Nervosität ihre Gedanken wieder ablenkte.

Endlich spät am Abend hörte sie Hufschläge. Sie warf sich eine Jacke über ihr Nachthemd, schlüpfte barfuß in die Stiefel und rannte zum Stall hinunter, wo Blackhurst das Pferd versorgen würde.

»Wo zum Teufel warst du bloß so lange? Ich habe tausend Ängste ausgestanden!«, rief sie atemlos vor Zorn und Erleichterung, als sie ihn erblickte.

Blackhurst sah mit müden Augen vom Sattel, den er in den Händen hielt, auf. Schmutzspuren zeichneten sein Gesicht. In jeder noch so kleinen Falte seines Gesichtes hatte sich der Staub der Straße festgesetzt und ließ Blackhurst bei dem schwachen Licht der Laterne älter aussehen, als er war. Er trug den Sattel aus der Box und hob ihn auf den Balken, an dem bereits das Zaumzeug hing.

»Ich musste der Miliz ausweichen. Sie waren überall«, gab er kurz angebunden zur Antwort.

Fleur wollte ihn umarmen, doch er wandte ihr den Rücken zu und begann, das Pferd zu bürsten.

»Was hast du herausgefunden?«

In knappen Worten erzählte er, was er erfahren hatte.

Entgeistert schüttelte sie den Kopf, als er fertig war. »Dafür bist du in die Stadt geritten? Dasselbe habe ich auch von Prinzessin Suze gehört!« Verständnislos wartete sie auf eine Erklärung.

Blackhurst zuckte nur mit den Schultern und bürstete weiter.

Abwartend sah sie ihm eine Weile lang zu. Schließlich konnte sie sich nicht mehr zurückhalten. »Was ist los mit dir?«

»Nichts«, erwiderte er. »Warum?«

»Du bist so merkwürdig. Abweisend.«

Er sah auf und legte die Hände auf den Rücken des Pferdes, das nun zwischen ihnen stand. »Ich bin nicht abweisend, nur müde. Es war ein langer Tag, und ich habe letzte Nacht nicht geschlafen. Warum gehst du nicht wieder ins Bett. Ich komme gleich nach.«

Natürlich, er musste völlig übermüdet sein. Daran hatte sie in ihrer Sorge überhaupt nicht gedacht. Hoffentlich war das wirklich der einzige Grund für sein Verhalten. »Soll ich das Pferd für dich versorgen? Dann kannst du dich schon mal waschen.«

»Nein, lass nur«, wehrte er ab. »Du beschmutzt nur dein

Nachthemd und nachher riecht es im Schlafzimmer wie in einem Stall.« Er beugte sich hinunter, hob den Huf des Pferdes hoch und kratzte ihn aus.

»Na gut«, gab Fleur auf, als sie erkannte, dass das Gespräch damit für ihn erledigt war und er sich nicht weiter dazu äußern würde. Einsam stapfte sie durch die dunkle Nacht zum Gutshaus zurück.

Als Fleur am nächsten Morgen erwachte, schlief Blackhurst noch tief und fest. Leise stand sie auf und kleidete sich an. Sie wollte ihn nicht aufwecken. Er brauchte den Schlaf.

Nach dem Frühstück machte sie ihren Rundgang durch die Kakaoplantage und half danach Céline im Garten, die reifen Tomaten zu pflücken. Bald war das Kistchen voll, und Fleur trug es zum Haus. Draußen war Annie dabei, die am Vortag gewaschene Wäsche zu bügeln.

»Ist mein Gatte schon aufgestanden?«, erkundigte sich Fleur.

»Er bei Männern auf Baumwollfeld.«

»Aha.« Fleur hätte gerne mit ihm gesprochen und sich versichert, dass seine Laune sich wieder gebessert hatte. Doch es hätte nichts genützt, ihn auf dem Baumwollfeld aufzusuchen, wo er mit den anderen arbeitete. Ein Gespräch unter vier Augen wäre dabei nicht möglich gewesen. Es blieb ihr nichts anderes übrig, als bis zum Abendessen zu warten.

Viel redseliger als gestern Nacht war Blackhurst aber auch an diesem Abend nicht. Er stocherte in seinem Essen herum, schob sich dann und wann einen Bissen in den Mund und gab nur knappe Antworten auf ihre Fragen.

»Ist das Essen nicht gut?«, unterbrach sie das angespannte Schweigen. Die Köchin hatte sich heute Mühe gegeben und genau ihre Anweisungen befolgt. Am Essen konnte es nicht liegen.

»Doch, doch«, brummte er und aß ein Stück Fisch.

»Was hast du dann? Seit du in der Stadt gewesen bist, hast du schlechte Laune.«

Er warf Messer und Gabel klirrend auf den Teller und blickte sie verärgert an. »Fleur, es ist Krieg! Wann begreifst du das endlich! Martinique wurde erobert wie zuvor schon Guadeloupe und Dominica. Es ist nur eine Frage der Zeit, bis sie hierherkommen.«

Sie erschrak über seine barsche Antwort und versuchte, ihn zu besänftigen. »Wir sind keine so reiche Insel wie Martinique oder Guadeloupe. Was gibt es bei uns schon zu holen? Der Barmann von Prinzessin Suze meint, dass die Engländer viel eher ihre Kräfte gegen die spanischen Kolonien richten werden. Unsere haben sie ja bereits alle erobert.«

»Der Barmann!«, schnauzte Blackhurst. »Der hat doch überhaupt keine Ahnung!« Aufgebracht schlug er mit der flachen Hand auf den Tisch.

»Viel mehr hast du mit deinem riskanten Ritt in die Stadt auch nicht herausgefunden!«, hielt Fleur wütend dagegen. »Den hättest du dir sparen können.«

Mit blitzenden Augen sah er sie an. »Wir sind in ernsthafter Gefahr, in den Krieg hineingezogen zu werden, und alles worüber du dir Gedanken machst, ist, ob das Essen gut ist. Wann wirst du den Tatsachen endlich ins Auge sehen? Du kannst den Krieg nicht ignorieren und dich so benehmen, als würde er dich nicht betreffen.«

Beleidigt beschäftigte sich Fleur wieder mit dem Fisch auf ihrem Teller. Sie hatte das Fleisch auf der oberen Seite gegessen und wollte nun mit der Gabel das Rückgrat von der unteren lösen. Dabei zog sie es zu schnell hoch, sodass die meisten Gräten im Fleisch steckenblieben. Frustriert starrte sie auf die Bescherung.

Sie atmete einige Male tief durch und startete einen neuen Versuch, ihn zu beschwichtigen. »Vielleicht kommen sie mit den Friedensverhandlungen weiter, und der Krieg wird bald beendet.«

»Mit Sicherheit nicht. Die bisherigen Verhandlungen waren reine Taktiererei. Von beiden Seiten. Die Franzosen stellten derart inakzeptable Bedingungen, dass die Engländer sie niemals annehmen konnten. Und das nur, weil sie auf Zeit spielten, in der Hoffnung, dass Spanien auf ihrer Seite in den Krieg eintritt.«

»Damit haben sich unsere Chancen aber verbessert«, warf Fleur ein.

Blackhurst bedachte sie mit einem entnervten Blick. »Spanien hilft euch hier in Amerika überhaupt nichts. Ihre Seemacht ist zu schwach. Die englische Regierung verfolgt nur ein Ziel: den Franzosen alle Kolonien in Nordamerika und der Karibik ein für alle Mal abzujagen. Erst wenn dieses Ziel erreicht ist, werden sie auf einen Frieden mit den Franzosen eingehen. Übrig bleibt dann ein geschwächtes Spanien, das gegen das mächtige England in eine schwierige Verhandlungsposition gerät.«

Blackhursts Augen hatten wieder diesen harten, durchdringenden Blick angenommen, unter dem Fleur sich unbehaglich und unzulänglich fühlte. Sie verstand etwas von der Arbeit auf einer Plantage. Aber die hohe Politik, die Strategien und Machtkämpfe der Regierungen und ihrer Staatsmänner waren etwas, das sich in weiter Ferne abspielte und das sie bisher nie wirklich betroffen hatte.

»Und was soll ich deiner Meinung nach gegen die Engländer unternehmen? Soll ich mich etwa hinstellen und sie mit meinem Gewehr daran hindern, Espérance einzunehmen?«, brauste sie auf. Sie verstand vielleicht nicht viel von Politik, aber sie war nicht naiv. Sie wusste selbst, dass die Insel einem Angriff nicht standhalten konnte. Aber es gab nichts, was sie dagegen tun konnte, also versuchte sie sich denselben Zweckoptimismus wie Prinzessin Suze anzueignen. Was angesichts ihres Ehemanns mehr als schwierig war. »Und überhaupt, was kümmert es dich? Du bist Engländer. Du hast nichts zu verlieren, wenn wir erobert werden. Du bist der Einzige, den dieser Krieg nicht mehr betrifft.«

Mit einem brüsken Poltern schob er den Stuhl zurück. »Ich werde nach den Tieren sehen. Sie waren vorhin verängstigt. Wahrscheinlich hat sich eine Schlange in den Stall verirrt.«

Vor den Kopf gestoßen blieb Fleur allein am Esstisch sitzen und blickte Blackhurst hinterher. Dann schob sie den Teller von sich. Der Appetit war ihr vergangen.

Pierce flüchtete aus dem Haus, um sich Fleur zu entziehen, bevor sie weiter in ihn dringen konnte. Es zerriss ihn innerlich, ihr seinen Plan verschweigen zu müssen. In den vergangenen Wochen hatte er sich so daran gewöhnt, jemanden zu haben, mit dem er sich austauschen konnte, dass es ihm plötzlich schwerfiel, seine Ziele alleine zu verfolgen. Hinter ihrem Rücken.

Aber die Diskussion eben hatte seine Befürchtungen, dass sie die Absichten hinter seinem Plan nicht verstehen würde, noch vergrößert. Warum sah sie nicht ein, dass sie die Augen vor diesem Krieg nicht einfach verschließen konnte? Er war da, und er würde bald auch über Sainte-Lucie hereinbrechen. Mit oder ohne sein Zutun.

Pierce ging zum Stall und sattelte sein Pferd. Als er es herausführte, wieherte Fleurs Stute nebenan.

»Du kannst leider nicht mitkommen«, sagte er leise. Die Stute sah ihn so traurig an, dass es ihm beinahe das Herz brach. Schnell schloss er die Stalltür und schwang sich auf sein Pferd. Er musste weg von hier, damit er nicht im letzten Moment schwach wurde. Denn das würde niemandem helfen, sondern die Situation nur unnötig verschlimmern. Er trieb das Pferd im schnellen Galopp über ein abgeerntetes Feld. Das tat gut. Es gab ihm das Gefühl, wieder Herr der Lage zu sein, selbst über sein Schicksal zu bestimmen, und es nicht einfach über sich ergehen lassen zu müssen.

Am Ende des Feldes bog er in einen schmalen Pfad ein, der die Anhöhe über dem Meer entlangführte. Weiter hinten hatte ein Unwetter den Hang abrutschen lassen und eine Schneise in den allgegenwärtigen Urwald geschlagen, sodass sich einem eine prächtige Sicht über das Meer bot, ähnlich wie vom Gutshaus aus. Er stieg vom Pferd und setzte sich auf einen umgestürzten Baumstamm. Es war ein guter Platz, um seine Gedanken und Gefühle zu ordnen.

Er dachte nochmals über seinen Plan nach, bis er zu der Gewissheit gelangte, dass sein Vorhaben das einzig Richtige war. Unnötiges Blutvergießen würde damit verhindert, und er selbst entkam endlich dieser für ihn immer unerträglicher werdenden Situation, ein Kriegsgefangener zu sein, der in dieser Gesellschaft überhaupt keine Rechte besaß und nichts wert war. Die spürbare Verachtung, die ihm außerhalb von Espérance entgegenschlug, und die Abhängigkeit von Fleur, die sich dadurch ergab, nagte immer mehr an seinem Selbstvertrauen. Es nahm ihm das Gefühl, ein richtiger Mann zu sein.

Und er befürchtete, dass er irgendwann auch für sie kein richtiger Mann mehr wäre. Noch hielt sie dem Druck von außen stand. Aber wie lange würde sie ihn noch ertragen können? War es möglich, dass sie ihn irgendwann ebenso verachtete, wenn sie feststellte, dass er ihr nicht das bieten konnte, was ihr jeder Franzose würde bieten können?

Das würde er nicht ertragen. Dafür liebte er sie inzwischen zu sehr. Er wollte mit ihr zusammen sein, sein Leben mit ihr teilen und sie an seiner Seite wissen. Und genau darum musste er seinen Plan ausführen. So sehr es sie vielleicht auch verletzen würde, daran führte kein Weg vorbei, wenn sie beide eine Chance haben wollten.

Mit dieser Gewissheit pfiff er nach dem Pferd, das sich auf der Lichtung an den Grashalmen gütlich tat, und ritt zurück.

Er wusste jetzt, was er tun musste. Er musste Fleur ein letztes Mal zeigen, wie sehr er sie liebte, damit sie sich daran erinnerte, wenn der Krieg über sie hereinbrechen und ihre kleine, heile Welt aus den Fugen reißen würde.

Er schlug den Weg zum Fluss ein, wo er sich auszog und ins Wasser watete. Es war ein herrliches Gefühl, sich den Staub und Schweiß des Tages vom Leib zu waschen. Zu sehen, wie das klare Wasser alles reinigte und fortspülte. Die Dämmerung nahm der Umgebung ihre Härte, die Konturen verschwammen in beruhigenden, samtenen Tönen. Zu hören war nur das Plätschern des Flusses und das Zirpen der Grillen. Hie und da flog eine Fledermaus über das Wasser, auf der Suche nach Mücken.

Bevor es ganz dunkel wurde, stieg Pierce aus dem Wasser, zog sich an und ritt zurück. Er versorgte das Pferd und ging dann langsam zum Gutshaus hinauf. Er fragte sich, was Fleur gerade tun mochte. War sie noch wütend oder verletzt wegen ihrem Streit vorhin? Er hoffte es nicht. Und wenn doch, dann würde er dafür sorgen, dass sie es vergaß.

Unten im Haus brannte kein Licht mehr. Also ging er die Treppe hinauf. Die Tür zu Fleurs Schlafzimmer war geschlossen. Kurz zögerte er, dann klopfte er leise und öffnete sie. Der Raum war in ein sanftes Licht getaucht. Die Kerzenständer aus dem Wohnzimmer standen auf der Kommode und dem Regal. Sie war gerade dabei, ihr Kleid aufzuhängen und hatte ihm den Rücken zugewandt. Bei ihrem Anblick stockte ihm der Atem. Sie trug das kurze Nachthemd, das er ihr vor einigen Wochen in der Stadt gekauft hatte und das sie bisher nur wenig getragen hatte. Der Stoff reichte gerade über ihren Hintern und vorne hatte es einen tiefen Ausschnitt. Anfangs hatte sie sich geniert, dass er sie so sah, und später war sie gar nicht mehr dazu gekommen, es anzuziehen, weil er sie vorher ausgezogen hatte.

Jetzt stellte sie sich mit ihren langen, nackten Beinen auf die Zehenspitzen, um den Kleiderbügel aufzuhängen, und der Stoff zog sich noch weiter hoch. Über die verführerischen, weißen Rundungen ihres Hinterns. Der Anblick ließ ihn augenblicklich hart werden.

Sie drehte sich um und sah ihn an. Mit ihren großen, dunkeln Rehaugen, in deren Tiefe man versinken konnte wie in den Fluten des Flusses.

»Willst du nicht die Tür schließen?«, fragte sie leise.

Er wollte eine Antwort geben, doch seine Stimme versagte ihm den Dienst. Ohne den Blick von ihr zu nehmen, schob er die Tür hinter sich zu.

Sie stand noch immer genauso da, in jener Ecke des Schlafzimmers, das Bett zwischen ihnen, so weit weg. Aber er brachte es nicht fertig, sich zu rühren und zu ihr zu gehen. Er befürchtete, dieser magische Augenblick würde in Scherben zerbrechen, wenn er auch nur eine Bewegung machte.

Verhalten deutete sie auf den Sessel. »Warum setzt du dich nicht?«

Ohne darüber nachzudenken, tat er, was sie gesagt hatte. Ein wenig ungelenk ließ er sich in den Sessel fallen und legte die Arme auf die Lehnen, weil er nicht wusste, wohin er sonst damit sollte.

Unbeweglich hatte sie verfolgt, wie er sich gesetzt hatte. Jetzt kam sie langsam auf ihn zu. Auf leisen nackten Füssen und mit ihren langen Beinen. Einzig der Seidenstoff knisterte kaum hörbar. Er war so dünn, dass sich trotz des sanften Kerzenlichts ihre Brustspitzen darunter abzeichneten. Der Anblick schlug ihn völlig in ihren Bann. Ihre geschmeidigen Bewegungen, mit denen sie sich näherte, waren das Einzige, was er noch wahrnahm. Unbewusst hielt er die Luft an, bis sie direkt vor ihm stand.

»Wir sollten deine Stiefel ausziehen«, raunte sie.

Er konnte den Klang ihrer Stimme nicht deuten, aber sie schien ihn wie Honig zu umfließen.

Sie bückte sich, hob sein Bein und zog ihm mit einem Ruck den Stiefel aus. Dabei fiel ihr Ausschnitt nach vorn und gab einen Einblick auf den Ansatz ihrer Brüste preis. Gebannt wartete er darauf, dass sie sich wieder bückte und ihm auch den zweiten Stiefel auszog. Sie tat es. Und wieder fiel der Ausschnitt nach vorn. So verheißungsvoll, dass er kaum widerstehen konnte, die Hände unter ihr Nachthemd zu schieben. Dennoch sagte sein Instinkt ihm, dass es ein Fehler wäre, jetzt nach ihr zu greifen. Er würde damit nur diese so spannungsgeladene Stimmung zwischen ihnen zerstören.

Sie trat näher und stellte sich zwischen seine ausgestreckten Beine. So unglaublich verführerisch in diesem knappen Nachthemd. Er hob den Blick von dem dunkeln Dreieck zwischen ihren Beinen, das genau vor ihm lag, über ihre Brüste zu ihren Augen, deren Tiefe mit reinem Begehren gefüllt war. Das war mehr, als er ertragen konnte. Ganz langsam, sodass diese unglaubliche Verführung ihm nicht entgleiten würde, berührte er mit vorsichtigen Fingern die nackte Haut ihrer Schenkel.

Seine Berührung, wenngleich so unendlich zart wie die einer Feder, jagte einen Schauder der Erregung durch Fleurs Körper, der sie erzittern ließ. Sie schloss die Augen und gab sich ganz diesem Gefühl hin. Als würden sie sich immer wieder ihrer Zustimmung versichern wollen, glitten seine Fingerspitzen zögernd unter den Saum des Nachthemdes. Unter der Rundung ihres Po verharrten sie. Fleur wartete darauf, dass sie sich weiter vorwagten, dorthin, wo sie sich am meisten nach ihm sehnte. Mit jeder Sekunde stieg ihre Anspannung an, und am liebsten hätte sie sich gleich mit gespreizten Beinen auf seinen Schoss gesetzt, um jetzt sofort alles von ihm zu bekommen.

Nach ihrem Streit und seinem abweisenden Verhalten hatte sie sich entschieden, sich nicht länger verunsichern zu lassen, sondern die Flucht nach vorn anzutreten. Auch wenn sie nicht verstand, warum er sich plötzlich so verhielt, baute sie darauf, dass sie ihn dort erreichen würde, wo er immer auf sie reagierte: im Bett. Sie zog das freizügige Nachthemd an, das er ihr gekauft hatte, und wartete auf ihn. Irgendwann würde er kommen. Wenn sein Ärger verraucht war. Als sie seine Schritte auf den Holzbohlen draußen hörte, hatte sie erleichtert aufgeatmet.

Endlich legten sich seine Hände auf ihre Pobacken. Fleur seufzte auf. Er zog sie näher zu sich und schob mit den Daumen den Saum ihres Nachthemdes nach oben. Noch bis vor Kurzem hatte sie sich geniert, ihre tiefste Weiblichkeit so vor ihm zu entblößen. Jetzt hingegen ließ das hungrige Begehren in seinen Augen sie feucht werden. Und dann ... dann zog er sie an seinen Mund. Oh Gott, was tat er da? Das war ... Als seine Zunge jenen köstlichen Punkt zu umspielen begann, verstreuten sich ihre Gedanken wie Blätter im Wind. Ihr Verlangen schnellte ins Unermessliche. Ihre Beine drohten einzuknicken, und sie klammerte sich an seine Schultern. Blackhurst beherrschte dieses Spiel so unglaublich, dass sie sich ihm nur noch zitternd hingeben konnte. Dem entwaffnenden Tanz seiner Zunge. Seinen geschickten Händen, die nachhalfen. Und dann jagte er sie über den Abgrund. Er hielt sie fest, damit sie nicht fiel, als sie sich plötzlich in jenem berauschenden, schwerelosen Zustand wiederfand, in welchem die Welt nur noch aus reinster Lust und Befriedigung bestand. Fleur schwelgte darin, jede Woge bis ins Letzte auskostend, solange wie es ging.

Dann sank sie in seine Arme. Er zog sie auf seinen Schoss, wo sie sich zusammenrollte, von ihm beschützt und gehalten. Sie labte sich an der tiefen Zufriedenheit, die sich in ihr ausbreitete, und an seiner Wärme und Nähe.

Allmählich wurde ihr Herzschlag wieder ruhiger. Sie suchte nach seiner Hand und verschränkte ihre Finger mit den seinen. Sie hätte die ganze Nacht so liegen bleiben können, hätte sie nicht plötzlich jene Härte, die gegen ihre Taille drückte, bemerkt. Der Ärmste hatte für ihre Erlösung gesorgt, während es für ihn selbst in der engen Hose und mit ihr auf seinem Schoss wohl bald unerträglich würde.

Ein Lächeln glitt über ihre Lippen. Sie hatte eine Ahnung, wie sie sich für diese lustvolle Behandlung revanchieren konnte. So viel hatte sie inzwischen von ihm gelernt. Sie glitt von seinem Schoss und ließ sich zwischen seine Beine sinken. Dann öffnete sie seine Hose. Ein Blick nach oben in sein Gesicht zeigte ihr, dass sie wohl keine bessere Idee hätte haben können. Als sie mit ihren Lippen seine Härte streifte, löste sich ein tiefes Stöhnen aus seinem Brustkorb. Sie nahm ihn ganz in den Mund und spielte mit ihrer Zunge über seine samtene Haut. Sein Atem wurde schwer, und er reckte sich ihr entgegen. Sie nahm ihn tiefer auf und imitierte dann mit ihrem Mund die Bewegungen des Liebesakts. Seine Hände krallten sich um die Lehnen. Sie wurde schneller und heftiger. Dann hielt sie inne und ließ ihn aus ihrem Mund gleiten.

Er legte die Hände um ihren Kopf und zog sie wieder über sich. »Nicht aufhören«, bat er mit schwerer Stimme.

Fleur konnte sich eines kleinen Lächelns nicht erwehren und machte weiter. Genau das hatte sie hören wollen. Es gefiel ihr, ihn so weit zu bringen. Zu wissen, dass auch sie ihn an seine Grenzen und darüber hinaus führen konnte. Dass er immer noch auf sie reagierte, auch wenn sie sich gestritten hatten. Dass es da eine Verbindung zwischen ihnen gab, die alles andere überdauerte.

»Oh ja«, stöhnte er. »Hör nicht auf.«

Fleur wurde schneller, und er genoss es. Als sie spürte, dass sein Höhepunkt nahte, verstärkte sie den Druck ihrer Zunge und ihrer Lippen.

»Warte«, sagte er plötzlich und schob sie von sich weg. »Ich will in dir kommen.« Er zog sie hoch, riss ihr das Nachthemd über den Kopf und entledigte sich auch seines Hemdes.

Sie stieg rittlings über ihn und ließ sich langsam auf ihn nieder. Er legte die Hände an ihre Hüfte und wollte sie hart auf sich ziehen.

»Nicht so schnell«, hauchte sie an seinem Ohr. In ihrer erhobenen Position war es nicht schwer, sich gegen seinen Griff zu stemmen, und sobald er ihren Widerstand spürte, lockerten sich seine Finger. Sie wollte es genießen. Jeden einzelnen Millimeter, mit dem er besitzergreifend in sie drang. Ganz langsam ließ sie sich hinabsinken, bis er sie vollständig ausfüllte. Ihn so hart in sich zu spüren, brachte sie beinahe um den Verstand. So hart und so groß und so tief in ihrer Mitte. Sein Mund senkte sich auf ihre Brust, und sie stöhnte, als seine Lippen die Spitze umschlossen. So unglaublich war das Gefühl, das er in ihr auslöste. Sie hätte ewig auf ihm reiten können. Aber das ließ seine Leidenschaft nicht mehr zu. Er packte sie wieder mit den Händen und stieß in sie. Immer heftiger und schneller. Bis er mit einem Knurren tief aus seiner Kehle kam und sich in ihr ergoss. Seine wilde Leidenschaft katapultierte auch sie in jenes lodernde Feuer, das sie gänzlich verbrannte. Es gab nichts anderes mehr als dieses Feuer, das er in ihr auslöste, und das sie völlig in Besitz nahm. Das schaffte nur er. Zuckend hielt sie sich an ihm fest, ihre schweißnassen Körper zu einem vereinigt. Tränen rollten über ihre Wangen. Noch nie hatte sie sich so glücklich gefühlt.

Als Fleur am nächsten Morgen erwachte, schlief Blackhurst noch tief und fest. Eine Weile lang genoss sie seine Nähe und schmiegte sich an seinem warmen, starken Körper. Als sie draußen Stimmen hörte, wand sie sich seufzend aus seinem Arm, stand auf und zog sich an. Er gab ein Brummen von sich und drehte sich auf die andere Seite. Befriedigt sah Fleur auf ihn hinunter. Sie würde ihn nicht wecken. Er hatte gestern Nacht ganze Arbeit geleistet, da konnte er ruhig noch etwas schlafen. Um die nötigen Dinge auf der Plantage konnte auch sie sich kümmern.

Nachdem sie ihren morgendlichen Rundgang gemacht hatte, überwand sie sich und ließ den Wagen mit den bestellten Lebensmitteln beladen. Bis jetzt hatte sie es vermieden, selbst ins Dorf zu fahren, um bei Prinzessin Suze die Bestellung auszuliefern, in der Befürchtung, dabei auf Bekannte zu stoßen, die sie schneiden oder beschimpfen würden.

Zu ihrem Erstaunen war es ruhig im Dorf, als sie dort ankam. Kaum jemand war auf der Straße anzutreffen. Nur zwei wie gerupft aussehende, magere Hühner staksten auf der Suche nach Futter durch den schlammigen Straßengraben.

»Warum ist es so ruhig? Wo sind die Milizionäre?«, erkundigte sich Fleur bei Prinzessin Suze.

»Die Miliz wurde aufgelöst, da Admiral Rodney mit seiner Flotte und der Armee von General Monckton Martinique vor einigen Tagen verlassen hat. Sie ließen nur gerade so viele Soldaten da, wie für die Besetzung der Insel nötig sind.«

Fleur erbleichte. »Dann kommen sie jetzt nach Sainte-Lucie?«

»Aber nein«, lächelte Prinzessin Suze leichthin. »Wisst Ihr, wie weit Martinique von Sainte-Lucie entfernt ist? Nicht mehr als einen Tag. Und die Nachrichten, die wir hier bekommen, sind ja immer schon ein paar Tage alt, manchmal sogar Wochen. Wenn die Engländer Sainte-Lucie hätten erobern wollen, wären sie schon längst bei uns eingefallen. Stattdessen sind sie seit einigen Tagen verschwunden. Das heißt, sie haben ein anderes Ziel. Deshalb haben die Männer auch die Miliz aufgelöst. Schließlich wird jeder zu Hause benötigt. Ist der Herr zu lange aus dem Haus, ist das wie mit der Katze: Dann tanzen die Mäuse. Sklavenaufstände sind mittlerweile wahrscheinlicher geworden als englische Attacken.«

Fleur stieß die angehaltene Luft aus. »Ihr meint, wir sind noch einmal davongekommen?«

»Sieht so aus. Auch wenn es für mein Geschäft besser gewesen wäre, die Miliz länger im Dorf zu haben.« Mit einer entschuldigenden Geste fügte sie hinzu: »Die Männer mussten beschäftigt werden. Denen wurde es zu langweilig, den ganzen Tag rumzusitzen und auf die Engländer zu warten. Besser, sie haben sich bei mir beschäftigt, als sonst was Dummes anzustellen, nicht wahr?«

Dazu konnte Fleur nur nicken. Ihre Erfahrungen mit Männern, die unter sich waren, sprachen dem nicht entgegen. Über kurz oder lang betranken sie sich und zettelten Schlägereien an.

Eilends verabschiedete sie sich von Prinzessin Suze. Sie wollte Blackhurst die gute Nachricht mitteilen.

Als Fleur jedoch auf Espérance ankam, suchte sie ihren Mann vergeblich. Weder war er bei den Kakaobäumen, noch in den Scheunen und Ställen. Auch das Baumwollfeld lag verlassen in der flirrenden Hitze. Die anderen Engländer ließen sich ebenso wenig blicken.

Stirnrunzelnd lief sie zum Gutshaus. Es war leer. Annie musste im Garten sein und half wahrscheinlich Céline. Erst im Küchenhaus traf sie die Köchin an. »Hast du meinen Mann oder die anderen Engländer gesehen?«

Sie rieb sich die Hände an der Schürze. »Sie weggegangen.«

»Weggegangen? Wohin?«

»Auf Jagd.«

»Was wollen sie denn jagen?«

Die Köchin zuckte mit den Schultern und stampfte weiter die gerösteten Kakaobohnen im Mörser.

Kopfschüttelnd verließ Fleur die Küche. Die Engländer waren noch nie alle zusammen auf der Jagd gewesen. Hie und da gingen sie abends oder am Sonntag fischen. Aber auf die Jagd? In diesen unsicheren Zeiten? Was hatte das zu bedeuten?

Blackhurst und seine Männer kehrten nicht zurück. Weder am Abend noch am nächsten Tag. Auch nicht am übernächsten Tag.

Fleur hatte das Gefühl, vor lauter Sorge und den Zweifeln, die begonnen hatten, an ihr zu nagen, allmählich den Verstand zu verlieren. War ihnen etwas passiert? War einer von ihnen verunfallt? Doch dann hätten die anderen helfen und den Verletzten heimschaffen können. Die Miliz war aufgelöst worden, also konnten sie auch nicht gefangen genommen worden sein. Waren sie auf eine marodierende Räuberbande gestoßen?

Irgendwann konnte Fleur den bohrenden Verdacht, dass sie geflohen sein könnten, nicht mehr betäuben. Die Sache mit der Jagd klang einfach zu sehr nach einer Ausrede. Und das eroberte Martinique war nicht weit entfernt. Mit einem größeren Fischerboot hätten sie sich leicht zu ihren Landsleuten durchschlagen können. Aber sie wollte es nicht wahrhaben. Blackhurst und sie waren nach der Heirat doch glücklich zusammen gewesen. Sie hatte das Gefühl gehabt, von ihm geliebt zu werden. Zumindest hatte er sie so behandelt.

Als sie länger darüber nachdachte, fiel ihr auf, dass er ihr das nie gesagt hatte. Er hatte zwar jede Nacht mit ihr geschlafen, aber ihr nie gesagt, dass er sie liebte. Hatte sie sich das nur eingebildet? War es nur ihr Wunschdenken gewesen? Hatte sie seine Leidenschaft mit Liebe verwechselt? War sie einfach nur eine weitere Frau in seinem Leben gewesen? Eine, von der er abhängig war und die er deshalb umgarnt hatte?

Fleur wusste nicht mehr, was sie glauben sollte. Konnte sie sich derart in ihm getäuscht haben? Hatte er seine Leidenschaft nur vorgespielt, um sie in gutem Glauben zu wiegen und im richtigen Zeitpunkt die Flucht zu ergreifen?

Vor sich hinbrütend lag sie stundenlang in der Hängematte und konnte sich nicht aufraffen, irgendetwas zu tun. Was für einen Sinn hatte es noch? Die Welt erschien ihr plötzlich trostlos und unwirtlich. Die Sonne, die auf die Erde niederbrannte und alles Leben versengen wollte. Die harte Erde, der sie Tag für Tag ihren Lebensunterhalt abtrotzten. Die Schlangen und Spinnen, die im Unterholz darauf lauerten, dass man einen falschen Schritt tat. Die Pflanzer, die ihre Macht auf Kosten anderer zu vergrößern suchten. Händler, die ihr mit verschlagenen Tricks die mühsam erwirtschafteten Erzeugnisse abnahmen. Und wenn es einem gelang, all dies zu überleben, raffte einen ein Fieber dahin.

Eine Zeitlang hatte sie diese Widrigkeiten nicht mehr gesehen. Und mit Blackhurst an ihrer Seite hatte sie das Gefühl gehabt, alles schaffen zu können. War sie einer romantischen Verklärung anheimgefallen, so wie Lucille?

Willenlos ließ Fleur ihre Arme von der Hängematte herunterbaumeln. Sie schloss die Augen, als ob sie damit alles um sich herum ausblenden könnte. Sie vermochte nicht mehr die Kraft aufzubringen, aufzustehen und sich um die Plantage oder sonst etwas zu kümmern. Zu schwer wog die Enttäuschung in ihr.

Und zu sehr brannte der Schmerz in ihrem Herz. Sie hatte es Blackhurst geschenkt, und er hatte es zerbrochen und weggeworfen.

37

Es war nach Mitternacht. Der Wachwechsel im Fort nahe der Stadt war zur üblichen Zeit vor einer Stunde erfolgt. Die ablösenden Soldaten hatten ihre Stellungen eingenommen. Zu Beginn der Wache war ihnen noch kein Laut entgangen, doch nun ließ ihre Aufmerksamkeit allmählich nach. Der eine oder andere schrak aus einem Sekundenschlaf auf, nachdem ihm das Kinn auf die Brust gesunken war.

Obwohl der Mond halbvoll war, drang wenig Licht durch die dichten Baumkronen des Urwaldes. Dunkel ragte das hohe Gemäuer des Forts vor den vier Gestalten auf, die sich lautlos darauf zubewegten. Die rußgeschwärzten Kleider und Gesichter ließen sie mit der Nacht verschmelzen.

Zum wiederholten Male klaubte Pierce eine Taschenuhr aus dem Rock und hielt sie ins spärliche Mondlicht. Nach einem Blick auf das Zifferblatt gab er endlich mit der Hand das Zeichen zum Aufstieg.

Einer der Männer, der ein Seil um den Oberkörper geschlungen hatte, löste sich aus der Gruppe und trat vor die Wand. Prüfend ließ er seine Augen über das Gemäuer gleiten. Für jeden normalen Menschen bedeutete es ein unüberwindbares Hindernis. Doch nicht für James. Das jahrelange Aufentern auf den Mast und hinaus auf die Rahen, bei jedem Wind und Wetter, hatten aus ihm einen geübten Kletterer gemacht, der weder Schwindel noch Höhenangst kannte.

Er reckte einen Arm hoch und schlang seine Finger um einen der grob gehauenen Steine, aus denen die Wand aufgemauert war. Nachdem er auch mit der anderen Hand über sich einen Griff gefunden hatte, tastete sein Bein die Wand entlang auf der

Suche nach einem vorstehenden Stein. Wenige Zentimeter genügten, um seine nackten Zehen Halt finden zu lassen. Zug um Zug schob er sich langsam hinauf.

Angespannt verfolgten die Männer auf dem Boden jede seiner Bewegungen. Sie hielten den Atem an, als auf der Hälfte der Mauer plötzlich der Stein unter seiner linken Hand zu bröckeln begann. Sein ganzes Gewicht hing an diesem Halt, und hektisch versuchte er mit den Beinen festen Stand zu bekommen. Kaum hatte er einen vorstehenden Stein gefunden und sein Gewicht auf beide Füße und die rechte Hand verlagert, brach der Stein unter seiner linken aus dem Gemäuer. Er fiel hinunter und plumpste mit einem Krachen ins Geäst der Büsche.

Einige Sekunden lang verharrten alle lautlos und unbeweglich. Hatten die Wachen das Geräusch gehört? Als sich auch nach einer geraumen Weile nichts tat, kletterte James vorsichtig weiter.

Pierce beobachtete mit zusammengekniffenen Augen, wie James einem Gecko gleich immer weiter nach oben turnte, bis er endlich die Brüstung erreichte, sich darüberwand und aus ihrem Blickfeld verschwand. Kurz darauf wurde das Seilende heruntergeworfen. Pierce griff danach und kletterte als Erster hinauf, gefolgt von Daniel und John.

Auf dem Dach angelangt, kauerten sie sich nieder und lauschten auf verräterische Geräusche. Da nichts zu hören war, schlich Pierce geduckt über das Dach. Er hatte sich den Weg, der von diesem Dach auf dasjenige führte, auf welchem die Kanonen standen, bei seinen Erkundungen genau eingeprägt.

Alles lief wie am Schnürchen, obwohl sie höllisch aufpassen mussten, die im Hof patrouillierenden Wachen nicht zu alarmieren. Bald kauerten sie sich zu viert hinter einen Mauervorsprung auf dem Dach, auf dem die Kanonen standen.

»Bis hierhin war dein Plan gut«, flüsterte John Pierce zu. »Aber wie du die zwei Wachen hier oben loswerden willst, ohne dass sie das ganze Fort in Alarm versetzen, ist mir schleierhaft.«

»Wart's ab«, antwortete Pierce. »Der eine der beiden kann nicht lange stillsitzen. Bald wird er auf dem Dach hin- und hergehen. Dann können wir ihn uns schnappen. An den zweiten werden wir uns ranschleichen müssen.«

»Vielleicht haben sie die Wachen ausgetauscht«, argwöhnte John.

»Bis jetzt haben sie die Wachen nie ausgetauscht. Und wenn doch, müssen wir uns einen anderen Plan überlegen.«

»Du hast gesagt, das wäre ein todsicherer Plan«, murrte Daniel. »Ich habe keine Lust, wieder in diesem Verlies zu landen.«

»Ist es auch.«

»Da bin ich mir nicht mehr sicher«, klang Johns gepresste Stimme durch die Nacht.

»Du jammerst wie ein Waschweib«, knurrte Pierce. »Dank dir werden uns die Wachen noch entdecken. Halt endlich dein verdammtes Maul!«

»Schon gut«, brummte John beleidigt.

Die Geduld der vier wurde auf eine harte Probe gestellt. Keiner der beiden Soldaten machte Anstalten aufzustehen. Stattdessen hockten sie mit dem Rücken gegen eine Kanone gelehnt auf dem Boden, behielten die Bucht im Auge und unterhielten sich.

Pierce blickte mehrmals auf seine Uhr. Unerbittlich rückte der große Zeiger vor. In einer Stunde war Wachwechsel. Wenn sie es bis dahin nicht geschafft hatten, würden sie unweigerlich entdeckt werden.

Eine halbe Stunde später endlich erhob sich der eine Soldat, streckte die Beine und spazierte zum anderen Ende des Daches. Pierce nickte John zu, sich bereitzuhalten. Es schien Ewigkeiten zu dauern, bis der Soldat die fünfzehn Meter hinter sich gebracht hatte, sich umdrehte und zurückkam. Kaum war er an dem Mauervorsprung vorbei, schoss John lautlos wie eine Katze auf, legte seine mächtigen Hände um den Hals des Soldaten und riss ihn hinter den Vorsprung. Sofort stopften die anderen ihm einen Knebel in den Mund, und unter Johns Händen, die ihm die Luft abschnürten, verlor er schnell das Bewusstsein. Sie zogen ihm die Jacke aus und fesselten ihn.

»Hab ich's nicht gesagt?«, frohlockte Pierce.

»Fehlt noch der zweite«, stellte John fest.

»Das werden wir gleich haben«, murmelte Pierce, zog sich Jacke und Hut des Wachesoldaten über und nahm den mitgebrachten Knüppel zur Hand. Dann trat er hinter dem Mauervorsprung hervor und schlenderte gelangweilt zum zweiten Soldaten, der seinen Blick auf die Bucht gerichtet hielt und von der Aktion in seinem Rücken wie geplant nichts mitbekommen hatte. Bevor der zweite bemerkt hatte, dass nicht sein Kollege hinter ihm stand, hatte er bereits einen Schlag auf den Hinterkopf erhalten. Bewusstlos sackte er zusammen. Pierce winkte die anderen herbei. Kurz darauf lag der Soldat wie ein gut verschnürtes Paket am Boden.

»Nun zu den Kanonen. Ihr wisst ja, was ihr zu tun habt«, befahl Pierce.

»Alles klar. Die Franzmänner werden Augen machen, wenn sie sie abfeuern wollen«, freute sich James händereibend.

»Es ist wirklich unglaublich, wie sorglos die sind.« Daniel konnte es kaum fassen. »Dass sie nicht mehr Wachen aufstellen! Die Finte von Admiral Rodney war nicht von schlechten Eltern. Die Franzmänner wiegen sich tatsächlich in Sicherheit.«

»Männer, das ist kein Kaffeekränzchen!«, zischte Pierce leise.

»Macht euch an die Arbeit, damit wir von hier verschwinden können, ehe sie uns bemerken.«

Schnell verteilten sich die Männer und machten sich an den Kanonen zu schaffen.

»Alle ausgeschaltet«, meldete John einige Minuten später.

»Dann lasst uns verschwinden.« Pierce warf das Seil, das er in der Zwischenzeit um eine Kanone geschlungen hatte, über die Außenmauer und hetzte die Männer nach unten. Zuletzt kletterte er selbst hinab.

Sie hatten sich kaum durch den Urwald auf die Straße geschlagen, als auch schon die ersten, im fahlen Mondlicht schimmernden Segel im Eingang der Bucht auftauchten.

»Das war verdammt knapp! Dieser verfluchte Wachsoldat hätte uns beinahe einen Strich durch die Rechnung gemacht«, schimpfte Pierce. »Bald werden sie im Fort die gefesselten Wachen entdecken und Alarm schlagen.«

Hinter den ersten Segeln tauchten weitere auf.

Der Alarm aus dem Fort erschallte erst, als vier englische Kriegsschiffe sich längsseits in Stellung gebracht hatten und mit ausgefahrenen Kanonen auf die Stadt zielten.

Doch da war es für die Franzosen längst zu spät.

38

Seit Blackhurst sie verlassen hatte, ging es Fleur mit jedem Tag schlechter. Alles erschien ihr sinnlos. Morgens blieb sie im Bett liegen und zog sich das Bettlaken über den Kopf, um den anbrechenden Tag fernzuhalten. Es war einfacher, als lebloser Körper dazuliegen, eine leere Hülle zu sein, in der kein Platz für Gefühle war. Für den Schmerz und die Enttäuschung.

Erst wenn die zunehmende Hitze im Zimmer unerträglich wurde, schleppte sie sich auf die Veranda in die Hängematte. Selbst wenn Annie ihr Essen brachte, stocherte sie nur appetitlos darin herum und ließ am Ende die Hälfte stehen.

Céline gelang es schließlich, Fleur zum Aufstehen zu bewegen. Jammernd erschien sie drei Tage nach Blackhursts Verschwinden im Haus und beklagte sich lautstark, dass sie ohne Hilfe – jetzt, wo die Engländer nicht mehr da wären – Yamswurzeln ausgraben sollte.

»Kann Odette nicht helfen?«, schlug Fleur matt vor.

Augen rollend warf Céline die Hände in die Luft. »Wer hilft dann den Frauen beim Auspulen der Kakaobohnen? Da sind auch keine Engländer mehr!«

»Und Jules und François?«

»Auf dem Baumwollfeld.« Célines anklagender Blick fixierte Fleur mit einer Sturheit, die keinen Zweifel daran ließ, dass sie sich nicht von der Stelle rühren würde, bis sie Hilfe bekam.

»Also gut«, stöhnte Fleur, »ich komme.« Reicht man den Sklaven einmal den kleinen Finger, dachte sie verdrossen. Vielleicht hätte sie nie damit anfangen sollen, selbst Hand anzulegen. So wie die anderen Plantagenbesitzer, die sich ihre Hände nicht mit dem Ausgraben von Yamswurzeln schmutzig machten.

Mühsam wand sie sich aus der Hängematte und stapfte Céline hinterher in den Garten.

Einige Stunden später, nachdem die anstrengende Arbeit und die sengende Sonne Fleurs Kummer betäubt hatten, kam Annie schreiend in den Garten gelaufen.

»Männer mit Gewehren! Viele Männer!« Aus Annies Mund sprudelten noch weitere Sätze in ihrer afrikanischen Muttersprache, in die sie verfiel, wenn sie aufgeregt war.

»Ganz ruhig, Annie. Was ist los? Was für Männer?«, fragte Fleur.

»Da, vor dem Haus.« Annie zeigte in die Richtung, aus der sie gekommen war. »Mit Pferden. Viele!«

»Die Miliz?«

Ein heftiges Kopfschütteln war die Antwort. »Fremde, in Uniformen. Sprechen wie Francis mit seine Freunde.«

Sämtliche Farbe wich aus Fleurs Gesicht. »Englische ... Soldaten?« Sie konnte es nicht glauben. »Zeig mir, wo sie sind!«

Annie eilte voraus, den Pfad zum Haus zurück. Als die beiden Frauen den Stall erreichten und um die Ecke bogen, blieb Fleur jäh stehen. Ihr Herz setzte für einen Schlag aus. Ein Dutzend Gewehrläufe mit aufgepflanzten Bajonetten zielten auf sie. Soldaten auf nervösen Pferden hatten den Platz vor dem Haus besetzt. Sogleich wurde Fleur von ihnen umzingelt. Feindselige Blicke durchbohrten sie.

»Wir wollen den Besitzer der Plantage sprechen!«, verlangte eine befehlsgewohnte Stimme.

Es dauerte einen Augenblick, bis Fleur in ihrer Panik die Herkunft der Stimme lokalisieren konnte. Sie hatte Angst, die geringste Bewegung zu machen. Die kampflustigen Soldaten schienen nur darauf zu warten, dass sie ihnen einen Grund gab, über sie herzufallen. Ganz zu schweigen von den unruhigen Pferden, von denen sie sich bereits niedergetrampelt sah.

»Wo ist der Besitzer?« Die Stimme gehörte einem Reiter, dessen Uniform ihn als einen ranghohen Offizier kennzeichnete.

»Das bin ich«, antwortete sie kaum hörbar.

Der Offizier musterte Fleur in ihrem dreckigen Arbeitskleid ungläubig. »Meinen Informationen zufolge ist ein Monsieur Maurais der Besitzer.«

»Ich bin Madame … Maurais.« Im Bruchteil einer Sekunde hatte sie sich zu dieser Lüge entschieden. Es war sicher einfacher, die Informationen dieses Mannes zu bestätigen, als zu erklären, dass sie einen englischen Kriegsgefangenen geheiratet hatte, der sich offensichtlich nichts aus ihr gemacht und sich nach Martinique abgesetzt hatte.

»Wo ist Euer Mann?«

»Auf der Jagd. Was hat das alles zu bedeuten?«, fragte sie, obwohl sie die Antwort bereits ahnte.

»Sainte-Lucie befindet sich seit dem fünfundzwanzigsten Februar in englischem Besitz. Eure Plantage ist hiermit konfisziert.«

Die schneidenden Worte trafen Fleur wie einen Schlag. Das Unheil, das seit Wochen unter der Oberfläche geschlummert hatte, war mit seiner ganzen entsetzlichen Wucht über sie hereingebrochen.

»Das war uns nicht bekannt«, flüsterte sie.

Es erschien ihr, als ob sich der Boden unter ihren Füßen auftun würde. Ihre ganze Welt, ihr ganzes Leben stürzte in ein tiefes, finsteres Loch. Alles, was sie glaubte, aufgebaut zu haben, fiel wie eine Sandburg bei den ersten schweren Regentropfen in sich zusammen. Blackhursts Liebe war bereits fortgespült. Nun war Sainte-Lucie gefallen, ohne dass sie davon erfahren hatte. Der Krieg war über sie hereingebrochen, während sie nichts ahnend in dumpfer Lethargie versunken in der Hängematte gelegen hatte!

Der Offizier verzog den Mund zu einem verächtlichen Grinsen. »Es ging sehr schnell. Wir hatten kaum einen Schuss abgefeuert, als Longueville, der Kommandant Eurer Streitkräfte, die Ausweglosigkeit seiner Lage erkannte und kapitulierte.«

»Was geschieht mit uns?« Fleurs Stimme drohte zu versagen.

»Wir haben den Auftrag, Euch festzunehmen und in die Stadt zu bringen. Ihr habt fünf Minuten Zeit, das Notwendigste zu packen. Einer meiner Männer wird Euch begleiten.«

»Aber, weshalb ...?«, stotterte sie verständnislos. »Die Bewohner von Martinique und Guadeloupe konnten auf ihren Plantagen bleiben.«

Der Offizier überging Fleurs Äußerung und befahl einem seiner Soldaten: »Begleite die Dame ins Haus! Fünf Minuten, mehr nicht!«

Der angesprochene Soldat schwang sich vom Pferd, packte Fleur am Ellbogen und führte sie ins Haus. Es kam ihr nicht in den Sinn, sich zu wehren oder die Anweisung in Frage zu stellen. Verängstigt, aber bemüht, es nicht zu zeigen, raffte sie die nötigsten Dinge zusammen, während sie Annie, die man nicht daran gehindert hatte, sie zu begleiten, in schnellen Worten erklärte, was passiert war. Die junge Frau sprach kein Englisch.

Sie befahl Annie, die anderen Sklaven zu suchen und ihnen zu berichten. Sie warnte sie eindringlich, dass sie sich ruhig verhalten sollten, dann würde schon nichts passieren. Als sie das Haus verließen, hielt keiner die junge Frau auf ihrem Weg zur Sklavensiedlung auf. Fleurs Blick suchte den Offizier. »Was wird mit der Plantage und den Sklaven?«, fragte sie.

»Darum werden wir uns kümmern«, gab der Offizier barsch zur Antwort und wandte sich an den Soldaten neben ihm. »Du bleibst mit drei Männern hier! Sucht nach dem Besitzer und sorgt für Ruhe und Ordnung, bis entschieden wird, was mit der Plantage geschieht!«

Fleur wurde ohne Umschweife auf ein Pferd gesetzt, dessen Zügel einer der Soldaten übernahm. Dann brach der Trupp in Richtung des Dorfes auf, durch die Kakaoplantage und die Felder von Espérance. Die Sklaven ließen ihre Arbeiten fallen, kamen herbeigelaufen und sahen fassungslos zu, wie ihre Madame von den Soldaten abgeführt wurde. Steif wie eine Holzpuppe saß sie im Sattel. Sie konnte weder nach rechts noch nach links schauen, aus Angst, dann ihre Fassung zu verlieren. In ihrem Kopf rauschte es unerträglich.

Der Trupp hatte Espérance längst hinter sich gelassen, als das Rauschen schwächer wurde und der Schock so weit nachließ, dass Fleur wieder einen klaren Gedanken fassen konnte. Was war geschehen? Wie war es möglich, dass die Engländer plötzlich auf Sainte-Lucie gelandet waren, wo sie doch weggesegelt waren? Wie hatte sich das alles in so kurzer Zeit abspielen können?

Die gleiche Frage stellten sich Touchard, Fauconnier und seine Frau und zwei weitere Plantagenbesitzer, die ebenfalls von den Soldaten ins Dorf gebracht worden waren. Zusammen mit Fleur waren sie auf einen Transportwagen verfrachtet worden, der nun auf dem Weg in die Stadt war.

»Es wird gemunkelt, dass vom Fort kein einziger Schuss abgegeben wurde«, bemerkte Touchard mit einem giftigen Seitenblick auf Fleur.

»Dasselbe ist mir zugetragen worden«, fauchte einer der Plantagenbesitzer.

»Fragt sich nur, warum. Das Fort war unsere stärkste Bastion gegen die Engländer. Kein Kriegsschiff hätte an seinen Kanonen vorbeikommen sollen«, zischte Madame Fauconnier. »Wo ist eigentlich Euer werter Ehemann geblieben?«

»Auf der Jagd«, antwortete Fleur kleinlaut. Die aggressiven Blicke und gehässigen Bemerkungen verunsicherten sie. Warum waren sie ihr so feindselig gesinnt? War es nicht genug, dass Sainte-Lucie besetzt und sie von feindlichen Soldaten von ihren Gütern weggeholt worden waren?

»Was jagt er denn?«, fuhr Madame Fauconnier mit beißendem Zynismus fort. »Etwa Franzosen?«

Die Männer quittierten ihre Bemerkung mit einem bösen Knurren.

Fleur verkroch sich tiefer in die Ecke, in der sie hockte.

»Ich frage mich, wem es zu verdanken ist, dass unsere Kanonen sabotiert wurden«, ließ Touchard nicht locker. »Das kann nur einer unserer Feinde gewesen sein. Und der musste sich bereits auf der Insel aufgehalten und genügend Zeit gehabt haben, das Fort auszukundschaften. Wie viele frei herumlaufende Engländer sind Euch bekannt?«, fragte er höhnisch in die Runde.

Alle Augen richteten sich auf Fleur. Der Hass, der ihr entgegenschlug, erschreckte sie mehr als die englischen Soldaten, die sie gefangen genommen hatten.

»Das kann nicht sein ...«, stammelte sie. »So etwas hätte er nie getan.«

»Ach nein?«, spie Madame Fauconnier sie an. »Wie kommt es denn, dass er genau in diesem entscheidenden Moment verschwunden ist? Und die übrigen Engländer mit ihm?«

»Euch haben wir unsere missliche Lage zu verdanken! Euch und Eurer Dummheit!« Touchards Hass brach aus ihm heraus. Er richtete sich auf und zeigte auf Fleur. »Wegen Euch habe ich meine Plantage verloren! Ihr habt Euch von einem geschickten Schwindler um den Finger wickeln lassen! Ist Euch eigentlich klar, was Ihr angerichtet habt? Oder begreift Ihr nicht einmal das?« Bevor Fleur sich hätte wehren können, ging er in seiner Rage auf sie los, packte sie am Hals und begann, sie zu ohrfeigen. »Du verdammte Verräterin! Englische Hure!«

Fauconnier, der die Auseinandersetzung bisher schweigend mitverfolgt hatte, rappelte sich auf und versuchte, Touchard von Fleur loszureißen. »Hört auf, Touchard! Ihr geht zu weit!«

Doch gegen den jüngeren und stärkeren Touchard kam er nicht an. Dieser versetzt ihm einen kräftigen Stoß, sodass er auf die beiden anderen Plantagenbesitzer fiel.

»Ruhe! Hinsetzen!«, brüllte der Offizier, der den Trupp Soldaten mit dem Wagen anführte.

Doch Touchard war in seinem blinden Zorn nicht mehr zu bremsen. Er drückte Fleur die Luft ab, die verzweifelt versuchte, seine Hände von ihrem Hals zu lösen.

Der Offizier gab mit seinem Gewehr einen Schuss in den Himmel ab, der Touchard erstarren ließ. »Fesselt den Kerl und schafft ihn aus dem Wagen! Wenn er zu viel Energie hat, soll er laufen!«

Sofort stürzten sich die Soldaten auf den Wagen. Nach einem kurzen Handgemenge gelang es ihnen, Touchard zu überwältigen und von der Ladefläche zu zerren.

Keuchend fasste sich Fleur an die Kehle, die von seinem harten Griff schmerzte. Tränen traten ihr in die Augen. Sie rang nach Luft. Ihr Körper zitterte von dem Schreck, von ihrem eigenen Nachbarn angegriffen worden zu sein. Er hätte sie erwürgt, wenn die Soldaten ihn nicht daran gehindert hätten. Sie zog die Knie enger an und schlang schützend die Arme um sich.

Die übrigen Passagiere auf dem Wagen fixierten sie wie blutgierige Jagdhunde, die nur darauf warteten, von den Leinen gelassen zu werden und ihr Opfer zu zerfleischen.

Um den hasserfüllten Gesichtern auszuweichen, wandte Fleur den Kopf zur Seite. Sie heftete die Augen auf die Rinnen und Steine, über die der Wagen rumpelte. Sie hatte die englischen Soldaten gefürchtet. Aber dass die eigenen Nachbarn gefährlicher sein konnten als die Engländer, wäre ihr nie in den Sinn gekommen. Doch das war bei Weitem nicht das Schlimmste. Die Vorstellung, dass Blackhurst sie nicht nur verlassen, sondern auch betrogen und ausgenützt haben könnte, dass er tatsächlich etwas mit den sabotierten Kanonen zu tun hatte, ließ sie innerlich zu Eis erstarren. Nicht einmal der Verlust von Espérance traf sie so sehr wie der Gedanke, sich derart in ihm getäuscht zu haben. Hatte er so ein falsches Spiel mit ihr gespielt?

Sie würde es nie erfahren. Blackhurst und seine Männer waren inzwischen auf Jamaika oder einem englischen Schiff, das sie dahin bringen würde. Fleurs Schicksal interessierte ihn nicht. Auch nicht, dass die Engländer sie genauso in das Verlies stecken würden, wie die Franzosen es mit ihren Kriegsgefangenen getan hatten. Er hatte sie geküsst und geliebt – und sie im selben Augenblick an den Feind verraten.

Ihr wurde speiübel.

Die englischen Soldaten passierten das Fort mit seinen Verliesen und folgten ohne anzuhalten weiter der Straße bis in die Stadt. Sie gelangten auf den von einem ausladenden Baum überdachten Platz, an welchem sich der Sitz des Vertreters der französischen Regierung befand. Das Gebäude wurde jetzt von den englischen Besatzern genutzt. Der Wagen bog in den danebenliegenden Kasernenhof ein.

Die Franzosen wurden angehalten, von der Ladefläche zu steigen.

»Was geschieht mit uns? Warum wurden wir hierhergebracht?«, schrie Madame Fauconnier plötzlich hysterisch und weigerte sich, den Wagen zu verlassen.

»Ihr werdet Euch vorübergehend in der Kaserne aufhalten«, sagte der Offizier.

»Und dann?«

»Das entzieht sich meiner Kenntnis.«

Madame Fauconnier krallte sich an der Holzwand fest. »Ich steige nicht von diesem Wagen!«

Der Offizier, sichtlich enerviert über ihr Gezeter, befahl den Soldaten: »Bringt sie auf ihre Zimmer! Dieses Geschrei ist ja nicht zum Aushalten.«

Nachdem die Soldaten schließlich unter Androhung von Gewalt auch Madame Fauconnier dazu gebracht hatten, vom Wagen zu klettern, geleiteten sie die festgenommenen Franzosen zu einem langgezogenen, dreistöckigen Kasernengebäude, wo sie sie in das oberste Stockwerk führten.

Ein dunkler Korridor öffnete sich vor ihnen, zu dessen linker und rechter Seite Türen abgingen. Bevor sie sich versahen, wurden die beiden Plantagenbesitzer in ein Zimmer gestoßen, die Fauconniers und Touchard in ein anderes und Fleur in das letzte am Ende des Korridors. Kaum war sie eingetreten, wurde die Tür zugezogen und der Schlüssel im Schloss umgedreht.

Es war ein kahles Zimmer. Eine Pritsche stand längs der Wand, ein einfacher Tisch mit einem dreibeinigen Hocker darunter. Fleur stellte ihre Tasche auf den wackeligen Tisch und sah aus dem vergitterten Fenster. Ihr Zimmer lag an der Außenmauer der Kaserne. Daneben erstreckten sich die Regierungsgebäude.

Erschöpft sank Fleur auf die Pritsche und ließ den Kopf hängen. Tränen fielen auf ihr verschmutztes Kleid, das sie am Morgen im Garten getragen hatte. Es erschien ihr unvorstellbar, dass in den wenigen Stunden dieses unglückseligen Tages ihr ganzes Leben sich in einen Albtraum verwandelt hatte. Espérance war verloren, sie saß gefangen in dieser engen Kammer und der Mann, von dem sie gehofft hatte, er liebe sie, hatte sich als Betrüger und Verräter entpuppt.

Für diesen Mann hatte sie ihren gesellschaftlichen Ruf geopfert und alle vor den Kopf gestoßen. Nun war sie mutterseelenallein. Und das geschah ihr recht, verurteilte sie sich selbst. Sie hatte genau gewusst, was sie hätte tun müssen, was von ihr erwartet worden war. Trotzdem hatte sie sich darüber hinweggesetzt. Sie hatte ihren eigenen egoistischen Wünschen nachgegeben und bekam nun die Rechnung dafür präsentiert.

Fleur legte sich auf die harte Matratze und starrte an die Decke. Bewegungslos lag sie da. Hätte sie das Atmen, das Heben und Senken ihrer Brust einstellen können, sie hätte es getan.

Als einige Zeit später die Abenddämmerung anbrach, hörte sie, wie sich der Schlüssel im Schloss drehte. Die Tür ging auf und ein Soldat stellte ein Tablett auf den Boden beim Eingang. Fleur rührte sich nicht.

Erst als es beinahe zu dunkel wurde, um noch etwas zu sehen, stand sie auf, gedrängt von einem Durst, der unerträglich wurde.

Eine Kakerlake stob unter die Pritsche, als sie ihre Füße auf den Boden stellte.

Sie hob das Tablett auf und trug es zum Tisch. Ein Krug Wasser, ein Napf mit einem undefinierbaren Brei, eine Banane und eine Mango lagen darauf. Durstig trank sie einen Becher Wasser. Danach nahm sie einen Löffel von dem Brei und schob nach dem ersten Mundvoll den Napf angewidert beiseite. Die

Banane war überreif, aber noch genießbar. Als sie die Mango aß, tropfte dickflüssiger Saft auf ihr Kleid. Es kümmerte sie nicht. Am Schluss wischte sie sich die Hände am Stoff ab. Doch sie blieben klebrig.

Das Essen erinnerte Fleur an die erste Mango, die sie gegessen hatte. Damals, auf dem Schiff, Kapitän Pierce Blackhursts Kaperschiff. In einem anderen Leben.

Ehe Sehnsucht und Schmerz wieder Besitz von ihr ergreifen konnten, verdrängte sie diese Erinnerung mit aller Macht. Diese Episode ihres Lebens war vorbei. Endgültig. Und dabei musste sie es belassen. Es würde sie sonst zermürben und in diesem Käfig um den Verstand bringen.

Irgendwann im Laufe des nächsten Tages erschien ein Soldat und befahl Fleur, ihm zu folgen. Er führte sie hinunter auf den Kasernenhof, der von drei Seiten von Gebäuden umgeben und zur Straße hin mit einem hohen Eisengitter eingezäunt war. Zu beiden Seiten des verschlossenen Tores hielten Soldaten Wache. Auch auf den Veranden der Kasernengebäude patrouillierten sie.

Im Hof machte Fleur ein gutes Dutzend Bekannter aus, die sich unter den Blicken der Soldaten die Beine vertraten oder sich in Grüppchen zusammenstehend unterhielten.

Kaum hatte sie den Hof betreten, richtete sich augenblicklich die allgemeine Aufmerksamkeit auf sie. Die Gespräche verstummten. Abweisende, feindselige Blicke trafen sie.

Fleur fühlte sich, als wäre sie wilden Tieren in einer Arena zum Fraß vorgeworfen worden. Sie flüchtete an den Eisenzaun, in der Hoffnung, dass keiner der Franzosen auf die Idee kommen würde, seine Wut an ihr auszulassen, so wie Touchard tags zuvor.

Eine lange Stunde später forderten die Soldaten die Gefangenen auf, in ihre Zimmer zurückzukehren. Fleur wartete, bis die Franzosen das Gebäude betreten hatten und folgte ihnen als Letzte. Als sie in den Korridor trat, schlossen die Soldaten soeben wieder die Franzosen ein. Rasch durchquerte sie den halbdunklen Gang und atmete auf, als die Tür auch hinter ihr zufiel und der Schlüssel im Schloss knarrte.

Die Angst verdrängte lange Zeit jeden vernünftigen Gedanken aus ihrem Kopf. Die ganze Nacht lag Fleur wach auf dem Bett, lauschte angestrengt und schrak bei jedem Geräusch hoch, selbst wenn es nur das Knistern des Strohs in der Matratze war.

Erst als die ersten Schimmer den Morgen ankündigten und die unheilvolle Dunkelheit in ihrem Zimmer verdrängten, löste sich ihre Anspannung und sie glitt in einen unruhigen Schlaf. Sie träumte von Blackhurst und schreckte auf, als er sie in ihrem Traum verließ. Erinnerungen an ihn kamen in ihr hoch, und mit ihnen die Tränen.

Plötzlich blieb sein Name in ihrem Bewusstsein haften, oder vielmehr sein falscher Name: Francis Dury. Es dauerte einen Moment, bis sie begriff: Sie war mit einem Engländer verheiratet! Als solche musste sie doch unter der englischen Besatzung mehr Rechte haben als die Franzosen. Dieser Gedanke setzte sich in ihr fest. Die Engländer führten sie auf ihrer Liste noch als Madame Maurais. Sie musste ihnen mitteilen, dass sie inzwischen mit einem Engländer verheiratet und Madame Dury war. Blackhursts wahren Namen konnte sie nicht verraten. Wenn einer der Franzosen von seiner wahren Identität erfuhr, würde man sie ohne Umschweife lynchen. Also würde sie es mit Francis Dury versuchen. Was hatte sie schließlich zu verlieren? Im schlimmsten Fall hielt man sie weiter fest.

Als sie diesen Entschluss erst mal gefasst hatte, konnte Fleur es kaum noch erwarten, die Schritte der Soldaten, die das Frühstück verteilten, im Korridor zu hören. Angespannt ging sie auf und ab, zwang sich immer wieder zur Ruhe und setzte sich auf die Pritsche, bis sie von Neuem aufsprang und hin und her ging.

Endlich waren Schritte und das Geschepper von Geschirr zu hören.

Der Soldat hatte kaum Fleurs Raum aufgesperrt, schon rauschte sie auf ihn los. »Mein Mann ist Engländer! Ich bin Madame Dury! Ihr müsst mich freilassen!«

Der Soldat ließ das Tablett fallen und griff zu seiner Waffe. »Zurück! Geht zurück in das Zimmer oder ich schieße!«, schrie er.

Erschrocken wich Fleur zurück. Anscheinend hatte er ihren unerwarteten Ausbruch als Angriff interpretiert. Warum war sie nur nicht besonnener vorgegangen?, verfluchte sie sich selbst. Sie hob beschwichtigend die Hände.

»Ans Fenster!« Aufgeregt fuchtelte der junge Bursche mit seinem Gewehr.

»Das ist ein Missverständnis«, versuchte Fleur zu erklären. »Ich bin nicht Madame Maurais. Mein Mann ist Engländer. Francis Dury.«

Den Soldaten interessierte das nicht. So schnell er konnte, verließ er den Raum und sperrte hinter sich zu.

»Nein! Nein!« Verzweifelt sprang Fleur zur Tür und hämmerte dagegen. »Lasst mich raus! Ich will hier raus! Mein Mann ist Engländer!«

Mit geballten Fäusten traktierte sie die Tür, bis sie in ihrem Rahmen erzitterte. Nach einem Moment hielt sie inne und lauschte. Die Schritte im Korridor kamen nicht näher, sondern schienen sich zu entfernen. Trotzdem schlug sie weiter gegen das Holz.

Es schien zu wirken. Kurz darauf erschallte im Gang das lauter werdende, energische Klacken von Stiefelabsätzen. Die Tür wurde aufgerissen.

»Was soll dieser verdammte Krach!« Ein älterer, stämmiger Soldat scheuchte Fleur mit dem Bajonett vom Eingang weg. »Hier drinnen hat gefälligst Ruhe zu herrschen! Sonst sperr ich Euch in den Keller! Da könnt Ihr toben und schreien, solange Ihr wollt!«

»Mein Mann ist Engländer! Ihr müsst mich freilassen!«, wiederholte Fleur in schrillem Ton.

»Ach ja? Davon weiß ich nichts.« Ungerührt sperrte der Soldat ab und marschierte weg.

Fleur stürzte sich wie schon zuvor auf die Tür und hämmerte dagegen. »Das könnt Ihr nicht machen! Ihr müsst mich freilassen! Ich bin Madame Dury!«

Sie schrie und schlug weiter, bis ihre Hände rot und ihre Stimme rau geworden waren. Dann ließ sie erschöpft von der Tür ab und schlurfte resigniert zur Pritsche zurück.

Plötzlich breitete sich Angst in ihr aus. Was hatte sie getan? Die Hoffnung, hier herauszukommen, hatte sie mitgerissen. Sie hatte durch den ganzen Zellentrakt geschrien, dass sie zu einem Engländer gehörte. Oh Gott, wie hatte sie so dumm sein können? Wenn ihre Mitgefangenen sie bisher nicht für eine Verräterin gehalten hatten, dann taten sie es jetzt auf jeden Fall. Anstatt ihre Situation zu verbessern, hatte sie sie noch schlimmer gemacht.

Viel schlimmer!

Das Klirren eines Schlüsselbundes ließ Fleur eine Weile später aufhorchen.

Zwei andere Soldaten in den Uniformen von ranghöheren Offizieren spähten ins Zimmer. »Wie heißt Euer Mann?«

»Francis Dury. Er ist Engländer«, antwortete Fleur hoffnungsvoll.

Die beiden Soldaten sahen sich an. »Hast du einen Francis Dury auf der Liste gesehen?«

»Nein. Es waren kaum Engländer auf Sainte-Lucie. Ein Francis Dury war nicht dabei.«

»Tut uns leid, Madame. Wenn er tatsächlich Engländer und Euer Mann ist, wird er früher oder später hier auftauchen und nach Euch suchen.«

Bis das geschieht, hat der Urwald die Baumwollfelder zurückerobert, dachte Fleur mutlos. Wenn Blackhurst sich etwas aus ihr machen würde, hätte er sie schon längst gesucht und gefunden. Aber das war nicht der Fall. Wenn er bis jetzt nicht gekommen war, würde er es auch nicht mehr tun.

Die Soldaten wollten sich gerade zurückziehen, als Fleur eine Entscheidung traf. »Wartet!« Sie atmete tief durch. Sie hatte noch eine Trumpfkarte. Es wäre gefährlich, sie zu spielen, aber sie hatte keine Wahl mehr. »Mein Mann nennt sich auch Pierce Blackhurst. Vielleicht ist Euch dieser Name geläufig.«

Die Soldaten warfen sich einen ungläubigen Blick zu. »Ihr meint doch nicht etwa Kapitän Pierce Blackhurst?«

Fleur nickte. »Genau den. Kennt Ihr ihn?«

Die Soldaten blickten sich wieder an und brachen dann in Gelächter aus.

»Was gibt es da zu lachen?«, fragte Fleur mit einem Anflug von Empörung. Das durfte doch nicht wahr sein! Glaubten die ihr etwa nicht?

»Das ist wirklich ein guter Scherz! Nein – gut ist noch untertrieben! Ein ausgezeichneter Scherz! Komm mit!« Der eine Soldat klopfte dem anderen lachend auf die Schulter, während er die Tür zuzog. »Den müssen wir unseren Kollegen erzählen.«

»Dass die Franzmänner verrückt sind, habe ich schon immer gesagt. Aber dass wir hier drin eine Französin haben, die behauptet, die Frau von Kapitän Pierce Blackhurst zu sein, schlägt wirklich alles!« Grölend vor Lachen entfernten sich die beiden durch den hallenden Korridor.

Verzweifelt sank Fleur auf den Schemel, stützte die Ellbogen auf den Tisch und stützte das Gesicht in die Hände. Sie hatte gerade ihr größtes Geheimnis preisgegeben, und die Engländer hatten nur gelacht. Und jetzt musste sie sich nicht nur die Frage stellen, ob sie jemals aus diesem Gefängnis herauskommen würde. Sondern auch, ob sie die Gefangenschaft überleben würde.

Denn die Stimmen der Soldaten hatte jeder gefangene Franzose auf diesem Korridor gehört.

39

Am Nachmittag, als die Soldaten wiederkamen, erwartete Fleur, dass sie wie gestern zum Spaziergang in den Hof geholt würde. Ihr Magen krampfte sich bei dem Gedanken, den anderen Franzosen gegenüberzutreten, vor Furcht zusammen. Doch die Soldaten packten sie an den Armen und schlugen einen anderen Weg ein.

Die Franzosen, die sich an der frischen Luft die Beine vertraten, sahen hasserfüllt zu, wie Fleur über den gepflasterten Platz geführt und in ein anderes Gebäude gebracht wurde.

»Wahrscheinlich darf die Hure jetzt ihre Dienste feilbieten«, bemerkte Madame Fauconnier bissig. »Da nützt ihr ihr englischer Ehemann auch nichts.«

»Für etwas anderes ist sie auch nicht gut«, höhnte Touchard schadenfreudig. »Sogar die Engländer haben das erkannt!«

Fleur begann zu zittern. Niemals würde sie es überleben, derart missbraucht und erniedrigt zu werden. Eher würde sie sich umbringen.

In einem verzweifelten Aufbäumen klammerte sie sich an einer Mauer fest und sperrte sich mit aller Kraft gegen die Soldaten, als könnte sie damit etwas gegen ihr bevorstehendes Schicksal ausrichten. Es führte nur dazu, dass die Soldaten fester zupackten und ihre Arme in dem schraubstockartigen Griff schmerzten.

Die düsteren Gänge, durch die Fleur gezerrt wurde, mündeten letztendlich über eine Hintertür in eine großzügige Eingangshalle. Ein glitzernder Kronleuchter hing von der hohen Decke und warf ein funkelndes Spiel von hellen Lichtklecksen auf den marmornen Boden. Eine geschwungene, mit einem dunkelroten Läufer belegte Treppe führte neben der wuchtigen, aus dunklem Tropenholz gestalteten Eingangstür in ein oberes Stockwerk.

Die unerwartete Pracht der offiziellen Eingangshalle des Regierungsgebäudes wirkte nach der Verzweiflung, in welche die gehässigen Worte ihrer Mitgefangenen Fleur gestürzt hatten, wie ein dumpfer Schlag ins Gesicht. Sie blinzelte mit den Augen, geblendet von der Umgebung, in die sie so unerwartet geraten war. Was hatte das zu bedeuten? Wenn man sie vergewaltigen wollte, wäre sie doch sicherlich in die Baracken der Soldaten gebracht worden. Wer immer hier auf sie wartete, würde sich doch nicht mit einer einfachen französischen Gefangenen abgeben.

Die Soldaten lenkten sie die Treppe hinauf. Ein imposantes Gemälde des französischen Königs hing hoch an der Wand gegenüber, dort, wo es jedem Besucher als Erstes auffallen musste. Es war im unteren Bereich angekokelt und zerschlitzt, wahrscheinlich von den Bajonetten der Engländer, die ihre Wut gegenüber dem Feind stellvertretend hier ausgelassen hatten.

Im oberen Stockwerk verbreiteten mannshohe Spiegel mit kunstvollen, vergoldeten Rahmen den Eindruck von noch mehr Weite auf der ohnehin schon großzügig angelegten Balustrade. Die Soldaten bogen um eine Ecke und stoppten vor einer mit Intarsien eingelegten Flügeltür. Mit ernster Miene klopften sie. Als von drinnen ein »Herein!« ertönte, öffneten sie ehrfürchtig die Flügel, schoben Fleur hinein und nahmen dann hinter ihr Haltung an.

Ein Duft von feinem Zigarrenrauch und Leder empfing sie. Ein gut bestücktes Bücherregal ragte an der Wand neben dem Eingang bis zur Decke hinauf. Hinter einem ausladenden Schreibtisch aus glänzend poliertem, rotbraunem Holz setzte ein – der Uniform nach zu schließen – hoher Offizier gerade schwungvoll seinen Namen auf ein Papier. Der schlanke, vielleicht vierzig Jahre alte Mann hatte bei ihrem Eintreten nicht mal aufgeblickt, sondern beendete konzentriert seine Unterschrift. In seinem Rücken war auf einem breiten Gemälde eine erbitterte Seeschlacht, in die mehrere Kriegsschiffe verwickelt waren, in vollem Gange.

Die beiden Soldaten wagten nicht, den Offizier zu unterbrechen, sondern blieben abwartend stehen.

Er legte die Feder nieder, blies über die frische Tinte und schob das Papier in eine Ledermappe.

Erst jetzt schlug der eine der Soldaten die Hacken zusammen und kündigte den Besuch an: »Admiral Rodney, die besagte Dame.«

Der Angesprochene lehnte sich im Sessel zurück, verschränkte die Hände über dem Bauch und musterte Fleur mit neugierigem Amüsement. »Ihr behauptet also, die Frau von Kapitän Blackhurst zu sein.«

»Ja«, antwortete Fleur, befangen durch die herrschaftliche Atmosphäre des Raumes und das irritierend gut gelaunte Auftreten des Admirals.

»So, so.« Der Admiral hob lächelnd die Augenbrauen. »Es ist mir neu, das Kapitän Blackhurst verheiratet sein soll, und dazu noch mit einer Französin. Seid Ihr sicher, dass Ihr Euch nicht in dem Mann irrt?«

Fleur, deren Nerven dem Zerreißen nahe angespannt waren, schnappte aufgebracht nach Luft. »Diesbezüglich irre ich mich mit Sicherheit nicht! Ich war sogar auf seinem Schiff! Ob die Heirat ein Irrtum gewesen ist, das ist eine andere Frage. Aber die muss ich ja wohl nicht mit Euch klären!«

Ein leises Zucken umspielte die Mundwinkel des Admirals. »Seinem Ruf zufolge hätte ich mir die Frau von Kapitän Blackhurst anders vorgestellt.« Seine Augen glitten über Fleurs einfaches, verschmutztes Arbeitskleid.

Der abschätzende Blick und seine Bemerkung ließen sie vor Scham erröten. Ihr Äußeres entsprach wahrlich nicht dem einer Dame, die etwas auf sich hielt. Doch dann brach der Trotz gegen diesen hochnäsigen Engländer in ihr durch. Es war wohl kaum ihre Wahl gewesen, sich ihm so zu präsentieren! Wer dachte er denn, dass er sei, dass er sie so herablassend behandelte? Er war nichts weiter als ein rüpelhafter Engländer ohne jegliche Manieren, der es sich auf dem Stuhl des Stellvertreters des französischen Gouverneurs breit gemacht hatte. Sie reckte das Kinn. »Ich habe im Garten gearbeitet, als Eure Soldaten mich entführten! Und nur um den ganzen Tag in einem Kasernenzimmer eingesperrt zu sein, ziehe ich bestimmt nicht mein bestes Kleid an!«

Er schnalzte missbilligend. »Welch harte Worte aus dem Mund einer Dame.«

Wütend funkelte Fleur ihn an. »Dies ist wohl nicht der Anlass für gewählte Reden und teure Roben«, sagte sie eisig. »Wir sind im Krieg. Ich werde hier widerrechtlich festgehalten. Mein Mann ist Engländer. Und somit habt Ihr kein Recht, mich einzusperren.«

»Ihr seid ziemlich fordernd für jemanden in Eurer misslichen Lage«, bemerkte der Admiral. Sein Amüsement war inzwischen einem leicht gereizten Tonfall gewichen. »Doch wir werden schnell herausfinden, ob Eure Worte der Wahrheit entsprechen oder Ihr nur eine dreiste Lügnerin seid.« Er wandte sich der Fensterfront auf der anderen Seite des weitläufigen Raumes zu.

Fleurs Blick folgte dem seinen. Dort stand eine mit Brokat bezogene Sitzgruppe, in deren Mitte ein Tischchen mit einem Brettspiel wartete. Aber die Sessel waren leer. Ihre Augen fuhren über den Globus auf einer Kommode an der Wand und dann über die breite Fensterfront, an deren Ende ein Erker eine helle freundliche Nische bildete. Ihr stockte der Atem.

Im Erker stand ein Mann, halb von einem der Vorhänge verdeckt. Er trug eine tadellos sitzende, aufwändig gearbeitete Uniform mit einem dunkelblauen Rock, schneeweißen engen Hosen und glänzenden schwarzen Stiefeln. Die goldfarbenen Epauletten auf seinen Schultern und der mit ebensolchen Tressen und Borten geschmückte Rock zeigten einen hohen Rang an.

Admiral Rodney rief ihm zu: »Kapitän, hier steht eine Dame, die behauptet, die Eure zu sein!«

Der Mann im Erker trat mit verschränkten Armen einen Schritt vor.

Blackhurst!

Frisch rasiert, sauber gekämmt, in einer kostbaren und makellosen Uniform. Einen Moment lang blieb sie wie zu einer Salzsäule erstarrt stehen.

Dann brach die Wut aus ihr heraus. »Wie konntest du nur? Ich verrotte im Gefängnis, während du es dir gut gehen lässt!« Voller Verachtung taxierte sie die glanzvolle Uniform, als könnte sie sie mit ihren feurigen Blicken versengen. »Du Schuft!«

»Ihrem Temperament nach könnte sie zumindest zu Euch passen«, wandte sich Admiral Rodney belustigt, aber auch mit einer Spur Skepsis an Blackhurst, der immer noch dastand, ohne die Situation aufzuklären.

Fleur konnte ihren ausbrechenden Zorn nicht mehr im Zaum halten. »Du verdammter Mistkerl!«, schrie sie und ging auf ihn los. »Du hast mich benutzt und betrogen! Und ich dummes Huhn bin auf dich hereingefallen! Wie konnte ich so dämlich sein!« Blind vor Wut schlug sie auf ihn ein.

Er versuchte, ihren Schlägen auszuweichen, doch in ihrer Raserei war sie kaum zu bändigen. Er bekam einige Hiebe ab, bevor es ihm gelang, ihrer Handgelenke habhaft zu werden. »Hör auf damit!«

»Ich denke nicht daran!« Fleur wand sich in seinem Griff und konnte eine Hand losreißen, mit der sie erneut auf ihn einschlug.

Dieses Mal bekam er sie schneller zu fassen. »Es reicht!«

Unbeeindruckt fluchend versuchte sie, sich ihm zu entwinden.

»Hör jetzt endlich auf damit! Verdammt nochmal! Kannst du dich nicht benehmen? Was denkst du eigentlich, wo wir hier sind?«, zischte Blackhurst.

»Das ist mir egal!«, fauchte sie wütend zurück.

»Mir aber nicht!«

»Soll ich die Wache rufen?«, schlug Admiral Rodney mit leiser Ungeduld in der Stimme vor.

»Das ist nicht nötig«, knurrte Blackhurst. »Ich habe sie im Griff.«

Der Admiral ließ seinen verwunderten Blick zwischen Fleur und ihrem verräterischen Ehemann hin und her wandern. »Bedeutet das, dass es sich bei dieser Dame tatsächlich um Eure Frau handelt?«

Mit zusammengepressten Lippen nickte Blackhurst.

Nachdenklich schwieg der Admiral. Dann hob er an: »Ihr habt Euch meine Anerkennung und das Kommando über eines unserer Schiffe redlich verdient. Aber wenn Ihr mit dieser Frau rechtsgültig verheiratet seid, liegt es außer meiner Macht, Euch da herauszuhelfen, auch wenn Ihr diese Heirat zum Wohle Englands eingegangen seid.« Er zuckte etwas hilflos mit den Schultern und aus seiner Miene sprach Mitgefühl.

»Schon gut. Ihr habt genug getan. Damit komme ich selbst klar.«

Bevor Admiral Rodney etwas auf Blackhursts Worte erwidern konnte, fuhr Fleur dazwischen. »Dann ist es also wahr! Du warst es, der die Eroberung von Sainte-Lucie ermöglicht hat. Ich ...« Ungläubig und verzweifelt schüttelte sie den Kopf. »Ich hasse dich!«

»Verdammt, wirst du endlich Ruhe geben!«, fluchte Blackhurst. »Du befindest dich im Büro des höchsten englischen Admirals in der ganzen Karibik. Das ist nicht der Ort, eine solche Szene zu veranstalten!«

»Ach nein?«, höhnte Fleur bitter. »Schade ich damit etwa deinem guten Ruf?«

»Halt den Mund!« An Admiral Rodney gewandt sagte er: »Entschuldigt bitte ihr ungestümes Betragen. Sie hat ein Temperament, das manchmal überschäumt. Und die letzten Tage scheinen ihre Nerven übermäßig strapaziert zu haben. Ansonsten kann sie sich sehr wohl wie eine gut erzogene Dame ihres Standes benehmen. Am besten, ich bringe sie jetzt nach Hause, damit sie sich erholen kann. Dem spricht doch nichts entgegen, oder?«

»Wenn es sich bei ihr tatsächlich um Eure Frau handelt, natürlich nicht.«

Mit einer leichten Verbeugung verabschiedete sich Blackhurst. »Admiral, es war mir eine Ehre.«

»Ganz meinerseits, Kapitän. Ich freue mich, einen so fähigen Mann wie Euch in meiner Flotte zu wissen. Wir haben noch große Pläne zum Wohle Englands.«

Und während Fleur noch sprachlos nach einer Erwiderung auf seine unverschämten Worte suchte, zog er sie mit hartem Griff und schnellem Schritt aus dem Raum heraus. Sie versuchte sich gegen ihn zu stemmen, aber das war völlig hoffnungslos.

Unten auf dem Vorplatz rief er einen Soldaten herbei. »Ich brauche einen Wagen!«

»Kommt sofort, Kapitän Blackhurst«, bestätigte der Soldat ehrerbietig.

Keine zwei Minuten später rollte eine Kutsche auf den Platz.

»Bitte sehr, Sir. Eure Kutsche.« Der Soldat öffnete die Tür und klappte den Tritt herunter, damit Fleur, die sich inzwischen auf eisiges Schweigen verlegt hatte, einsteigen konnte. Als Blackhurst keine Anstalten machte, Fleur in die Kutsche zu folgen, fragte der Soldat verwundert: »Und Ihr, Sir?«

»Ich werde mich zum Kutscher auf den Bock setzen. Ich brauche frische Luft.«

Und mit einem Knall schlug die Tür hinter Fleur zu.

Pierce nahm an, dass Fleurs Zorn etwas verraucht wäre, wenn sie auf Espérance eintrafen. Doch er hatte sich getäuscht. Zwar schrie Fleur ihn nicht mehr an und ging mit Fäusten auf ihn los. Aber kaum waren sie auf Espérance angekommen, verließ sie die Kutsche, bevor er ihr behilflich sein konnte. Ohne ein Wort zu verlieren oder ihm irgendeine Beachtung zu schenken, rauschte sie hoch erhobenen Kopfes zum Gutshaus.

Die Nächsten, die ihren Zorn zu spüren bekamen, waren die drei Soldaten, die sich in ihrer Abwesenheit um die Plantage kümmern sollten. Sie saßen gerade an einem üppig gedeckten Tisch beim Abendessen, an dem sie sich wie die Maden im Speck gütlich taten.

Bei diesem Anblick ging Fleur erneut in die Luft. »Verschwindet sofort aus meinem Haus!«, tobte sie. »Ihr habt hier nichts verloren!«

Verdutzt starrten die Männer die Furie an, die plötzlich aus dem Nichts aufgetaucht war. Sie hatten sich noch nicht wieder gefasst, als Fleur schon zum Wandschrank eilte, nach dem Gewehr griff und auf sie anlegte. »Raus hier! Ich sage es nicht noch einmal!«

»Fleur, leg das Gewehr weg!«, ermahnte Pierce in der Befürchtung, die Soldaten könnten ebenfalls zu den Waffen greifen.

Diese wiederum verstanden offensichtlich nicht mehr, was vor sich ging, als auch noch ein englischer Kapitän auftauchte. Sollten sie nun den Feind bekämpfen oder dem Kapitän ihre Ehrerbietung erweisen?

»Fleur! Gib mir das Gewehr!«, forderte Pierce noch einmal.

Sie hob das Kinn. »Ich denke nicht daran!«

Er seufzte auf. »Meine Herren, ich bin Kapitän Pierce Blackhurst. Eure Dienste werden hier nicht mehr benötigt. Ihr habt Euch umgehend in der Kaserne zurückzumelden.«

Misstrauisch sahen die Soldaten von Pierce zu Fleur und dann zueinander und überlegten offenbar, wem sie in dieser verzwickten Situation trauen sollten. Dem Kapitän oder ihren Waffen.

Schließlich erhob sich der Ranghöchste von ihnen langsam, seine Augen auf Fleur und das Gewehr geheftet. »Seid Ihr sicher, dass Ihr mit dieser Dame klarkommt?«

»Keine Sorge«, erwiderte Pierce und sah Fleur dabei in die Augen. »Ich bin schon mit ganz anderen zurechtgekommen.«

Der Soldat nickte. »Dann melden wir uns hiermit ab und übergeben Euch die Verantwortung über die Plantage.« Er salutierte und verließ mit seinen Untergebenen eiligst das Haus.

Fleur wartete, bis die Soldaten draußen waren, dann stellte sie das Gewehr zurück in den Wandschrank und rauschte, ohne Pierce zu beachten, an ihm vorbei die Treppe hinauf in ihr Zimmer, wo sie die Tür zuschlug.

Nachdenklich sah er ihr nach. Es war wohl besser, ihr nicht zu folgen, sondern die Nacht auf der Veranda in einer Hängematte zu verbringen.

Schweren Herzens legte er sich hin. Er hatte gewusst, dass es nicht einfach werden würde. Aber dass sie so aufgebracht war? Sah sie denn nicht, dass es nicht anders gegangen war? Wie hatte sie sich das vorgestellt? Dass er einfach brav ihren Ehemann geben würde? Als kaum geduldeter Engländer auf einer Insel von Franzosen? Dass er auf alles verzichtete, was er sich in seinem Leben erarbeitet hatte? Um nur noch ihr Ehemann zu sein? Sie hatte ihn als Pierce Blackhurst kennengelernt. Sie wusste, dass er ein Mann war, der seinen Weg ging und seine Entscheidungen fällte. Dass er niemand war, der alles einfach so hinnahm, sondern jemand, der sein Leben selbst bestimmte. Niemand, der einer Herde Schafe einfach hinterherlief. Sondern vielmehr derjenige, der sie anführte. Das hatte sie gewusst. Genauso wie sie hatte wissen müssen, dass er sein Los als Gefangener nicht einfach akzeptieren würde. Dass er einen Weg heraus suchen und finden würde.

Konnte sie das nicht verstehen?

Er hatte dafür gesorgt, dass Sainte-Lucie friedlich eingenommen wurde. Niemand wurde dabei getötet, keine Plantagen verwüstet und selbst die Stadt war mit wenigen Schäden davongekommen. Hätte er dies nicht mit seinem Plan ermöglicht, hätte Admiral Rodney die Insel mit Gewalt eingenommen.

Er hoffte, dass sie einsehen würde, dass er nicht hatte anders handeln können. Und dass er, obwohl er ihr seine Pläne verschwiegen hatte, doch nur dafür gesorgt hatte, dass es ihr, Espérance und seinen Bewohnern, für die er sich mittlerweile ebenso verantwortlich fühlte wie sie, gut ging. Dafür konnte er nur als Kapitän Blackhurst sorgen. Als geachtetes Mitglied der englischen Gesellschaft. Dem unbekannten Francis Dury war das nicht möglich.

Fleur konnte ihre Plantage behalten, dafür hatte er sorgen können. Gut, sie wurde unter Gewaltandrohung von Espérance weggeholt, und sie hatte zwei Nächte in der Kaserne verbringen müssen. Er war nicht schnell genug gewesen, dafür zu sorgen, dass das nicht geschah. Das tat ihm leid.

Nachdem die Kriegsschiffe in der Nacht des Überfalls das Fort nach seiner Sabotage gänzlich außer Gefecht gesetzt hatten, waren die Soldaten mit Ruderbooten auf die Insel übergesetzt. Er hatte sie erwartet, ihnen Pläne der Stadt übergeben und sie zu den Regierungsgebäuden und der Kaserne geführt, die sie schnell eingenommen hatten. Danach war er zu Rodney auf eines der Schiffe gebracht worden, wo der Admiral mit seinen Offizieren Kriegsrat hielt und über das weitere Vorgehen entschied. Er hatte Pierce das Kommando über eines der Linienschiffe übertragen.

Er musste zugeben, dass ihn das mit Befriedigung erfüllte! Wieder ein Schiff zu befehligen – und dann noch eines der größten, die es in der Flotte gab! – und von der englischen Gesellschaft voller Respekt wieder aufgenommen worden zu sein.

Aber während seiner Zeit auf Espérance war ihm klar geworden, dass er sein Leben als Seefahrer aufgeben wollte. Dafür wurde er allmählich zu alt. Er wollte es etwas ruhiger angehen, nicht ständig auf der Hut vor Feinden sein und sich irgendwann irgendwo niederlassen können. Eine Frau haben, die an seiner Seite war und ihn unterstützte, und irgendwann ... vielleicht ... eine Familie? Doch dazu passte das Leben eines Kapitäns – ob es nun ein Freibeuterschiff oder ein Kriegsschiff der Marine war – nicht sonderlich gut.

Nun hatte er dieses neue Kommando, und bevor er sich um Fleur kümmern konnte, hatte er sich erst seiner neuen Aufgabe widmen müssen: seinem neuen Schiff, seinen Offizieren und seiner Besatzung. Danach hatte er sich an Land übersetzen lassen, um nach Espérance zu reiten und nach Fleur zu sehen. Aber dazu war er nicht mehr gekommen. Er war in das Büro von Admiral Rodney gerufen worden, und der hatte ihn angewiesen, im Erker zu warten und erst zu sprechen, wenn der Admiral ihn darum bitten würde. Wenn es darum ging, sich einen Spaß zu machen, konnte der Admiral ein echter Mistkerl sein.

Und dann war plötzlich Fleur hineingeplatzt. Wie eine Furie. Völlig außer sich. So hatte er die stets um ihre Haltung bemühte Fleur noch nie erlebt. Sie hatte getobt wie ein Orkan. Und das ausgerechnet im Büro des höchsten englischen Admirals, des Mannes, der ihnen mit einem Fingerschnippen alles wieder wegnehmen könnte!

Pierce seufzte und drehte sich auf die andere Seite. Morgen würde er ihr alles erklären. Wenn sie sich wieder abreagiert hatte. Dann würde sie ihn sicher verstehen und ihm verzeihen. Und sie könnten beratschlagen, wie es weitergehen sollte. Er konnte sein Kommando nicht direkt wieder abgeben, das würde den Admiral beleidigen. Aber Fleur könnte mit ihm auf das Schiff kommen und die Plantage vorübergehend einem Verwalter anvertrauen. Oder wollte sie auf Espérance bleiben, bis er zurückkäme? Als gemachter Mann. Der ihr den Platz in der Gesellschaft bieten konnte, den sie verdiente.

Denn so viel stand für ihn fest: Fleur gehörte zu ihm. Sie musste ihm nur die Möglichkeit geben, ihr das zu beweisen.

Und das konnte er jetzt, als Kapitän Pierce Blackhurst.

Als Fleur am nächsten Morgen das Esszimmer betrat, saß Blackhurst beim Frühstück und scherzte mit Annie. Abrupt verstummten beide bei Fleurs Anblick. Annie zog einen Stuhl zurück, damit Fleur sich setzen konnte.

»Gut, Madame wieder hier sein und Soldaten gehen«, sagte Annie. »Soldaten nichts wissen von Plantage. Nur viel essen und faul herumliegen.«

»Ja, es tut gut, wieder zuhause zu sein.« Fleur versuchte, einigermaßen freundlich zu klingen, obwohl das scherzhafte Geplänkel zwischen den beiden ihren Ärger aufs Neue entfacht hatte. Blackhurst ignorierend, begann sie zu essen.

Die eisige Stimmung am Tisch veranlasste Annie bald dazu, sich mit einer Ausrede ins Küchenhaus zu verziehen.

Eine Weile lang war nichts weiter zu hören als das Geklirr des Bestecks auf den Tellern.

Dann brach Blackhurst das Schweigen. »Wir müssen reden.«

»Wozu? Damit du mir noch mehr Lügen erzählst?«

»Ich habe dich nicht belogen. Ich habe dir nur nicht alles erzählt.«

»Das ist dasselbe«, fauchte sie. Dieser arrogante Mistkerl. Er tat geradezu, als wäre ihre Wut vollkommen unvernünftig.

Blackhurst verlor die Geduld. »Was hättest du denn an meiner Stelle getan? Hätte ich dir tatsächlich erzählen sollen, was wir vorhaben?«

Fleur presste die Lippen aufeinander und schwieg ihn an.

»Ich habe nur meine Pflicht getan.«

»Ach ja? Gegenüber wem? Mir gegenüber hast du deine Pflichten sträflich vernachlässigt«, entgegnete sie wütend.

»Das ist nicht wahr. Dir ist nichts geschehen. Du bist als rechtmäßige Besitzerin wieder auf Espérance. Niemand nimmt dir deine Plantage weg.«

Sie lachte bitter auf. »Mir ist nichts geschehen? Ich wurde abgeführt wie eine Verbrecherin, Touchard hätte mich beinahe umgebracht, für meine Bekannten bin ich eine Verräterin und wenn ich in dem Gefängnis nicht auf meine Rechte gepocht hätte, wäre ich immer noch eingesperrt! Ich kann mich nämlich nicht daran erinnern, dass du mich da rausgeholt hättest!«

Blackhurst atmete einmal tief durch. »Ich war noch nicht dazu gekommen, mich um dich zu kümmern.«

»Das habe ich bemerkt. Du warst ja mit dem Admiral beschäftigt! Nachdem du mich, Espérance und Sainte-Lucie für deine Karriere verkauft hast!«

Er schlug mit der Faust auf den Tisch. »Jetzt reicht's! Ist dir eigentlich klar, was geschehen wäre, wenn wir unseren Plan nicht durchgeführt hätten? Denkst du, die Engländer wären einfach so an Sainte-Lucie vorbeigesegelt, weil es in deinen Augen ja so gut befestigt war?« Mit grimmigem Gesicht lehnte er sich vor. »Ich kann dir sagen, was geschehen wäre: Die Stadt wäre in Schutt und Asche zerschossen worden, es hätte unzählige Tote und Verletzte gegeben, und wenn wir Pech gehabt hätten, wäre danach auch noch das Gelbfieber ausgebrochen, so wie es auf Martinique wütet! Stattdessen ist nichts dergleichen geschehen, und du sitzt immer noch wie eine selbstgerechte Matrone auf deiner Plantage! Was hast du eigentlich für ein Problem?«

Bei dieser Beleidigung holte Fleur scharf Luft. »Ich kann dir sagen, was für ein Problem ich habe: Es ist Krieg, und wir sind mittendrin! Du auf der englischen Seite und ich auf der französischen. Das ist etwas, was du in deinem Ehrgeiz noch nicht begriffen hast. Zwischen uns herrscht Krieg! Und den hast du angezettelt!« Sie zeigte mit dem Finger auf ihn, als könnte sie ihn damit erstechen.

In seinen Augen blitzte etwas auf – Verletztheit, Angst, Wut? –, aber bevor sie es erkennen konnte, senkte er den Kopf und gab vor, sich auf das Essen auf seinem Teller zu konzentrieren. Nach einer Weile sagte er in ernüchtertem, enttäuschtem Ton: »Ich habe das Kommando auf einem Kriegsschiff in Admiral Rodneys Flotte erhalten. Auf einem der größten Linienschiffe. Eigentlich wollte ich mit dir darüber reden. Aber das wird dich wohl nicht mehr interessieren.«

»Da hast du vollkommen recht! Nachdem du mich und Sainte-Lucie für ein Kommando auf einem Linienschiff verscherbelt hast, kannst du von mir aus dahin gehen, wo der Pfeffer wächst! Ich will dich nicht mehr sehen!«

»Ist das dein letztes Wort?«, fragte er leise.

»Mein allerletztes!« Sie wandte den Blick ab und konzentrierte sich nun selbst auf ihr Essen, um ihn nicht ansehen zu müssen. Sie war immer noch so wütend, dass sie sich nur mit Mühe davon abhalten konnte, aufzuspringen und auf ihn einzuschlagen. Aber nachdem die erste Wut verraucht war, hatte sich in der Nacht auch ein anderes Gefühl in ihr breit gemacht: Erleichterung. Erleichterung, dass es ihm gut ging. Erleichterung, dass all die Horrorszenarien, in denen sie ihn tot im Dschungel hatte liegen sehen, nicht wahr geworden waren. Aber wie sollte sie ihm vergeben, dass er sie verraten hatte? Wenn er nicht einmal um Vergebung bat? Wenn ihre Ehe für ihn nicht mehr als ein Mittel zum Zweck gewesen war. Denn ganz sicher erwiderte er ihre Liebe nicht. Andernfalls würde er es ihr doch sagen, oder? Wenn nicht jetzt, wann dann?

Blackhurst stand auf, und Fleur spürte seinen Blick auf sich. Aber sie sah nicht hoch. Tränen waren ihr in die Augen getreten, und sie wollte verdammt sein, wenn sie ihn sehen ließ, wie sehr er sie verletzt hatte.

»Dann werde ich jetzt in die Stadt zurückreiten.« Als sie nicht reagierte, griff er nach seinem Hut und seinem Rock und ging.

Ohne ihm nachzusehen, wandte Fleur ihre Aufmerksamkeit wieder ihrer Frühstücksomelette zu. Blind vor Tränen hackte sie es klein und spießte ein Stück auf ihre Gabel. Sie hatte sich gerade überwunden, es auch zu essen, als Annie hereinkam.

Verwundert winkte diese nach draußen und fragte: »Francis gehen?«

Das Essen stand Fleur plötzlich bis zum Hals. Sie warf das Besteck auf den Teller und schob ihn von sich. »Es gibt keinen Francis mehr. Es gab nie einen Francis Dury. Es war alles nur erstunken und erlogen«, murmelte sie mehr zu sich selbst als zu Annie.

Annie runzelte die Stirn. Als Fleur sich nicht weiter äußerte, presste sie missgestimmt die Lippen zusammen und begann, den Tisch abzuräumen.

40

Die folgenden Tage und Wochen zogen dahin wie die Strömung in einem breiten Fluss. Unaufhaltsam und immer gleich.

Fleur stürzte sich in die Arbeit, von der es auf der Plantage – ohne die vier mitarbeitenden Engländer – mehr als genug gab. In dem Versuch, über die wuchernde Natur und die rasch reifende Ernte die Oberhand zu bewahren, verlangte sie sich selbst und den Sklaven das Äußerste ab und trieb jedermann unerbittlich an.

Sie versuchte, den Schmerz und die bittere Enttäuschung in den Acker zu hacken, ihn sich mit den alten Ästen der Kakaobäume aus dem Leib zu schneiden, ihn mit den Hufen des galoppierenden Pferdes in den Boden zu stampfen und ihn kannenweise mit dem Wasser auszugießen. Denn die Trockenzeit brachte es mit sich, dass der Garten und die blühenden Baumwollstauden täglich von Hand gegossen werden mussten. Zumindest waren ihre Mühen von Erfolg gekrönt, auch wenn Fleur keinen Blick dafür hatte. Das üppige Gelb der Blüten auf den Baumwollfeldern war eine Augenweide. Die Kakaobohnen quollen aus den Kisten, in denen sie zum Fermentieren gelagert wurden, da die vorherige Ernte immer noch zum Trocknen in den riesigen Schubladen lag, auf denen sie täglich aus der Scheune in die Sonne gezogen wurde. Die Mango-, Tamarinden- und Papayabäume ächzten unter dem Gewicht ihrer Früchte. Die Bananenstauden hatten bei dem guten Wetter angesetzt wie nie zuvor. An allen Ecken und Enden mangelte es an arbeitenden Händen, um die überaus reiche Ernte dieses Jahres zu pflücken.

Doch so sehr sich Fleur auch mit Arbeit abzulenken versuchte, der Schmerz war immer da. Es war, als hätte Blackhurst ihr das Herz bei lebendigem Leibe herausgerissen. In ihrer Brust klaffte eine riesige, offene Wunde, die ihr alle Kraft und Hoffnung nahm. Plötzlich hatte alles keinen Sinn mehr, und es gab nichts, woran sie noch Freude empfand. Das Leben erschien als ein ewiges Mühsal.

Daher bedeutete es für alle einen Lichtblick, als eines Tages unerwarteter Besuch auf Espérance eintraf. Verstaubt und müde, aber mit einem Strahlen im Gesicht erschien Daniel mit einem weiteren Engländer.

»Kapitän Blackhurst schickt uns. Er meinte, dass Ihr bestimmt Hilfe gebrauchen könnt«, begrüßte er Fleur.

Auch wenn sich bei der Erwähnung dieses Namens alles in ihr verkrampfte, hätte sie Daniel am liebsten umarmt. Die Last, wieder ganz allein die Verantwortung für Espérance tragen zu müssen, ohne ausreichende Arbeitskräfte, hatte schwer auf ihr gewogen.

»Das ist George«, stellte Daniel seinen Begleiter vor. »Er war in England Bauer und wäre froh, wenn er wieder Erde bearbeiten könnte anstatt Segel und Taue. Zum Seemann taugt er nämlich nicht«, lachte Daniel. Ernster fügte er hinzu: »George wurde in England von den Rekrutierungstrupps zwangsweise zum Dienst auf See verpflichtet.«

»Es würde mich freuen, wenn ihr hierbleiben würdet. An nichts mangelt es uns so sehr wie an Arbeitskräften. Was allerdings den Verdienst angeht ...« Fleur brach ab. Unsicher, wie erfolgreich der Verkauf ihrer Erzeugnisse unter den Engländern werden würde, scheute sie davor zurück, weitere finanzielle Verpflichtungen einzugehen. Denn die wenigen weißen Männer, die zum Arbeiten auf die Inseln kamen, konnten die Notlage der Pflanzer zu ihrem Vorteil ausnutzen und gesalzene Gehälter und gehobene Stellungen verlangen.

»Keine Sorge«, wehrte Daniel ab. »Kapitän Blackhurst sorgt für unseren Sold.«

Überrascht zog Fleur die Augenbrauen hoch. Wie kam es, dass ausgerechnet er, dessen Namen sie am liebsten aus ihrem Gedächtnis getilgt hätte, ihr Hilfe schickte?

Die Überraschung hielt nur kurz an. Dann erwachte Misstrauen in ihr. Was mochte dieses Mal hinter seinen Handlungen stecken? Pierce Blackhurst tat nichts ohne Hintergedanken. So gut hatte sie ihn inzwischen kennengelernt.

Aber die beiden wegzuschicken, brachte sie nicht über sich. Die Sklaven würden es ihr nicht verzeihen, wenn sie diese Hilfe ablehnte. Warum musste dieser verfluchte Pierce Blackhurst sie in eine solche Lage bringen?

Noch mehr ärgerte sie aber die Tatsache, dass bei der Erwähnung seines Namens weniger Zorn in ihr aufwallte als ein Schmerz, der dort einsetzte, wo sich ihr Herz befand, und der sich gegen ihren Willen in ihrem ganzen Körper ausbreitete.

Tapfer setzte sie ein Lächeln auf und reichte George die Hand. »Wenn das so ist, heiße ich euch herzlich willkommen.«

Die beiden erwiesen sich als Geschenk des Himmels. George erwarb sich mit seinen landwirtschaftlichen Kenntnissen und seiner zupackenden Art schnell den Respekt der Sklaven, und alle waren froh, dass vier weitere Hände bei der Arbeit halfen.

Auch der Verkauf der reichen Ernte, die sich in Säcken abgepackt zu türmen begann, gestaltete sich leichter, als Fleur befürchtet hatte.

Die Engländer hatten außer dem militärischen Personal der Insel nur die einflussreichen weißen Franzosen – Plantagenbesitzer, Händler und Regierungsbeamte – in der Kaserne festgesetzt. Dies, um mögliche Aufstände von vornherein zu verhindern und die Macht über die Insel in ihren Händen zu behalten. Alle übrigen Bewohner der Insel, darunter auch weiße Aufseher, Besitzer von unbedeutenden Plantagen, Handwerker oder Bedienstete blieben von der englischen Besatzung unbehelligt und konnten ihrer Arbeit und ihren Geschäften unverändert nachgehen.

So hatte sich an Fleurs Kundschaft, was Gemüse, Obst und Blumen betraf, wenig geändert. Die schwarzen Köchinnen, die Aufseher und Verwalter, die die Waren bestellten, waren die gleichen geblieben. Einzig ihre Herren hatten gewechselt.

Die Erzeugnisse der Plantage, die Kakaobohnen und die Baumwolle, die bereits zu reifen begann, mussten an die englischen Händler, die die Geschäfte in der Stadt übernommen hatten, zu festgesetzten Preisen abgeliefert werden. Erstaunt stellte Fleur fest, dass die Erlöse höher waren als zuvor bei den französischen Händlern. Die Engländer beherrschten nun praktisch die karibische See. Die geschwächte französische Seemacht konnte ihnen kaum mehr in die Quere kommen. Dadurch hatte sich der Handel stabilisiert. Die Frachtschiffe gelangten unbeschadet nach England, wo die Nachfrage nach Kakao und Baumwolle stieg und stieg.

Das Einzige, was Fleur wider ihren Willen beschäftigte, waren die Nachrichten, die Daniel und George eines Tages aus dem Dorf mitbrachten. Nachdenklich ging sie auf der Veranda hin und her, nachdem die beiden Engländer sich in Richtung Scheune verabschiedet hatten. Die Franzosen waren vor Jamaika endgültig geschlagen worden. Dort war die französische Flotte unter Admiral Blénac, der zu spät zur Rettung von Martinique die Karibik erreicht hatte und der daraufhin kurzzeitig die Engländer auf Jamaika in Angst und Schrecken versetzt hatte, von der englischen Flotte unter Admiral Rodney aufgerieben worden. Danach hatte die englische Flotte, Daniels Bericht zufolge, Kurs auf Havanna genommen. Kapitän Blackhurst musste die Seeschlacht unbeschadet überstanden haben, meinte Daniel beruhigend, denn sein Tod hätte unter den Engländern bestimmt die Runde gemacht.

Dennoch zog sich Fleurs Herz zusammen. Sie hatte die Schrecken einer Seeschlacht selbst erlebt. Damals, als die beiden französischen Kriegsschiffe sie angegriffen hatten. Wenn sie daran zurückdachte, kam es ihr vor, als ob es gestern gewesen wäre. Noch immer konnte sie die unmenschlichen Schreie der Verwundeten in ihren Ohren hören, hing der würgende Gestank von verbranntem menschlichen Fleisch, verkohltem Holz und sinnlos vergossenem Blut in ihrer Nase. Trotz allem, was geschehen war, betete sie darum, dass der Krieg Blackhurst verschonen möge.

Mit der Erinnerung an die Seeschlacht tauchte auch jene an die Momente danach, an Blackhursts Gefangennahme wieder auf. Wie der Soldat ihn getreten hatte. Wie seine blauen Augen sie angesehen hatten. Der Drang, ihm zu Hilfe zu eilen, ihn zu umarmen.

Die Sehnsucht nach ihm schnürte ihr die Brust zusammen. Sie setzte sich auf die Stufen der Veranda, zog die Knie an und schlang die Arme darum. Als die Tränen zu rollen begannen, barg sie das Gesicht in den Armen.

Würde dieser Krieg je zu einem Ende kommen?, fragte sie sich verzweifelt. Er tobte schon seit über sechs Jahren und obwohl immer wieder von Friedensverhandlungen gesprochen wurde, waren sie bisher allesamt gescheitert. An Staatsmännern und Regierungen, die nicht bereit waren, einzulenken, bevor sie nicht die Macht über die alte und die neue Welt gewonnen hatten. An Männern, die in Frankreich und England in ihren herrschaftlichen Häusern in weich gepolsterten Ledersesseln beim Nachmittagstee saßen, während unschuldige Männer auf dem Schlachtfeld ihr Leben opferten.

Selbst jetzt, nachdem Frankreich fast alle seine Kolonien in der neuen Welt an England verloren hatte, ging er noch weiter. Nun auch gegen Spanien, dem England Anfang des Jahres den Krieg erklärt hatte. Mit ihrem Angriff auf dessen Hauptstützpunkt Havanna versuchten die Engländer jetzt auch Spanien aus der Karibik zu verdrängen.

Nur wenige Tage später gab es bereits neue Nachrichten. Bei einem Besuch im Dorf erfuhr Fleur, dass die englische Flotte vor Havanna die spanischen Seekräfte mit zwölf englischen Linienschiffen im Hafen festgesetzt hatte. Die Linienschiffe hatten an der Mündung des Kanals, der vom Hafen Havannas auf das offene Meer führte, Stellung bezogen. Eine fünfzehntausend Mann starke Armee versuchte, die Forts, welche zu beiden Seiten des Kanals die Hafeneinfahrt und die Stadt sicherten, zu überwältigen.

Dann, nach zweimonatigen Kämpfen, fiel Havanna. Die spanische Flotte wurde dabei zum größten Teil zerstört. Mit der Eroberung von Havanna war ganz Kuba an die Engländer gefallen, eine Beute, die an Wert den indischen Kolonien gleichgesetzt wurde. Dementsprechend groß war der Jubel der englischen Besatzer auf Sainte-Lucie.

Fleur hatte diese Kriegsnachrichten mit zunehmender Sorge verfolgt. Bei wem auch immer sie sich nach Einzelheiten erkundigte, niemand hatte davon Kenntnis, ob Kapitän Blackhurst die Kämpfe überlebt hatte.

Die Monate vergingen. Auf die Regenzeit folgte die Trockenzeit. Es wurde von Kämpfen zwischen Engländern und Franzosen in Neufundland berichtet.

Doch von Pierce Blackhurst fehlte noch immer jede Nachricht.

41

Um ihn herum herrschte Dunkelheit. Pierce versuchte, die Augen zu öffnen, doch es gelang ihm nicht. In seinem Kopf pochte es, als ob er in einer Schraubzwinge steckte. Er wollte den Arm heben und die Hand an die Stirn legen, doch gleich beim ersten Anspannen der Muskeln durchzuckte ihn der Schmerz wie Feuer. Er rang nach Luft. Vorsichtig bewegte er die Finger seiner anderen Hand. Es gelang ihm zwar, aber sie schienen ihm nicht richtig zu gehorchen. Als ihm bewusst wurde, dass er seine Beine nicht mehr spürte, durchflutete ihn Panik. Was war los mit ihm? Trotz der Schmerzen versuchte er sich mit dem heilen Arm aufzurichten, wurde aber sofort von einer Hand auf seiner Brust niedergedrückt.

»Er kommt zu sich«, sagte eine Stimme.

Pierce wusste, dass der Mann neben ihm stehen musste, aber seine Stimme schien wie aus weiter Ferne durch einen Nebel zu wabern.

»Endlich! Wurde auch langsam Zeit«, sagte eine andere Stimme. »Kapitän Blackhurst, könnt Ihr mich hören?«

Pierce wollte die Frage bejahen, doch aus seinem Mund kam nur ein Röcheln.

»Kapitän?« Die Stimme schien erleichtert, als er blinzelnd die Augen öffnete. »Eine Kugel schlug neben Euch in die Bordwand. Dabei wurdet Ihr weggeschleudert und verletzt. Ihr hattet einen langen Holzsplitter im Arm und einen im Rücken. Wir konnten beide entfernen. Habt Ihr das verstanden?«

Pierce nickte, schloss aber wieder die Augen. Er sah ohnehin nur Schemen »Meine Beine?«, brachte er mit Mühe heraus.

Einen Augenblick lang herrschte Stille. Dann sagte die Stimme: »Der Splitter drang direkt neben der Wirbelsäule ein. Es war kein großer Splitter und wurde daher wahrscheinlich vom Knochen abgelenkt, was Euer Glück ist. Als wir ihn herausholten, schien der Wirbel unverletzt. Aber ob das wirklich so ist, wird sich erst zeigen müssen.«

Wieder schoss Panik in ihm hoch. Mit aller Macht versuchte er, die Beine zu bewegen. Das Einzige, was er dabei erreichte, war, dass sich ein bleierner, schwarzer Vorhang auf ihn herabsenkte. Dann verlor er das Bewusstsein.

Als er wieder zu sich kam, hörte er Schnarchen, Wimmern und leises Gemurmel. Ein Mann stöhnte vor Schmerzen. Pierce blinzelte, bis sich allmählich Schemen aus der Dunkelheit lösten. Irgendwo links von ihm hing eine Laterne, die einen großen Raum spärlich beleuchtete. In seinem Kopf pochte es noch immer, daher schloss er die Augen wieder. Sein Mund und seine Kehle waren wie ausgetrocknet. Dieses Mal versuchte er gar nicht erst, sich zu bewegen. Er beschränkte sich darauf, »Wasser« zu krächzen.

Nichts tat sich.

Er krächzte es noch einmal, lauter.

Als nichts geschah, gelang es ihm schließlich zu fragen: »Ist da jemand?«

»Ich bin ja schon da! Ihr seid nicht der Einzige hier.« Es war eine andere Stimme als diejenigen vorher, sie klang jünger und überfordert. Der Junge erreichte ihn, hob seinen Kopf vorsichtig hoch und setzte ihm ein Glas an die Lippen.

Gierig schluckte Pierce das kühle Wasser. »Wo bin ich?«, fragte er, nachdem der junge Mann das Glas wieder abgesetzt hatte.

»In einem Lazarett. Ihr habt Fieber. Der Doktor hat mir ein

Medikament gegeben, das ich Euch einflößen soll, wenn Ihr erwacht.«

Erneut wurde Pierce' Kopf hochgehoben und ein Glas an seine Lippen gesetzt. Er trank. Es schmeckte bitter.

»Ich komme später wieder zu Euch. Da ist ein anderer Verletzter, der dringend meine Hilfe braucht.«

Bevor Pierce noch hätte etwas fragen können, war der Junge weg.

Er sank zurück auf die harte Unterlage. Die Schmerzen in seinem Kopf und seinem Arm – und so ziemlich überall – waren beinahe unerträglich. Er versuchte, sie zurückzudrängen, um nicht von ihnen überwältigt zu werden. Doch sie waren zu stark. Erbarmungslos schlugen sie ihre Klauen in ihn. Er wusste, dass er nicht aufgeben und sich wieder der erlösenden Ohnmacht hingeben durfte, sondern dass er kämpfen musste.

Eine Weile lang führte er den Kampf.

Dann erlahmten seine Kräfte, und irgendwann fragte er sich: Wozu das alles ertragen? Warum dagegen ankämpfen? Wie viel einfacher wäre es, einfach aufzugeben und nichts mehr zu fühlen. Die Schmerzen hinter sich zu lassen. Die Beine, die er gar nicht mehr fühlte und die ihm deshalb am meisten Angst machten. Wie einfach wäre es, diesen Körper zu verlassen und in die friedliche Dunkelheit zu gleiten.

Doch irgendwo in seinem Inneren widersprach eine Stimme. Er hörte nicht, was sie sagte, und wusste nicht, woher sie kam. Er wusste nur, dass sie da war. Dass sie ihm wichtig war. Dass sie ihn aus der Dunkelheit holte.

Sie war weiblich, diese Stimme.

Dann entstand ein Bild in seinem Kopf. Braune Augen, die ihn voller Liebe anblickten, lösten sich aus der Dunkelheit, umrahmt von braunen Locken. Vor Sehnsucht zog sich sein Herz zusammen. Er wollte sie wiedersehen, ihre weiche, warme

Haut berühren, sie fest an sich drücken. Sie nie wieder loslassen.

Warum hatte er sich damals von seiner Enttäuschung leiten lassen, als sie ihn in ihrer Wut zum Teufel geschickt hatte? Wenn er sich besser erklärt hätte, wäre es ihm vielleicht gelungen, ihr Verständnis für sein Handeln zu wecken. Aber damit, dass sie so wütend auf ihn würde, dass sie ihn aus ihrem Leben verbannte, hatte er nicht gerechnet. Und das wiederum hatte ihn wütend gemacht. Er hatte doch nur das Beste für sie gewollt. Eine Basis schaffen, auf der ihre Ehe eine Zukunft hatte. Dass sie das nicht sehen wollte, hatte ihn zutiefst verletzt. Sie hatte ihn so verletzt, wie es noch niemand vorher getan hatte. Wie es bis dahin auch niemand hatte tun können, denn noch nie hatte er jemand so nah an sich herangelassen.

Mühsam wälzte er sich auf der harten Matratze herum. Doch egal wie er lag, die Schmerzen ließen nicht nach.

Er klammerte sich wieder an Fleurs Bild. An die glücklichen Tage, die sie zusammen verbracht hatten. Und die leidenschaftlichen Nächte. Er musste zurück zu ihr. Sie wiedergewinnen, koste es, was es wollte.

Sie war das einzig Wichtige. Das Einzige, wofür es sich zu kämpfen lohnte. Nicht dieser unselige Krieg, der ihn von ihr fernhielt, oder das Kommando auf einem Linienschiff.

Warum war er nur nicht früher zu ihr zurückgekehrt? Aber das hatten der Krieg und seine Pflichten nicht erlaubt. Er tobte heftiger als je zuvor in der Karibik und gab ihm keine Möglichkeit, nach Espérance zurückzukehren. Er hatte versucht, ihr zu schreiben, aber nie eine Antwort auf seine Briefe erhalten. Wahrscheinlich waren sie gar nicht bis Sainte-Lucie durchgekommen.

Und jetzt lag er in diesem Lazarett, das er vielleicht nie wieder verlassen würde. Verzweiflung drohte ihn zu übermannen.

Mit seinem ganzen Willen versuchte er, seine Beine zu bewegen. Es musste einfach gehen. Er musste hier raus. Er musste zurück.

Zu ihr.

42

Im Frühling des darauffolgenden Jahres trieb der Flamboyant-Baum vor der Sklavensiedlung auf Espérance wie immer zu dieser Jahreszeit seine Blüten aus. Blutrot quollen sie aus dem vertrockneten Laub und Astwerk, entfalteten ihre Blätter, als würde der Baum kurz vor seinem Tod noch einmal alles daran setzen, sein Überleben sichern zu wollen. Denn jedes Mal nach dem Ende der Trockenzeit sah er aus, als wäre er verdorrt, und man konnte sich nicht vorstellen, zu welcher Pracht er sich wieder entfaltete, wenn der Regen kam. Es war der Baum, der Maurais dazu gedient hatte, aufsässige Sklaven zu bestrafen, indem er sie an den Stamm gefesselt und ausgepeitscht hatte. Mehr als ein Sklave hatte an diesem Baum beinahe sein Leben verloren.

Fleur fragte sich, wie Maurais nur einen solch wundervollen Baum für seine Grausamkeiten hatte auswählen können. Es war, als ob der Baum selbst jeden Frühling daran erinnern wollte, als ob er die Erde von dem versickerten Blut der Sklaven reinigen wollte, indem er das erlittene Leid mit der Schönheit seiner Blüten sühnte.

Der Frühling dieses Jahres 1763 brachte endlich die lange ersehnte Nachricht über den Friedensvertrag, der am zehnten Februar in Paris geschlossen worden war. Nach sieben langen Jahren des Krieges. Sieben Jahre des Hoffens und Bangens.

Nichtsdestotrotz war Fleurs Freude darüber begrenzt. In den Friedensverhandlungen war entschieden worden, dass Sainte-Lucie an Frankreich zurückfiel, ebenso Martinique und Guadeloupe. Dadurch würde sich das Blatt auf Sainte-Lucie erneut wenden, und Fleur fragte sich, ob es wohl zum Besseren oder zum Schlechteren war.

Die Engländer zogen nach und nach ab, die festgehaltenen Franzosen wurden freigelassen, und die besetzten Plantagen wieder ihren ehemaligen Besitzern übergeben.

Sich an den Hass ihrer Landsleute erinnernd, verfolgte Fleur die Geschehnisse mit düsterem Misstrauen und war sich nicht sicher, ob der Krieg wirklich vorbei war oder ob er nicht nur sein Antlitz verändert hatte.

Die nächsten Wochen und einige Besuche im Dorf machten schnell klar, dass sie umgeben von ihren eigenen Landsleuten verlassener und ausgegrenzter war als jemals unter den englischen Besatzern. Denn inzwischen wusste jeder, dass der englische Kriegsgefangene Francis Dury, den sie geheiratet hatte, der berüchtigte Kapitän Blackhurst war und dass dieser maßgeblich am schnellen Fall von Sainte-Lucie beteiligt gewesen war. Niemand, außer Prinzessin Suze, nahm ihr noch Waren ab. Glücklicherweise hatten sie die Baumwollfelder abgeerntet und die Ballen zusammen mit einer großen Ladung Kakaobohnen in den letzten Tagen vor Bekanntwerden des Friedensschlusses an die Engländer verkauft. So würde ihr wenigstens etwas Zeit bleiben, unter den veränderten Gegebenheiten einen neuen Weg zu finden.

Eines Nachts wurde Fleur durch ein ungewohntes Geräusch geweckt. Sie hielt den Atem an und lauschte in die finstere Nacht. Plötzlich sträubten sich ihr die Haare. Das untrügliche Gefühl, dass jemand im Schlafzimmer war, überfiel sie. Sie schlug die Augen auf und blinzelte ein paar Mal, um sich an die Dunkelheit zu gewöhnen. Bis sie endlich die vom Mondlicht gezeichneten Konturen des Raums wahrnahm, hatte ihr Herz zu rasen begonnen.

Noch ehe sie den Eindringling entdecken konnte, hörte sie seinen Atem. Ihre Gedanken überschlugen sich. Das Gewehr war im Wohnzimmer im Schrank eingeschlossen. Die einzige Waffe in der Nähe war ein Dolch in der Schublade ihres Nachttisches. Aber würde es ihr gelingen, die Waffe rechtzeitig zu ergreifen, bevor der Eindringling über sie herfiel?

Mit einer beinahe unmerklichen Bewegung schob sie die Hand unter dem Bettlaken in Richtung des Nachttisches. Sie war noch nicht am Rande des Bettes angelangt, als schwere Schritte auf sie zukamen. Ihre letzte Chance ergreifend, rollte sie sich blitzschnell aus dem Bett und ließ sich zu Boden fallen. Ohne auf die Schmerzen des Aufpralles zu achten, schoss sie mit dem Arm nach oben und riss die Schublade aus dem Nachttisch. Krachend fiel sie auf die Holzdielen und ergoss ihren Inhalt auf den Boden. Das Metall des Dolches blitzte im Mondlicht auf. So schnell sie konnte, fasste sie danach und sprang auf die Füße.

Inzwischen hatte der Angreifer das Bett umrundet.

»Halt! Keinen Schritt weiter! Ich habe ein Messer!«, schrie Fleur mit einer Kraft, in der sich der pure Wille zum Überleben entlud.

Der Angreifer wich zurück und hob die Arme. »Keine Angst. Ich bin es.«

Die Stimme kam ihr bekannt vor. Aber das konnte nicht sein.

»Pierce«, sagte er.

Fleurs Arm mit dem Messer senkte sich langsam. Es war so still im Raum, dass man eine Stecknadel hätte auf den Boden fallen hören.

»Du? Du bist das?«, japste sie. In ihrer Angst hatte sie vergessen zu atmen.

»Ja.«

»Was willst du hier?«, entfuhr es ihr.

»Mit dir reden?«, sagte er vorsichtig.

»Jetzt? Mitten in der Nacht?«

»Es ging nicht früher.«

»Ach nein?«, meinte sie sarkastisch. Die Wut schoss plötzlich wie ein Vulkan in ihr hoch. Vermischt mit den Verletzungen, den Zweifeln, Ängsten und der Verzweiflung, die sie seit seinem Weggang durchlebt hatte. Alles in einem. Und es richtete sich geballt auf ihn. »Du verdammter Mistkerl!«, schrie sie. Sie ließ das Messer fallen und ging mit den Fäusten auf ihn los. Ich hasse dich!, wollte sie schreien, aber das brachte sie nicht heraus. Irgendetwas in ihr hinderte sie daran.

Bis sie es erkannte: der Wunsch, ihm einfach um den Hals zu fallen, in fest an sich zu drücken und zu weinen vor Erleichterung.

Und dieses Gefühl brachte sie noch mehr auf. Sie schlug wie wild auf ihn ein. Er wehrte ihre Schläge eine Weile lang ab, bis ihre Kraft nachließ. Plötzlich ging er in den Angriff über, und bevor sie wusste, wie ihr geschah, hatte er ihre Handgelenke in seinem Griff und presste sie mit dem Rücken gegen die Wand. Fleur konnte sich nicht mehr wehren. Er hatte sie in seiner Gewalt. Sie dachte daran, ihm das Knie zwischen die Beine zu rammen. Aber sie tat es nicht.

Heftig atmend blitzte sie ihn an. Sie war so wütend! Er sagte nichts, sondern hielt sie einfach nur fest in seinem Griff. Sie rang nach Atem. Allmählich ließ die Wut nach. Er stand so dicht vor ihr, dass sie seinen Geruch wahrnehmen konnte. Und plötzlich brachen sich andere Gefühle in ihr Bahn. Solche, die sie daran erinnerten, was sie genau in diesem Raum früher mit ihm erlebt hatte.

Er ließ sie los und trat einen Schritt zurück. Beinahe bedauerte sie es.

»Was tust du hier?«, wiederholte sie ihre Frage.

»Ich wollte dich sehen. Sobald der Krieg beendet war, habe ich die erste Gelegenheit ergriffen hierherzukommen. Vorher ging es nicht. Ich hatte mich bis Kriegsende verpflichtet, nachdem du mich hinausgeworfen hattest.«

»Ich wollte dich doch nicht hinauswerfen«, brauste sie auf.

»Du hattest gesagt, ich soll dahin gehen, wo der Pfeffer wächst.«

Sie senkte den Kopf. Traurigkeit machte sich in ihr breit. »Du hast mich sehr verletzt mit dem, was du getan hast. Und ich war wütend auf dich.«

»Es tut mir sehr leid. Ich wollte, es wäre anders gegangen. Ohne dich zu verletzen. Aber ich wollte doch nur das Beste für uns. Ich wollte, dass unsere Ehe eine Chance hat. Und die gab es nicht mit mir als Kriegsgefangenem. Ich wünschte mir, du könntest mir irgendwann verzeihen.«

Konnte sie das? Sie hatte ihn geliebt – und tat es immer noch, wie sie sich eingestehen musste –, aber was waren seine Beweggründe? Weshalb war er wirklich zurückgekommen? Einfach weil seine Frau hier eine Plantage besaß?

»Aber jetzt haben wir keine Zeit weiterzureden.« Sein Ton wurde plötzlich hart. »Als ich beim Dorf vorbeikam, waren die Franzosen gerade dabei, sich zu versammeln.«

»Wozu?«

»Ich befürchte, sie werden gegen Espérance marschieren.«

Erschrocken sah sie ihn an. »Bist du sicher? Der Krieg ist doch vorbei.«

»Sollte man meinen, ja. Aber sie scheinen noch eine offene Rechnung zu haben.«

»Mit mir?« Ungläubig riss sie die Augen auf.

Er nickte stumm und zog sie zum Fenster. »Da.« Mit dem Arm deutete er in die Nacht hinaus.

Fleur brauchte einen Augenblick, bis sie in der mondbeschienenen Nacht ein Flackern zwischen den Bäumen des Dschungels ausmachen konnte. Das Flackern von unzähligen brennenden Fackeln.

»Du meinst …«, sprachlos brach sie ab.

»Deine lieben Nachbarn. Allen voran Touchard, der gegen dich hetzt, seit er wieder auf freiem Fuß ist. Er hat sie dazu gebracht, ihre ganze aufgestaute Verbitterung über die englische Besetzung auf dich zu richten.«

»Auf mich? Denkst du wirklich, sie kommen, weil sie … mir etwas antun wollen?« Flehend sah sie ihn an, sich an einen letzten Funken Hoffnung klammernd, dass dem nicht so war. Obwohl sie schon lange gespürt hatte, dass es unter der Oberfläche brodelte.

Blackhurst nickte.

Mit einem tiefen Seufzer, der vielmehr nach einem verzweifelten Schluchzen klang, ließ sich Fleur auf die Bettkante fallen. »Ich habe es geahnt«, flüsterte sie und schlug die Hände vors Gesicht. Hörte diese sinnlose Gewalt denn nie auf? Nicht einmal, nachdem der Krieg zu Ende war? Gingen ihre Nachbarn tatsächlich so weit, sie anzugreifen? Sie, die immer versucht hatte, sich aus diesem Krieg herauszuhalten? Bitter lachte sie auf. Jetzt brachten sie ihren eigenen Krieg, jetzt, wo endlich alles zu Ende sein sollte!

»Und was machen wir jetzt?«, fragte sie verzweifelt.

»Kämpfen.«

Entgeistert blickte Fleur zu ihm auf. »Kämpfen? Wie sollen wir denn gegen diese Übermacht ankommen? Wir haben nur eine Hand voll Männer und kaum Waffen.«

»Als ich im Dorf sah, was los war, gelang es mir, unbemerkt mit Prinzessin Suze zu reden. Sie hat mich auf die ehemalige Plantage der Fauconniers geschickt, die jetzt Engländern gehört.«

»Ja, die Fauconniers haben verkauft und sind zurück nach Frankreich.«

»Als ich ihnen sagte, wer ich bin, haben sie uns sofort ihre Hilfe angeboten. Wir sind, so schnell wir konnten, hierhergeritten. Mit ihren Männern und unseren können wir ihnen entgegentreten.«

»Aber das reicht doch nicht! Wenn Touchard das ganze Dorf aufgehetzt hat, haben wir keine Chance!«

»Willst du ihnen Espérance einfach so überlassen?«

»Nein! Natürlich nicht«, erwiderte Fleur wütend. »Aber ich kann doch niemanden in einen sinnlosen Tod schicken.«

Blackhurst fasste sie an den Schultern. »Hör zu. Ich habe einen Plan. Beeil dich und zieh dich an. Am besten eine Hose. Versteck deine Haare unter einem Hut. Das habe ich auch den anderen Frauen unten bei der Scheune geraten. So können wir den Anschein erwecken, wir hätten mehr Männer, als wir tatsächlich haben.« Eindringlich sah er ihr in die Augen. »Wir müssen Espérance verteidigen, Fleur. Hier geht es nicht nur um unsere Plantage. Es geht auch um all die anderen Engländer, die auf der Insel geblieben sind. Wir müssen ein für alle Mal klarstellen, dass wir hierbleiben werden und uns nicht verdrängen lassen.«

Diese Idee war ein Irrsinn, sagte sich Fleur. Trotzdem zog sie sich eine Hose an und eilte mit ihm nach draußen.

Denn was gab es für eine andere Lösung?

43

»Warum hast du nie etwas von dir hören lassen?«, fragte Fleur, als sie zwischen den Baumwollfeldern hindurch zum Weg ritten, der ins Dorf führte. Ihnen folgten sämtliche Bewohner von Espérance und der anderen Plantage. Zuerst die Männer, dann die verkleideten Frauen. Alle waren bewaffnet, die vordersten mit den wenigen Gewehren, die sie besaßen, die hinteren mit Stechgabeln, Sensen, Stöcken und was sie sonst noch an Geräten gefunden hatten, die sich zur Verteidigung eigneten. Blackhurst hatte ihr erklärt, dass er dem Mob um Touchard dort gegenübertreten wollte, wo der Weg so schmal war, dass nur wenige nebeneinander hergehen konnten. So würden er und Touchard als Erste aufeinander treffen.

»Ich habe dir geschrieben.«

»Ich habe nie einen Brief erhalten.«

»Dann sind sie wohl nicht durchgekommen. Danach habe ich Daniel zu dir geschickt.«

»Und warum hast du ihm keinen Brief mitgegeben?«

»Du hast nie geantwortet«, antwortete Blackhurst nach kurzem Zögern. »Und da dachte ich, du bist immer noch wütend auf mich.«

»Nicht zu Unrecht, wie du zugeben musst.«

Er seufzte. »Ich tat, was ich damals für richtig hielt.«

»Und heute? Würdest du dasselbe wieder tun?« Sie hielt den Atem an. Warum hatte sie das gefragt? War es überhaupt wichtig? Es war ja nicht so, als würde er ihr irgendwelche Gefühle gestehen, diese Hoffnung hatte sie aufgegeben. Er war sicher nur aus Pflichtgefühl zurückgekehrt. Er würde die Plantage retten und dann wieder verschwinden, wie schon zuvor.

»Heute?« Sein Blick schweifte nachdenklich über die dunklen Konturen des Urwaldes, der sie wie ein Tunnel umschloss. »Heute sieht die Welt anders aus.«

Fleur runzelte die Stirn. »Was soll heute anders sein als vor einem Jahr?«

»Alles«, bemerkte er.

Aber bevor Fleur fragen konnte, was er damit meinte, erreichten sie die Stelle des Pfades, an der sie einen steilen Abhang hinter sich bringen mussten. Der Weg ließ es hier nicht mehr zu, dass sie nebeneinander ritten. Fleur lehnte sich im Sattel so weit wie möglich zurück, um es dem Pferd leichter zu machen, den schwierigen Untergrund zu bewältigen. Trotzdem kam es auf dem morastigen Boden immer wieder ins Rutschen und warf verängstigt den Kopf hoch.

»Ganz ruhig, mein Brauner. Wir sind gleich unten.« Beruhigend tätschelte sie ihm den Hals. Sie atmete erleichtert auf, als sie den Abhang endlich hinter sich gelassen hatten. Sie schloss wieder zu Blackhurst auf.

»Es war völlig sinnlos«, murmelte er nach einer Weile.

»Was war sinnlos?«

»Der ganze Krieg.«

»Ist er das nicht immer?«, fragte Fleur.

»Wahrscheinlich. Aber vorher dachte ich anders.« Er drehte sich zu ihr und blickte ihr in die Augen. »Weißt du, warum wir die französischen Inseln eingenommen haben?«

»Um die Franzosen aus der Karibik zu verdrängen und sie zu beherrschen.«

»Das habe ich auch gedacht. Aber was hat sich durch den Krieg verändert?«

Fleur überlegte, worauf er hinauswollte. »Nicht allzu viel«, antwortete sie vorsichtig.

»Genau! Und dafür habe ich meine Männer in den Tod

geschickt! Völlig sinnlos!« Seine Stimme klang bitter. »Die englische Regierung hat kalte Füße gekriegt. Sie fürchten, dass England mit all seinen kolonialen Eroberungen als zu mächtig angesehen wird und bald den Rest der Welt gegen sich hat. Sie haben sich mit diesem Argument unter Druck setzen lassen, einen Vertrag auszuhandeln, mit dem sie einen großen Teil ihrer Kriegsbeute wieder an Frankreich und Spanien zurückgeben. Alles, wofür meine Männer und ich letztes Jahr gekämpft haben, war völlig umsonst. Das ganze Grauen vor Havanna wegen nichts.«

Fleur schwieg. Dazu gab es einfach nichts zu sagen.

»Dabei hat die Regenzeit unsere Truppen mehr Männer gekostet als die Spanier. Fünftausend starben an Tropenkrankheiten, während unter dem spanischen Kanonenfeuer weniger als eintausend Männer ihr Leben verloren haben oder verletzt wurden. Viele Soldaten sind einfache Farmer aus den nordamerikanischen Kolonien, die sich dort eine neue Existenz aufgebaut haben. Und die jetzt nicht wieder heimkehren, weil sie in einem sinnlosen Krieg für das ferne Vaterland gestorben sind.« Er machte eine Pause. »Die englische Regierung ist sich noch gar nicht bewusst, was für ein Problem sie sich mit ihrem Verhalten schafft. Irgendwann wird die Zeit kommen, in der sich die nordamerikanischen Kolonien fragen werden, wozu sie das alte England noch brauchen. Und dann steht uns der nächste Krieg bevor. Denn freiwillig wird England nicht auf seine Einnahmen aus den Kolonien verzichten.«

Fleur hätte gerne die Hand auf seinen Arm gelegt, aber sie wusste nicht, ob er eine solche Berührung willkommen heißen würde. »Und trotzdem willst du jetzt wieder kämpfen?«

Eindringlich sah Blackhurst sie an. »Du und Espérance seid das Einzige, wofür es sich wirklich zu kämpfen lohnt.«

Fleur blieb vor Überraschung der Mund offen stehen. Diese

Antwort war das Letzte, womit sie gerechnet hatte. Doch bevor sie ihre Gedanken sammeln konnte, zügelte Blackhurst sein Pferd. »Da vorn kommen sie. Geh nach hinten zu den Frauen, wo du sicher bist, und überlass Jules dein Pferd.« Er drehte sich im Sattel um und winkte den Schwarzen herbei.

Blackhursts Tonfall hatte unvermittelt eine derartige Autorität angenommen, dass Fleur nicht gegen seine Anweisung aufbegehrte. Kaum war sie abgesessen, griff Jules nach den Zügeln und schwang sich auf das Pferd.

Fleur blieb am Wegrand stehen, während die Menschengruppe weiterzog. In ihren Ohren hallten immer noch die Worte nach, die Blackhurst zu ihr gesagt hatte. Mit einer leisen, aber bestimmten Eindringlichkeit. *Du und Espérance seid das Einzige, wofür es sich wirklich zu kämpfen lohnt.*

Wegen ihr war er zurückgekommen. Und wegen ihr stellte er sich diesem Kampf. Einem Kampf, den er selbst kämpfen würde, unter Einsatz seines eigenen Lebens; den nicht Kanonen, Schiffe, Soldaten und Gewehre entscheiden würden, sondern nur sein Mut, seine Stärke und seine Geschicklichkeit. Am liebsten hätte Fleur ihn zurückgehalten. Das war Espérance nicht wert. Darauf konnte sie verzichten. Auf ihn nicht.

Aber es war schon zu spät.

Wütende Schreie ertönten vom Kopf des Zuges. Sie waren auf Touchard und seine Männer gestoßen.

Fleur reihte sich wieder in den Zug ein und wollte sich nach vorne durcharbeiten, wurde aber von Céline zurückgehalten: »Master Pierce sagte, wir sollen hinten bleiben! Nicht, dass sie bemerken, dass wir Frauen sind!«

Widerwillig gab Fleur nach. Ihre Sorge zerriss sie beinahe, aber es wäre besser, wenn sie hier hinten blieb. Nicht, dass sie Blackhurst noch im falschen Moment ablenkte oder Touchard sie als Druckmittel in die Hände bekam. Sie stellte sich auf die

Zehenspitzen, um mitzubekommen, was vorne geschah. Sie sah über den Köpfen der anderen nur Blackhurst und Jules und die anderen Engländer auf ihren Pferden und den ebenfalls berittenen Touchard, aber die Stimmen trugen weit genug, um das Gespräch Wort für Wort zu verstehen.

»Verschwindet von meinem Grund und Boden!«, rief Blackhurst wütend.

»Euer Grund und Boden?«, fauchte Touchard. Sein sonst so gut aussehendes Gesicht war zu einer hasserfüllten Fratze verzogen. »Das, mein lieber Blackhurst, ist Geschichte! Dieser Boden gehört uns! Ihr verdammten Engländer habt hier nichts mehr verloren!«

»Macht keinen Fehler, Touchard. Noch einen Schritt weiter und es ist Euer letzter!«

»Ach ja? Was wollt Ihr denn tun? Mit Eurer Hand voll Männer?«, höhnte Touchard und deutete auf die wütende Meute hinter sich. »Ihr glaubt doch nicht im Ernst, auch nur die kleinste Chance gegen uns zu haben. Seid Ihr nur dumm oder einfach lebensmüde?«

»Weder noch«, gab Blackhurst kalt zurück. Auf seinen Wink hin lenkten er und Jules ihre Pferde zur Seite und gaben den Blick auf die lange Kolonne hinter ihnen frei. Lautes, wutentbranntes Gebrüll erschallte von den Männern und Frauen von Espérance. Die verkleideten Kämpferinnen verstellten ihre Stimmen, aber sie waren ebenso laut wie die Männer und stießen drohend ihre Waffen in die Höhe. Soweit der Lichtschein reichte, waren nichts als kampfbereite Männer zu sehen.

Bei diesem Anblick wurde die Menge hinter Touchard merklich leiser.

»Das ist unser Grund und Boden! Unser Zuhause!«, rief Blackhurst. »Dafür werden wir bis zum letzten Mann kämpfen! Könnt Ihr das von Euren Männern auch behaupten?«

Das offensichtliche Nachlassen der Kampflust seiner Gefolgsleute hatte Touchard wohl einen Augenblick lang verunsichert. Aber nach einem kurzen Moment spie er wieder seine hasserfüllten Tiraden: »Ihr verdammtes Engländerpack! Ihr nehmt uns nicht länger unser Land weg! Das gehört uns! Jedem von uns! Diesen Männern gehört es!« Dabei deutete er mit dem Arm auf seine Anhänger, die zu einer aufgebrachten Bestätigung anhoben.

»Ich dachte, Ihr selbst hättet es auf die Baumwollfelder abgesehen«, entgegnete Blackhurst gefährlich ruhig. »Würdet Ihr das Land tatsächlich gerecht unter all diese Männer verteilen?«

Keinem entging der Sekundenbruchteil des Zögerns, mit welchem Touchard antwortete: »Selbstverständlich! Deshalb sind wir hier!«

»Der Krieg ist vorbei«, entgegnete Pierce. »Auch in Frankreich. Es gilt wieder Gesetz und Ordnung. Eure eigene Regierung wird nicht zulassen, dass Ihr Euch einfach einer fremden Plantage bemächtigt. Wo kämen wir denn da hin, wenn jeder so handelte?«

Verunsichertes Gemurmel ging durch die Menge hinter Touchard. Dieser fletschte die Zähne. »Kein verdammter Engländer hat uns in unserem Land zu beleidigen! Ausrotten sollte man Euch!«

Blackhurst begann hämisch zu lachen. »Was seid Ihr doch für ein Feigling! Ich frage mich, ob Ihr ohne Eure Begleiter, die durch einen Kampf mit uns überhaupt nichts zu gewinnen, sondern nur zu verlieren haben, auch so große Reden schwingen würdet.«

Das Gemurmel hinter Touchard verstärkte sich. Der legte mit dem Gewehr auf sein Gegenüber an. »Ich warne Euch! Haltet Eure Zunge im Zaum!«

Ungerührt lehnte sich Blackhurst im Sattel vor. »Es geht hier einzig und allein darum, dass Ihr Euch Espérance unter den Nagel reißen wollt. Um nichts anderes. Vielleicht noch um Euren verletzten Stolz, weil Fleur Euren Antrag zurückgewiesen und mich geheiratet hat? Die anderen haben damit nichts zu tun. Also werden auch nur wir beide diesen Kampf führen. Oder seid Ihr dafür zu feige?«

Zustimmung begann sich hinter Touchard zu erheben. Der spannte den Hahn an seinem Gewehr. »Niemand hat mich zu beleidigen! Schon gar nicht so einer wie Ihr!«

Fleur konnte nur mit Mühe einen Schrei zurückhalten. Oh Gott, was wenn Touchard abdrückte? Er konnte Blackhurst aus dieser Entfernung nicht verfehlen. Und wenn dieser erste Schuss fiele, dann würde es hier, mitten im Dschungel, zu einem Blutbad kommen. Das war es nicht wert. Keine Plantage war das wert. Lieber verlor sie alles, was sie besaß, wenn sie nur Blackhurst und die Bewohner von Espérance retten konnte. Sie wollte sich soeben durch die Männer nach vorne drängen, um Touchard zu geben, was er wollte, als in dessen Gefolge Unruhe ausbrach.

»Aus dem Weg!«, schrie jemand. »Platz da!«

Die Menge teilte sich und machte zwei herangaloppierenden Reitern Platz.

»Was ist hier los?«, verlangte Serault zu wissen, während er sein Pferd vor Blackhurst so scharf zurückriss, dass es stieg. In seiner Stimme lag die ganze Autorität seiner Position als einflussreichster Mann der Insel.

Hinter ihm folgte Prinzessin Suze.

Blackhurst deutete mit dem Kinn auf Touchard. »Diese Männer scheinen noch nicht mitbekommen zu haben, dass der Krieg zu Ende ist. Sie wollen Espérance besetzen.«

»Und Ihr scheint noch nicht mitbekommen zu haben, dass

Sainte-Lucie wieder uns gehört!«, gab Touchard zurück. »Ihr dreckiges Engländerpack habt hier nichts mehr verloren! Das ist unser Land!«

»Spart Euch Eure Beleidigungen für den Zweikampf! Oder zieht Ihr den Schwanz ein, weil Ihr eben doch nur ein Feigling seid, der große Reden schwingt?«

Serault hob einen Arm. »Das reicht!«, rief er entschieden. »Jeder, der einen anderen verletzt oder umbringt, wird vor Gericht gestellt! Ebenso wer widerrechtlich Land eines anderen besetzt! Wir sind hier nicht in der Wildnis, sondern in einer Kolonie Frankreichs! Einem kultivierten Land! Himmel nochmal! Der Krieg ist vorbei. Wann geht das endlich in eure verbohrten Schädel!« Serault bedachte Touchard und seine Männer mit einem vernichtenden Blick. »Jeden, der sich dem widersetzt, lasse ich höchstpersönlich einkerkern!«

»Dieser verdammte Blackhurst ist schuld daran, dass die Engländer uns besetzen konnten!«, fauchte Touchard. »Verräter wie der haben keine Rechte!«

»Die Engländer hätten Sainte-Lucie sowieso besetzt. Ob nun mit oder ohne meine Hilfe«, knurrte Blackhurst. »Aber dank mir hat es kein Massaker gegeben wie auf Martinique. Und es gibt auch keine in Schutt und Asche geschossene Hauptstadt.«

»Da hat er recht«, bekräftigte Prinzessin Suze. »Wir sind alle ohne Schaden durch diesen Krieg gekommen.«

»Was hast du dich da einzumischen!«, herrschte Touchard die Mulattin verachtungsvoll an.

Mit hoch erhobenem Kopf fuhr Prinzessin Suze fort: »Unsere Regierungen haben den Krieg für beendet erklärt. Frankreich hat mit England Frieden geschlossen. Wollt Ihr die Gewalt tatsächlich auf unserer kleinen Insel weiterführen? Wollt Ihr Euch bekämpfen, bis keiner von Euch mehr übrig ist?« Dann wandte sie sich an die Männer hinter Touchard: »Meine Herren, für jeden Einsichtigen gibt es kostenlosen Rum in meiner Bar! Folgt mir!« Sie hob die Hand und ritt zwischen den Männern hindurch in Richtung des Dorfes.

»Habt ihr das gehört?«, rief jemand. »Freien Rum bei Prinzessin Suze!«

Ein anderer antwortete begeistert: »Das muss man mir nicht zweimal sagen!«

Einer nach dem anderen drehte sich um und folgte Prinzessin Suze.

»Wollt Ihr nun endlich das Kriegsbeil begraben?«, fragte Serault den alleine übrig gebliebenen Touchard.

Dieser gab nur ein Murren von sich.

»Wenn unsere Regierungen ein Einsehen hatten, werdet Ihr das wohl auch können. Oder täusche ich mich, wenn ich Euch für einen klugen Mann halte?«, fragte Serault herausfordernd.

Widerwillig streckte Touchard die Hand aus.

Blackhurst schlug ein. »Frieden.«

Die Bewohner von Espérance jubelten, und Fleur fiel ein Stein vom Herzen. Serault verabschiedete sich von Pierce und hielt dann Touchard an, mit ihm ins Dorf zurückzukehren. Während sie davonritten, eilte Fleur nach vorn. Sie wollte bei Pierce sein, ihn spüren, sichergehen, dass er da und unverletzt war.

»Du hast es geschafft!« Vor Erleichterung und Glück traten Tränen in ihre Augen, als sie ihn erreichte und zu ihm hochblickte.

»Hast du etwa daran gezweifelt?«, fragte er. Der liebevolle Ausdruck in seinem Gesicht strafte die spöttische Bemerkung Lügen. Er beugte sich nach unten, fasste Fleur um die Taille und zog sie vor sich auf das Pferd. Anstatt einer Antwort legte sie die Arme um seinen Nacken und hielt ihn fest. In diesem Moment wollte sie ihn nie wieder gehen lassen. Um die Zukunft würde sie sich morgen sorgen.

Sie fest umschlungen haltend, schnalzte Blackhurst und das Pferd trottete los, den anderen hinterher, die sich singend und jubelnd bereits auf den Weg zurück nach Espérance gemacht hatten. Jules war mit der Fackel zum Anfang des Zuges geritten, um den Weg auszuleuchten. Bis zu Fleur und Blackhurst reichte der Schein des Lichtes nicht mehr. Fleur gab sich in der Dunkelheit ganz dem Augenblick hin: dem sanften Wiegen des Pferdes, den kräftigen Schenkeln von Blackhurst, die gegen ihre drückten, seinem starken, warmen Körper, an den sie sich lehnte, sein Arm um ihre Taille. Von ihr aus hätte dieser Ritt nie mehr enden mögen.

44

Aufwachen, mein Herz, wir sind zu Hause.«

Mit einem leisen Lächeln schlug Fleur die Augen auf. Sie hatte nicht geschlafen. Welche Frau hätte das auch können, dicht an einen Mann wie Blackhurst gepresst? Mit jeder Faser ihres Körpers hatte sie in dieser Berührung geschwelgt, die sie wie einen schützenden Kokon zu umgeben schien, seine Wärme wahrgenommen, seinen Herzschlag gespürt – und die Härte, die sich gegen ihren Hintern presste, seit sie zu Beginn des Ritts auf seinem Schoß hin und her gerutscht war, um die bequemste Position zu finden.

Blackhurst stieg vom Pferd und hob sie hinunter. Dabei presste er sie eng an sich, und ließ sie auch nicht los, als ihre Füße den Boden berührten.

»Ich habe mich so sehr nach dir gesehnt«, flüsterte Blackhurst in ihre Haare, und Fleur stockte der Atem. »In diesen schrecklichen Nächten im Lazarett. Die Verletzten haben geschrien, und das Einzige, was mich in meinem Fieberdelirium davon abgehalten hat aufzugeben, war meine Erinnerung an dich.«

Er hielt sie so eng an sich gedrückt, dass sie kaum mehr atmen konnte. Aber das war ihr egal. Sein Verlangen zu spüren, war ein zu kostbares Gefühl.

Er hob ihr Kinn hoch, sodass er sie ansehen konnte. »Sag mir, dass du mich auch willst.«

Sie konnte nicht mehr sprechen. Ihre Kehle war wie zugeschnürt. Er war zu ihr zurückgekommen, und ehe sie Zeit gehabt hatten, irgendetwas zwischen sich zu klären, hätte sie ihn beinahe wieder verloren. Ohne lange darüber nachzudenken, zog sie ihn zu sich hinunter und küsste ihn. Es war ein leidenschaftlicher, gieriger Kuss, in dem sich alle aufgestaute Sehnsucht Bahn brach.

Blackhurst stöhnte auf. Kurzerhand hob er sie hoch und eilte die Treppen zum Haus und dann zum Schlafzimmer hinauf. Dort setzte er sie ab und riss an ihrem Hemd. Fleur hob die Arme, damit er es ihr über den Kopf ziehen konnte. Kaum fiel das Hemd zu Boden, zog er sie schon an sich. Sein Mund fuhr hinunter zu ihren Brüsten. Das Kratzen seiner Bartstoppeln auf ihrer nackten Haut und seine Zunge, mit der er sie liebkoste, sandten einen überwältigenden Schauder nach dem anderen durch ihren Körper, bis sie nicht mehr warten konnte. Sie riss nun ihrerseits an seinem Hemd und öffnete fahrig in ihrer Hast seine Hose. Er drängte sie gegen das Bett, und eng umschlungen fielen sie auf die weiche Matratze. Mit den Fingern fuhr Fleur durch seine Haare, krallte sich darin fest und suchte seinen Mund, seine Zunge. Sie konnte nicht genug von ihm kriegen. Endlich hatte sie ihn wieder. Sie brauchte ihn ganz und gar, als ob sie sich nur so versichern könnte, dass er wirklich da war. Dass er keine Einbildung war, die sich plötzlich wieder in Luft auflösen würde. Dass kein Touchard ihn ihr wieder nehmen würde.

Ohne von ihr abzulassen, öffnete Blackhurst mit einer Hand ihre Hose. Als seine Finger begannen, um ihren empfindlichsten Punkt zu kreisen, bäumte sich Fleur stöhnend auf.

»Bitte«, keuchte sie. »Jetzt. Bitte. Ich will dich in mir spüren.«

Er erstarrte für den Bruchteil einer Sekunde, doch im nächsten Moment riss er ihr die Hose über die Füße. Ihn willkommen heißend, öffnete sie die Beine und er legte sich auf sie. Sie schlang Arme und Beine um ihn. Sie wollte ihn nie wieder loslassen. Als er endlich mit einem heftigen Stoß in sie eindrang, glaubte sie, zerbersten zu müssen. Endlich waren sie sich so nahe, wie sich zwei Menschen nur sein konnten. Solange hatte sie dieses Gefühl vermisst, dass er sie beide schon nach wenigen tiefen Stößen in die Welt des wilden Feuers katapultierte. Sie ließ sich verzehren, ließ sich von der Lust davontragen. In nicht mehr enden wollenden Wogen brandete sie über sie hinweg, riss sie mit sich, ließ keine andere Empfindung mehr zu.

Als die Welt langsam zurückkehrte, rang sie nach Luft. Blackhursts Haare hingen ihr ins Gesicht, sein heftiger Atem strich über ihren schweißnassen Nacken. Schwer lag er auf ihr, aber für nichts in der Welt hätte sie diese Last hergeben wollen. Tränen traten ihr in die Augen. Tränen des Glückes. Und der Angst. Sie war sich nicht sicher, ob sie es ertragen konnte, wenn er sie noch einmal verließ.

Blackhurst drehte sich auf die Seite und zog sie mit sich, sodass ihr Kopf auf seiner Brust ruhte. Erschöpft blieben sie mit ineinander verschlungenen, erhitzten Leibern liegen. Fleur schloss die Augen. Sie wollte sich keine Sorgen mehr machen. Nicht heute Nacht. Und mit dem Geräusch von Blackhursts Herzschlag in den Ohren glitt sie in den Schlaf hinüber.

Das fröhliche Pfeifen der Vögel im nahen Urwald weckte Pierce auf.

Zwielicht herrschte im Schlafzimmer. Durch die Lamellen der geschlossenen Fensterläden drangen einzelne Sonnenstrahlen herein und zeichneten helle Linien auf das Bett. Mit zerzausten Haaren lag Fleur mit dem Rücken eng an ihn geschmiegt und schlief friedlich. Eines ihrer Beine um seines geschlungen, das andere in den zerknüllten Laken verfangen. Nackt. Sein Blick folgte der hellen Haut ihrer Schulter, über ihren Rücken und ihre schlanke Taille bis zu den Rundungen ihres Hinterns. Ihr verlockender Anblick ließ ihn augenblicklich wieder hart werden. Ihre Hand lag auf seinem Arm, den er um ihre Taille geschlungen hatte. Vorsichtig zog er ihn weg und fuhr mit den Fingerspitzen ihre Rundungen entlang. Über ihren begehrenswerten Po zu ihrem Schenkel und wieder hinauf, bis er ihre weichen Brüste erreichte. Als er sie sanft liebkoste, richteten sich ihre Spitzen auf. Wie von selbst glitt seine Hand hinunter, über ihre krausen Haare bis zu der feuchten Hitze zwischen ihren Schenkeln. Schlagartig wuchs sein Begehren so sehr, dass es beinahe schmerzhaft wurde. Er wollte diese Frau. Alles von ihr. Er wollte sie nehmen und sich so tief in ihr vergraben, dass sie ihm nie wieder entwischen konnte. So tief, dass ihr Körper, selbst wenn sie zornig auf ihn war, durch ihr Verlangen an ihn gefesselt blieb. Damit er sie nie wieder verlor.

Als er spürte, wie sie unter seinen massierenden Fingerspitzen feuchter wurde, stieg eine beinahe animalische Befriedigung in ihm auf. Er ließ seine Finger weiter kreisen und glitt dann mit einem in sie hinein. Ein Stöhnen löste sich tief in ihr. Sie räkelte sich und öffnete die Beine. Ihre Hüften begannen sich zu bewegen, und ihr Po rieb über seine harte Männlichkeit. Nun war er es, der stöhnte. Ihre Bewegungen wurden ruckhafter, und ihr Atem schneller. Er konnte sich nicht mehr zurückhalten. Er griff nach ihrem Schenkel und schob ihn über sich, um sie zu öffnen. Dann glitt er in sie hinein, und sie presste sich ihm entgegen, damit er noch tiefer in sie eindrang. Er stöhnte. Er war im Paradies angelangt und genoss jeden Millimeter davon. Er bezwang den Impuls, sie schnell und heftig zu nehmen, und zog sich langsam zurück, um dann mit einem tiefen Stoß wieder ganz in sie zu dringen. Diesmal wollte er es auskosten, diesmal wollte er ihr all die Zärtlichkeit zeigen, die er fühlte. Doch ihre Bewegungen wurden immer fordernder und heftiger. Ihr weicher Hintern drängte sich gegen seine Lenden.

Innerhalb kürzester Zeit jagte sie seine Erregung so weit hoch, dass er den Höhepunkt kommen fühlte.

»Warte!«, stöhnte er.

Doch sie wartete nicht. Stattdessen spannten sich die Muskeln in ihrem Inneren an, was ihn endgültig um den Verstand brachte. Er krallte die Finger in ihre Hüften und stieß hemmungslos zu. Da verkrampfte sich ihr ganzer Körper, und sie schrie seinen Namen. Mit einem tiefen Knurren ergoss er sich in ihr.

Keuchend blieb er danach liegen, immer noch tief mit ihr verbunden, und schlief so wieder ein.

Als er das nächste Mal erwachte, schien die Sonne rotgolden in das Zimmer. Er tastete nach Fleur, griff aber ins Leere. Er lag allein zwischen zerknüllten Laken. Wo sie wohl sein mochte? Er stand auf, zog sich an und ging hinunter. Sie saß auf der Veranda und genoss den Anblick der untergehenden Sonne, die sich als roter Ball auf den hinter den Hügeln liegenden Horizont niedersenkte. Friedliche Ruhe lag über dem Tal, nur ab und an von weit entfernten Stimmen durchbrochen, die von den abendlichen Feuern heraufklangen.

Als Fleur die Holzbohlen unter seinen Schritten knarren hörte, wandte sie sich um. Sie sah ihn mit einem nicht zu deutenden Gesichtsausdruck an. »Hallo.«

»Hallo«, antwortete er und stopfte sich das Hemd in die Hose. Ihm fiel nichts Besseres ein, obwohl er wusste, dass er jetzt etwas hätte sagen sollen. Ihr Wiedersehen war von dem drohenden Überfall überschattet worden, sodass sie kaum Zeit gehabt hatten, miteinander zu reden, geschweige denn, die Situation zwischen ihnen zu klären. Danach hatte die Lust sie überwältigt und das Reden völlig in den Hintergrund gedrängt.

Doch damit hatte sich das, was zwischen ihnen stand, nicht einfach in Luft aufgelöst. Er erkannte es an der zurückhaltenden Art, mit der sie ihn begrüßt hatte.

»Hunger?«, fragte sie.

Er lächelte. »Ja. Ich könnte einen ganzen Ochsen verdrücken.«

Das brachte sie ebenfalls zum Lächeln. Sie stand auf, ging ins Wohnzimmer und kam mit einem Tablett voller Speisen zurück.

Überrascht fragte er: »Du hast auf mich gewartet? Bist du nicht verhungert?«

»Beinahe. Wenn du nicht gekommen wärst, hätte ich bald alles selbst aufgegessen.« Sie verteilte die Teller und das Essen.

Eine Weile lang aßen sie schweigend. Dann fragte sie:

»Wann legt dein Schiff wieder ab?«

»Gar nicht. Als ich Nachricht vom Friedensvertrag bekam, habe ich sofort das Kommando abgegeben. Ich hatte es schon vorher versucht, aber der Admiral wollte mich vor Ende des Krieges nicht entlassen.«

Erstaunt sah sie ihn an. Doch bevor er den Ausdruck in ihren Augen lesen konnte, senkte sie den Kopf wieder und sprach leise weiter: »Warum? Das war es doch, was du wolltest. Wieder Kapitän sein und ein Kommando über ein großen Schiff haben.«

Pierce schüttelte den Kopf. »Nein. Ich habe es satt. Ich habe keine Lust mehr, noch länger meinen Kopf zu riskieren. Und schon gar nicht für andere Herren oder eine ferne Regierung. Außerdem wurde ein großer Teil der Flotte nach England zurückbeordert. Sie haben mir zwar das Kommando über ein Linienschiff in Indien angeboten oder über ein Handelsschiff, das zwischen England und der Karibik pendelt. Aber was soll ich in Indien oder auf einem Handelsschiff? Das ist es nicht, was ich mir für den Rest meines Lebens vorstelle.«

»Was willst du dann tun?«

Pierce sah sie unsicher an. Dann sagte er langsam: »Ich dachte, ich könnte hierbleiben.«

Fleur riss den Kopf hoch. »Du willst Pflanzer werden? Wieder auf den Baumwollfeldern arbeiten? Du, ein Kapitän?«

»Ich dachte nicht an Baumwolle.«

»Sondern?«

»An Pferde.«

»Pferde?«

»Ja, ein Gestüt.« Er atmete tief durch, hoffend, dass ihr diese Idee, die ihm seit seiner Entscheidung zurückzukehren, durch den Kopf ging, gefallen würde. »Es gibt viele reiche Männer auf Jamaika und den anderen Inseln. Zuckerbarone, die nicht wissen, wie sie ihr Vermögen ausgeben sollen. Gegen die sind die englischen Adligen ein armseliger Haufen. Und sie haben zu wenig Pferde. Sie kaufen zwar die edelsten Tiere in England zusammen. Aber nur wenige überleben die Schiffspassage. Und denjenigen, welche die Karibik lebend erreichen, macht das hiesige Klima so stark zu schaffen, dass sie nicht lange durchhalten.«

»Dann macht deine Idee doch keinen Sinn«, warf Fleur vorsichtig ein.

»In Havanna habe ich Pferde gesehen, die anders sind als unsere englischen. Sie sind zwar kleiner, vertragen aber die Hitze viel besser. Es wird erzählt, dass die Spanier sie aus Afrika und den arabischen Ländern mitgebracht haben. Du solltest sie sehen! Ihr Temperament ist unglaublich! Nichts lieben sie mehr als einen schnellen Galopp. Man könnte Pferderennen veranstalten. Aber ich bräuchte einen guten Partner dafür und ein Anwesen mit genügend Weideflächen und Stallungen.«

Wieder senkte sie den Kopf. »Und an wen hast du dabei gedacht?«

Ihre Reaktion war nicht ganz das, was er sich erhofft hatte. Aber so einfach würde er nicht aufgeben. »An dich.«

»Mich?« Erneut sah sie auf und über ihre Miene spielte eine Vielzahl an Emotionen. Einen Moment lang schwieg sie. Dann warf sie ein wenig verärgert die Hände in die Höhe. »Du weißt, dass ich knapp bei Kasse bin. Ich kann mir kein solches Abenteuer leisten.«

Er lehnte sich vor. »Aber ich. Mit meinem Vermögen können wir die Ställe ausbauen und die Pferde kaufen. Die Baumwollfelder nutzen wir als Weideflächen. So können wir uns diese mühselige Arbeit sparen. Und mit dem Kakao und deinem Garten verfahren wir weiter wie bisher.«

Sie sah ihn an, ohne etwas zu sagen.

Sein Mut sank. Er hatte gehofft, sie damit überzeugen zu können.

»Du willst also hierbleiben?«, fragte sie nach einer Weile.

»Ja.«

Sie wandte sich von ihm ab und richtete ihren Blick auf das Tal unter ihnen.

Warum sagte sie nichts? Bedeutete ihr Verhalten eine Zustimmung oder eine Ablehnung? Er hätte alles darum gegeben zu wissen, was jetzt in ihrem hübschen Kopf vorging. Als sie sich geliebt hatten, war alles so einfach gewesen. Sie hatte sich ihm bereitwillig hingegeben, ja sogar selbst die Initiative ergriffen. Und er hatte gewusst, wie sie auf seine Berührungen reagierte und wie er ihr Verlangen ins Unermessliche steigern konnte. Aber jetzt wusste er nicht mehr, wie er mit ihr umgehen sollte.

»Bleibst du wegen Espérance?«, fragte sie leise.

»Nein! Natürlich nicht! Wegen dir ... Weil ich dich liebe.«

Weil ich dich liebe! Die Beiläufigkeit, mit der er ihr gesagt hatte, was ihm am wichtigsten war, hallte beschämend armselig in seinen Ohren wider. Er verfluchte sich selbst. Wieder einmal hatte er es völlig falsch angegangen. Einer Frau Lust zu bereiten, darin hatte er Erfahrung. Aber ihr sein Herz zu öffnen und seine Liebe zu gestehen, das war neu für ihn. Er hatte die Frauen, mit denen er zusammen gewesen war, gemocht, aber nie mehr Gefühle zugelassen. Selbst bei Fleur hatte er sich lange dagegen gesträubt und sie unterdrückt. Das war ein Fehler gewesen, denn er zu spät erkannt hatte.

»Ich liebe dich«, sagte er nachdrücklich und ergriff ihre Hände. »Dich zu verlassen, war der größte Fehler meines Lebens. Und es tut mir unendlich leid, dass ich dich so verletzt habe. Ich bitte dich nur darum, mir noch einmal eine Chance zu geben.«

Mit einem Ausdruck in den Augen, den er nicht deuten konnte, sah sie ihn an. Dann entzog sie ihm ihre Hände, erhob sich und ging die Verandatreppe hinunter.

Er brachte es nicht über sich, aufzustehen und ihr zu folgen. Wie gelähmt blieb er sitzen. Seine Brust zog sich zusammen. Er hatte sie verloren. Endgültig.

Er blickte ihr nach, wie sie ein paar Meter weit ging und dann stehen blieb. Sie schien die Wolkenbänder über den Hügeln zu betrachten, die von den letzten Strahlen der bereits untergegangenen Sonne in ein rotes Licht getaucht wurden und deren Ton dunkler wurde, je weiter sie sich in den Himmel erhoben.

Einmal mehr verfluchte sich Pierce. Er hatte sich so viel von dem, was er in seinem Leben erreichen wollte, erstritten. Doch das, was ihm am wichtigsten war, blieb für ihn unerreichbar. Er hätte alles andere dafür hergegeben. Doch er wusste, es war nicht genug, um Fleurs Liebe wert zu sein.

Nach einer unendlich erscheinenden Weile, während der er zehn Tode starb, wandte sie sich wieder um. Ihre Miene war ausdruckslos. Sie kam auf die Veranda zu, stieg die Stufen hinauf und blieb vor ihm stehen. Dann streckte sie ihm die Hand hin.

Verwirrt sah er sie an.

Sie beugte sich zu ihm hinunter und griff nach seiner Hand. »Gehen wir.«

»Wohin?« Dieses eine lächerliche Wort auszusprechen, verlangte ihm mehr Mut ab als jede Schlacht, in der er je gekämpft hatte.

Ein Lächeln erblühte auf ihrem Gesicht, und endlich – endlich – sah er darin den Ausdruck, der er sich so ersehnt hatte: Liebe. Liebe und vorsichtiges Vertrauen. Und mit ihrer Antwort auf seine Frage begann ihre gemeinsame Zukunft: »Um zu sehen, wo wir die Stallungen für die Pferde bauen sollen.«

Epilog

Im nächsten Frühling präsentierte sich der Flamboyant-Baum wieder in voller Pracht. Fleur konnte sich nicht sattsehen an den großen, roten Blüten, die die ganze Krone überzogen. Immer wieder aufs Neue erstaunte es sie, wie diese Schönheit aus dem verdorrten Gerippe erwachsen konnte, zu dem der Baum in der Trockenzeit wurde. Es war wie damals in Frankreich: So dunkel, kalt und ewig während der Winter auch sein mochte, immer wieder kehrte der Frühling zurück und brachte sein pralles Leben mit sich.

Dieses Wissen half einem, auch die schlimmsten Zeiten zu überstehen und nie die Hoffnung aufzugeben.

Nach ihrer Ankunft auf Sainte-Lucie hatte Fleur den Namen ihrer Plantage – Espérance – wie einen Hohn empfunden. Wie hatte jemand auf die Idee kommen können, diese Wildnis am Ende der Welt *Hoffnung* zu nennen? Jetzt wusste sie es besser. Espérance bedeutete nicht, wie sie früher geglaubt hatte, die Hoffnung auf ein gutes, unbeschwertes Leben. Nein, hier hatte sie die Hoffnung gefunden, dass man für ein besseres Leben kämpfen konnte. Diese Plantage und das Leben auf der Insel hatten ihr beigebracht, dass es Stärke, Willen und Durchsetzungsvermögen brauchte, um etwas zu verändern. Dass man sein Schicksal in die eigenen Hände nehmen musste.

Und das tat sie. Jeden Tag.

Blackhurst kam auf sie zu. »Wie geht es meinen Liebsten?«

»Gut«, strahlte Fleur.

Er streichelte mit sanften Fingern über ihre Wange.

Sie drehte sich, sodass ihm das kleine Köpfchen zugewandt war, das aus dem Tuch, das sie sich um den Oberkörper geschlungen hatte, herauslugte. »Dein Sohn ist endlich eingeschlafen. Er hat laut genug gebrüllt, dass mir die Ohren geklingelt haben.«

Blackhurst machte eine zerknirschte Miene. »Ich werde dem kleinen Francis beibringen müssen, sich in Anwesenheit einer Dame besser zu benehmen.«

»Das solltest du. Obwohl«, sie verzog grinsend den Mund, »ich nicht sicher bin, ob er sich erziehen lässt. Da schlägt er wohl zu sehr nach seinem Vater, dem berüchtigten Kapitän Blackhurst.«

In ihren Gedanken würde er immer Blackhurst bleiben, ihr geliebter Freibeuter, der ihr das Herz stahl.

Ihr Gatte wippte auf seinen Füßen vor und zurück. »Nun, im Gegensatz zu dir ist der berüchtigte Kapitän Blackhurst immerhin schon gesellschaftsfähig angezogen.«

Das war er. Tatsächlich! In seinem besten Rock, die Stiefel blank poliert, und sogar eine Halsbinde hatte er sich umgeschlungen. Fleur wickelte sich das Tuch von den Schultern und übergab Blackhurst das kleine Bündel. »Dann sollte ich mich sputen. Nicht dass Admiral Rodney mich wieder in meinem verdreckten Arbeitskleid sieht.«

Blackhurst nahm leise lachend seinen Sohn in die Arme und raubte ihr noch einen zärtlichen Kuss, bevor sie davoneilte.

Kaum kam Fleur in ihrem besten Kleid die Treppe hinab, fuhren auch schon die ersten Gäste vor: der Admiral mit seiner Gattin und Gouverneur Moore mit seiner Familie. Eine ganze Reihe anderer Gäste würde später noch folgen. Um ihr Gestüt bekannt zu machen, hatten Fleur und Blackhurst alle wohlhabenden und einflussreichen Leute auf Sainte-Lucie und auch einige von benachbarten Inseln eingeladen.

»Wo sind denn nun die Fohlen?«, wollte Admiral Rodney

wissen, nachdem sie sich begrüßt und eine Erfrischung zu sich genommen hatten.

»Auf der Weide«, antwortete Blackhurst.

»Können wir sie uns ansehen?«, fragte Gouverneur Moores Tochter begierig, eine junge, hübsche Dame, die nur Augen für Blackhurst hatte. Im ersten Moment war in Fleur ein kleines bisschen Eifersucht aufgeflammt, doch als sie bemerkte, dass ihr Mann die schöne junge Frau kaum wahrnahm, sondern nur ihr seine Aufmerksamkeit schenkte, verpuffte sie wieder.

»Natürlich«, meinte er und führte ihre Gäste von der Veranda zu den Stallungen hinunter, wo sie den Weg zur Weide einschlugen. Für die zusätzlichen Pferde hatten sie anbauen und auch die Scheune vergrößern müssen. Eigentlich hatte Blackhurst erst das Gutshaus neu bauen wollen. Ein großzügiges Haus aus Stein mit einer Terrasse. So wie sie ihm ihr Zuhause in Frankreich beschrieben hatte.

Fleur war zu Tränen gerührt gewesen über dieses Geschenk, aber sie hatte es abgelehnt. Francis hatte sich zu diesem Zeitpunkt noch nicht mal angedeutet, und frühestens ab dem dritten Kind müssten sie über zusätzliche Kinderzimmer nachdenken. Viel vordringlicher waren daher die Stallungen und neue, größere Hütten für die Sklaven gewesen. Diesen war – nachdem es keine Baumwollfelder mehr zu bestellen gab – freigestellt worden, auf Espérance zu bleiben oder als freie Menschen ihren eigenen Weg zu gehen.

Die meisten hatten bleiben wollen.

»Hier sind sie.« Blackhurst deutete über den Zaun auf die Weide.

»Wie hübsch!«, rief Moores Tochter aus.

Drei kleine Fohlen spielten übermütig miteinander, rannten um die Wette und hüpften herum, als gäbe es nichts Schöneres auf der Welt.

»Ja, tatsächlich«, meinte Admiral Rodney ebenso begeistert. »Und diese drei wollt Ihr heute Abend versteigern?«

Fleur nickte. »Sie müssen zwar noch eine Weile hierbleiben – sie wurden ja erst vor Kurzem geboren –, aber wir dachten, es wäre eine schöne Idee, wenn die ersten Fohlen unseres Gestüts bereits Paten bekämen.«

»Da bin ich gerne dabei«, meinte Gouverneur Moore und rieb sich die Hände. »Können wir Eure Pferde auch einmal reiten?«

»Es warten bereits drei von ihnen gesattelt bei den Ställen«, erwiderte Blackhurst und wandte sich an die Damen. »Vielleicht wollt Ihr inzwischen Fleurs Garten ansehen. Seine Blütenpracht ist weitherum bekannt.«

Die Damen nickten erfreut.

Während des Ausritts und der Besichtigung des Gartens trafen auch die übrigen Gäste ein. Da das Gutshaus über keinen Raum verfügte, der groß genug war, um eine solche Menschenmenge zu beherbergen, hatten sie kurzerhand die Scheune geschmückt und lange Tische und Sitzgelegenheiten aufgebaut. Serault, der der Einzige auf der Insel war, der sonst solche Gesellschaften veranstaltete, hatte ihnen mit Geschirr, Gläsern, Tischtüchern und anderen Dingen ausgeholfen. Blumen und farbige Stoffbahnen zierten außerdem die Wände, und im flackernden Licht der vielen Fackeln war das eigentliche Gebäude gar nicht mehr zu erkennen. Die Scheune wirkte so tatsächlich wie ein prächtiger Saal.

Annie und ihr Mann führten die Gäste an ihre Plätze und dann wurde das Essen serviert. Sie hatten nicht nur Franzosen, sondern auch die Engländer auf der Insel eingeladen, sowie Admiral Rodney und Gouverneur Moore. Fleur hatte anfangs befürchtet, dass das nicht gut gehen würde, doch als sie sich jetzt umsah, plauderten alle angeregt miteinander und amüsierten sich. Sogar Touchard war gekommen.

Plötzlich spürte sie, wie jemand unter dem Tisch ein Bein zwischen ihre Füße schob. Sie sah auf und bemerkte, wie Blackhurst ihr einen kurzen, aber tiefen Blick zuwarf, bevor er sich wieder den Anschein gab, der Erzählung von Moores Tochter zuzuhören. Fleur musste innerlich lächeln. Ihr Ehemann verstand es so ausgezeichnet, den Mann von Welt zu geben und sich in der Gesellschaft der einflussreichsten Leute zu bewegen, dass niemand auf die Idee kam, dass unter seiner weltgewandten Oberfläche noch ein ganz anderer Mann war. Sie aber wusste es besser. Weltmännischer Gutsherr, zärtlicher Vater, heißblütiger Pirat – all das und noch mehr war ihr Ehemann. Und jetzt gerade freute sie sich darauf, wieder den wilden Freibeuter zu erleben, der ihr hemmungslos seine Liebe bewies. Später, wenn die Gäste gegangen und sie allein waren. Sie schlüpfte aus ihrem Schuh und strich mit dem Fuß an der Innenseite seines Beins hoch. Blackhurst sah sie an und sein Blick wurde schwer.

Er hatte nun gänzlich das Interesse an der Erzählung von Moores Tochter verloren.

Wie Hangover im 19. Jahrhundert ...

Jennifer McQuiston
EINE SCHOTTISCHE
AFFÄRE
Roman
Aus dem amerikanischen
Englisch von
Sabine Schilasky
384 Seiten
ISBN 978-3-404-17015-9

Was macht eine wohlerzogene Lady, wenn sie im Bett neben einem nackten Mann aufwacht ohne zu wissen, wie sie dort hingekommen ist? Ganz klar: Sie schmeißt ihm einen Nachttopf an den Kopf und flüchtet! Dummerweise führt die Nachttopf-Attacke dazu, dass sich auch der Gentleman nicht mehr daran erinnert, was letzte Nacht passiert ist. Und das ist problematisch, denn Georgette und James haben beide einen Ehering am Finger, der vorher noch nicht da war ... *Jennifer McQuiston hat einen witzigen, Funken sprühenden und einzigartigen Liebesroman geschaffen.* NEW YORK JOURNAL OF BOOKS

Bastei Lübbe